艺术的法则

Les règles
de l'art

文学场的生成与结构

（新修订本）

〔法〕皮埃尔·布尔迪厄（Pierre Bourdieu）／著
刘　晖／译

全国百佳出版社
中央编译出版社
Central Compilation & Translation Press

人是通过读书变成书虫的。

——雷蒙·格诺

感谢玛丽-克里斯蒂娜·里维埃在本书的准备和定稿过程中为我提供的帮助。

目 录
CONTENTS

前言 ·· 1

序言　作为福楼拜的分析家的福楼拜 ·················· 1

  位置，放置，位移 ································ 2
  继承问题 ·· 6
  必要事件 ··· 18
  写作权力 ··· 22
  福楼拜的公式 ···································· 26
  附录 1.《情感教育》的梗概 ···················· 39
  附录 2.《情感教育》的四种阅读 ················ 42
  附录 3.《情感教育》的巴黎 ···················· 45

第一部分　场的三种状态

1. 自主的获得·场出现的关键阶段 ···················· 3

  一种结构从属 ···································· 4
  放荡不羁的文人与一种生活艺术的创造 ············ 10
  与"资产者"的决裂 ······························ 14

制定规则的波德莱尔 …………………………………… 16
对遵守秩序的最初要求 …………………………………… 24
一个需要创立的位置 ……………………………………… 27
双重决裂 …………………………………………………… 33
一个颠倒的经济世界 ……………………………………… 38
位置与配置 ………………………………………………… 42
福楼拜的观点 ……………………………………………… 44
福楼拜与"现实主义" ……………………………………… 47
"好好写平庸" ……………………………………………… 51
回到《情感教育》 ………………………………………… 56
形式化 ……………………………………………………… 60
"纯粹"美学的创造 ………………………………………… 61
美学革命的伦理学条件 …………………………………… 65

2. 一种双重结构的出现 …………………………………… 80

体裁的特性 ………………………………………………… 80
体裁的分化和场的统一 …………………………………… 84
艺术与金钱 ………………………………………………… 87
区分的辩证法 ……………………………………………… 92
特定革命与外部变化 ……………………………………… 94
知识分子的创造 …………………………………………… 95
画家与作家之间的交流 …………………………………… 98
为了形式 …………………………………………………… 103

3. 象征财产市场 ……………………………………………… 109

两种经济逻辑 ……………………………………………… 109
两种衰老方式 ……………………………………………… 114
划时代 ……………………………………………………… 123
变化的逻辑 ………………………………………………… 128
同源性与先设和谐的作用 ………………………………… 129

信仰的生产 ·········· 136

第二部分　一种作品科学的依据

1. 方法问题 ·········· 149

一种新科学精神 ·········· 150
文学信念与对客观化的抵制 ·········· 156
"原初计划",创始神话 ·········· 158
忒耳西忒斯的观点与虚假的决裂 ·········· 162
观点的空间 ·········· 164
对取舍的超越 ·········· 176
将客观化的主体客观化 ·········· 178
附录　全能知识分子与思想万能的幻想 ·········· 186

2. 作者的观点·文化生产场的几个普遍特征 ·········· 191

权力场中的文学场 ·········· 192
规则与界线问题 ·········· 199
幻象与作为偶像的艺术作品 ·········· 203
位置,配置与占位 ·········· 207
可能性空间 ·········· 210
结构与变化:内部斗争与持久革命 ·········· 214
反思性与"天真" ·········· 217
供给与需求 ·········· 225
内部斗争与外部承认 ·········· 228
两种历史的相遇 ·········· 232
被构造的轨迹 ·········· 234
习性与可能性 ·········· 236
位置与配置的辩证法 ·········· 240
集团的形成与解散 ·········· 242

对制度的超越 …………………………………………… 244
"对虚构的大逆不道的解析" …………………………… 248
附录　场的作用与保守主义的形式 …………………… 262

第三部分　对理解的理解

1. 纯粹美学的历史生成 ………………………………… 269

本质分析与绝对幻想 …………………………………… 269
历史回想与被压制之再现 ……………………………… 273
艺术认识的历史范畴 …………………………………… 278
纯粹阅读的条件 ………………………………………… 284
反历史主义的不幸 ……………………………………… 288
双重历史化 ……………………………………………… 291

2.　观点的社会生成 …………………………………… 299

意大利十五世纪文艺复兴时期的观点 ………………… 301
超凡魅力幻想的基础 …………………………………… 304

3.　一种实行的阅读理论 ……………………………… 308

一部反思的小说 ………………………………………… 309
阅读的时间与时间的阅读 ……………………………… 312

从头开始　幻想与幻象 …………………………………… 316

后记　为了一种普遍性的法团主义 ……………………… 320
人名索引 …………………………………………………… 329
概念索引 …………………………………………………… 345

前　言

天使。在爱情和文学上好好干。

——居斯塔夫·福楼拜

名人的蠢话录里并非**应有尽有，**希望犹在。

——雷蒙·格诺

"我们难道听任社会科学将文学经验、人们与爱情的经验一起产生的最高经验，约简为关于我们娱乐的调查吗？这涉及我们生活的意义。"[1]从为阅读和文化进行辩护的辩护词（既无作者也无年代）中抽出的类似句子，肯定会引起福楼拜对正统思想的陈词滥调的快意的愤怒。说一些崇拜书籍的过时的"套话"，或海德格尔－荷尔德林的启示，这些启示丰富了布法尔－白居榭的说法（来自雷蒙·格诺的说法……）："读书，首先是摆脱自己和自己的世界"；[2]"没有书的帮助，再也不可能活在世上"；[3]"在文学中，本质一下子揭示出来，它与其真理一起，并在其真理之中呈现，如同显现出来的存在的真理本身？"[4]

倘若我觉得一开始就有必要提及几个关于艺术与生活、独特与平凡、文学与科学的文学的枯燥论题，或是能建立法则但丧失"经验的独特性"的（社会）科学和不建立法则但"总是以个人绝对的独特性对待个人"[5]的论题，这是因为，这些论题是由学校的教育方式无限地再生产出来，并且是为了学校的教育仪式再生产出来的，它们也存在于所有学校培养学生的思想中：这些论题起过滤器或屏幕的作用，它们总是有可能阻碍或扰乱人们对书和阅读的科学的理解。

对文学自主的要求,在普鲁斯特的《驳圣伯夫》中得到了典型表达,这种要求是否意味着文学文本的阅读必定是文学的?科学分析真该被斥为破坏了构成文学作品和阅读独特性的东西,而这种独特的东西是从审美愉快开始的?难道社会学家注定要陷入相对主义,价值的平均化,贬低伟大,消除造成"创造者"独特性的差别?难道"创造者"总是处在独一无二一边?难道是因为社会学家与大多数、平均数、中等,进而与平庸、低等、平民,以及许多默默无闻并恰好被埋没的小作者是一路的?与这个时代的"创造者"最厌恶的内容与背景、"参照"与文本外的东西、文学之外的东西是一路的吗?

许多被文学吸引的作家和读者,更不用说层次或高或低的哲学家,从柏格森到海德格尔以及更多的人,都试图给科学设定先验的界线,对于这些人而言,原因是显而易见的。我们还没把那些禁止用社会学对艺术作品进行任何亵渎的人计算在内。是否该举出伽达默尔,他把不可理解或至少不可解释的公设当作其"理解艺术"的起点:"艺术作品对我们的理智是一种挑战,因为它**无限地逃避一切解释**,而且反对试图将它表达为概念的同一性,这种反对是永远无法克服的。对我来说,这个事实恰恰是我的阐释理论的起点。"[6] 我不去讨论这个公设(但它经得起讨论吗?)。我只是感到困惑,为什么那么多批评家、那么多作家、那么多哲学家如此热心地鼓吹艺术作品是不可言喻的,而且根本逃避理性认识;为什么他们如此急切地不经斗争就承认知识的失败;他们这种贬低理性认识的强烈需要,他们断定艺术作品是不可约简的、或更确切地说它具有超验性的这种狂热,是从哪里来的。

为什么人们执意要赋予艺术作品——以及它唤起的认识——这种**特殊的地位**,这不就是为了以一种带偏见的诽谤打击一些人的(必然是费力而不完善的)企图,而这些人想让人类行动的这些产物受到普通科学的普通对待;这不就是为了肯定懂得识别它们的**超验性**的人的(精神)超验性?为什么人们激烈反对推进关于艺术作品和审美经验的认识,这不就是因为要对这种**不可表达的东西**(individuum ineffabile)和产生它的**不可表达的个体**进行科学分析的抱负本身构成了一种致命的威胁,这是对非常"普遍"(至少在艺术爱好者当中)而又非常"独特"的自负的一种威胁,这种自负体现为人们可以自视为不可表达的个体,并且能够体验这一不可表达的个体的不可表达的经验。一句话，人们为什么如此**抗拒分析**，不就是因为分析给"创造者"、给试图通过"创造的"阅读与创造者认同的人，带来了弗洛伊德所说的自恋主义遭受的最严重的创伤，在哥白尼、达尔文和弗洛伊德本人的名字留下创伤之后？

不可表达的经验无疑与爱情的经验性质相同。以不可表达的经验为借口，把爱，即把其不可表达的独特性沉醉在可把握的作品中，变成适合作品的唯一形式，这合法吗？在对艺术的科学分析中，及对艺术的爱的科学分析中，尤其看到唯科学主义的狂妄自大的形式，因为这种形式以解释的名义，毫无顾忌地威胁到"创造者"和读者的自由和独特性。这些不可知论的维护者狂热地构建起人类自由的堡垒，反对科学的侵犯，对于这些人，我以歌德下面这句极富康德意味的话来反驳，而所有自然科学和社会科学的专家都赞同这句话："我们的观点是，人有权假设存在着某种不可认识的东西，但他不应该为他的探索设定界线。"[7]我认为康德明确表达了科学家们对于他们事业的看法，因为他提出认识和存在的一致是一种想像的点（focus imaginarius）、想像的没影点，科学应该依之来调整自身，千万不要妄图固定在上面（这与绝对知识的幻觉和历史终结的幻觉对立，这种幻觉在哲学家身上比在科学家身上更普遍……）。至于科学对文学经验的自由和独特性产生的威胁，为了公正起见，只要看到下面这点就可以了，科学提供的解释和理解这种经验的能力，以及由此给出的相对于经验的各种决定因素的一种真正自由的可能性，给予了所有愿意和能够拥有它的人。

或许下面这种担心更加合法，即科学将对艺术的爱置于它的解剖刀下会破坏愉快乐趣，因为科学虽能让人理解，却不善于让人感觉。我们只能赞同米歇尔·沙尤（Michel Chaillou）那种尝试，他以感觉、体验、感受（aisthèsis）的至上为依据，提出了一种在文学史中奇怪地不存在的文学生活的文学形象：[8]他巧妙地将叔本华所说的**附录与补遗**（parerga et parelipomena），即被忽视的文本背景，普通评论家弃置不顾的一切，再次引进到一个特别被限定的文学空间中，并通过命名的神奇作用，展示造就和构成作者生活的东西，他们的生活及其日常场景的家族的、家庭的、栩栩如生的甚至荒唐可笑或"臭不可闻"的细节，这样他对文学趣味的一般等级实行了一种颠覆。他用所有考据材料装备自己，不是为了促进对古典作品的神圣颂扬，或促进对祖先和"死者遗赠"的崇拜，而是为了召唤读者并让他准备如圣塔芒所说的那样"与死者干杯"：他从历史和学院派的圣殿中夺取了被当作偶像崇拜的文本和作者，让文本和作者重获自由。

社会学家也应该与文学圣徒传记的唯心主义决裂。他怎么能感觉不到与这种"快乐的知识"的相近呢？因为这种"快乐的知识"依赖对历史参照的不受束缚的自由联想和解放性的运用，以抛弃宏大形象批评的预言式浮夸和学校传统教育的僧侣般念经。但是与社会学的共同表象可能让人觉得，他无法完全满足文学生活的这种文学形象。尽管对感觉的关注完全合适用于文本，但当它针对感觉产生的某种社会世界时，却会导致忽略主要的东西。为了复活作者和他们的环境而付出的努力，可以来自于一个社会学家，而且他必然要对艺术和文学进行分析，这些分析的目的是重建一种社会"现实"，这种现实有可能通过日常生活的可见性、可感性和具体性得到把握。但是，正如我自始至终在这本书中试图说明的，社会学家在这一点上接近柏拉图所说的哲学家，他与"喜爱漂亮的场景和动听的声音的人"即作家对立：他追求的"现实"不能任人约简为现实中显露的感觉经验的直接材料；他不力求让人看到或感觉到，而是构造能够解释感性材料的心智关系系统。

这是否意味着我们又被打发到了陈旧的心智和感觉的二律背反？实际上，如同我所认为的（我自己也有这种体验），对艺术作品的产生和接受的社会条件的科学分析，远远没有简化或破坏作品，而是强化了文学经验，是不是这样，应由读者来判断：如同我们谈到福楼拜时将要看到的，科学分析仿佛为了使得"创造者"的独特性成为可理解的关系，所以首先消除了这种独特性，但这只是为了在空间的重建活动中更好地找回它，在这种活动中，作者"像一个点一样被包括和包含"了。文学空间的这个点也是由于这个空间的独特观点而形成的一个点，如此认识这个点，就能通过与一个被构造位置的心理认同，理解和感觉这个位置及其占据者的独特性，以及一种不同寻常的努力，这种努力至少在福楼拜这一特殊状况下，对于让独特性存在是必不可少的。

对艺术的爱，如同爱情，乃至最疯狂的爱情，自感在它的对象身上找到了依据。为了说服自己有理由（或各种各样的理由）爱别人，他经常求助于解释，即信徒对自己所说的护教话语，而且如果这种话语至少有加强其信仰的作用，那就能启发和呼唤别人加入信仰。这就是为什么科学分析能够在揭示什么使得艺术作品成为**必要**，也就是在揭示信息表达、发生原则、存在理由的时候，为艺术体验和与之相伴的愉快提供最有力的辩护、最丰富的材料。通过科学分析，对作品的感性之爱能够在一种**心智之爱**（amor intellectualis rei）中得到实现，即在主体与客体的同化、主体在客体中的投入、主体对文学客体（它本身在不止一种情况下，是一种类似的服从的产物）的特殊必要性的积极服从中得到实现。

但是，经验的这种强化代价是否太高了？绝对经验完全不是偶然生成的。而将那些期望被体验的绝对经验还原为历史必然性必定要面对这种强化。实际上，理解文学场、支持它的信仰、在场中起作用的语言游戏、在场中产生的物质利益或象征利益的社会生成，并不是迎合还原或消除的乐趣（就像维特根斯坦在《伦理学讲义》中所指出的，理解的努力，无疑是"消除偏见的乐趣"和"'此不过是彼'这类解释"引起的"无法抗拒的诱惑"所致，尤其是以解除艺术崇拜的虚伪自满的名义）。这不过是面对面地观察事物并依照它们的本来面目看待它们。

在文学场或艺术场，即在能够引起或规定与"利益"最无关的矛盾世界的逻辑中，寻找艺术作品具有的历史性的，然而也是超历史性的存在原则，就是把艺术作品当成一个被其他事物困扰和控制的有意图的符号，而且作品也是这种事物的征兆。这是假设表达的冲动在这种逻辑中得到表达，而场的社会必然性所规定的形式化（mise en forme），趋向于使这种表达冲动难以辨认。放弃以纯粹形式为目的的利益超脱，是理解这些社会空间逻辑应该付出的代价，这些社会空间通过它们运行的历史法则，就像社会炼金术，最终从特定的情感与利益的通常残酷的对抗中，抽取升华的普遍性本质；并且提供了一种对人类事业最高成果的更真实的观念，这种观念最终更有保证，因为不那么超出常人。

注释

[1] D. Sallenave, *Le Don des morts*, Paris, Gallimard, 1991, *passim*.

[2] *Ibid.*

[3] *Ibid.*

[4] *Ibid.*

[5] *Ibid.*

[6] H. G. Gadamer, *L'Art de comprendre*, *Ecrits*, II, *Herméneutique et champ de l'expérience humaine*, Paris, Aubier, p. 17；关于历史经验的不可还原性，参见 p. 197，历史经验浸入在"一种'偶然发生'中，排除了'偶然发生'事件的知识"。

[7] J. W. Goethe《Karl Wilhlem Nose》, *Naturwiss*, IX, p. 195, cité in E. Cassirer, *Rousseau, Kant, Goethe*, Paris, Berlin, 1991, p. 114.

[8] M. Chaillou, *Petit Guide pédestre de la littérature française du XVIIe siècle*, Paris, Hatier, 1990, 尤见 p. 9 – 13。

序言　作为福楼拜的分析家的福楼拜

《情感教育》的一种阅读

> 人们不写自己想写的东西。
>
> ——居斯塔夫·福楼拜

《情感教育》这部作品虽被成千上万次地评论过，却无疑没有被真正读过，它提供了对其自身进行社会学分析所必须的一切手段：[1]**严格意义上的内部**阅读所揭示的作品结构，也就是弗雷德里克的经历发生于其中的社会空间的结构，也成为作者本人所处的社会空间的结构。

人们或许会认为，这是抛出自己问题的社会学家，让福楼拜成了一个社会学家，顺便还能提供一种福楼拜的社会学。他通过构造作品的内在结构模式意欲提供证据，似乎有可能表现为过度的科学主义，然而这个模式使重构并从根本上理解弗雷德里克及其朋友们的整个故事变得可能。但最奇怪的是，这个几乎未被陈述的结构，却明确存在着，而且逃过了最专注的解释者。[2]这就迫使人们以通常不多见的术语提出"现实主义"和文学话语的"参照对象"问题。这种话语谈论（社会或心理的）世界**好像等于没有谈论这一世界**；这种话语只有在说了好像没有谈论这一世界的条件下**才能谈论**这一世界，也就是对作者和读者而言，对它所表达的东西进行否认（对弗洛伊德来说是**反对**）的**形式**下谈论世界，那么这种话语到底是什么呢？难道不该想想这种形式是不是有可能实现对深层的和受压抑的结构的部分回想，一句话，最注重形式探索的作家——比如福楼拜和他之后的许多人——难道没有最终**通过**（社会或心理的）**结构**来行动，而这些结构通过他和他对诱导词语，即"引导机制"的作用，以及对多少不透明的屏幕的作用达到客观化？

可以说对作品的分析迫使人们设身处地地提出和检验这些问题，不过除此之外这种分析还应该允许利用文学话语的属性，比如欲盖弥彰或产生非现实化的"真实效果"的能力，与作为福楼拜的社会分析家的福楼拜一起，不慌不忙地进入对福楼拜和对文学的社会分析。

位置，放置，位移

这个"十八岁的青年，留着长发"，"刚刚通过中学毕业会考"，"他的母亲给了他足够的钱，打发他到勒阿弗尔去看一位叔叔，希望他能继承叔叔的遗产"，这个资产阶级青年想着"剧本构思，绘画主题，未来的情感"，他的前途达到了这种程度，以致他能对敞开在他面前的全部权力和可能性以及通向它们的道路一览无余。从双重意义上来看，弗雷德里克·莫罗是一个不确定的，或更确切地说，决心在客观和主观上不确定的存在。他的年金收入条件能保证他自由自在地生活，但他却因为自己投资的变化，而受制于人，甚至在情感上也是如此，尽管他表面上是情感的主宰。投资的变化确定了他的选择的连续方向。[3]

他有时表现出的对资产阶级抱负的冷漠，[4]是他对阿尔努太太爱情梦想的一种副产品，是其不确定性的一种想像的基础。"我在世界上有什么可做的？别人竭尽全力追求财富、名声、权力！我，我没有社会地位，您是我唯一的事业，我的全部财富，我的生活、我的思想目标和中心。"[5]至于他间或表达的艺术兴趣，并不那么稳定可靠，无法为一个确实能够违背一般抱负的更高抱负提供一个支持点：他第一次出现的时候，"想的是一个剧本的构思和若干绘画主题"，在别的时候，"梦想着交响曲"，"想画画"和做诗，一天他开始"写一部题为《西尔维奥，渔夫之子》的小说"，他跟阿尔努太太成了小说人物；然后他"租了一架钢琴并创作德国圆舞曲"，接着就转向绘画，绘画使他接近阿尔努太太，最后回到了写作抱负，这次写《文艺复兴史》。[6]

弗雷德里克的全部生活，就像小说的整个空间一样，围绕着由阿尔努家和唐布罗斯家代表的两极构成：一边是"艺术与政治"，另一边是"政治与商业"。在两个空间的交叉点上,至少在起点上,也就是说在1848年革命之前,除了弗雷德里克之外,只有乌德里老爹以邻居的名义被阿尔努家邀请做客。**标志性人物**,尤其是阿尔努和唐布罗斯,起到了符号的作用,这些符号负责指示和表现社会空间的确切位置。这不是蒂博代认为的拉布吕耶尔式的"性格",而是一个社会位置的符号。(写作活动因此创立了一个充满意味深长的细节的空间,这个空间由此变得比原始状态更有意义,正如它提交分析的许多相关迹象所证明的。[7])比如,不同的招待会和聚会全都被主人提供的酒赋予了不同的含义,从德洛里耶的啤酒到唐布罗斯的"波尔多名酒",中间还有阿尔努的"奇特的酒",利普福罗里酒和托卡依葡萄烧酒,以及罗莎奈特的香槟酒。

因此,我们可以依靠福楼拜大量提供的迹象,以及诸如招待会、晚会和朋友聚会这类自行遴选的社会交往限定的不同"网络",标出位置,构建《情感教育》的社会空间(参见以下解释)。

在阿尔努家举行的三次晚餐会上,[8]除了工艺社的常客于索内、佩尔兰、勒冉巴之外,还有另外几个客人,首先是瓦特纳兹小姐,其次是两位画家迪特迈尔和布里厄这,作曲家罗森瓦尔德,漫画家松巴兹,"神秘主义者"拉瓦里亚斯(出现了两次),最后是偶尔的访客——肖像画家安特诺尔·布雷夫,诗人泰奥菲尔·洛里斯,雕塑家乌尔达,画家皮埃尔-保尔·曼修斯(在这些人中,还得加上在某个晚餐会上的律师勒福舍先生,于索内的两个艺术批评家朋友,以及一个纸商和乌德里老爹)。

相反,唐布罗斯家的前两次招待会[9]与后来的招待会被1848年革命隔开,这些招待会接待的人除了从属性上确定的人物之外,还有一位前任部长,一个大教区的神甫,两位高级官员,"地产业主",以及艺术、科学和政治方面的名流("伟大的M.A.,著名的B.,深不可测的C.,口若悬河的Z.,无法比拟的Y.,左派核心的老吹鼓手,右派的勇士,中间派的城堡指挥官"),外交家保罗·德·格雷蒙维尔,工业家菲米雄,省长夫人拉尔西鲁瓦夫人,德·蒙特勒伊公爵夫人,德·诺南古尔先生,最后,除了弗雷德里克,还有马尔蒂侬、西齐、罗克先生和他的女儿。1848年后,在唐布罗斯家还可见到阿尔努夫妇,转向的于索内和佩尔兰,最后还有德洛里耶,弗雷德里克介绍他为唐布罗斯先生做事。

罗莎奈特举行了两次招待会,一次在她与阿尔努有私情的时候,[10] 另一次是在小说的末尾,当她计划嫁给弗雷德里克的时候,[11] 在这里人们可遇到一些女演员,以及男演员德尔玛,还有瓦特纳兹小姐,弗雷德里克和他的某些朋友——佩尔兰、于索内、阿尔努、西齐,最后是德·帕拉佐伯爵和在唐布罗斯家遇到的人物——保尔·德·格雷蒙维尔、菲米雄、德·诺南古尔先生和德·拉尔西鲁瓦先生,还有经常出入唐布罗斯夫人沙龙的拉尔西鲁瓦夫人。

西齐的客人(包括也出现在罗莎奈特家里的德·科曼先生)除了他的家庭教师和弗雷德里克,全都是贵族。[12]

在弗雷德里克的晚餐会上,总会见到德洛里耶,他由塞内加尔、迪萨尔迪耶、佩尔兰、于索内、西齐、勒冉巴和马尔蒂侬陪同(后两个人没出现在最后一次晚餐会上)。[13]

最后,迪萨尔迪耶召集了弗雷德里克和他的小资产阶级朋友,德洛里耶、塞内加尔,以及一个建筑师,一个药剂师,一个酒类推销员和一个保险推销员。[14]

唐布罗斯一家标志着政治和经济权力的一极,他们一上来就成了政治和爱情野心的最高目标("一个百万富翁,想想吧!你要想办法取悦于他,还有他的夫人"[15])。他们的沙龙接待"投身生活",也就是经商的"男男女女"。在1848年之前沙龙完全排除艺术家和记者。沙龙的谈话是严肃的、乏味的、保守的:有人说在法国不可能实现共和;有人想禁止记者发言;有人想搞地方分权,把城市的超负荷转移到乡下去;有人谴责"下层阶级"的罪恶和欲求;有人谈论政治、竞选、改良和反改良;有人对艺术家抱有偏见。沙龙充塞着艺术品。端上来的是最稀罕的菜肴,鲷、狍子、螯虾,佐之以美酒,用的是最漂亮的银餐具。晚餐后,男人站着谈他们的事,女人们其实就是坐着。

对立的一极并不是伟大的艺术家(无论革命的艺术家抑或地位稳固的艺术家),而是画商阿尔努,因此,他是艺术空间中金钱和商业的代表。福楼拜在他的笔记本上写得清清楚楚:莫罗先生(阿尔努最初的名字）首先是一个"艺术工业家",然后才是一个"纯粹的工业家"。[16]这里的措辞是为了既通过他的职业又通过他的报纸名称《工艺报》表示一种双重否定,这种双重否定存在于这个像弗雷德里克一样双重的、犹豫不定的因而注定要破产的人的公式中。《工艺报》是"对立面亲密携手的中立区",[17]是"混杂的机构",它为占据对立位置的艺术家、"社会艺术"的支持者、"为艺术而艺术"的支持者或得到资产阶级公众认可的作家,提供了一个会面的场所。这里的言论自由,也就是自甘言语猥亵("弗雷德里克对这些人的厚颜无耻感到吃惊"),且总是自相矛盾;这里举止"粗鲁",但也不反对"矫揉造作"。他们在这里吃异国风情的菜肴并在这里喝"奇异的酒"。他们在这里为了美学或政治理论争得不可开交。他们在这里站在左派一边,更确切地说是站在共和一边,像阿尔努本人一样,甚至站在社会主义一边。但是《工艺报》还是一个能够在经济上剥削艺术家劳动的艺术产业,因为它是控制作家和艺术家生产的一个认可机构。[18]

阿尔努在某种方式上,注定要完成艺术商人的功能,他只有通过艺术与金钱之间的一种永久的双重游戏掩盖真相,也就是掩盖剥削,才能取得事业的成功。[19]这个两面派,"结合了唯利是图和天真纯朴",[20]斤斤计较的吝啬和"大肆挥霍"(在阿尔努太太的意义上,[21]也在罗莎奈特的意义上[22]),也就是说怪诞和慷慨,还有轻率和失礼。他至少在一段时间内,兼得对他有利的两种对立逻辑的好处,一方面是只承认象征利益的非功利的艺术的逻辑,另一方面是商业的逻辑:他的两面性比一切口是心非都更深不可测,使他有可能让艺术家被他们自己的游戏即非功利、信任、慷慨和友情的游戏欺骗("阿尔努喜欢他——佩尔兰——但照样剥削他"[23]),由此给他们留下最好的部分,也就是他们自己称为"荣誉"[24]的单纯象征利益,从而把从他们的劳动中抽取的物质利益留给自己。他是那些**理应**拒绝承认他们的物质利益(否则就会认识到其物质利益)的人中间的生意人和商人,对艺术家,他注定要表现为一个资产者,而对资产者,他注定要表现为一个艺术家。[25]

罗莎奈特的沙龙所代表的"半上流社会"介于放荡不羁的文人与"上流社会"中间,汇集了来自两个对立空间的人:"妓女的沙龙(其重要性从这时候开始)是一个中立的区域,不同阶层的股东们在这里

碰面"。[26] 这个中间的、有点可疑的世界，由"自由女性"主宰，因此能够彻底完成直接的统治者即"资产者"和被统治的统治者即艺术家之间的**调停人**的功能（"资产者"的合法妻子——作为女人——在统治者中间是被统治者，她也以另一种方式利用她的沙龙完成了这个功能）。这些高级"妓女"，乃至艺妓，如舞蹈演员和演员，或（一半受人供养、一半是文人的）瓦特纳兹，通常出身于"下层阶级"。她们靠人供养才获得"自由"，并以她们的幻想和怪诞制造自由放纵（她们与放荡不羁的文人甚至更合法的作家之间的同源性是惊人的，后者如福楼拜和波德莱尔，也在思考他们的功能与"娼妓"的功能之间的关系）。在她们那里一切都允许，而在别处是不可思议的，即便在阿尔努家，[27] 更不用提唐布罗斯夫人的沙龙了：言行的不恰当，同音异义词的文字游戏，大话，"信以为真的谎言，不可能的论点，行为的越轨"（"有人从远处抛来一只橙子，一个瓶塞；有人离开座位跟某个人聊天"）。这个"适于寻欢作乐的环境"，[28] 兼有两个对立世界的好处，保留一个世界的自由和另一个世界的奢华，却没有它们的欠缺，因为一些人在这里放下了他们被迫的禁欲主义，而另外一些人摘下了他们的道德面具。正是在"一个小小的家庭宴会上"，如于索内所嘲讽的[29]，"妓女们"迎合艺术家；有时她们能从中招募自己的心上人（这里的德尔玛），以及寻找供养她们的资产者（这里的乌德里）；在这种乱七八糟的家庭聚会中，金钱与理性的暧昧关系用来维护心灵的关系，但这类聚会依旧受到它所否定的东西支配，如同鬼神弥撒一样：所有资产阶级法则和道德都被从这里驱除出去，除了对金钱的尊崇，而金钱就像道德一样，会阻碍爱情。[30]

继承问题

福楼拜这样确立了权力场的两极，权力场是牛顿意义上的真正**环境**，[31] 社会力量即引力或排斥力在这个场中起作用，这些力量以心理动机的形式，诸如爱情或野心的形式，找到其现象学表现。借此他建立了一种社会学实验的条件：五个少年——主角是弗雷德里克——由他们共同的大学生位置暂时集中在一起，接着就被如同一个引力场中的粒子那样抛入这个空间中，他们的轨迹将由场的引力和他们自身的惯性来决定。一方面，这种惯性存在于他们从他们的出身和轨迹得来的配置中，这些配置意味着在一种存在方式中延续的趋向，因而意味着一种可能的轨迹；另一方面，这种惯性存在于他们继承的资本中，这种资本有助于确定场分配给他们的可能性和不可能性。[32]

作为可能的力量场，权力场也是一个斗争的场，或许由此可以被比作一个游戏，可能的力量作用于所有可能进入场的人：配置，也就是说一系列被归并的特征，包括优雅、自如甚或美丽，以及各种形式的资本，经济资本、文化资本、社会资本，构成了起统帅作用的王牌和游戏的方式及游戏的成功，总之，构成了福楼拜称为"情感教育"的整个**社会衰老**过程。

福楼拜仿佛要将一系列在不同的组合中有某些禀赋的人暴露在场的力量之下，这些禀赋在他眼中代表了社会成功的条件，于是他"构造"了一群少年，每个成员都通过一系列以大致系统的方式被分配的相似性差别与其他每个人相联系，并与其他所有人区分开来：西齐非常富有、高贵、交际甚广、优雅（漂亮吗？），但不怎么聪明而且没什么野心；德洛里耶聪明并具有一种强烈的成功愿望，但他贫穷，没有关系也不漂亮；马尔蒂侬比较富有，比较漂亮（至少他自吹），比较聪明且急欲成功；弗雷德里克，如人们所说，什么都有——相对富有，有魅力且聪明——，除了成功的愿望。

在这个游戏即权力场中，**权力**显然是关键的东西，应该获得或保住权力。进入场的人在以下两种关系中可能有差别：首先，从遗产也就是从王牌的观点来看；其次，从继承者对遗产的支配也就是"成功的愿望"的观点来看。

> 什么使一个继承人准备或不准备继承？什么促使他仅仅维持遗产或增加遗产？福楼拜为这些问题的答案提供了几个要素，特别是在弗雷德里克的状况中。与遗产的关系总是植根于与父亲和母亲的关系中，而父母的形象是由多种条件决定的，心理成分（如精神分析描述的）和社会成分（如社会学分析的）在这些形象中互相交织。弗雷德里克对他遗产的矛盾态度，可以在他对母**亲矛盾态度**中找到原因，而这种矛盾态度就是其犹豫不决的根源。

他的母亲是个具有两面性的人物，她是女人不必说，却取代他死去的父亲成了通常怀有社会野心的男人。她的"平民"丈夫"在她怀孕的时候，被人一剑刺死，给她留下了一笔有限的财产"，她成了寡妇。这个有头脑的女人，出身于外省的一个小贵族家庭，把她恢复社会地位的所有野心都寄托在她的儿子身上，并不断地提醒他生意场和金钱场的绝对必要性，这种绝对必要也同样适用于爱情事物。但是，福楼拜暗示（尤其在提及最后一次会面时："他感到某种说不出的东西，一种厌恶，仿佛惧怕一种乱伦一样"），弗雷德里克把对他母亲的爱转移到阿尔努太太身上，后者成为爱情理由战胜生意理由的原因。

于是有了"小资产者"即德洛里耶和于索内[33]与继承人的第一次分化，"小资产者"除了自身的（良好）愿望之外没有别的资源。在继承人中，有些人保持现状，他们要么满足于维持他们的地位，如贵族西齐，要么努力提高地位，如资产阶级征服者马尔蒂侬。西齐在小说结构中的存在理由只有一个，即代表了对待遗产，更普遍地说是对待可继承的位置系统的各种可能倾向之一种。他是平静的继承者，满足于继承。鉴于他的遗产的性质，他的财产，他的爵位，还有他的头脑，他只能这样做，不再为此有所作为。但是，也有自找麻烦的继承人，如弗雷德里克，这些继承人即使没有拒绝继承，但至少拒绝被他们的遗产所左右。

权力的代代相传总是表现了家庭历史的关键所在。其中一条原因是，物质遗产、文化遗产、社会遗产和象征遗产与生物个体之间**相互占有**的关系暂时处于危险的境地，而生物个体是由占有且为了占有而培养的。只有当遗产控制了继承人，尤其借助暂时承受遗产的人和应该保证延续遗产的人——"死人（也就是财产）抓住了活人（也就是一个准备并善于继承的物主）"时，遗产（及由此而来的整个社会结构）持续存在的倾向才能实现。

弗雷德里克无法满足这些条件：他作为财富的占有者不想被他的财富占据，但也不想放弃财富，他拒绝过规规矩矩的生活，拒绝拥有两种属性，即一个"身份"和一个有年金陪嫁的配偶，[34]然而只有这两种属性才能在这个时代和这种环境中为他提供社会生存的工具和标志。弗雷德里克想继承而又不想受制于遗产。他缺乏资产阶级称作严肃的东西，也就是守本分的禀赋：这是身份原则的社会形式，唯它能够建立一种毫不含糊的社会身份。由于表现出无法严肃对待自己，无法预先认同命中注定的社会存在（比如路易丝小姐"未婚夫"的社会存在[35]），无法由此提供严肃未来的保证，他消除了"严肃"和一切"家庭和民主的美德"的现实性。[36]中规中矩的人是要守他们本分、做他们该做的并完全符合他们的所作所为的人，"资产者"或"社会主义者"，有这样的美德。

即使马尔蒂侬与弗雷德里克极为相似，但在这种关系中，马尔蒂侬仍是弗雷德里克的鲜明对照。如果最终是他获胜，那是因为他严肃地进入了角色，而弗雷德里克仅仅是在扮演：从他第一次出现，福楼拜就说他"已经显出严肃"，[37]后来指出，比如，在唐布罗斯家的第一次招待会上，在一片笑声和"随意的玩笑"中，"唯有马尔蒂侬表现严肃"，[38]而弗雷德里克在跟唐布罗斯夫人聊天。一般来讲，在这样的场合，马尔蒂侬总是致力于以他的"严肃"令"严肃的人"感到信服；而弗雷德里克恰恰相反，他逃到女人们身边，避开男人们无聊的谈话。（"由于这些事情让弗雷德里克厌烦，他来到女人们身边。"[39]）

弗雷德里克蔑视**严肃**的人，其代价是当他面对一个既无明确目的又无可靠标志的空间时所体会到的犹豫不决和不安全，这些严肃的人，如马尔蒂侬，总是预备满怀热情地接受他们被许诺的地位和被许配的女人。他体现了资产阶级青春期的实现方式之一，且不是最罕见的方式。这种方式可依时间或时代的不同，以贵族主义的修辞或民众主义的用语被体验和被表达，这种贵族主义或民众主义都染有强烈的唯美主义色彩。

作为延期的资产者和临时的知识分子，他不得不在一段时间内采取或模仿知识分子的姿态，并且预先就具有了这种互相矛盾的双重确定性所带来的不确定性：他被置于一个力量场的中心，这个场的结构得自经济或政治权力的一极与知识或艺术权威的一极（其吸引力在学生阶层的内在逻辑中得到加强）之间的对立，因此他处于一个社会失重的区域，在这个区域中，把他带到一个或另一个方向的力量互相抵消并暂时保持平衡。

此外，通过弗雷德里克，福楼拜考察了什么使少年时代成为双重意义上的**关键时刻**。如同人们所说的，"进入生活"，就是同意进入社会所认可的一个或另一个社会游戏，同意进行最初的**投资**，这种投资既是经济的又是心理的，包含在对**严肃游戏**的参与中，而社会世界就是由严肃游戏构成的。这种对游戏的信仰，对游戏的价值及其重要性的信仰，首先表现在严肃中，甚至表现在严肃的思想中，即严肃对待被社会指定为严肃的一切事和人的倾向中——从自身开始——而且仅仅对待这些事和人，就像在马尔蒂侬那里一样。

弗雷德里克终究没有投入到社会世界给出的这个或那个艺术游戏或金钱游戏中。他拒绝将**幻象**当作普遍赞成和共享的幻想，即对**现实的幻想**，而是逃到公开宣称的真实**幻想**中，真实幻想的形式甚至是形式上最极端的脱离现实的幻想（比如堂吉诃德或爱玛·包法利）。进入生活，作为进入由整个集团保证的真实的幻想中，并不是自然而然的事。脱离现实的青春，如弗雷德里克或爱玛的青春，让人想起，我们用来衡量一切虚构的"现实"，不过是集体幻想得到普遍保证的参照对象而已，弗雷德里克或爱玛像福楼拜一样，把虚构当作真实，因为他们无法认真对待真实。[40]

因此，随着权力场的空间被集中在一点上，游戏和赌注被确定了：两极之间完全不相容，而且又不能脚踏两只船，想要赢得一切，就有丧失一切的危险。通过描述青少年的属性，王牌发下去了。牌局可以开始了。每个主角由一种生成公式确定，这种公式在引导小说家选择的时候无需被完全说明，更无需被形式化（它无疑大致作为习性的实际直觉起作用，这种直觉在日常生活的经验中，使我们有可能预测或理解家庭成员的行为）。作用、相互作用、竞争关系或冲突关系、甚或幸福或不幸的偶然，构成了不同的生活历史过程，它们只是通过将人物的本质展示在以**历史**形式出现的时间中，而表现这种本质的各种时机。

因此，每个人物的每种行为都会确定差别系统，差别使他与实验集团的所有其他成员对立；这没为最初的生成公式真正增加什么。其实，他们中的每个人全都处于他的每种表现中，**全都**预先倾向于作为其他所有表现（无论过去还是未来的表现）的可直接辨认的符号起作用。因此，马尔蒂侬"修剪过的络腮胡子"，预示了他后来的一切行为：从他在骚乱的时候害怕受到牵连，面色苍白，叹息，哀号，或当他的同伴攻击路易·菲利普的时候，他对他们谨慎地加以反驳——福楼拜把这种态度归于对他上中学时逃避罚写作业所用的顺从和今天取悦法学教授所用的顺从——，直到在唐布罗斯家的晚餐会上，无论在他的行为上还是在他的卖弄式保守主义的言论中，都表现严肃。

《情感教育》是一个集团必不可少的故事，这个集团的成员被一个大致有系统的组合规则联系起来，并且服从于权力场作用于他们的全部吸引力和排斥力。如果说《情感教育》可以被当作一个故事来解读，那是因为其结构组成了虚构，并建立了虚构产生的对真实的幻想，而且结构仿佛消失在现实中，消失在现实构造的人物的互相作用中。由于这些最强烈的相互作用是情感关系，而且情感关系预先因作者本人而引起注意，所以我们可以理解这些相互作用完全掩盖了它们自己在评论家眼中被理解的基础，评论家的"文学意识"丝毫没有使他们打算在社会结构中寻求情感的答案。

那种消除人物参数组合的抽象外形的东西，其悖论性是人物所处社会空间的狭窄性：这个有限而封闭的空间，很像是侦探小说的空间，尽管并非表面如此。在这些侦探小说中，所有人物都被禁闭在一个岛上或一个与世隔绝的庄园里，二十个主角不论好坏都有很多机会相遇，进而在一个必要的奇遇中发展他们各自"公式"的所有蕴涵命题，这些命题预先包含了他们的互相作用的各种变动，比如争夺一个女人（弗雷德里克和西齐争夺罗莎奈特，或马尔蒂侬和西齐争夺塞西尔），或争夺一个位置（弗雷德里克和马尔蒂侬争夺唐布罗斯先生的保护）。

经过对轨迹的第一次比较总结，我们得知"西齐没有完成法律学习"。为什么他要这么做？此外如传统所预示的，他经历了一段巴黎的青春时代，接触了一些异端的人、风俗和思想，从而立刻找到了一条笔直的道路，这条路将他带到包含着他过去的未来之中，也就是将他带到"他祖先的城堡"中，他在城堡里最终成为"笃信宗教的八个孩子的父亲"。他作为简单再生产的典型例子，也与弗雷德里克和马尔蒂侬对立。弗雷德里克拒绝继承遗产，而马尔蒂侬则想方设法增加遗产，利用他继承来的资本（财富和关系，漂亮和聪明）实现一种成功的愿望，人们只在小资产阶级身上找到类似的愿望，这种愿望让他达到了外在上的最高轨迹。马尔蒂侬的**决心**是弗雷德里克的犹豫不决的严格对照，这种决心大部分的有效性取决于象征作用，而象征作用与这个符号的一切明确行动同时产生：对游戏的态度，"严肃"、"信心"、"热情"（或反之"轻浮"、"傲慢"和"随便"）通过实践的特定模式表现出来，这种特定模式构成了对被觊觎位置的承认，进而构成了一个人对想要加入的秩序的服从的最可靠证据，这正是一切机构对那些有可能再生产秩序的人的特别要求。

弗雷德里克和德洛里耶之间的关系展现了继承人与仅仅继承了占有欲望的人之间的对立，也就是资产者与小资产者之间的对立。在土耳其女人家里的艳史就是这样：弗雷德里克有钱，但他缺乏勇气；德洛里耶胆大，但没钱，只能随他逃跑。

> 将他们分开的社会差距曾被多次提到，尤其通过他们趣味的对立：德洛里耶对美的渴望停留在低级的层次上，并不知道冒充风雅的精妙（"贫困，因而赤裸裸地渴求奢华"[41]）："'我要是你，'德洛里耶说，'我宁肯买银器。'对豪华的喜爱，显示出身的低微。"[42] 实际上，他"渴望把财富作为支配人的手段"，而弗雷德里克以唯美主义者的身份想象未来。[43] 此外，弗雷德里克多次表现出对与德洛里耶关系感到耻辱，[44] 甚至公开对他表示轻蔑。[45] 而福楼拜，仿佛是为了强调德洛里耶的整个行为的根源（和他与弗雷德里克的差别），让**遗产**问题成为失败的原因，失败葬送了他的教授抱负：他去参加学衔考试，"带了一篇关于立遗嘱法的论文，他在文中主张尽可能地限制立遗嘱法"，"命运让他抽到的考试题目是时效性的"，这给他提供了推迟抨击遗产和继承人的机会；由于他曾在让他受挫的"蹩脚理论"上遭遇失败，因此，受此刺激，他明确主张废除旁系亲属继承法，但弗雷德里克除外……[46] 某些评论家——包括萨特——都非常严肃地考虑在弗雷德里克和德洛里耶之间是否存在着一种同性恋关系，他们依据的恰恰是《情感教育》中的一段，在这一段中阶级之间关系的客观结构清清楚楚地表现在个人之间的相互作用中："然后他想到了弗雷德里克的外表。他的外表对他总有一种近乎女性的魅力。"[47] 这实际上不过是宣告身体素养和举止的社会差别的一种相对典型的方式，这种社会差别处于精致、典雅的范畴之内，将弗雷德里克置于女性一边，甚至让他带女人气，正如人们在另一段中看到的："他在学校认识

了另外一个人,德·西齐先生,大户人家的孩子,他举止优雅,看起来就像女孩子"。[48]除了举止的差别,还要加上更基本的即与金钱关系上的差别,正如皮埃尔·夸尼指出的,弗雷德里克显然有"一种女性的金钱观,他把金钱变成享乐和奢华的工具而非权力的工具"。[49]

两个朋友之间的独特关系的原则存在于资产阶级与小资产阶级的关系之中:被认同、获得地位和被当成别人的渴望,构成了小资产阶级的企图,而且更广泛地,构成了觊觎者(或助手、"影子")的姿态。我们显然想到了德洛里耶以弗雷德里克的名义在阿尔努太太身边的暧昧举动,想到了他试图将弗雷德里克的两次"机会"即唐布罗斯先生和阿尔努太太据为己有并取而代之时的心计,或想到了他在弗雷德里克的"未婚妻"路易丝身边使用的策略,他最后娶了路易丝:"他一开始不仅称赞他们的朋友,而且尽量模仿他的举止和言语"。[50]

德洛里耶想等同于弗雷德里克,想赞同他的说法,并想象自己"借助一种奇特的智力进化,几乎变成了他,而这种智力进化中既包含着报复和同情,又包含了模仿和大胆"[51]。德洛里耶的这种倾向并非不带有对差别的一种敏锐认识,并非不带有对社会差距的一种**意识**,差别将他与弗雷德里克分开,而社会差距迫使他们保持距离,即使在想象中也是如此。他深知有些事物对一个人来说是好的,对另外一个人来说未必是好的,甚至当他身在其位的时候,也懂得分寸:"十年之后,弗雷德里克该当上议员,而十五年后,就该当上部长。为什么不呢?他的遗产很快就该拿到手了,他可以先办报;这是开始;接下来,走着瞧。说到他自己,一直渴望得到法学院教授的职位"[52]。如果他把自己的抱负与弗雷德里克的抱负联系在一起,那总是为了让他自己的现实主义的和有限的计划服从于弗雷德里克的抱负:"你应该到那个世界中去!然后你把我也带去"[53]。他为弗雷德里克制定了抱负:这意味着他给予弗雷德里克的并不是弗雷德里克特有的抱负,而是他**只要**拥有弗雷德里克的手段,就完全有理由体会的抱负:"他想出了一个主意:到唐布罗斯家谋求秘书的位子。当然,不买一定数量的股票，这个位子就得不到。他认识到自己的计划**很荒谬**，暗想：'哦，不！这不行。'于是他想怎么设法筹措一万五千法郎。**这笔钱对弗雷德里克来说简直微不足道！但要是他有，他自己有，该多带劲！**"[54]有威信的继承者可以挥霍他的遗产或敢于拒绝接受遗产，他的洒脱并不是为了缩短将他与觊觎者分开的客观距离；作为对焦虑的和紧张的向上爬的野心的暗中谴责，这种洒脱只能为得不到满足的欲望增加屈辱的仇恨。

想成为别人是一种绝望的希望，这种希望很容易就变成了失败的绝望，以及间接地以**道德愤怒**而告终的野心：有他之所有的弗雷德里克，应该有德洛里耶为他筹划的野心，或者是他之所是的德洛里耶，应该有弗雷德里克拥有的财产。应该遵循福楼拜的说法："前书记员对另一位有那么多财富感到愤愤不平。'他把财富用在毫无价值的地方。这是一个自私自利的人。哦！我一点都看不上他的一万五千法郎'。"我们由此触到了**怨恨辩证法**的根源，这种辩证法谴责别人的财产，而他自己却想占有这笔财产。"为什么他借给了他们？为了阿尔努太太美丽的眼睛。她是他的情妇！德洛里耶确信无疑。'钱又多了个用处！'**仇恨的感情攫住了他。**"对无法得到的财产的不幸热情和随之而来的夺取热望，注定要以对别人的憎恨告终，憎恨是避免仇恨自己的唯一方式，当嫉妒针对的是财产、特别是有形的或无形的财产，如举止风度时就如此，这时一个人无法将财产据为己有，但又不能消除占有欲（因此，正如福楼拜所说的，对"才子"的愤怒谴责，在"学究"当中极为普遍的，这种谴责通常不过是一种嫉妒的颠倒形式，这种嫉妒只能以一种反价值与占统治地位的价值对抗，这种反价值就是所谴责的价值的**缺失**规定的"严肃"）。

但是怨恨并不是唯一的出路；它与唯意志论交替发展："但是，意志难道不是做事的主要因素吗？既然意志可以教人无往不胜……"[55]弗雷德里克只要想想就能实现的事情，德洛里耶却得费尽心机，为此他本该代替弗雷德里克。这种认为社会成功依靠个人的意志和良好愿望的典型小资产阶级观念，这种关于努力和业绩的僵硬伦理产生了其反面的东西，即怨恨。它合乎逻辑地延续到一种社会世界观之中，这种世界观将人为论与隐藏的顽念结合起来，这种顽念一半是乐观的，因为顽强和阴谋无所不能,一半是悲观的,因为这种机制的秘密机关只掌握在熟悉**密谋**的人手中。"**他从来**只通过其贪欲的狂热**看世界**,他把世界想象成人工的创造,按照数学的法则运行——城里的一顿晚餐,与一个要人的碰面,一个美丽女人的笑容,能够通过一系列的行动互相推导,得出重大的结果。巴黎的某些沙龙就像这些机器一样,采集原材料并让它价值百倍。他相信给外交官出主意的妓女,相信靠阴谋得来的嫁资丰厚的婚姻,相信苦役犯的才能,相信强者支配的命运。"[56]因此权力世界出现了,某个渴望进入其中的人从外面看,尤其从远处和低处看它的时候:在政治上如同在其他方面一样,小资产阶级被迫落入**误认**,即旨在把一个事物**认作**另一个事物的认识和评价的错误。[57]

怨恨是一种顺从的反抗。失望,通过表现在失望之中的野心,构成了一种对认可的承认。保守主义在这方面从不会弄错:它懂得从中看到对社会秩序,对由怨恨和受挫的野心组成的社会秩序的最高致敬;如同它另外懂得识破青年反抗的轨迹,这个轨迹从青春期的放荡不羁反抗发展到成年的幻灭保守主义或反动的狂热。

正如人们所见,于索内是福楼拜难以将之与德洛里耶区分开的另一个人。他很早就开始文学生涯:他是这种放荡不羁的典型体现,因而注定要遭受物质上的贫困和精神上的失望。他是马克思所说的**流氓无产阶级**和韦伯所谓的"无产阶级知识分子",常年处于"文学学徒工"的状况中,忙着写"不被接受的通俗喜剧"和"攒歌词"。这个有点乌托邦色彩的少年,从低劣的报纸到不定期的周刊,遭到接二连三的失败,[58]他既没有物质财产(年金),又没有必不可少的智力财产以期得到公众的承认,因而变成了一个尖刻的放荡不羁者,随时准备诋毁在他的同代人的艺术中、以及革命行动中的一切。[59]最终,他重新回到了一个反动圈子的鼓动者的位子,[60]变成了对一切、尤其是对知识分子的东西万念俱灰的知识分子,而且准备无所不为,甚至为工厂主写传记,[61]以求得"高位",借此控制"所有剧院和整个报界"。[62]

还有弗雷德里克。作为一个无法变成他之所是也即一个资产者的继承人,他在互相排斥的策略之间摇摆不定,而且由于拒绝了为他提供的可能性——特别是通过与路易丝联姻,他最终使自己的所有再生产机会受到了影响。彼此矛盾的野心接连不断地将他推向社会空间的两极，推向艺术事业或商业，同时，推向与这些位置相关的两个女人，这些野心是一个**无重心**的人（严肃的人的另一说法）所固有的，他无法对场的力量进行丝毫反抗。

他能用来反抗这些力量的一切，就是他的遗产，他用遗产来推延他被遗产确定的时刻，以延长定义了他的不确定状态。

他第一次"破产、落魄、完蛋"时，丢下了巴黎和一切留恋的东西，即"艺术、科学、爱情"，[63]为的是服从布哈南先生的研究；但是，他一继承遗产，就恢复了巴黎的梦想，在他母亲看来，这个梦想像是"傻事、荒唐念头"，她对恢复秩序也就是客观机遇负有责任。他的股票再次崩溃让他回到外省，回到母亲家里和罗克小姐身边，也就是回到他在社会秩序中的"原生地"。"七月末，不可思议的低落使北方的股票下跌。弗雷德里克没卖出自己的股票；他一下子损失了六万法郎。他的收入明显减少。他应该要么限制开销，要么找一个职业，要么结一门好亲事。"[65]

无论涉及的是保住统治地位的倾向还是进入统治地位的渴望，他自身都不具备任何力量，因为这种倾向显示了预备过循规蹈矩生活的继承人的特征，而这种渴望说明了小资产阶级的特征，他对权力场的基本法则提出了挑战，试图逃避决定社会衰老的不可逆转的选择，调和对立面，即艺术与金钱，以及疯狂的爱情与合乎理性的爱情。在故事的结尾处，他从数不清的失败中吸取教训，将他的失败归结为"没有正道"，算是看得很准。

由于无法决定自身，无法放弃这个或那个不可调和的可能性，弗雷德里克不管是否口是心非，都是一个双重的人，因而他无论是自发的、被人激怒或被人利用，都注定被人误会或白费力气，或注定进入"双重存在"[66]的双重游戏，这种游戏是由彼此分离的空间的共存导致的，有助于暂时推迟决定。

构成整部作品的戏剧机制就是通过第一次误会体现出来的。德洛里耶突然来到弗雷德里克家里，当时弗雷德里克正准备出门，德洛里耶以为弗雷德里克去唐布罗斯家而不是阿尔努家吃晚餐，便打趣道："我以为你要结婚了！"[67]当罗莎奈特以为弗雷德里克像她一样为他们死去的孩子哭泣的时候，他心里想的是阿尔努太太；[68]抑或当弗雷德里克在为阿尔努太太准备的房间里接待罗莎奈特时，罗莎奈特以为给自己的殷勤和眼泪，实际则是为另一个女人付出的，弗雷德里克根本没让她弄明白，这是弗雷德里克厚颜无耻地维持的误会。当弗雷德里克谴责罗莎奈特对阿尔努（也就是阿尔努太太）提起诉讼时，实际上唐布罗斯夫人应对此负责，这也是一个误会。[69]弗雷德里克在爱情上的白费力气为罗莎奈特发自内心的呼喊暗含的交错配列法提供了意义："你为什么要到正派女人那里寻欢作乐？"[70]这是马尔蒂侬筹划的一次对调，他借助弗雷德里克无意识的同谋，夺走了后者的位置，坐到了塞西尔身边，而弗雷德里克非常幸福地坐在阿尔努太太身边。[71]另外一个颇为巧妙的对调，也是马尔蒂侬筹划的：他又一次靠他的受害者的同谋，将唐布罗斯夫人推向弗雷德里克的怀抱，而他则向塞西尔献殷勤，娶了她，并通过她继承了唐布罗斯先生的遗产，而他起先想从唐布罗斯夫人入手，但唐布罗斯夫人恰恰在弗雷德里克继承遗产的时候，被她丈夫剥夺了继承权。

弗雷德里克在双重游戏或两重性的策略中寻求暂时留在资产阶级空间的办法，他在这个空间里找到了"他的真正所在"，[72]而且这个空间为他提供了"一种满足，一种深深的喜悦"。[73]他试图调和对立面，同时为它们保持各自的空间和时间。他通过对时间的合理分配和几个谎言，同时得到了"资产阶级敬意"[74]的化身唐布罗斯夫人的高贵爱情和罗莎奈特的轻浮爱情，罗莎奈特一心一意地爱上了他，而他正在此时发现了三心二意的魅力："他向这个重复刚刚对那个许过的诺言，给她们送相似的两束花，同时给她们写信，然后把她们比来比去；——而第三个人总是出现在他的脑海里。既然不可能拥有她，他对自己的背信弃义感到心安理得，背信弃义作为调剂，增添了他的快乐"。[75]他在政治上使用了同样的策略，他参加了"由一个保守主义者支持和一个革命者鼓吹"[76]的竞选，竞选后来失败了："出现了两个新候选人，一个是保守主义者，一个是革命者；第三个，无论如何，都没有机会了。这是弗雷德里克的错：他没有抓住时机，他本该来得早一点，活动活动。"[77]

必要事件

但是**事件**的可能性,即社会意义上互相排斥的可能性的不可预知的冲突,也处于独立系列的共存之中。弗雷德里克的情感教育是对两个空间之间即艺术与金钱、纯粹的爱情与商业的爱情之间不可调和的逐步学习;这是结构上必不可少的事件的历史,这些事件决定了社会衰老,与此同时决定了结构上不可调和的可能性的互相渗透,而"双重存在"的双重游戏促使这些不可调和的可能性在模棱两可中共存:互相独立的因果系列接连相遇,逐渐消除了一切"单方面的可能性"。[78]

若要检验提出的模式,只需看到,场的结构必要性粉碎了弗雷德里克混乱的野心,也将制服阿尔努基本上是互相矛盾的举动:艺术商人是弗雷德里克结构上的真正对偶物,作为艺术空间中金钱和商业的代表,他像弗雷德里克一样,是个两面派。[79]空间的不可调和法则必然要引出一个致命的问题,即使阿尔努能够通过玩艺术和金钱之间永远的双重游戏,推延这个问题,他也注定要因为他的犹豫不定与调和对立面的野心而遭到破产:"他的才智高不到艺术,低不到市侩,无法唯利是图,于是,谁对他都不满意,他破产了。"显然,与弗雷德里克期待从政府或商业谋求的职位相比,德洛里耶和于索内用来引诱弗雷德里克的最后职位,完全类似阿尔努从前占据的位置:"你应该每星期举行一次晚餐会。这是必不可少的,尽管要花费你收入的一半!人家愿意来,这儿对别人来说将是一个中心,对你来说则是一种手段;而且,通过文学和政治这两头操纵舆论,不出六个月,你看吧,我们在整个巴黎就声名显赫了。"[81]

为了理解这种"输者为赢"的游戏,即弗雷德里克的生活,应该一方面牢记,福楼拜在爱情的形式和爱艺术的形式之间建立起来的联系,这些形式几乎同时并且在同一个世界即放荡不羁的知识分子的世界和艺术家的世界里形成；另一方面牢记使纯艺术空间与商业世界对立的颠倒关系。至少从商业的角度看，艺术的游戏是一个"输者为赢"的游戏。在这个经济颠倒的世界里，人们无法赢得金钱、荣誉（福楼拜恰恰说过："荣誉败坏名声"）、合法的或不合法的女人，总之无法赢得标志**世俗的**成功即在社会上的成功和这个世界上的成功的所有东西，倘若不累及他们在彼岸世界的拯救。这个**自相矛盾的**游戏的基本法则是让人从非功利中获得利益：对艺术的爱是一种疯狂的爱，至少从日常的、"正常的"世界的规范的角度来看，而这个世界是由资产阶级戏剧一手导演的。

空间之间的不相容法则是通过艺术形式和爱情形式之间的同源性实现的。其实，在野心的范围内，艺术和权力之间的钟摆式摆动，倾向于随着历史的前进而缩小；虽然弗雷德里克继续长久地在艺术世界的一个权力位置与政府或商业部门的一个位置（唐布罗斯先生领导的工商企业秘书长的位置或最高行政法院助理办案员的位置）之间摆动。相反，在情感的范围内，狂热的爱情与商业爱情之间的大幅度摆动则一直存在：弗雷德里克被置于阿尔努太太、罗莎奈特和唐布罗斯夫人之间，而路易丝（罗克）、"未婚妻"、最有可能的可能性，对他来说一向不过是当他的成功机会变小（或股票下跌）时的一个避难所或一份回报。[82]将可能的空间变小的大部分事件，通过这三个女人不期而至；更确切地说，它们产生自通过三个女人将弗雷德里克与阿尔努或唐布罗斯先生与艺术及与权力相连的关系中。

这三个女性形象代表了一个可能性的系统，其中每个人都通过与其他两个对立来确定自身："他在她（唐布罗斯夫人）身边体验不到全心全意向往阿尔努太太的热狂，也体验不到罗莎奈特一开始时带给他的快乐的混乱。但他垂涎于她，就像垂涎一件不同寻常和难得的物品，因为她高贵，因为她富有，因为她虔诚。"[83]罗莎奈特与阿尔努太太的对立是轻佻的女人与难以接近的女人之间的对立，人们拒绝难以接近的女人，以便继续对她心存幻想并借助过去的虚幻爱她；两者的对立还是"一钱不值的妓女"与无价的、神圣的、"圣洁的"[84]女人之间的对立："一个轻浮、暴躁、有趣，另一个严肃，近乎修女。"[85]一方面，是社会现实（一个"婊子"）总是抹不掉的女人（对于这样的母亲，人们只能认可她生一个男孩，她自己也这么认为，由此承认自己不够

格,男孩像他父亲一样,叫弗雷德里克)。另一方面,则是一切都预示她成为母亲的女人,[87]而且是一个像她的"小姑娘"的母亲。[88]至于唐布罗斯夫人,她与前者和后者都形成了鲜明的对比:如弗雷德里克所言,她与一切"徒劳无益的激情"都[89]格格不入,无论是"荒唐事"还是"疯狂的爱情",这些激情令资产阶级家庭绝望,因为它们消除了野心。对她而言,如同对路易丝而言那样,但这是在一个更高的层次上,权力与爱情、感情联系与生意联系之间的矛盾消失了:莫罗太太只能赞同了,她与自己最高的梦想恢复了联系。不过,即使这种资产阶级爱情带来了权力和金钱,但却带不来快乐,也带不来"狂喜",弗雷德里克从中反观到"一种有点卑鄙的投机",[90]它甚至不得不从真正的爱情中汲取养分:"他利用旧爱。他仿佛从她身上得到灵感似的,向她讲述从前阿尔努夫人给他的感受,他的忧郁,他的担心,他的梦想。"[91]"于是他承认他把什么隐藏了起来,那就是他的感觉的破灭。他还是装出热情很高的样子,但是为了能够感受到这些热情,他还要追忆罗莎奈特或阿尔努夫人的形象。"[92]

终止弗雷德里克的艺术野心的第一个事件,发生在他必须对刚刚从经纪人那里得到的一万五千法郎的三个可能用项进行选择的时候:[93]要么给阿尔努,帮助他免于破产(并借此救助阿尔努太太),要么给德洛里耶和于索内并投身一种文学事业,要么给唐布罗斯先生,进行投资。[94]"可恶的德洛里耶呆在他家里,因为他想信守诺言,对阿尔努施恩。'要是我去找唐布罗斯先生,以什么借口要钱? 相反,应该是我给他的煤矿股票投钱!'"[95]误会又加深了:唐布罗斯先生给了他秘书长之职,而他实际上却应阿尔努太太的要求,来为阿尔努说情。[96]因此,对弗雷德里克而言,其艺术生涯的可能性的破产,或更确切地说,控制着他的互相排斥的可能性的冲突,来自将他与阿尔努的关系,也就是与艺术世界联系起来的关系,由于他对阿尔努妻子的激情,这些互相排斥的可能性包括:疯狂的爱情,即拒绝被控制、因而拒绝野心的根源和表现;在艺术世界中,也就是在非权力空间中得到权力的互相矛盾的野心;以及对真正权力的空想的和受挫的野心。

另一个事件,产生于双重游戏和误会。它使所有双重游戏都终结了:唐布罗斯夫人得知弗雷德里克凭着一个虚假的借口从她那里借的一万二千法郎,是用来救助阿尔努从而救助阿尔努太太的,[97]便听从德洛里耶的建议，拍卖了阿尔努的财产；弗雷德里克怀疑罗莎奈特参与了此举，遂与她断绝关系。最后的相遇是这一结构的原型表现。这一相遇使唐布罗斯夫人和罗莎奈特在阿尔努太太的"遗物"那里相遇。唐布罗斯夫人买了阿尔努太太的梳妆匣，这梳妆匣把象征符号和它象征的爱情贬低为金钱价值（一千法郎），弗雷德里克则以决裂反击，"而且花了一笔钱"，[98]重建阿尔努夫人无价之宝的地位。弗雷德里克处在买卖爱情的两种女人之间，处在资产阶级爱情的两种体现即门当户对和情妇之间，这些爱情是补充的和等级化的，就像上流社会和半上流社会那样，因此弗雷德里克表现出一种不可归约为金钱，不可归约为资产阶级利益对象的纯粹爱情，表现出对一个物品的热爱，这个物品就像纯粹的艺术品一样，不能出卖，也不是为出售而制造的。如同纯粹的爱情是为艺术而艺术那样的爱，为艺术而艺术是对艺术的纯粹的爱。

对于将文学写作与科学写作分开，没有什么证据比下面这种能力更好了：这种能力是文学写作所特有的，它将一个结构和一个故事的整个复杂性集中和凝聚在一个感性形象和一种个人经历的具体独特性之中，这个独特性同时发挥隐喻和换喻的作用，而这整个复杂性正是科学分析应该不辞辛苦地展示和表现的。因此，拍卖立即触及带银搭扣的梳妆匣的整个故事，这个故事本身凝聚着整个结构和三个女人与她们象征的物品之间发生的冲突：在舒瓦瑟尔街阿尔努家的第一次晚餐会上，梳妆匣就在那里，在壁炉上；阿尔努太太从里面取出了阿尔努送给罗莎奈特的开司米围巾的发票。弗雷德里克后来在罗莎奈特家的第二个候见室里看到了这个匣子，它在"一个满是请柬的花瓶和一个墨水瓶之间"。它顺理成章地成了三个女人之间最终冲突的见证和焦点，或者更确切地说，是弗雷德里克**与**这三个女人之间的最终冲突的见证和焦点，最终冲突是围绕这个物品展开的，并且不由得教人想起弗洛伊德分析的"三个匣子的主题"。

在莎士比亚的《威尼斯商人》的一个场景中，求婚者应从三个匣子当中选出一个，一个是金匣子，另一个银匣子，第三个是铅匣子，我们知道，弗洛伊德以这个场景为出发点，指出这个主题实际上说的是"一个男人在三个女人之间的选择"，匣子是"女人身上最主要的东西的象征，因此也是女人自身的象征"。[99]我们可以推想，福楼拜借助无意识地建立起来的神话模式，让人想到了对匣子的商业性占有表现了对阿尔努太太贞洁在梦想中的玷污。他这样做采取的也是一个社会同源性模式，即艺术与金钱之间的对立，这样他也能产生社会空间一个非常重要的区域的一种表象，而这个区域首先似乎是不存在的：这就是文学场，它围绕着纯艺术与资产阶级艺术建立起来。纯艺术与纯爱情相关，资产阶级艺术表现为两种形式，一种是所谓的主要的商业艺术，以资产阶级戏剧为代表，与唐布罗斯夫人的形象相关，另一种是次要的商业艺术，以通俗喜剧、夜总会或消遣小说为代表，由罗莎奈特表现出来。还有，我们不得不设想，作者就是通过和借助一个故事的构建，才得以揭示了埋藏得最深、最隐晦的结构，因为这个结构与他初期的投入有着最直接的联系，是他的精神结构和文学策略的根源本身。

写作权力

于是我们被引向已数次被展示的福楼拜和弗雷德里克之间关系的真正地点。我们习惯在此看到自传体裁的一种自以为是的和天真的投射，实际上却应该在此看到一种**自我客观化**、自我分析，以及社会分析的举动。福楼拜是通过写弗雷德里克的故事，而与弗雷德里克，与规定了他的犹豫不决和软弱无力区分开来，弗雷德里克的软弱无力尤其表现在他无法写作并成为作家上。[100]福楼拜远非借此暗示作者与人物的同一，无疑，为更好地表明他与居斯塔夫及其对施莱辛格夫人的爱保持的全部距离，他在写弗雷德里克的故事时，才指出弗雷德里克试图写一部（旋即又辍笔）的小说，小说发生在威尼斯，"男主角是他，女主角是阿尔努太太"。[101]

福楼拜在写弗雷德里克的故事时，通过对自己的回顾性占有，将居斯塔夫的犹豫不决，他的"深深冷漠"[102]升华了。弗雷德里克爱阿尔努太太身上"浪漫小说中的女人"[103]形象；但他从未在真实的幸福中找到一切梦想中的幸福；[104]他在对美轮美奂的情人的文学追忆中，被一种"回味无穷而无法表达的欲念"[105]灼烧着；他的笨拙、犹豫或敏感害了他，而客观的意外总是拖延或阻挡一个欲望的满足或一种野心的实现。[106]我们想想小说结尾的那句话,弗雷德里克和德洛里耶关于土耳其女人的失败经历的怀恋性回顾尽在其中:"这就是我们拥有的最美好的。"这种天真和纯洁的迷失以追溯的形式体现为一种实现:事实上,它浓缩了弗雷德里克的整个故事,也就是潜在地拥有多种可能性的经验,而在这些可能性之间他不愿也不能选择,因此这种经验通过它确定的不确定性,成为软弱无力的根源。所有只能依靠先将来时生活的人注定要得到这种无可挽回的追诉往昔的感悟,如同弗雷德里克提到他与阿尔努太太的关系那样:"无论如何,我们会相亲相爱的。"

我们可以举出《通信集》中福楼拜似乎恰好用弗雷德里克的语言说的二十个句子:"许多事情,当我看到它们或别人谈论它们时,我无动于衷,但当我谈论它们,尤其是当我写作时,它们让我兴奋,让我愤怒,让我伤心。"[107]"你要描绘酒、爱情、女人、荣誉,我的伙计,就不能是酒鬼、情人、丈夫,也不是士兵。一旦跻身生活,就看不清楚生活了,要么受折磨,要么过度享乐。艺术家,在我看来,是一种怪物——一种脱离本性的东西。"[108]但是,《情感教育》的作者正是那个懂得将弗雷德里克的"无用的激情"[109]转化为艺术构思的人。福楼拜不能说:"弗雷德里克,就是我。"通过写一个原本应该是他的故事的故事,他否认了这个关于失败的故事是写它的人的故事。

福楼拜把强加给弗雷德里克的宿命变成了一种决定:拒绝社会决定性,拒绝像资产阶级厄运一样依附于一个社会位置的社会决定性,也拒绝知识分子固有的标志,比如从属于一个文学团体或一本杂志。[110]他整个一生都力图保住这个不确定的位置,这个**中立地点**,在这里他能超越团体及其冲突,超越让不同类型的知识分子和艺术家互相对立的斗争以及使他们与不同类型的"有产者"进行普遍对抗的斗争。《情感教育》标志着这种活动的一个特殊时刻:小说中的美学意图和中立化应用于可能性本身,他为了构造自己必须否认这种可能性,这种可能性即弗雷德里克消极的不确定性,即他努力要建立的"创造者"的积极不确定性的自发甚至是失败的对等物。在日常生活中,所有的社会位置不能被同时甚或连续占有,必须在这些位置之间精心选择,不管人们愿意与否,他们都通过这些位置被挑选了,而这些位置的直接一致性,人们只有在文学创作中并通过文学创作才能体验得到。

"这就是我为什么喜欢艺术。至少在这里,在这个虚幻的世界里,一切都是自由。人们可以从中得到一切满足,可以为所欲为,既是君王,又是臣民,既是主动的,又是被动的,既是牺牲者,又是祭司。没有限制;对你来说,人类是一个系铃铛的小丑,人们在句子的末尾敲响铃铛,就像杂耍艺人在脚底板上踏响铃铛一样。"[111]这同样让人想到圣徒安托万追溯往昔时乐意去想象的自传:"我最好呆在尼特里的僧侣那里……我原本当个祭司就可以更好地为我的兄弟们效劳……我只适合当……比如语法学家、哲学家……当兵更好了……也没什么阻止我在某个桥的征税处,买一个包税人的差事。"[112]在关于并存的可能性主题的许多变化中,我们可以举出给乔治·桑的一封信的片断:"我无法像您一样体会到一种生活刚刚开始之感,一种新诞生的生活的惊奇之感。相反,在我看来,我一直存在着并且拥有上溯到法厄同的回忆。我非常清楚地看到自己在不同的历史阶段,从事不同职业且命运多舛。我现在的人是我消失的个性的结果。我曾经是尼罗河上的船夫,布匿战争时代罗马的**拉皮条者**,然后是苏布尔的希腊修辞学家,我在那儿受尽跳蚤的折磨。我在十字军东征时死去,因为在叙利亚的河岸上吃了太多的葡萄。我曾经是海盗和僧侣,江湖骗子和马车夫。也许是东方的皇帝?"[113]

写作破坏了组成社会存在的各种限定、限制和界线:以社会方式存在,就是在社会结构中占据一个确定的位置并且带上这个地位的标志,尤其以言语的规律性或精神机制的形式,[114]这也是依赖、维系或被维系。总之,**属于**若干团体或者陷入诸种关系网之中,这些关系网有事物的客观性、不透明性和永恒性,以责任、债务、义务的形式,也就是以束缚和限制的形式得到强调。如同贝克莱的唯心主义,社会世界的唯心主义意味着高高在上的视点和至高无上的观看者的绝对观点。这个观看者摆脱了依赖和活动,物质世界和社会世界的阻力就是由之而让人注意到的,因此,他能够像福楼拜所说"一下子跃居人类之上,与人类没有任何共同之处,除了一种观看的关系"。永恒和普遍是这个纯粹的观看者赋予自己的神圣属性。"我看到别人在生活,但他们过着跟我不同的生活：一些人相信，另一些人否认，其他人怀疑，最后还有人一点儿也不关心这个，做着他们自己的事情，也就是在他们的店铺里卖东西，写他们的书，或在他们的讲坛上叫喊。"[115]

我们还在这里认出了福楼拜与弗雷德里克即居斯塔夫被超越的和被保留的可能性的基本关系。福楼拜通过弗雷德里克这个他本来可能成为的人物，将社会世界的唯心主义客观化，唯心主义表现在弗雷德里克与供他希求的位置的空间之间的关系上，表现在暂时摆脱社会限制的资产阶级少年的业余爱好中，如萨特在《灵魂之死》中所说，这个少年"不受任何人支配，没家没业，无法无天"。同时，弗雷德里克追求的**社会普遍**存在进入了作家职业的社会定义中，它从此还将属于永存的"创造者"、无根无系的艺术家的表象，这种表象不仅左右着文学生产，而且左右着体验知识分子状况的整个方式。

但是很难将社会决定性问题与摆脱所有决定性及在思想上超越社会世界及其冲突的企图分开。通过弗雷德里克的故事，得到强调的是，知识分子的抱负不过是世俗抱负破产的想象的倒置而已。当弗雷德里克处在轨迹的顶点时，并不隐藏对他的朋友们即失败的革命者（或革命的失败者）的轻蔑，而当他的经济状况走下坡路的时候，他前所未有地感觉自己如此像知识分子，这难道不能说明问题吗？他因为股票被唐布罗斯先生责备，和因马车及罗莎奈特被唐布罗斯夫人影射弄得狼狈不堪，于是他在银行家中间为知识分子的地位辩护，从而得出结论："我不在乎经济状况。"[116]

作家如何才能避免自问，作家对"资产者"及其深陷其中的世俗财产——产业、头衔、奖章、女人——的蔑视，有没有些许来自于失败的"资产者"的怨恨，因为这个"资产者"倾向于将自己的失败转化为有选择放弃的贵族主义？"艺术家：吹嘘他们的无私"，《成见词典》如是说。对非功利的崇拜是一种奇妙的颠倒的原则，这个原则把穷困变成被拒绝的财富，因而变成精神财富。最蹩脚的知识分子的构想也抵得上一笔财富，让人膜拜。更甚，没有世俗财富能与它竞争，因为它无论如何都比世俗财富更受青睐……至于自主，则被看作为弃绝财富进行辩护，这种弃绝和这种财富又都是想象的，这样的自主难道不是有条件的自由，而且被限制在它的被隔绝的空间中，而这个空间恰是"资产者"分派给它的？对"资产者"的反抗难道不是仍在被反抗所否认的东西引导着,只要这种反抗忽略其存在固有的反应原则?怎样才能确定"资产者"是不是在与作家保持距离的同时,也允许作家与自己保持距离?[117]

福楼拜的公式

因此,通过弗雷德里克这个人物和对他在社会空间中位置的描写,福楼拜提出了自己小说创作根源的发生公式:对不同社会空间中的**对立位置及其相应立场的双重拒绝关系**,是一种相对于社会世界的**客观化距离**的关系的基础。

"弗雷德里克夹在两个根深蒂固的群体中间,不能动弹,他着了迷,感到其乐无穷。倒下去的伤者和直躺着的死者看上去并不像真的受伤者,也不像真的死者。他感觉就像看一场**演出**一样。"[118]还可举出数不清的例子证明这种**唯美主义的中立主义**:"我对当前工人阶级命运的同情并不比对推磨盘的古代奴隶的同情更多一些,不多或差不多。我的现代性并不比古典性更多些,法国人的成分并不比中国人的成分更多些。"[119]"对我来说,世界上只有美丽的诗,构词巧妙、和谐、悦耳的句子,壮丽的落日,月光,彩画,古代大理石和坚定有力的头像。此外,什么也没有。我更愿意成为塔尔马,而不是米拉波,因为塔尔马曾生活在一个更纯粹的美的氛围中。笼中鸟让我产生的怜悯之心并不亚于受奴役的人。就整个政治而言,我只了解一点,那就是暴动。像土耳其人一样,我是个宿命论者,我认为我们为人类进步竭尽全力或无所作为,都是一回事。"[120]乔治·桑激起了他的虚无主义热情,他在给她的信中写道:"啊!我对卑鄙的工人、无能的资产者、愚昧的农民和可憎的教士感到厌烦!这就是我尽可能沉溺于古代的原因。"[121]

这双重的拒绝无疑是所有这些对偶人物的根源,这些人物作为小说对话的发生模式发挥作用,如《情感教育》初稿中的亨利和于勒,《情感教育》定稿中的弗雷德里克和德洛里耶、佩尔兰和德尔玛,等等。这种拒绝还体现在他对对称和对应,即平行事物的对应和对应事物的平行(在德莫雷斯特出版的《布瓦尔与白居榭》的故事情节中特别明显)的爱好上,此外,还尤其体现在他对相互交叉的轨迹的爱好上,这些轨迹将福楼拜的众多人物从权力场的一极引到另一极,伴随着所有感情上的出尔反尔以及与之对应的所有政治上的起伏动荡,即传记过程形式下相同的交错配列结构在时间中的简单进程:在《情感教育》中,于索内由革命者变成了保守的观念学者,塞内加尔由共和分子变成了为政变服务的警察,并在街垒上枪杀了他的老朋友迪萨尔迪耶。[122]

但是,这个发生模式,即福楼拜的真正创造原则的证明,是由福楼拜记录其小说情节的笔记展示的:写作模糊和隐藏的结构,通过形式构造活动表现得一清二楚。轨迹互相交错的两对对立人物注定要翻云覆雨和出尔反尔,迅速转变和突然转弯,尤其是从左派转到右派,资产阶级的幻灭而乐此不疲。应该把"朋友之誓约"这个写作大纲全部公之于众,福楼拜在这个与《情感教育》非常相似的社会空间中上演了对他来说极为宝贵的两次大转变。

朋友之誓约

一个 [工业家]〈商人〉情况不明
　　　　　发了一大笔财

对偶 { 一个文人　首先是诗人……
　　　 随后堕落为一个记者
　　　 变得声名卓著
　　　 一个真正的诗人——越来越讲究和晦涩——具体的
　　　 医生

　　　　　法学家　法律界人士　公证人

对偶 { 律师——共和分子　成了政府的部长
　　　 让他道德败坏的家庭力量(骑士)
　　　 一个真正的共和分子　所有乌托邦理想
　　　 连续不断地
　　　　(埃玛纽埃尔·瓦斯)

　　在断头台上殒命
　　一个办公室的职员

　　男人因为女人而变得堕落——民主英雄,〈文人〉自由思想家〈贫困的〉爱上了一个信天主教的贵妇人,互相对立的现代哲学和宗教,——互相渗透。

　　他首先是一个敬业的人——〈她是他的理想〉随后他看到这无济于事,变成了恶棍。最后他通过一种献身行为改邪归正。——他加入了巴黎公社,救了她,转而反对巴黎公社,被凡尔赛分子杀死。

　　他首先是抒情诗人〈没出版〉——随后当剧作家〈没上演〉——然后是小说家〈不出名〉——后来是记者。(再后来)当帝国崩溃时(变成)官员。——他在奥利维耶内阁期间走向仕途。

　　于是她(要)(想)把女儿嫁给他
　　一个自由主义者(有点〈越来越〉抱怀疑态度的)天主教一点点侵蚀他——她失去了自己的信仰。

　　他悄悄溜走了。

M. J. Durry, op. cit, p. 111, p. 258 – 259.

　　一切都会使人想到,写作活动(福楼拜经常说的"风格折磨")首先力求掌握对权力场中起作用的人的关系之矛盾情绪的不可控制的作用。这种矛盾情绪是福楼拜与弗雷德里克(前者在后者身上实现了这种矛盾情绪的客观化)共有的,它使福楼拜永远无法与他的任何一个人物完全等同起来,并无疑是他的极端警觉的实践基础,有了这种警觉,他才能以叙述者身份保持住固有的距离。许多小说家经常**抵抗不住人物的混淆**(当他们把自己的思想放到人物身上的时候)。避免混淆并考虑在真正理解的最终认同中保持一种距离,在我看来是不同的分析者识别一系列风格特征的共同根源:有意模糊地使用**引文**——这可能有认可或嘲弄的价值,并同时表达敌意(这是"蠢话录的主题")和认同;使直接文体、间接文体和自由间接文体巧妙地一致——这使得叙述的主体和客体与叙述人物观点的叙述者的观点之间的距离以无限微妙的方式千变万化("在所有法国人中,颤抖得最厉害的是唐布罗斯先生。事物的新状况威胁着他的财富，尤其是欺骗了他的经验。多么良好的制度！多么贤明的国王！这怎么可能！大地要塌陷了！次日，他打发了三个仆人，卖了马，给自己买了一顶礼帽，上街戴，甚至想蓄胡子……"[123]）；使用**仿佛**一词（"于是他颤抖起来，一种冰冷彻骨的忧伤攫住了他，他仿佛看到了全世界充满苦难和绝望……"）——正如热拉尔·热内特指出的，这个词"引入一种假定的观念"，[124]并明确强调，作者赋予人物可能的思想，而不是不知不觉地、无论如何也不让人知道地"把自己的思想归于"他们；使用普鲁斯特提出的动词时态尤其是未完成过去时和简单过去时——这些时态是表现与叙述和叙述者的现在时的多种距离所特有的；使用空白——这些空白以巨大的省略号，为作者和读者默默的沉思留下了余地；采用罗兰·巴特所发现的"普遍化省略连词"[125]，表明作者消极地——进而不被察觉地——隐退，这种省略通过消除逻辑上细小的东西如连接小品词显示出来，而因果关系或合目的关系、对立关系或相似关系通过这些小品词，以不易察觉的方式被引入，一种行动的和历史的哲学也渗入进来。

因此，社会中立主义的双重距离，以及在认同与敌视、赞同与它支持的嘲弄之间的持续摆动，注定让福楼拜产生他在《情感教育》中提出的权力场观念。倘若人们不把这个观念与一种科学分析分开，那么这个观念可以说是社会学的。事实上，《情感教育》以一种极为精确的方式重建了它产生于其中的社会世界的结构乃至精神结构，精神结构因为受到这些社会结构的影响，成为作品的发生原则，这些结构在作品中体现出来。但是作品以自身固有的手段实现它，也就是说以**例子**或更恰当地说以**昭示**让**人看**和**感觉**，这些例子和昭示完全是咒语意义上的，而咒语能够通过词语的"昭示魔法"产生效果，尤其**对身体**产生效果，这些词语善于"诉诸感觉"，并获得一种**类似于我们通常给予真实世界的一种信仰和一种想象的参与**。[126]

感觉的传达通过一种形式掩盖了结构，但传达又是在这种形式中表现结构的，多亏了这种形式，它才成功地产生**一种信仰的效果**（而不是真实的效果）。这无疑促使文学作品有时能比许多自诩科学的著作（尤其为达到认识而需要克服的困难，与其说来自意愿的阻力不如说来自智力的障碍时，如同这里）说出更多的东西，即便关于社会世界也是如此；但是文学作品只是以一种它并未真正说出的方式说话。这种揭示在以下事实中碰到了它的局限性,即作家在某种程度上保持着对被压抑的东西的再现的控制。这种揭示所实现的形式化作为一种普遍化的委婉措辞发挥作用,而且它提出的文学上非现实化和中立化的现实使它满足了一种认知意愿,这种意愿随时准备满足于文学炼金术给予它的升华。

为了完全揭示文学文本半遮半掩的结构,分析应该把一个事件的叙述简化为一种实验性的剪辑记录。我们知道,分析中有某种深刻的幻灭的东西。但是它所招致的敌视迫使人们明确提出文学表达的特殊性问题:赋予形式,也是设置各种形式,而文学表达进行的否认允许有限地表现一种真实,这种真实,换句话说,可能是令人难以忍受的。"真实的效果"是文学虚构产生的一种极其特殊的信仰,这种信仰是通过拒绝指向被意指的真实而产生的,而这种意指允许人们在拒绝了解真实情况的同时了解一切。社会学阅读消除了魔力。同谋关系把作者和读者聚集在文本表达的对现实的相同否定关系中,社会学阅读将同谋关系悬置起来,以一种文本没说出这种真实的方式,揭示出文本表达的真实,此外,它还展示了文本本身的真实,这种真实恰恰通过这样一个事实,即文本没有像社会学阅读一样说出它所说的,来确定自身的特殊性。[127]文学客观化在其中表现的形式,无疑是有助于最深刻的、最隐蔽的真实(这里是权力场的结构和社会衰老模式)出现的东西,因为形式是帮助作者和读者掩盖真实并彼此掩盖真实的面纱。

文学作品的魅力无疑大部分在于它所说的是最严肃的事情,它与塞尔(Searle)所说的科学不同,不要求完全认真对待。作品为作者本人及其读者提供了否定性理解的可能性,否定性理解并不是一知半解。萨特在他的《辩证理性批判》中谈到他最早读马克思著作时说,"我理解一切且我什么也不理解。"这就是我们通过小说阅读得到的对生活的理解。谁能按照福楼拜所说的通过写作或阅读"经历所有的生活",那只是因为这并不是真正经历这些生活的方式。当我们终于经历了我们在小说阅读中经历了一百遍的东西时,我们应该从零开始我们的"情感教育"。爱幻想的小说家福楼拜就这样把我们引向这种幻想的源头。在现实中如同在小说中一样,人们所说的爱幻想的人物,还要把小说的作者算入其中——"包法利夫人,就是我"——也许是把虚构当真的人,这不是像人们通常所想的那样,他们为了逃避现实,在想像的世界里寻求一种逃避，而是因为，他们像弗雷德里克一样，无法认真对待现实；因为他们不能将按照本来面目呈现的现在据为己有，这个现在坚定不移地存在着，并由此，令人恐惧。在所有社会场无论是文学场还是权力场运行的源头，都存在着幻象，存在游戏中的投入。弗雷德里克是那个最终无法投身到社会世界产生或提供的任何艺术或金钱游戏之中的人。他的包法利主义的根源在于他无法认真对待真实，也就是认真对待所谓严肃的游戏的赌注。

小说的幻想，在其最根本的形式上，从堂吉诃德或爱玛·包法利发展到彻底打破现实与虚构之间的界线，其根源在于作为幻想的现实经验：倘若少年时代似乎尤其是爱幻想的年龄（弗雷德里克是这个年龄的典型代表），那么或许进入生活，也就是进入社会世界时我们所遇到的这个或那个社会游戏，并非总是天经地义的。弗雷德里克——像所有任性的少年一样——是一个我们与社会世界的最深层关系的绝妙的分析者。将小说的幻想尤其是将与这种幻想假设的所谓真实世界的关系客观化，就是强调这样一点，即我们用以衡量一切虚构的现实，不过是一种（几乎）获得共识的、被承认的参照对象。

注释

[1] 为了让读者更容易理解这里进行的分析，并在拿这个分析与其他阅读比较时把握分析的有效性，我在这一章的结尾处以附录的形式复述了《情感教育》的一个梗概，以及关于这部作品的几个经典阐释。

[2] 比如，当我通过吕西安·戈尔德曼得知，卢卡契把《情感教育》看作一部对内心生活进行分析的心理（而非社会学）小说时，自然有几分恶意的窃喜（参见 L. Goldmann, 《Introduction aux problèmes d'une sociologie du roman》, *Revue de l'Institut de sociologie*, n° 2, Bruxelles, 1963, p. 225–242）。

[3] 年金长期以来化身为他的母亲，她"对他期望甚高"并不断地提醒他回到秩序和采取保持其地位必要的策略（尤其是婚姻策略）。

[4] "他叫了起来"，当德洛里耶以拉斯蒂涅为例，厚颜无耻地为他指明能够保证他成功的策略时："你要想办法取悦于他（唐布罗斯），还有他的夫人。当她的情人！"［G. Flaubert, *L'Education sentimentale*, Paris, Gallimard, Coll. 《Bibliotheque de la Pléiade》, 1948, p. 49; 也见 G. Flaubert, *L'Education sentimentale*, Paris, Gallimard, Coll. 《Folio》, 1991, p. 35（后面《情感教育》的两个版本的注释，分别参见这两个版本）］。他对其他大学生和他们的共同志向表现出一种

"轻蔑"(*E. S.*, p. 55; F., p. 42),这种轻蔑如同他对愚人的成功漠不关心一样,源自"更高的企图"(*E. S.*, P., p. 93-94; F., p. 80)。但他既无反感又无痛苦地提到了一个代理检查长和下院议长的前程(*E. S.*, P., p. 118; F., p. 106)。

[5] *E. S.*, P., p. 300-301; F., p. 296.

[6] *E. S.*, P., p. 34, 47, 56-57, 82, 216; F., p. 20, 33, 42-43, 69, 208.

[7] 为了表明福楼拜追求确切细节的精确程度,只需举出伊夫·莱维先生所做的唐布罗斯纹章分析:"左臂(盾形纹章右侧的活动左臂)是一个相当罕见的纹章图样,可以把它看作右臂(盾形纹章左侧的活动右臂)的去尾形状。选择紧握拳头这个图案、选择珐琅的颜色(底子的黑色,手臂的金砂和手套的银色),以及选择('千方百计'地想要达到)意味深长的题铭,足以表明福楼拜赋予他的人物惟妙惟肖的纹章的意图;不是一个绅士的纹章,而是一个剥削者的徽章。"

[8] *E. S.*, P., p. 65, 77, 114; F., p. 51, 64, 101.

[9] *E. S.*, P., p. 187, 266, 371, 393; F., p. 178, 260, 369, 392.

[10] *E. S.*, P., p. 145; F., p. 135.

[11] *E. S.*, P., p. 421; F., p. 418.

[12] *E. S.*, P., p. 249; F., p. 243.

[13] *E. S.*, P., p. 88, 119, 167; F., p. 75, 106, 158.

[14] *E. S.*, P., p. 293; F., p. 285.

[15] *E. S.*, P., p. 49; F., p. 35. 唐布罗斯一家的显赫地位表现在这个事实中,即他们很早就被提到了(*E. S.*, P., p. 42; F., p. 29),但他们接纳弗雷德里克相对迟一些,而且多亏有人说情。时间距离是社会距离的一种最难以克制的表达。

[16] M. J. Durry, *Flaubert et ses projets inédits*, Paris, Nizet, 1950, p. 155.

[17] *E. S.*, P., p. 65; F., p. 52.

[18] "他通过他的关系和杂志进行支配,拙劣的画家渴望在他的橱窗里看到自己的作品。"(*E. S.*, P., p. 71; F., p. 58.)

[19] "《工艺报》表面看来与其说是一个店铺,不如说是一个沙龙。"(*E. S.*, P., p. 52; F., p. 39.)

[20] *E. S.*, P., p. 425; F., p. 426.

[21] *E. S.*, P., p. 201; F., p. 195.

[22] *E. S.*, P., p. 177; F., p. 170.

[23] *E. S.*, P., p. 78; F., p. 65.

[24] 因此,佩尔兰"看重荣誉胜过金钱",阿尔努从他那里骗取一份订货之后,不

久便在《工艺报》上对他大加赞扬,佩尔兰赶去参加晚餐会,因为他受到了邀请。(*E. S.*, P., p. 78; F., p. 64.)

[25] 佩尔兰说:"这是一头畜生,一个市侩。"(*E. S.*, P., p. 73; F., p. 59.) 至于唐布罗斯夫人,她让弗雷德里克防备他:"我猜,你们不会一起做生意吧?"(*E. S.*, P., p. 269; F., p. 263.)

[26] *E. S.*, P., p. 421; F., p. 422.

[27] "上利口酒的时候,她[阿尔努太太]不见了。谈话变得很随意。"(*E. S.*, P., p. 79; F., p. 66.)

[28] *E. S.*, P., p. 148; F., p. 138.

[29] *E. S.*, P., p. 155; F., p. 145.

[30] 统治的等级,金钱统治的等级,在罗莎奈特身上从未体现得如此明显:乌德里胜过阿尔努("他有钱,这个老混蛋"——*E. S.*, P., p. 158; F., p. 148.),阿尔努则胜过弗雷德里克。

[31] 环境这个概念的演变:始于牛顿,但他没用这个词,到巴尔扎克,他1842年在《人间喜剧》的序言中把它引入文学,或到泰纳,他把它变成历史解释的三个原则之一,再经由了达朗贝尔和狄德罗的《百科全书》,它在当中是以机械的意义出现的,拉马克,他把它引入了生物学,以及奥古斯特·孔德,他尤其在理论上对它进行构建。关于这个概念的用法,参见乔治·康吉莱姆的著作《生活的知识》(*La Connaissance de la vie*) 中 "人与环境"(Le vivant et son milieu)这一章,Paris, Vrin, 1975, p. 129 – 154。

[32] 其实,未来表现为一些可能性不等的轨迹,这些轨迹位于一个最高界线——比如,对弗雷德里克而言,当部长和唐布罗斯夫人的情人——和最低界线——之间,比如,对同一个弗雷德里克而言,为外省的诉讼代理人当办事员,与罗克小姐结婚。

[33] 实际上福楼拜并未真正把德洛里耶和于索内区分开:他们一度在政治-文学事业中联合,试图激起弗雷德里克对这项事业的兴趣,他们彼此在举止和观念方面总是非常接近,尽管前者的抱负更偏向文学,后者的抱负更偏向政治。在关于1848年革命失败的原因的一次讨论中,弗雷德里克回答德洛里耶:"你们不过是小资产者,你们中最出色的人,不过是学究罢了。"(*E. S.*, P., p. 400; F., p. 400.)注意前面的一段描写:"弗雷德里克看了看他:律师穿着寒酸的西服,眼镜失去了光泽,脸色苍白,看来酷似一个学究,弗雷德里克嘴角不禁掠过一丝轻蔑的微笑。"(*E. S.*, P., p. 185; F., p. 176.)

[34] *E. S.*, P., p. 307, F., p. 303.

[35] *E. S.*, P., p. 275; F., p. 269.

[36] Cf. G. Flaubert, *Correspondance*, Lettre à Louise Colet, 7 mars 1847, Paris, Gal-

limard, coll. 《Bibliothèque de la Pléiade》, 1973, t. I, p. 446（后面《通信集》的注释页码出自两个版本，即 Pléiade 版，Edition Conard 版，Paris, 1926 - 1933）。

[37] *E. S.*, P., p. 53; F., p. 40.

[38] *E. S.*, P., p. 193; F., p. 184.

[39] *E. S.*, P., p. 267; F., p. 261.

[40] **结构不变量**描述"继承者"的位置，或更普遍地，描述少年位置的特征，它们也可能是读者与人物之间认同关系的根源，这类结构不变量的存在，无疑是文学传统赋予某些作品或某些人物以永恒特征的基础之一。

[41] *E. S.*, P., p. 276; F., p. 270.

[42] *E. S.*, P., p. 144; F., p. 133.

[43] *E. S.*, P., p. 85; F., p. 72.

[44] *E. S.*, P., p. 91 - 114; F., p. 78, 102.

[45] *E. S.*, P., p. 185; F., p. 176.

[46] *E. S.*, P., p. 141 - 142; F., p. 130 - 131.

[47] *E. S.*, P., p. 276; F., p. 270.

[48] *E. S.*, P., p. 53; F., p. 39. 萨特要在居斯塔夫与别人，尤其与他父亲的关系的深层结构中找到这种双重性倾向的根基，这种双重性又是这个"对偶物"的根源，关于萨特在这方面的尝试，参见 J. -P. Sartre, *L'idiot de la famille, Gustave Flaubert de 1821 à 1857*, Paris, Gallimard, 1971, t. I, p. 226, 330。

[49] P. Coigny, *L'Education sentimentale de Flaubert*, Paris, Larousse, 1975, p. 119.

[50] *E. S.*, P., p. 430; F., p. 431.

[51] *E. S.*, P., p. 276; F., p. 271.

[52] *E. S.*, P., p. 118; F., p. 107.

[53] *E. S.*, P., p. 49; F., p. 35.

[54] *E. S.*, P., p. 275 - 276; F., p. 270, 着重部分由笔者加。

[55] *E. S.*, P., p. 276; F., p. 268.

[56] *E. S.*, P., p. 111; F., p. 99.

[57] 因此，对德洛里耶来说，阿尔努太太代表了"上流社会"的妇女："上流社会的（或他所认定如此的）妇女，作为无数未知的享乐的代表或象征，让律师心醉神迷。"（*E. S.*, P., p. 276; F., p. 270, 着重部分由笔者加。）

[58] *E. S.*, P., p. 184, 245; F., p. 175, 238.

[59] *E. S.*, P., p. 344; F., p. 342. "于索内不可笑。由于他每天写各种主题的文章，读许多报纸，听许多讨论，发表令人眼花缭乱的悖论，他最终失去了看待事物的确切观念，他也被自己放的空爆竹搞得头晕目眩。从前轻松而今困

难的生活困境,使他处于一种永远的躁动之中;他不愿承认自己的软弱无力,但他却因此变得容易恼怒,好挖苦人。谈到《奥扎伊》,一出新芭蕾舞,他大骂舞蹈,谈到舞蹈,他大骂歌剧;谈到歌剧,他大骂意大利人,而意大利人如今又被一群西班牙演员代替了,'好像我们还没烦够卡斯蒂利亚似的!'"(*E. S.*, P., p. 241; F., p. 234.)

[60] *E. S.*, P., p. 377; F., p. 376.

[61] *E. S.*, P., p. 394; F., p. 394.

[62] *E. S.*, P., p. 453 - 454; F., p. 456.

[63] *E. S.*, P., p. 123; F., p. 112.

[64] *E. S.*, P., p. 130; F., p. 118.

[65] *E. S.*, P., p. 273; F., p. 267.

[66] *E. S.*, P., p. 417; F., p. 418.

[67] *E. S.*, P., p. 76; F., p. 63. 小说的第一部分是第二次巧合的地点,但这个巧合的结局是喜剧性的:阿尔努家宴会的当天,弗雷德里克接到唐布罗斯家的邀请(*E. S.*, P., p. 110; F., p. 98.)。但时间的不可调和尚未出现,而且唐布罗斯夫人后来取消了她的邀请。

[68] *E. S.*, P., p. 438; F., p. 439.

[69] *E. S.*, P., p. 440; F., p. 441.

[70] *E. S.*, P., p. 390; F., p. 389.

[71] *E. S.*, P., p. 373; F., p. 372.

[72] *E. S.*, P., p. 379; F., p. 379.

[73] *E. S.*, P., p. 403; F., p. 403.

[74] *E. S.*, P., p. 39; F., p. 394.

[75] *E. S.*, P., p. 418 - 419; F., p. 418.

[76] *E. S.*, P., p. 402; F., p. 403.

[77] *E. S.*, P., p. 417; F., p. 417.

[78] 的确,《情感教育》是"一部巧合的小说,人物被动地加入,仿佛神思恍惚、目瞪口呆地面对着他们命运的华尔兹"(J. Bruneau,《Le rôle du hasard dans l'Education sentimentale》, *Europe*, septembre-novembre 1969, p. 101 - 107)。但是,这是必要的巧合,存在于"环境"中的必要性和包含在人物中的必要性借巧合之机显示出来:"在这部小说中,巧合(相遇、失踪、呈现的机会、错过的机会)似乎无处不在,实际上却没给巧合留任何位置。亨利·詹姆斯把这部小说读作一部令人窒息的史诗——他指出,一切都固定在一起——所有的碎片都被牢牢地缝合在一起"(V. Brombert,《L'Education sentimentale: articulations et polyvalence》, *in* C. Gothot-Mersch (ed.), *La production du sens*

chez Flaubert, Paris, UGE, Coll. 《10/18》, p. 55-69)。

[79] 福楼拜指出,阿尔努和弗雷德里克之间存在着深刻的相似性(*E.S.*, P., p. 71; F., p. 57)。他赋予这个注定采取两面派立场的人物以一贯双重的或分类的配置:"唯利是图和慷慨大方的混合物",这个混合物发展到极端,致使他在努力增加利益的同时"保住艺术家的派头",而他在遭受打击落魄,开始笃信宗教时,这个混合物又促使他投身于宗教用品的买卖,"以获得拯救和财富"(*E.S.*, P., p. 71, 425; F., p. 58, 422)。(可以看出,福楼拜在这里依靠了艺术场与宗教场之间的同源性。)

[80] *E.S.*, P., p. 65; F., p. 51.

[81] *E.S.*, P., p. 209-210; F., p. 201.

[82] 这些波动中的一个例子:"回到巴黎丝毫不让他感到快乐……弗雷德里克一个人吃了晚饭,他被一种奇怪的被抛弃之感攫住了;于是他想到了罗克小姐。结婚的念头不再让他感到过分"(*E.S.*, P., p. 285; F., p. 280)。他在唐布罗斯家的晚会上获胜的第二天,则相反:"弗雷德里克离婚姻从未如此遥远。何况,他觉得罗克小姐不过是个相当可笑的小人儿。与唐布罗斯夫人真是天壤之别!另一个未来在等待着他"(*E.S.*, P., p. 381; F., p. 380)。他与唐布罗斯夫人绝交后,又回到了罗克小姐身边(*E.S.*, P., p. 446; F., p. 449)。

[83] *E.S.*, P., p. 395-396; F., p. 395.

[84] *E.S.*, P., p. 440; F., p. 442.

[85] *E.S.*, P., p. 175; F., p. 166.

[87] 在罗莎奈特和阿尔努太太的对照中(*E.S.*, P., p. 174-175; F., p. 164-165),是"玛丽"这个母亲和家庭主妇的角色占了上风,玛丽这个名字,如蒂博代所指出的,象征着纯洁。

[88] *E.S.*, P., p. 390; F., p. 390.

[89] *E.S.*, P., p. 285; F., p. 280.

[90] *E.S.*, P., p. 446; F., p. 448.

[91] *E.S.*, P., p. 396; F., p. 396.

[92] *E.S.*, P., p. 404; F., p. 404.

[93] *E.S.*, P., p. 213; F., p. 205.

[94] 在题为"一个现代家庭"的提纲中可以发现同样的结构:"人物卑污的勾当围绕一万五千法郎展开,妻子、第一个情人、丈夫都需要这笔钱;妻子让一个爱上她的年轻人干了一桩'下流勾当',勒索了这笔钱;她计划把钱给她的情人,结果给了意外破产的丈夫"(M. J. Durry, *Flaubert et ses Projets inédits*, *op. cit.*, p. 102)。

[95] *E. S.*, P., p. 213; F., p. 205.

[96] *E. S.*, P., p. 221; F., p. 214.

[97] *E. S.*, P., p. 438; F., p. 440.

[98] *E. S.*, P., p. 446; F., p. 448.

[99] S. Freud, *Essais de psychanalyse appliquée*, trad. fr. de E. Monty et M. Bonaparte, Paris, Gallimard, 7e éd., 1933, p. 87-103. 匣子依次属于阿尔努太太, 罗莎奈特和唐布罗斯夫人, 通过匣子的三种状况, 它的三个主人及在她们之间建立的权力与金钱关系的等级显示出来。

[100] 我们明白, 他理应充分相信其作家"使命"的"非否定"特点, 既然他的《包法利夫人》获得了成功, 这足以说明他能够完成《情感教育》。

[101] *E. S.*, P., p. 56-57; F., p. 42.

[102] J.-P. Richard, 《La creation de la forme chez Flaubert》, in *Littérature et Sensation*, Paris, Seuil, 1954, p. 12.

[103] *E. S.*, P., p. 32; F., p. 27.

[104] *E. S.*, P., p. 240; F., p. 233.

[105] *E. S.*, P., p. 352; F., p. 351.

[106] 例如, *E. S.*, P., p. 200; F., p. 191 ("弗雷德里克为自己的愚蠢咒骂自己"); P., p. 301; F., p. 296 ("弗雷德里克爱她到不能自已, 就出去了。立刻, 他对自己感到怒不可遏, 觉得自己是个傻瓜"); 特别参见 P., p. 453-454; F., p. 449-450 (与阿尔努太太的最后一次会面)。更普遍地说, 正是因为一切行动都看起来"越不可行", 注定要在想像中加剧的欲望, 才更强烈。

[107] G. Flaubert, Lettre à Louise Colet, 8 octobre 1846, *Corr.*, P., t. I, p. 380.

[108] G. Flaubert, Lettre à sa mère, 15 décembre 1850, *Corr.*, P., t. I, p. 720.

[109] "我想描绘我们这代人的精神史。'情感的历史'或许更真实些。这是一本关于爱情的书, 关于激情的书, 但只能是现在才存在的激情, 也就是说无生气的激情" (G. Flaubert, Lettre à Mlle Leroyer de Chantepie, 6 octobre 1864, *Corr.*, P., t. III, p. 409)。

[110] G. Flaubert, Lettre à Louise Colet, 31 mars 1853, *Corr.*, P., t. II, p. 291; 或致同一个人的信, 3 mai 1853, *ibid.*, p. 323。

[111] G. Flaubert, Lettre à Louise Colet, 15-16 mai 1852, *Corr.*, P., t. II, p. 91.

[112] G. Flaubert, *La Tentation de saint Antoine*, Paris, Gallimard, 1971, p. 41-42.

[113] G. Flaubert, Lettre à George Sand, 29 septembre 1866, *Corr.*, P., t. III, p. 536.

[114] 这些显然是福楼拜激烈反对的自己和别人的"成见", 它们同样是描述一个

人特征的言语习惯；比如他所说的罗莎奈特的"蠢话"（"开玩笑！在沙尤！真让人想不到"，等等），或唐布罗斯夫人的"日常用语"（"一种赤裸裸的利己主义坦露在她的日常用语中：'这跟我有什么关系？我挺好的！我需要吗！'"——E. S., P., p. 392, 420; F., p. 392, 421）。

[115] G. Flaubert, *Novembre*, Paris, Charpentier, 1886, p. 329.

[116] E. S., P., p. 271; F., p. 265.

[117] 这让人想到马尔蒂尼的成功在弗雷德里克身上引发的思考："没什么比看到傻瓜在自己失败的事情上获得成功，更令人感到耻辱的了"（E. S., P., p. 93; F., p. 81）。知识分子与统治者及后者通过不正当手段获得的权力之间的主观关系的全部暧昧不清，就体现在这种不合逻辑上。对成功的公开蔑视不过是做迫不得已的事情而已，而且漂浮的梦想不过是逃避决定性的一种幻想形式，这种幻想形式构成了属于知识分子地位的决定性。

[118] E. S., P., p. 318; F., p. 315. 强调由作者加。

[119] G. Flaubert, Lettre à Louise Colet, 26 août 1846, *Corr.*, P., t. I, p. 314.

[120] G. Flaubert, Lettre à Louise Colet, 6 – 7 août 1846, *Corr.*, P., t. I, p. 278.

[121] G. Flaubert, Lettre à George Sand, 6 septembre 1871, *Corr.*, P., t. VI, p. 276.

[122] 这种对作品特征的严格的内部分析，由于有了对文学场和福楼拜在场中所占位置的描述，而变得丰富起来（见下一章）。

[123] E. S., P., p. 331 – 332; F., p. 324 – 325.

[124] G. Genette, *Figures*, Paris, Ed. du Seuil, 1966, p. 229 – 230.

[125] R. Barthes, *Le Plaisir du texte*, Paris, Ed. du Seuil, 1973, p. 18 – 19.

[126] 我们会看到，文学文本产生的信仰作用，取决于文学文本设定的前提与我们在关于世界的日常经验中使用的前提之间的协调。

[127] 如同人们多次做过的那样，通过仅关注环境描写的最外在的迹象，赋予《情感教育》"社会学文献"的地位（cf. 比如 J. Y. Dangelzer, *La description du milieu dans le roman français*, Paris, 1939; 或 B. Slama, 《Une lecture de l'Education sentimentale》, *Littérature*, n° 2, 1973, p. 19 – 38），这是忽视了文学活动的特殊性。

附录 1.《情感教育》的梗概

弗雷德里克·莫罗，1840年前后巴黎的大学生，遇到了一个艺术出版商的妻子，阿尔努太太。出版商在蒙马特尔郊区开了一个绘画和版画店铺。他爱上了她。他产生了进入文学、艺术和上流社会的微弱愿望。他试图在上流社会银行家唐布罗斯家中被接纳，但他对自己的待遇感到失望，再次陷入了犹豫不决、无所事事、孤独和梦想之中。他与一群围着他转的年轻人马尔蒂侬、西齐、塞内加尔、迪萨尔迪耶和于索内过从甚密。他受到阿尔努家的邀请，对阿尔努太太的爱情复苏了。他回到诺让的母亲家里度假，得知自己的财产情况并不稳定并遇上了路易丝·罗克小姐，她爱上了他。他继承了一笔意想不到的财产，成了富翁，再次赶往巴黎。

他找到了阿尔努太太，但她的接待令他失望。他遇到了罗莎奈特，半上流社会的女子，阿尔努的情妇。他被各种各样的诱惑拉扯着，左右为难：一边是罗莎奈特和奢华生活的诱惑；另一边是阿尔努太太，他对她的引诱纯属徒劳；最终是富有的唐布罗斯夫人，她能够帮助他实现进入上流社会的野心。经过长久的犹豫和踌躇，他回到了诺让，决心娶罗克小姐。但他又到巴黎去了：玛丽·阿尔努同意约会一次。他徒劳地等待着，与此同时，街上的战斗正在进行着（1848年2月22日）。他既失望又气愤，只能到罗莎奈特的怀抱中寻求安慰。

弗雷德里克成了革命的见证，他经常去罗莎奈特那里。她给他生了个儿子，但孩子很快就死了。他也经常出入唐布罗斯夫人的沙龙。他成了唐布罗斯夫人的情人。后者在她丈夫死后，提议与他结婚。但是，他忽然先是跟罗莎奈特断绝了关系，随后跟唐布罗斯夫人决裂，但还是没有找到阿尔努太太，她在丈夫破产后，离开了巴黎。他回到诺让，决心娶罗克小姐。但是后者已经跟他的朋友德洛里耶结婚了。

十五年后，1867年3月，阿尔努太太来看他。他们互相承认了对彼此的爱情，回忆过去。然后，他们永远分别了。

《情感教育》中的权力场

政治与商业

- 德·格雷蒙维尔，外交家
- 德·帕拉佐
- 德·拉尔西鲁瓦
- 德·菲米雄，工业家
- 德·诺南古尔
- 拉尔西鲁 —— 科学家
- 瓦夫人 —— 法官
- —— 名医
- —— 前部长
- —— 大教堂神甫
- —— 高官
- —— 地产业主
- —— "伟大的A……"
- —— "著名的B……"

女演员

德·科曼 / 德·西齐

马尔蒂依
唐布罗斯
唐布罗斯夫人
塞西尔

罗克
路易丝

乌德里（邻居）

阿尔努
阿尔努太太 —— **弗雷德里克**

罗莎奈特
德尔玛

勒福舍 律师

佩尔兰 / 于索内

德洛里耶

瓦特纳兹

克莱芒斯·达维乌
迪萨尔迪耶

艺术与政治

- 迪特迈尔，画家
- 拉瓦里亚斯，神秘主义者
- 布里厄，插图画家
- 布雷夫，肖像画家
- 松巴兹，漫画家
- 乌尔达，雕塑家
- 罗森瓦尔德，作曲家，诗人
- 洛里斯，画家
- 曼修斯
- **勒冉巴**
- 勒冉巴夫人

——— 出现在阿尔努家的人
——— 出现在唐布罗斯家的人（1848年之前）
------ 出现在唐布罗斯家的人（1848年之后）
------ 出现在罗莎奈特家的人

两年后，弗雷德里克和德洛里耶起草了他们的破产负债表。他们只剩下了年轻时代的回忆：最珍贵的回忆，就是去见土耳其女人，这是一次失败的故事。弗雷德里克有钱，却从妓院逃走了，他被那么多供选择的女人吓呆了；德洛里耶只有跟在他后面。他们得出结论："这是我们曾经拥有的最美好的时光。"

附录2.《情感教育》的四种阅读

于是,人们情愿当艺术和文学上的革命者,或至少相信如此,因为人们把一切与两代人接受的思想对立的东西都看成是伟大的勇气和巨大的进步,这两代人走在达到成年的那代人前面。于是正如今天和所有时代一样,人们被词语蒙骗了,热衷于空洞的句子,生活在幻想中。在政治上,勒冉巴、塞内加尔之流是我们今天还能找到的家伙,只要人们还出入酒吧和俱乐部,就会见到他们;在商界和财政界,总有唐布罗斯和阿尔努之流;在画家中,总有佩尔兰之流;于索内还是编辑室的祸害;然而,这些人都处于他们自己的时代,而不是在今天。但他们有这样一种人性,我们在他们身上可以看到永恒的特征,这些特征构造的并不是一个注定要与他的同代人一起死去的人物,而是一个超越他的世纪的典型。弗雷德里克、德洛里耶、阿尔努太太、罗莎奈特、唐布罗斯夫人、路易丝·罗克这些主角说明了什么?从未有一部宏大的小说为读者提供这么多如此富有明显特征的形象。

R. Dumesnil, *En marge de Flaubert*,
Paris, Librairie de France, 1928, p. 22–23.

弗雷德里克的三个情人,阿尔努太太、罗莎奈特、唐布罗斯夫人,可以人为地用三个名称勾勒出来,美丽、自然、文明……这是画面的中心,明亮的色彩。边缘,晦暗的色彩,更次要的形象,一方是一群革命者,另一方是一群资产者,一方是进步的人们,另一方是保守的人们。右派和左派,这些政治现实在这里作为艺术家的价值来考虑,福楼拜在此只看到一个再次展示人类愚昧的两个非此即彼的面具的机会,如同在赫麦和布尔尼先身上一样……这些形象之所以互相依赖,是因为它们互相召唤,互为补充,但它们不占据小说的中心和主题,我们可以将它们去掉,而不会明显改变主题。

A. Thibaudet, *Gustave Flaubert*,
Paris, Gallimard, 1935, p. 161, 166, 170.

题目表示了什么？弗雷德里克·莫罗的情感教育，是他通过情感受到的教育。他通过爱情、恋情、友情、野心的经验，学会生活，或更确切地说，他学会什么是生存……这种经验最终导向彻底的失败。为什么？首先，因为弗雷德里克是一个贬义上的幻想家，他梦想着生活，而不是清楚地把握生活的必要性和局限性，因此，他在很大程度上，只能是爱玛·包法利的男性复制品；最终，可以得出结论，弗雷德里克是一个只有愿望而没有行动的人。倘若不是头脑发热作出过分的或极端的决定，他大部分时间无法作出决定。

这是不是说《情感教育》走向虚无？我们不这样认为。因为有玛丽·阿尔努。这个纯洁的形象可以说**拯救**了整部小说。玛丽·阿尔努无疑是艾丽莎·施莱辛格，但人们不由自主地认为这是极其理想化的施莱辛格。尽管施莱辛格夫人从许多方面来看，都是一个颇受尊敬的女人，但无论如何，人们知道，她与施莱辛格有私情时，它的态度是暧昧的，还有她至少可能在一段时间内是福楼拜的情妇这个事实，令人想到，无疑玛丽·阿尔努与其说是福楼拜的"狂热激情"的一种忠实和真实的反映，不如说是他心中理想的女性。无论如何，玛丽·阿尔努在一个充满急功近利者、爱虚荣者、耽于肉欲者、寻欢作乐者、空想者或无判断力者的世界里，卓然独立，成为一个非常有人性的形象，充满了温情、顺从、坚韧、痛苦和善良。

J.-L. Duchin, Présentation de *l'Education sentimentale*,
Paris, Larousse, coll. 《Nouveau Classique Larousse》,
1969, p. 15 – 17.

在多大程度上他对他的爱是同性恋？罗歇·肯普夫（Roger Kempf）在题为"双斜面课桌"的出色文章中非常巧妙、非常合理地表明了福楼拜的"男子女性化"。他同时是男人和女人：我在前面明确指出，他情愿成为女人呵护下的女人，但他很可能将这种从属的变形，体会为让他的身体服从主人的欲望。肯普夫举出了令人不安的引文。

这些引文尤其体现在《情感教育》的第二稿之中："德洛里耶来的那天，弗雷德里克接受了阿尔努的邀请……"看到他的朋友时："他开始颤抖起来，像一个在丈夫注视下的通奸的女人"；还有："接着德洛里耶想到了弗雷德里克的外表。他的外表总是对他散发出一种近乎女性的魅力"。因此，这对朋友，"出于默契，一个扮演妻子，另一个扮演丈夫"。当然，这位批评家补充道，"这种角色分配非常微妙地受到"弗雷德里克女性特征的"支配"。但是，弗雷德里克在《情感教育》中是福楼拜的主要象征。总之，我们可以说，他意识到了这种女性特征，并通过让自己成为德洛里耶的妻子，将女性特征内在化。居斯塔夫非常巧妙地向我们展示了被其妻子弗雷德里克搅扰的德洛里耶，但没有展示为其丈夫的男子气概而痴狂的弗雷德里克。

J. -P. Sartre, *L'Idiot de la famille*, *Gustave Flaubert*, *1821 – 1857*, t. I, Paris, Gallimard, 1971, p. 1046 – 1047.

附录3.《情感教育》的巴黎

在这个顶端由商业世界（IV，"当坦大街"，唐布罗斯家的住所）、艺术及期望成功的艺术家的世界（V，"蒙马特尔郊区"，以及"工艺社"和罗莎奈特相继的住所）和学生区（II，"拉丁区"，弗雷德里克和马尔蒂侬的最初居所）代表的三角形中，可以辨认出一种结构，这种结构恰恰就是《情感教育》的社会空间的结构。[1]从整体上来看，这个空间本身由一种在作品中没有提及的双重对立关系所客观确定，它一方面与巴尔扎克作品中经常提到而在《情感教育》中销声匿迹的"圣日耳曼郊区"的古老贵族（III）对立，另一方与"大众阶级"（I）对立：曾是1848年的关键革命事件发生地的巴黎城区被福楼拜的小说排除在外（对拉丁区[2]最初发生的事件和王宫骚乱的描写，每次都令人想到小说的其余部分不断提到的街区）。迪萨尔迪耶是小说中大众阶级的唯一代表，他最初在克雷里街[3]工作。弗雷德里克从诺让回巴黎到达的地点，也处在这个区内（科克-埃龙街）。

"拉丁区"是求学和"开始进入生活"的地区，是学生和"轻佻女工"居住的地方，他们的社会形象正在形成（尤其体现在缪塞的《故事与短篇小说》中，特别是发表在《两世界杂志》上的"弗雷德里克和贝尔纳雷特"）。弗雷德里克的社会轨迹在这里开始：他先后住在圣亚森特街，[4]拿破仑码头，[5]经常在拉阿尔普街吃晚饭。[6]马尔蒂侬也是如此。[7]福楼拜暗中参照了文人们正在构建的巴黎的社会形象，在这个形象中，"拉丁区"是过放荡不羁生活的艺术家和年轻女工风流聚会的地点，它与充满贵族禁欲气氛的圣地即圣日耳曼郊区形成了鲜明对比。

"当坦大街"，也就是在《情感教育》的空间里由吕莫福尔街（弗雷德里克的旅馆所在地）、当如街（唐布罗斯家）和舒瓦瑟尔街（阿尔努家）组成的地区，是统治阶级的新领导阶层成员的住地。这个"新资产阶级"与"蒙马特尔郊区"的半上流社会对立，尤其与"圣日耳曼郊区"的古老贵族对立，这也是由居住在此地的人口混合特征（小说中弗雷德里克、唐布罗斯和阿尔努之间的社会距离证明了这一

《情感教育》的巴黎

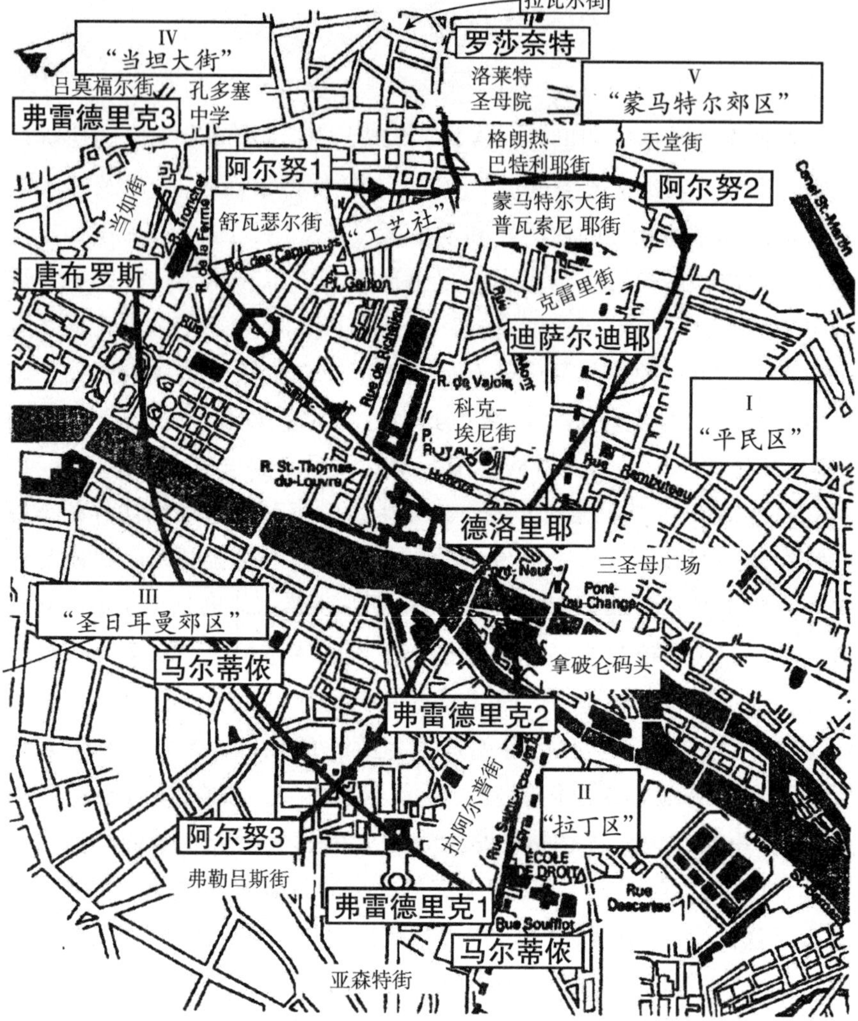

（图中标注：
拉瓦尔街；罗莎奈特；IV "当坦大街"；吕莫福尔街；孔多塞中学；弗雷德里克3；洛莱特圣母院；V "蒙马特尔郊区"；格朗热-巴特利耶街；天堂街；阿尔努1；舒瓦瑟尔街；"工艺社"；蒙马特尔大街；普瓦索尼耶街；阿尔努2；唐布罗斯；克雷里街；迪萨尔迪耶；科克-埃尼街；I "平民区"；R. St-Thomas du-Louvre；德洛里耶；三圣母广场；拿破仑码头；III "圣日耳曼郊区"；马尔蒂侬；弗雷德里克2；II "拉丁区"；阿尔努3；弗勒吕斯街；弗雷德里克1；马尔蒂侬；亚森特街）

点）及其成员的流动性（唐布罗斯来到这里，弗雷德里克只是在继承遗产之后才来，马尔蒂侬通过联姻进来，阿尔努很快就被排除在外）决定的。这个新资产阶级想要维护或创立（比如给自己预备与众不同的豪华公馆）圣日耳曼郊区的古老生活方式的标志，这个阶级无疑在某种程度上，是通过一种**空间移动**表现出来的**社会转向**的产物。[8] "唐布罗斯先生的真名是唐布罗斯伯爵，但从1825年起，他逐渐放弃了他的贵族身份和他的党派，转而经营工业企业。"[9] 再者，为了同时表明地理的和社会的联系与**决裂**："通过谄媚公爵夫人,她(唐布罗斯夫人)平息了贵族区的仇恨,让人感到唐布罗斯先生还会感到悔恨并为贵族效劳。"相同的联系和对立系统可在唐布罗斯的徽章上读出,这个徽章既是纹章的标志又是工业骑士的标记。对普瓦提埃街委员会[10](所有保守主义政客的聚会场所)的影射,进一步确认了是否有必要留在巴黎的这个区域,从此"一切都被决定"。

福楼拜把工艺社和罗莎奈特的相继的住处放在"蒙马特尔郊区",这个地区对成功艺术家颇有吸引力[比如费多或加瓦尔尼就住在这里,他们在1841年提出了"洛莱特(漂亮轻佻的年轻女人)"这个词语,用来指在洛莱特圣母院和圣乔治广场地区游荡的半上流社会女人]。如同罗莎奈特的沙龙在某种程度上是这个地区文学的变形表现,这个地区是金融家、成功的艺术家、记者,还有女演员和"洛莱特"们的住所或聚会场所。这些半上流社会的男人或女人们,像工艺社一样,居于资产阶级区与平民区中间,既与"当坦大街"的资产阶级对立,又与"拉丁区"的大学生、"年轻女工"和落魄艺术家——加瓦尔尼在他的漫画中尖刻地嘲笑这些人——对立。在阿尔努的辉煌时期,他的住所(舒瓦瑟尔街)和他的工作地点(蒙马特尔大街)本属于金钱的空间和艺术的空间,但他后来先是被赶到蒙马特尔郊区(天堂街[11]),随后被抛到弗勒吕斯街的绝对外在性中。[12]罗莎奈特也在"洛莱特"们的保留区内活动,她的堕落通过逐渐向东移动表现出来,向东也就是向工人区的边界:拉瓦尔街;[13]然后是格朗热—巴特利耶街;[14]最后是普瓦索尼耶大道。[15]

因此,在这个**结构化和等级化的空间**里,上升和下降的社会**轨迹**彼此分得很清:前者从南到西北(马尔蒂侬和一段时间内的弗雷德里克),后者从西到东和/或从北到南(罗莎奈特,阿尔努)。德洛里耶的失败通过他没有离开起点,即学生和落魄艺术家的地区(三圣母广场[16])这个事实表现出来。

注释

[1] 这条评注是在高等师范学校的艺术和文学社会史研讨会的范围内提出和讨论的(1973年),与 J.-C. 尚博勒东和 M. 卡扬曼合作拟订。

[2] *E. S.*, F., p. 44*sq*.

[3] *E. S.*, F., p. 48. 在这里复制的1846年巴黎地图上，我们用连续的箭头表示主要人物的轨迹，并把他们的名字标在他们的住所上。南北方向的虚线表示被1848年的起义者占据的地区的界线，这是按照C. 西蒙的著作画出的，C. Simon, *Paris de 1800 à 1900*, 3vol., Paris, Plon et Nourrit, 1900–1901.

[4] *E. S.*, F., p. 39.

[5] *E. S.*, F., p. 44.

[6] *E. S.*, F., p. 42.

[7] *E. S.*, F., p. 40.

[8] 无疑，我们在这个地区找到这个时代最繁荣的中学之一孔多塞中学，并非偶然。孔多塞中学主要接纳大资产阶级的孩子，据1864年的一次调查，这些孩子中的大部分致力于学习法律（244人中有117人）或医学（16人），而查理曼中学恰恰相反，它更加"民主"，学生们大部分选择进名牌大学（参见R. Anderson,《Secondary Education in Mid-Nineteen Century France: some social aspects》, *Past and Present*, 1971, p. 121–146）。这个商业资产阶级经常与爵位很高的贵族联合（想想唐布罗斯和弗雷德里克，罗克老爹提到过后者可能有的抱负——参见*E. S.*, F., p. 114），它无疑比古老的贵族更倾向于积累文化资本。

[9] *E. S.*, F., p. 36.

[10] *E. S.*, F., p. 393.

[11] *E. S.*, F., p. 128.

[12] *E. S.*, F., p. 426.

[13] *E. S.*, F., p. 134.

[14] *E. S.*, F., p. 282.

[15] *E. S.*, F., p. 341.

[16] 我们把德洛里耶放在三圣母广场，因为无法确定福楼拜所说的三圣母"街"。

第一部分　场的三种状态

艺术家。一切爱开玩笑的人。

——吹嘘他们的无私。

——居斯塔夫·福楼拜

我们是奢侈的做工者。然而，没人富裕到能付给我们工钱。一个人要想通过写作赚钱，应该做新闻，写专栏，或者写剧本。《包法利夫人》给我带来了……300法郎，**那是我自己付的**，这笔钱我永远不会动分文。我现在有能力支付纸的开销，但无法支付我的工作需要的行程、旅行和书的开销；但归根到底，我觉得这样很好（或我假装这么认为），因为我看不到一张五法郎的钞票和一个构思之间有什么关系。应该为艺术本身而爱艺术；不然，什么职业都比这个强。

——居斯塔夫·福楼拜

1. 自主的获得·场出现的关键阶段

指出我们在资产阶级和社会主义这两个相反的派别中看到相似的错误，真令人难过。说教吧！说教吧！这两派都以一种传教士般的狂热叫喊着。

——夏尔·波德莱尔

抛弃一切。

抛弃达达。

抛弃你的妻子，抛弃你的情人。

抛弃你的希望和恐惧。

把你的孩子抛在一片树林的角落。

抛弃猎物，为了影子。

必要时抛弃一种富裕的生活，抛弃别人给你的一种未来状况。

上路吧。

——安德烈·布勒东

《情感教育》的阅读不止是一个简单的开场白，不止是力求让读者准备进入对社会世界的社会学分析。这种阅读在社会世界中产生，并揭示了社会世界。这种阅读迫使询问特殊的社会条件，这些特殊的社会条件既是福楼拜特有的洞察力的根源，也是这种洞察力的局限性的根源。只有对文学场生成的分析才能导致对生成公式和他的写作的真正理解，福楼拜的计划就是在文学场中形成的，生成公式是作品的根源，多亏了写作，福楼拜才能**利用**这个生成公式，并在同一运动中，将这个生成结构和产生它的社会结构客观化。

众所周知，福楼拜与别人尤其是波德莱尔一起为把文学场建成一个服从自身法则的独立世界作出了贡献。重建福楼拜的观点，重建他的世界观借以形成的社会空间的观点，以及这个社会空间本身，就是给出处于一个世界的根源的真正可能性，我们对这个世界的运行如此熟悉，以致忽略了它所遵循的规律和法则。这同样是回到为自由而斗争的"英雄时代"，重新找到被遗忘或被否认的智力自由的原则，在那个时代，面对极其野蛮的镇压（尤其涉及到诉讼案），反抗和抵抗的作用应该表现得清清楚楚。

一种结构从属

倘若我们对在工业扩张支持下的第二帝国中拥有巨额财富的（如塔拉博家族，德旺德尔家族或施耐德家族）工业家和商人的出现代表了什么一无所知，我们就无法理解作家和艺术家对19世纪下半叶他们服从的新统治形式可能具有的经验，无法理解"资产者"的形象有时令他们生出的厌恶之感，因为这些工业家和商人是没有文化的暴发户，随时准备让金钱的权力和他们对精神事物极其仇视的世界观在整个社会大行其道。[1]

> 安德烈·齐格弗里德谈到他的父亲、一个纺织厂主时所说的话可以证明这一点："在这种教育中，修养没有任何作用。说真的，他永远也不会有精神修养而且从未想到要有。他可以受教育，大长见识，懂得他当前的行动所需要的一切，但对精神上非功利事物的趣味一无所知。"[2] 同样，北方的一个大企业主安德烈·莫特写道："我每天都对我的孩子不厌其烦地说，中学毕业文凭永远不会给他们带来一块可嚼的面包；我把他们送进大学，为的是让他们享受智力的快乐；为的是让他们警惕一切虚假的学说，无论是文学的、哲学的还是历史的。但我还要补充一点，过分沉迷于精神的快乐对他们来说会有很大危险。"[3]

金钱的统治无处不在，技术变革和国家为新的统治者和工业家提供了前所未有的、有时是容易投机的利益，他们的财富体现在奥斯曼的巴黎的豪华公馆或马车和穿衣打扮的华丽上。官方候选人的实践一方面为新贵们提供了一种政治合法性，以及对立法机构的从属，另一方面与政治世界和经济世界建立了紧密的联系，新贵中的一大部分是商人，经济世界逐步占领了报业，报纸读者越来越多，越来越有利可图。

对金钱和利润的赞扬与拿破仑三世的策略一拍即合：他为了保证未彻底变成"伪君子"的官僚的忠诚，用慷慨的薪俸和奢侈的礼物满足臣仆的要求，他在巴黎和孔皮埃涅庆祝各种节日，除了出版家和报业大亨之外，还宴请了上流社会最循规蹈矩的和最保守的画家和艺术家，如奥克塔夫·弗耶、于勒·桑多、蓬萨尔、保尔·费瓦尔，或梅索尼耶、卡巴内尔、热罗姆，以及最倾向于表现为廷臣的人，如奥克塔夫·弗耶和维奥莱－勒－迪克，他们在热罗姆或卡巴内尔的帮助下，上演了从历史或神话中借鉴主题的"活生生的场景"。

人们远离了十八世纪或复辟时期贵族社会的博学团体和俱乐部。文化生产者与统治者之间的关系丝毫不体现以往世纪的特点，无论是关系到对定购者的直接依赖（这在画家身上比较常见，但在作家身上也有所体现），还是对一个艺术资助者或一个官方保护人的依赖。这就涉及到了一种真正的**结构从属**，它依照不同作家在场中所处的地位，不同程度地施加到他们头上，并且通过两种主要的调节手段确立起来：一方面是市场，它的制裁或限制要么通过销售量、票房收入等直接作用于文学活动，要么通过报刊、出版、插图及工业文学的所有形式提供的新职位直接作用于文学活动；另一方面是持久的联系，这些联系建立在生活方式及价值体系的相似性基础上，它们尤其通过沙龙至少将一部分作家与上流社会的某些阶层联系起来，并有助于指导国家对艺术的大量资助。

由于缺乏真正的专门认可机构（比如，除了法兰西学院，大学实际上在场中没有地位），政治机构和王室成员对文学场和艺术场直接进行管理，这种管理不仅通过对报纸及其他出版物进行的制裁（诉讼、审查等），还通过他们能够分配的物质利益和象征利益：年金（如勒孔特·德·李勒从王室秘密接受的年金），在剧院、音乐厅或沙龙上演或展览作品的可能性（拿破仑三世曾试图从法兰西学士院夺回这种可能性的控制权），奖掖的职务或职位（比如圣伯夫得到的参议员职位），荣誉勋章，法兰西学士院，法兰西研究院等等。

当权的暴发户的趣味趋向小说，尤其是形式上最通俗的小说，如连载小说，这类小说在宫廷和内阁中争相传阅，令出版业有利可图；相反，诗歌仍旧与浪漫派的伟大斗争、放荡不羁的文人和为下层人说话的介入相联系，因而成为一种有意的敌视政治的目标，尤其是来自内阁的敌意，比如对诗人的起诉或对布莱-马拉西斯这类出版家的迫害，因为布莱-马拉西斯出版了所有先锋派诗歌，尤其是波德莱尔、邦维尔、戈蒂耶、勒孔特·德·李勒的诗，由于欠债，他沦落到破产的境地并被关进了监狱。

隶属于权力场具有某些内在的限制，这些限制借助于建立在权贵之间的交换，尤其通过巧妙地被分成等级的沙龙空间，也作用于文学场，权贵大部分是寻求合法性的暴发户，以及最保守或最被认可的作家。

> 在杜伊勒里宫，皇后被上流社会的作家、批评家和记者围住着，这些人都是奥克塔夫·弗耶这样的臭名昭著的保守主义者，他在孔皮埃涅宫负责组织演出。热罗姆亲王炫耀他的自由风范（比如他举行了一次宴会，向德拉克洛瓦致敬，这并不妨碍他接待奥吉埃），在皇宫中他将勒南、泰纳或圣伯夫这样的人留在身边。玛蒂尔德王妃最终为了表明她有相对于宫廷的独出心裁，非常挑别地接待戈蒂耶、圣伯夫、福楼拜、龚古尔兄弟、泰纳或勒南这样的作家。在远离宫廷的地方，还有作家和艺术家的保护者德·莫尔尼公爵的沙龙，德·索尔姆斯夫人的沙龙，后者聚集了尚弗勒里、蓬萨尔、奥古斯特·瓦克里、邦维尔这些混杂的人物，因与一个对立地点相关而声名鹊起。另外还有自由派人士聚集的达古尔夫人的沙龙，以及萨巴蒂埃夫人的沙龙，这是波德莱尔和福楼拜结下友情的地方；尼娜·德·卡丽亚斯和让娜·德·杜尔贝的沙龙，这里集中了成分复杂的作家、批评家和艺术家；路易丝·科莱的沙龙，经常光顾的有雨果的崇拜者和浪漫派的幸存者，但也有福楼拜和他的朋友们。

这些沙龙并不仅仅是作家和艺术家们因相似而聚集，还可以会见当权者，以及通过直接的相互影响实现连续性的地方，这种连续性从权力场的一极到另一极建立起来；这里还是精英主义的避难所，感到自己受到工业文学入侵威胁的人和文学记者们幻想在这里恢复十八世纪贵族的生活，尽管他们并不真正相信这一点，龚古尔兄弟经常表达对这种生活的怀旧之情："与十八世纪文人从狄德罗到马蒙泰尔的上流社会生活相比，十九世纪文人的粗野无礼令人惊异；当今资产阶级几乎不大结交文人的，除非文人打算接受好奇的傻瓜、笑料或外国导游的角色。"[4]

这些沙龙中进行各种交易，由此它们也是场之间真正的关联所在：拥有政权的人力图把他们的观念强加给艺术家，尤其通过圣伯夫所说的"文学报刊"，[5]将艺术家把持的认可和合法化权力据为己有；而在作家和艺术家方面，他们作为恳求者或说情者，有时甚至作为真正的压力集团进行活动，努力取得对国家颁发的各种物质的或象征的奖励的一种间接控制。

玛蒂尔德王妃的沙龙是这些**折中机构**的范例，即使在最专制的制度（比如法西斯政权或斯大林政权）中也可找到类似的机构，用"归附"（或如1968年之后人们可能会说的"回收"）的语言描述在这些机构中进行的交易是不确切的，因为两个阵营最终都从中受益：那些位置还不稳的人物虽说力量强大，足以令作家和艺术家认真对待，但却不足以令当权者认真对待。温和的支配方式往往通过这些人物得以确立，这种方式阻止或避免了文化权力的把持者的彻底分裂，并将他们拖入混乱的关系之中，这些关系建立在感激与负罪感之上，这种感激和负罪感产生自与提供担保的权力的和解与妥协，这个权力被当成最后的手段或至少被当成一个例外的小岛，用来为背信弃义辩护并逃避大胆的决裂。

文学场和政治场这种深不可测的层叠构造，在福楼拜案发时显示出来，这个案子乃是动用一个强大的关系网的机会，把作家、记者、高级官员、忠实于帝国的大资产阶级（特别是他的哥哥阿西尔）、王室成员联系在一起，超越了趣味和生活方式的所有差别。如此说来，在这个巨大的链条上，有简单地被排斥的作家：

首先是波德莱尔，他被逐出了宫廷和皇家成员的沙龙。他与福楼拜不同，他败诉了，因为不愿求助于一个大资产阶级家庭的影响，而且他臭名昭著，因为他与放荡不羁的文人来往。这个链条上还有现实主义者，如杜朗蒂，及后来的左拉和他的团体（"第二代放荡不羁的文人"中的许多元老，如阿尔塞纳·乌塞，加入了御用文人的行列）。再有就是不为人知的人，如帕纳斯诗派，他们的确通常出身于小资产阶级而且没有社会资本。

自主的道路像统治的道路一样，即使不是无法企及的，也是非常复杂的。政治场内部的斗争，比如使得欧仁妮皇后和玛蒂尔德王妃互相对立的斗争，间接地有利于迫切需要文学自由的作家们，欧仁妮皇后是外国人、暴发户和虔诚的信徒，而玛蒂尔德王妃从前被圣日耳曼郊区接待而且长期以来在巴黎的沙龙里交游广阔，她是艺术的保护人、自由主义者和法兰西价值的捍卫者。作家们能够通过权贵的保护获得物质上或制度上的手段，而这些手段他们既无法从市场，也就是说出版商和报纸得到，也无法从他们的竞争对手，即最贫困的放荡不羁的文人支配的委员会中得到，他们在1848年之后很快明白了这一点。

尽管玛蒂尔德王妃无疑在真正的趣味（连载小说、情节剧、大仲马、奥吉埃、蓬萨尔和费多）上，与她企图摒弃的肤浅的人离得不那么远，但她还是想让她的沙龙给人一种文学格调很高的印象。泰奥菲尔·戈蒂耶和圣伯夫在挑选客人方面为她出谋划策，戈蒂耶1861年投奔了王妃，请求她帮助谋一个合适的职位，让他脱离报业，圣伯夫是1860年代颇有名气的人物，主宰着《立宪报》和《箴言报》。玛蒂尔德王妃想充当艺术的资助者和保护人：为了给她的朋友争得荣誉或求得保护，她不断出面干涉，为圣伯夫争来了参议员，为乔治·桑争来了法兰西学士院的奖励，为福楼拜和泰纳争来了荣誉勋章，还奋力为戈蒂耶谋到一个职位，然后让他进了法兰西学士院，为《亨利埃特·马雷夏尔》在法兰西喜剧院上演说情，还通过她的情人尼厄魏尔柯克保护波德里、布朗热、波纳、和贾拉贝尔这些因循守旧的画家，她在绘画方面的品味跟她的情人保持一致。[6]

因此，沙龙之所以与众不同，与其说它们聚集了一些人物，不如说它们排斥了一些人物，它们有助于围绕基本的巨大对立构建文学场（正如在场的其他状况下，杂志或出版商也要做的）：一边是聚集在宫廷沙龙里的折中的和上流社会的文人，另一边是伟大的精英主义作家，后者聚集在玛蒂尔德王妃周围和马尼晚餐会上（晚餐会由卡瓦尔尼举办，他是龚古尔兄弟、圣伯夫和谢纳维埃尔的好友，参加者有福楼拜、保尔·德·圣维克多、泰纳、泰奥菲尔·戈蒂耶、《时代报》的主编奥古斯特·纳夫采尔、勒南、贝特洛、《报界》的主编夏尔·埃德蒙），最后是放荡不羁的文人社团。

结构统治的作用也通过报纸实现：第二帝国的报纸与七月王朝时代的报纸不同，七月王朝时代报纸多种多样，政治性很强，而第二帝国的报纸常常处在审查的威胁之下，而且通常处于银行家的直接控制之下，被迫以一种笨重而浮夸的风格刊登官方事件，或者迎合空泛的、无足轻重的文学－哲学理论或称得上布法尔和白居榭式的蠢事。连"严肃"的报纸也让位给连载小说、通俗喜剧专栏和社会新闻。社会新闻主宰着那个时代最有名的两种产品：其一是《费加罗报》，其创办者昂利·德·维尔梅桑将他在沙龙、咖啡馆和舞台幕后拾来的飞短流长散布在各类专栏如"回声"、"传闻"、"信使"中，其二是《小报》，它的售价只有一个苏，有意不问政治，把或多或少被写成小说的社会新闻放在最高地位。

报业经理是所有沙龙的常客，与政治领导人关系密切，他们是被谄媚的人，没人敢得罪，尤其是在作家和艺术家当中，他们知道在《报界》或《费加罗报》上的一篇文章，会建立一种名声并开创一种前程。通过报纸和专栏，他们不可避免地交了好运，因为从民众到资产阶级，从部长办公室到宫廷，每个人都读报纸和专栏，因此，正如卡萨涅所说，"工业在改变了报纸之后侵入到文学本身中"。[7] 写作的工业家们按照公众的趣味，制造出以一种粗糙的风格写成的表面通俗的作品，但既没有除去"文学"的陈词滥调，也没有除去对效果的追求，"他们已经习惯用作品带来的收入来衡量价值"。[8] 因此，蓬松·杜·泰拉伊每天为文学日报《小报》、《小报界》，保皇派的政治日报《国家观点》，帝国的官方日报《箴言报》，非常严肃的政治日报《祖国》写上不同的一页。记者－作家们通过批评的行动，仿佛无可指责地是一切艺术和文学事物的能手,并贬低超过他们的一切,谴责有可能对他们的伦理倾向进行质疑的所有举动,他们的伦理倾向指导他们的判断,而且他们的轨迹和立场之中的精神局限性,甚至是精神残缺尤其体现在这一伦理倾向中。

放荡不羁的文人与一种生活艺术的创造

报纸的发展是文化财产市场前所未有的扩张的无数迹象之一,这种扩张通过一种因果循环的关系与一大批年轻人相关联。这些年轻人没有财产,出身于首都尤其是外省的中产阶级或民众阶级,他们来到巴黎,试图走上作家或艺术家的道路,这条道路到那时为止,是严格为巴黎贵族或资产阶级保留的。尽管商业的发展提供的就业机会增多了,但企业和公共部门(特别是教育系统)无法吸收所有中学毕业生,他们的人数大大增多了,特别是在欧洲十九世纪上半叶,到了第二帝国时代,法国更是有新的激增。[9]

统治位置的供求之间的差距,由于三种特定因素的作用,在法国表现得特别明显:来自大革命、帝国和复辟期的青年行政官员长期以来阻挡了中小资产阶级子女的前程:军队,医业或行政机关(再加上贵族的竞争,贵族重新进了政府部门,成了出身于中小资产阶级的"能人"进阶的障碍);有文凭的人集中在巴黎;大资产阶级实行排外主义,他们对革命经验异常敏感,把任何向上的进阶都看成是对社会秩序的一种威胁(基佐1836年2月1日在国民议会所做的关于古典课程教育的不适应特点的演讲可以证明这一点),他们试图将显赫的位置特别是高级行政部门的位置留给自己的子女——除此之外,还竭力维护传统中学教育的专利。实际上,在第二帝国时代,尤其与经济增长相联系,接受中等教育的人数继续增长(由1850年的90000人增至1875年的150000人),如同接受高等教育,尤其是文科和理科的高等教育的人数一样。[10]

这些新来者，接受了古典课程和修辞学教育，但缺乏让他们的文凭发挥作用必不可少的财源和社会保护，因而被推向了文学职业：文学职业充满浪漫成功的一切魅力，而且它与政府更官僚化的职业不同，不需要任何学校教育保证的资格；或者他们被推向沙龙极力推崇的艺术职业。其实有一点很明确，如同一直以来的状况，所谓的形态学因素（特别是涉及到相关人口的**总量**的因素），本身也要服从于社会条件，比如，在特定状况下画家或艺术家的伟大前程的不可思议的魅力："即使我们中不懂行的人，"于勒·布松写道，"也一心想着可以自己写东西……"[11]

这些形态方面的变化无疑是文学场和艺术场的自主化过程的主要决定因素之一，也是文学艺术世界与政治世界之间关系相应变化的主要决定因素之一（至少作为容许的原因）。为了理解这种变化，我们可以将之与多次分析过的仆人转变为自由劳动者（韦伯的农业工人是一个特殊情况）的过程进行对照来考虑它。仆人通过个人联系依附一个家庭，而自由劳动者脱离了限制和阻碍其劳动力自由出卖的依赖关系，获得了自由，以直接面对市场并受到通常比家长制的温和暴力更冷酷的非特定的限制与制裁。[12]这种对比的主要效力是防止这样一种非常普遍的倾向，即把这个从根本上双重性的过程仅简化为异化作用（在雷蒙·威廉姆斯分析过的英国浪漫派传统中）：人们忘记了这个过程发挥了解放的作用，比如给新兴的"无产阶级知识分子"提供了一种生活的可能性，他们依赖与工业文学和报纸紧密联系的小行当为生且无疑非常贫困，但如此获得的新可能性可能也是新依赖形式的根源。[13]

许多青年人渴望以艺术为生，他们由自己正在创造的生活艺术而与其他一切社会等级分开。随着这样一群青年聚集在一起，一个处于社会中的真正社会出现了；甚至，正如罗伯特·达恩顿所指出的，这无疑在一个更有限的范围内，宣告了自十八世纪末以来的这个作家和艺术家社会的诞生，拙劣作家和画匠在这个社会里至少在数量上占了上风，这个社会有些不同寻常的东西，而且前所未有，引起了很多疑问，首先在自己的成员中间。放荡不羁的生活风格，无疑对艺术家生活风格的出现作出了很大贡献，它导致了离奇的想法、文字游戏、笑话、歌曲、各种形式的饮料和爱情。这种生活风格之确立，既有悖于官方画家和雕刻家循规蹈矩的生活，也有悖于资产阶级生活的陈规陋习。将生活的艺术变成美术之一种,就预示着要从事文学;但放荡不羁文人的文学人物的出现不是一个简单的文学事实:从米尔热和尚弗勒里到巴尔扎克和《情感教育》的作者福楼拜,小说家们尤其通过创造和传播放荡不羁的文人这个观念本身,大大促进了对新社会存在的公开认可,及对其身份、价值、规范和神话的构建。

从《放荡不羁文人的生活场景》到《论高雅生活》,随处可见这样一种自信,即自信是优越的生活风格的共同拥有者。因此,在巴尔扎克看来,世界分为"三类人",即"劳动者"(也就是说大体包括耕作者、泥瓦匠或士兵、小零售商、职员乃至医生、律师、大批发商、乡绅和官僚)、"思想者"和"无所事事者","无所事事者"献身于"风雅生活","艺术家是个例外,他的空闲是一种劳作,他的劳作是一种休憩;他时而优雅,时而不修边幅;他随心所欲地披上耕作者的布衣,或决定穿上时髦人士的燕尾服;他没有一定之规。他定规矩。无论他有意地无所事事还是无意地思考一部杰作;无论他骑木嚼子马还是驱赶豪华马车的马匹;无论他身无分文,还是挥金如土,他总是一种伟大思想的表现并且统治这个社会。"[14] 积习和同谋阻止我们看到在这样一篇文章中起作用的一切,也就是一种社会现实的构建活动,我们多多少少因为属于知识分子或渴望成为知识分子而参与这个社会现实,这个社会现实正是知识生产者的社会身份。作家、艺术家、知识分子这样的日常用语说明的这个现实,是文化生产者(巴尔扎克的文章不过是成千上万文章之一)通过标准的陈述甚或述行的陈述努力生产出来的,如同下面的现实:这些描述表面上是陈述事实,实际上是让人看到和相信,让人看到社会世界符合一个社会集团的信仰,这个社会集团的特殊性在于几乎垄断了所有关于社会世界的言论的生产。

作为暧昧的现实,放荡不羁的文人引起了矛盾的心绪,甚至在其最激烈的维护者身上。首先因为他们对等级制度进行了挑战:他们接近"民众",因为他们常常与民众有同样的疾苦,但决定他们的社会性质的生活艺术将他们与民众分开。这种生活方式尽管使他们自夸般地与资产阶级的习俗和礼仪对立，却令他们更接近贵族或大资产阶级而不是循规蹈矩的小资产阶级，特别是在两性关系的范畴内，他们大范围地进行所有形式的有悖常理的实验，自由恋爱、卖淫、纯粹爱情、色情，这些在他们的作品中被当成了样板。这一切对于最贫困的成员来说也是千真万确的，他们拥有文化资本和天生的"品味制造者"的权威，能够以最低的代价获得服饰上的标新立异，烹调上的奇情异想，唯利是图的爱情和高雅脱俗的娱乐，而"资产阶级"却要为此付出高昂的代价。

此外，关于放荡不羁的文人的暧昧性还需补充一点，即随着他们人数的增加，随着他们的威望或者说幻象不断吸引贫困的年轻人，他们在时间的进程中不断变化。这些年轻人通常出身于外省的平民家庭，在1848年左右主导着"第二批放荡不羁的文人"。米尔热、尚弗勒里或杜朗蒂这些放荡不羁的文人与教长街"镀金的放荡不羁文人"中的浪漫派花花公子不同，他们构成了一支真正的知识分子后备军，他们直接服从于市场规律，经常出于迫不得已而从事第二职业，这种职业有时与文学没有直接关系，只是为了体验一种艺术，这种艺术并不能让他们赖以为生。

实际上，两种不同的放荡不羁文人在一段时间内是共存的，但他们的社会力量随时代而不同。"无产阶级知识分子"，通常生活如此悲惨，以致他们按照缪塞式的浪漫主义回忆录传统，把自身作为对象，创造了人们后来所说的"现实主义"，与走上歧途或丧失社会地位的资产者不无冲突地并存，后者拥有统治者的一切特征，有一点除外，即他们是大资产阶级家族、破产或破落贵族的穷亲戚、外国人或像犹太人一样被谴责的少数民族成员。这些"资产者"要么如毕沙罗所说"身无分文"，要么他们的年金只能用来在放弃本钱的情况下向一家企业投资，他们仿佛事先由于双重的或分裂的习性而适合一种悬而未决的位置，也就是统治者中的被统治者的位置，这个位置使他们注定陷入一种客观上的进而主观上的不确定性，这种不确定性在他们与权力的关系的同时或连续的波动中从未如此明显。

与"资产者"的决裂

作家和艺术家与市场建立了关系,市场无名的制约可以在他们之间创造出前所未有的差异,这些关系无疑左右着他们对既迷人又可鄙的"大众"形成的情绪矛盾的表象。他们把服从交易的平庸的"资产阶级"和听任生产活动的愚钝支配的"民众"混淆在大众的形象中。这种双重的矛盾情绪使他们倾向于对他们自身在社会空间中的位置和社会功能形成一种模棱两可的印象:这就是他们为什么在政治上摇摆不定,而且,1830年和1880年之间发生的频繁政体变化证明了这一点,他们就像铁屑一样,滑向暂时被强化的场的极点。因此,在七月王朝的最后几年,当场的重心转向左翼时,人们看到了一种向"社会艺术"和社会主义观点的全面化的滑动(波德莱尔本人也谈到了"为艺术而艺术的幼稚乌托邦"[15]并激烈反对纯艺术)。相反,在第二帝国时代,许多纯艺术的捍卫者虽然不公开表示归顺,有时甚至会像福楼拜一样,对"巴丹盖"表示极大的轻蔑,但他们仍经常出入宫廷要人开办的这个或那个沙龙。

但是艺术家的社会不仅仅是创造非常特殊的生活艺术的实验室,这种生活艺术是艺术家的生活风格、艺术创作活动的基本维度。它的主要功能之一是自己是自己的市场,这个功能经常被忽略。它对作家和艺术家引入他们的作品中的以及生活中的无畏和反抗,予以最热烈的欢迎和最诚挚的理解,他们的生活本身被当成一部艺术作品。这个具有特权的市场的认可,即使不表现为货真价实的现金,至少具有这样的功能,即确保给予因挑战常识而表现得不一样的东西(也就是说对别的团体)一种社会认可。这个颠倒的世界(文学和艺术场)来自文化革命,文化革命之所以获得成功,原因是一心想颠覆所有观念和区分原则的伟大异端们,至少能够依靠一些人的**关注**,倘若不是支持。这些人在进入正在形成的艺术空间时,已经心照不宣地接受了这样一个可能性,即在这个空间里一切都可能发生。

因此,很显然,文学和艺术场是在与"资产阶级"世界的对立中并通过对立形成的。"资产阶级"世界从未以如此严厉的方式表明它的价值和它控制合法化手段的野心，无论在艺术领域还是文学领域。"资产阶级"世界通过报纸和拙劣的作家，力图推行一种丧失尊严的和有损名誉的文化生产。没有文化、全都浸淫在虚伪和掺假之中的暴发户体制；讨好整个报界刊登和宣传的最平庸的文学作品；新的经济主宰者的庸俗物质主义；一大批作家和艺术家的卑躬屈膝的谄媚；这一切都引起了作家们（特别是福楼拜和波德莱尔）的鄙视和厌恶，这种厌恶在与日常世界的决裂中起的作用非同小可，这个日常世界与作为一个独立世界、一个国中之国的艺术世界的形成密不可分。

福楼拜在1871年9月28日写给马克西姆·杜冈的一封信中说：一切都是虚假的，"虚假的军队，虚假的政治，虚假的文学，虚假的信任和虚假的妓女。"[16]他在给乔治·桑的一封信中发展了这个提法："一切都是虚假的，虚假的现实主义，虚假的声望，甚至虚假的婊子……这种虚假……特别体现在判断方式上。人们想要一个女演员，但还要让她是一个好家庭主妇。人们要求艺术是道德的，要求哲学是明晰的，要求罪恶是体面的，要求科学处在大众的理解范围内。"[17]波德莱尔说："12月2日把政治从我的身体中剥夺了。再没有普遍的观点。"还可以举出巴齐尔对马奈的绘画《受士兵侮辱的耶稣》的评论文章，尽管文章的出现要晚得多。文章尽述对第二帝国的文化气氛的极端厌恶："这个耶稣，在刽子手士兵中受尽折磨，他是一个人而不是一个神，这在当时也是无法接受的……人们迷恋美丽的事物，迷恋受鞭笞的受害人，情愿所有的人都长着诱人的面孔。存在着且永远都会存在这样一个流派，它认为自然需要被精心装扮起来，只有在艺术说谎的时候，才承认艺术的存在。这种理论居然盛行起来：帝国有理想主义的趣味，痛恨人们按照事物本来的面目看待它们。"[18]

无法推测，经历了1848年革命的失败和路易·拿破仑·波拿巴政变以及后来第二帝国漫长的萧条时期的这代人，在对政治世界和社会世界产生幻灭感甚至形成一种观念的过程中扮演了一个什么角色？与这种幻灭感同时出现的是崇拜为艺术的艺术。这个排他的宗教是拒绝服从与放弃的人的最后法宝。"这个时代对诗来说是悲哀的"，福楼拜后来在给他的朋友路易·布耶的《最后的歌》写的序言中写道："想像力如同勇气一样锐减，公众与当权者没有两样，都不打算允许精神独立。"[19] 当大众表现出只有资产阶级厚颜无耻的怯懦才能与之相比的政治上的不成熟时，人道主义梦想和人道主义事业受到了自称捍卫它们的人的嘲笑或侮辱，记者们把自己卖给出价最高的人，从前的"艺术殉道者"变成了艺术正统观念的维护者，文人们吹嘘逃到他们的剧本中或"良知小说"中的一种虚假理想主义——，我们可以用福楼拜的话说，"什么都没有了"，"应该把自己关起来，继续埋头在作品中，像鼹鼠一样"。[20]

实际上，正如阿尔贝·卡萨涅指出的，"他们将投身到独立艺术中，投身到纯粹艺术中，因为艺术总需要一种材料，要么他们到过去寻找这种材料，要么他们在当今取得这种材料，为了从中得到完全非功利的单纯客观表象"；[21] "勒南的思想显示出了将这种材料引向艺术爱好的发展过程的轮廓（'从1852年起，我对收藏充满了兴趣'）；勒孔特·德·李勒将他的人道主义梦想埋葬在帕纳斯派的大理石下；龚古尔兄弟重申'艺术家、文人、学者，应该永远不跟政治打交道：他们应该听任风暴在他们下面掠过'。"[22]

在接受这些描述的同时，应该拒绝它们可能会引起的经济和政治条件直接导致的论点：福楼拜、波德莱尔、勒南、勒孔特·德·李勒或龚古尔兄弟这些人只是从他们在文学小宇宙中占据的极其特定的位置出发，领会政治形势的，这种政治形势是借助他们立场固有的认识范畴而被把握的，它提高和激发他们的独立倾向（而其他历史条件可能会压制或抵消这种倾向，比如在1848年革命前夜和革命结束后不久，通过加强文学场和社会场中的被统治地位来压制这种倾向）。

制定规则的波德莱尔

这种对文学场和权力场之间关系的分析，重点在于分析公开的或潜在的依赖形式、直接的或间接的依赖结果，这种分析不该让人忘记那构成了作为场的文学世界的功能的主要作用的东西。毫无疑问，道德愤怒在波德莱尔和福楼拜这类人物的日常反抗中扮演了一个决定性

艺术的法则
016

的角色，反抗导致作家自主意识的逐步确立，道德愤怒反对所有对权力或市场的屈从形式，无论这种屈从表现为驱使某些文人（我们想到了马克西姆·杜冈）追逐特权和荣誉的急切野心，还是促使专栏作家和滑稽剧作者应报纸和新闻的要求从事无约束无风格文学的卑躬屈膝；可以肯定的是，在争取自主的英雄阶段，伦理决裂总是全部美学决裂的一个基本维度，在波德莱尔身上可以清楚地看到这一点。

但是还有一点确信无疑，愤怒、反抗、轻蔑仍旧是否定的、偶然的、臆想的原则，这些原则过于直接地依赖个人的独特倾向和德性，无疑很容易被倒置或推翻，这些倾向和德行导致的反应性的独立太容易受到强者的诱惑或吞并。使经常并持久地摆脱世俗权力的直接或间接的限制和压力的实践成为可能，这些实践不是在性情的波动倾向或唯意志论的道德决定中，而是在一个社会空间的必然性中找到它们的原则，而这个社会空间的基本法则即**规范**，就是独立的经济和政治权力；换句话说，除非像这样构成文学或艺术范畴的特定**规范**，既被建立在由社会控制的空间的客观结构中，又被建立在占据这个空间的人的精神结构中，而这些人由此倾向于自然而然地接受被纳入其功能的内在逻辑的指令。

只有在一个达到高度自主的文学和艺术场中，如法国十九世纪下半叶（特别是在左拉与德雷福斯案件之后）的状况，试图完全成为艺术世界的成员的人，特别是企图在当中占据统治地位的人，才执意要显示出他们相对于外部的政治或经济力量的独立性；于是，只有对权力和荣誉，甚至表面看来最特殊的荣誉如法兰西学士院甚至诺贝尔文学奖采取漠然态度，与当权者及其价值观保持距离，才能即时得到理解，甚至尊敬，并因此得到回报，这个做法由此越来越被推而广之，作为合法行为的实践箴言得到承认。

一个自主的场要求自己确定自己的合法性原则的权利。在这个场形成的关键时刻，一些人对文学和艺术制度进行质疑（美术学院和沙龙的颠覆标志着这种质疑的顶点）并创造和推行一种新的规范，他们来自完全不同的立场：首先是拉丁区为数众多的青年，他们揭露和惩罚对权力的妥协，尤其在戏剧方面；其次是尚弗勒里和杜朗蒂的现实主义文社的青年，他们以政治-文学理论对抗资产阶级艺术的保守主义的"唯心主义"；最后是特别鼓吹"为艺术而艺术"的人。实际上，波德莱尔、福楼拜、邦维尔、于斯曼、维利耶、巴尔贝或勒孔特·德·李勒这些人，除去他们的差别，他们的共同点在于他们投身的创作是与屈从权力或市场的生产截然相反的，尽管他们禁不住沙龙的诱惑，做了秘密的妥协，或更甚，泰奥菲尔·戈蒂耶进了法兰西学士院，但他们最早明确地制定了新合法性的标准。是他们把与统治者的决裂变成了艺术家作为艺术家存在的原则，并按照正在形成的场的功能确立了这条原则。因此，勒南能够预见："如果革命朝专制主义和耶稣会的方向发展，我们将以理性和自由主义反击。如果革命的发展有利于社会主义，我们在文明和知识文化的方向上反击，知识文化显然要首先经受这种放纵……"

如果要在这项既没有明确的计划，也没有确定的领导者的集体事业中，确定一类创立的英雄，一个**制定规则的人**，以及一个最初的创立行为，人们显然只会想到波德莱尔，包括他的创造性违抗，想到他的相当严肃而又滑稽可笑的法兰西学士院候选人资格。波德莱尔通过深思熟虑，甚至带着侮辱性的意图作出一个决定（他选择谋求的是拉克代尔的席位），这个决定注定让他的颠覆阵营的朋友也让他的保守阵营的敌人感到同样不可思议，甚至可耻，后者把持着法兰西学士院，他决定出现在他们面前——他逐个访问他们——，他向整个法定的文学秩序发出挑战。他的候选人资格是一种真正的象征违抗，比没有社会效应的违抗轰动得多，大约一个世纪之后，美术界把这些违抗称为"行动"：他对精神结构、对认识和评价范畴提出了质疑和挑战，这些结构和范畴通过一种深刻的相合与社会结构一致，从而避开了表面看来最激进的批评，这些结构和范畴因而是对文化秩序无意识的和即刻服从的根源，是一种发自内心的赞同的根源，比如表现在福楼拜的"惊讶"中的赞同，然而他是能理解波德莱尔的挑衅的。

波德莱尔请求福楼拜向于勒·桑多推荐他的候选人资格，福楼拜在给他的信中写道："我有这么多问题要问您，我实在是太吃惊了，一本书都写不下！"[23] 而他给于勒·桑多的信是以完全波德莱尔式的讽刺语气写的："候选人敦促我告诉您'我对他的看法'。您应当了解他的作品。至于我，当然，如果我能参加那荣耀的集会，我倒是乐意看到他坐在维尔曼和尼扎尔之间！这是怎样的情景啊!"[24]

波德莱尔向一个仍旧得到广泛承认的机构提出他的候选人资格时,比任何人都明了他会得到怎样的待遇。他这样做是要表明他有权得到他在先锋派的狭小圈子里获得的认可。他迫使这个在他看来丧失威信的机构明确表明它无法认可他,从而也表明有权利甚至义务推翻清规戒律(这个权利甚至义务落在新合法性的把持者身上),而且迫使承认他并为他的行为感到不悦的人招认,他们对旧秩序的认可超出了他们的想像。他以有悖常理的疯狂举动,试图建立失范,这种失范自相矛盾地是这个自相矛盾的世界的**规范**。这个自相矛盾的世界将是达到完全自主,即创造者-预言家之间自由竞争的文学场,这些人坦率地承认前所未有且无与伦比地异乎寻常的和独特的规范,这个规范确定了他们自身的属性。他在1862年1月31日写给福楼拜的信中很清楚地说明:"您怎么猜不出波德莱尔意味着奥古斯特·巴尔比耶、泰奥菲尔·戈蒂耶、邦维尔、福楼拜、勒孔特·德·李勒,也就是**纯文学**?"[25]

波德莱尔本人的模棱两可,始终如一地表明着他对"资产阶级"生活的执意拒绝,与此同时,不管怎样,又表明着他急于得到社会的承认(他难道没有一度梦想得到荣誉勋位勋章,抑或如他在给母亲的信中写的,梦想当上一个剧院的经理?)。这揭示了革命的缔造者们(同样的动摇性也表现在马奈身上)为建立新秩序而与过去决裂的所有困难。如同创新者有选择的违抗(人们不禁想到马奈的《死去的斗牛士》)可能显现为无力的笨拙,挑衅的有意失败毕竟还是失败,至少在维尔曼甚或圣伯夫看来——后者给《立宪报》写的关于法兰西学士院选举的文章以充满恶毒的恩赐态度结束:"可以肯定,波德莱尔先生达到了引人注目的效果,人们原以为会看到进来一个奇特的、怪异的人,结果发现他们面对的是一个彬彬有礼、令人尊敬、堪称榜样的候选人,一个和蔼可亲的小伙子,谈吐优雅,完全是老式的做派。"[26]

无疑,将一事无成的艺术家与"受到诅咒的艺术家"分开的东西是不容易看出的,甚至对有切身经验的创作者本人也是这样,前者是将少年时期的反抗扩展到社会许可的范围之外的放荡不羁的文人,后者则是他进行的象征革命引起的反应的暂时受害者。只要让人在目前的厄运中看到未来迹象的新合法性原则还未被所有人承认,只要一种新的美学规范还没有在场中以及权力场中建立起来（这个问题将以相同的措辞向马奈和被沙龙"拒之门外的人"提出），异端艺术家就注定要处于一种极端的不确定状态，即是一种可怕的**张力**之源。

这无疑是由于波德莱尔凭其最初的洞察，经历了被体会成**双重束缚**的所有冲突，这些冲突是正在形成的文学场所固有的。没人比他更清楚地看到了经济和社会的变化与艺术和文学生活变化之间的联系。这些变化将想要谋求作家或艺术家身份的人放到降低身份的取舍面前，要么过充满了物质和精神的不幸、贫乏，并充满怨恨的"放荡不羁的生活"，要么通过报纸、专栏或通俗喜剧，可耻地服从统治者的趣味。他猛烈地批判资产阶级趣味，也激烈地反对爱弥尔·奥吉埃领导的"良知骑士"的"资产阶级流派"和"社会主义流派"，他们彼此都接受同样的（道德）口号："道德！道德！"

他的关于《包法利夫人》的文章登在《艺术家》杂志上，他这样写道："数年来，公众对于精神事物的兴趣锐减；他们的热情预算一直在降低。路易·菲利普时代的最后几年人们看到了被想象活动激发的精神的最后爆发；但新的小说家发现他们面对的是一个陈腐的社会——比陈腐更糟——，迟钝和贪婪的社会，它对小说只有厌恶，对财产只有爱慕。"[27] 同样，这一次他又与福楼拜达成了一致，福楼拜一封接一封地写信（特别是给路易丝·科莱），反对"华丽"、"感伤"，并在给于勒·雅南论海涅的文章的一篇回复草稿中谴责了美丽、快乐、可爱的趣味，这种趣味使人们喜爱法国诗人的欢乐而非外国诗人的忧郁（他想到了像贝朗瑞一样能把自己变成"二十年的迷醉"[28]的礼赞者的人）。他像福楼拜那样愤怒地反对迎合资产阶级趣味的人，特别是在戏剧方面："一段时间以来，一股强大的正直狂热控制了戏剧和小说……资产阶级正义感的最值得骄傲的一个支持者，一个有良知的骑士，爱弥尔·奥吉埃先生写了一出戏，名为《毒芹》，描写了一个大吹大擂、生活放荡、嗜酒如命的年轻人……迷上了……一个少女纯洁的眼睛。我们看到了荒淫无耻的人……在禁欲主义中……寻找从未感受过的苦涩的快感。这可能很美，尽管相当平庸。但这可能超出了奥吉埃先生的观众的道德能力。我想他期望证明最后总要过规规矩矩的生活……"[29]

他以敏锐的洞察力经历和描述了文学生活的最初尝试让他发现的冲突，这种尝试是在1840年代的放荡不羁文人当中，在充满了痛苦和反抗中完成的：诗人悲惨的堕落、受到的排斥和诅咒都由外部的必然强加给他，与此同时，它们也通过一种完全内在的必然作为完成一部作品的条件强加给他。对这种冲突的体验和意识使他不同于福楼拜，他将他的整个生活和全部作品置于挑战、决裂之下，他自己意识到而且心甘情愿永不被回收。

波德莱尔在场中占据了与福楼拜相似的地位，他把一种英雄价值带到场中，这种英雄价值无疑是建立在他与家庭的关系上，这种关系使他在受到起诉的时候采取了一种与福楼拜大相径庭的态度，因为福楼拜准备让他的家族的资产阶级荣誉发挥作用，而且这种关系还使波德莱尔长久以来过着放荡不羁的不幸生活。应该举出他写给母亲的信，他"被疲劳、烦恼和饥饿折磨得筋疲力尽"："请寄来……二十多天的生活费……我坚信我的日程表和意志力，我很肯定，如果我能过上两三个星期有规律的生活，我的智慧就能得救。"[30]而福楼拜经历了《包法利夫人》的诉讼案之后，因丑闻而提高了威望，升到当时最伟大的作家之列，波德莱尔在《恶之花》的诉讼案之后，遭受了一个"公众"的然而受谴责的人物的命运，受到了福楼拜经常出入的上流社会和沙龙的排斥并被强大的报纸和杂志逐出了文学空间。1861年，《恶之花》的第二版被报界及广大的公众忽略了，但却让它的作者强行进入了文学圈子，他在当中树敌甚多。接下来波德莱尔继续在生活和作品中对思想正统的人发出挑战，他体现了最极端的先锋派立场，即反抗一切权力和一切制度，从文学制度开始。

无疑，他最终与放荡不羁文人的现实主义的或人道主义的殷勤之间的距离逐渐拉大，放荡不羁的文人是个萎靡不振的、没有教养的世界，这一世界在一片辱骂声中将伟大的浪漫主义作家与资产阶级化文学的过分正直的剽窃者混为一谈，他以在痛苦与绝望中写作来反抗这个世界，正如福楼拜在克鲁瓦塞时那样。

自1840年代开始，波德莱尔通过外部表象的象征与现实主义的放荡不羁文人拉开距离，以浪荡子的优雅反抗他的同伴的落拓，而这种优雅则是困扰他的紧张情绪的明确表现。他抨击尚弗勒里的现实主义野心，后者"在悉心研究的时候……以为抓住了一种外部的现实"；他嘲笑现实主义，"令人恶心的粗话……意味着平庸，不是一种新的创作方法，而是对无关紧要的事情的一种详细描写"。[31] 他曾这样描述，"现实主义青年，一走出童年时代，就投入到现实主义艺术之中（对于新的事物，要有新的名称！）"，尽管他与尚弗勒里是朋友，他也有用不尽的严厉措辞，他从不否认这一点："这些青年的显著特征是对博物馆和图书馆明确的、天生的仇恨。但是，他们也有自己的经典作家，特别是亨利·米尔热和阿尔弗雷德·德·缪塞……他们绝对相信天才和灵感，并给予自己不做任何智力训练的权利……他们道德败坏，在爱情方面愚不可及，自命不凡与懒惰一样不少。"[32]

但他永远不否认他穿越文学世界最贫瘠的区域时的收获，这些区域是最有利于对这个世界以及整个社会秩序进行一种批评的和全面的、清醒的和复杂的冲突和矛盾的认识；虽然贫穷和不幸时刻威胁着他的精神完美，但在他看来它们是唯一可能得到自由的地方，是与反抗不可分离的灵感的唯一合法根源。

他并不像追随贵族传统的福楼拜那样，在沙龙里或在通信中进行斗争，而是在如伊波利特·巴布所说的"失去社会地位者"的世界内进行斗争，这个世界形成了革命文化的杂牌军。通过他，受到歧视和谴责的所有放荡不羁文人（甚至在动辄就从他们中辨认出**流氓无产者**的可疑面孔的专制社会主义的传统中）和"受诅咒的艺术家"才恢复了名誉［这可从他1855年12月20日写给母亲的信中看出来，他用"构成了（他的）资本的令人钦佩的诗才、思想的明晰和希望的力量"，也就是由一个自主的文学场所保证的特殊资本，来对抗"他没有的短期资本以便平静工作并远离一个讨厌的雇主。"[33]］他与幻想回到十八世纪盛行的（在场中与他接近的作家，如龚古尔兄弟或福楼拜经常提到的）贵族资助艺术的天真怀旧病决裂，他给文学场的未来是什么下了一个极端现实主义的和预见性的定义。因此他嘲笑1851年10月12日颁布的、用来鼓励"以道德和教育为目的的剧本作者"的法令，他写道："在官方奖励中有某种东西摧毁了人和人道，并遮掩了道德的廉耻……至于作家，他们的价值体现在他们同行的尊敬和书商的收入上。"[34]

试图全面考虑从而理解波德莱尔为了显示艺术家的独立性，在其生活和作品中进行的不同行动，而不只是考虑所有这些拒绝（在波德莱尔之后，这些拒绝变成了作家生存的要素），拒绝（出身和归属的）家庭，拒绝前程，拒绝社会，这样做很可能造成一种回到圣徒传记的传统的假象，圣徒传记的根源就在于幻想，这种幻想旨在从与习性客观一致的产物中看到计划的有意的一致性。怎么会看不到波德莱尔在出版和批评领域采取的行动包含着某种类似于独立的策略东西呢？众所周知，在"商业"文学发展为几家大出版社的时代，如阿谢特、莱维或拉鲁斯赚大钱的时代，波德莱尔选择与一个经常光顾先锋派咖啡馆的小出版商普莱-马拉西斯合作出版《恶之花》：波德莱尔拒绝了米歇尔·莱维为他提供的更有利的资金条件和无比大的发行量，因为他正是因为害怕他的书流传太广，才选择一个更小的出版商，而这个出版商本人也投身到为新诗的利益的斗争中（他后来主要出版了阿瑟利诺、阿斯特吕克、邦维尔、巴尔贝·多尔维利、尚弗勒里、杜朗蒂、戈蒂耶、勒孔特·德·李勒的诗），并完全与其作者的利益一致（这种表明其决裂立场的方式与福楼拜的策略形成了对照，福楼拜在莱维出版社和《巴黎杂志》上发表了作品，尽管他蔑视由马克西姆·杜冈之流的急功近利者和"有用"艺术的拥护者组成的编辑部[35]）。波德莱尔听从发自内心的、无法抑制的、合乎情理但未经思考的一种心动，即习性的"选择"（"在您这里，我将被恰当地、得体地制造出来"）的驱使，第一次建立了商业出版与前卫出版之间的分隔，因而促使与作家场同源的出版家场的出现，与此同时，他建立了从事斗争的（斗争这个词一点都不过分，如果人们还记得普莱-马拉西斯因为出版了《恶之花》而被判重刑并且被迫流亡）出版家与作家的结构联系。

同样一致的激进立场也表现在波德莱尔创立的批评观念之中。一

切看来都好像是他与一种传统和解了，这种传统在浪漫主义时代，把艺术家和作家吸收在一个理想的共同体中，他们集中在相同的小团体中或诸如《艺术家》这类杂志周围，这种传统曾引起许多作家对艺术批评的兴趣；在某种意义上，远远超过了这一点，因为他们当中很多人把过去的理想忘得一干二净。波德莱尔用通感的理论代替了共同理想的模糊概念，揭露了声称以形式的、普遍的规则衡量个别作品的批评家的贫乏无力及无知。他清除了艺术批评家的仲裁者角色，这个角色是由高高在上的作品构思阶段与作为技术和手段之所在的从属的创造阶段之间的学院式的区分赋予给批评家的。他要求艺术批评家在某种程度上服从于作品，但要怀着进行无拘无束的创造的全新意图，竭力揭示画家的深意。这种对批评家角色的全新定义，合乎逻辑地进入了失范的制度化过程中，这个失范与一个场的形成有关，而在这个场中每个创作者都可在一部有其自身认识（前所未有的）原则的作品中建立自身的**规则**。

对遵守秩序的最初要求

自相矛盾的是，英勇的创立者理应完成的异乎寻常的预言式决裂的举动，却致力于创造足以使初始阶段的英雄和英雄主义变得无用的条件：在一个达到高度自主和自我意识的场中，竞争机制本身允许并促进异乎寻常的行为很寻常地产生，异乎寻常的行为建立在对暂时的满足、上流社会的奖赏和寻常行动的目标的拒绝之上。回到秩序的要求、各种制裁是竞争的必然产物，最可怕的制裁就是丧失名誉，这就等于被开除或破产，竞争尤其使被认可的作者与新来者互相对立，前者最容易受到与上流社会妥协和世俗荣誉的诱惑，总是容易成为放弃或否定的对立面，相反，后者在立场上不那么服从于外部要求，倾向于反抗以价值的名义（非功利，纯粹等）的法定权威，这些权威倚仗或曾经倚仗这些价值的名声以求被人接受。

对于那些为了确保在场中取胜，期望用外部权威或外部权力即帕斯卡尔意义上的"专制"权威或权力装备自己的人，象征压迫异常严酷地作用于他们。

这是所有介于艺术场和经济场之间的人物,即出版商、画廊经理或剧院经理的状况,更不用说负责实施国家文学艺术资助的官员了,作家和艺术家通常与他们(夏尔庞蒂埃这类出版商除外)保持一种潜在的、有时是公开的暴力关系。福楼拜就是一个证明,他本人就与他的出版商莱维有很多纠纷,他在写给准备为泰奥菲尔·戈蒂耶写传记的埃内斯特·费多的信中说:"一定要让人知道他曾受到他为之撰稿的报纸的剥削和压迫;吉拉尔丹、蒂尔冈、达洛兹都曾折磨过我们这可怜的老头,我们为他伤心落泪……一个有天才的人,一个诗人既没有年金,也没参加任何政党,他为了生存,不得不为报纸写文章;这就是他的情况。这一点,在我看来,就是你应该进行研究的**方向**。"[36]

我们在这里举一个借自福楼拜时代的例子,就不妨提提爱德蒙·阿布这个人物。他是《国家观点》的自由作家,波德莱尔、维利耶或邦维尔这类文学先锋派的真正眼中钉,他们说他"天生就是为了借用公认的观点"。尽管他在《费加罗报》上发表的文章不乏"诙谐的放肆",他们还是指责他卖文给《立宪报》,这家报纸屈从于权力是人人皆知的,尤其指责他表现了机会主义和奴颜卑膝的背叛,或者,简单一句话,肤浅的背叛,这种背叛歪曲了一切价值,尤其是它倚仗的价值。1862年,当他上演《加埃塔纳》的时候,所有左岸青年行动起来,对他起哄,经过吵吵闹闹的四个晚上之后,这出戏被撤销了。[37]被拙劣的艺术学徒工的阴谋或起哄喝了倒采和弄垮了的剧本真是数不胜数(如爱弥尔·奥吉埃的《传染》)。

但是,没什么比这更好地证明了遵守秩序的要求的有效性,这种要求被纳入了正在自主化的场的逻辑之中。表面上最直接地服从外部要求或限制的作者,不仅在他们的社会表现上,而且在他们的作品中,越来越经常地被迫认可场的特殊规范;仿佛为了荣耀他们的作家身份,他们理应与占统治地位的价值保持一定距离一样。因此,当我们只是通过波德莱尔或福楼拜的讽刺才认识了资产阶级戏剧的最典型代表,委实不无惊奇,而且我们发现他们不再是明确地赞扬资产阶级的生活和价值,而是对这种生活和"道德败坏"的基础进行尖锐的讽刺,这种"道德败坏"被归咎于宫廷和地位显赫的大资产阶级中的某些人物。

因此，1843年（《城堡里的伯爵》遭到失败的那年）在法兰西剧院上演其《吕克莱丝》的蓬萨尔，是作为反对浪漫主义的新古典主义先驱出现的，并由此被认定为"良知派"的领袖，就是这个蓬萨尔，在第二帝国时代，抨击了金钱的罪恶：他在《荣誉与金钱》中对喜欢通过非法手段获得显要地位和财富胜过有尊严地过贫穷生活的人深恶痛绝；在《证券交易所》中，他指责厚颜无耻的投机者，他的最后一出戏《伽利略》在他去世的1867年上演，他在戏中为科学自由辩护。

同样地，巴黎大资产者爱弥尔·奥吉埃（生于瓦朗斯，在巴黎长大）的《一个正直的人》和《毒芹》1845年成为了法兰西喜剧院的保留剧目，他以1849年上演的《加布里埃尔》一剧为反对浪漫主义的资产阶级喜剧提供了范例，描绘了金钱造成的不幸。在《镀金腰带》和《盖兰》中，他将获得不义之财的大资产阶级搬上舞台，他们由于自己的儿女而受着棘手的道德问题的煎熬。在1861、1862和1869年创作的《厚颜无耻的人》、《吉布瓦耶之子》和《狮子与狐狸》中，他抨击了经营报业的不正当商人，抨击了非法交易、良心交易，并为不择手段的厚颜无耻之辈的成功感到痛心。[38]

最典型的资产阶级戏剧作家感到必须向反资产阶级的价值做出让步，尽管这些让步可以理解为向资产阶级发出的提醒和警告，却证明了再也没人能够彻底地无视场的基本法则：表面上与纯粹的艺术价值最疏远的作家实际上也承认这条法则，不过以他们的总是有点不光彩的方式违背它。

我们附带看到了一条论据包含的内容，按照这条论据，经常被等同于某种形式的文学统计学的文学社会学（或社会史），可能会"恢复"二流作家的地位，在某种程度上将艺术价值"平均化"。相反，所有都倾向于认为，如果人们不了解同代人的空间，就无法找到幸存者独特和伟大之根本所在，因为幸存者正是跟他们的同代人一起并与之对立才被构造出来。这些由于其失败或不当的成功受到谴责、完完全全注定要从文学史中消失的作者，允许我们理解文学场的作用并同时把握其局限性，他们除了因他们从属于文学场而留下标志之外，还通过他们存在的本身及他们在场中引起的反应改变了场的功能。一个分析家对过去的了解倘若仅限于文学史认为值得保存的作者，他在理解和解释方面就会陷入一种有本质缺陷的形式：他只能按照作用与反作用的逻辑，不知不觉地记录他不了解的作家对他试图阐释的作家所起的作用，后者通过他们积极的拒绝，促进了前者的消失；因此他就无法真正理解在幸存者的作品中，消失的作者的存在和活动的间接产物，这种产物就是他们的拒绝。这种状况在福楼拜这样的作家身上表现得再明显不过了，他在整个双重否定的系列中，通过这个系列确定自己和构造自己，他以这个系列反对一对对互相对立的手法或作者——比如浪漫主义与现实主义，拉马丁与尚弗勒里，等等。

一个需要创立的位置

自1840年代开始，特别是在政变之后，金钱的力量尤其通过报刊发挥作用，报刊服从国家和市场的需要，另外对肤浅的娱乐和消遣的迷恋受到帝国奢华之风的鼓励，这在戏剧方面尤为明显。这种金钱的力量和对肤浅娱乐和消遣的迷恋促进了直接服从于公众口味的商业艺术的扩张。面对这种"资产阶级艺术"，一股"现实主义"潮流艰难地延续着，它通过改变"社会艺术"的传统来延续它——这是为了再次贴上时代的标签。第三种立场是"为艺术而艺术"的立场，它通过双重拒绝反对前两者，为自己定义。

这种原生的分类学产生自以文学场为地点的分类斗争，它的功用是强调，在一个尚在形成的场中，各种内部位置首先应当被理解为在权力场（或文学场）中规定作家的总体位置的东西，或者，如果愿意，被理解为所有作家与世俗权力之间建立的客观关系的诸多特殊形式。

"资产阶级艺术"的代表大部分都是戏剧作家，他们紧密而又直接地与统治者相联系，无论从他们的出身、生活方式和价值体系来看都是如此。这种相似性是他们之所以能在一种必须以作家与观众之间的即时沟通、进而以伦理和政治的同谋为前提的体裁中取得成功的根源，

这种相似性不仅为他们提供丰厚的物质利益——戏剧是文学活动中最有利可图的——而且也为他们提供各种各样的象征利益，首先是资产阶级认可的标志，特别是法兰西学士院。比如美术界的奥拉斯·韦尔内、保尔·德拉罗什，以及卡巴内尔、布格罗、博德里或博纳等，或小说界的保尔·德·科克、于勒·桑多、路易·德努瓦耶等等，这些作家像爱弥尔·奥吉埃和奥克塔夫·弗耶一样，为资产阶级观众提供被看作"理想主义"的剧作（与所谓的"现实主义"的同时也是"道德的"和说教的潮流对立，这股潮流由小仲马和他的《茶花女》以及以另一种方式出现的龚古尔兄弟的《亨利耶特·马雷夏尔》代表）：当于勒·德·龚古尔将奥克塔夫·弗耶命名为"家庭中的缪塞"时，已把这种甜腻腻的浪漫主义的产生方式说得很清楚了，这种浪漫主义令最古怪的幻想家服从于资产阶级的趣味和规范，赞扬婚姻、财产的精心管理和子女体面的成家立业。

因此，在《女冒险家》一剧中，爱弥尔·奥吉埃将雨果和缪塞的情感与对良好风俗和家庭生活的赞美、对妓女的讽刺和对晚来的爱情的抨击结合在一起。[39]但只有《加布里埃尔》一剧的出现才使"健康与诚实"艺术的复兴达到了资产阶级反浪漫主义的顶峰：这部诗剧上演于1849年，描述的是一个资产阶级妇女嫁给了一个她觉得毫无诗意的公证人，当这个妇女准备接受一个诗人，"葡萄在阳光下的田野"的友人时，忽然发现真正的诗意在于家庭，她倒在丈夫的怀抱里，喊道：

"哦，一家之长，哦，诗人，我爱你。"

这句诗像是为滑稽模仿"单身汉"而写的，波德莱尔在1851年11月27日的《戏剧周刊》上发表的一篇题为《正派的戏剧与小说》的文章中这样评论："一个公证人！您看那个诚实的资产阶级妇女，靠在她男人的肩膀上嗫嗫地说着情话，向他投去因爱情而忧郁的眼神，就好像她在小说里读到的一样！您会看到剧场里所有的公证人都对作者报以热烈的欢呼，因为他对他们平等相待，为她向所有负债累累、认为诗人的职业就是按照传统规定的一种节奏表达灵魂的抒情冲动的无赖进行了报复！"[40]同样的说教意图也体现在小仲马身上，他自以为对资产阶级的弊病（金钱、婚姻、卖淫等）进行现实主义描绘就可帮助改变世界，他反对波德莱尔提出的艺术与道德分离的观点，1858年他在《私生子》一剧的《前言》中宣称："任何文学假如不把可完善性、教谕、理想，一句话，即有用性放在显要的位置上，就是一种发育不良的、不健康的文学，一生下来就是死的。"

在场的另一极，社会艺术的维护者在1848年2月前后恰逢其时：共和派、民主派或社会主义者，如路易·布朗或普鲁东，还有皮埃尔·勒鲁和乔治·桑，尤其在他们的《独立》杂志上，极力恭维米什莱和基内、拉梅内和拉马丁，对雨果就差一些，因为他太温和了。他们抨击"为艺术而艺术"的维护者的"自私自利的"艺术，要求文学完成一种社会的或政治的功能。

1840年代的社会动荡，也受到了源于傅立叶主义者和圣西门主义者的社会艺术宣言的影响，在这种动荡中，出现了以皮埃尔·杜邦、居斯塔夫·马蒂厄[41]或黑贝尔的译者马克斯·比雄这样的"大众诗人"和受到乔治·桑和路易丝·科莱资助的"工人诗人"。[42]放荡不羁文人的小团体将迥然不同的作家如A.戈蒂耶、阿尔塞纳·乌塞、奈瓦尔这些第一批放荡不羁文人的幸存者及尚弗勒里、米尔热、皮埃尔·杜邦、波德莱尔、邦维尔以及其他十几个被遗忘的作家（如蒙瑟莱或阿瑟利诺）集中在"伏尔泰"、"莫米斯"咖啡馆里，或让他们编《魔鬼走私船》这类文学小报：这些临时凑到一起的作者注定要有不同的命运，比如皮埃尔·杜邦和邦维尔，一个是创作朴素歌谣的平民，一个是热爱古典形式的共和派贵族，或者如波德莱尔和尚弗勒里，他们亲密的友情是围绕库尔贝（他们都在《画室》杂志共事）和"星期三"的神秘交流结成的，一直维持到他们对"现实主义"的看法出现分歧的时候。

在1850年代，位置被第二批放荡不羁的文人、或至少是在这个年代初露端倪的"现实主义"倾向占据，尚弗勒里把自己变成了这个倾向的理论家。这些"歌唱的和浓烈的"[43]的放荡不羁文人将《魔鬼走私船》的圈子延续下去。他们稳固地把持着左岸的阵地。在安德勒尔啤酒馆（几年之后在殉道者啤酒馆）以库尔贝和尚弗勒里为中心聚集了大众诗人、邦万和A.戈蒂耶这类画家、评论家卡斯塔尼亚里、小酒馆诗人费尔南·德努瓦耶、小说家伊波利特·巴布、出版商普莱－马拉西斯，有时还包括波德莱尔，尽管他与他们在理论上不和。凭借温和的生活风格和友爱的精神，凭借他们对政治、艺术及文学理论辩论的热情和狂热，这个包括作家、记者、拙劣的画家或大学生的开放的青年集体，以每天在一家咖啡馆碰面为基础，形成一种热烈的知识气氛，与沙龙里保守的和排他的气氛构成了鲜明的对比。

这些"无产阶级知识分子"对被统治者表现出来的团结一致，无疑在某种程度上来源于他们与外省和民众的联系及对外省和民众的依恋：米尔热是一个看门人兼裁缝的儿子，尚弗勒里的父亲是拉翁镇政府的秘书，巴尔巴拉的父亲是奥尔良的一个小乐器商，邦万的父亲是乡村警察，德尔沃的父亲是圣－马塞尔郊区皮革商，等等。但是，与他们愿意相信的和他们让人相信的相反，这种团结一致并非是一种继承来的忠诚和禀赋的直接结果：它同样植根于与文学场中处于被统治地位这个事实相联系的经验之中，这个地位显然与他们出身的地位，更确切地说，与各种配置和他们从配置中继承的经济和文化资本不是毫无关联的。

我们可以借用皮埃尔·马蒂诺引述的米尔热的社会资产状况，米尔热是这个等级的典型代表："他是看门人兼裁缝的儿子，他注定该干别的差事而不是《两世界杂志》的编辑；但他母亲的雄心使他在经历了各种困苦之后迈出了这出乎意料的一步；他被送进了中学；他有时会不带感情地回忆起母亲的这个决定并恳求地位低微的父母让他们的孩子顺其自然。他的学习很不正规、不全面；孩子没从学习中得到任何益处；他主要是读诗，并开始写诗。他从未想过弥补有缺陷的教育；他相当无知：他充满敬意和天真地崇拜他的一个读过狄德罗的朋友，但他并不想效法他。他的判断力衰退了，尽管年龄在增长：当他接触社会、政治、宗教甚至文学本身的问题的时候，他的思考特别贫乏。他到哪儿才能找到时间和金钱补充严肃的精神食粮呢？自从他跟父亲吵翻之后，就躲到一个'饮水者'家里，过上了真正的贫困生活，这很快夺去了他的健康，使得他多次进医院，四十岁就贫病交加地死去了。经过艰难的十年，他的书才获得了成功，但只不过令他稍稍宽裕，有条件在乡下过独居生活。他对世界的体验如同他所受到的教育一样不完善;事实上,他只了解自己放荡不羁的文人生活,还有他在马尔洛特住宅附近的乡村风俗;他常常重复这一套。"[44]

尚弗勒里,米尔热的好朋友,表现了完全相似的特点:他的父亲是拉翁镇政府的秘书;他的母亲做小生意。他上学时间很短,然后就到巴黎去,他在图书馆谋到一个替人跑腿打杂的小职位。他与饭馆里的同伴组成了饮水者的团体。他为《艺术家》和《走私船》写文章(特别是艺术评论)。1846年,他加入了文人社团。他为严肃杂志写专栏。1848年,他躲到拉翁,但仍从临时政府领取两百法郎。回到巴黎后,在1850年代,他频频与他的老朋友波德莱尔和邦万还有库尔贝会面。为了谋生,他写了很多(小说、评论、博学的随笔)。他自命为"现实主义的领袖",因此招来了审查的麻烦。多亏了圣伯夫,他才在1863年得到了进入杂技演员剧院的殊荣(但为时很短)。1872年,他当上了塞夫尔博物馆馆长。[45]

逐渐创立了人们称为"为艺术而艺术"的东西并同时创立了文学场的规范的人,通过他们对两极位置的拒绝而确定自身,但他们与社会艺术和现实主义都激烈地反对资产阶级和资产阶级艺术。他们对形式和客观中立的崇拜使他们看起来像是艺术的一种"不道德"定义的维护者,特别是当他们像福楼拜一样,将对形式的探求当作对资产阶级世界的贬低时。"现实主义"这个词,在时间的分类中,无疑差不多跟它今天的这个或那个同义词(例如"左派的"或**激进的**)一样含糊,这个词有助于将库尔贝这个最初的靶子,和他的维护者(以尚弗勒里为首)以及波德莱尔和福楼拜,总之,所有看起来从实质或形式上威胁道德秩序以及由此威胁法定秩序根基的人,纳入同样的谴责之列。

在福楼拜的诉讼案中,代理检察长皮纳尔的起诉书谴责了"现实主义绘画"并援引道德以"谴责现实主义文学";福楼拜的律师被迫在他的辩护词中承认,他的委托人属于"现实主义流派"。判决理由两次重复了起诉书中的论调,坚持认为"现实主义庸俗不堪,对性格的描绘经常是让人反感的"。[46]同样,在谴责

《恶之花》的判决理由中,可以读到,波德莱尔是因为一种导致"感官刺激"的"粗俗的、有伤风化的现实主义"[47]而被定了罪。如果人们能在每种情况下,揭示有关概念完整的有区别的和有时相反的意义空间,许多历史性的争论,尤其是关于艺术的,但也有其他方面的争论,就会被澄清,或更简单地,被消除,有关的概念,如"现实主义"、"社会艺术"、"理想主义"、"为艺术而艺术",在整个场的内部(这些概念最初在场中,经常是作为揭露性陈述、辱骂发挥作用的,比如这里的现实主义定义)的社会斗争中,或者在把这些概念当成一个标志来倚仗的人(比如"现实主义"在文学、绘画和戏剧等领域中的不同维护者)的场内部的社会斗争中,获得了这些有区别的且又是相反的意义。不要忘记,理论上的争论在将这些词非历史化(这种非历史化,经常是无知的简单结果,也是所谓的"理论争鸣"的主要条件之一)的同时,把它们的意义固定下来,然而这个意义随着时间不断变化,就像相应的斗争场以及被考察概念的使用者之间的力量关系发生变化一样。当这些使用者建立政治的而非科学的谱系以赋予这些概念的现在用法以象征力量时,他们无疑对他们使用的分类学先前的历史是极其无知的。

但是,在某种意义上,正如坚持"纯艺术"的人受到的起诉证明的,他们比他们表面上更加激进的同路人走得更远,我们低估这些诉讼的严肃性可能是错误的:正如我们将要看到的,唯美主义的超脱构成了他们进行的象征主义革命的真正原则,导致他们与资产阶级艺术的道德保守主义决裂,又不落入伦理顺从的另一种形式中,"社会艺术"维护者和"现实主义者"阐明了这种形式,比如当他们赞美"受压迫者的美德",像尚弗勒里一样,赋予民众"对伟大事物的一种观念,这种观念让他们胜过最好的法官"时。[48]

如此说来,讽刺性挑衅和批评性违抗的精神与反抗精神之间的界限是不确定的,前者与先锋文学相关,代表了第一类人的特点,后者在政治上比在美学上更激进,是由第二类人显示出来的。无疑,在政变之后,与社会出身相连的生活方式的差别被场中的位置所取代,生活方式的差别促进了不同团体的形成(一边是勒佩尔捷咖啡馆、巴黎酒馆和《巴黎杂志》，聚集了多少得到认可并投身"为艺术而艺术"的作家，被最重要的杂志选定的邦维尔、波德莱尔、阿斯利诺、奈瓦尔、戈蒂耶、普朗什、马德莱纳兄弟、成名的米尔热、卡尔、德·博瓦尔、加瓦尔尼、龚古尔兄弟等等，另一边是安德勒啤酒馆和殉道者啤酒馆，聚集了"现实主义者"，库尔贝、尚弗勒里、舍奈瓦尔、邦万、巴尔巴拉、德努瓦耶、P. 杜邦、G. 马蒂厄、杜朗蒂、佩罗凯、蒙泰居、普莱-马拉西斯，等等）；当然，这两个团体并没有严格的区别，它们彼此之间还是经常来往的：波德莱尔、普莱-马拉西斯、蓬斯莱在政治上偏向左派，经常涉足安德勒啤酒馆，舍奈瓦尔、库尔贝、瓦莱斯则经常光顾勒佩尔捷咖啡馆。

"为艺术而艺术"与其说是一个现成的位置，倒不如说是一个**需要创立的位置**。现成的位置，只需占据就够了，它们就像那些通过其完成或承担的社会功能而建立在社会功能的逻辑中的位置一样；需要创立的位置在权力场中则没有对等的东西，它可能或应该无法存在。尽管这个位置在已经存在的位置空间中处于潜在的状态，而且有些浪漫派诗人已经提出了对它的要求，但自认为占据了这个位置的人只有建立一个在其中能找到位置的场，也就是说，只有实际地并合法地变革一个排斥他们的艺术世界，才能令这个位置得以存在。因此他们应该反对法定位置及其占据者，并创造确定这个独特位置的东西，而且应该首先是前所未有的社会人，这个前所未有的人是现代作家或艺术家，是专业人士，他彻底地、专门地投入到他的工作之中，对政治的需要和道德的禁令漠不关心，不承认其艺术的特定规范之外其他任何形式的裁判。

双重决裂

这个矛盾位置的占据者注定要在两种不同的关系下，反对不同的法定位置，并由此，试图调和不可调和的东西，也就是支配双重拒绝的两个对立原则。他们反对"有用艺术"，即"社会艺术"的官方的和保守的变种，福楼拜的好朋友马克西姆·杜冈就是这类艺术的著名捍卫者之一；他们还反对资产阶级艺术，即一种伦理的或政治的**信念**

的无意识的或默认的载体。他们想要道德自由，乃至预言性的挑衅；他们尤其想表明与一切制度，包括国家、学院、报纸保持着距离，但并不想与放荡不羁文人自发的放任自流认同，尽管放荡不羁的文人也要求这些独立的价值，但他们是为了将这些无美学后果的违抗，或者将向肤浅和"平庸"的纯粹倒退加以合法化。

尽管他们拒绝了他们可能过上的资产阶级生活，也就是拒绝了前程和家庭，但这并不是要用一种奴役代替另一种奴役，比如像泰奥菲尔·戈蒂耶和许多别的人一样，接受文学产业和报刊的束缚，也不是要为一项事业服务，尽管这项事业非常高尚和伟大。在这个意义上，波德莱尔的政治态度，尤其1848年的政治态度，具有典型的意义：他并非为共和而战，而是为革命而战，他热爱革命是由于"为艺术而艺术"包含着反抗和违抗。矛盾位置的占据者关注自己处在平常抉择极致处的情况，并想通过超越而战胜这些抉择，他们因而给自己定了一条奇怪但坚决地被接受的法则，以反抗来自四面八方的对手允许自己得到的便利。他们的自主体现了一种自由选择的、但无条件地服从于他们创立的并试图在文人共和国中推行的新法则。

由此可见，他们必定要无比强烈地感受到资产阶级家庭的"穷亲戚"地位固有的冲突，这些穷亲戚的地位是文化产品场在权力场中所处的被统治地位（因此，我们可以把萨特谈论福楼拜时所说的属于家庭和出身阶层的主要归于这种地位）。也许在下面这首意味深长地题名为"自我惩罚的人"的诗中看到一种异乎寻常的紧张状态的象征表达并不是过度发挥，紧张状态来自于将波德莱尔与统治者和被统治者联系起来的加入–排斥的矛盾关系：

> 我是伤口和刀子！
> 我是耳光和脸颊！
> 我是四肢和车轮，
> 以及受害者和刽子手。

对于怀疑我引用这段原文（这是人们通常容忍富有灵感的阐释者所犯的错误）的人，我要举出下面这段话，人们从中只看到一种唯美主义的犬儒式（他的确如此）的挑衅可能是错误的，波德莱尔在1848

年之后与两个阵营同化了:"我宁愿轮流做刽子手和受害者,以便了解人们在这两种情况下体会的感觉。"

波德莱尔的美学无疑可在他完成的双重决裂中找到根源,这种双重决裂尤其表现为经常炫耀自相矛盾的奇特性:其花花公子的派头不仅仅是通过言语、行为和嘲讽的玩笑,意欲显示自己和令人震惊,炫耀差异,甚或从让人不快中获得快感,以及故意让人为难,故意引起丑闻;它同样而且特别是一种伦理的或美学的姿态,这种姿态面向一种自我修养(而不是一种自我崇拜),也就是面向感觉能力和认知能力的增强和凝聚。对良知派那里盛行的各种变形的浪漫主义的憎恨——比如某个类似爱弥尔·奥吉埃式的人物认为自己是描写"真正的感情",也就是对家庭和社会有益的情感的诗的辩护者时就充满着这种浪漫主义——,在很大程度上是为了有利于勤奋工作和探索,对即兴创作和抒情表达进行的谴责;但与此同时,对通常处于伦理层面上的肤浅违抗的拒绝,是想让被遏制的自由形式,即"对多种感觉的崇拜"变得集中和有条理。

这个包含对立面的严格地点与维克多·库赞的"中庸"毫无共同之处,福楼拜和其他人也处在这个地点,他们迥然不同,从未真正组成团体,如戈蒂耶、勒孔特·德·李勒、邦维尔、巴尔贝·多勒维利等等。[49] 这些双重拒绝存在于从政治到严格意义上的美学的所有生活领域,我只需列举它们的一个极为典型的表达方式:我憎恨 X(一个作家、一种举止、一种运动、一个理论等等,这里指现实主义,尚弗勒里),但我并非不憎恨 X 的对立面(这里指奥吉埃或蓬萨尔之流的虚假的理想主义,他们像我一样反对 X,也就是现实主义和尚弗勒里;但他们同样反对浪漫主义,像尚弗勒里一样):"人家以为我钟情于现实,而我却厌恶它。因为我正是出于对现实主义的憎恨才写这部小说的。但我并不是不憎恨虚假的理想,我们全都被流逝的时光欺骗了。"[50]

这个生成公式是位置相互矛盾的属性变化了的形式,它有助于达到对这个位置的占据者的立场的多种特殊性的一种真正发生论的理解,即再创造性的理解,这种理解丝毫没有任何投射的感情同化。比如我想到了他们的政治中立主义,这种中立主义表现在他们彻底折中的关系和友谊之中,并且与对一切表态和行动的拒绝("愚蠢",按照福楼拜的名言,"就是想要下结论")、对一切官方的认可的拒绝(福楼拜还说,"荣誉败坏名声"),特别是一切种类的道德或政治说教的拒绝相关联,无论这涉及的是发扬资产阶级价值,还是按照共和的或社会主义的原则教育大众。

与所有社会场所(以及与在当中有一席之地的人籍以在感情上相通的陈词滥调)保持距离的愿望,迫使他们拒绝像成功的剧作家或连载小说作家那样,按照大众的期望,追随他们或者迎合他们。无疑,福楼拜比其他任何人都将这种冷漠的立场推得更为深远,他责备爱德蒙·德·龚古尔在《尚戈诺兄弟》的序言中对公众讲话,向他们解释作品的美学意图:"您有什么必要向大众讲话?他们并不值得我们信任。"[51] 他给勒南写信,谈到《为雅典卫城所写的祈祷文》时说:"我不知道在法语中还有比这更优美的散文篇章!……真是出色极了,而且我相信资产者一点也不理解。好极了!"[52] 艺术家越是这样通过证明他的自主来证明自己,他就越把"资产者"看成愚笨的"彼俄提亚人"或粗俗的"菲力斯人",没有热爱艺术作品并真正地也就是象征性地将它据为己有的能力。艺术家把福楼拜所说的"穿工作服的资产者和穿礼服的资产者"都包括在"资产者"中。

> "我理解,用资产者的话来说,穿工作服的资产者和穿礼服的资产者并无两样。我们,而且只有我们,也就是文人,是老百姓,更确切地说,是人类的传统。"[53] 或者还有,"是的,有人会骂我的,想想看吧。《萨朗波》令资产者,也就是所有人,感到厌烦……"[54] "资产者,几乎就是一切人,是银行家、经纪人、公证人、批发商、店主和其他人,是所有不属于神秘的小团体并且过着枯燥乏味生活的人。"[55] 尽管纯粹的艺术家出于对"资产者"的憎恨宣称,他们与被利益和偏见残酷地放逐的放荡不羁文人、江湖骗子、破产的贵族、心灵高尚的女仆和妓女有密切的关联,而这些人是艺术家与市场关系的某种象征形象,但当他们感觉受到放荡不羁文人的威胁时,他们也会被迫接近"资产者"。[56]

对**资产者**的憎恨是在艺术的小宇宙中形成的,这里是憎恨"资产阶级艺术家"的第一线,是所有美学和政治冲突的第一线。资产阶级艺术家几乎总是以巴结大众或当权者为代价获得成功和名誉，并使人注意到这样一种一向呈现给艺术家的可能性，即把艺术商业化或使自己成为当权者娱乐的安排者，像奥克塔夫·弗耶和他的朋友们那样："有一个东西比资产者危险上千倍，"波德莱尔在《美学珍玩》中说，"这就是资产阶级艺术家，他们生下来就是为了安插在艺术家与天才之间，让他们互相遮掩。"但"纯粹的"作家们同样会因为他们关于艺术活动的非常严格的概念，导致对无产阶级文学家怀有一种专家的轻蔑，这种轻蔑无疑是来自他们关于"下等人"的表象。龚古尔兄弟在他们的《日记》中揭露"啤酒店和放荡不羁的文人是一切正派的劳动者的不可抗拒的力量"，他们拿福楼拜反对米尔热这样的"放荡不羁的大人物"，以证明他们的信念，即"要想成为一个有才能的人，必须做一个诚实的人和一个体面的资产者"。至于波德莱尔和福楼拜，无论他们是否愿意，都被场内场外占统治地位的观念归到"现实主义者"的行列中，他们通过职业伦理的严肃性和个人伦理的贵族主义，反对社会艺术的奉行者和普鲁东式的现实主义者模糊的人道主义，这种严肃性使他们拒绝与放任自流的自由同化，而这种贵族主义激起他们对一切形式的**伪善**的相同厌恶，不管是保守的还是进步的。于是当雨果给波德莱尔写信，说他自己"从未说过为艺术而艺术"，而是为"进步而艺术"时，波德莱尔在给他母亲的信中说《悲惨世界》是一本"卑劣的和荒谬的书"，他对浪漫主义占星家的神圣政治事业愈发蔑视。1848年的动荡时期之后，他与福楼拜一样陷入了幻灭，以至于拒绝介入任何社会活动，对所有像他的眼中钉乔治·桑那种崇拜美好事业的人不加区别地进行谴责。他们联合起来羞辱"社会天主教教义"是这一可怕组合的拥护者，只要举出福楼拜给乔治·桑的谈论"纯洁的观念和工人的饭盒"[57]的信就可证明这一点。

> "我刚刚快速地读完了拉梅内、圣西门、傅立叶的书；我又把普鲁东的书从头至尾读了一遍……有一个突出的东西将所有人联系在一起：这就是对自由的仇恨，对法国大革命和哲学的仇恨。这些家伙全都是中世纪的人，对过去全神贯注。真够学究气的！多么迂腐啊！简直就像是被酒精弄得亢奋的神学院学生或发狂的出纳员。他们之所以在48年没有成功，是因为他们置身于伟大的

传统潮流之外。社会主义是过去的一面，正如耶稣会教义是过去的另一面。圣西门的伟大导师是 M. 德·迈斯特，我们还没有把普鲁东和路易·布朗从拉梅内那里学到的东西完全说出来．"[58]我们或许还记得，在《情感教育》中，福楼拜对忠于资产阶级秩序的保守派和沉浸在幻想中的改革派表示出同样的蔑视。波德莱尔在这里表现得比福楼拜激进得多；特别是关于乔治·桑：愚蠢、笨拙、饶舌，"她在道德观念方面的判断力……与看门人和受供养的女人的程度一样"，作为"感情的女神学家"，她"用友情为人类消除了地狱"。他惯于揭露，想让诗歌的创作成为"一种普通教育"的"教育异端"。他同样激烈地谴责曾经攻击为艺术而艺术的弗约，说后者"像一个民主主义者一样有用"。[59]

一个颠倒的经济世界

艺术家们通过象征革命摆脱资产阶级的要求，拒绝承认除了他们的艺术之外的任何主人，这种象征革命的作用是消灭市场。其实，他们倘若不同时消灭作为潜在主顾的资产阶级，就无法在关于艺术活动的意义和功能的控制权的战斗中战胜"资产阶级"。当他们像福楼拜那样声称，"一部艺术作品是不可估价的，没有商业价值，不能卖钱"，即它是**无价的**，也就是与普通经济的普通逻辑无关，我们发现它确实**无商业价值**，而且没有市场。福楼拜的话模棱两可，同时说了两件事，迫使人们发现了一种可怕的机制，艺术家们创立了这种机制，又掉进了它的陷阱：他们自己做迫不得已的事，可能总会被人怀疑乐意做不得不做的事。

福楼拜很敏锐地感受到了新经济的原则："当你不迎合大众的时候，大众不给你钱是很正当的。这就是政治经济。但是，我坚持认为，一部名副其实的、认认真真完成的艺术作品是不可估价的，没有商业价值，不能卖钱。结论是：如果艺术家没有年金，他就会饿死！人们会发现作家由于不再从大人物那里得到年金，变得更加自由，更加高贵。现在他所有的社会高贵性就在于与一个小市民没有两样。这是什么样的进步啊!"[60] "一个人越是专心工作,得到的收益就越小。我即使在断头台上也坚持这条公理。我们是奢侈的做工者;但没有人富有到能付得起我们钱。当一个人想用笔来赚钱的时候,就该搞新闻,写专栏或剧本。"[61]

作为纯艺术的现代艺术的这种矛盾表现在这样一个事实中,即随着文化生产的自主性增强,我们看到时间间隔也在增加,这种时间间隔对于作品最终向公众(大部分时候反对批评)推行它们具有的特定认识的规则是必要的。供给与需求之间的这种时间差距,倾向于成为有限生产场的一个结构特征:这个特有的反经济的经济领域,在文学场中经济上被统治但象征上占统治地位的一极上建立起来,在这个领域,诗歌上有波德莱尔和帕纳斯诗派,小说上有福楼拜(尽管他的《包法利夫人》因丑闻而获得建立在误解之上的成功),生产者们的主顾,至少在短时期内,只有他们的同行(因此,在第二帝国时期,随着审查制度的建立,大杂志将年轻作家拒之门外,这时我们看到大部分必定存活很短的小杂志风行一时,读者大都来自于合作者和他们的朋友)。他们只得接受一切后果,因为他们只能寄希望于一种必然不同的报酬,以区别于自信有直接主顾的"资产阶级艺术家",或商业文学的雇佣生产者,比如歌舞剧或通俗小说的作者,这类人能从他们的产品中获得很大的收益,同时又能获得一种社会作家甚或社会主义作家的声誉,比如欧仁·苏。

欧仁·苏无疑是无意识地而非有意识地借助社会主义哲学而努力消除与"大众"成功相关联的不名誉的人之一,如果不是第一个。他用历史小说的手法描绘被统治阶级的生活,为订阅《立宪报》的资产阶级读者提供了一种面目一新的异国风情的形式,他激起了人们的特殊兴趣,这种兴趣也有其负面,人们经常指责他不道德和破坏良好的趣味。"社会主义"如尚弗勒里的现实主义一样,有助于将一种通俗的"风俗小说"建立在既是美学又是政治的立场上;这就使得欧仁·苏以"道德小说家"的名义被资产者阅读,倘若我们相信尚弗勒里所说的。

某些作家，如勒孔特·德·李勒，甚至在即时的成功中看到"一种智力低下的标志"。在这个世界中牺牲、在来世被承认的"受诅咒的艺术家"超凡的神秘，无疑是由于生产方式的特定矛盾变成了理想或职业观念，纯粹艺术家力图建立这种改变。我们毕竟在一个颠倒的经济世界中：艺术家只有在经济领域遭到失败（至少在短期内），才能在象征领域中获胜，反之亦然（至少从长远来看）。

正是这种矛盾的经济，以很矛盾的方式对被继承的经济财产，特别是年金（无市场的情况下的生存条件）产生了很重要的影响。笼统地讲，社会史或艺术和文学的社会学常常承认社会决定因素影响的机械论表象，与此相反，财产可能发挥的作用依赖生产场的状态，而财产依附于行动者，并且或处于客观化的状态，如经济资本和年金，或处于被归并的状态，如构成习性的配置。换句话说，同样的配置可能依照场的状况，引起迥然不同、甚至相反的立场，比如在政治或宗教领域（这一点，有时在生活的各种局限内表现出来，正如从1848年代到1880年代可以看到的许多伦理或政治"转变"所证明的那样）。

这就谴责了将社会出身变成一个独立的和超历史的解释原则的倾向——比如按照这样一些人的方式改变，这些人在贵族作家与平民作家之间建立了一种普遍的对立。这就如同需要不断与一种倾向进行斗争，这种倾向把借助**一个习性与一个场的关系**进行的解释简化为借助"社会出身"进行的直接而机械的解释，这完全是因为这种简单化的思维方式既得到一般论战习惯的支持，这种论战在谱系的咒骂中发挥了很大作用（"资产者的儿子！"），又得到研究陈规的支持，无论在专题（"人，作品"）上，还是在统计上。

如同在《情感教育》中那样，在涉及纯艺术的时候，"继承人"拥有决定性的优势：继承而来的经济资本解除了当下要求的限制和强迫（比如压迫着泰奥菲尔·戈蒂耶这类人的报刊的限制和强迫），而且在没有市场的情况下提供了"立足"的可能性，这种资本是先锋派事业及其孤注一掷的或长期投资的各种成功的最重要因素之一：泰奥菲尔·戈蒂耶对费多说过，"福楼拜比我们有头脑……他很明智地带着点家产来到这个世上,这对任何想搞艺术的人是绝对不可缺少的。"福楼拜可能并没有否认这一点,他在"好心的泰奥"死的时候,曾写信给费多,要他以泰奥菲尔整个一生中受到的剥削作为一部"复仇"的传记的原则。没什么比戈蒂耶所处的"文学工匠"的境遇更能说明问题的了,他自1837年起,每星期都被迫为《报界》写剧评,冲突使他与这家报纸的主编吉拉尔丹势不两立,特别是他到西班牙旅行的时候;也没有什么比马克西姆·杜冈关于戈蒂耶的东方之旅的描写更能说明问题了:"他的每段旅程都是以他给报纸寄去的草稿页数计算的:他用它们让他消耗的行数来估算公里数。"[62]

仍然是(继承而来的)金钱能够保证独立于金钱。同样,财富通过提供保证、保障和保护网,赋予它所青睐的东西以勇气——无疑在艺术方面超过其他一切方面。它避免了"纯粹的"作家们因为没有年金可能做出的妥协,勒孔特·德·李勒充足的年金或福楼拜为没他富有的朋友布耶进行的奔走可以证明这一点:"现在,来谈谈**生计**问题。我向你保证,斯托(埃兰)夫人一定会为你向皇帝本人争取你想要的**职位**。从现在起三个星期之内,抓牢一个,找找门路。暗地里让你父亲帮忙。我们试试看。还可以申请年金,但这要你用你的手艺来偿还,也就是康塔塔、婚礼歌等等,不,不能这样。"[63]

但福楼拜无疑有充分的理由对他的同行们"抛在他头上"的这种"随随便便的陈词滥调"("你很高兴能够不慌不忙地工作,多亏了你的年金")表示愤怒。年金提供的相对于世俗权力和当权者的客观自由有利于主观自由,即使这一点确定无疑,还要想到,面对上流社会的诱惑,甚至最独特的诱惑,比如评论界的赞扬和文学上的成功,这并不是保持独立或无动于衷的必要条件,而且这远远不够,只有毫无保留地投入到一种真正的精神计划之中才能保证保持独立或无动于衷:"成功、时间、金钱和**出版**被弃置在我思想深处模模糊糊和完全微不足道的地域。这一切在我看来十分简单,不值得(我再重复一遍,**不值得**)让人费脑筋。文人们急不可耐地要看到自己的作品发表、上演、出名、被吹捧,我觉得他们发了疯。在我看来,这与他们工作的关系跟多米诺骨牌游戏或政治与他们工作的关系是同样的。就是这样。所有人都能像我一样干。慢慢地更好地工作。只需要摆脱某些趣味和放弃一些奉承话。我一点也没有德行,但始终不渝。而且,尽管我的需要很多（我并没有说过），但我宁肯在中学里当学监，也不愿为钱写只言片语。"[64]

也许在这里，我们坚持任何艺术产品和（更广泛而言）精神产品的一个价值标准，对于要求这个标准的人而言，这个标准是相当无可争议的，它意味着在作品中的投入，这种投入可以用努力、各种牺牲，以及最终是时间的付出来衡量，而且，与此同时，由此独立于场外起作用的力量和限制，甚或场内起作用的力量和限制，比如流行的诱惑或伦理的或逻辑的保守主义压力——例如，惯用的或然判断、强加的主题、共同认可的表达方式，等等。

位置与配置

只有总结出不同位置的特点，才能回到单个行动者和不同的个人属性上，个人属性或多或少预先决定了他们会占据这些位置并实现存在于这些位置中的潜能。非常明显，所有主张"为艺术而艺术"的人客观上很接近，这是他们的政治或美学立场决定的，[65]尽管他们并未组成一个严格意义上的团体，但他们被互相尊敬、有时成为朋友的关系连在一起，而且他们的社会轨迹也极为接近（如同我们看到的"社会艺术"的维护者或"资产阶级艺术"的维护者之间的关系那样）。

所以，福楼拜和弗罗芒丹是外省名医之子，布耶也是医生之子，但他父亲的社会等级不那么高（而且去世很早），波德莱尔是想当画家的贵族院办公室主任之子，一个将军的继子，勒孔特·德·李勒是留尼汪岛的一个种植园主之子，而维利耶·德·李勒-亚当出身于一个非常古老的贵族家庭，泰奥菲尔·戈蒂耶、巴尔贝·多尔维利和龚古尔兄弟出身于外省的小贵族家庭。传记显示他们当中大部分人的父亲"都想要他们获得显赫的社会地位"——这就说明了他们几乎都从事或学习法律（如同弗雷德里克一样……）：这就是福楼拜、邦维尔、巴尔贝·多尔维利、波德莱尔和弗罗芒丹的情况。

有才能的资产阶级和传统的贵族的共同之处是他们都支持贵族配置，这种配置致使这些作家感到自己既远离"社会艺术"捍卫者蛊惑人心的宣传，又远离"资产阶级艺术家"肤浅的娱乐，他们将前者等同于放荡不羁的新闻业平民，[66]大多出身于资产阶级商人家庭的后者，在他们看来不过是殿堂的商人，过去的大师，他们以漫画的笔法描绘伟大的浪漫主义传统的价值来恢复这些价值。

由于拥有几乎同等的经济资本和文化资本，这些来自于权力场的中心位置（比如医生或"知识"阶层成员的孩子，按当时的说法，他们是"有能力的人"）的作家，似乎也倾向于在文学场中占据一个同源的位置。因此，福楼拜的父亲阿希尔－克雷奥法斯的投资同时放在孩子的教育和地产上，这种双重方向与年轻的居斯塔夫面对两种同样可能的未来时的犹豫不决一致："我还有远大的前程，有现成的道路，绰绰有余的行业，位置，人们用傻瓜凑数的上千个空缺。我将是社会中凑数的人，填补我的位子。我将是一个正直的、规矩的人，别的什么也行，我将和别人一样，像所有人一样，是一个律师，一个医生，一个专区区长，一个公证人，一个诉讼代理人，一个地道的法官，一个像所有蠢人一样的蠢人，一个上流社会或部长办公室的人，这更蠢。"[67]

《家庭白痴》的读者读到阿西尔－克雷奥法斯写给儿子的信时，会大吃一惊，因为对旅行的功用不无智力抱负的惯常考虑，突然采取了典型福楼拜式的腔调，还夹杂着对小市民的强烈抨击："好好利用你的旅行，记住你的朋友蒙田的话，即旅行主要是为了获得各国的风俗和外貌，为了'让我们的头脑比别人更丰富更敏锐'。看，观察，记笔记；不要像小市民和旅行代理人一样旅行。"[68]鉴于为艺术而艺术的作家们大多进行过这种文学旅行，以及对蒙田的参照（"你的朋友"）让人想到居斯塔夫曾告诉过父亲他的文学趣味是什么，这就令人怀疑，是不是如萨特所推想的，福楼拜的文学"事业"能在"父亲的诅咒"中以及与长兄的不幸关系中找到根源，长兄学业比他出色且更符合父亲眼中的成功形象；[69]无论如何，这证明了年轻的居斯塔夫的志趣无疑得到了福楼拜医生的理解和支持，如果我们绝对相信这封信，还有其他迹象，如他的医学论文中提到诗人的频率，就会认为他对文学事业的声誉并非无动于衷。

但这并不是全部，如果冒险将解释的探索更推进一步，重新解读萨特的分析，我们就会看到作为"穷亲戚"的艺术家与"资产阶级"或"资产阶级艺术家"之间的关系同福楼拜与其长兄之间关系的同源性，其长兄被出身的阶层指定来延续资产阶级世系，并追求福楼拜本人原本也该选定的体面前程；[70] 而且我们就会假设，多种决定因素的这种重合，使福楼拜倾向于寻找和创立作家和纯粹作家的位置，并以一种相当激烈的方式体验这个位置固有的冲突，这些冲突在这个位置上达到了最剧烈的程度。

福楼拜的观点

从这一点来看，分析在总体上描述了福楼拜所占位置的特点，但它只是部分地抓住了福楼拜的特殊性，这尤其是因为没有进入作品本身的逻辑，这个逻辑是通过作品特有的艺术生成被把握的。事实上，我们相信在下面这些话中听到了福楼拜的声音，他责备同时代的评论家只是简单地用一种圣伯夫式或泰纳式的历史批评代替拉阿尔普式的语法批评之后，问道："那么在哪里才能找到一种强烈地关心作品**本身**的批评呢？人们细致地分析作品产生的环境和构成作品的原因；但**无意识的诗学**呢？它何以产生？它的构成，它的风格？作者的观点？从未有过！"[71]

为了应战，应该严格遵循福楼拜的意见，重建艺术**观点**，他的"无意识的诗学"就是从这个观点出发得到定义的，而且这个观点作为从艺术空间的**一个点出发而采取的观点**，描述了这种诗学自身的特点。更确切地说，应该重建当前的和潜在的艺术占位空间，他的艺术计划就是相对于这个空间而建立的。我们可以提出关于这个空间的假设，即这个空间与粗略被提及的生产场中的一些位置的空间是同源的。这样建立作者的观点，如果人们愿意，就是**设身处地**，但要采取与"创造的"批评产生的这种投射认同完全相反的手段。

自相矛盾的是，我们只有完成长期的客观化活动，才能获得参与作者的主观意愿（或者，如果人们愿意，参与我从前叫做他的"创作计划"的东西）的某些机会，因为这种客观化活动对于重建位置空间是必要的，作者就处于这个空间之中，他愿意做的也在当中得到确定。换句话说，我们只有重新把握作者在组成文学场的位置空间中的状况，才能采取作者的（或任何其他行动者的）观点，并理解它——这种理解与那个真正占据这个被考察地点的人在实践中持有的理解是不同的：这个以两个空间之间的结构同源性为基础的位置，构成了这个作者在（在内容和形式方面的）艺术占位的空间中进行选择的根源，这些艺术占位本身也是由将它们联系和分开的差别确定的。

当福楼拜着手写《包法利夫人》或《情感教育》的时候，他正是通过包含着许多拒绝的若干选择，活跃地处在呈现给他的可能性的空间中。理解这些选择，就是理解在可并存的选择空间内表现了选择特点的不同含义，以及理解把这个不同的含义与那个做出这些选择的作者和做出不同于他的选择的作者之间的差别联系在一起的可理解的关系。为了让人们对这个纲要有一种更具体的了解，我们可以举出保尔·阿莱克西斯1880年2月7日写给福楼拜的一封信，他在信中试图解释他为福楼拜的一部中篇小说集写的序言："如果每个作者对他的每一部作品都能做到这一点，而且完全出于诚实和天真，哪怕完全搞错，这对于批评、对于文学史是多么珍贵的信息宝库啊！例如：《包法利夫人》的开头有这样的信息：'尚弗勒里和所谓的现实主义者的拙劣文风在我身上引起的不快，对这部作品的产生并非没有影响。签名：福楼拜。'这难道不会弄清十九世纪下半叶的文学史么！这给未来的修辞学教授免去了多少蠢事啊！"[72] 由于不具备对于一份关于一系列标志点、指路人或陪衬物的系统问卷的"诚实和天真"的回答，我们只能依靠即兴的因而往往是片面的和不准确的宣言，或者非直接的指标，以求同时重建指导作家选择的有意识的部分和无意识的部分。创作计划是相对于标志点、指路人或陪衬物而确定自身的，正如保尔·阿莱克西斯指出的，它们无疑只代表了作者受到的引力和斥力的一小部分。

文学体裁的等级制度，以及在这些等级内部的风格和作者的相对合法性，是可能性空间的一个基本维度。尽管等级制度时刻都是斗争的一个赌注，它还是可以表现为一种人们应该重视的事实，不论是为了反对它还是改造它。福楼拜在选择写小说的时候，就冒着与隶属于一种二流体裁有关的从属于低级地位的危险。小说被视为一种低等体裁或更甚，按照波德莱尔的说法，"一种平民体裁"，"一种杂种体裁",[73]尽管巴尔扎克的声誉得到承认,他本人一点也不喜欢将他的作品定义为小说(他几乎从来不用这个词,若不是为了指涉瓦尔特·司各特式的历史亚属或像《驴皮记》这样一部哲学幻想作品)。法兰西学士院对小说持怀疑态度,直到1863年才给一位小说家戴上桂冠——他就是奥克塔夫·弗耶……[74]而现实主义小说的宣言——《热尔米妮·拉瑟顿》的序言——仍需为(大写的)"小说"要求"伟大的严肃形式"的地位。

但是,福楼拜通过他在这个选择中投入的东西,即小说的一个变化了的定义,促进了小说的改造和体裁的社会表现的改造,因为这个定义意味着拒绝体裁的等级制度中为它规定好了的次序,而且改造首先在他的同行中进行——所有稍有抱负的小说家,特别是自然主义小说家,都把他当成领袖。他在最被认可的作家和批评家那里得到认可,并借此在沙龙的世界里得到认可,如我们看到的"现实主义"小说家,甚至占统治地位的官方体裁的最杰出代表帕纳斯派诗人,都被逐出了沙龙的世界。这种认可促使他超出狭义的知识场而要求对一种体裁的尊重,这种体裁已经拥有悠久的历史和高贵的鼻祖,他本人要求的鼻祖,比如塞万提斯,和那些无疑是最有修养的人眼中的鼻祖,比如巴尔扎克或缪塞。居斯塔夫·普朗什可以这样写:"小说……今天走在哲学和诗歌的尖端上。"[75]

当福楼拜着手写他的第一部小说的时候,还没有巴尔扎克这种智力超群的小说家,不过有奥克塔夫·弗耶、桑多、奥吉埃、费瓦尔、阿布、米尔热、阿夏尔、德·屈斯蒂纳、巴尔贝·多尔维利、尚弗勒里、巴尔巴拉等作家,此外还有,像让·布吕诺所说的,[76]很多二流的浪漫派小说家。他们今天完全被遗忘了,但当时都是**畅销书**作者,如保尔·德·科克、雅南、德拉维涅、巴泰勒米等。至少在我们看来,福楼拜懂得在这个模糊的空间中,识别自己的人。他激烈地反对一切可以被称为"风俗文学"的东西——这是通过与风俗绘画进行类比,由他自己提出的[77]——包括通俗喜剧,大仲马式的历史小说,喜剧歌剧,显然,还有保尔·德·科克的小说(《我的邻居雷蒙》、《美丽城的少女》、《巴黎的理发师》,等等),这些小说通过将公众自身的形象以主人公的形式还给公众来取悦公众,这个主人公的心理状态是直接从小资产阶级的日常生活中复制的。他同样反对理想主义者的平庸和奥吉埃或弗耶的感情发泄：后者在1858年，也就是《包法利夫人》问世后以《一个穷困青年的传奇》，即马克西姆·奥迪奥不幸生活的传奇故事，大获成功。德·尚塞·多特里夫侯爵奥迪奥，被他父亲弄得破了产，被迫到拉罗克家当管家谋生，经过各种离奇的波折，最终娶了拉罗克家的女继承人。

但他没有因此而堕入包括杜朗蒂、尚弗勒里在内的所谓"现实主义"小说家阵营（或者，走到另一个极端，即包括费多、阿布或小仲马在内的资产阶级艺术阵营）。他们跟他有同样的对手，但他们通过反对浪漫主义和所有伟大的文学专家来确定自身，而他则想进入这些文学专家的行列："几乎对所有人来说，缺乏古典学习造成的后果是，不知道什么是形而上学，什么是心理学，什么是逻辑，他们不会知道人们如何分析和如何思考。人们听到他们说出斯丹达尔、梅里美、圣伯夫、勒南、贝尔特洛、泰纳的名字；但倘若除去约瑟夫·德洛尔姆和《高龙巴》的作者，这些名字就是他们知道的一切。"[78]

第一批现实主义者，即第二批放荡不羁的文人，1850年代习惯于在高叶街的安德勒啤酒馆或塞纳河右岸的殉道者啤酒馆聚会，其中心人物是库尔贝和尚弗勒里（杜朗蒂、巴尔巴拉、德努瓦耶、杜邦、马蒂厄、佩罗凯、瓦莱斯、蒙泰居、西尔维斯特，以及艺术界和艺术评论界的邦万、舍奈瓦尔、卡斯塔尼亚里、普雷奥），这些人被一系列社会属性，特别是他们的低微出身和薄弱的文化资本与两个阵营分开，他们在象征斗争的领域与这两个阵营对抗。把他们聚集在一起的，除了习性的相似性之外，就是对官方保守主义的拒绝，这种拒绝把他们抛入了所有有点新鲜的潮流：喜爱细致的观察，怀疑抒情主义，信仰科学的力量，悲观主义，尤其是拒绝风格方面的一切等级制度，这种拒绝体现在**可以说出一切和一切都要被言说**。

福楼拜与"现实主义"

杜朗蒂和尚弗勒里需要一种纯粹观察报告式的、社会的、大众的、排斥一切博学的文学，他们把风格当成一种次要的属性。平庸的、不大有修养的理论家，更适合与库尔贝、米尔热和蒙瑟莱一起在殉道者

啤酒馆攻击安格尔和官方美术,也就是,更适合破坏而非建设。他们将小资产阶级的和被认为是小资产阶级的倾向,即一种严肃的精神、战斗的倾向带进知识场,这种倾向常常有点狭隘,与唯美主义者的无拘无束彼此对立,互不相容。另外,由于他们对政治场和艺术场不加区分(这恰恰是社会艺术的定义),他们带来了在政治场通行的行动方式和思想形式,把文学活动视为一种介入和一项建立在定期集会、口号、纲领基础上的集体行动。

他们在初始阶段扮演了决定性的角色:他们在1850年代表和组织了青年的反抗,建立了讨论地点,在讨论地点中酝酿形成了新观念,从一个人们后来称之为先锋派的一个新派别的观念开始。但是,正如精神运动的历史上经常发生的一样(比如我们可以想想妇女运动最近的历史),发起人和活动分子的热情和激情开辟了道路并让位给创立者的职业精神,创立者拥有经济和文化资产,能在作品中实现比他们更贫困的先驱者在咖啡馆里或报纸上预言的文学和艺术乌托邦(比如杜朗蒂就在报纸上散布他的批评思想);他们还有办法在一个更苛求和更完美的层次上,找回十八世纪的贵族自由和价值。

随着文学和艺术场逐渐显示出它的自主性[79],艺术与金钱的对立,作为占统治地位的世界观的一个基本结构得以确立,这种对立影响了行动者以及分析家们的看法(特别是当他们的特长或他们的文学偏好使他们对十八世纪艺术家的状况怀有一种理想化的观念时),如左拉所说的,"金钱解放了艺术家,金钱创造了现代文学。"[80] 左拉事实上用非常接近波德莱尔的话语,重申了是金钱将作家从对贵族的资助者和公众权力的依赖中解放出来。不同于艺术事业的浪漫主义观念的维护者,他要求对金钱的支配作用赋予作家的可能性进行一种现实的认识:"应该既无遗憾又无稚气地接受它,应该承认金钱的尊严、力量和正义,应该信赖新的精神……"[81] [这些引语和参照来自于W. 阿舒尔[82]的文章,在这篇文章中,他分析了维尼(《查铁敦》序言,1834年)、米尔热(《放荡不羁文人的生活场景》序言,1853年)、瓦莱斯(《金钱》序言,1860年)的立场以及左拉关于作家与金钱关系的看法。]

《包法利夫人》的成功与第一次现实主义运动的衰落同时发生,成功之后,福楼拜被指定为现实主义流派的首领,他极为愤怒:"人家以为我钟情于真实,而我却憎恨它;因为是出于对现实主义的憎恨我才开始写这部小说。但我对虚假的理想美并非不厌恶,眼下我们全都被这种理想美欺骗了。"[83]这个说法(我已经讲过它的模式价值)体现出福楼拜将要提出的完全矛盾的、几乎"不可能"的立场的原则,这一原则特有的难以归类的特点,表现在他在一些人中引起的真伪不可判定的争论上,他们有的想把他拉到现实主义一边,有的最近以来想把他归入形式主义(和"新小说");也表现在这个事实中,即人们为了概括他的特点,经常使用矛盾修辞法:弗朗西斯科·萨尔塞称他为"散文的新帕纳斯派",一位历史学家谈到他的时候用"为艺术而艺术的现实主义"。[84]因此,他应该是兼收并蓄的,兼收今天完全被遗忘的现实主义者(库尔贝除外,**做必要的更改**,他之于马奈有点类似于尚弗勒里之于福楼拜)的成果,以及在一切方面都与现实主义者格格不入的人的成果,首先是他们的社会地位和观点,如戈蒂耶(《〈莫班小姐〉序》的作者,纯粹形式的"完美无瑕的大师")、波德莱尔甚或帕纳斯派;更不必说浪漫派,比如夏多布里昂,或被新派的业余作家不惜一切代价忽略或否定的伟大祖先,布瓦洛、拉封丹或布封,他持之以恒地翻阅他们的著作,这样就将他的作品载入了文学史册,而不仅仅"置身"于当代文学——如同那些按照某些公众的趣味,一心地要在其中占一席之地的人所做的那样——,并由此推动了场的自主化。

　　众所周知,福楼拜说过写《包法利夫人》是出于对"现实主义的憎恨"。而实际上,憎恨,或更确切地说,对说教、示范和宣言及表现在它们当中的所有小资产阶级倾向的蔑视,是福楼拜有意逃到绝对的无动于衷之中的原因,这种无动于衷使评论家、无论进步分子还是保守分子都如此震惊,从尚弗勒里和杜朗蒂开始:"这部小说中既没有激情,没有感情,也没有生命,但有一股强大的数学家的力量,它推算和集中了在已定的人物、事件和地域中可能有的一切动作、脚步和现场的意外。这本书是可能性计算的一种文学应用。"[85]

　　分析所重建的占位空间并不是像这样展现在作家的意识面前,这就迫使把他的选择解释成有意识的区分策略。这个空间时不时地断断续续出现,尤其在对差别的现实表示疑惑的时候,创作者想在他的作品中，在对独创性的明确寻求之外，显示这种现实。"我害怕落入保尔·德·科克的窠臼或把巴尔扎克夏多布里昂化。"[86] "倘若我不在作品中加入一种深刻的文学形式，我目前正在写的东西很可能跟保尔·德·科克的一样。但对写得极好的琐碎对话怎么处理呢？"[87] 建立在双重拒绝基础上的计划所蕴含的两条战线上的持久战，包含着为避免一种危险却落入更大危险的接连不断的危险："我轮流从最过分的夸张转到最正统的平淡无奇。这依次给人以彼得吕斯·博雷尔和雅克·德利耶的印象。"[88] 但只有当对艺术家身份的威胁表现为与一个作者相遇，而这个作者在场中占据表面上非常接近的地位时，这种威胁才会如此之大。布耶引起福楼拜对尚弗勒里的小说《莫兰夏尔的资产者》的关注就属于这种情况，这部小说以连载的形式发表在《报业》上，主题是一个外省的通奸事件，与《包法利夫人》的主题极为相近。[89] 实际上，福楼拜无疑在此找到了一个显示他的差别的机会："我写《包法利夫人》是为了难为尚弗勒里。我想表明小市民的忧伤和平庸的感情能够支持优美的语言。"[90]

甚至，福楼拜在实践中和工作中创造了这种区别的真正原则，他通过工作把自己树立为"创造者"：一种建立在写作的细腻与主题的极端平淡无奇之间的独特关系，形成了福楼拜的语调，他偶尔也会与现实主义者，或浪漫主义者，甚或通俗喜剧作者[91] 共同拥有这种关系；一种**不和谐**，通过这种不和谐，作家与他所写的东西或其他写作手法，在此是尚弗勒里的长篇小说和杜朗蒂的短篇小说的乏味温情之间讽刺的、有时甚至是滑稽模仿的距离，时时得到强调。左拉清楚地感觉到了这种紧张，以及贵族的高傲，而高傲是紧张的原因，高傲没有排除一种否定的力量，这种力量丝毫也不羡慕现实主义者的否定力量："是的，大话还是不要说了吧。福楼拜是一个小市民，而且是有目共睹的最名副其实的、最谨小慎微的、最循规蹈矩的小市民。他自己经常这么说，他为自己受到尊重而骄傲，为其全部生活都服从于工作而骄傲，但这并不能阻止他把小市民置于死地，一有机会就用他充满激情的狂怒将他们劈成碎片……幸运的是，除了无瑕的文体学家和完美得发狂的修辞学家，还有一个作为哲学家的福楼拜。这是我们文学史上最伟大的否定者。他宣扬真正的虚无主义——用'主义'这样的词可能会使他大怒——，他写的没有一页不是挖掘我们的虚无的。"[92]

我们顺便可以在福楼拜戏剧作品的最薄弱处，看到这种紧张的创造功能的反面证据，恰恰就是在他的戏剧作品中，这种紧张自行瓦解了。福楼拜写的许多剧本都遭到了惨败。他在戏剧上颇为失意，这无疑是由于他看不上蓬萨尔、奥吉埃、萨杜、小仲马和其他成功的通俗喜剧作家，这些人在他看来，都是操纵傀儡、牵引提线木偶的人，这使他对戏剧产生了一种过于简单的看法，导致他过度地陷入了他认为的规定了戏剧的特有逻辑的东西中[93]：正如我们在《候选人》中清楚地看到的，这出政治风俗讽刺剧，在两个月之内写成，他在这个剧本中批评了所有党派，奥尔良党人、德·尚波尔伯爵的党羽、驯服的反对派、共和派，他选择了"重描"，夸大特征，将整出戏中的人物接近漫画般地搬上舞台，通过旁白阐释一个已经相当明确的动作，并进行图解式显示。简而言之，自从他愿意与成功的剧作家进行竞争，而不是通过重新确定他们的设想来反对他们，反对他们的取巧，从而将这个设想据为己有，福楼拜就不再是福楼拜了。

"好好写平庸"

"好好写平庸"：[94]这个以矛盾修辞形式表达出来的说法集中和浓缩了他的整个美学纲要。这个说法明确表示出他所处的几乎不可能的状况，他置身于这种状况中，试图调和对立面，也就是试图调和通常与社会空间和文学场中的对立区域相关的、因而从社会逻辑上无法调和的要求和经验。而且事实上，他要在被认为低级的文学体裁的最低下和最平庸的形式中——也就是说，在现实主义者通常处理的题材中，正如福楼拜的《包法利夫人》的题材与尚弗勒里的题材重合所证明的——推行在高贵体裁中才被确认的最高要求，比如泰奥菲尔·戈蒂耶及在他之后的帕纳斯诗派在诗歌上推行的描写距离和对形式的崇拜，以对抗浪漫主义的感情泛滥和文体流畅。

分析让人看到的这种表现手法，作者并非刻意如此。福楼拜不是以戈蒂耶反对尚弗勒里，或相反，他不力求调和对立面，或用一个极端打击另一个极端。他既反对一个又反对另一个，他通过既反对戈蒂耶和纯艺术，又反对现实主义来构造自身。还是在这里，他的立场接

近波德莱尔或马奈,他对现实主义的虚假物质主义充满厌恶,这种现实主义想要笨拙地模仿真实,却并不知道它的真正**材料**:也就是名副其实的**写作**视之为负载着意义的声音材料("谈资")的语言,同样他对资产阶级艺术掺假的和无根据的理想主义充满厌恶:"艺术不应该是儿戏,尽管我是为艺术而艺术的理论的狂热信徒,但这种理论是以我的方式理解的(当然了)。"[95]

福楼拜对通用思想方式的基础提出了疑问,也就是对通常的观念原则和区分原则提出了疑问,这些原则每时每刻都在建立关于世界意义的共识,即诗歌与散文对立,诗意与乏味对立,诗情与庸俗对立,观念与实行对立,构思与写作对立,主题与手法对立等等;他消除了各种界限和不相容,这些界限和不相容将感知和传达范畴建立在禁止亵渎的基础上,即禁止体裁的混和与等级的混乱,禁止把散文用于诗意的东西,特别是把诗用于缺乏诗意的东西。在这个意义上,我们可以说《包法利夫人》的第一批评论家在这部作品中看到(如同马奈的评论家在《奥林匹亚》的画家身上看到"艺术民主"的代表[96])文学上民主的第一次表现是有理由的(条件是不考虑他们在政治上的民主或民主主义者与文学场中的"民主"或"民主主义者"之间建立的联系)。但人们不能不受损害地与成为社会秩序和道德秩序的基础的"逻辑因循守旧"和"道德因循守旧"决裂。而且我们理解,这个举动对它本身而言不断地表现出一种疯狂的形式:"想要赋予散文以诗的节奏(让散文还是散文而且相当散文化),像写历史或史诗一样写日常生活(不歪曲题材)可能是一种荒唐事。这是我有时思考的。但这也可能是一个伟大的尝试而且很有新意!"[97]

正如他所说的,想"将诗意与平庸融合在一起",就意味着面对其任务是融合对立面的人时所面对的难以忍受的和令人不安的考验。实际上,在写《包法利夫人》的日子里,他从未停止诉说他的痛苦,痛苦有时转化为绝望:他将自己比作一个进行力量训练的小丑,被迫做"一种愤怒的体操";他责怪"令人厌恶的"、"无耻的"材料禁止他对抒情主题"大声歌唱",他焦急地等待着能够重新陶醉在优美的风格中的时刻。但他特别指出,而且重复说,他不知道,从严格意义讲,他所做的是什么,他与自然、与自己的本性作对的结果会是什么,他正在强迫自己。"书会成为什么样子,我一无所知;但我的答复是书会写成的。"在无法想象的东西面前,唯一的保证就是巨大的努力和经验包含的力量训练的感觉,这是与这项事业的异乎寻常的困难相称的:"我本该写下真实的作品,这是罕见的。""真实的作品":对于任何根据参加1840年和1860年之间的伟大"现实主义"斗争的人共有的观念和区分原则被构造的人来说,这种表达显然是一种**矛盾修辞法**。说一本书也就是一部作品"会写成",像福楼拜说的那样,丝毫不是一种同语反复。这大致证实了圣伯夫所说的,当他谈到《包法利夫人》时,宣称:"一种宝贵的品质使得居斯塔夫·福楼拜先生与其他或多或少精确的观察者区别开来,他们今天为诚实地描写现实而自鸣得意,而且有时竟成功了;而他有自己的风格。"[98]

这就是福楼拜的独特性,如果我们相信圣伯夫所说的话:他写的是被当成"现实主义"的作品(无疑鉴于它们的对象),但这些作品与**默认的**"现实主义"定义并不相符,因为它们是写出来的,它们有"风格"。现在我们无疑看得更清楚的东西,远远不是自然而然的。体现在"好好写平庸"这个说法中的计划在这里真相大白:这里涉及的无非是写真实(而不是描写真实,模仿真实,让真实在某种程度上自行产生,作为自然的自然表象);也就是说,产生定义文学自身的东西,但它涉及的真实是最平淡的、最平常的、最一般的真实,与理想对立,是最不适合写的真实。[99]

象征革命对现行思想方式的质疑和这种革命引发的纯粹独创性,是绝对的孤独换来的,对可思之物的界线的超越导致了这种孤独。这种由此变成自身尺度的思想,实际上无法期待按照它所质疑的范畴本身被构造的头脑能够思考这不可思之物,如同这不可思之物思考自身一样。实际上,很明显,将区分原则应用于作品(区分原则在作品那里遭遇了失败)的批评判断打乱了不可思议的对立面组合,把它简化为对立项的非此即彼。因此,《包法利夫人》的某个批评家,相信普通的联想,从对象的平常推导出风格的平常:"尚弗勒里风格(就是说出一切),就是极其平常,琐碎,既无力量又无规模,既缺乏优雅,又缺乏细腻。我为什么害怕指出一个流派最明显的缺陷,尽管这个流派有它的长处?我们看得很清楚,福楼拜先生是尚弗勒里派的一员,这个流派对风格的态度是吃不到葡萄就说葡萄酸;它瞧不起风格,蔑视风格,它对写作的人极尽嘲讽。写作!有什么好的?只要人家理解我,那对我来讲就够了!但不是所有人都觉得够了。虽然巴尔扎克有时写得很糟,他总是有一种风格。这是尚弗勒里主义者不敢承认的。"[100]

有一些人,偏爱内容,将《包法利夫人》与这样一些作品放在一起:尚弗勒里的《莫兰夏尔的资产者》、维莫雷尔的《平凡爱情》(Amours vulgaires)、于勒·诺里亚克讽刺资产阶级生活的《人类的愚蠢》(Bêtise humaine)——如此多的参照理应触动了福楼拜的心……,或者与这样一些作家放在一起,如蓬马尔丹,他在题为《资产阶级小说和民主主义小说》的文章中讨论福楼拜和埃德蒙·阿布的小说,以及居维里耶-弗勒里,他在1857年5月26日的《争鸣报》上将福楼拜和小仲马进行对比。("请注意",福楼拜写道,"有人假装把我和小亚历山大混淆。我的包法利夫人现在是一个茶花女了。呸!")

不过也有很少一些人更加注重语调和风格,他们将福楼拜置于形式主义诗人的流派。当尚弗勒里哀叹描写的泛滥,杜朗蒂哀叹"感情、激情和活力"的缺乏时,让·卢梭在1858年6月27日的《费加罗报》上把戈蒂耶看成福楼拜的描写风格的直接启发者。夏尔·蒙瑟莱是变成通俗喜剧精神象征的现实主义团体的叛徒,他在一部题为《鳄鱼的通俗喜剧》(Le Vaudeville du crocodile)的讽刺剧中把一个类似于福楼拜的人物和一个类似于戈蒂耶的人物搬上舞台,他们宣称为了描写情愿把人去掉:"在一部埃及的通俗喜剧中,"戈蒂耶说,"不该有男人和女人;人煞风景,令人不快地切断线条,破坏了视野的甜蜜。人在自然中是多余的。"——"当然!"福楼拜说。[101]

如果说波德莱尔是唯一一个摆脱了这种区分观念并在接受中重建紧张经验的人,这可没什么大惊小怪的,这种紧张经验是旨在从"最平常、最低下的资料中、从最疲惫的手摇风琴、从通奸中"抽出普遍性的壮举的根源:"一张平常的画布上的一种神经质的、美丽的、优雅的、独特的风格","最平庸的传奇中最热烈和最沸腾的情感"。

构成福楼拜的独创性的东西,赋予其作品不可比拟**价值**的东西,就是他至少在否定的意义上与整个文学空间建立了关系,他处于这个文学空间中,把这个空间的冲突、困难和问题全部承担起来。由此可见,我们要想有个机会真正地重新领会他的创作计划的独特性并充分地阐明它,只有采取与那些满足于唱唱独一无二的老调的人完全相反的做法。只有把他完全历史化,我们才能完全理解他是如何摆脱不那么有英雄气概的命运的历史限制。他事业的独创性要真正显现，只有在我们不把他的事业当作受当前场的这个或那个位置的影响而又未完成的设想（像新小说那样——考虑到关于"乌有之书"的被误读的名词），而是把这种独创性重新放入被历史地建构的空间里，独创性就是在这个空间中形成的；换句话说，我们只能采取一个尚不是福楼拜的福楼拜的观点，试图发现年轻的福楼拜理应和愿意在一个艺术世界里做的事情，而这个世界还未被他作为另一个人的所作所为而改变，（因为）我们暗中把他等同于这另一个人，把他当成"先驱者"。其实是这个熟悉的世界阻碍我们理解他做出的非同寻常的努力，理解他理当克服的闻所未闻的阻力，首先是他自己身上的阻力，以产生和规定今天的大部分由于他才被我们视为理所当然的东西。

事实上，无疑在场中没有什么可能的相关因素他没有在实践中参照过，有时甚至明确参照过。首先是已经提及的因素，诸如资产阶级戏剧或波德莱尔所说的"良知小说"的乏味浪漫主义，或尚弗勒里甚或维尔莫莱尔的现实主义——按照吕克·巴代斯科[102]的观点，他可能站在《平凡爱情》的作者、特别是他的特里科谢和加斯东肖像的对立面；此外还有所有他明确依靠的人，显然有戈蒂耶，他牢记的《亚哈随鲁》的作者基内，以及所有这些诗人，他在他们身上，如同在他不断地读了又读的布瓦洛身上，找到了对付《格拉齐拉》的过时语言、《若斯兰》的陈词滥调和缪塞的感情倾泻的解毒剂，他责备缪塞没完没了地歌唱自己的激情。他与这些诗人，以及波德莱尔和维利耶·德·李勒-亚当在对风格的崇拜、对古代的激情和对骇人听闻和讽刺夸张的喜爱上达成了一致，还有埃雷迪亚，他崇拜他为《贝尔纳尔-蒂亚兹日记》的译本写的序言。不要忘了勒孔特·德·李勒，尽管他瞧不起小说，但还是对《萨朗波》和《三故事》深表钦佩，他在1850年代，已经在各种各样的序言中提出了建立在抨击浪漫主义的感伤主义和社会宣传诗歌基础上的一种美学，作为他自己的美学，福楼拜与他都赞同对冷静的重视，对节奏和造型的精确的崇拜，还有对博学的热爱。

在这段时期，语文学家们，尤其是写《佛教史导言》的比尔努夫，以及历史学家们，特别是米什莱，让作家们、尤其是福楼拜的朋友泰奥菲尔·戈蒂耶和路易·布耶着迷，米什莱的《罗马史》是福楼拜年轻时代最钦佩的书之一，布耶的第一本书《梅拉尼斯》（*Melaenis*）是一个考古故事，福楼拜强迫自己从事大量的研究工作，特别是在为《萨朗波》做准备时。他的同代人在他身上看到诗人兼学者的双重形象。[柏辽兹在信中称他为"博学的诗人"，就《特洛伊人在迦太基》（*Troyens à Carthage*）的服装向他请教，他的朋友阿尔弗莱德·尼翁感到遗憾的是，他的谦虚阻止他在《萨朗波》的正文中附上博学的注释[103]]。

但是这个时代同样属于若弗鲁瓦·圣-伊莱尔、拉马克、达尔文、居维叶，属于物种起源论和进化论：像帕纳斯诗派一样，福楼拜试图超越艺术与科学之间的传统对立，不仅从自然和历史科学中借鉴渊博的知识，还借鉴了体现这些知识特点的思想方法及从这些知识中得出的哲学思想：决定论、相对主义、历史主义。他尤其从中发现了他厌恶社会艺术的说教和爱好科学眼光的冷静中立的合法证明："自然科学的好处是：什么也不想证实。还有，多么广泛的事实，多么广阔的思想无限性！应该像对待乳齿象和鳄鱼一样对待人！"或还有："对待人类灵魂要像物理学那样不偏不倚。"[104]福楼拜从生物学家学派，特别是若弗鲁瓦·圣-伊莱尔学派"这个说明了畸形生物的合法性的伟大人物"[105]那里学到的东西，把他引向非常接近涂尔干的口号"应该把社会事实看作物"，他在《情感教育》中相当严格地执行了这个口号。

我们感到，福楼拜在这里完全处在这个需要逐个探索的关系的空间中，处在这些关系的双重维度即艺术和社会维度上，但他还不可避免地走得更远：这无非是因为他实现的能动的统一意味着一种超越。他好像处于所有视角的几何般精确的地点，这个地点也是最紧张的地点，他在某种程度上敦促自己将在场中提出的一系列问题推至最大的强度，充分享有可能性空间中的所有资源，这个空间以一种语言或一种乐器的方式，作为一个无限的可能性的空间呈现给每个作家，这些可能性以潜在状态包含在一个有限的限制系统中。

回到《情感教育》

无疑是《情感教育》提供了与全部相关的占位相对抗的最典型例

子。从主题上来看，这部作品处于浪漫主义和现实主义传统的交叉点上。一方面是《一个世纪儿的忏悔》和《查铁敦》，不过也有所谓的私小说，这类小说如让·布吕诺指出的，"讲述日常生活的事件并从中提出基本问题"，而且是"庸俗的并经常有说教性质"，它们宣告了现实主义小说和主题小说的到来；[106] 另一方面，是第二代放荡不羁的文人，他们浪漫主义方式的私人日记（就像库尔贝描绘的画家熟悉的空间——家庭生活场景绘画）转化为现实主义小说，当米尔热的《放荡不羁文人的生活场景》，特别是尚弗勒里的《玛丽叶特的奇遇》（*Les Aventures de Mariette*）和《狗－石头》（*Chien-Caillou*）出版后。这种私人日记忠实地记录了忍饥挨饿的拙劣画家通常很肮脏的生活，他们的顶楼，他们的廉价小饭店，他们的爱情（"实际上这是最悲惨的生活，"尚弗勒里在1847年的一封信中写道，"没有饭吃，没有鞋穿，并由此引出了很多反常现象"）。

关于这一个主题，福楼拜不仅与米尔热、尚弗勒里对抗，虽然他们不是他旗鼓相当的对手，他还遭遇了巴尔扎克，这不仅仅是由于《一个外省大人物在巴黎》这个讲述九个穷困青年故事的小说，或者《浪荡王孙》（*Un prince de la bohème*），而且尤其是由于《幽谷百合》。这位伟大的前辈在作品中通过德洛里耶给弗雷德里克的建议而被明确地提及："你想想《人间喜剧》中的拉斯蒂涅吧。"小说中的一个人物对小说中的另一个人物的这种参照表明小说达到了反思性，众所周知，这种反思性是一个场的自主的主要表现之一：对体裁内故事的影射，是对一个能够将作品的故事（而不仅仅是这部作品讲述的故事）据为己有的读者递上会心的眼神，这种影射因为被纳入一部本身包含着对巴尔扎克的否定参照的小说中，因而更加意味深长。马奈将一种有距离的、讽刺的，甚至滑稽的模仿形式，引入到一种相当具有学校教育性质的模仿传统中。福楼拜以马奈的方式，对这个体裁的创始人表现出一种有意含糊的尊敬，这正符合他对巴尔扎克表示的含糊的仰慕之情：仿佛为了更好地表现他对巴尔扎克美学的拒绝，他采用了一个巴尔扎克的典型主题，但他去掉了这个主题中的所有巴尔扎克式共鸣，由此证明他不用当巴尔扎克就可以写小说，甚或如新小说的维护者们喜欢说的那样，"我们今后再也不能当巴尔扎克了"（或当瓦尔特·司各特，比如在《三故事》的《圣于连的传说》中，滑稽模仿的愿望通过直接的影射显示出来)。如同马奈对过去的大师乔尔乔涅、提香或委拉斯开兹的参照,福楼拜的参照同时体现出尊敬与距离,表明了这种连续性中的决裂或这种决裂中的连续性,决裂构成了一个达到自主的场的历史。这就是艺术革命的复杂性:冒着被逐出游戏的危险,人们只有动用或引用场的历史成果,才能革新一个场,而伟大的异端创始人、波德莱尔、福楼拜或马奈明确存在于场的历史中,他们支配特殊资本比同代人彻底得多,革命采取了回到源头、回到本原的纯粹性的方式。

福楼拜不跟巴尔扎克竞争(竞争心是一种被打败的认同,它导致相异性的瓦解),而且他用心的选择无疑完全不能归功于对区别的追求。"成为福楼拜"和当福楼拜所必须的工作要求与巴尔扎克保持距离,而这种距离并不需要有意为之。即使我们无法完全排除福楼拜和马奈通过讽刺或滑稽模仿的手法愚弄读者或观看者的意愿:比如怎么会从《一颗纯朴的心》看不到对乔治·桑的一种充满深情的滑稽模仿呢?而且我们知道福楼拜曾打算在一篇序言中以这种方式介绍《习见词典》(*Dictionnaire des idées reçues*),"以至读者不知道人家是否在嘲弄他"。

借小资产者的完美象征德洛里耶之口引出拉斯蒂涅,福楼拜让人在弗雷德里克身上看到了拉斯蒂涅的"对立面"(正如逻辑学家所说的)——此外一切都暗示了这一点,这意味的不是一个碌碌无为的拉斯蒂涅,甚至一个反拉斯蒂涅,而更多的是在另一个可能的世界中相当于拉斯蒂涅的人物,这个世界是福楼拜创造的,它据此与巴尔扎克的世界竞争。[107]弗雷德里克与拉斯蒂涅在可能的文学世界的空间中互相对立,这个空间真实地存在着,至少在评论家的脑子里,但也在名副其实的作家脑子里。将"有意识的"作家与"天真的"作家区分开来的,其实在于他足够有效地支配可能的空间,以至预感到他正在实现的可能性有可能从它与其他可能性产生的关系中得到意义,从而避免可能使意图脱离这个空间的不合时宜的相遇。在杜里夫人出版的笔记中有福楼拜的一条注释,可以证明这一点:"留神《幽谷百合》。"福楼拜难道没有想到弗罗芒丹的《多米尼克》,特别是圣伯夫的《情欲》?圣伯夫是任何一个作家都挂念的这些预想中的读者之一,福楼拜为了他而写作,尤其当他为反对这些作家而写作的时候:"我写《情感教育》部分原因是为了圣伯夫,他一行没读就死了。"[108]他脑子里怎么会没有马克西姆·杜冈的《徒劳》(Les Forces perdue)呢?这本书借鉴了他们共同的回忆,1866年出版,他曾对乔治·桑说,这本书在许多方面都类似于他正在写的《情感教育》。[109]

但这并不是全部。选择以古代语言学者的冷静和帕纳斯诗派的雅致写现代小说,又不脱离任何一个将文学世界与政治世界分开的炙热事件,如1848年革命,当时的艺术争论(涉及"工人诗人",工业化艺术,人们将"乡村小调"与"十九世纪的抒情诗"进行比较),他粉碎了一系列惯用的组合:所谓的"现实主义"小说与"文学流氓"或"民主"联系的组合,"平庸"的对象与"粗俗"的风格联系的组合或"现实主义"的主题与人类的道德主义联系的组合。他一并打碎的还有建立在对构成对立面的习惯组合的这个或那个术语的赞同之上的一切关联:因此他注定要令所有期待文学揭示某种东西的人,即伦理小说的维护者以及社会小说的支持者,保守主义者和共和派,对粗俗主题过敏的人,以及拒绝美学平淡的风格和有意乏味的创作方法的人感到失望,尤其是在写了《包法利夫人》之后。

这一系列与所有关系的决裂比经常被援引的时局更清楚地解释了批评界对这本书的反应,它无疑是福楼拜作品中得到待遇最差、还被误读最多的书,因为这些关系如同泊船的缆绳,能够将作品与集团、与他们的利益、与他们的思想习惯维系在一起。这些决裂与科学完成的决裂极其相似,但并非有意为之,而且是在"无意识诗学"也就是在写作劳动和社会无意识作用的最深层次上进行的,形式加工有利于这个层次的形成,它是被形式化所包含的否认既予以支持又限制的一种回想的工具。写作丝毫不是感情的发泄,在《情感教育》中实现的福楼拜的客观化与评论家们在小说中看到的居斯塔夫在弗雷德里克之上的主观投射之间有一条鸿沟:"人们不写他们想写的,"福楼拜说,"这是真的。马克西姆(杜冈)写他想写的,是的,或大致如此。但这不是写作。"[110]写作更不是一种纯粹的文献记录,如同有时被人们看作他的弟子的人所认为的:"当龚古尔在街上抓住一个他能放在一本书里的词时,他非常高兴,而当我写了既无迭韵又无重复法的一页纸时,我感到心满意足。"[111]

形式化

并非偶然的是,这本书兼有要求和限制的近乎明确的计划。随着《情感教育》的完成,福楼拜的社会经验和影响这些经验的决定性,包括与作家在权力场中的自相矛盾的位置相关的决定性,出现一种极为成功的(和近乎科学的)客观化。这些要求和限制与文学空间的对立位置相关(进而也与产生"不相容"、"性格不合"、排斥及排除的配置相关),似乎是不可调和的。写作活动不仅使福楼拜把他在场中反对的位置和占据这些位置的人(如马克西姆·杜冈,他与德莱塞尔夫人的关系为福楼拜提供了弗雷德里克与唐布罗斯夫人之间关系的现实模板)客观化,还通过把他同其他位置相连的关系系统,将他本人包含在其中的整个空间,进而将他本人的位置和他本人的精神结构客观化。在贯穿其整个作品,而且以双重人物、交叉轨迹等各种不同形式得到强迫性重复的交叉结构中,[112] 在他为弗雷德里克和《情感教育》的标志人物所设计的关系结构中,福楼拜将一个关系结构客观化,这个关系结构把作为作家的他与构成权力场的位置空间联系起来,或同样地,把他同文学场中与先前位置同源的位置的空间联系起来。

如果说他能够通过他的作家劳动,超越社会世界中以团体、社团、派别等形式存在的不相容,同样地,他也能够超越头脑(不排除他自己的头脑)中以观念和区分原则形式存在的不相容,诸如他如此憎恶的带"主义"的成对概念,这可能是因为,与弗雷德里克表现出来的被动的犹豫不决不同,对知识场中与一个确定位置相关的所有决定因素的主动拒绝,[113] 使他预先倾向于对可能性空间具有一种远见卓识,同时更充分地利用局限性包含的自由。他根源的社会轨迹和自相矛盾的属性使他倾向于这种主动拒绝。

因此,社会学分析远远没有通过重建在创作者身上起作用的社会决定性空间而消灭创作者,也远不是将作品简化为一种环境的纯粹产物而从中看不到作者超越环境的迹象,像写《驳圣伯夫》的普鲁斯特所害怕的那样,相反,社会学分析有助于描述和了解作家理应完成的特殊劳动。他一方面对抗各种决定因素,另一方面借助于各种决定因素，才成为创造者，也就是说成为他自己的作品的**主体**，从而完成这种特殊劳动。社会学分析甚至阐释了两种作品之间的（通常用"价值"这个词来描述的）差别，第一种作品是一种环境和一种市场的纯粹产物，第二种作品应该产生它们的市场，甚至能够靠解放作用帮助改造它们的环境，它们是解放作用的产物，这种作用在某种程度上是通过对这种环境的客观化实现的。

普鲁斯特不似《追忆似水年华》的叙述者那样完全不生产的作者，这并非偶然。作家普鲁斯特，就是叙述者在生产《追忆似水年华》的活动中并通过这种活动衍变成的，这种活动把他作为作家生产出来。通过以弗雷德里克的形式展现一个受到场的力量摆布的人的无能为力，福楼拜所要表现的就是创作者的这种自由和创造性的决裂；这一点就表现在作品中，他在作品中通过展示弗雷德里克的冒险并通过这种冒险展示场的客观事实，克服了这种无能为力，他在场中写了这个故事，而场通过它的竞争权力之间的冲突，原本有可能把他像弗雷德里克一样逼到无能为力的境地。

"纯粹"美学的创造

双重拒绝的逻辑是福楼拜纯粹美学创造的根源，但他是在像小说这样一种艺术中完成这种创造的，这种艺术似乎注定要在与绘画相同的程度上致力于对关于真实的幻想的天真追求，马奈在绘画上进行过一场类似的革命。现实主义其实是一场片面的和失败的革命：它没有对美学价值与道德（或社会）价值的混淆真正提出质疑，这种混淆是维克多·库赞在"理论"上树立的，而且至今还在左右着评论界的判断，当它期望一部小说包含一种"道德教益"或谴责一部作品伤风败俗、下流猥亵或对宗教漠不关心时。虽然它对主题上的客观等级制度提出质疑，但这只是出于恢复地位或进行报复（批评家们谈到一种"贬低的狂热"）的考虑，是为了颠倒过来，而不是为了消除它。这就是人们为什么倾向于从被表现的社会环境的性质而不是从表现这些社会环境的或多或少"低级"或"平庸"的手法上认出现实主义："现实主义，当人们开始使用这个词的时候，只有一个意思：至今仍受到歧视的人物在小说中出现……现实主义，按照《两世界杂志》的说法，是'对特定社会和半上流社会的描绘'。[114]因此米尔热本人被看作是现实主义者，因为他表现了"平庸的主题"，表现了穿着破烂、不恭敬地谈论一切、不懂得礼仪的主角。

福楼拜应该斩断与对象的特定类别的这种特殊联系，以便将现实主义进行的片面革命普遍化和根本化。因此，如同马奈碰到一个类似问题所做的，他同时描绘地位最高的和地位最低的、最高贵的和最平庸的、放荡不羁的文人和上流社会，有时甚至在同一部小说中也是如此。他像马奈（在一幅名为《裸露着乳房的女人》的画中）一样，让对主题的文字和文学关注服从于对表现的关注，他为了文学或绘画表达方式上的敏感性而牺牲了耽于声色或多愁善感——这导致他拒绝在情感上很触动他的主题，或者导致他借助弱音器的方式对待这些主题，以便减弱它们的戏剧价值。

虽然纯粹的目光能赋予在社会上被视为可憎的或可鄙的对象（比如布瓦洛的蛇或波德莱尔的腐尸）一种特殊的价值，鉴于它们代表的挑战和它们唤起的英雄行为，但这种目光有意忽略了对象之间的所有非美学的差别，而且由于它与资产阶级艺术的特别联系，它能在资产阶级空间中找到一个证明它的不妥协性的特殊机会。福楼拜说："在文学上没有崇高的艺术主题……意弗托国王抵得上君士坦丁堡。"[115]美学革命只能在美学上完成，[116]仅仅把官方美学排斥的东西视为崇高，为低下的或平庸的现代主题恢复名誉是不够的；应该承认属于艺术的权力，即通过形式的功能在美学上创造一切（"好好写平庸"），通过写作特有的效力将一切转化为艺术作品。"因此，没有高贵的和卑贱的主题，人们几乎可以奉为公理的是，从纯艺术的观点看，完全没有这样的主题；风格本身就是一种看事物的纯粹方式。"[117]

但像帕纳斯诗派或戈蒂耶那样肯定纯粹形式的至高无上，同样不够，因为这纯粹的形式变成了它自身的目的，除了自身之外什么也说明不了。无疑在这里有人可以用著名的"乌有之书"来反对我，它令新小说的理论家们和符号学家们心醉神迷；或者，有人站在波德莱尔一边来反对我，他在克雷佩的《法国诗人选集》中写的关于戈蒂耶的文章有一段经常被引用："诗……除了自身别无其他目的；……没有任何诗能比为追求写诗的快乐而写的诗更伟大，更崇高，更名符其实。"[118]在这两种情况下,人们被迫进行一种片面的、歪曲的阅读,如果人们没有全面考虑一个事实的两面,而这个事实通过反对两个对立的错误决定和确定自身,那么,波德莱尔反对所有"自以为诗歌的目的是某种说教、诗歌应该要么增强良知、要么改善风俗、要么最终显示多少有点用处"的人,总之,反对浪漫主义者和现实主义者共有的"说教的异端",以及它的后果,"激情的、真理的、道德的异端",[119]他站到了戈蒂耶一边。但即便在颂扬中,他也神不知鬼不觉地将自己与戈蒂耶区别开来,把他的完全不是形式主义的诗歌观念(通过一种在序言中完全惯用的策略)归在后者名下:"如果人们考虑到戈蒂耶将普遍的**通感**和象征的一种天生的深邃智慧与这种神奇的能力(风格和语言知识),而通感和象征是所有隐喻的根源,人们就会理解他能够不断地、不知疲倦地、不犯错误地确定创造的对象在人的目光下表现的神秘态度。在词语中,在**语言**中,有某种神圣的东西阻止我们把它变成一种偶然的游戏。巧妙地掌握一门语言,就是实行一种招魂的巫术。"[120]

在我看来,这不是仅从最后一句话的意思中看到一种美学的纲要:一种现实主义的形式主义,而这种美学是建立在调合可能性的基础上的,这些可能性被占统治地位的艺术表现不恰当地分开了。波德莱尔到底想说什么?自相矛盾的是,对纯形式的纯粹加工,尤其是形式操练,像用了魔法一样,唤来了一种比立刻诉诸感官的真实更真实的真实,而热爱真实的天真的人们停留在诉诸感官的真实上,甚至不惜将外在的道德意义或政治意义强加给它,这些意义以一幅画的题词的方式,支配目光并使目光偏离根本。波德莱尔与帕纳斯诗派和戈蒂耶不同,他意欲消除形式与内容、风格与媒介之间的区分:他要求诗把精神和被视为象征宝库的宇宙融合在一起,这个象征宝库的语言通过挖掘普遍类比的无尽内涵,重新抓住隐藏的意义。对感觉材料之间的对等物的预言般的寻求,有助于通过想像的力量和语言的优雅赋予这些对等物以象征符号的价值,为它们重建"无限物的扩张",这些象征符号能够融合在一种共同本质的精神一致性之中。因此,波德莱尔以一种被语言游戏扩大的感觉的神秘主义,反对(至少是法国的)浪漫主义感伤的抒情主义及戈蒂耶和帕纳斯诗派绘画般的和描绘的客观主义,因为前者把诗当作感情的细腻表达,后者放弃了对于精神和自然的一

种相互渗透的追求：诗是自主的现实，除自身之外别无参照对象，它是创造的一种独立产物，但这种产物通过深刻的联系与创造相结合，任何实证科学都看不到这些联系，它们与把人与物结合的通感一样神秘。

福楼拜维护的也是现实主义的形式主义，不过出于另外一些理由，且处于一种相当困难的境况之中，因为小说似乎注定要追求真实效果，其严格程度至少相当于诗歌注定要表达感情。他对形式的所有要求的支配，使他有可能几乎无限制地证明属于他的权力，即在美学上创立这个世界上的任何现实，其中包括历史上被现实主义当成选择对象的现实。更进一步，如人们所看到的，正是在形式加工中并通过这种加工，比诉诸简单的现实主义描绘的可感表象更真实的对真实的暗示（就波德莱尔的本义来说）才得到实现。"从形式中产生观念"：写作的活动不是一个计划的单纯执行，一个潜在的观念的单纯形成，如同古典理论认为的（或美术学校尚在的教授认为的），而是一种真正的探索，它在范畴上类似于宗教的奥义传授仪式，并在某种程度上注定为观念的暗示和出现创造有利的条件，在这种情况下，这个观念不是别的，而是真实。拒绝现行小说风格上的俗套和定式与抛弃它的道德主义和感伤主义是一回事。像咒语一样使现实出现的暗示魔法是通过语言加工实现的，语言加工同时并依次要求反抗、斗争和服从、放弃自我。作家只有被他发现的词语把握的时候，词语才能为他而思考并为他发现真实。

人们可以认为形式的探索针对的是作品的创作、不同人物故事的有机结合、环境或情景与行为或"性格"之间的呼应、句子的节奏和色彩、应该驱除的重复法和迭韵、应该取消的习见和陈旧形式。这种探索构成了一个真实效果的产生条件，这个真实效果比分析家们通常以这个名称指出的真实效果深刻得多。有可能会在一个事实中发现一种完全难以理解的奇迹，这个事实就是分析能在作品中发现——正如我在《情感教育》中所做的一样——一般的直觉（和评论家的阅读）无法达到的深层结构，因此，应该承认，只有通过形式加工，这些结构才能投射到作品之中。作家如同任何社会行动者一样，身上带有处于实践状态的这些结构，但无法真正地支配它们，只有通过形式加工，才能实现对一切在空载语言的自动作用下通常以暗含的或无意识的状态被埋藏的东西的回想。

最终，把写作变成形式与内容不可分的探索，就是强迫读者停留在文本的可感形式即可见的、有声的材料上，这种可感形式负责与同时处于感觉层次和可感层次的真实的交流，这样便可直接达到感觉，而不是穿越这个感觉形式，仿佛穿越一个被阅读却没被看到的透明符号，这种探索力求将被强化的真实经验纳入最有能力通过其形式本身暗示这种经验的词语中，这些词语有助于在作家的意识中产生这种经验；从而迫使读者在这种可感形式中发现被强化的真实观念，这个观念被写作活动中包含的咒语般的暗示纳入这种可感形式中。我们可以在这里举出当时的一个批评家昂利·德尼斯的例子，他通过与绘画进行对比，恰如其分地说出了福楼拜的第一部小说可能产生的效果："……它包含着大胆的和真实的华章。还有这个故事常见的人物，他们长着玫瑰一样的手指，头浸在半明半暗之中，身体的其余部位埋在薄纱的褶皱里，他们可能会受到一缕强光的冒犯：经常戴近视眼镜使他们的目光显得黯淡、犹疑和造作。"[121] 福楼拜通过写作特有的力量，真正成功地从读者那里获得了这种被强化的目光，这种目光关注关于真实、关于被一般的传统和习俗有系统地排除的真实的表现。无疑是由于这个原因，福楼拜（如同在其领域内做了大致相同的事情的马奈）才激起了读者的愤怒，而他们却对不具备他的写作暗示魔法的作品充满了宽容。这无疑可以解释为什么那么多批评家对"良知派"的浪漫主义小说家和循规蹈矩的画家矫揉造作的色情习以为常，却指责福楼拜为"肉欲主义"。

美学革命的伦理学条件

在写作革命中和通过写作革命实现的观点革命，同时意味着并引起了伦理学与美学之间的一种破裂，这种破裂与生活风格的一种彻底转变同时产生。这种转变是在艺术家生活风格的唯美主义中实现的，第二批放荡不羁文人中的现实主义者只完成了这种转变的一半，因为他们局限于艺术与现实、艺术与道德之间的关系问题中，不过，他们同样而且尤其局限于小资产阶级习性形态的界限中，这些界限妨碍他

们接受这种转变的伦理要求。所有社会艺术的拥护者,无论是谈论《莫班小姐》(*Mademoiselle de Maupin*)的莱昂·瓦斯科、评论波德莱尔的韦莫雷尔,还是谴责艺术家道德的普鲁东,都很清楚地看到了新美学的伦理学基础:他们指责"患花柳病和成了刺激性欲"的文学的堕落;他们批判集中了"道德丑恶"和"肉体腐化"的"丑陋和邪恶的歌唱者";他们尤其感到愤怒的是,在这"冷漠的、理智的、费力追求的堕落……"[122]中居然有方法和技巧。纵容腐化是一种耻辱,对可耻的事情或丑恶的事情保持厚颜无耻的冷漠同样是一种耻辱。有个批评家在一篇关于《包法利夫人》和"生理小说"的文章中,指责福楼拜绘画般的想像"把自己封闭在生理的世界里,仿佛在一个塞满模型的大车间里,这些模型在他眼里全都具有一样的价值"。[123]

实际上,这里讲的是以艺术和道德之间关系的破裂为代价,**创造**(而不是像今天这样满足于使用)纯粹的眼光,这种眼光要求一种无动于衷、冷漠、超脱、甚至厚颜无耻的放肆的姿态,这种姿态与双重的矛盾态度正好相反,这种矛盾态度是由小资产者对"资产者"和"民众"的厌恶和着迷构成的。比如,福楼拜强烈的无政府主义情绪、反抗的和玩世不恭的意识,以及保持距离的能力,使他有可能从对人类苦难的单纯描绘中提炼最崇高的美学效果。因此,他对尚弗勒里糟蹋了《圣佩里娜的恋人们》(*Les Amoureux de Sainte-Périne*)这个好题材感到遗憾:"我看不出它(这个题材)有什么喜剧色彩;要是我,我会把它处理得残酷而悲惨。"[124]我们还会想起这样一封信,他在信中鼓励费多从其关于妻子的死亡经验中获得一种艺术益处:"你已经看到了而且还会看到动人的情景,你要好好地进行研究。这样做代价太大了。资产者们几乎没有料到我们向他们掏出了我们的心。古罗马斗士的种族并没有灭亡:任何艺术家都是其中之一。他用垂死来逗观众开心。"[125]

被推向极端的唯美主义趋向一种道德的中立主义,这种中立主义距离一种伦理学的虚无主义不远。"要想平静地生活,唯一的办法就是一下子跃居整个人类之上,跟人类除了观看的关系没有任何共同点。这令佩尔唐、拉马丁一类人和整个人道主义者及共和派等贫乏和**枯燥**之辈(无论在善心还是在理想方面都死气沉沉)感到耻辱。——活该!让他们在宣扬慈善之前先还清债务吧。要想有德行,还是先做到诚实吧。博爱是社会伪善的最漂亮发明之一。"[126] 相对于把"体面的"人禁闭在伪善中的道德习俗和人道陈规的自由，无疑是把马尼晚餐会上的宾客群体深刻地联系在一起的东西，在这个晚餐会上，除了讲文坛轶事和下流故事之外，他们确认艺术和道德是不相干的。这种自由奠定了波德莱尔和福楼拜一致性的基础，后者在《萨朗波》的创作期间给费多写信时援引了这种一致性："我写到色调有点黯淡的地方了。人们开始践踏肠子和焚烧快死的人。波德莱尔会满意的！"在这里以挑衅的俏皮话方式显示的唯美贵族主义，在对雨果的评价（特别接近波德莱尔对雨果的评价）中，以更慎重但无疑也更真实的方式表露出来："为什么他有时标榜一种如此愚蠢的道德，而这种道德又令他如此偏狭？为什么要政治？为什么要进法兰西学士院？固有的观念！模仿，等等。"[127] 对埃克曼-夏特里安的评价也是如此："是不是粗俗透顶？这两个家伙的灵魂可真够庸俗的。"[128]

因此，纯粹美学的创造离不开一种社会新人的创造，这种新人即伟大的职业艺术家。他们将反抗意识和摆脱因循守旧的自由意识与一种极端严格的生活和工作纪律，集中在一个既脆弱又不可靠的组合中，而这个组合是以资产者的富有和单身[129]条件为前提的，更多地体现出学者或博学家的特点。伟大的艺术革命既不是统治者（从世俗的角度来看）的行为，因为他们无论在这里还是别处，都不指责认可他们的秩序，也不是被统治者的行为，因为他们的生活条件和配置常常迫使他们从事墨守成规的文学，而且他们会为异端创始人和象征秩序的维护者提供生力军。艺术革命是由折中的和难以归类的人承担的，他们的贵族配置往往与一种享有特权的社会出身和一种强大的象征资本的占有相关（在波德莱尔和福楼拜的状况中，丑闻一下子令他们声名大震），这种配置使其完全"无法忍受"社会的和美学的"局限性"，以及对这个世纪的所有妥协表现出傲慢的不宽容。"追求任何荣誉在我看来都是一种不可理解的卑微行为。"[130]

与所有位置的这种距离有利于形式的创立，是形式加工把这种距离纳入作品中：这是无情地消除所有"固有观念"，消除一个集团典型的陈词滥调，以及消除这样一些特征，它们显示或显露的是对这个（或那个）确定位置或占位的依附或赞同；这是合理地使用自由的、非直接的手法，这种手法使得叙述者与叙事谈到的事实或人物之间的关系尽可能处于不确定状态。但没什么比**观点的暧昧本身**更能说明福楼拜的观点了,这种暧昧体现在其作品特别的**结构**中:比如《情感教育》,批评家们经常责备它由一系列"并列在叙事中的片段"构成,因为其中没有细节和事件的一个明确等级。[131]正如马奈后来所做的,福楼拜放弃了从一个固定的和中心的观点出发获取的统一视角,以有利于人们可称作一个"聚合空间"的东西。帕诺夫斯基提出了"聚合空间"的概念,由此意指一个由并列的片段组成且无特殊观点的空间。他在写给于斯曼的一封信中谈到《瓦塔尔修女》时说:"《瓦塔尔修女》缺的正是《情感教育》所缺的视角的虚假!没有渐进的效果。"[132]我们还记得,有一天他又对亨利·塞亚尔谈起《情感教育》时说:"这是一本挨骂的书,我亲爱的朋友,因为它没这么做:把修长而优雅的手接到坚实的底座上,假装建造一座金字塔。"[133]对建造金字塔也就是自低而高地向一种思想、一个信念、一个结论汇集的拒绝,自身包含了一个东西,而且无疑是最重要的东西,从这个词的双重含义来说,若不是一种历史的哲学,就是一种历史的观念。作为激烈地反资产阶级的资产者,福楼拜同时对"民众"丝毫不抱幻想(尽管迪萨尔迪耶这个真诚而无私的平民自以为是在保卫共和国,却杀死了一个英勇的起义者,成了无辜的受骗者。这是《情感教育》中唯一的光辉形象)。但他在彻底的幻灭情绪中,保留了一种关于作家任务的绝对信心。他反对所有效法拉梅内(巴贝斯的反衬,他对乔治·桑说到巴贝斯:"他喜欢自由,这个人,直截了当,像普鲁塔克那样")宣扬美好灵魂的人,他以唯一彻底的方式,也就是说**直截了当地**,通过他的话语本身的结构,表示他拒绝给读者虚假的满足,这些满足是出卖幻想的法利赛人的虚假人道主义为读者提供的。这个文本,通过拒绝"建造金字塔"和"打开视角",作为一种无来世的话语确立起来,作者从这里隐退了,但他作为一个斯宾诺莎主义的上帝,对他的造物既是内在的,又是外延的,这就是福楼拜的观点。

注释

[1] 对"资产者"和"蠢人"的仇视无疑随着浪漫派的出现而变成了老生常谈,浪漫派作家、艺术家或文学家不断宣称他们对社会与它引导和消费的艺术的厌恶(cf. la revue *Romantisme*, n° 17–18, 1977);但我们不能不看到第二帝国时

代的愤怒和反抗体现出一股前所未有的强大力量，我们应把这股力量与资产阶级的胜利及放荡不羁的艺术和文学的非同寻常的发展联系起来。

[2] L. Bergeron, *Les Capitalistes en France (1780–1914)*, Paris, Gallimard, coll. 《Archives》, 1978, p. 77.

[3] *Ibid.*, p. 195.

[4] 引自 A. Cassagne, *La Théorie de l'art pour l'art en France chez les derniers romantiques et les premiers réalistes*, Paris, 1906, Genève, Slatkine Reprints, 1979, p. 342。

[5] 在"为文人提供的资助"的皇家文件中找到的一份记录里，圣伯夫写道："法国的文学同样是一种民主，或至少它已变成了民主。大多数文人都是在某种条件下的劳动者、工人，依靠写作为生。我在这里说的不是隶属于大学的文人，也不是加入法兰西学士院的文人，而是组成所谓'文学报刊'的绝大部分作家"（Sainte-Beuve, *Premiers Lundis*, Paris, Calmann-Lévy, 1886–1891, t. III, p. 59 *sq.*; 又见 *Nouveaux Lundis*, Paris, Calmann-Lévy, 1867–1879, t. IX, p. 101 *sq.*，圣伯夫在里面谈到了"文学工人"）。

[6] J. Richardson, *Princess Mathilde*, Londres, Weidenfeld and Nicolson, 以及 F. Strowski, *Tableau de la littérature française au XIXe siècle*, Paris, Paul Delaplane, 1912。

[7] A. Cassagne, *La Théorie de l'art pour l'art...*, *op. cit.*, p. 115.

[8] Ibid.

[9] 关于这一点，特别参见 L. O'Boile（奥布瓦尔），《The Problem of Excess of Educated Men in Western Europe, 1800–1850》, *The Journal of Modern History*, Vol. XLII, N° 4, 1970, p. 471–495，以及《The Democratic Left in Germany, 1848》, *The Journal of Modern History*, n° 1, 1961, p. 374–383。

[10] A. Prost, *Histoire de l'enseignement en France, 1800–1967*, Paris, A. Colin, 1968.

[11] Lettre de Jules Buisson à Eugène Crépet, citée *in* C. Pichois et J. Ziegler, *Baudelaire*, Paris, Julliard, 1987, p. 41.

[12] 位置的同源性无疑有助于说明现代艺术家将自己的社会命运等同于妓女的社会命运的倾向，妓女是性交易市场的"自由劳动者"。

[13] 我们在这里看到有些人犯的简单化错误的一个例子，这些人把现代社会的变化看成线性的、一维的过程，比如诺伯特·埃利亚斯的"文明进程"论：他们将复杂的进化简化为一种单向的进步，当这些复杂的进化涉及统治形式的时候，总是暧昧的、两面的，比如使用身体暴力的减少被一种象征暴力和各种温和的控制形式的增加所抵消。

[14] H. de Balzac, *Traité de la vie élégante*, Paris, Delmas, 1952, p. 16.

[15] C. Baudelaire, *Œuvres complètes*, Paris, Gallimard, coll. 《Bibliothèque de la Pléiade》, 1976, t. II, p. 26.

[16] G. Flaubert, *Corr.*, C., t. VI, p. 161.

[17] G. Flaubert, 29 avril 1871, *Corr.*, t. VI, p. 229–230.

[18] E. Bazire, *Manet*, Paris, 1884, p. 44–45, cité in *Manet. Catalogue de l'exposition de 1983*, Paris, Éd. de la Réunion des musées nationaux, 1983, p. 226.

[19] G. Flaubert, Préface aux *Dernières Chansons* de L. Bouillet, 20 juin 1870, cité in *corr.*, C., t. VI, Appendice 2, p. 477.

[20] G. Flaubert, Lettre à Louise Colet, 22 septembre 1858, *corr.*, P., t. II, p. 437.

[21] A. Cassagne, *La Théorie de l'art pour l'art...*, op. cit., p. 212–213.

[22] E. Caramaschi, *Réalisme et Impressionnisme dans l'œuvre des frères Goncourt*, Pise, Libreria Goliardica, Paris, Nizet, s. d., p. 96.

[23] G. Flaubert, 26 janvier 1862, *Corr.*, P., t. III, p. 203.

[24] G. Flaubert, Lettre à J. Sandeau, 26 janvier 1862, *Corr.*, P., t. III, p. 202.

[25] C. Baudelaire, Lettre à Gustave Flaubert,, 31 janvier 1862, citée *in* C. Pichois et J. Ziegler, *Baudelaire*, op. cit., p. 445.

[26] 关于法兰西学士院候选资格一事,如同一切有关波德莱尔的举动,特别是他与出版商的关系,参见 C. Pichois et J. Ziegler, *Baudelaire*, op. cit., 以及 H. J. Martin et R. Chartier (éd.) *Histoire de l'édition française*, 4 Vol., Paris, Promodis, 1984; 关于福楼拜,参见 R. Descharmes, 《Flaubert et ses éditeurs, Michel Lévy et Georges Charpentier》, *Revue d'histoire littéraire de la France*, 1911, p. 364–393 et 627–663。

[27] C. Baudelaire, *Œuvres complètes*, op. cit., t. II, p. 79–80; 有关戈蒂耶,参见 ibid., t. II, p. 246。

[28] Ibid., t. II, p. 231–234.

[29] Ibid., t. II, p. 38, 41.

[30] C. Baudelaire, *Œuvres complètes*, op. cit., t. II, p. 79–80; 有关戈蒂耶,参见 ibid., t. II, p. 246。

[31] C. Baudelaire, *Œuvres complètes*, op. cit., t. II, p. 79–80; 有关戈蒂耶,参见 ibid., t. II, p. 80。

[32] Ibid., t. II, p. 183.

[33] C. Baudelaire, *Œuvres complètes*, op. cit., t. II, p. 79–80; 有关戈蒂耶,参见 ibid., t. II, p. 333。

[34] Ibid., t. II, p. 43.

[35] 然而还要指出,福楼拜与莱维有很多纠纷,当时他与夏尔庞蒂埃交情甚笃,夏尔庞蒂埃的出版社是文学和艺术先锋派的聚会地点之一(参见 E. Bergerat, *Souvenirs d'un enfant de Paris*, t. II, p. 323)。

[36] G. Flaubert, Lettre à Ernest Feydeau, mi-novembre 1872, *Corr.*, C., t. VI, p. 448.

[37] G. Vapereau, *Dictionnaire universel des contemporains*, Paris, Librairie Hachette, 1865 (article 《E. About》) ; et L. Badesco, *La Génération poétique de 1860*, Paris, Nizet, 1971, p. 290 – 293.

[38] F. Strowski, *Tableau de la littérature française au XIXe siècle*, *op. cit.*, p. 337 – 341.

[39] A. Cassagne, *La Théorie de l'art pour l'art...*, *op. cit.*, p. 115 – 118.

[40] C. Baudelaire, *Œuvres complètes*, op. cit., t. II, p. 39.

[41] 皮埃尔·杜邦曾经是贝朗瑞之后那个世纪中叶最著名的讽刺歌曲作者。他年轻时是一个浪漫主义者,1842 年当上了法兰西学士院院士,1845 年他作为"乡村诗人"脱颖而出,尤其当他写了人人皆知的歌曲《牛》之后。他在放荡不羁的文人经常出入的文学咖啡馆里朗诵自己的诗,参加了群众运动,1848 年前夕,他创作了一些革命歌曲,成了新共和国的颂歌诗人。政变之后他被逮捕并判刑。他的作品于 1851 年出版,书名是《诗章与歌曲》,波德莱尔写了序言。居斯塔夫·马蒂厄是杜邦的朋友和追随者,生于内韦尔,加入了以乔治·桑为核心的奥依语团体,1848 年在文学上获得很大声名,尤其因为他的政治诗,这些诗与杜邦的诗一样,曾由达尔西在左岸的小酒店里演唱(cf. E. Bouvier, *La Bataille réaliste*, 1847 – 1857, Paris, Fortemoing, 1913)。

[42] "工人诗人"在 1848 年之前红极一时。因此土伦的泥瓦匠夏尔·蓬西在《名流》上发表诗作并取得很大的成功,导致了整个社会主义歌谣的出现,这些歌谣通常不过是雨果、巴尔比耶和蓬萨尔的乏味而拙劣的模仿罢了。

[43] C. Pichois et J. Ziegler, *Baudelaire*, *op. cit.*, p. 219.

[44] P. Martino, *Le Roman réaliste sous le second Empire*, Paris, Hachette, 1913, p. 9.

[45] E. Bouvier, *La Bataille realiste*, 1847 – 1857, *op. cit.*

[46] G. Flaubert, *Madame Bovary*, Paris, p. 577, 581, 629, 630.

[47] C. Pichois, *Baudelaire. Études et témoignages*, Neuchâtel, La Baconnière, 1976, p. 137.

[48] B. Russel, 《The Superior Virtue of the Oppressed》, *The Nation*, 26 juin 1937, et Champfleury, *Sensation de Josquin*, p. 215, cités par R. Cherniss, 《The Antinaturalist》, in G. Boas (éd.) *Courbet and the Naturalistic Movement*, New York, Russsell and Russell, 1967, p. 97.

[49] 我们看到,波德莱尔在 1862 年 1 月 31 日写给对他成为法兰西学士院的候选人资格表示"吃惊"的福楼拜的回信中,表现出一种团结一致的意识。

[50] G. Flaubert, Lettre à Edma Roger des Genettes, 30 octobre 1856, *Corr.*, P., t. II, p. 633 – 634.

[51] G. Flaubert, Lettre à E. de Goncourt, 1er mai 1879, *Corr.*, C., t. VIII, p. 263.

[52] G. Flaubert, Lettre à Renant, 13 décembre 1876, *Corr.*, C., t. VII, p. 368.

[53] G. Flaubert, Lettre à George Sand, mai 1867, *Corr.*, P., t. III, p. 642.

[54] G. Flaubert, Lettre à Ernest Feydeau, 17 août 1861, *Corr.*, P., t. III, p. 170.

[55] T. Gautier, *Histoire du romantisme*, cité par P. Lidsky, *Les Écrivains contre la Commune*, Paris, Maspero, 1970, p. 20.

[56] A. Cassagne, *La Théorie de l'art pour l'art…*, op. cit., p. 154 – 155.

[57] G. Flaubert, Lettre à George Sand, 19 septembre 1868, *Corr.*, P., t. III, p. 805.

[58] G. Flaubert, Lettre à Mme Roger des Genettes, été 1864, *Corr.*, P., t. III, p. 402.

[59] C. Baudelaire, Lettre à Barbey, 9 juillet 1860, citée *in* C. Pichois, *Baudelaire. Études et témoignages*, op. cit., p. 177.

[60] G. Flaubert, Lettre à George Sand, 12 décembre 1872, *Corr.*, C., t. VI, p. 458.

[61] G. Flaubert, Lettre au comte René de Maricourt, 4 janvier 1867, *Corr.*, t. V, p. 264. 他们与资产阶级公众及同意为他们服务的作家暧昧不清的关系,无疑部分地说明,除布耶和泰奥多尔·德·邦维尔之外,主张为艺术而艺术的人在戏剧上遭到了惨败,他们像福楼拜和龚古尔兄弟一样,或像戈蒂耶和波德莱尔一样,将大量的剧本和脚本压在箱底。

[62] M. Du Camp, *Théophile Gautier*, Paris, Hachette, 1895, p. 120, cité par M. C. Schapira, 《L'aventure espagnole de Théophile Gautier》, *in* R. Bellet (éd.) *L'aventure dans la littérature populaire au XIXe siècle*, Lyon, PUL, 1985, p. 21 – 42(关于戈蒂耶与吉拉尔丹的关系,见 p. 22 – 25)。

[63] G. Flaubert, Lettre à Louis Bouillet, 30 septembre 1855, *Corr.*, P., t. II, p. 598. 这封信是再次证明福楼拜的社会资本重要性的一个机会:"斯托埃兰夫人是福楼拜母亲的亲密朋友和在卢昂的邻居,她出入宫廷,结交皇室显贵。"布耶与福楼拜不同,似乎完全没有社会资本,而且常常相辅而行的是,没有能够得到这种资本的配置(如福楼拜多次责备他的那样)。

[64] G. Flaubert, Lettre à Ernest Feydeau, 15 mai 1859, *Corr.*, P., t. III, p. 22.

[65] 仅仅通过主题集中的作用,阿尔贝·卡萨涅极精彩的著作就为此提供了一个无可辩驳的证据:我们可以读读比如关于普选或民众教育的评论,*La Théorie de l'art pour l'art…*, op. cit., p. 195 – 198。

[66] 因此,龚古尔兄弟详尽地说明了现代艺术家的矛盾(E. et J. de Goncourt, *Charles Demailly*, Paris, Fasquelle, 1913, p. 164 – 171),他们将放荡不羁的文人描述为一种文学无产阶级,后者"由于文学报酬很低,生活困苦",向"小报"提供了一种"赤贫的、营养不良的、没有鞋子"革命队伍,他们随时准备出发跟"文学贵族"打仗(op. cit., p. 24 – 25)。

[67] G. Flaubert, Lettre à Ernest Chevalier, 23 juillet 1839, *Corr.*, C., t. I, p. 54;也见 Lettre à Gourgaud-Dugazon, 22 janvier 1842, *ibid.*, p. 93。

[68] A. C. Flaubert, Lettre à Gustave Flaubert, 29 aout 1840, *Corr.*, P., t. I, p. 68. 年轻的居斯塔夫反对愚蠢而自负的人的笑话的一个例子:"我将给你回信,按照某些自吹自擂的人的说法,我拿起笔来给您写信。"(G. Flaubert, Lettre à Ernest Chevalier, 28 septembre 1834, *Corr.*, P., t. I, p. 15;也见 *ibid.*, p. 18 et 27。)

[69] 实际上,似乎福楼拜多半是好学生(虽然没有布耶那么"出色")。寄宿期间(从1832年到1838年他上寄宿学校,后来是走读生。由于带头捣乱,1839年他离开了公学)的一种特别痛苦的经历给他留下了深刻印象:"从十二岁起,我就被送进了公学:我在那里看到了社会的缩影,它那缩小的罪恶、可笑的萌芽、小激情、小团伙和小残酷;我在那里看到了暴力的胜利,这个上帝力量的神秘象征"(G. Flaubert, *Œuvres de jeunesse*, t. II, p. 270, cité par J. Bruneau, *Les Débuts littéraires de Gustave Flaubert, 1831 – 1845*, Paris, A. Colin, 1962, p. 221)。"我从十岁起就进了公学,我在那里很早就对人产生了强烈的反感。这个儿童的社会对受害者与另一个小社会即成人的社会一样残酷。同样不公正的人群,同样残暴的偏见和暴力,同样的自私"(G. Flaubert, 《Mémoire d'un fou》, *Œuvres de jeunesse*, t. I, p. 490, cité par J. Bruneau, *Les Débuts littéraires de Gustave Flaubert*, op. cit., p. 221)。

[70] 与福楼拜不同,波德莱尔的父亲是一个文化官员(他画画),出身于一个法官家庭,在波德莱尔很小的时候就去世了,他的继父欧比克将军前程远大,因此,他与家庭的关系矛盾重重,他的家庭反对他的文学抱负,对他实行一种强制性监护,使其整个一生都打上了被排斥的烙印。正如 C. 皮舒瓦和 J. 齐格勒所指出的一样,挥霍对他而言是抛弃曾经抛弃他的家庭的一种方式,他通过拒绝家庭对他花钱实行的限制而抛弃了家庭。这种同时是被迫的和主动承担的决裂,特别是与他母亲的决裂,无疑是与社会世界的一种悲剧关系的根源,受排斥者被迫在一次永久的决裂之中并通过这次决裂排斥曾经排斥他的东西。

[71] G. Flaubert, Lettre à George Sand, 2 février 1869, *Corr.*, C., t. VI, p. 8.

[72] Lettre de Paul Alexis à Flaubert, cité in A. Albalat, *Gustave Flaubert et ses Amis*,

Paris Plon, 1927, p. 240 – 243. 题为《猫头鹰哲学家，关于一份报纸的编写和编辑的笔记》的纲要，大体可以说明 1851 年波德莱尔本该做的回复。在其拒绝而非赞许中，他明确地表达了对商业文学的厌恶（G. Planche, J. Janin, A. Dumas, E. Sue, P. Féval—— C. Baudelaire, *Œuvres complètes*, *op. cit.*, t. II, p. 50 – 52；《良知戏剧和小说》一文又加上了蓬萨尔、奥吉埃和新古典主义者），对描写风俗的现实主义文学的重视（乌利雅克），及对合法作家的尊敬（戈蒂耶、圣伯夫），但在此时，他无疑受到了 1848 年之前放荡不羁文人的影响，对"为艺术而艺术"仍持敌视态度（*ibid.*, t. II, p. 38 – 43）。题为《论当代的几种偏见》的小文章尽管写于同一时代，已经显示出他与 1848 年的理想和浪漫主义的理想主义（雨果、拉梅内）的决裂（*ibid.*, t. II, p. 54）。1855 年，他在一篇题为《既然有现实主义》的文章中宣告与现实主义决裂（*ibid.*, t. II, p. 57 – 59）。

[73] "如果风俗小说没有被作者天生的高尚趣味升华的话，它很可能是平淡的，甚至……毫无用处。如果说巴尔扎克将这个平庸的体裁变成一种令人赞叹的、总是引人入胜的和高雅的东西，那是因为他把整个身心都投入当中了"（*ibid.*, t. II, p. 121）。简而言之，他坚持认为"这个领域真正是无限的混合体裁"（*ibid.*, t. II, p. 119），应该借助某种特殊才能的应用，比如"恰如其分地说话的艺术"而被拯救。

[74] P. Martino, *Le Roman réaliste sous le second Empire*, *op. cit.*, p. 98. 福楼拜在一篇激烈批判缪塞在法兰西学士院的演说的文章中，批判了文学体裁的等级制度——以及缪塞对它的顺从态度（cf. G. Flaubert, Lettre à Louise Colet, 30 mai 1852, *Corr.*, C., t. II, p. 421）。

[75] G. Planche, *Portraits littéraires*, t. II, p. 420, cité par J. Bruneau, *Les Débuts littéraires de Gustave Flaubert*, *op. cit.*, p. 111.

[76] J. Bruneau, *ibid.*, p. 72 *sq.*

[77] G. Flaubert, Lettre à Louise Colet, 20 juin 1853, *Corr.*, P., t. II, p. 358.

[78] Cité par E. Bouvier, *La Bataille réaliste*, *1847 – 1857*, p. 329.

[79] 说到在不同的"大流派"之间的选择，我们可以指出，艺术与金钱、文化与经济之间的对立是习性这个偏好模式最基本的认识和评价的形式之一（cf P. Bourdieu, *La Noblesse d'État. Grandes écoles et esprit de corps*, Paris, Minuit, 1989, p. 225 sq.）。

[80] E. Zola, *Œuvres complètes*, Paris, Bernouard, 1927 – 1939, t. XLI, p. 153.

[81] *Ibid.*, p. 157.

[82] W. Asholt, 《La question de *L'Argent*. Quelques remarques à propos du premier texte littéraire de Vallès》, *Revue d'études vallésiennes*, n°1 1984, p. 5 – 15.

[83] G. Flaubert, Lettre à Edma Roger de Genettes, *Corr.*, P., t. II, p. 643 – 644.

[84] G. Michaut, *Pages de critique et d'histoire littéraire*, 1910, p. 117, cité par P. Martino, *Le Roman réaliste sous le second Empire*, op. cit., p. 156 – 157.

[85] E. Duranty, *Le Réalisme*, n° 5, 15 mars 1857, cité par R. Descharmes et R. Dumesnil, *Autour de Flaubert*, Paris, Mercure de France, 1912.

[86] G. Flaubert, Lettre à Louise Colet, 20 septembre 1851, *Corr.*, P., t. II, p. 5.

[87] G. Flaubert, Lettre à Louise Colet, 13 septembre 1852, *Corr.*, P., t. II, p. 156.

[88] G. Flaubert, Lettre à Ernest Feydeau, fin novembre-début décembre 1857, *Corr.*, P., t. II, p. 782.

[89] G. Flaubert, Lettre à Louis Bouilhet, 2 et 10 août 1854, *Corr.*, P., t. II, p. 563 – 564.

[90] Cité par A. Albalat, *Gustave Flaubert et ses amis*, op. cit., p. 68.

[91] 只举一个欧仁·斯克里布（Eugène Scribe）的例子，他从1830年代初到第二帝国时代在通俗喜剧方面获得了很大成功，其1833年创作的《贝特朗和拉东》（*Bertrand et Raton*）和1837年创作的《友情》（*La Camaraderie*）表现了一些场景（比如，第二部作品中的一个政治和文学小团体内部的争论和竞争）和见解（第一部作品中朗策伯爵关于革命的幻灭言论），我们从中可以辨认出福楼拜的某些主题的雏形（cf. B. Froger et S. Hans, 《La Comédie Française au XIXe siècle: un répertoire littéraire et politique》, *Revue d'histoire du théâtre*, vol. XXXVI, n°3, 1984, p. 260 – 275）。

[92] E. Zola, *Les Romanciers naturalistes*, Paris, Fasquelle, 1923, p. 184 – 196.

[93] "他自认为有极高明的搞笑才能，他拼命用新桥一带庸俗的玩笑让在街上闲逛的人笑掉肥肚皮上的腰带。对他来说，拿手好戏是名为'债主脚步'的激烈的装腔作势，这是他在戈蒂耶那里学来的，他们一起在纳耶跳舞，如同阿伊萨瓦斯派和礼拜时身体旋转舞动的伊斯兰教托钵僧一样矫揉造作。——这就是戏剧，他们喊叫着瘫倒在沙发上，浑身是汗——真正的戏剧！"（E. Bergerat, *Souvenirs d'un enfant de Paris*, op. cit., p. 132.）

[94] G. Flaubert, Lettre à Louise Colet, 12 septembre 1853, *Corr.*, P., t. II, p. 429. 这个主题在福楼拜写作《包法利夫人》的整个阶段几乎都萦绕在他的心头。

[95] G. Flaubert, Lettre au comte René de Maricourt, août-septembre 1865, *Corr.*, C., t. V, p. 179.

[96] 因此，迪韦吉耶·德·奥拉纳在1874年6月的《两世界杂志》上指责马奈之流是一种政治**危险**："在这里我们涉及到了可以称之为艺术民主的东西。这种民主抗议资产阶级的平庸和资产阶级奢华的腐朽幻想；但它在大多数时候只知道模仿这些平庸之处，它通常与它试图革新的艺术同样有害。它妄想通过过度的

粗俗将粗俗理想化，通过追求陈词滥调逃避平庸"（cité par J. Lethève, *Impressionnistes et Symboliques devant la presse*, Paris, A. Colin, 1959, p. 73 – 74）。

[97] G. Flaubert, Lettre à Louise Colet, 27 mars 1853, *Corr.*, C., t. II, p. 287.

[98] Cité *in* B. Weinberg, *French Realism : The critical Reaction, 1830 – 1870*, New York, Londres, Oxford University, 1937, p. 165. 作者对现实主义的反对者和维护者采用的论据进行了仔细的清点，对这些论据的分析表明，讨论和分歧只有在反对者们心照不宣地对一系列共同前提达成一致的条件下才是可能的，这些前提包括真实与诗意之间的对立，复制、模仿或再现与风格、对优雅的追求、选择之间的对立，等等。

[99] 目前被称为**畅销书**的工业小说看来遵循（应该验证这个假设）的是与福楼拜的意愿完全相反的逻辑：平庸地描绘不同寻常的东西（在它最常见的定义上），展示异乎寻常的场景和人物，但是按照常识的逻辑并通过适于提供关于这些场景和人物的熟悉观念的最平常的语言。

[100] A. Claveau, *Courrier franco-italien*, 7 mai 1857, cité in G. Flaubert, *Corr.*, P., t. II, p. 1372.

[101] A. Albarat, *Gustave Flaubert et ses amis*, *op. cit.*, p. 43.

[102] L. Badesco, *La Génération poétique de 1860*, *op. cit.*, p. 204, n. 74.

[103] A. Albarat, *Gustave Flaubert et ses amis*, *op. cit.*; L. Badesco, *La Génération poétique de 1860*, *op. cit.*. 显然历史在文学场中占据着一个位置而且是相当重要的一个位置：历史为了变得如人们所说的更"真实"和更"公正"而付出的努力，并不排除它也要变得更"文学"的愿望。对不同的历史学家如梯也尔、米涅或米什莱的评价，总要考虑他们的风格，人们称赞米什莱是"一个风格的魔术师"。

[104] 约瑟夫·朱特在一篇文章中仔细分析了《萨朗波》的作者和考古学家弗罗内尔之间的争论，特别是福楼拜关于文学面对科学具有的地位问题的回答，他指出，福楼拜在科学中寻觅一种风格的理想（精确）和一种认知的模式（不偏不倚的理想）（J. Jurt,《Le statut de la littérature face à la science》, *Écrire en France au XIXe siècle*, Montréal, Longueuil, 1989, p. 175 – 192）。

[105] G. Flaubert, Lettre à Louise Colet, 7 octobre 1853, *Corr.*, C., t. II, p. 450.

[106] J. Bruneau, *Les Débuts littéraires de Gustave Flaubert*, *op. cit.*, p. 112 sq.

[107] P. G. 卡斯泰（Flaubert, *L'Éducation sentimentale*, Paris, CDU, 1962）将拉斯蒂涅在拉雪兹公墓的态度（上升中的外省小资产者向首都发出的著名挑战："现在属于我们两个了！"）与弗雷德里克的表现进行了对比，后者在同样的情形下，满足于"欣赏风景，在别人发表演说的时候"，他感到烦恼，拉斯蒂涅与他不同，仪式举行完毕，就直奔纽沁根夫人家里吃晚餐，弗雷德里克

却忘记抓住唐布罗斯夫人为他提供的机会。

[108] G. Flaubert, Lettre à Caroline Flaubert, 14 octobre 1869, *Corr.*, C., t. VI, p. 82.

[109] "这正是我们年轻时代的样子；我们这代人尽在其中了"（G. Flaubert, Lettre à Mlle Leroyer de Chantepie, 13 décembre 1886, *Corr.*, C., t. V, p. 256）。

[110] 马克西姆·杜冈是福楼拜的挚友（他们一起到东方旅行，马克西姆精心维护他们在此期间结下的联系，福楼拜却无视这种联系），他逐渐变成了福楼拜的伦理和美学的陪衬（他1852年跟福楼拜决裂）。在某种程度上，他是福楼拜的反衬：他没有创立场，而是被场的力量构造；他一方面在自己的空间中表现得极为保守，而在政治领域却总是趋向（且自认为是）先锋派。因此，在野心的驱使下，他只梦想着社会艺术和有用的诗歌：他歌颂轮船和机车，当杂志的主编，投奔沙龙，以便"出头露面"。

[111] G. Flaubert, Lettre à G. Sand, décembre 1875, *Corr.*, C., t. VII, p. 281.

[112] 阿尔贝·蒂博代已经指出了"对称和对立的倾向"，他把这个叫做福楼拜的"双眼视觉"："他的感觉方式和思想方式在于抓住作为成对组合的对立面，同一类的极端，且从一个类的两个极端，从两个平面，构造一个立体的画面。"（A. Thibaudet, Gustave Flaubert, p. 89, cité *in* L. Cellier,《L'Éducation sentimentale》, *Archives des lettres modernes*, 1964, Vol. III, n°56, p. 2 – 20）。莱昂·塞利耶为我在《情感教育》的分析中指出的一系列成对组合补充了塞内加尔与德洛里耶组成的一对。他观察到，塞内加尔之于德洛里耶如同德洛里耶之于弗雷德里克：德洛里耶保护塞内加尔，收容他，正像弗雷德里克曾经保护过他一样；塞内加尔离开他，又回到他身边，利用他（重演了弗雷德里克曾经对他的态度）；他们两个都为专制政权服务，一个是省长，一个是警察。

[113] 这种对参与、投靠或被分类的拒绝不断地表现出来，尤其当路易丝·科莱试图让福楼拜参加创办一家杂志的时候："但是说到真正参与这个卑鄙世界中的不管什么活动，不！不！一千个不！我不想成为任何一家杂志、一个社团、一个圈子或一所学院的成员，不亚于我不想当市政参议员或国民自卫军军官"（G. Flaubert, Lettre à Louise Colet, 31 mars 1853, *Corr.*, P., t. II, p. 291；或还有, à Louise Colet, 3 mai 1853, *ibid.*, p. 323）。

[114] P. Martino, *Le Roman réaliste sous le second Empire*, op. cit., p. 25.

[115] G. Flaubert, Lettre à Louise Colet, 25 juin 1863, *Corr.*, P., t. II, p. 362；或者还有："恒河并不比比耶夫尔河更有诗意，比耶夫尔河同样也不比恒河更有诗意。留神，我们又要落入主题的贵族主义和语言的假装风雅了，如同在古典悲剧时代一样。你们会发现下流的表达方式在风格方面取得很好的效

果，正如从前人们用精心挑选的词为你们修饰风格一样。修辞被**颠倒**了，但还是修辞"（G. Flaubert, Lettre à J. K. Huysmanns, février-mars 1879, *Corr.*, t. VIII, p. 225）。

[116] 福楼拜反对的现实主义者以及他们之后的所有评论家没有理解这一点，他们希望美学革命在因果上必须与政治革命（在这个词的一般意义上）相联系，如同我们今天从因循守旧的艺术上看到的：他们因此可能要努力了解，那些完成了与一场特定的（也就是说在场的内部完成的）政治革命不可分离的美学革命比如反法兰西学士院和沙龙的印象主义革命的人，在政治上是不是比他们推翻其权力（这个来自于政治的词汇的使用如同先锋派的概念一样造成了很大的混乱）的人多少进步或保守一些。对这些虚假问题的回答只能依靠历史学家的政治取向，他们能够互相对立，只是因为他们都不知道场的自主性和在场中进行的斗争的独特性。

[117] Lettre à Louise Colet, 16 janvier 1852, *Corr.*, P., t. II, p. 31.

[118] C. Baudelaire, *Œuvres complètes*, op. cit., t. II, p. 112 – 113.

[119] C. Baudelaire, *Œuvres complètes*, op. cit., t. II, p. 112 – 113.

[120] *Ibid.*, t. II, p. 117 – 118.

[121] Cité in B. Weingerg, *French Realism: The Critical Reaction*, op. cit., p. 162.

[122] L. Badesco, *La Génération poétique de 1860*, op. cit., p. 304 – 306.

[123] G. Merlet, *Revue européenne*, 15 juin 1860, cité par B. Weingerg, *French Realism: The Critical Reaction*, op. cit., p. 133.

[124] G. Flaubert, Lettre à George Sand, 23 – 24 janvier 1867, *Corr.*, C., t. V, p. 271.

[125] G. Flaubert, Lettre à Ernest Feydeau, prmière quinzaine d'octobre 1859, *Corr.*, C., t. IV, p. 340. 莫奈后来几乎用同样的措辞提到了艺术家目光的这种纯粹超脱性："有一天，当我在一个曾经是而且一直是我最亲爱的女人的灵床前，我突然发现自己的眼睛凝视着她悲惨的额头，机械地寻找死者刚刚使僵硬的面孔褪色的连续性和适应性。蓝色的、黄色的、灰色的调子，我怎么知道？这就是我所做的……"（G. Clemenceau, *Claude Monet, Les Nymphéas*, 1928, p. 19 – 20, cité par L. Venturi, *De Manet à Lautrec*, Paris, A. Michel, 1953, p. 77）。

[126] G. Flaubert, Lettre à Louise Colet, 22 avril 1853, *Corr.*, C., t. II, p. 313.

[127] G. Flaubert, Lettre à Louise Colet, 11 mai 1853, *Corr.*, C., t. II, p. 330.

[128] G. Flaubert, Lettre à George Sand, 4 décembre 1872, *Corr.*, C., t. VI, p. 457.

[129] 福楼拜一直拒绝结婚，他把他的挚友阿尔弗莱德·勒普瓦特万和埃内斯特·舍瓦利埃的婚姻看作对陈规陋习的一种屈从，这种屈从激起了他的谴责，有

时是讽刺。建立一个家庭，就是投身到一种"庸人"的生活之中（cf. M. Nadeau, *Gustave Flaubert écrivain*, Paris, Les Lettres nouvelles-Maurice Nadeau, 1980, p. 75 – 76）。

[130] G. Flaubert, Lettre à George Sand, 28 octobre 1872, *Corr.*, C., t. VI, p. 440.

[131] B. Weinberg, *French Realisme: The Critical Reaction*, op. cit., p. 172 et aussi 164.

[132] G. Flaubert, Lettre à Huysmans, fevrier-mars, 1879, *Corr.*, C., t. VIII, p. 224.

[133] R. Descharmes et R. Dumesnil, *Autour de Flaubert*, op. cit., p. 48. 关于《情感教育》失败的相同分析出现在通信中："从美学的角度来讲，**它缺乏视角的虚假**。由于费力地组合平面，平面消失了。任何艺术作品都应该有一个点，一个顶点，应该**造金字塔**，或者光线应该打在球的点上。可是生活中并没有这一切。而艺术并不是自然！"（G. Flaubert, Lettre à Mme Roger des Genettes, *Corr.*, t. VIII, p. 309）

2. 一种双重结构的出现

> 如果我有保尔·布尔热的名声,我会每天晚上穿着三角裤出现在杂耍歌舞剧场的色情晚会上,您放心吧,肯定非常卖座。
>
> ——阿蒂尔·克拉万

我们已经讲过了处在形成阶段的知识场的状态,在这个英勇的时期,自主的原则将转化为场的逻辑固有的客观机制,且在很大程度上处于行动者的配置和活动中,这里我们想提出 1880 年代建立的文学场的一个范例。事实上,只有一种真正的被构造的编年史才能让人具体地感受到这个表面无政府的、往往极端自由主义的空间——而且它的确如此,尤其借助于准许并推进自主的社会机制——是一种规则严格的芭蕾舞的场地,在这个场地中,个人和团体跳着各自的舞步,总是彼此对立,时而面对面,时而踏着同样的步伐,然后在通常明显的分离中,转过身去,如此循环往复,一直到今天……

体裁的特性

文学场朝自主方向的发展通过这个事实显示出来,即十九世纪末,依照贵族特有的评判标准划分的体裁(和作者)之间的等级,与按照商业成功划分的等级大致完全相反。这一点与十七世纪展现的状况不同,那时两个等级大致混杂在一起,文人当中最受尊崇的人,尤其是诗人和学者,享受最多的年金和俸禄。[1]

从经济的角度来看，等级制度是简单的，相对稳定的，尽管有情况的变化。处于顶点的戏剧，只需一种相对少的文化投资，就为一小部分作者带来了巨大的直接收益。在最底层的诗歌，除了极罕见的例子之外（比如诗剧的些许成功），给为数极少的生产者带来的是极其菲薄的利益。小说处于中间位置，为较多的作者提供了很大的收益，但条件是将其读者远远扩大到文学世界（而诗歌仅限于文学界）和资产阶级世界（戏剧就属于这种情况）之外，也就是扩大到小资产阶级，甚或通过市立图书馆，扩大到"工人贵族"。

从场内占统治地位的评判标准来看，事情就不那么简单了。不过，可以从大量的迹象看到，在第二帝国统治时期，最高等级被诗歌占据了，诗歌尤其受到浪漫主义传统的尊崇，保持了它的全部威信：尽管有波动——浪漫主义衰微了，随后完全被泰奥菲尔·戈蒂耶或帕纳斯诗派顶替，还有神秘的和危险的波德莱尔的形象出现——诗歌仍然吸引了一大批作家，尽管它几乎完全失去了市场——大部分作品大约只有几百个读者。相反，资产阶级公众及其价值和陈规的即刻制裁直接强加给戏剧，戏剧提供了除了钱之外的学士院和官方荣誉的制度化承认。小说位于文学空间的两极之间的中心位置。从象征地位的观点来看，它表现了最大的分散性：尽管由于斯丹达尔和巴尔扎克、特别是福楼拜，它已经获得了公认的地位，至少在场的内部是这样，甚至超出了这个范围，但它仍旧与一种唯利是图的文学形象相关，这种文学通过连载小说与报纸相连。它在文学场占很大的分量。随着左拉的出现，小说在销售方面获得了异乎寻常的成功（并获得了可使它摆脱报纸和连载小说的巨大收益），它涉及的公众比其他任何表达方式都要广泛，但它没有放弃形式方面的特定要求（它甚至通过上流社会小说，获得了到那时为止一直专属戏剧的资产阶级的认可）。

我们可以通过考虑两种区分原则的**简单模式**，说明这个空间的交叉排列法，在这个空间中，按照商业利益的等级（戏剧、小说、诗歌）与按照声望的反向等级（诗歌、小说、戏剧）并存着。一方面，被看作经济行为的不同体裁在三种关系中区分开来：首先，按照产品的价格或象征消费行为的价格区分开来，这个价格在戏剧或音乐会的情形中相对高，在书、音乐作品、博物馆或画廊的情形中则相对低（绘画的统一价格将绘画生产置于一种完全与众不同的境地）；第二，按照这些行为提供的消费者的规模和社会质量，进而按照（与公众的社会质量相关的）经济的但也是象征的利益的重要性区分开来；第三，按照生产周期的长度，尤其是获得无论是物质的还是象征的利益的速度，以及获得这些利益的期限区分开来。

另一方面，随着场获得自主并推行其内在逻辑，这些体裁也依据它们拥有的和给予的特有的象征信用区分开来，而且越来越明确，象征信用倾向于与经济利益成反比：附属于一种文化实践的信用实际上倾向于随着公众的数量、特别是公众的社会分散而降低（这是因为当消费者被认可的特殊能力降低时，消费所保证的认可信用的价值也下降，而且当这种特殊能力降到一定程度时，这种价值甚至倾向于改变特征）。

这个模式说明了体裁之间的主要对立，但也说明了在同种体裁内部可看到的更细微差别，以及给予体裁或作者的认可体现的不同形式。实际上，是公众的社会质量（主要根据它的数量来衡量）和公众确保的象征利益决定了人们在每种体裁内部建立的作品和作者之间的特定等级，人们在这种等级中区分的等级化类别与公众的社会等级紧密一致：这在戏剧的情形中表现得很清楚，它有古典戏剧、通俗喜剧、滑稽歌舞剧和夜总会之间的对立；在小说的情形中更明显，其中各种专门的小说——后来变成心理小说的上流社会小说、自然主义小说、风俗小说、地方小说、大众小说——的等级，与所涉及的公众的社会等级非常直接地相符，而且也以相当严格的方式，与被表现的社会空间等级，甚至与依照社会出身和性别划分的作者等级非常直接地相符。

这也让人理解了是什么使小说和戏剧互相接近又彼此分开。借助于同一部作品在有限的资产阶级公众面前重复上演，通俗喜剧才能为地位稳固的作家提供巨大的经济利益，并为几乎所有出身于资产阶级的作者带来社会尊敬的一种形式，即法兰西学士院认可的形式。剧作家相当特别的社会特点来自于这个事实，即他们是一种二度选择的产物：剧院很少——经理们想的是尽可能地延长演出，因此作者为了让自己的剧本上演，首先就得面对一场可怕的竞争，这场竞争中的王牌就是在戏剧界的社会关系资本；其次他们还要为赢得观众而竞争，在竞争中起作用的，除了对职业秘诀的掌握之外，也跟与观众价值观的接近程度相关，这些观众主要是资产者和巴黎市民，因此在社会上比在文化上更"杰出",对职业秘诀的掌握本身也与对戏剧界的熟悉程度有关。

相反,小说家只有打动"大众",也就是说,正如这个贬义词表明的,只有暴露在与商业成功相联系的名誉扫地的威胁之下,才能实现与戏剧家同等的收益。因此,左拉的小说为他带来了累及名誉的财富,无疑,他之所以能部分地逃脱巨大的发行量和平庸的对象为他指定的社会命运,原因在于消极的"商业性"和"平庸"变成了"大众性",而"大众性"享有政治进步主义的所有积极威信;他在场的内部被授予的社会预言家的角色使这种转变成为可能,而且借助于战斗牺牲精神(还有,很晚以后的说教式进步主义)的帮助,这个角色在场外获得了承认。[2]

《实验医学研究导论》对左拉产生的巨大吸引力,并不仅仅是由科学在1880年代,通过泰纳、勒南,以及(使自己成为真正的科学宗教的预言家的科学家)贝特洛的影响[3]而享有的巨大威望得到解释。他难道会如人们通常责备他的那样,幼稚地相信克洛德·贝尔纳的方法能直接用到文学上吗?无论如何这一切都令人想到"实验小说"的理论为他提供了一种抵销平庸的怀疑的特殊手段,这种怀疑与他描写的环境和他通过其书触及的社会低劣性有关:他以杰出的医生为榜样,将"实验小说家"的目光等同于**临床的目光**,在作家与他的对象之间设立将伟大的医学权威与他们的病人分开的客观化距离。这种保持距离的愿望在他坚持在被归于民众人物的语言与叙述者的话语之间(后来被塞利纳破坏)进行的对照中从未如此明显,叙述者的话语常常带有宏大文学的痕迹,这体现在它们的节奏即书面的节奏上,或体现在风格优雅的典型特征上,比如简单过去时和间接手法的使用。因此,这个在《实验小说》宣言中公开宣告文学家的独立性和尊严的人,在他的作品中证明了文学修养和文学语言的至尊,他应该是因为文学修养和文学语言才得到承认的,而且他也要求承认它们,因此他自视为民众教育的杰出作家,而这种教育本身完全建立在对这种隔绝的承认基础上,这种隔绝是尊重文化的基础。

体裁的分化和场的统一

象征主义对自然主义以及在诗歌领域对实证主义的反抗，不能被理解为一种精神状态变化的直接后果，因为这种变化本身反映经济或政治的变化，也就是不理会场的**特定**逻辑和历史，而实证主义通过对精确事实、文献、东方风格和古希腊文化的迷信，压迫帕纳斯派诗歌。无疑，在整个权力场中显示的"唯灵论复兴"与一种唯心主义的重现有联系，这种重现与对瓦格纳和意大利早期文艺复兴艺术家的崇拜相连，而在文学场中，"唯灵论复兴"表现为一种有时与沙龙无政府主义混合在一起的神秘主义的重现（比如保尔·德雅尔丹的道德行动联盟），[4] 所以，"唯灵论复兴"为象征主义运动（及相关的数不清的小规模运动，比如弗洛里安－帕尔芒捷的"冲动主义"，他反对"科学物质主义、实验狂热、唯智主义"，并提出接近柏格森哲学的一种哲学）的出现和相对成功提供了有利条件。这种反抗的社会甚至政治维度实际上是相当明显的：它用一种审美的和唯灵论的、培养神秘意识的艺术反对建立在科学基础上的社会的和物质主义的艺术（政治进步主义多半与美学的保守主义相关并出现在比如以前的社会帕纳斯诗派或各种奇特的流派中，诸如于勒·罗曼的"一致主义"，他倚仗塔尔德、勒庞和自然主义的声望；此外还有"极点主义"、"动力主义"、"无产主义"，等等）。

但我们只有将象征主义的反抗与文学生产在 1880 年代经历的特定危机相联系，才能彻底理解这种反抗，不同文学体裁的经济收益越大，它们受到这场危机的影响也越大。[5] 尽管小说的吸引力增大了，但诗歌继续吸引着相当一部分刚刚入门的人，的确，它本身没有什么可失去的，因为它除了生产者自身没有别的主顾；风格的永久区分所固有的逻辑通过波德莱尔开辟的道路促进了一个象征主义流派的出现，这个流派与将贫乏的政治、哲学和社会空谈写成诗句的晚期帕纳斯派和自然主义流派断绝了关系。相反，自然主义小说家，特别是他们的第二代，非常直接地受到了危机的影响，他们的转变无疑是为了满足有修养的公众的新期待的转向，这些新期待尤其与"唯灵论的复兴"相连：

有些人（如于斯曼）转变为"唯灵论的自然主义"，有些人，如保尔·博纳坦、J. H. 罗斯尼、吕西安·德卡夫、保尔·马格利特和居斯塔夫·吉什，他们是 1887 年 8 月 18 日《费加罗报》刊登的"反对世俗的五人宣言"的发起人，加入了反对左拉和自然主义唯灵论的行列。

首先致力于诗歌的一部分作家，他们将自己比其自然主义竞争对手们更多的文化资本尤其是社会资本转到了"理想主义"小说和"心理"小说中，[6]因此，安德烈·特里耶将表达内心情感的诗歌传统引到小说中，而泰纳的弟子保尔·布尔热，像阿纳托尔·法朗士、安德烈·特里耶或巴尔贝·多尔维利一样，是通过出版几本诗集[《焦虑的生活》(La Vie inquiète)，1875 年；《埃岱尔》(Edel)，1878 年；《吐露》(Les Aveux)，1882 年]开始其文学生涯的，他使自己成为局限于上流社会布景中的人物的细腻情感的分析家，从而为巴雷斯、保尔·马格利特、卡米尔·莫克莱尔、埃德华·埃斯托尼耶或安德烈·纪德这类小说家开辟了道路，他们的某些小说，从风格和抒情性来看，可以当成散文诗来读。这样的结果令小说中出现了诗歌已经遇到的门派之争的不和，而与这些新潮流对立的是来自自然主义的社会小说或地方小说和主题小说。

至于戏剧，这个领域一直是出身于资产阶级的作家的保留地，它也变成了运气不佳的小说家和诗人的一个避难所，他们中的大部分人出身于小资产阶级或民众阶级；但这些人碰到了具有体裁特征的入门障碍，也就是遇到了一些温和的排斥手段，这种排斥手段是排外的剧院经理、有头衔的作者和批评家俱乐部用来反对新来者的野心的。无疑，戏剧由于更直接地服从于资产阶级（至少出身于资产阶级）顾客的要求，所以是最后一个获得先锋派的自主权的，而且这种自主权由于同样的原因，经常是脆弱的和不稳固的。尽管龚古尔兄弟［1865 年发表《亨丽埃特·马雷夏尔》(Henriette Maréchal)］、左拉［1873 年发表《泰蕾斯·拉甘》(Thérèse Raquin)，1874 年发表《拉布丹继承人》(Les Héritiers Rabourdin)，1878 年发表《玫瑰花蕾》(Bouton de rose)，1879 年发表《小酒店》(L'Assommoir)，等等］最初都遭到了失败，自然主义作家、特别是左拉[7]的行动并非全然没有效果，他们为推翻体裁的等级制度，把从新的公众（他们读他的小说但不去剧院）中获得的一种象征资本移植到了戏剧领域：1887 年，安托万创立了自由剧院，这是对场的一个领域中的经济束缚发起真正挑战的第一件事，在这个领域，经济束缚到那时为止一直占绝对统治地位，而且最后它获胜了，因为这个尝试1896年被他的经理放弃了，他当时负债十万法郎。

但是一个新的位置通过决裂被创造出来，这个位置既与法兰西喜剧院的说教传统对立，又与通俗喜剧演员洒脱的优雅对立，决裂足以产生最具作为场的一个空间的运行特点的后果：一方面，保尔·福尔的艺术剧院是按照自由剧院的模式组建起来的，但又反对它，这样被创立的戏剧次场中再现了自然主义者与象征主义者之间的对立，这个对立从此把这个场分开，艺术剧院后来成了吕涅－珀（自由剧院的叛徒）的作品剧院；另一方面，通过这样确立上演的问题，并把不同的演出当成各种**艺术立场**，也就是当成对一系列问题的若干明确**选择**的**系统**回答，安德烈·安托万对一个原本不容置疑的信念提出了疑问，并让整个游戏也就是让演出的历史活跃起来，而传统要么是不知道这一系列问题，要么就是回答了却没有提出这些问题。

这一下子就产生了**可供选择的有限空间**，即直接相关问题的空间，戏剧探索对这个空间的发掘还没有穷尽，任何**名副其实**的导演，不管愿不愿意，都要对直接相关的问题表明立场，不同的导演将来都要因为这些问题而互相对立：与舞台空间有关的问题，与布景和（他主张精确的）人物之间的（他希望更必要的）关系有关的问题，文本的问题和表演的简洁或戏剧性的问题，演员和观众之间互动的问题（在剧院里制造出一片黑暗，反对打破戏剧幻想的脚灯照明，提出"第四堵墙"的理论），灯光与音响效果的问题，等等。[8]

安托万取得了对场的控制，而他就是这样达至其存在的。这种控制的最好证明体现在这个事实中，即正如某些最不倾向于对戏剧史采取一种社会学观点的人所指出的，在他的作品中，剧院的对手们与他的每种立场都针锋相对：用戏剧性的炫耀（特别是雅里）对抗"自然的"幻觉，用"暗示"对抗真实主义，用"想像的戏剧"对抗"观察的戏剧"，用声调的至上对抗布景的至上，用"形而上的人"对抗"生理的人"，用埃德华·许雷所说的"灵魂的戏剧"对抗肉体的和本能的戏剧，用象征主义对抗自然主义，所有这些对照都是作家和导演引起的，他们像保尔·福尔和吕涅－珀一样，与安托万和他的作家们处于一种从社会出身角度来看的同源对立关系中（因为安托万只受过初等教育,而吕涅-珀是孔多塞中学的毕业生,他的父亲一直从事银行业,尤其是还担任过伦敦兴业银行的副总裁)。

因此在诗歌盛行的世纪初和戏剧盛行的1880年代,左拉在给于雷的回信中指出,戏剧"总是落后于其他文学",在这期间,每种体裁内部都产生了一个更加自主的区域——或者不管怎么说,一个先锋派。每种体裁都趋向于分为一个探索区域和一个商业区域,即两个市场,应该避免在这两个市场之间划一条明确的界线,这两个市场是同一空间的两极,它们在它们的对立关系中并通过这种关系被确定。每种体裁的这种分化过程与一整套体裁,也就是文学场的统一过程同时产生,文学场越来越倾向于围绕共同的对立构成(比如,1880年代自然主义与象征主义的对立):实际上,每个次场(比如导演的戏剧)的两个对立区域中的每一个区域都倾向于更接近其他体裁的同源区域(安托万情形中的自然主义小说或吕涅-珀情形中的象征主义诗歌),而不是同一次场的相反一极(通俗喜剧)。换句话说,体裁之间的对立丧失了其建构的效力,以利于每个次场中两极的对立:一方面是,纯粹生产的一极,其中的生产者倾向于只把(也是他们竞争者的)其他生产者当他们的主顾,而且,诗人、小说家和剧作家出现在这一极,他们具备同源的位置特征,但被卷入可能是对立的关系中;另一方面是,大生产的一极,大生产服从大众的期待。

艺术与金钱

从那时起,统一的文学场倾向于按照独立的和有等级差别的两个区分原则构成:其目的只是生产者的有限市场的纯粹生产与以满足大众期待为目的的大生产之间的根本对立,重现了与经济秩序的创造性决裂,经济秩序是有限生产场的根源;这种对立被一种从属对立所印证,这种从属对立建立在纯粹生产次场内的先锋派与被认可的先锋派之间。比如所考察的时期内,帕纳斯诗派与所谓"颓废派"之间的对立,而"颓废派"自身也有可能按照文学风格和设想的差别,在第三个维度上被划分,这些差别又是与社会出身和生活风格的差别一致的。

十九世界末的文学场（细节）

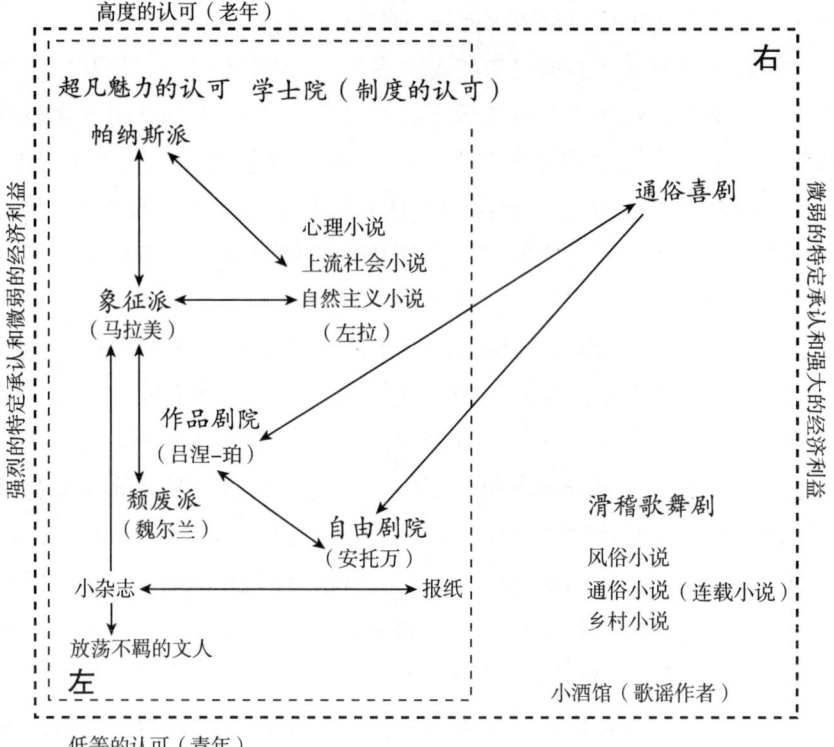

很长时间以来，魏尔兰和马拉美被视为帕纳斯诗派迷失的孩子（他们出现在题为《当代帕纳斯诗派》的诗集的前两版的 37 位诗人中，但在第三版被删除了，这赋予他们一种殉道者的地位），但自 1880 年代中期开始，他们开始引人注目，并从一本论战的滑稽模仿诗集即《颓废诗人，阿多雷·弗路拜特的没落》中获得他们的笔名，这是加布里埃尔·维凯尔和昂利·博克莱尔的讽刺诗集，发表于 1885 年，它嘲笑了魏尔兰、马拉美及其模仿者的诗。马拉美和他的象征派，魏尔兰和他的颓废派，首先因共同反对他们的长辈帕纳斯派而在客观上联合（并由魏尔兰的战斗号令集结在一起，他在《受诅咒的诗人》中介绍了马拉美、兰波和特里斯当·科比埃尔），但他们彼此逐渐疏远，甚至围绕一系列风格的或主题的对立（右岸与左岸的对立，沙龙与咖啡馆的对立，悲观的激进主义与谨慎的保守主义的对立，建立在晦涩难懂和玄奥难解

基础上的解释美学与明晰的、简单的、天真的和感性的美学之间的对立）而发生冲突，这些对立是与社会差别一致的（大部分象征派出身于中产阶级或大资产阶级或贵族，曾在巴黎求学，常常学习法律，而颓废派出身于民众阶级或小资产阶级，而且几乎不具备什么文化资本）。[9]

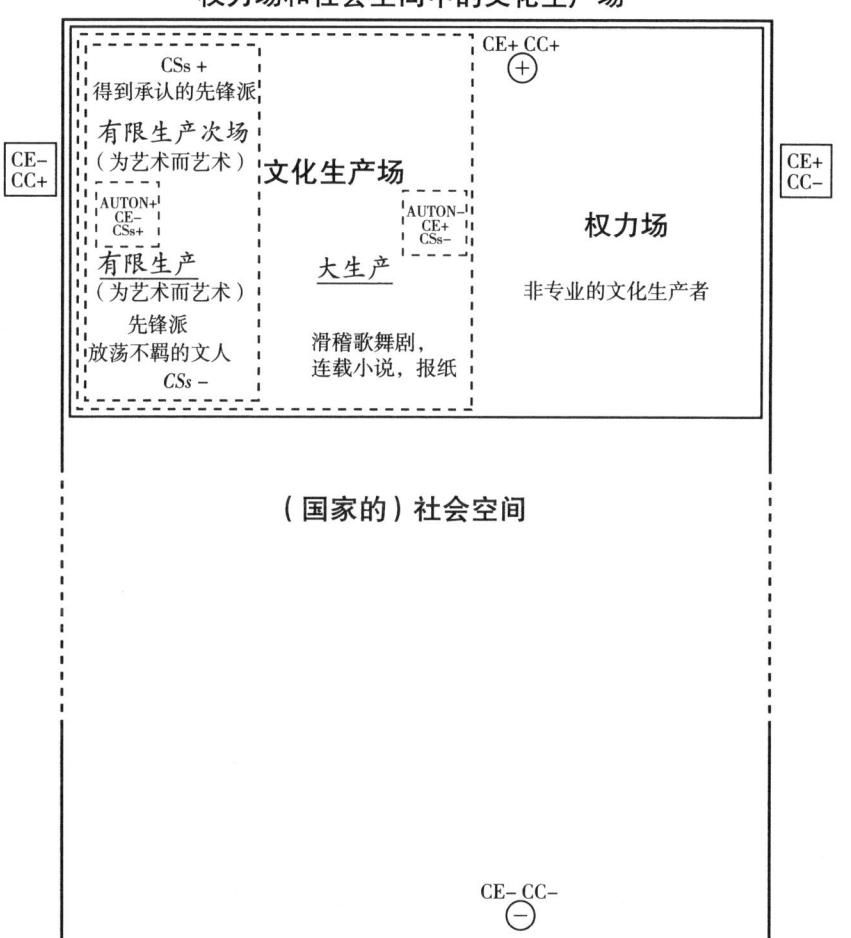

认可程度的差别实际上区分了"艺术代",艺术代是由风格和生活风格之间的时间间隔决定的,这种间隔通常很短,有时几乎只有几年,风格和生活风格的对立表现为"新"与"旧"、创新与"过时"这些决定性的二分,这些二分常常几乎是空泛的,但通过一些注定要产生它们所宣称的差别的标志,足以用最小的代价划分和产生指定的——而不是确定的——团体。

社会年龄大大地独立于生理年龄,这个事实从未在文学场中表现得如此清楚,在文学场中,各代之间的年龄差别不超过十岁(这就是左拉及其被认可的"梅塘之夜"弟子们的状况,左拉生于1840年,阿莱克西斯生于1847年,于斯曼生于1848年,米尔博生于1848年,莫泊桑生于1850年,塞亚尔生于1851年,埃尼克生于1851年)。马拉美和他的第一批弟子的情况也是这样。另外一个例子:"心理小说"的主要维护者之一保尔·布尔热,与左拉只差十二岁。左拉不会忽略(位置的)社会年龄与真实年龄之间的差距:"这些年轻人全都是三十到四十岁,他们停留在如此的愚蠢、无知上,停留在观念发展的关键时刻,他们给我的印象是仿佛在尼亚加拉瀑布上跳舞的核桃壳!因为他们除了一种巨大而空洞的抱负之外一无所有!"[10]

仍未得到认可的占据先锋位置的人,特别是他们当中(生理)年龄最大的人,会将次要的对立归约为主要的对立,会将某些先锋作家由于否认作用或与资产阶级秩序的和解作用久而久之获得的成功或认可显示出来。他们可以依据下面这个事实,即尽管资产阶级的认可和这种认可借以表现的经济利益或世俗荣誉(法兰西学士院,获奖,等等)首先给予了为资产阶级市场和大众消费市场从事生产的作家,但它们也涉及得到认可的先锋派中最保守的那部分人。法兰西学士院因此总是为一小群"纯粹的"作家留出位置,比如帕纳斯派的领袖勒孔特·德·李勒,在1852年的《古诗》(*Poèmes antiques*)中以预言家、以失去的纯真的复兴者和时尚的敌手自居,并最终进入法兰西学士院,戴上了荣誉勋章(相反,意欲不惜一切代价避免同化于资产阶级艺术,以及避免这种同化所决定的社会衰老后果的人,应该拒绝被认可的社会标志，奖章、奖金、学士院及所有荣誉）。

暂时的结构和变化的形式很久以来就在以（浪漫主义、帕纳斯派、象征主义的）革命节奏存在的诗歌领域建立了，它们在自然主义小说出现之后在小说领域也得到推行，甚至随着导演的出现和他带来的革命，在戏剧领域得到推行。在诗歌领域，（设想的、即使不算成功的）革命的节奏加快了，在世纪之初，正如有些人所说的，"文学无政府主义"达到了顶峰：1901 年 5 月 27 日，"诗人大会"在巴黎高等社会研究院召开，期望建立一种友爱，但会议却以混乱和争斗结束。流派增多导致了一系列的分裂：1901 年出现的让·德·拉伊尔的综合主义（le synthétisme）、阿道夫·拉屈宗（Adolphe Lacuzon）的完整主义（l'intégralisme），1904 年出现的弗洛里安-帕尔芒捷的冲动主义（l'impulsionnisme），1906 年出现的拉卡兹-捷的贵族主义（l'aristocratisme），1909 年出现的朱尔·罗曼的一致主义、路易·纳兹（Louis Nazz）的真诚主义（le sincérisme）、昂·里内尔的主观主义（le subjectivisme）、马克斯·雅克布的德洛伊教（le druidisme）、马里奈蒂的未来主义（le futurisme），1910 年出现的夏尔·德·圣-尔的激烈主义（l'intensisme），1911 年出现的吕西安·罗勒梅尔的花神主义（le floralisme），1912 年出现的昂利-丁·巴尔赞和费尔南·迪瓦尔的同时主义（le simultanéisme），1913 年出现的亨利-尔博的动力主义（le dynamisme），以及过度主义（l'effrénéisme）、全部主义（le totalisme），等等。[11]永久革命的逻辑已经变成场的运行规律，因此，有些人为他们急于继续革命进行辩护，毫不犹豫地说，二十五年对一个文学代而言是一个过长的生存期限。[12]宗派狂热引起了先锋派政治小团体的狂热，导致由自称为领导者的人引起的分裂：颓废派产生了象征主义，象征主义产生了卓越主义（le magnificisme）、魔术主义（le magisme）、社会主义、无政府主义和罗曼派。这些运动很少有成气候者，大部分学派的领袖几乎都被遗忘了，没有传人。到处都是最初的分裂在一种新的决裂中重新出现。

在小说的状况中，自然主义革命立刻引起了"心理学家"的反应。在戏剧领域，有目共睹，安托万的自由剧院的出现几乎立即导致了吕涅-珀的作品剧院的创立，这是自然主义与象征主义（借助这种双重决裂，诗借助于斯曼主宰了小说，借助梅特林克主宰了戏剧）的对立

（超越了体裁的界限）在安托万开创的新空间中的客观反映。每一次成功的革命都为自身提供合法性，但同时也为革命本身提供合法性，哪怕革命反对它所推行的美学形式。所有自世纪初以来尽力推行由"主义"结尾的概念指定的新艺术章程的人的表现和宣言都证明了这一点，即革命倾向于作为实现场中的存在的**模式**被人接受。

举一个典型的例子，被人称为"自然主义危机"的东西无非就是部分有效的一整套象征策略，一群作家和批评家通过这套策略在一种象征的政变中确认他们的继承权，这些作家和批评家有的人来自于自然主义流派；这就是说，除了发表1887年8月18日宣言的五位作家之外，布吕内蒂埃1887年9月1日写了一篇关于自然主义破产的文章，保尔·布尔热在1889年的《门徒》的序言中奋起反对无可辩驳的自然主义，朱尔·于雷本人在他著名的调查（这是后来经常被采用的这些述行提问的第一个范例，这些提问倾向于产生它们宣称的作用）中，为所有觊觎者比如于斯曼提供了说"自然主义结束了"[13]的机会。于是一种思维模式形成了，它同时在作家、记者和最关心其文化差异的那部分公众中传播，促使人们按照时髦的逻辑思考文学生活并进而思考整个智力生活，这种思维模式允许谴责一种倾向、一股潮流、一个流派，只需声称它"过时了"。

区分的辩证法

很难不从当代作品或文学流派中的一些被详细统计的刚刚过去的作品[14]的阅读中得到这样一种感觉，即人们觉得接触的是这样一个空间，它以近乎机械的方式服从作用与反作用的法则，或者，如果人们愿意为意图或配置让位，（可以说）它以近乎机械的方式服从抱负和区分的法则。没有一个行动者的行动不反对所有其他的行动者或他们中的这个或那个行动者：新浪漫主义拒绝象征主义的晦涩并力求调和诗歌与科学；莫雷亚斯的"罗曼派"通过回到古典主义反对象征主义；费尔南·格雷格的"人道主义"拒绝晦涩、非人道的象征主义；莫里斯的"新古典主义复兴"全盘反对一切新的东西，等等。

我们明白，按照罗贝尔·沃尔的说法，我们可以把一种非常明显的倾向的出现放在世纪转折点上，这种倾向通过世代的划分模式思考整个社会秩序（按照期望知识分子涉及他们的小宇宙的特征延伸到整个社会世界的逻辑）：[15] 毕竟到了这种对立在整个文化生产场的内部倾向于普遍化的时刻，尤其体现为通过阿加东（生于1886年的昂利·马西斯和生于1880年的阿尔弗莱德·德·塔尔德的笔名）的著作《新索邦精神》（1911）和《今日年轻人》（1913）表达的对勒南和泰纳的唯科学主义思想的反抗，唯科学主义思想统治着1880年代的整个知识场，并通过新科学和新大学的创立者涂尔干、塞尼奥博斯、奥拉尔、拉维斯、朗松和布吕诺这类人在大学场中获胜。这场持久的斗争是知识场内部左派与右派、天主教徒与无神论者对立的再现，在这个关键阶段，成为未来世界观的结构原则的基本区分表现得一清二楚：以心灵或信仰的名义拒绝理智或理性导致一种反理性主义或非理性主义，这种反理性主义或非理性主义看重理解，反对解释，拒斥科学，尤其是社会科学——特别是"条顿人的"社会学——因为它是还原主义、实证主义和唯物主义的，颂扬"修养"，反对"智能工程师"及其卡片箱的无灵魂的博学，试图恢复国家理想，也就是古典人文科学，拉丁语和希腊语，法国作家的先贤祠，与此同时，在另外一个层次上复兴体育运动和男性气概的品德。

维护者与觊觎者之间的对立在场内这样一些人之间造成了紧张，如同在赛跑中那样，一些人尽量超过他们的竞争对手，而另一些人则尽量避免被超过。左拉和莫泊桑就属于这种情况，由于心理小说的成功，他们在《梦想》和《一生》中改变了主题和手法，仿佛是为了预先实现他们竞争对手的计划，"况且，只要我有时间，我自己会做他们想做的事情"，左拉在于雷的调查问卷中这样回答，意思是他自己会实施他的对手们力图针对他实施的对自然主义的超越，也就是说对他自己的超越。[16]

特定革命与外部变化

尽管拥有特定资本的人与缺乏特定资本的人之间的持久斗争构成了生产象征产品的不断变化的动力,但是持久斗争要想产生象征力量关系的深刻变化,即体裁、流派或作者等级制度的颠覆,还需依靠相同意义上的外部变化。在这些变化中,最具有决定意义的无疑就是受教育人口(在教育系统的所有层次上)的增加(与经济扩张相关),这种增加是两个并行的发展过程的根源:能以写作为生或靠文化机构——出版社、报纸等——提供的小差事谋生的生产者数量的增加;潜在读者市场的扩张,这样,潜在的读者被呈现给接连不断的觊觎者(浪漫派、帕纳斯诗派、自然主义作家、象征派,等等)和他们的产品。这两个过程显然是互相联系的,因为潜在读者市场的扩大容许报纸和小说的发展,促使可供选择的小行当增加了。

更普遍地,内部斗争尽管**在原则上**是充分独立的,但**在根源上**总是依赖它们可能与外部斗争——无论是权力场内的斗争还是总体上的社会场内的斗争——保持的联系。因此自然主义革命之所以可能实现,原因在于两方面的契合,一方面是左拉和他的朋友们能引入生产场中的新配置;另一方面是保证这些配置的实现条件的客观机遇:一是进入文学职业的门槛降低,这种降低相对有利于(广义的)知识劳动市场,为没有年金的作家提供了可以确保一种最低限度的生活来源的职业,如左拉本人,他从1860年到1865年受雇于阿谢特出版社并与许多报纸合作,二是文学市场不断扩大,因而读者人数更多并在社会上更分散,从而有可能做好接受新产品的准备。

与自然主义的成功一样,1880年代出现的不利于自然主义的大转变不能理解为外部的、经济的或政治的变化的一个直接后果。"自然主义的危机"与文学市场的一种危机密切相关,更确切地说,与一些条件的消失密切相关,这些条件,在从前的时代,曾经有利于新的社会等级进入消费并同时进入生产。与资产阶级中的唯灵论复兴(和许多作家的转变)不无关联的政治形势(劳工联合会的增加,法国总工会和社会主义运动的发展,昂赞,富尔米,等等),鼓励受竞争的内在逻辑驱使的人在场内奋起反对自然主义者（并通过他们反对小资产阶级和资产阶级中新兴阶层的文化抱负）。唯灵论复兴的气候无疑有利于若干艺术形式的回归，这些艺术形式像象征主义诗歌或心理小说一样，把对社会世界的心安理得的否认推向极致。

还需检验"创作计划"如何能够从一个生产者（或一群生产者）带进场中（根据他从前在场中的轨迹和位置）的特殊配置和存在于场中的可能空间（人们含糊地称为艺术或文学传统的东西）的交汇中产生。在左拉这个特例中，应该分析一下在作家的经验中（我们尤其知道由于父亲的早逝，他被迫多年处于贫困的状态），什么促成了他对经济的和社会的必然性（甚至命定性）的反抗，其所有作品都表达了这种反抗，又是什么给予了他异乎寻常的决裂和反抗的力量（无疑来源于相同的配置），这种力量对他完成作品及反抗场的整个逻辑来捍卫作品是必要的。"一部作品，"他在《戏剧中的自然主义》中写道，"不过是对习俗发起的一场战斗。"只有一种极其有利的局势与对文学场的暗中指令的坚定漠视以及与《小酒店》成功之后对一切仇恨和蔑视的坚定漠视相结合，才有可能对文学惯例的某些最基本法则特别是它的持久成功进行这样一种挑战。

知识分子的创造

但是，很可能正是左拉这种无法逃脱销售的成功和这种成功包含的通俗化嫌疑使他受到的声名狼藉的威胁，如果他没有成功地（并非刻意地）至少部分地改变同行的认识和评价原则，尤其是通过将文人的独立和特定尊严的立场变成有意的和合法的选择，文人有充分的理由以他的特殊威望为政治事业服务。因此他需要制造一副新面孔，知识分子的面孔，为艺术家创造一种预言家的颠覆使命，这种使命既是政治的又是智性的，它能够将一切被他的对手们描述为平庸或堕落的东西表现为美学的、伦理学的和政治的立场，这当然是为了战斗的辩护。他将文学场朝自主方向的发展推到极限，试图在政治上推行在文学场内被证明的独立价值。这就是他在德雷福斯事件发生之际取得的成功，他最终把按照知识场特有的划分原则所构造的问题带入了政治场,并且向整个社会空间推行这个特殊世界的不成文法则,而这个世界的特点是宣称普遍性。[17]

因此,自相矛盾的是,知识场的自主使一个作家的独创行为成为可能,而这个作家却凭借文学场固有的法则介入到政治场中,由此将自己变成知识分子。"我控诉"达到和完成了共同的解放过程,这个过程是在文化生产场的内部逐渐完成的:作为与法定秩序的预言性决裂,它反对一切以国家为名的理由,重申了真理和正义的价值的不妥协性,与此同时,重申了捍卫这些价值的人相对于政治标准(比如爱国主义的标准)以及经济生活的限制的独立性。

艺术的法则
096

知识分子**以自主的名义**和高度独立于权力的一个文化生产场特有的价值的名义,介入到政治场中,如是构成自身(而不是像拥有强大的文化资本的政客那样,依靠特有的政治权威构成自身,这种政治权威是以放弃知识分子的道路和价值为代价获得的)。由此,知识分子反对十七世纪的作家,他们领国家的薪俸,在社会上有一个被认可的却是附属的职位,完全沉溺在消遣中,由此远离棘手的政治和神学问题;知识分子也反对渴望立法的人,他企图在政治秩序中实施一种教权,并在自身领地上与亲王或大臣竞争,像写波兰宪法的卢梭那样;知识分子最终成为反对以文学场中一个通常低等的身份换取政治场中的一个位置的人,这些人或多或少卖弄般地与他们出身的空间的价值决裂,而且是一心要表现为行动的人,他们通常最有可能揭露"理论家们"的理想主义或非现实主义,为的是更有理由背叛包含在理论中的价值。知识分子封闭在自身的范畴内,固守自身的自由、无私、正义的价值,这些价值不让他放弃其特有的自由和责任以换取世俗的、必然要贬值的利益或权力,他反对政治的、**现实主义政治**的和以国家利益为名的理由[18]的特定法则,表现为普遍原则的维护者,这些普遍原则不过是他自身空间的特定原则普遍化的产物。[19]

知识分子的创造到左拉的时候完成了,这种创造并不仅仅意味着知识场预先的自主化。它还是另一个平行的分化过程的结果,这个过程导致了一个政治专家团体的形成,并对知识场的形成发挥了间接作用。[20]奥尔良时代反复辟的自由斗争和向文人的开禁,即使不曾推动知识生活的一种政治化,至少有利于文学和政治的一种未分化状态,正如文人政治家和政治家文人的鼎盛时期证明的,这样的人包括基佐、梯也尔、米什莱、梯也里、维尔曼、库赞、儒弗鲁瓦或尼扎尔。令自由派失望或忧虑的1848年革命、特别是第二帝国,把大部分作家打发到一种政治寂静主义,这种寂静主义与一种趋向为艺术而艺术的高傲自省是分不开的,为艺术而艺术被确定为"社会艺术"的对立面。我们还记得波德莱尔对社会主义者大发雷霆:"使劲打无政府主义者的肩胛骨!"[21]或如勒孔特·德·李勒教训忠于政治理想的路易·梅纳尔:"你靠膜拜布朗基过日子吧,他不折不扣地是一种革命斧头,在他那地方有用的斧头,我愿意这样,但最终不过是把斧头罢了!去吧!你写出杰作的那一天,将比写二十本经济书更能证明你对正义和真理的热爱。"[22]但这种幻灭情绪最典型地表现在福楼拜、泰纳或勒南身上,他们逃避到他们的作品中,对政治事件缄默不语。

在驱使作家进一步要求独立于外部限制的诸因素中,对政治的敌视,尤其是对试图把政治赌注引入场的内部的人,比如社会艺术维护者的敌视,无疑扮演了一个决定性的角色。因此,左拉和诞生于高等教育及研究发展中的研究者,只有通过一种奇怪的颠倒,依靠由纯粹的作家们和艺术家们反对政治获得的特殊权威,才能与他们前辈对政治的冷漠态度决裂,从而在德雷福斯案件之际介入到政治场中,但他们使用的不是政治武器。

"表态的"、"教诲的"乃至"传道的"左拉完全是由战斗传统创造出来的,这种传统由学校教育接替下来。左拉掩盖了这一点,即德雷福斯的辩护者既是通过反对学士院、沙龙和资产阶级合乎礼仪的谈吐来捍卫马奈的人,也是以对艺术家自主的信念反对普鲁东及其对绘画的教化的和社会化的"人道主义"解读来捍卫马奈的人:"我捍卫马奈先生,就像我一辈子都将捍卫一切会遭受攻击的坦荡的人一样。在不驯服的性情与大众之间有一种永久的斗争。"甚至:"我想像我走在大街上,我遇到一群小子向埃德华·马奈投石子。艺术批评家——对不起,治安警察——失职;他们不但没有制止混乱,还增加了混乱,甚至,上帝原谅我吧!我觉得治安警察手里拿着大石头呢。在这个景象中,已经有某种粗鄙令我伤心,我不过是个不偏不倚的过路人,步履从容而自在。我走上前去,询问这群小子,询问这些警察;我知道他们投以石块的这个贱民犯了什么罪。我回到家里,以真理的名义,起草了人们将要读到的笔录。"[23]"我控诉"拟定的就是这样一个笔录。

画家与作家之间的交流

但是,左拉的例子本身足以提醒我们,在此应该回到从前,并以一种更宽广的视野来看待文学和艺术场的自主化过程。我们只有摆脱专业和能力划分所强加的限制,才能确实理解集体转变,集体转变通过相对自主的社会空间的建立导致了作家和艺术家的创造,在这些空间中,经济的迫切需要(部分地)处于悬而未决的状态:只要我们仍然只局限在文学或艺术传统的范围内,主要的东西就无法理解。朝自主方向的进展在两个空间中的不同时刻完成,它与不同的经济或形态变化密切相关,也与本身不同的权力如学士院或市场密切相关,作家可以利用画家的成果增强他们的独立,反之亦然。[24]

自主生产场的社会构造与自然世界和社会世界(及这个社会的文学和艺术表象)特有的认识和评价原则的构造(以及这个世界的文学和艺术表象的构造)同时产生,也就是说,与一种特有的美学认识模式的建立同时产生,这种模式将"创造"原则置于表现而不是被表现的事物上,而且从未如此充分地显示在从美学上构建现代世界的低级或平庸事物的能力中。

如果说导致现代艺术家和艺术创造的革新只有在文化生产场的整体范围内才是可以理解的,这是因为,由于文学场和艺术场中发生的变化之间的差距,艺术家和作家会像在一场接力赛中那样,从他们各自的先锋在不同的时刻完成的进展中受益。于是,两个场的一个或另一个的特定逻辑使之成为可能的一些发现能够被合并到一起,从回想的角度,它们表现为一个唯一的和相同的历史进程的补充特征。

我还要在别处分析画家尤其是马奈为获得他们反法兰西学士院的自主不得不进行的斗争的历史;以及艺术家的世界不再是被一个机构分成等级并控制的一个**工具**,而是逐渐变成与艺术合法性的垄断进行竞争的**场**的过程:场的形成过程是**失范的制度化**(institutionalisation de l'anomie)过程,在这个过程中,任何人都不能以**规则**、合法观念和区分原则的绝对支配者和把持者自居。马奈发起的象征革命消除了对一个终审法庭的一个最高权威的参照的可能性,这个法庭能够解决艺方面的所有争端：中心立法者（长期以来由法兰西学士院代表）的一神教让位给不确定的诸多神祇的竞争。对法兰西学士院的质疑，使包含在预定的可能的封闭世界中的艺术生产表面终结的历史恢复运转，并为探索打开了一个无限可能的空间。马奈摧毁了艺术专制主义固定且绝对的视角的社会基础（正如他摧毁了一个特别的光线投射处的观念，从此光线任意呈现在物体表面）：他创立了视角的多样性，这种多样性体现在场本身的存在中（而且我们不禁要问，对小说写作中高高在上的、几乎神圣的视角的明确放弃，是否与场中多种互相竞争的视角的出现存在着一种关系）。

提到马奈的革命角色（如同波德莱尔和福楼拜的角色），我不愿意支持关于场的生成的天真的非连续论观念。如果这样一点是确实的，即我们能够认定一个结构**突现**（正如伊恩·哈金非常正确地说明的）的缓慢过程遇到了似乎导致结构实现的决定性变化的时刻，那么同样确实的是，我们可以将一种暂时的结构形式的突现置于这个连续的、共同的过程的每个时刻，并由此促进结构的更完善建立，这种暂时的结构形式已经能够引导和支配可能会在这个过程中发生的现象。但我要以寻找初始阶段幻想解毒剂的名义，询问亚里士多德，引起这么多关于艺术家和作家诞生的乏味争论的错误问题的（带点讽刺的）说法可能会是什么：一支溃败的军队何以不再逃跑？我们何时能说它停下了？是在第一个、第二个或第三个士兵停下的时候？抑或是一些数量足够的士兵停止逃跑甚或最后一个逃兵停下不跑的时候？实际上，我们不能说由于他，军队才停了下来：实际上它早就开始这么做了。

在反对法兰西学士院的斗争中，画家（尤其是"作品被拒绝的人"）可以依靠从事斗争的艺术家的英雄形象所代表的整个集体创造行动（从浪漫主义开始）即反叛，这种反叛的独创性是按照他受到的不理解或他引起的丑闻来衡量的。不过他们同样接受了作家的直接帮助，作家早就摆脱了学士院的权威，这个权威自十七世纪起为他们提供了一个被认可的身份，但分配给他们一个有限的且无论如何是由外部所确定的职位。作家给予画家一种他们正在完成的英勇决裂的光彩形象，他们尤其把画家正在实践中做出的发现特别是在生活艺术方面的发现提到话语层次。

夏多布里昂在《墓中回忆录》中颂扬了艺术家对苦难的忍耐、献身精神和克己忘我,他之后的伟大浪漫派作家雨果、维尼或缪塞在为艺术殉道者进行的辩护中,找到很多机会表达他们对资产者的蔑视和对他们自己的怜悯。受诅咒的艺术家形象本身是新世界观的一个中心因素,它直接依靠画家为整个知识界树立的慷慨和忘我的榜样:如格莱尔拒收学生的任何报酬,科罗资助杜米埃,迪普雷为泰奥多尔·卢梭租了一个画室,等等,更不必说所有满怀英雄气概忍受贫困或为热爱艺术而牺牲生命的人,《放荡不羁文人的生活场景》,如所有相同题材的小说(比如尚弗勒里的小说)一样,描绘了他们狂热而悲惨的生活。

无关利害对利益、高贵对卑下、慷慨和勇敢对吝啬和谨慎,纯粹的艺术和爱情对商业艺术和爱情,对立无处不在,从浪漫主义时代开始,首先在文学中,出现了数不清的艺术家与资产者对比强烈的形象(查铁敦和约翰·贝尔,《猫打球商店》中的画家泰奥多尔·德·索默维厄和老呢绒商吉约姆,等等),在漫画艺术且尤其在漫画艺术中,菲利蓬、格朗维尔、德冈、亨利·莫尼耶或杜米埃也通过刻划马约、罗贝尔·马凯尔或普吕多姆先生揭露了资产阶级暴发户。没有人比波德莱尔对把艺术家塑造成孤独英雄的形象做出的贡献更大了,他早期的名作是1845年和1846年的《沙龙》,他像德拉克洛瓦一样,过着一种漠视荣誉而且一心留存后世的贵族生活,[25]好像是一个注定要遭受厄运和悲伤的忧郁人物。

作家们创立的是这个世界上非常独特的经济理论,他们像泰奥菲尔·戈蒂耶在《莫班小姐》(Mademoiselle de Maupin)的序言中或波德莱尔在《1846年的沙龙》中那样,创立了关于绘画的为艺术而艺术理论的最初的系统表达,即这种体验艺术的独特方式。这种独特的方式植根于与资产阶级生活风格决裂的生活艺术中,尤其因为它建立在对艺术和艺术家进行的一切社会辩护的拒绝之上。

为艺术而艺术的概念在雕塑家让·迪塞尼厄(或热昂·杜·塞尼厄)于1831年在沙龙展出《疯狂的罗兰》之机出现是很能说明

问题的：1830年代末，在沃吉拉尔街这个艺术家的家中聚集了奈瓦尔称为"小文社"的一批人，有博雷尔、奈瓦尔、戈蒂耶等，他们避开"青年法兰西"的荒唐，回到了教长街更审慎的位置上。变成作家的画家（如彼得吕斯·博雷尔和德莱克吕兹）注定要在两个空间之间扮演中间人的角色，作家中最有"绘画感"的戈蒂耶是青年一代"无可指摘的导师"（按照《恶之花》的题词的说法），他表达了在这个团体中形成的艺术和艺术家的观念：自由发展智力创造，无论是否会冒犯趣味、习俗和法则；仇视和拒绝被蹩脚画家认作"市侩"、"庸人"、或"小市民"的人；赞美爱情的快乐并使被视为第二创造者的艺术变得神圣。艺术家将精英主义与反功利主义结合在一起，嘲弄传统道德、宗教和责任，并蔑视艺术理当为社会服务的观念。

《罗朗桑丘》中的塔巴尔蒂奥是腐败空间中唯一自由的人，他能够通过艺术静观和创作的功效赋予世界一个意义、驱除邪恶并改变生活。如塔巴尔蒂奥一样，宣称反学士院的画家，他代表了"创造者"的典型化身，一个炽烈的、有力的、巨大的自然力量，因为他有超乎寻常的感受力和独一无二的变体权力，对他来说，官方制度的敌意只能使他变得强大。这个丰富的、错乱的世界被人们总称为放荡不羁文人的世界，有目共睹，这个世界是一个绝妙的实验活动场所，拉梅内把它叫做"精神的放纵"，一种新的生活艺术通过这个世界创造出来。

画家们以马克斯·韦伯意义上的"典型预言"的方式，为作家们提供了他们试图另外创造和推行的纯粹艺术家的模式；他们用以反对学院传统的纯粹绘画，摆脱了为某种事物服务或简而言之意义表征的义务，有助于实现一种"纯粹"的艺术。在作家的活动中占极其重要地位的艺术批评，无疑是他们发现自身的实践和艺术构想的真相的机会。实际上起作用的，不仅仅是对艺术活动功能的重新定义；也不是一场心理革命。对于思考被排除在学院之外的所有经验："感情"、"印象"、"光线"、"独创性"、"自发性"，对于改变艺术批评的传统词汇中最习以为常的词："效果"、"草稿"、"肖像"、"风景"，这场心理革命是必要的。它涉及的是创立一种新信仰的条件，这种新信仰能够赋予这个颠倒的世界即艺术空间中的生活艺术一种意义。

没有作家的支持，与法兰西学士院和资产阶级公众决裂的画家无疑无法成功地实现强加于他们之上的转变；作家拥有专家的特定解释能力并依靠因浪漫主义的到来在文学场内部建立的与"资产阶级"秩序决裂的传统，他们预先就倾向于与先锋派画家一起完成伦理的和美学的转变并彻底完成象征革命，将象征财产的新经济的必要条件变成被明确提出和接受的原则，创立"为艺术而艺术"的理论。

不过作家们也从对异端画家的捍卫中学到许多行为准则。因此画家们——尤其是马奈——通过承认约瑟夫·斯隆[26]所说的"主题中立"给予自己自由，主题中立也就是对对象之间的一切等级和一切道德的或政治的说教功能的摒弃，这种自由又对作家们产生了一种反作用，尽管作家们早就摆脱了学院的限制，但是作为语言的使用者，他们更直接地服从于"使命"的要求。

彼此分离的艺术空间好像封闭在定义了空间差别的纯粹性之中，而导致建立这些艺术空间的革命分两个时段完成。这就意味着首先要将绘画从完成一种社会功能、服从一份订货或一个要求、服务于一项事业的义务中解放出来。在这个阶段，作家的支持扮演了一个决定性的角色。因为绘画与口头语或书面语相比，不必发号施令，因此，左拉以绘画的名义指责普鲁东想把库尔贝的画变成说教的工具："怎么！您能写作，您能说话，您能说您想说的一切，您还要借助线条和颜色的艺术来教训和说教。哦！发发慈悲吧，记住我们并不总要说理。如果您实际一些，还是把教训我们的权利留给哲学家吧，把赋予我们感情的权利留给画家吧。我认为您不应该要求艺术家说教，不管怎样，我明确否认一幅画对大众风化的作用。"[27]

马奈及其后来的印象派放弃一切义务，不仅是服务的义务，还有说点什么的义务。以致最终为了将他们的解放事业进行到底，他们只得脱离了作家，正如毕沙罗谈到于斯曼时所说的，作家"用文人的眼光判断且在大部分时候只看到主题"。[28]即使作家们像左拉一样为自己辩护，承认图画的特殊性，但在画家们看来，他们还是束缚人的解放者。这一点在下面的情况中表现得更加明显，在学院对认可的垄断结束之后，这些**趣味制造者**变成了**艺术家制造者**，并能够通过他们的话语，如是制造艺术作品。同样，画家们——毕沙罗和高更是先驱———旦脱离学院制度，就要设法摆脱文人们，后者依靠作品（如同在学院批评的鼎盛时期）发挥他们的趣味和感受力，甚至把他们的评论加在作品中或取而代之。

对一种美学的确认无疑很大程度上是由于画家欲摆脱作家控制的意愿，这种美学把绘画作品（和任何艺术作品）变成一种内在多义的现实，因而不可约简为评论和注解。这并不排除，在这个争取自由的努力过程中，他们可能在文学场、特别是在象征派那里找到了思想武器和工具，象征派大致在相同时刻拒绝所指对于能指的任何超越，他们把音乐视为卓越的艺术。

奥迪龙·雷东与他的批评家尤其是与于斯曼之间关系的历史，正如达理奥·冈伯尼[29]所描述的，是画家们不可避免地从事的最后的解放斗争的一种典型体现，他们进行斗争是为了获得他们的自主，为了证明绘画作品不可归约为任何形式的话语（反对著名的**诗画**），或者，同样地，为了证明绘画作品无限适用于所有可能的话语。这样，一个漫长的过程完成了，这个过程从学院的专制主义——它假定存在着作品的生产和观照应该遵循的一种理想真实——导向——留给每个人以自己的方式创作或再创作作品之自由的主观主义。

但毫无疑问，多亏了杜尚，画家们才找到一种策略，而且首先关于他们自身，这种策略能让他们利用文人，又不被文人利用，并由此逃脱相对于超话语生产者的结构上劣势的关系，他们的无声之物的生产者身份将他们置于这种关系中：这种策略旨在系统地揭露和挫败在作品的观念和结构本身中，但也在一种预先的超话语（含混和不协调的标题）或一种回顾式评论中，由话语支配作品的一切企图；这显然没有阻碍诠释，恰恰相反，因为诠释对艺术作品的社会存在的完美实现总是同样必要的。

为了形式

艺术场和文学场朝一种更大自主的方向发展，这种发展伴随着艺术表达方式的一个分化过程和一种形式的逐步发现，这种形式本身适用于每种艺术或每种体裁，甚至超越了它的身份在社会上被认识和被认可的外部符号：画家们要求得到如人们后来所说的"图像"的特有

表象相对于言语陈述的自主,他们为了利于图画性,放弃了文学性,也就是说放弃了"主题"、"细枝末节",以及一切可能唤起一种再现或表现意图的东西,简而言之,也就是唤起一种**言说**意图的东西,他们认为图画应该遵循自身的法则,特别是图画的和独立于被表现物的法则;同样,作家们为了利于文学性,驱除图画性和如画描绘(比如戈蒂耶和帕纳斯诗派的图画性)——他们求助于不传达任何意义的音乐,以反对意义和意图,尤其在马拉美的带动下,排斥"报导语言"的粗劣话语,即简单地指向一个对象的纯粹指示话语。

很能说明问题的是,纪德明确提到文学落后于绘画,鼓吹除掉意义的"纯"小说(乔伊斯、福克纳和弗吉尼娅·伍尔夫创造的就是这种小说):"我经常自问绘画是靠了什么奇迹走在前面,它怎么会把文学拉得那么远?今天,被我们习惯于视为绘画上的'素材'跌入了如何不名誉的境地啊!一个美好的主题!这令人发笑。画家们甚至不再敢冒险画一幅肖像,除非避开一切相似性。"[30]

这就是说,以不同的场作为地点的斗争越来越纯粹化,以至于逐渐分离出确定每种艺术和每种体裁自身的东西的基本原则,如俄国形式主义所说的"文学性",或科博、迈耶霍尔德或阿尔托所说的"戏剧性"。这样看来,用自由体诗剥夺诗歌的韵律和节奏特征,场的历史只留下若干特征的高度集中的精华(如在弗朗西斯·蓬热的诗中),这些特征最适合产生词与物非平庸化的诗歌效果,如俄国形式主义的**陌生化**,而无需求助于被社会指定为"诗歌"的手法。每当这些相对自主的空间中的一个,如艺术场、科学场建立起来,或它们的这种或那种规范建立起来,在这个空间中建立的历史进程都扮演**提取精华的炼金术士**的相同角色。这样,对场的历史的分析无疑本身就是本质分析的唯一合法形式。[31]

形式主义者特别是熟悉现象学的雅各布森,想要以更系统和更连贯的方式回答学校教育批评和传统对各类体裁包括戏剧、小说或诗歌的性质所做的古老诘问时,他们如同对"纯诗"或"戏剧性"进行思考的整个传统一样,满足于将事实上不过是**历史精华**的东西,也就是,伴随着文化生产场自主化进程的缓慢而漫长的历史炼金术活动的产物,变成超历史的东西。

因此,画家们为摆脱即便是最中立的和最折中的订货即国家资助的订货,以及为与规定的主题决裂而进行的漫长斗争,揭示了一种文化生产的可能性,以及必要性,这种文化生产不受任何外在的指示或禁令的约束并能够在自身发现自身的存在原则和自身的必要性原则。由此,这种斗争有助于向作家揭示获得一种自由的可能性,作家们通过颂扬和分析这种可能性,实现这种可能性,这种自由从此被呈现,并由此加诸任何一个想要进入画家或作家角色的人。

事实上,如何能不假设,左拉也利用位置的同源性所促进的不可避免的认同,为自己要求他为画家要求的自由?他提出艺术家只为他自己负责,他相对于道德和社会是完全自由的——不该忘记,这引起了公愤,迫使他于1866年离开了**事件报社**——,他以前所未有的激进姿态肯定艺术家对个人印象和主体反应的权利:"纯绘画",摆脱了表征某种事物的义务,是艺术家的特殊感受力及其观点的独创性的一种表达方式,总之,根据那个有名的说法,是"透过一种性情看到的创造一隅"。左拉并非由于马奈的客观现实主义,如同尚弗勒里为他辩护的那样,才钦佩马奈的作品,而是因为画家的特殊人格体现在作品中。同样,在他为《热尔米妮·拉瑟顿》写的长长的辩护词中,他称颂描写的自然性和自然主义倒逊于"一种人格的自由而高贵的表现"、"一个灵魂的特殊语言"和"一种智慧的独一无二的产物",打消了任何用伦理的或美学的规则衡量一部作品的任何企图,因为作品"超越了道德,超越了羞耻和贞洁"。[32]

但是,此外,如何看不到,通过这样一种重申——自德拉克鲁瓦以来绝无仅有——重申创造者个体的权利,以及他自由地展示自我的权利,与此相应地,重申批评家或观众无先决条件亦无前提地理解情感的权利——,他正好为作家的自由,即"我控诉"和德雷福斯事件的战斗开辟了道路?拥有主观看法之权利与要求以内部需要的名义揭露和谴责以国家利益为名的无可指责的暴力之自由,不过是一回事。

注释

[1] Cf. A. Viala, *Naissance de l'écrivain*, Paris, Minuit, 1984. 应该注意不要把作家个人制度化的最初迹象变成一种绝对开始的迹象,当成特定的认可机构的出现。实际上,这个过程在很长一段时间内是模糊的,甚至是互相矛盾的,鉴于艺术家需要以一种法定的依赖换取国家给予他们的承认和官方地位。只有到了十九世纪末,构成一个自主场的特征的系统才集中到一起(但不排除向非自主倒退的可能性,如今天出现的非自主,这是由于向公共的或个人的新形式的文艺赞助回归以及报纸的控制加强)。

[2] 除库尔贝之外,若说画家们很少企求公众的评判,这或许是他们没有碰到大众传播的问题,因为他们的产品是独一无二的,每件价格相对高一些,他们能够获得的唯一成功是上流社会的成功,这种成功在社会效用方面接近戏剧的成功。

[3] 关于科学在1880年左右的威望,参见 D. Mornet, *Histoire de la littérature*, Paris, Larousse, 1927, p. 11–14。

[4] 特别体现在与慈善剧院有关系的作家身上,如费利克斯·费内翁、路易·马拉干、卡米尔·莫克莱尔、亨利·德·雷尼埃或圣-波尔-鲁。

[5] Cf. C. Charles, *La crise littéraire a l'époque du naturalisme*, Paris, PENS, 1979, p. 27–54.

[6] Cf. R. Ponton, 《Naissance du roman psychologique. Capital culturel, capital social et stratégie littéraire à la fin du XIXe siècle》, *Actes de la recherche en sciences sociales*, n° 4, juillet 1975, p. 66–81.

[7] 从1876年到1880年,左拉在他的戏剧批评专栏中为自然主义戏剧辩护(Cf. E. Zola, *Le Naturalisme au théâtre*, *Œuvres Complètes*, *op. cit.*, t. XXX; *Nos auteurs dramatiques*, *ibid.*, t. XXXIII)。

[8] J.-J. Roubine, *Théâtre et Mise en scène*, *1880–1980*, Paris, PUF, 1980.

[9] Cf. R. Ponton, *Le Champ littéraire en France de 1865 à 1905*, Paris, thèse EHESS, 1977; J. Jurt, 《Synchronie littéraire et rapport de forces. Le champ poétique des années 80》, *Œuvres et Critiques*, vol. XII, n°2, 1987, p. 19–33.

[10] J. Huret, *Enquête sur l'évolution littéraire*, Paris, Charpentier, 1891; 再版时增加了达尼埃尔·格罗依诺夫斯基的注释和序言, Vanve, Thot, 1982, p. 158。

[11] Florian-Parmentier, *La littérature et l'Époque. Histoire de la littérature française de 1885 à nos jours*, Paris, Eugène Figuière, 1914, p. 292–293.

[12] *Ibid.*

[13] 调查是在文学场中建立的新制度的典型,它围绕64位作家进行(并发表在1891年3月3日到7月5日的《巴黎回声报》上),清清楚楚地在被提出的三

个问题中宣告了新历史哲学即永远超越的新哲学:"1. 自然主义生病了吗? 它死去了吗? 2. 它能治好吗? 3. 它会被什么代替?"

[14] 尤见 Florian-Parmentier, *La littérature et l'Époque. op. cit.*; J. Muller et G. Picard, *Les Tendances présentes de la littérature française*, 1913; G. Le Carbonel et C. Velley, *La littérature contemporaine*, Paris, Mercure de France, 1905。

[15] Cf R. Wohl, *The generation of 1914*, Cambridge, Harvard University, 1979. 这种年代理论已经变成了文学上(出现了"文学代"的研究)和政治上("政治代")被接受的"方法"之一,这种理论的典型表达是弗朗索瓦·芒特雷的《社会世代》(François Mentré, *Les Générations sociales*, Paris, 1920),这本书构建了围绕一个"共同体"建立的作为"精神统一性"的"社会世代"观念。

[16] J. Huret, *Enquête sur l'évolution littéraire*, *op. cit.*, p. 160.

[17] Cf. C. Charle, 《Champ littéraire et champ du pouvoir. Les écrivains et l'affaire Dreyfus》, *Annales ESC*, n°2, mars-avril 1977, p. 240 – 264.

[18] 关于既不能简化为"伦理理性",也不能简化为"神学理性"的"以国家利益为名的理由"概念的建立,参见 E. Thuau, *Raison d'État et Pensée politique à l'époque de Richelieu*, thèse, Paris, Université de Paris, 1966。

[19] 我们可以顺便看到有倾向性的重要法则彻底的非现实性,比如想要知识分子随着逐步获得自主而丧失政治权力的非现实性:事实上,有目共睹,权力的形式本身发生了变化,以至于将左拉或萨特的批评和否定权力与高乃依或拉辛的依附权力进行对比已经没有多大意义了。

[20] 关于政治场的特殊逻辑,参见 P. Bourdieu, 《La représentation politique. Éléments pour une théorie du champ politique》, *Actes de la recherche en sciences sociales*, n°36 – 37, 1981, p. 3 – 24。

[21] C. Baudelaire, cité par A. Cassagne, *La Théorie de l'art pour l'art...*, *op. cit.*, p. 81.

[22] C. M. Leconte de Lisle, Lettre à Louis Ménard, 7 septembre 1849, cité par P. Lidsky, *Les Écrivains contre la Commune*, *op. cit.*.

[23] Cf. E. Zola, *Mes Haines*, Paris, Fasquelle, 1923, p. 322 et 330. 亦见关于库尔贝和普鲁东的话:"一块画布,对他来说,就是一个主题;把它涂成红色或绿色,对他有什么重要的!……他要评论,要强迫画面表示某种东西;对形式却只字不提。"抑或:"我的艺术,对我来说,恰恰相反,是对社会的一种否定,对个体的一种承认,与一切法则和一切社会必要性无关。"(E. Zola, *ibid.*, p. 35 – 36, 39)。

[24] 在这里,我靠的是自己对马奈完成的**象征革命**的研究,我发表了这项(关于

学士院和学院观点）研究的初步成果，参见 P. Bourdieu,《L'institutionalisation de l'anomie》, *Les Cahiers du Musée national d'art moderne*, n°19 – 20, 1987, p. 6 – 19. 我想在这里提出画家与作家之间交流的一个**简化提纲**，由读者加以充实和细分。

[25] C. Baudelaire,*Œuvres complètes*, op. cit., t. II, p. 312.

[26] J. C. Sloane, *French Painting between the Past and the Present. Artists, Critics and Traditions, from 1848 to 1870*, Princeton, Princeton University Press, 1951, p. 77.

[27] E. Zola, *Mes Haines*, *op. cit.*, p. 34.

[28] C. Pissaro, *Lettres à son fils Lucien*, Paris, Albin Michel, 1950, p. 44.

[29] D. Gamboni, *La Plume et le Pinceau*, Paris, Minuit, 1989.

[30] A. Gide, *Les faux-Monnayeurs*, Paris, Gallimard, coll.《Folio》, 1978, p. 30.

[31] 本质分析和形式定义其实无法遮盖这一点，即承认"文学性"或"图画性"的特性和承认"文学性"或"图画性"无法约简为任何其他表达方式，是与承认它同时假设和强化了生产场的自主性分不开的。因此，正如我们将要看到的，对最前卫的艺术形式所要求的纯粹美学禀赋的分析，是与对生产场的自主化过程的分析分不开的。

[32] E. Zola, *Mes Haines*, *op. cit.*, p. 68 et 81. 为了绘画而被创造的若干范畴向文学转移的逻辑，在他谈到雨果时提出的原则中看得很清楚，这个原则无疑确定了作为激进的主观主义反对学院美学之专制主义的**现代**美学："不该有文学教条；每部作品都是独立的并要求单独评价"（E. Zola, *ibid.*, p. 98）。艺术活动不受先在的规则控制而且不能用任何超验的标准衡量。它产生自身的法则并带有自身的评价标准。

3. 象征财产市场

> 在另一个领域，我曾有幸，甚至乐意赔钱让人翻译卡洛斯·贝克尔的两卷巨著《海明威》。
>
> ——罗贝尔·拉封

我曾尝试通过一系列共时剖面图重构最有决定性阶段的历史，这段历史导致一个与众不同的世界的建立，它就是我们目前了解的艺术场或文学场。这个相对自主的空间（也就是说，显然也是一个相对依赖的空间，尤其是依赖经济场和政治场）让位给一种颠倒的经济，这种经济以它特有的逻辑，建立在象征财产的本质上，象征财产乃两面的现实，即商品和意义，它特有的象征价值和商品价值是相对独立的。专业化导致出现了一种专门供市场之用的文化生产与一种作为对立面的、"纯粹"的和供象征占有之用的作品生产，在这个专业化过程中，文化生产场在目前状况下，往往按照一个区分原则组成，[1]这个区分原则不过是文化生产机构与市场及明确的或潜在的需要之间的客观和主观距离，生产者的策略处在两条界限之间，这两条界限，即彻底地、厚颜无耻地、服从需求与绝对独立于市场及其要求，事实上从未被达到。

两种经济逻辑

这些场是服从相反逻辑的两种生产和流通方式对立共存的地点。在一个极点上，是纯艺术的反"经济学"的经济，这种经济建立在对

非功利价值的被迫认可和对（"商业"的）"经济"和（短期的）"经济"利益的否认基础上，它优先考虑源于自主历史的生产及其特定要求；这种生产，从长远来看，除了自己产生的要求之外不承认别的要求，它以积累象征资本为目标，象征资本是被否认、被认可因而变得合法的"经济"资本，真正的信用，它能够在某些条件下长远地提供"经济"[2]利益。在另一个极点上，是文学和艺术产业的"经济"逻辑，文学艺术产业将文化财产的交易与其他交易一视同仁，赋予由发行量衡量的即时的和暂时的成功以优先地位，满足于符合顾客的先在的需要（尽管如此，这些企业对场的隶属仍通过下面这个事实得到显示，即这些企业只有拒绝最粗俗的唯利是图的形式并避免彻底公开它们的功利目的，才能兼有一般经济企业的经济利益和知识企业被保证的象征利益）。

一个企业在市场上提供的产品越直接或越彻底地符合一个**先在的需要**，而且这个需要**表现在先在的形式中**，那么这个企业越接近"商业"的一极。由此可见，生产循环的长度无疑构成了衡量场中的一个文化生产企业的位置的最佳标准之一。因此，一方面存在着短期生产周期的企业，这个周期力求按照可定向的需求进行预先的调整，将风险降低到最低限度，这些企业配备了商业化流程和生利手段（广告，公共关系，等等），这些流程和手段被指定用来促进注定很快过时的产品的一种快速循环来保证利益的加快回收；另一方面，存在着**长期生产周期**的企业，这个周期建立在接受文化投资固有的风险基础上，特别是建立在服从艺术商业的特定法则的基础上：这种全部以未来为目的的生产在目前没有市场，倾向于变成库存的产品，这些产品甚至有重新落入物品境地的危险（被这样估价，比如按照纸的重量）。[3]

其实偶然性很大，而且出版一个年轻作家写的书收回本钱的机会是微乎其微的。一部不成功的小说（短期）可能不到三个月的生存期。在短期的中等成功的状况中，一旦付清了生产费用、著作权费、发行费，出版商还剩下大约20%的售价，他还要收回销售不出去的，负担存货，支付总务费和税费。但是，当一本书超出了第一年的期限，进入"保留书目"，它就成了为长期投资的预测和"策略"提供基础的财政"储备金"：第一版偿清了固定费用，书可以在成本大大降低的情况下重印，而且它可以保证定期的收回（直接收回和附属费用，翻译，袖珍版，出售给电视或电影），这些定期的收回有助于资助多少有些风险的投资，这些投资能够保证适时地增加"保留书目"。

不确定性和偶然性构成了文化产品生产的特征，它们体现在午夜出版社出版的三部著作的销售曲线图上：一部获"文学奖"的作品（曲线 A）起初热销（1959 年销售 6143 本，1960 年卖掉 4298 本，扣除卖不出去的），但此后每年销售量很低（约计平均每年 70 本）；《嫉妒》（曲线 B）是阿兰·罗布－格里耶的小说，1957 年出版，第一年卖掉 746 本，四年之后（1960 年）才赶上获奖小说的最初销售水平，但从 1960 年开始，由于每年的销售量保持了一个稳步增长的比率（1960 年到 1964 年之间平均每年增长 20%，1964 年到 1968 年之间平均每年增长 19%），1968 年合计达到了 29462 本；萨缪埃尔·贝克特的《等待戈多》（曲线 C），1952 年出版，五年之后只卖掉 10000 本，但从 1959 年开始，增长率大抵稳定地（1963 年除外）维持在 20% 左右（曲线自这个时候起按照指数函数变化），这本书 1968 年（销售 14298 本）达到了合计 64897 本的销售量。（还要加上纯粹的失败状况，也就是说，《等待戈多》1952 年底停止了销售，留下了一个严重亏损的资产负债表。）

因此我们可以按照不同出版社为长期风险投资和短期安全投资留出的份额，同时按照它们的作者比例，描述它们的特点，这些作者可分为长期作家和短期作家、通过"新闻"写作扩展他们的日常活动的记者、在随笔或自传性记叙中提供他们的"见证"的"大人物"、或屈从于一种经过检验的美学标准（"获奖"文学、成功小说，等等）的职业作家。

因此我们看到，1975 年，先锋派的小出版社如午夜（或今日的 POL）和大出版社如拉封、城市集团、阿歇特互相对立，中间位置被弗拉马里翁、阿尔班·米歇尔、加尔曼－莱维这些"传统"

午夜出版社的三部著作销售增长之比较

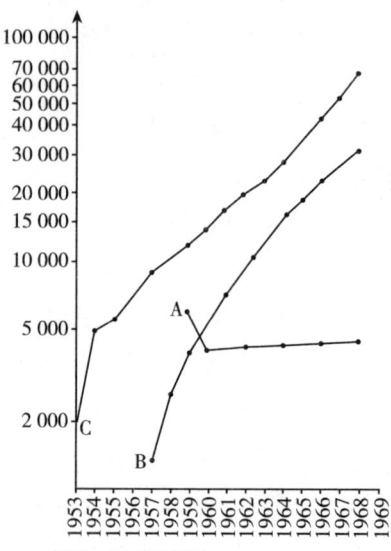

来源：午夜出版社

的老出版社占据，它们由继承者掌管，继承者在它们的遗产中找到了力量和节制；中间位置尤其被格拉塞占据，这个昔日的大出版社，如今被阿歇特帝国吞并；另外还被伽俐玛占据，它从前是先锋出版社，很久以来达到了认可的顶峰，它集开发保留书目（再版，出袖珍本，等等）事业及长期事业（"道路"丛书，"人文科学"丛书）于一身，我们会看到，他们的作者在**畅销书**名单和知识分子**畅销书**名单中全都榜上有名。至于在面向长期生产、进而面向"知识分子"公众的出版社的次场，存在着一方面是（代表正在获得认可的先锋派的）午夜，另一方面是占统治地位的伽俐玛之间的对立，瑟伊则代表了中间位置。

作为出版场中对立两极的代表，罗贝尔·拉封出版社和午夜出版社允许我们通过它们特征的多样性领会将场的两个区域分开的对立。一方面，一个大企业（700 名雇员）每年出版大量的新书（大约 200 种），公开以追求成功为目标（1976 年，有 7 次印刷超过 100000 册，14 次印刷达 50000 册和 50 次印刷达 20000 册），这就意味着庞大的推销机构、巨大的广告支出和公共关系（特别是在书商的经营上）以及完整的选择策略，这个策略是以可靠投资的意识（直到1975年，大约一半的出版物为在国外得到检验的翻译作品）和追求**畅销**为目的[4]：在出版社与之对立的"执意不肯把出版社面向文学"的人的"光荣榜"上，我们可以举出贝尔纳·克拉维尔、马克斯·卡洛、弗朗索瓦丝·多兰、乔治—埃玛纽埃尔·克朗西耶、皮埃尔·雷伊的名字。

相反，午夜出版社是一家小手工企业，雇佣了十几个人，每年出版不到20部书（相当于在小说和戏剧方面，25年当中只有40多个作者）；它将预算中的一小部分用于广告（它甚至有策略地拒绝最普遍的销售形式），它经常像开始时一样，销量低于500册（"P. 第一本销量超过500册的书是他的第九本书"），发行量低于3000册（按照1975年的资产负债表，在1971年以来出版的17部新作品中，也就是说在三年当中，14部没达到3000册，其余三部未超过5000册）。如果我们只考虑新出版的作品，出版社（1975年）亏损了，靠吃老本为生，也就是说，靠已经出名的出版作品（如《等待戈多》）定期为它提供的利益为生。

一个进入开发积累的象征资本阶段的出版社令两种不同的经济并存，一种转向生产和探索（在伽俐玛出版社就是乔治·朗布里什创立的丛书），另一种是转向保留书目的开发和被认可产品的发行（如"七星丛书"，尤其是"页码"丛书或"观点"丛书）。我们很容易看到来自两种经济之间的不协调中的矛盾：[5]适合于生产、传播和宣传一种产品的组织并不适于另一种；此外，发行和管理的要求压在机构和负责人的思维模式上的重负趋向于排斥风险投资，如果可能引起这些风险的作者事先没被转移到其他出版社的话。自然而然地，创办人的消失可能会加速，但不足以解释这样一个过程，这个过程存在于文化生产企业发展的逻辑中。

鉴于画廊场与出版场的同源性，我们无需对这个场进行一种会陷于老调重谈的系统分析，我们只要看到，在这里，由资历（和名气）而来的差别，进而由认可程度和其作品的商业价值而来的差别相当精确地印证了与"经济"的关系的差别。由于缺乏应有的"资助"，"销售"画廊（比如波布尔）有选择地（于1977年）展出了时代、流派和年龄相差很大的相对折中的画家（抽象派和后超现实主义者，几个欧洲极现实主义者，新现实主义者）

的作品精选，也就是更容易理解的作品（鉴于它们突出的经典地位或"装饰"用途），它们能够在职业和半职业收藏家之外找到买主（他们来自"富有的管理者"和"时髦工业家"，如一个消息灵通人士说的）；因此，这些画廊能够发现和吸引一部分已经引人注目的先锋画家，为他们提供可能影响其声誉的认可，也就是说，提供一个价格比在先锋派画廊更高的市场。[6]相反，索纳邦、德尼斯·勒内或杜朗－吕埃尔这些画廊代表了绘画史的时代，因为每个画廊在它的时代都集中了一个"流派"，这些画廊是以**有系统的立场**为特征的。[7]因此我们可以在索纳邦画廊展览的画家的连续性中辨认出一种艺术发展的逻辑性，这种逻辑性从"美国新绘画"和波普艺术及画家如劳申伯格、贾斯博斯·约翰斯、吉姆·戴恩，导向有时被归为**极简抽象艺术**的奥尔登伯格、利希滕斯坦、韦赛尔曼、罗森奎斯特、沃霍尔，和贫困艺术、观念艺术或书信艺术的最新探索。同样，为德尼斯·勒内画廊扬名的（创立于1945年并由瓦萨勒利的一次展览开创的）几何抽象派与动力艺术之间的联系是显而易见的，马克斯·比尔和瓦萨勒利这样的艺术家在某种程度上将两次世界大战期间（特别是包豪斯的）的视觉探索与新一代的光学和技术探索联系起来。

两种衰老方式

因此，两极之间的对立和这种对立中显示的两种"经济"观念之间的对立，也表现为**完全互相排斥的文化生产企业的两个生命周期**即企业、生产者和产品**的两种衰老形式**之间对立的形式。总务费用的比重和对资本回收的相应考虑，通过股票迫使大公司（如拉封）非常迅速地运转资本，但也非常直接地控制它们的文化策略，特别是手稿的选择。[8]此外，这些短期生产的企业，以高级成衣业的方式，紧密依靠一套应该不断维持和定期动用的"推销"人员和制度。[9]相反，小出版商可以在同时也是出版社作者的顾问的帮助下，以私人方式了解全部的作者和出版的书籍。他们为与报界建立关系所实施的策略完全适合场的最自主区域的要求，这个区域拒绝暂时的妥协，并倾向于使成功与艺术特有的价值对立。长期生产象征的和经济的成功（至少在开始时）依靠几个"发现者"也就是一些作家和批评家的行动，他们搞出版靠的是信任出版社（通过在出版社出书、为出版社带来手稿、为出版社的作者说好话等做法），同时也要依靠教育体制，只有它能够最终供给一群转变了的公众。

如果说所谓的"商业"产品的接受基本上与接受者的知识水平无关，那么"纯粹的"艺术作品只有那些有禀赋和才能的人才可理解，禀赋和才能是他们评价的必要条件。由此可以得出，为生产者的生产者相当直接地依靠学校教育制度，不过，他们不断地反抗这个制度。学校占据了与教会相似的地位，按照马克斯·韦伯的说法，学校应该"有系统地证明获胜的新学说的合法性和限制它的范围，并捍卫旧学说以对抗预见性的攻击，确立具有和不具有神圣价值的东西，并让它进入世俗人的信仰中"：通过限定值得传播和获得的东西与不值得的东西之间的范围，学校持续地再生产被认可的作品与不合法的作品之间的区分，与此同时，持续地再生产对待合法作品的合法方式与不合法方式之间的区分。在这个功能中，学校以相当缓慢的行动速度，与其他机构区分开来：先锋派批评家执意要完成他们**发现者**功能，他们应该进入证明超凡魅力的交换中，这类交换往往将他们变成艺术家和他们艺术的代言人，有时将他们变成他们的经纪人；学院或博物馆这类机构应该在它们的文化原则对当代人发挥作用的范围内，将冲突与温和的创新相结合。学校教育机构企图垄断对过去作品的认可和对标准的消费者的生产和认可（通过学历），只有**在死后**，经过漫长的过程，才给予可靠的认可标志，这个认可标志是通过收入教学大纲把作品确认为经典形成的。

因此，没有前途的**畅销书**与经典作品之间的对立是彻底的，经典作品是长久的畅销书，它们从教育系统得到认可，进而得到广大的和持久的市场。[10]这种对立作为基本的区分原则存在于头脑之中，建立了作家乃至出版商活动的两种对立表现。一些出版商只是单纯的商人或大胆的发现者，他只有彻底认可"纯粹"生产的特殊法则和赌注，才能成功。在最缺乏自主的场的一极，也就是说，对面向销售的出版商和作家而言，对他们的公众而言，成功本身就是一种价值的保证。这就造成了在这个市场上，成功接踵而至：人们通过公布印数帮助制造畅销书；批评家所做的最好的事情无非就是为一本书或一个剧本"预言成功"（"这一定会成功",[11] "我闭着眼睛打赌《转折点》会成功"[12]）。失败显然是一种终审判决：没有读者的人就没有才华（同样是这个罗贝尔·康泰谈到了"像阿拉巴尔一样无才华又无读者的作家"）。

在相反的一极，即刻的成功有某种令人生疑的东西：仿佛它把一部无价作品的象征礼物简化为一种单纯商业交换的"礼物"。这种把此岸的苦行变成彼岸的拯救条件的观念，在象征炼金术的特定逻辑中找到了根源，这种特定的逻辑希望，投资只有以馈赠的方式蚀老本（或至少表面上如此）地运作，才能得到回报，但这种馈赠只有自认为没有回报，才能确保最宝贵的回赠，即"认可"；而且，**介入的时间间隔**通过掩盖未来的回赠将馈赠转化为纯粹的慷慨，在这个馈赠当中，恰恰是时间间隔充当了挡板并掩盖了最无关利害的投资被许给的利益。[13]

"经济"资本只有再次转化为象征资本，才能保证场提供的特定利益——和这些特定利益常常会带来的长期"经济利益"。无论对于作家还是批评家，画商还是出版商或剧院经理，唯一合法的积累，旨在造出一种名声，一个著名的和被认可的名字，即认可的资本，它意味着认可事物（这是签名章或签名的作用）和人物（通过出版、展览等）的权力，进而赋予价值并从这种活动中获利的权力。

"纯粹"艺术的商业作为无交易的物物交易，属于前资本主义经济（就像另一领域内代与代之间的交换经济，或更普遍地，家庭经济和所有亲友关系的经济）在其中幸存的实践类别：[14] 作为实践**否认**，这些本质上双重的、暧昧的行为，会引起两种相反的、但同样错误的阅读，因为这两种阅读消除了这些行为的基本二元性和表里不一，将它们要么简化为否认，要么简化为被否认的东西，要么简化为无关利害，要么简化为利益。这些行为向所有经济主义提出的挑战恰恰体现在这个事实中，即只有长久地和共同地压制"经济"特有的利益和"经济"分析所揭示的实践的真实——它们才能在实践中——不仅仅是在表象中——得以实现。

艺术和商业在画商或出版商的被否认的"经济"行为中结合起来，如果这种经济行为不以对场的运行法则和特定要求的实践支配为导向，它就无法成功，甚至"在经济上"。文化生产方面的企业主应该将现实主义和"无关利害的"信念集于一身，这是一个完全不可能实现的、总之极为罕见的组合，现实主义隐含着对被否认（而非被否定）的"经济"必然性的最小妥协，而"无关利害的"信念则排除这些妥协。因此圣徒传记所颂扬的"纯粹"艺术家，贝多芬顽强地捍卫他的经济利益——尤其是他的乐谱出售的著作权——，是完全可以理解的，倘若我们善于在一些行为中看到企业精神的一种特定形式，这些行为最能够触犯艺术家的浪漫主义表象的经济上的超凡入圣：革命的意图应该提供一个不可简化为"经济"抱负的"经济"手段（比如，对贝多芬来说，使用规模庞大的乐队），否则就被看作只有愿望，没有行动。同样，如果一切都使试图以"发现者"身份行动的出版商或画商与纯粹的商人对立，那么他也同样与那些将相同配置（以阿尔努的方式）用于其企业的商业维度和文化维度的人对立："在成本或印刷上出一点错就会引起灾难，即使销售良好。当让-雅克·波韦尔把着手重印《利特雷》时，生意有利可图，因为预定人数出乎意料。但是，出书的时候，对成本的错误估计使每本书损失了15法郎左右。出版商只好把业务让给一个同行。"[15]艺术世界深刻的暧昧造成了，一方面，没有资本的新来者能够倚仗一些价值得到市场的承认，因为统治者以这些价值的名义积累他们的象征资本（此后或多或少再转化为"经济"资本）；而且，另一方面，只有那些懂得重视和顺应这种被否认的经济中的规定的人，才能完全收获他们的象征投资的象征利益乃至"经济"利益。

将先锋派小企业与"大企业"与"大出版社"分开的差别，与在产品方面我们可以在暂时没有"经济"价值的"新"、最终贬值的"老"与有稳定的或稳步增长的"经济"价值的"古老"或"经典"之间所做的差别互相重叠；抑或与在生产者方面我们可以在两种先锋派之间所做的差别互相重叠，前者更多来自未被划入一个时代的（生理上的）年轻人，即"完了的"或"过时的"作家和艺术家（他们可能在生理上是年轻人），后者是受到承认的先锋派，"古典主义者"。

为了令人信服，只需考察画家的（生理）年龄与他们的**艺术年龄**之间的关系，艺术年龄是根据场在它的时空中为他们分配的位置衡量的。先锋派画廊的画家既反对与他们（生理）年龄相同、在右岸展览作品的画家，也反对在这些画廊中展览作品的比他们年长很多或已经去世的画家：他们与前者除了生理年龄无任何相同之处；他们与后者有相同之处，但通过艺术年龄与他们对立，艺术年龄是按照艺术世代（革命）衡量的，他们与后者都占据与这些有威望的先驱者在场的（或多或少）先前状态下占据的位置同源的位置，以及拥有在以后的状态下占据同源位置的一切可能性（正如已经与他们的作品相联系的目录、文章或书籍这类认可的迹象表明的）。

倘若我们观察被不同的画廊"把持"[16]的一系列画家的年龄金字塔，我们首先看到生产场中画家年龄与画廊地位之间的一种相当清晰的（在作家身上同样很明显的）关系：标准年龄在索纳邦这个先锋派画廊处于 1830—1839 年（在唐普龙是 1920—1929 年）这个阶段，在丹尼斯·勒内（或法兰西画廊）这个得到承认的先锋派画廊处于 1900—1909 年这个阶段，在德鲁昂（或杜朗·鲁埃尔）处于 1900 年之前的那个时期，而像波布尔（或克洛德·贝尔纳）一类的画廊不但占据了先锋派与被认可的先锋派之间的中间位置，还占据了"销售画廊"与"学院画廊"之间的中间位置，表现出一种双态结构（带有 1900 年之前的一种模式和 1910—1929 年的另一种模式）。

生理年龄和艺术年龄（其最好的尺度无疑是相应的风格在相对自主的绘画历史中出现的时代）在先锋派画家（在索纳邦或唐普龙展览作品）那里是一致的，但在过去的所有经典手法的学院派继承者那里，则可能并不一致，后者站在上个世纪最著名的画家一边，在通常位于豪华商业区的右岸画廊，如"印象派商人"德鲁昂或杜朗·鲁埃尔的画廊展览作品。作为另一个时代的种种化石，这些画家现在做着过去的先锋派所做的事（像**造假者**一样，但为了他们自己），从事一种可以说不属于他们的时代的艺术。

先锋派艺术家由于艺术年龄，特别是由于对金钱和世俗声誉的

（暂时）拒绝（艺术就是由于金钱和世俗荣誉而变衰老的），在某种程度上保持两度"年轻"，相反，化石艺术家由于他们的艺术和他们生产模式的年龄，以及由于整个生活风格，在某种程度上两度衰老，他们作品的风格是生活风格的一个维度，这种生活风格意味着对世俗的义务和奖赏的直接和即时的服从。[17]

先锋派画家与过去的先锋派之间的共同点要远远地超出与这个先锋派的后卫部队的共同点；而且，最重要的是，先锋派画家缺乏艺术之外的、或者也可以说是世俗的**认可**的标志，而化石艺术家即地位稳固的画家通常出自美术学院，获过奖，是学院的成员，佩戴着荣誉勋章，拥有官方的订购，非常富有。假如除去过去的先锋派，我们就会看到德鲁埃画廊展出其作品的画家大部分在所有方面都体现出与先锋派艺术家及称赞先锋派艺术家的人所认可的艺术家形象相反的特点。这些画家通常出身于甚或居住在外省，他们在巴黎艺术生活中往往以属于"发现"他们当中许多人的这家画廊为主要据点。很多人第一次在这里展出了作品并且/或者被德鲁埃青年画家奖"推出"。他们无疑比先锋派画家更经常接受美术教育（他们当中的三分之一左右在巴黎、外省或他们的家乡上过美术学校、实用艺术学校或装饰艺术学校），他们很乐意自称是这个人或那个人的"学生"并按照他的手法（往往是后印象主义）、他的主题（"海洋"，"肖像"，"寓意"，"乡村景色"，"裸体"，"普罗旺斯风景"，等等）和他的场景（戏剧布景，精装本插图，等等），从事一种学院艺术。这种史无前例的艺术往往为他们保证一个真正的**前程**，这个前程是以各种各样的报酬和晋升如奖金和奖章（133人中有66人获奖）为标志的，而且被认为能达到认可的和合法化的机构（他们当中的很多人是传统的大沙龙委员会的会员、领导或成员）中或再生产的和合法化的机构（外省美术学院的院长，巴黎的美术学院或装饰艺术学院教授，博物馆馆长，等等）中的权力位置。举两个例子：

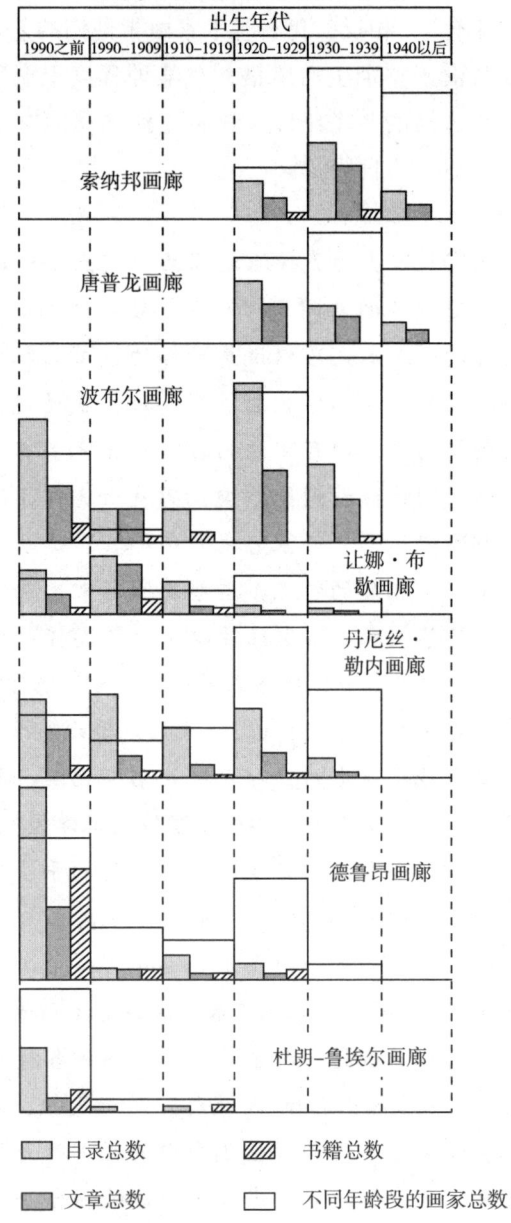

1914年5月23日生于巴黎。上过美术学校。在纽约和巴黎进行过特别画展。给两本书做过插图。加入巴黎大沙龙。1932年获中学高年级优等生绘画奖。1957年获第四届芒东双年展银奖。作品被博物馆和个人收藏。

生于1905年。就学于巴黎美术学校。加入独立者沙龙和秋季沙龙。1958年获巴黎城市美术学校大奖。作品被巴黎现代艺术博物馆和法国内外的许多博物馆收藏。翁弗勒尔博物馆馆长。在全世界举行过许多特别画展。

他们当中的许多人最终得到了最不含糊的世俗认可的标志，比如荣誉勋章，这无疑是以一种入世换来的，因为"订购"带来政治－行政接触，或者"官方画家"的职能致使他们出入上流社会：

生于1909年。风景和肖像画家。绘制 S.S. 让 XXIII 以及我们时代的名人（赛西尔·索莱尔和莫里亚克，等等）的肖像，它们于1957和1959年在德鲁埃画廊展出。获时代的见证人画家奖。加入了大沙龙并成为组织者之一。参加了德鲁埃画廊1961年在东京组织的巴黎沙龙画展。他的画作进入法国许多博物馆并成为全世界的收藏品。

生于1907年。在秋季沙龙展出处女作。第一次西班牙之行给他留下了深刻的印象，第一次获罗马大奖（1930年）决定了他长期旅居意大利。他的作品尤其致力于描摹地中海地区：西班牙、意大利、普罗旺斯。精装书插图画家，戏剧舞台设计师。学院成员。在巴黎、伦敦、纽约、日内瓦、尼斯、波尔多和马德里举办过画展。作品进入现代艺术博物馆以及法国和国外的个人收藏。荣誉勋位勋章获得者。[18]

同样的规律在作家那里也可以发现。因此"获得学院成功的知识分子"（也就是在1972—1974年的《文学半月刊》的"选萃"中提到的一系列作家）比**畅销书作家**（也就是1972—1974年的《快报》周刊的获奖名单中提到的一系列作家）年轻，而且尤其不那么经常被评奖委员会看中（31%对63%），特别是不被在"知识分子"眼中最"循规蹈矩"的委员会看中，因此他们通常获得勋章的机会要少些（4%对63%）。**畅销书**尤其是由一些精通快速销售的大出版社出版的，如格拉塞、弗拉马里翁、拉封和斯托克；"获得学院成功的作者"中一半以上的人在三家出版社，伽俐玛、瑟伊和午夜出版社出书，它们的生产完全面向"知识分子"公众。

倘若我们将更同质的人，即拉封出版社和午夜出版社的作家进行比较，这些对立还要更加明显。后者显然更加年轻，很少获

奖，获得勋章就更不常见了。[19]事实上，两个出版社集中的是两类大致不可比的作家：一方面，占统治地位的模式是"纯粹"作家的模式，纯粹作家从事形式探索且距离"尘世"太远；另一方面，最主要的地位属于作家－记者和记者－作家，他们"严格地按照历史和新闻"创作，这些作品"属于生物学和社会学，私人日记和历险记，电影分镜头和法庭作证"，[20]"我看看我的作者名单就会发现，一方面是一些从新闻转向写作的人，如加斯东·博纳尔、雅克·博什莫尔、亨利－弗朗索瓦·雷伊、贝尔纳·克拉维尔、奥利维·托德、多米尼克·拉皮埃尔，等等，还有一些人出身于大学教员，如让·弗朗索瓦·雷韦尔、马克斯·卡洛、乔治·贝尔蒙，他们走的是相反的道路。"除了这类非常典型的"商业出版"作家，还要加上见证作家，政治、体育或戏剧"人物"，他们通常接受约稿并有时在一个记者－作家的协助下写作。[21]

显然，文化生产场赋予年轻人的特权又一次导致了对权力和其基础的"经济"的否认：如果说作家和艺术家因他们的衣着特点特别是身体素养，总是倾向于站在"青年"一边，这是由于，不论从表象上还是在现实中，年龄之间的对立，都跟"资产者"的严肃与"知识分子"对严肃精神的拒绝之间的对立，更确切地说，跟与金钱和权力的距离的对立是同源的，这种距离与最终或暂时远离金钱和权力的被统治的统治者地位维持一种因果循环的关系。

　　由此我们可以假设，达到成年的社会指数（它既是达到权力位置的条件又是其结果）和放弃与少年时代的不负责任相关的（由"先锋派"的文化抑或政治实践构成的）实践，会按照从艺术家到教授，从教授到自由职业者，从自由职业者到管理者和企业主的顺序，越来越早；或者可以假设，相同生理年龄的成员，比如名牌大学的全体学生，会依照他们将来会有的客观前程而具有由不同象征属性和行为显示的不同社会年龄：美术学院的学生应比高师的学生更"显年轻"，后者比综合工科学校或国立行政学院或高等经济学校的学生更年轻。应该按照同样的逻辑分析权力场的统治区域内部的性别之间的关系，更确切地说是被统治的统治者位置的作用，这个位置落到"资产阶级"妇女身上，使她们（在结构上）接近年轻的"资产阶级者"和"知识分子"，使她们预先倾向于在统治阶层与被统治阶层之间扮演一个调解人的角色（她们总是扮演这个角色，特别是通过"沙龙"）。

划时代

但是给予"青年"及给予与"青年"相关联的变化和创新的价值的特权，若仅从"艺术家"与"资产阶级"的关系出发，是无法完全理解的；这种特权同样表达了生产场变化的特定法则，即区分的辩证法：这个法则使"划时代"的制度、流派、作品和艺术家注定要过去，变为**经典的或降级的**，注定被抛出**历史**之外或"进入历史"，注定成为被认可的**文化**的永恒存在，各种"活着时"最不相容的趋向和流派可以在这个永恒的存在中和平共存，因为被它们经典化了、学院化了、中性化了。

当企业和作家（主动或被动地）依赖某些因为划时代而不可避免地过时的生产模式，当它们（他们）封闭在变成超验的和永恒的标准、拒绝接受乃至看到创新的认识或评价模式之中时，它们（他们）就开始衰老了。因此，在一定时期扮演发现者角色的某个商人或某个出版商可能会陷入他本人促使其产生的**制度观念**之中（如"新小说"或"美国新绘画"），陷入一个社会定义之中，批评家、读者以及更年轻的作家相对于这个社会定义确定自身，更年轻的作家会满足于使用先驱者一代创造的模式。

"我想要**新意**，避开老路。这就是为什么，"德尼斯·勒内写道，"我的第一次展览是为瓦萨勒利举办的。这是一个**探索者**。后来我在1945年给阿特朗举办了画展，因为他也是个不寻常的、与众不同的、全新的人物。一天，五个陌生人，哈通、戴罗勒、德瓦纳、施奈德尔、玛丽·雷蒙，来向我展示他们的绘画。在这些**严谨的**、**朴素的**作品面前，只要看上一眼，我的道路似乎就开辟了。里面有足量的炸药，可以激动人心并且**质疑**艺术问题。于是我组织了'抽象派青年画展'

畅销书和得到认可的作者

出生年代	快报 数量:92	文学 半月刊 数量:106	奖项	快报 数量:92	文学 半月刊 数量:106
1900年之前出生	4	7	否	28	68
1900/1909	9	27	是	48	31
1910/1919	17	15	勒诺多奖	–	–
1920/1929	33	28	龚古尔奖	25	6
1930/1939	11	15	联盟奖	–	–
1940年及以后	5	5	费米纳奖	–	–
不回答	12	9	美第奇	–	4
			诺贝尔奖	16	2
			不回答	16	7
公开职业			**奖章**		
文人	35	32	否	35	32
大学教员	5	48	是	5	48
记者	26	6	荣誉勋章 或功德勋章	28	18
心理分析学家, 精神病医生	–	2			
其他	10	7	不回答	13	5
不回答	16	11			
住所			**出版社***		
外省	5	13	伽俐玛	8	34
——巴黎周边	2	5	瑟依	7	12
——南方	1	4	德努埃尔	3	6
——其他	2	4	弗拉马里翁	11	5
国外	2	4	格拉赛	14	8
巴黎及市郊	62	57	斯多克	11	1
——第6区/第7区	19	19	拉封	18	3
——第8区/第16区/西郊	23	11	普龙	1	4
——第5区/第13区/第14区/第15区	11	14	法亚尔 卡尔曼–莱维	5	4
——其他区	7	9	阿尔班·米歇尔	1	2
——郊区（西郊除外）	2	7	其他	5	1
不回答	23	32		11	33

*出版社统计的作者总数超出了表头所列作家的数量，因为有些作者在不同出版社出书。①为了建立知识大众所认可的作者群，我们考察了《文学半月刊》1972–1974年出版的每月专栏"文学半月刊推荐书目"中被列举的一系列在世法国作家。至于对大众而言的作家类型，我们考察了1972到1973年作品发行量最大的在世法国作家，这些作家的名单是以巴黎和外省的29家大书店提供的情况为依据的，由《快报》定期出版。《文学半月刊》的选目中一大部分留给外国翻译作品（所列书目的43%）和经典作家的再版（比如科莱特、陀斯妥耶

夫斯基、巴枯宁、罗莎·卢森堡),因此紧跟知识界的特定现实;《快报》的名单只登出了12%的外国翻译作品,这些作品同时也是国际畅销书(德斯蒙德·莫里斯、米基·斯皮兰、赛珍珠,等等)。

(1946年1月)。对我来说,**斗争的时代**开始了。首先,直到1950年都是**为了**从整体上**推广抽象派**,并**动摇**形象绘画**的传统地位**,今天人们**有点忘记**那时形象绘画在很大程度上是主流。然后,到了1954年是非形象潮流的变革:我们见证了大批艺术家的自发产生,他们**沾沾自喜地沉醉于材料**。画廊自1948年起**为抽象派而斗争,拒绝**普遍的迷恋并**坚持**一种**严格的**选择。这个选择就是构建抽象派,它**来自于**世纪初**伟大的造型革命**,新的探索者今天还在发展这个抽象派。高贵的、朴素的艺术,不断表现出它的所有活力。为什么我会逐步地**专门捍卫被构建的艺术**?倘若我在自己身上找原因,在我看来,这是因为没有人更好地表达艺术家对一个**岌岌可危**的世界、一个永恒酝酿的世界的征服。在埃尔班、瓦萨勒利的一部作品中,没为**阴暗的力量、停滞和病态**留什么位置。这种艺术明确表达了创作者的全部自制力。舍费尔的一只螺旋桨、一座摩天大楼、一尊雕塑,摩尔唐森的一幅画,蒙德里安的一幅画:都是让我放心的作品;我们能从这些作品中读到人类理性的明确统治,人类战胜**混乱**的胜利。这就是对我而言的艺术的角色。感情在艺术中占了很大的分量。"[22]

我们在这里看到,最初选择之根源的立场,即对"严格的"和"朴素的"构造的喜爱,如何包含着不可避免的拒绝,而且,(看到)当我们把使最初"发现"成为可能的认知和评价范畴应用于这样一些作品时,这些作品产生自与过去的生产和认知范式的决裂,这作品是如何被抛到未完成和混乱一边的;最终(看到),对于为推行在另一个时代是异端的法则而进行的斗争的怀旧般参照,如何使得对变成新正统的东西进行异端式的质疑之中止合法化的。

说场的历史就是为了垄断确定合法的认识和评价范畴的权力而斗争的历史还是不够的;是**斗争**本身构成了场的历史;场通过斗争才有了时间性。作家、作品或流派的老化恰恰是一种向过去机械地滑动的结果:这种老化是在曾经划时代并为永久存在而斗争的人与不把一些人打发到过去他们自身就无法划时代的人之间的斗争中产生的，因为这些人让时间停止、让目前的状况永存是有利可图的；这种老化是在与连续性、一致性、再生产有牵连的统治者与关注非连续性、决裂、差别、革命的被统治者、新来者之间的斗争中产生的。**划时代**是在法定位置之外，**促使一个新位置在这些位置之前作为先锋地位存在**，并通过引入差别开创时代。

我们理解在这场为了生活、为了生存的斗争中属于**区分标志**的位置，区分标志在最好的状况下，目的常常在于发现与一系列作品或生产者相关的最表面化的和最显而易见的属性。词语、流派或团体的名称、专有名词之所以会显得非常重要，那是因为它们形成了物：作为区分的符号，它们产生了在一个空间中的存在，在这个空间中存在就是区分，就是"让自己有个名称"，一个专有名词和普通名词（一个团体的名词）。**虚假概念**，即通过命名区分异同的**实践**工具，近期绘画中盛行的流派或团体名称，如波普艺术、极简抽象艺术、概念艺术、大地艺术、身体艺术、观念艺术、贫困艺术、弗吕克绪斯（Fluxus）、新现实主义、新形象主义、材质—表面运动、光效应艺术等等，都是在为了获得艺术家本人或有头衔的评论家的**认可的斗争**中产生的，并且承担**认可符号**的功能，这些符号将画廊、集团和画家区分开来，与此同时，也将它们创造或提供的产品区分开来。[23]

新来者在他们籍以存在的差别，也就是说取得合法的差别，乃至在一段或长或短的时间内取得绝对合法性的运动中，只能将他们与之较量的被认可的生产者不断打发到过去，进而将这些人的产品及与喜爱这些产品的人的趣味，**不断地打发到过去**。因此，画廊和出版社，像画家和作家一样，时时刻刻都按照它们的艺术年龄，也就是说，按照它们艺术生产方式的年代，按照这个既是认识模式又是评价模式的发生模式的经典化和传播程度分布。画廊场从共时性上再现了十九世纪末以来的艺术运动的历史：每一个引人注目的画廊在或远或近的过去都是一个先锋派画廊，它的鼎盛在时间上越久远，它的"标志"（"几何抽象派"和"美国通俗艺术"）得到的认识和承认越广泛，画廊就越被承认，如同它认可（而且它因此能卖得更贵）的作品一样，但它被封闭在这个"标志"（杜朗-鲁埃尔，印象派商人）之中，这个标志也是一种命运。

在每个时代，在任何一个斗争的场（整个社会场，权力场，文化生产场，文学场，等等）中，参加游戏的行动者和制度既是当代的，又是在时间上不协调的。**现在的场**不过是斗争的场的另一个名称罢了（正如过去的作家只在仍然是赌注的情况下才现时在场这个事实所揭示的）。作为现在存在的同时代性，实际上只有在**斗争中**才能存在，斗争促使不协调的时间，或更确切地说，促使由时间并在与时间的关系中分开的行动者和制度**同时发生**：一些人不在现在，只在其他先锋派生产者当中拥有他们承认的和承认他们的同代人，他们的公众只能在未来；另外一些人是传统主义者或保守主义者，只在过去认出他们的同代人（下图的横虚线表示这些潜在的同时代性）。

艺术生产场的时间性

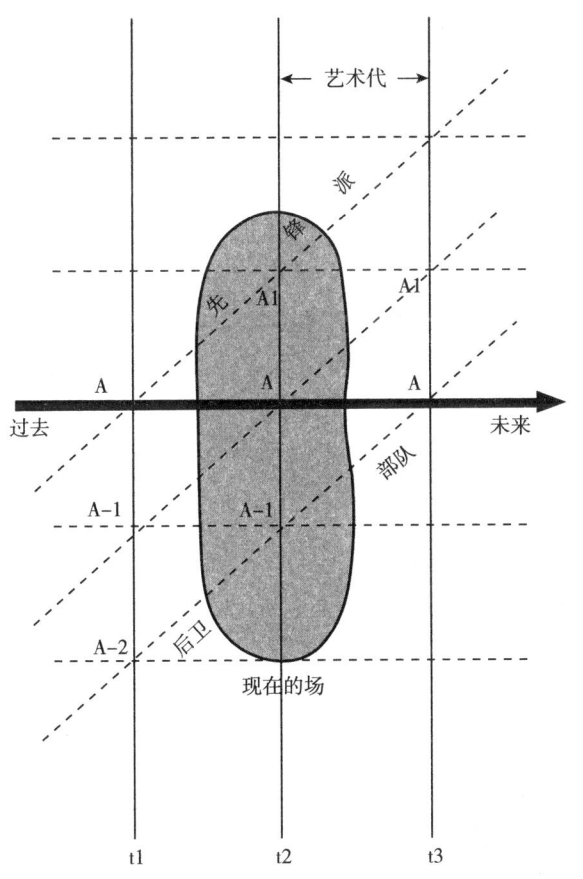

一个能够通过规定先锋位置而划时代的团体的出现所产生的时间运动，通过一种现在场的结构的一种平移，这就是说，通过在时间上被划分等级的位置的平移表现出来，这些位置在一个固定的场中是互相对立的，因而每个位置都从一个时间等级的行列中移动过来，这个时间等级也是一种社会等级（在不同时代的场中，虚线对角线集中了结构上相等的位置——比如先锋派）。先锋派时时刻刻都被一个**艺术代**（被理解为两种艺术生产模式之间的差距）与获得认可的先锋派隔开，而得到认可的先锋派本身也被另一个艺术代与自它进入场的时刻就已获得认可的先锋派隔开。由此可见，风格或生活风格之间的距离，在艺术场空间如同在社会空间中，从未如此准确地以时间的标准衡量过。

变化的逻辑

统治着生产场的被认可的作家也倾向于逐渐在市场上获得威望，而且随着经过一个与一种特定训练相关或无关的或长或短的熟习过程变得平庸化，他们变得越来越可读和容易接受。为反抗他们的统治而使用的策略，通过他们，总是指向并达到他们的特殊产品的特殊消费者。在一个既定时刻，在市场上推出一个新生产者、一种新产品和一个新趣味，这就是把在合法性的等级关系下被分成等级的所有生产者、产品和趣味统统打发到过去。生产场借以将自身时间化的运动也促进了趣味（被理解为具体体现在消费选择中的偏好系统）的时间性的确定。[24]由于生产场的等级化空间的不同位置（可以不加区别地由机构、画廊、出版社、剧院的名字或由艺术家或流派的名字辨认出来）与社会上分为等级的趣味相符，场的结构的任何变化都会引起趣味结构的一种变动，也就是说集团之间的象征差别系统的变动：与先锋派艺术家趣味、"知识分子"趣味、先进"资产阶级"趣味和外省"资产阶级"趣味之间的对立同源的对立（1975年），在由索纳邦画廊、德尼斯·勒内或杜朗-吕埃尔代表的市场上找到了它们的表达手段，这些对立原本可以同样有效地表达自己，比如在1945年，德尼斯·勒内代表这个空间的先锋派，或者在1975年，当时这个先锋位置被杜朗-吕埃尔占据。

这个模式非常明确地存在，因为艺术场及其历史是近乎完美地统一的，因此每一个划时代的艺术行为都将一个新位置引入场中，改变了先前的一整套艺术行为的时间。由于一系列相关的"突变"实际上在最后一个突变中出现，一个美学行为不可简化为处于系列当中的任何其他行为，整个系列本身也趋向于单一性和不可逆转性。

> 因而可以解释，正如马塞尔·杜尚指出的，对过去风格的**回归**从未如此频繁：即将结束的世纪的特点犹如一支**双筒猎枪**：康定斯基、库普卡创造了抽象派。后来抽象派死掉了。没人再提它了。它在三十五年后随美国抽象表现主义者重新出现。可以说立体主义是以一种贫瘠的形式通过战后巴黎派的出现而复苏的。达达主义同样是重现的。死灰复燃，第二次复兴。这是本世纪特有的一个现象。这在十八或十九世纪不存在。浪漫主义之后，库尔贝出现了。浪漫主义从未回归。连拉斐尔前派都不能算作浪漫派的一种改头换面。[25]

实际上，这些回归总是**表面上的**，因为这些回归与它们通过对某种东西的否定参照（倘若不是出于戏仿的意图）而重新发现的东西分开，而这种东西本身也曾是对他们重新发现的东西的否定（的否定的否定，等等）[26]。在达到其历史的当前阶段的艺术或文学场中，一切行为，一切举动，一切表现，如同一位画家精辟地说的，都是"一个环境内部的种种眼色"：这些眼色，即相对于现在或过去的其他艺术家的无声的和隐秘的参照，在差别的游戏中且通过差别的游戏表现出排斥外行的一种共谋，外行总是注定要错过本质，也就是相互关联和相互作用，作品不过是相互关联和相互作用的无声痕迹。场的结构本身从未如此清楚地表现在每个生产行动中。

同源性与先设和谐的作用

由于不同类型的文化财产——绘画、戏剧、文学、音乐——的生产和传播的场围绕着与需求（"商业"需求与"非商业"需求）相关的同一种基本对立构成，因此，这些场之间的关系在结构上和功能上是同源的，除此之外，这些场还与权力场保持了一种结构同源的关系，它们的主要主顾来自于权力场。

这种结构在戏剧上体现得特别明显，戏剧上右岸与左岸的对立，存在于一个客观的区分的空间中，但也作为一个区分原则作用于头脑。因此，"资产阶级戏剧"与"先锋派戏剧"之间的差别，作为一个区分原则，有助于在实践中将作家、作品、风格和主题分类，这种差别既体现在巴黎不同剧院观众的社会特征（年龄，职业，住所，看戏频率，愿意出的价格，等等）上，也体现在作者（年龄，社会出身，住所，生活方式，等等）和作品或戏剧企业的特征上，它们特征是完全一致的。

其实，就是在所有这些关系的共同作用下，"探索戏剧"与"通俗喜剧"互相对立：一方面，是享受国家补助的大剧院（奥德翁，巴黎东方剧院，国立人民剧院）和左岸的几家小剧院（老鸽舍，蒙帕纳斯，等等），[27]这些在经济和文化上担风险的企业，以相对低廉的价格上演（在内容上和导演技巧上）与传统决裂、面向年轻观众和"知识分子"观众（大学生，教授，等等）的戏剧；另一方面，是"资产阶级"戏剧，经济收益的考虑强迫这些普通的商业企业采取一种极其谨慎的文化策略，它们不冒风险，也不让它们的主顾冒风险：它们根据可靠的和确定的方法为年长的"资产阶级"观众（管理者、自由职业者和企业主）上演可信的或成熟的作品，这些人预备出高价观看纯粹的娱乐剧，这些演出无论在动机上还是导演上，都遵循了自一个世纪以来不变的一种美学规律：要么是将外国作品改编为法国作品，原初演出的负责人按照从电影或音乐厅行业借鉴来的一种方式分配并部分地资助这些改编的作品；要么就是重新上演传统通俗喜剧中最经久不衰的作品。[28]在这两者之间，传统剧院（法兰西喜剧院，作坊剧院）构成了中间地带，它们大致同样从权力场的所有区域汲取观众，上演中性的或折中的剧目，即"先锋派的通俗喜剧"（《基督教》的一个批评家如是说）或得到承认的先锋派剧目。

这种结构出现在所有的艺术体裁中,很久以来,它倾向于在当今作为一种精神结构而发生作用,构成产品的生产和认识:[29]艺术与金钱("商业")之间的对立是大部分判断的生成原则,这个原则在戏剧、电影、绘画和文学方面,试图划定艺术与非艺术、"资产阶级"艺术与"知识分子"艺术、"传统"艺术与"先锋"艺术之间的界限。

不妨从许多例子中列举几个:"我认识一个从技艺、材料等角度来看有一定素质的画家,但在我看来,他所做的完全是商业性的;他从事一种制造,就像做小面包一样……当艺术家太出名的时候,他们常常有从事制造的趋势(画廊经理,访谈录)。"先锋主义除了赋予他对金钱的漠视和反抗精神之外,通常不会给他的信心提供其他保证:"金钱对他来说不算什么,他甚至撇开了服务大众,把文化当成反抗的工具。"[30]

作者空间与消费者(和批评家)空间之间的结构和功能的同源性以及产品空间的社会结构与作者、批评家和消费者用于(本身是按照这些结构组成的)产品的精神结构之间的对应,是建立在供给的不同类型的作品与公众的不同期待之间的**巧合**的根源。这种巧合,无论看起来多么神奇,仍表现为供给与需求的一种有意识协调的产物。虽然厚颜无耻的算计显然不是不存在,特别是在"商业"一极,但它对于产生在文化产品的生产者与消费者之间可见的和谐既不必要,也不足够。因此,只是因为批评家在知识场中的地位与他们的公众在权力场中的地位之间的同源性是一种客观默契(与戏剧所要求的客观默契建立在相同的原则基础上)的基础,他们才这么出色地服务于公众,这种客观默契使得他们只有在捍卫自己的利益反对他们的对手时,才如此真诚地、有效地捍卫他们主顾的利益,批评家在生产场中占据与他们的对手对立的位置。[31]

我们可以相信最著名的批评家与他们的公众的期待是一致的。当他们保证从不赞同读者意见的时候,他们批评的有效性原则并不体现在相对于公众趣味的蛊惑人心的调整上,而是体现在一种客观一致性上,这种一致性准许一种完全的真诚,这种真诚对于

令人信服是必不可少的，因而是有效的。[32]《费加罗报》的批评家从不简单地对一场演出作出反应；它对"知识分子"批评的反应产生反应，他在"知识分子"批评形成之前就预料到了这一批评，因为他也主宰着"知识分子"批评由以产生的发生对立面。罕见的是，处于被统治地位的"资产阶级"美学能够无保留不谨慎地表达自己，而且，对"通俗喜剧"的颂扬几乎总是采取对拒绝"通俗喜剧"价值的人的价值进行揭露的防御形式。因此，赫布·加德纳通过一种充斥着关键词的赞美为他的通俗喜剧《一千个小丑》收场（"多么自然，多么优雅，多么自在，多么大的人类热情，多么温存，多么细腻，多么严格而多么有分寸，还有多么浓厚的诗意，多么杰出的艺术"），而让－雅克·戈蒂耶在对这出戏的一篇评论中，写道："他叫人发笑，他捉弄人，他有智慧、敏捷的答辩才能、滑稽可笑的意识，他逗乐，他解忧，他让人欢快，他施展魔法；他不能忍受严肃，严肃是一个空虚的形式，也不能忍受庄严，庄严是缺乏优雅……；他紧紧抓住幽默，作为对抗因循守旧的最终武器；他超出了力量和健康，他就是幻想的化身，他在笑的气氛中，给他周围的人上了关于人类尊严和男子气慨的一课；他特别想要他周围的人们**在这样一个世界里笑起来不再感到羞耻，在这个世界中，笑是被怀疑的对象**。"[33]

这涉及的是扭转（艺术场中的）占统治地位的表象，并揭示因循守旧也在先锋派一方，在他们对"资产阶级"保守主义的揭露中：真正的勇敢属于那些有勇气向反因循守旧的因循守旧发出挑战的人，哪怕他们因此冒获得"资产者"[34]掌声的风险……这种从赞成到反对的颠倒，并不是随便一个"资产者"就可以理解的，它有助于"右派知识分子"体验一种双重的向后转，这个向后转将他带到了起点，但与此同时（至少在主观上）使他与同"资产者"区分开来，作为知识分子的大胆和勇敢的至高无上的证明。当"资产阶级"知识分子试图调转自己的武器反抗对手或至少脱离后者送给他的形象（"把喜剧推向纯粹的通俗喜剧，但以尽可能优雅的方式"）时，哪怕他坚决地接受而不是简单地承受（"大胆地轻快"）这个形象，他显示出，他被迫在他反对"知识分子"价值的斗争中承认这些价值，否则就要否定自己是知识分子。这些策略至此一直运用于政治随笔作家的论战中,因此更直接地面对着客观化的批评。它们出现在1968年5月抗议之后的通俗喜剧舞台上,这个舞台尤其是资产阶级的自信和担保之地:"通俗喜剧剧院以中立地区或非政治化区域而闻名,它为捍卫自己的一致性而武装起来。这个演出季开始的大部分剧目都展现了这样一些政治或社会主题,它们表面上作为这种喜剧风格的不变机制的原来几个手段(通奸及其他):费利西安·马索写加入工会的仆人,阿努依写罢工者,人人都写脱离束缚的年轻一代"。[35]

因为以安抚"资产阶级"公众为首要任务的批评家自身的"知识分子"利益也牵涉进来,所以他们并不满足于在这些公众身上唤醒他们对"知识分子"产生的刻板印象:无疑批评家免不了对公众暗示这一点,即许多会使他们对自己的美学能力产生怀疑的探索和可能动摇他们的伦理学或政治信念的大胆妄为,实际上都是由制造轰动的爱好、挑衅或神秘化的精神激发的,若不单单是由失败者的怨恨激发的话,失败者倾向于对其无力和无能进行一种策略的颠倒;[36]他们只有表现出能够**以知识分子的身份讲话**,才能好歹彻底地完成他们的职能,因为知识分子是不会上当的,他们第一个理解有没有什么可理解的,[37]他们不怕在自己的地盘上对抗先锋派作家及其批评家。由此,他们为知识分子权威的制度标志和符号付出了代价,非知识分子尤其承认这些标志和符号,如隶属于法兰西学士院;由此,同样地,在戏剧批评家那里,风格和观念的雅致是用来证明一个人知道自己说的是什么,或者在政治随笔作家那里,是哄抬马克思学说的博学。[38]

只有被占据位置中的期待与占据者的配置完全、直接地一致,"真诚"(象征有效性的条件之一)才是可能的——而且是有效的。若不考虑这个事实,即生产场的客观结构是认识和评价范畴的根源,这些范畴构成了对场提供的不同位置及其产品的认识和评价,我们就无法理解这样一种一致性,比如在大部分记者与他们的报纸(与此同时还有报纸的读者)之间的一致性,是如何建立的。因此人物或机构的对立组合——报纸(《费加罗报》/《新观察家》,或者另一个范围内,另一种实践背景中的《新观察家》/《解放报》,等等)、剧院(右岸/左岸)、画廊、出版社、杂志社、妇女时装店——可以作为分类模式起作用，这些分类模式有助于为别人和自己定位。

正如我们在先锋派艺术中明确看到的，这种社会导向意识允许在一个有等级差别的空间移动，在这个空间中，**地点**——画廊、剧院、出版社——既标明了这个空间中的诸多位置，同时又标明了与诸多位置相关的文化产品，这尤其因为大众通过这些地点确定自身，他们在生产场和消费场同源性的基础上，为消费品定性，帮助确定它的稀缺性或通俗性（传播的代价）。就是这种实践的支配使得最有经验的创新者有可能感觉和预感到，**除了厚颜无耻的算计之外**，还有"需要做的事"。那么，考虑到一切已做的，一切完成的，所有做这事的人，以及他们在什么地点、什么时间和如何做的，就有什么地点、什么时间，跟谁做的问题。[39]

（广义的）出版地点的选择——出版商、杂志、画廊、报纸——之所以那么重要，原因是，在生产场中每个作者、每种生产和产品形式，都与一个（已经存在的或尚待创立的）**自然地点**相符，而且不在其正确位置上——并且如人们所说的"转移了"——的生产者或产品——或多或少注定要失败：所有同源性为那个在结构中找到位置的人确保一群合适的公众和有理解力的批评家，等等，相反，对迷失于自然地点之外的人则起反对作用。倘若先锋派出版商和**畅销书**生产者打算出版客观上留给出版空间的相反一极的作品，那么他们一致认为，他们会不可避免地遭到失败，同样地，一个批评家无法对他的读者产生"影响"，除非他们给了他这个权利，因为他们在他们的世界观、他们的趣味和他们的整个习性上与批评家在结构上是一致的。

让-雅克·戈蒂耶出色地描绘了这种有选择的相似性，这种相似性将记者与报纸相连并通过报纸将他与公众相连：按照同样机制被选中的《费加罗报》的出色主编，为《费加罗报》选择了文学评论家，因为"他具备适合向报纸读者讲话的语调"，因为，**无需有意为之**，"他自然而然地用《费加罗报》的语言讲话"，他将是这家报纸的"典型读者"。"如果明天，我在《费加罗报》上，开始用《现代杂志》或《文学圣殿》的论调讲话，就没人读，也没人理解，也就没人听，因为我依靠的是读者一点也不关心的某些概念或论据。"[40]每个位置都与**若干前提、一种信念**相符,而且生产者占据的位置与他们主顾占据的位置之间的同源性是这种同谋的条件,如同演戏一样,被牵涉的东西越重要,越接近最大限度的投入,这种同谋越必要。

因此,尽管与一个专门场中的一个位置相关的特定利益(这种利益相对独立于与社会位置有关的利益),只有完全服从场的特定法则,这就是说,在特定情况下,只有付出否认一般形式的利益的代价,才能得到合法而且有效的满足,但是,文化生产场与权力场(或总体上的社会场)之间的同源关系使得按照纯粹"内部"目的生产出来的作品总是预先倾向于超额完成其外部功能;当作品对需求的配合不是一种有意识寻求的产物,而是一种结构呼应的结果时,这一点体现得尤其明显。

尽管两种文化生产方式,"纯粹"艺术与"商业"艺术原则上是完全对立的,但它们通过它们的对立本身而互相联系,这个对立既以对立位置空间的形式在客观性中起作用,又以认识和评价模式的形式在精神中起作用,认识和评价模式构成了对生产者和产品的空间的全部认识。艺术生产和艺术家身份的相反定义的持有者之间的斗争,以决定性方式推进了信仰的生产和再生产,这种信仰既是场运行的一个基本条件,也是场运行的一个结果。无疑,"纯粹的"生产者可能更容易忽视对立位置,尽管对立位置作为一个"过时"状况的陪衬和延续,仍旧从否定方面为他们的"探索"确定方向;无论如何,他们还是从对所有世俗妥协的拒绝中汲取了很多力量,乃至灵感,他们有时也一并对一些人进行谴责,这些人将"商业"做法和利益引入了圣地,并且从他们的象征资本中提取世俗利益,象征资本是他们以对"纯粹"生产的要求的一种典型服从为代价积累的。至于被称作"成功作家"的人,他们当然要求新来者遵守秩序,新来者的全部资本就是他们的信心和不妥协,他们从对利益的否认中获得最大的好处。因此,任何人不论他在场中的地位如何,都不能完全忽视空间的基本法则:[41]必须否认"经济"的绝对命令以超验的外表呈现出来,尽管这种命令是严密审查的产物——由此我们可以推断这种审查会施加给每个促使这种审查施加给所有其他人的人。

信仰的生产

争夺赌注掩盖了场中游戏规则的串通,这是场的一个非常普遍的属性。为了垄断合法性而进行的斗争有助于加强合法性,斗争就是以合法性名义进行的:关于拉辛、海德格尔或马克思的合法解读的终极冲突排除了这些冲突的利益问题和合法性问题,同时排除了使冲突变得可能的社会条件的问题,这个问题确实是不恰当的问题。冲突表面上冷酷无情,但维护了主要的东西:敌对者们投入冲突中的信念。对于隶属于场(场通过其自身的运行预先假定并生产利益)所固有利益的分享,意味着接受一整套假设和公设,尽管这些假设与公设是若干讨论的必要条件,但它从定义上就不在讨论之列。

我们这样揭示了这种看不见的串通的最隐秘的结果,也就是**幻象**永久的生产和再生产,幻象是对游戏的集体赞同,这种赞同既是游戏存在的原因,又是游戏存在的结果,于是,我们就能暂时搁置"创造"的超凡魅力观念,这种观念是这种默认信仰的显而易见的表达,并无疑构成了形成一种关于文化财产的价值生产的严谨科学的主要障碍。实际上是这种观念将目光引向表面上的生产者——画家,作曲家,作家——,禁止询问是谁创造了这个"创造者"和他拥有的变体的魔力;同样,这种观念将目光引向生产过程的最明显特征,也就是引向转变为"创造"的产品的物质**生产**,并由此忘掉了在艺术家及其自身活动之外寻求这种创造能力的条件。

只要提出这个被禁止的问题就可看到,创作的作家本人是在生产场中被一群人——批评家、作序者、商人等等——造就的,他们"发现"了艺术家并封他为"著名的"和公认的艺术家。因此,比如艺术商人(画商、出版商等等)既是通过经营艺术家的产品剥削艺术家劳动的人,又是通过展览、出版或演出将艺术家投放到象征财产市场上的人,他为艺术生产的产品提供一种**认可**,艺术商人自身越是得到认可,这种认可就越重要。他只要让他捍卫的作者进入著名的和公认的存在之中,就可促进作者价值的产生,保证(在他的庇护之下,在他的画廊里或他的剧院里,等等)作者的出版,向作者提供他积累的一切象征资本作为保证,[42]因而使作者进入认可的循环,这个循环将他引入越来越高雅的人群,以及越来越稀有和讲究的场所(比如,在画家的状况中有团体展览,个人展览,权威收藏,博物馆)。

作为有灵感的发现者的"大"商人或大出版家,在他们对一部作品的无关利害的和非理性的热情引导下,"造就"画家或作家,或使他有可能造就自我,这通过在困难时刻他们给予画家或作家的信念,以及使其摆脱物质困扰而实现。他们这种超凡魅力的表象改变了真正的功能:出版家或商人可以单独组织作品的传播并使之合理化,尤其对绘画而言,或许作品的传播是一项巨大的事业,是以(关于"引人注目的"展览地点,特别是在国外的)信息和物质手段为前提的;他一个人就可以起到中间人和屏障的作用,使得生产者有可能维持其个性及其活动的灵性和"无关利害"的表象,同时免去与市场接触,免掉与作品经营相关的既可笑又不体面的任务。(很可能,如果生产者需要自己保证其作品的销售,如果他们的生存直接依赖于市场的认可,或直接依赖只了解或认可这种认可的机构如"商业"出版社的认可,那么作家或画家的职业及相应的表现会完全不同。)

但是,从"创造者"追溯到"创造者的创造者"的"发现者",我们只是把原始的问题转移了,我们还要决定艺术商人被公认的认可权利是从哪里来的,这个问题也可用相同的措辞提给发现一个默默无闻的人或"重新发现"一个被误解的前人的先锋派批评家或被认可的"创造者"。强调"发现者"发现的从来都是曾被发现的、至少被几个人发现的东西是不够的,这几个人是:已经在一小部分画家或行家当中知名的画家,被别的作者"引进"的作者(我们知道,比如手稿几乎总是通过公认的中间人转来)。他的象征资本存在于与他所维护的作家和画家的关系中——"一个出版商,"他们中的一个说,"就是他的目录"——他的价值本身是在将他们联系在一起并使他们与其他作家或艺术家对立的一系列客观关系中被确定的;是在他与其他商人或出版商的关系中被确定的,竞争关系尤其是为了占有作家或艺术家的竞争关系,使他与其他商人或出版商联系在一起或互相敌对;最后是在与批评家的关系中被确定的，批评家的意见依赖于他们在自己的空间中所占位置与作者和出版商在他们各自空间中所占位置的关系。

倘若我们要避免没完没了地沿着原因的链条追溯下去，或许应该不再用"初始"的神学逻辑进行思考，这种逻辑不可避免地引向对"创造者"的信仰：认可行为的有效性原则就存在于场中，没什么比到别处，而不是到这个逐渐形成的游戏空间中，也就是到构成这个空间的客观关系系统中，到以这个空间为场所的斗争中，到在这个空间中产生的特殊信仰形式中，寻找"创造力"的根源，更徒劳无益了，这种"创造力"即不断被传统颂扬的不可言喻的**超自然力**或**超凡魅力**。

在魔法方面，重要的不是知道哪些是魔法师的特性，哪些是魔法工具、操作和表演的特性，而是确定集体信仰的基础，甚或确定集体地生产和维护**集体不知情**的基础，这种集体的不知情是魔术师权力的根源：正如莫斯指出的，"没有着魔的群体就无法理解魔法"，这是因为魔法师的权力是一种**合法欺骗**，这种欺骗是集体不知情的，因而得到了认可。艺术家把他的名字贴在一件**成品**上，给它一个与它的生产成本无法类比的价格，他的魔法的有效性得益于认可他并给他以权威的场的整个逻辑；若无神甫和信徒的空间，他的行为不过是一个疯狂的或无意义的举动，这些神甫和信徒注定要参照整个传统，将它当成有意义和价值的东西生产出来，他们的认识和评价范畴就是整个传统的产物。

无疑没有什么比六十年代前后在艺术领域为打破信仰的循环而不断增多的尝试的命运更好地证明了这些分析，比如曼左尼的尝试，他的"艺术家废物"罐头，能将放在上面的东西变成艺术品的魔术基石，或他在活人身上的签名，于是活人成了艺术品，或者还有本的尝试，他展出了标着"独一无二的作品"字样的一块黄板纸，或带有"长为45厘米画布"的说明文字的一块画布：因为这些尝试将属于自杜尚以来的艺术传统的挑衅或嘲讽的意愿用于艺术行为，它们立刻被变成艺术"行动"，被权威机构记录并因此被认可。艺术无法揭示关于艺术的真理，若不遮蔽这个真理，把这种揭露变成一种艺术表现。很能说明问题的是，按照对立推理，一切对艺术生产场本身、它的运行逻辑和它完成的功能提出质疑的企图,哪怕是通过高度升华的和含糊的艺术话语或"行动"的途径,如马修纳斯或弗林特那样,都会招来一种一致的谴责:这些发起者拒绝玩游戏,拒绝**按照艺术的法则**对艺术提出异议,他们质疑的不是玩游戏的方式,而是游戏本身和为游戏提供依据的信仰,唯有这一点是十恶不赦的违抗。[43]

我们看到,认为(比如像马克思那样)艺术作品的商业价值与其生产成本是无法类比的,这一点既对又错:对——如果我们只考虑物质产品的生产,艺术家(或至少是画家)是物质产品的唯一负责人;错——如果把艺术产品看作神圣的和被认可的物品,一个巨大的象征炼金术的企业产品,与这个企业合作的是加入到生产场中的全部行动者,默默无闻的艺术家和作家,还有被认可的"大师",批评家和出版家以及作者,热情的主顾连同信心十足的卖主,他们拥有同样的信心和相差悬殊的利益。只需考虑被经济主义的片面唯物主义忽略的许多贡献,就可看到艺术品的生产,也就是说艺术家的生产,并不是在社会能量守恒法则之外的一个特例。

无疑,象征生产劳动无法简化为艺术家从事的物质生产行为,这一点从未像今天体现得这样明显。新定义的艺术劳动使得艺术家前所未有地依靠评论和评论家的全面配合,评论家通过其对一种艺术的思考也通过其对一种艺术劳动的思考直接促进作品的生产,这种艺术本身常常掺杂着对艺术的思考,而这种艺术劳动总是包含着对艺术家自身的一种作用。

不能脱离艺术生产场的变化来理解这种艺术和艺术家职业的新定义:由于一整套前所未有的作品记录、保存和分析(复制,目录,艺术杂志,接收最新作品的博物馆,等等)制度的建立,**赞扬**作品的专职或业余人士的增多,作品和艺术家流通的加强,再加上大型国际展览会的举办和不同国家的画廊分店的增加,等等,这一切都促进了阐释者与艺术作品间的一种前所未有的关系的建立:关于作品的话语并不只是一种用于促进理解和评价的催化剂,而是作品及其意义和价值产生的一个时机。

只要再举出马塞尔·杜尚就够了:

——回到你们的**成品**上吧，我原以为 R. 穆特，《泉水》的署名，是制造商的名字。但在罗莎琳德·克劳斯的一篇文章中，我读到：R. **穆特，德语的一个双关语，贫困或贫穷**。贫穷，这会完全改变《泉水》的意义。

——罗莎琳德·克劳斯？红棕色头发的姑娘？根本不是这回事。您会发现的。穆特来自莫特工厂，是一家大卫生器具企业的名字。但莫特太近了，于是我造出穆特，因为当时有每日连环画，人人都知道穆特与杰夫。于是从一开始就有了一种很大反响。穆特，一个滑稽的矮胖子，杰夫，一个瘦高个……我想要一个不同的名字。于是我加上了理查德，刚好用在公共小便池上！您看，跟贫穷相反……但也不是这样，仅仅是 R. 罢了：R. 穆特。

——自行车轮子的可能解释是什么呢？我们能从中看到运动与艺术作品的同化？或一个基本的起点，比如发明轮子的中国人？

——这个机器没有意愿，倘若不是让我摆脱艺术作品的表象，这是一种幻觉。我不曾把它叫做一部"艺术作品"。我想摆脱创造艺术作品的愿望。……

——那么放在恶劣气候中的几何书呢？可以说这是把天气纳入空间的观点吗？是不是搞"空间几何"和"天气"、下雨或晴天的文字游戏会使书变样？

——不。不过是想把运动纳入到雕塑中。这只是幽默。纯粹是幽默，幽默。为了贬低一本定理书的严肃性。

我们从这里看到，处于场中的评论家和评论以及评论的评论所实行意义和价值之注入，直接显示出来，而且既天真又狡诈地揭露错误评论有利于注入意义和价值。艺术作品不可穷尽的观念或"阅读"被再创造的观念遮盖了，作品被所有对它感兴趣，并在阅读作品、给作品分类、破译作品、评论作品、翻印作品、批评作品、反对作品、认识作品、占有作品中发现物质或象征利益的人，不是两次，而是上百次，上千次地造成的。这一遮盖是通过在信仰物中常可看到的准揭露而实现的。

艺术生产，特别是那种在高度自主的生产场内表现为"纯粹"形式的艺术生产，体现出生产活动的各种可能的局限性之一：物理或化学的物质变化部分，比如一个冶金工人或手工业者完成的部分，与固有的象征变化的部分相比，被降到了最低，一个画家签名或一个妇女时装店商标（或者，在另一种形式下，一个专家的授予）的标志实现了象征变化的部分。与（无疑在这个**设计**的时代越来越罕见的）象征收益微乎其微的产品相反，艺术作品像宗教财产或宗教服务、各种护身符或圣体那样，只接受作为集体不知情的集体信仰的价值，这种集体不知情是由集体生产和再生产的。

由此需要强调的是，至少在从简单的产品（即工具或衣服）到神圣的艺术品这个连续体的极点上，如果不生产被造物的价值，物质生产劳动便一无是处；从前的经济学家提到的"宫廷披风"只有通过宫廷才有价值，宫廷通过这样进行自身的生产和再生产，再生产构成宫廷生活的东西，也即行动者和制度的整个系统，行动者和制度负责生产和再生产宫廷的习性和衣着，同时满足并生产对宫廷披风的"欲望"，而经济学家却把这种欲望当作一个已知条件。作为近乎实验的验证，宫廷服装随着宫廷和相关的习性的消失而消失，没落贵族除了变成马克思所说的"欧洲的舞蹈教师"之外别无选择……而且一切事物，即便是那些似乎最明显地具有"使用"原则的事物，在不同程度上，不都是如此吗？这意味着用处可能是一种"安眠功能"，意味着有必要**构建用处和价值的社会生产经济**，这种经济力求确定决定交换的客观价值的"主观价值等级"是如何组成的，而且这些"个人等级"的综合是按照什么逻辑进行的——机械组合的逻辑，还是象征统治和权威的强制作用的逻辑，等等？

"主观"配置是价值的根源，作为制度的历史进程的产物，这些配置具有客观性，这种客观性建立在超越了个人意识和意志的集体范畴之上：社会逻辑能够以场和习性的形式建立一种社会特有的利比多，这个利比多像它从中产生的和它所支持的社会空间一样发生变化（权力场中的统治欲，科学场中的求知欲，等等）。在或多或少与场相符的习性——根据它们在多大程度上是场的产物——和场的关系中——产生了所有层次的用处的基础，这些是：从根本上赞同游戏，**幻象**，认可游戏和游戏的用处，相信游戏及其赌注的价值，游戏和赌注构成了所有特殊价值和意义产生的基础。经济学家所认识的经济，乃是他们尽力将其建立在"理性自然"基础上从而把它变成理性的经济，这种经济如同所有其他经济一样，依靠一种拜物教的形式，但这种拜物教比其他经济更加隐蔽，因为其根源的利比多，至少在今天，呈现出被其结构所造就的精神——也就是习性——的所有自然表象。

注释

[1] 尽管这里提出的分析所依赖的资料有些过时——资料是1976年收集的——，但这种分析对于当前阶段还是完全有效的（正如我们通过在这里或那里指出消失的行动者或机构的几个当前的等量，或通过举出几个曾经是恒定的等量发生的变化的迹象所提示的）。无论戏剧领域、画廊领域或出版领域发生的变化，看来都没有深刻地影响在这些空间的先前状态中进行的经验分析得出的结构（抽出不变量并理解同源性的考虑，促使我对不同的场，特别是文学场和艺术场的**特性**闭口不谈或把它们放在次要地位，目的是在这项探索活动中，找出区分的**原则**，这些原则是不同的场所共有的，并且构成了不同的文化生产场的运行和我们关于这些场的观念）。

[2] 此后的引号指的是狭义经济学上的"经济"。

[3] 生产循环的周期长度相当不均等，使得不同出版社的年度资产负债表的对比没什么意义：我们离快速运转的企业越远，也就是说，随着长期循环产品的分量增加，年度资产负债表就越让我们对企业的实际情况产生一种不确切的看法。实际上，比如要评估存货，我们可以要么考虑**生产价格**，要么考虑不确定的**销售价格**，要么考虑**纸的价格**。这些不同的评估方式因我们要与之打交道的出版社的不同而表现出相当不均等的适应性，对"商业"出版社而言，存货很快回到印刷纸张的状态，对一些出版社而言，存货变成了一种倾向于不断升值的资本。

[4] 对拉封（以及不那么彻底地服从市场逻辑的其他出版商）而言，外国书的翻译似乎更遵循文学固有的逻辑。

[5] 自调查之日起过去的时间让人看到，午夜出版社达到被认可机构的地位之后（特别是由于萨缪埃尔·贝克特和克洛德·西蒙获得了诺贝尔文学奖），能够在一段时间内（按照在德尼斯·勒内画廊的情形中看到的一种逻辑），通过双重游戏的策略，兼得先锋派苦行的威望和商业成功的利益，让·鲁奥获龚古尔奖的小说是一个很好的例子（cf. B. Simonot, 《Prix Goncourt: une liberté surveillée》, *Liber*, *Revue européenne des livres*, décembre 1991, n° 8, p. 21）。

[6] 同样的逻辑使得出版商-发现者（莫里斯·纳多无疑是最典型的例子之一）总是处于一种威胁之下，即眼见他的"发现对象"被地位更稳固或认可度更高的出版商拐走，后者提供他们的名声、声誉、对评审会的影响，还有广告和更高

的版权费。

[7] 如果我们仅限于一个连续过程中的几个标志（在杜朗-吕埃尔和德尼斯·勒内之间显然存在着中间位置），就会看到，索纳邦画廊集中了年轻的但已经得到相对认可的画家（最老的是五十岁），杜朗-吕埃尔画廊只有死去的知名画家，德尼斯·勒内画廊与前面两个相反，它（1976年）占据了艺术场的空间-时间的一个特殊点，在此先锋派和承认的通常相互排斥的利益**在一段时期内**叠在了一起，这个画廊兼并了一系列已被广泛认可的（抽象派）画家和一群先锋派或后先锋派（动力艺术），仿佛它一时成功地逃脱了将流派带到过去的区分的辩证法（午夜出版社在1990年的出版场中占据了一个相似的位置）。

[8] 众所周知，法国一家**大出版社**的总经理实际上从不阅读他出版的任何手稿，他整天忙于纯粹的管理工作（召开生产委员会会议，与律师和分公司的经理见面，等等）。

[9] 罗贝尔·拉封承认这种依赖，当他为了解释翻译作品与原作相比分量减小，提出除了翻译版权的预付款总量增加之外，还有"大众传媒，特别是电视和电台对推销一本书的决定性影响"："作者的人格和他的口才对于这些媒体的选择、进而对于公众的感染力是一个至关重要的因素。在这方面，外国作家，除去几个大名人之外，自然是处于不利的境地"（*Vient de paraître*, bulletin d'information des éditions Robert Laffont, n° 167, janvier 1977）。

[10] 这一点在戏剧方面尤其明显，经典剧作（法兰西喜剧院的"经典剧日场"）的市场遵循完全特殊的法则，因为它依赖于教育制度。

[11] R. Kanters, *L'Express*, 15-21 janvier 1973.

[12] P. Marcabru, *France-Soir*, 12 janvier 1973.

[13] 关于对礼物交换的时间结构的分析，参见 P. Bourdieu, *Le Sens pratique*, Paris, 1980, p.178-183。

[14] 关于印欧社会中作为"无名行业"的无以名状的交易，参见 É. Benveniste, *Le Vocabulaire des institutions européennes*, Paris, Minuit, 1969, p.139*sq.*；关于作为被否认的"经济"的前资本主义经济，参见 P. Bourdieu, *Algérie 60*, Paris, Minuit, 1977, p.19-43。

[15] B. Demory, 《Le livre à l'âge de l'industrie》, *L'Expansion*, Octobre 1970, p.110.

[16] 我不是不知道通过一个画廊拥有的绘画而总结它的特征会有某种随意性——这会导致将它"造就"和"把持"的画家等同于它仅仅拥有几部作品但没有垄断其作品的画家。此外，这两类画家的相对比重因画廊之不同而变化很大并无疑允许在一切价值判断之外区分"销售画廊"与学院画廊。

[17] 自然，正如我们在别处指出的，选择否认的经济所要求的风险投资或是选择包含世俗名利的保险投资（比如选择艺术家和图画艺术家-教师或是选择作

家和作家-教授),无法脱离社会出身和对抗风险的倾向,这种倾向按照它所保证的安全性支持或大或小的风险。

[18] Cf. *Peintres figuratifs contemporains*, Paris, Galerie Drouant, 4ᵉ trimestre 1967.

[19] 通常被归入新小说派的作家都未获得过龚古尔奖或法兰西学士院奖,直到克洛德·西蒙获诺贝尔奖为止,他们只被这些认可机构中最"知识分子化"的费纳龙奖以及尤其是美第奇奖选中(cf. J. Ricardou, *Le Nouveau Roman*, Paris, Éd. du Seuil, 1973, p. 31 – 33)。

[20] R. Laffont, *Editeurs*, Paris, Laffont, 1974, p. 302.

[21] 只有不到5%的"获得学术成功的知识分子"也属于**畅销书**作家群体(而且他们都是得到高度承认的作家,如萨特、西蒙娜·德·波伏瓦,等等)。

[22] Denise René, Présentation du *Catalogue du 1ᵉʳ salon international des galeries pilotes*, Lausanne, Musée cantonal des Beaux-Arts, 1963, p. 150. 黑体由作者所加。

[23] 为了消除关于目前还在艺术、文学甚或哲学方面通用的许多"概念"的争论,只需看到这往往涉及**分类概念**,这些概念有时被转译为表面上最中性最客观的词语(比如"客观文学"被用在"新小说"上,而"新小说"本身则被用来指"在午夜出版社出版作品的一群小说家"),它们的首要功能是允许标明**实践团体**,比如一次引人注目的展览或一个被认可的画廊中的画家或在同一出版商那里出版作品的作家;或者是进行简单易行的特点描绘(诸如"德尼斯·勒内画廊,就是几何抽象艺术","亚历山大·伊奥拉斯画廊,就是马克斯·恩斯特",或"阿尔芒,垃圾箱",还有"克里斯托,包装")。

[24] 正如一位先锋派画家回答一份关于摄影的调查问卷时所说的,根据不同时代的先锋派趣味的状况,趣味可能"过时":"摄影过时了——为什么?——因为它不再时髦;因为它与两三年前的概念有关……现在谁会这么说:当我看一幅画的时候,我对他所表现的东西不感兴趣?——现在,它是艺术上几乎没有修养的人说的。这纯粹是对艺术没有任何概念的人说的话。**二十年前**,我甚至不知道在二十年前,抽象派画家会不会说这样的话,我不相信。那无知的家伙会这么说:我,我可不是一个老笨蛋,重要的是好看。"

[25] Interview reproduite in *VH 101*, n° 3, automne 1970, p. 55 – 61.

[26] 这就是为什么这样认为是幼稚的,即在区分逻辑导致的向过去的表达方式的(低级)回归中(如今天的"新达达主义"、"新现实主义"或"极现实主义"),时间上的接近与作品理解困难之间的关系就会消失。

[27] 为了停留在可利用的资料范围内(皮埃尔·盖达在这方面进行了出色的研究,参见 Pierre Guetta, *Le Théâtre et son public*, 2 vol., ronéotypé, Paris, Ministère des Affaires culturelles, 1966),我只举出这项研究考察的剧院。1975年专门的报纸统计

过的43家巴黎剧院（国家资助的剧院除外），29家（相当于三分之二）上演明确属于通俗喜剧的戏；8家上演古典的或折中的（在"不突出"的意义上）作品；6家在左岸，上演的可能是被看作知识分子戏剧的作品（某些被举出的剧院从调查的时候消失了，但其他剧院占据了这个空间中的同等地位）。

[28] 这里，如同在整个作品中一样，"资产阶级"用作名词时，是"权力场统治地位占据者"的简称，当它用作形容词时，是"结构上与这类地位紧密相连的"简称。"知识分子"以同样的方式表示"权力场的被统治地位"。

[29] 尽管在戏剧空间中观察到的结构已经随着一种"探索"戏剧的出现而在十九世纪最后25年中呈现出它的"现代"形式，但这个结构今天还不存在。当弗朗索瓦丝·多兰在最成功的通俗喜剧之一《转折点》中将一位先锋派作家置于通俗喜剧的最典型状况中时，相同的原因引起了相同的结果，她不过重新发现了斯克里布从1836年以来在《友情》中反对德拉克鲁瓦、雨果和柏辽兹所用的策略罢了，斯克里布为了向善良的观众保证自己反对浪漫派的鲁莽和过激，指出因哀歌而闻名的奥斯卡·里戈是一个乐天随和的人，总之是一个跟别人没什么两样的人，用他反对资产阶级"市侩"并不合适（cf. M. Descotes, *Le Public de théâtre et son Histoire*, Paris, PUF, 1964, p. 298）。这些讽刺夸张在戏剧作品中（比如，我们想到米歇尔·佩里的《高保真》对新小说的滑稽模仿）不会那么常见，在批评家那里也不会更常见，倘若它们不确信找到"资产阶级"观众的同谋的话，而"资产阶级"观众感到自己受到了"知识分子戏剧"的冒犯和谴责。

[30] A. de Baecque,《Faillite du théâtre》, *L'Expansion*, décembre 1968.

[31] 文化财产生产场作为促进区分策略的斗争场，其运行逻辑使得这些场运行的产物，无论是方式的创造还是艺术作品的创造，全都预先注定要作为区分的工具而起区别的作用。

[32] J.-J. Gautier, *Théâtre d'aujourd'hui*, Paris, Julliard, 1972, p. 25 – 26.

[33] J.-J. Gautier, *Le Figaro*, 11 décembre 1963.

[34] 处于同源结构中的相同位置引起相同的策略：A. 德鲁昂，画商，指责"左派因循守旧的画家，他们是伪天才，在他们身上虚假的创新代替了天才"（Galerie Drouant, *Catalogue 1967*, p. 10）。

[35] L. Dandrel, *Le Monde*, 13 janvier 1973。"复辟"的氛围恢复了（政治上的）保守主义位置的某种光彩，这种氛围促进了文化生产场中的倒退立场的回潮——比如，小说领域中的回到"叙述"或《费加罗报》最近的一个调查，这家报纸拿出了它在别的时候被迫使用的防御措施，毫不犹豫地提出了一个"受到过高评价的作家"名单，先锋派的大部分文化英雄都名列其中，杜拉斯、波伏瓦、西蒙、巴塔耶，等等（cf. *Le Figaro*, 16 mars 1992）。

[36] "这里指的是新电影所贬低的一种才能,新电影在这点上模仿新文学。这种敌意很容易理解。当一门艺术意味着一种确定的才能时,骗子装出蔑视它的样子,觉得它太难了;庸才选择最好走的路"　(L. Chauvet, *Le Figaro*, 5 décembre 1969)。

[37] "一部电影称不上新电影,如果有争议的术语不出现在主题陈述中的话。我们要明确,在这种情况下它绝对什么也不想说"　(L. Chauvet, *Le Figaro*, 4 décembre 1969)。

[38] "他的乐趣难道不在于积累被最夸张的抒情－形而上学的信仰表白所宣告的最粗俗的色情－虐待狂的挑逗,并眼见巴黎伪知识分子在这些卑劣的平庸思想面前昏厥过去?"(C. B. *Le Figaro*, 20－21 décembre 1969)

[39] "我不是这么知道的,这些东西都是感觉到的……我确实不知道我在做些什么。有些人有互通消息,我可不知道这个……信息是模模糊糊地感觉,想说些事情并一下子抓住……都是一时想不起来的小东西,是感情而不是信息"(先锋派画家)。

[40] J. -J. Gautier, *Théâtre d'aujourd'hui*, op. cit., p. 26. 出版商也完全意识到了一本书的成功依赖出版地点:他们懂得辨认什么是"他们的",什么不是,并且看到"他们的"书(比如伽俐玛)在另一个出版社那里进行得不大顺利(比如拉封)。因此,作者与出版商之间及随之而来的书与公众之间的协调是一系列选择的结果,这些选择全都让出版商的标志形象介入:作者就是根据这种形象选择出版商,出版商也根据他本人对自己出版社的观念来选择作者,读者在他们对一个作者的选择中也考虑他们对出版商的印象,这无疑有助于解释"被转移"的书的失败。是这个机制正确无误地告诉一个出版商:"每个出版商在他那个类别中都是最好的。"

[41] 企业主、银行家、高级官员或政客在很多作品中表达他们业余爱好者的哲学思想,这些作品都是对文化和文化作品表达的敬意。在《世界名人词典》上出现的100个进行过文学创作的人当中,有三分之一以上是非专业人员(工业家占14%;高级官员占11%;医生占7%;等等),而在政治作品(45%)和一般作品(48%)的领域内的业余生产者的比重还要更大。

[42] 落到艺术商人身上的象征担保角色,在绘画领域表现得尤为明显,这并不是偶然的,在这个领域,购买者(收藏者)的"经济"投资,比在文学乃至戏剧方面,重要得多。雷蒙德·穆兰看到,"与一个重要的画廊签下的合同有商业价值",在业余爱好者眼中,商人是"作品质量的保证人"(R. Moulin, *Le Marché de la peinture en France*, Paris, Minuit, 1967, p. 329)。

[43] 按照同样的逻辑,对哲学的哲学进行"质疑"会被哲学家接受,甚至赞扬,但同样是这些哲学家会认为哲学制度的社会学客观化是无法忍受的。

第二部分　一种作品科学的依据

当我们什么时候像我们研究自然科学中的物质那样不偏不倚对待人类灵魂,我们就前进了一大步。这是人类对自身稍稍有所超越的唯一方式。于是人类坦率地、单纯地在他们作品的镜子中观察自己。他们将会像上帝一样高高在上地审视自己。是的,我认为这是可行的。这或许就像在数学上,不过是一种要找到的方法。

——居斯塔夫·福楼拜

1. 方法问题

> 研究是走捷径的艺术。
>
> ——库特·勒文

我对"宏大理论"从未有强烈的爱好,当我读若干能够归入这个类别的成果时,我禁不住对虚假的大胆和真正的谨慎构成的这种典型的学校教育组合感到某种愤怒。我可以在这里抄写十几个夸张和几乎空洞的句子,这些句子常常以杂乱地罗列一些附日期的专有名词而结束,这些专有名词包括一连串谦卑的人种学家、社会学家和历史学家,他们为"大理论家"提供了他思考的材料,像进贡一样,为他带来了新的学院威望必不可少的"实证性"证明。我只举一个极为平常的例子,出于慈悲之心,我略去作者的名字:"正如许多人种学报告告诉我们的,在这个类型的社会中存在着一种交换礼物的制度化义务,这就妨碍了可用于纯粹经济目的的资本积累,表现为礼物、节日、救急形式的经济剩余价值转化为非特定化的义务、政治权力、尊敬和社会地位(Goodfellow, 1954;Schott, 1956;Belshaw, 1965, sp. p. 46 *sq.*;Sigrist, 1967, p. 176 *sq.*)。"

而且,当大学要求的必然机制迫使我在某个时刻打算就我从前的研究工作的这个或那个特点写一篇所谓的总结文章时,我发现自己突然回到了少年时代最黯淡的夜晚,那时我不得不做学校教育常规的命题论文,在肩负相同任务的同学中间,感到被捆绑在永恒的苦刑凳上,模仿者和抄袭者在这里没完没了地复制学校教育练习的工具,课程、论文或课本。

一种新科学精神

我一方面厌恶那些急于坐上"创始人"位子的觊觎者自负的信仰表白,一方面喜欢某些作品,它们的理论像人们呼吸的空气一样到处存在但又无处可寻,在一个注释的迂回中,在一份古代文献的评论中,在阐释话语的结构本身中。我本人完全认同这些作者,他们知道如何在一种仔细进行的经验研究之中探讨最具决定性的理论问题,而且对概念进行一种更谦卑同时更高贵的使用,有时甚至将他们自身的贡献隐藏在理论的一种创造性再阐释中,而这些理论是他们的对象固有的。

要求个案研究给出这个或那个标准问题的解决方法——如同我为了理解拜物教所做的一样,我不是用马克思或列维-施特劳斯的经典文本,而是用对高级时装业和妇女时装店"商标"进行的分析装备自己[1]——,使体裁和对象不言自明的等级制度发生了转变,这种转变与艾利希·奥尔巴赫所说的现代小说的创造者特别是弗吉尼亚·伍尔夫引起的转变不无关系:"我们不大重视外部的重大事件和命运的打击,认为它们不足以揭示被考察对象的本质;相反,我们相信无论是什么样的生活片断,即使是偶然得来的,任何时候,都包含着命运的全部,而且它能够用来表现命运。"[2]为了在社会科学领域推行一种新科学精神,应该实现一种类似的转变:与其说理论产生于与其他纯理论的碰撞,不如说产生于与常新的经验对象的冲突;概念的首要功能是以速记的方式指出一系列从认识论角度被检验的科学实践的发生模式。

比如,习性概念首先表达了对社会科学(而且,更普遍地,一切人类学理论)封闭在其中的一系列取舍的拒绝,这种取舍是:意识(或主体)与无意识、目的论与机械论等等之间的取舍。我借助于帕诺夫斯基两篇文章的法语译文,引进了这个词,而这两篇文章并未被人比较过,一篇是关于哥特式建筑的,这个词在其中被当作"本地"概念使用,以解释经院哲学思想在建筑领域的影响,另一篇是谈论叙热修道院长的,人们也能让这个词在其中发挥作用,[3]在这个时候,这个概念使我与结构主义的范式决裂,而又不落入主体或意识的陈旧哲学、古典经济的陈旧哲学及其今天以"方法论个人主义"的名称回来的**经济人**的陈旧哲学中。亚里士多德的**素性**概念被经院传统变成了**习性**,我重拾这个概念,意欲反对结构主义及其奇怪的行动哲学,这种哲学暗含在列维－施特劳斯的无意识概念中并公开表现在阿尔都塞一派中,它消灭了行动者,将他简化为结构的支持者或持有者角色;这有点牵强地利用了帕诺夫斯基作品中习性概念独一无二的用法,以避免再次引进"象征形式"的新康德主义哲学的纯粹认识主体。《作为象征形式的透视法》的作者局限在新康德哲学中。在这一点上,我与在同一时候提出**生成语法**概念的乔姆斯基接近,我想说明习性和行动者的(而习惯这个词又没有说的)活跃的、创造性的、"创造的"能力。[4]但我想说明,这种发生权力并不是一种自然或一种普遍理性的权力,如同在乔姆斯基那里一样;习性,如此说来,是一种所得,也是一种拥有,在某种情况下,能够作为一种资本起作用;这种权力更不是唯心主义传统中的一个超验主体的权力。

正如马克思在《费尔巴哈论》中所指出的一样,为了从唯心主义中重新获得唯物主义传统、特别是"反映"论所摒弃的实践认识的"能动方面",就应该与理论和实践的典型对立决裂,这种对立(通过知识劳动的专业人员的存在)如此深刻地存在于劳动分工的结构中,一直到知识劳动分工的结构中,因而直到知识分子的精神结构中,以至它阻止形成一种实践认识或一种可认识的实践的概念;就应该揭示和描述一种社会现实构造的认识活动,这种认识活动,无论在它的工具上,还是在它的方法上(我尤其想到了它的分类活动),都不是计算的和推理的意识的纯粹的和纯粹理智的活动。

在我看来,习性的概念很久以来无人继承,尽管偶然被多次使用[5],它最适合表达脱离意识哲学的意愿,而又不消除事实上是真实之构建的实践操作者的行动者。这种意图旨在重拾一个传统词汇,使它复活,并完全反对一种策略,这种策略试图将它的名字与一个新词或按照自然科学的模式与一个甚至是次要的"作用"相联系。这种意图受这样一种信念的启发:对概念所做的工作也可以是累积的。不惜一切代价寻求创新,往往由于无知而变得容易,而对这个或那个经典作者虔诚的忠实,倾向于重复惯例,这两者都不许我认为应对理论传统所持的唯一可能态度:通过对所有来源的东西进行系统的批判,承认连续性和决裂密不可分。

社会科学处于一个极大利于与理论传统建立一种现实关系的位置上：创新的价值是文学场、艺术场或哲学场的价值，它在社会科学领域仍然左右着判断。这些价值通过进入一种传统，并由此进入一种集体事业，将试图获得特定的生产工具的愿望贬为亦步亦趋或尾巴主义，它们有利于无前途的虚张声势，无资本的小企业主通过这种虚张声势力求将他们的名字与一个商标联系起来——正如我们在文学分析领域看到的，在这个领域，今天，批评无不让自己化名为某某主义、某某主义的或某某学。社会科学占据了科学学科和文学学科中间的位置，这不适于促进能够有助于累积性的知识生产和传播方式的建立：尽管对一种科学思想模式的主动占有和完善掌握跟它的首创一样困难且一样宝贵（毕竟比不惜一切代价寻求差别引起的无效的或无益的虚假创新更困难、更宝贵），这不仅是由于它们产生的科学效果，它们通常仍被嘲笑和贬斥为追随者的亦步亦趋的模仿或是对一种已被创造的创造艺术的机械运用。但是，如同一段音乐不是为了或多或少被动的倾听甚或演奏而是为了创作而写的一样，科学研究工作与理论文本不同，要求的不是静观或论述，而是与经验进行实践碰撞；真正理解科学研究工作，就是在涉及一个不同对象时，让表现在这个对象中的思想方式发挥作用，使它在一个新的生产行为中复活，这个行为与创始的行为一样独创和新颖，在一切方面都反对**读者**的非现实化**评论**，即无力的和贫乏的空洞话语。

同样的配置也是场这样概念的用法的根源。在这里，这个概念首先还是用来指在对象的构建过程中一种产生否定的或肯定的方法选择的理论姿态：比如我想到了关于高等教育机构特别是名牌大学的研究，在这些研究中，这个概念强调的是，这些机构中的每一个只有被重新放在客观关系系统中，才能自相矛盾地显示其特有的真实，这个系统构成了它与其他机构一起形成的竞争空间。[6]但这个概念也允许逃避内部阐释与外部解释的取舍，所有关于文化作品的科学、社会史，以及宗教的、法律的、科学的、艺术的或文学的、社会学，都摆在这个取舍面前，因为这个概念强调社会小宇宙的存在，即分开的和自主的空间的存在，而这些作品就产生于这些空间中：在这些方面，产生于达到了高度自主的艺术实践的规范化的形式主义与致力于将艺术形式与社会构成直接联系在一起的还原主义之间的对立掩盖了这一点，即这两股潮流的共同点是忽视了作为客观关系空间的生产场。由此可以得出，谱系学考察——导致出现了特里尔（Trier）和列文这样相差如此之大的作者——在这里的益处仍然只在于它有助于更好地描述这个理论方法的特点（以及按照若埃勒·普鲁斯特[7]的说法，这个理论方法存在于其中的论题），并将这个理论方法更明确地置于位置空间中，这个理论方法就是相对于这些位置确定自身的。

关系的（而非结构主义的）思想模式，正如卡西尔所指出的[8]，是整个现代科学的模式，尤其是由于俄国形式主义[9]，它在对象征系统、神话或文学作品的分析中找到了几种应用，但这种模式只有以与社会世界的一般表象彻底决裂为代价，才能用于社会现实。卡西尔称之为实体论的思想方式的倾向，给予不同的社会现实以优先地位，这些现实仅仅从它们自身，并为了它们自身而被考虑，不顾及常常是不可见的、并将它们联系起来的客观关系。只有当这些现实——个体、集团或制度——以社会制裁的全部力量让人接受时，这个倾向才如此强大。

因此分析"知识场"[10]的初步尝试停留在介入到智力生活的行动者之间的直接可见的关系上：作者与批评家之间或作者与出版商之间的互动，在我看来，掩盖了他们彼此在场中占据的相对位置之间的客观关系，也就是决定互动形式的结构。这个概念的第一个严格表达方式是借助于对《经济与社会》中关于宗教社会学一章的阅读而构建起来的，这种阅读受十九世纪文学场研究提出的问题所困扰，丝毫不是一篇学院式的评论：以对韦伯提出的宗教行动者之间关系的互动论观念的一种批判为代价（这种批判包含着对我的第一个关于知识场的表象的一种回顾式批判），我提出构建一种作为**客观关系结构**的宗教场，这个客观关系结构允许分析**互动**的具体形式，马克斯·韦伯不顾一切地力图将这种互动纳入一种存在无数个例外的**现实主义的类型论中**。[11]

只有使用如此建立的普遍问题的系统，才能在将这个系统用于不同领域的时候，发现每个场的特定属性，以及被当成"可能个案"对

待的不同空间之比较所体现的不变量。这些普遍问题和观念的合理转移，远远不是像说服的修辞意愿所左右的简单隐喻那样起作用，而是每次都由它们的应用本身详细说明，并且是建立在所有场之间存在着结构的和功能的同源性这个假设之上。这个假设在这些转移产生的启发作用中找到证明并在这些转移引起的困难中得到修正。这样反复使用的耐心是（奎因意义上的）"语义上升"的一条可能的道路，它促使进入不同空间的经验研究的理论原则与不同场的结构和历史的不变法则达到一个更高的普遍性和形式化的水平。鉴于每个场的作用和功能的特性（或更简单地，涉及每个场的信息来源），每个场都展示出与所有其他场共有的或多或少明确的特性：因此，无疑由于实践的"经济"特点在高级时装场中不那么受到指责，而且，在对抗总是包含一种非神圣化形式的客观化时，这个场由于在文化上不那么合法，所以不那么受到保护，它比任何空间都更直接地将我引向所有文化生产场的最基本特性之一，即生产者和产品的生产特有的巫术逻辑，而这种生产者和产品是作为膜拜物而存在的。

同表面上显现的恰恰相反，如此逐步确立的场的理论，[12]丝毫不得益于经济思想方式的转移；即使我从一个结构主义的角度重新思考韦伯的分析，他把从经济学中借用的一些概念（如竞争、垄断、供给、需求等等）用在宗教上，我仍然发现自己一下子就被引向了一些普遍的特性，这些特性对于不同的场都有价值。经济学理论阐明了这些特性，却没有掌握这些特性的正确理论基础。转移非但不是对象构造的根源——有人从另一个更有威信的空间（人种学、语言学或经济学）中借用一个脱离语境的概念：一个起到纯粹象征性功能的单纯隐喻——，而是对象构造要求并造成转移的。[13]而且，由于我希望某一天能够证明经济场的理论[14]远非原初的模式（一切都允许这样假设），相反却无疑是场的普遍理论的一个个案，场的普遍理论是通过一种在经验上生效的理论归纳而逐渐构成的，而且它有助于理解诸如韦伯实行的转移之有效的丰富性和局限性，同时迫使我们尤其借助从对文化生产场的分析得出的成果，重新思考经济理论的先决条件。

逐渐从不同的场的分析中得出的实践经济的普遍理论应该避免一切形式的简化，从最常见的也是最熟知的简化即经济主义开始：在场按照时代和国家传统可能表现的不同形态中分析不同的场（宗教场、科学场等等），把它们中的每一个都当成一个真正意义上的**个案**，也就是把它们当作其他可能的形态中的一个**典型例子**来对待，就是以比较的方法赋予其全部的有效性。其实这导致领会每个情形的最具体的特性，而又不陷入对（一个特定场的一种特定状态的）个体书写式描述的殷勤顺从；这导致在同样的运动中，努力抓住所有场的不变特性和每个场中的普遍机制体现的特定形式，以及用来描写这些机制的观念系统——资本，投资，利益，等等。换句话说，如此构建个案迫使在实践中超越懒惰思想的常规与"理智倾向"的区分所不断再生产出的取舍之一，这种取舍使得通过无意识的和无法控制的普遍化产生个案话语的不确定的和空洞的一般性，与对个案的假装彻底的研究的无限琐碎对立，这个个案由于无法像这样被领会，既不能表现出它具有的特殊性，也不能表现出它具有的普遍性。

我们看到这样一个计划可能具有的东西有点过分。为了在每种情况下进入被考察的历史形态的特殊性，每次都应该掌握用于研究一个被过早的专门化人为地孤立的空间的文学。也要抨击对系统地构建的情形所进行的经验分析，要知道理论建设的必要性为经验程序规定了各种额外的要求，甚至有时导致某些方法论的选择或技术操作，而从服从于所给出的论据的实证主义角度来看，这些选择或操作总有可能通过一种奇怪的倒置，表现为无理由的自由，甚至是无法解释的东西。[15] 表达现实运动本身的理论模式的使用，通常给人以具有启发能力的印象，这种印象是通过永久的不满足感换来的，这种不满足感是必要的巨大劳动引起的——为了在每个被考察的状况获得最大的理论效益——这就说明了为什么有数不清的重复和改动——为了力图让这个状况离它的发源地越来越远，并通过把观察到的特征归入尽可能多变的状况中把它普遍化。研究工作可以是无限延长的，若无需有点随意地终止它的话，毕竟希望这些临时的和可修改的最初成果，足以指出一种社会科学应该为自己确定的走向，这种社会科学想要将"宏大理论"的综合意图所包含的系统性的合法抱负，转化为确实一体化的和合并的经验研究的计划。

文学信念与对客观化的抵制

无疑因为文学场、艺术场和哲学场被所有通常从少年时代起就被迫完成文化崇拜的神圣仪式的人（社会学家也不例外）的崇拜保护起来，所以它们用客观和主观的强大障碍反对科学客观化。研究行为和研究成果的阐述，在这种情况下，前所未有地面临被禁闭在巫术崇拜和彻悟的贬低这种取舍之中的危险，两者都以不同的形式分别出现在每个场的内部。把神圣的东西变成科学的意图有几分亵渎神圣，而**违背**——对于把这个词挂在嘴边的人来说特别令人愤慨的——之感，可能使那些冒险实现这一点的人倾向于加重创伤。通过无用的过分行为，他们不可避免地让别人蒙受（及让自己蒙受）这些创伤，在这些过分行为中，表达的与其说让读者受苦的意愿（如人们可能以为的那样），不如说是"把棍子朝另一个方向弯"，以克服阻力。[16]

为了建立一种文化作品的严格科学而应该实现的决裂，超出了简单的方法论颠覆：[17]这种决裂包含最常见的思想方式和体验精神生活方式的一种真正**转变**，即关于文化事物和接触它们的合法方式的信仰之**中断**。[18]我认为没必要明确，这种对定见的悬置是一种合理的中断，这种中断丝毫不意味着对任何文化价值标准的一种颠覆，更不意味着向一种反文化的实践转化，甚或如同某些人假装相信的一样，向一种对无修养的崇拜的转化。无论如何，这使得新伪君子们试图为自己配备一本文化道德手册，在这些复辟的时代，大喊大叫地揭露某些分析给艺术（或哲学）造成的威胁，这些分析的寓意象征解释意图在他们看来是一种破坏圣像的暴力。

不管怎样，科学分析在这类自发经验即破坏圣像的行为中找到了一种近乎实验的证明，无论这些行为是否被看作艺术行为（也就是由艺术家或一般的外行完成的）：作为对关于艺术作品或无关利害的精神价值的一般信仰的实践悬置，这些行为阐明了作为艺术秩序和精神秩序基础的集体信仰，而表面看来最激进的批判令这种集体信仰完好未损。[19]

这种系统的悬置尤其困难，特别是由于除了个别例子之外，对文化神圣性的赞同没有以明确的论断形式被陈述，更不用说以理性为依据了。对隶属于文化秩序的人来说，没有什么比文化秩序更可靠的了。文明人在文化中就像在他们呼吸的空气中那样，需要某种大的危机（及与危机相伴的批评）才会感到有义务将**信念**变成正统观念或**教义**，并且为神圣和被认可的培养神圣的方法进行辩护。由此，要找到一个对文化信念的系统表达方式并不容易，可是这种文化信念不断出现，到处都是。那么，举一个例子，勒内·韦勒克和奥斯汀·沃伦在他们非常经典的《文学理论》中非常平庸地鼓吹"通过作家的性格和生活的解释"，[20]他们暗中认为对"创造天才"的信仰是自然而然的。无疑他们的大部分读者同他们一道，按照他们自己的话说，致力于"最古老和最确定的一种文学史方法"，这种方法力图在处于孤立状态（单一性和独特性构成了"创造者"的特性）的作者身上寻求作品的解释原则。同样，当萨特计划重新抓住社会决定论借以塑造福楼拜独特个性的中介时，他被迫将一般因素的作用和特殊因素的作用归于有可能从如此采用的视角出发所被领会的因素，也就是归于通过一种家庭结构被折射的社会阶级出身，而一般因素作用于每一个作家，因为他属于在权力场中居被统治位置的一个艺术场，特殊因素作用于与他在艺术场中占相同位置的全体作家。

外部分析有时采用的统计学分析，通常被"创造"的"人格主义"观念的维护者视为"还原社会学方法"的最恰当表现，它丝毫无法避开占统治地位的观念：由于它试图把每位作者简化为可能在处于孤立状态的个体的范围内被抓住的一系列属性，除非特别留意，它很有可能忽视或取消与在一个场中占据的位置相关的**结构属性**，这些结构属性，如同通俗喜剧作家或插图画家的结构劣势一样，通常只通过一般特征表现出来，如从属于团体或机构、杂志、运动、体裁等，而传统的历史编纂学忽视了结构属性或把它们看作自然而然的东西加以接受，不让它们进入一个解释模式。对此还要补充一个事实，即大部分的分析家将本身被预先设定的分类原则应用于**被预先设定的群体**——诸如结构主义阐释学家研究的大部分社会集团。他们往往省略了对名单形成过程的分析，名单实际上就是他们研究的光荣榜，也就是导致典范作家群体界定的典范化和等级化过程的历史。他们同样不肯重构分类系统如团体、流派、体裁、运动的名称的生成，这些名称是分类斗争的工具和赌注并由此有助于产生集团。由于没有进行这样一种对历史分析工具的历史批评，他们不知不觉地摧毁了恰恰在现实中成问题的和起作用的东西，比如作家群体的定义和范围，也就是作家以及在"写作者"中有权利自称作家的这些人的定义和范围。

"原初计划"，创始神话

但是，萨特就是借助他的"原初计划"才揭示了所有形式文学分析的基本前提之一，这个前提存在于普通语言的表达方式中，特别是在对传记作家非常重要的"已经"、"从那时起"、"从他年纪很小时"中：[21]他们坚持每种生活都是一个整体，一个紧密结合的和方向明确的整体，它只能被理解为显示在所有经验中的、特别是在最古老的经验中的一个主观和客观的意图。他们借助追溯的幻想和天赋或宿命的观念，默认生活就像一段历史一样被构成，从一个起源发展而来，直到一个终点，这个起源既被理解为起点，又被理解为首要原因，甚或一种生成原则，终点也是一种目的，但追溯的幻想导致把最后的事件当成最初的经验或行为的目的，天赋或宿命的观念似乎特别在一些例外的人物的状况中让人接受，这些人物往往被赋予一种先知般的洞察力。[22]萨特明确提出的就是这种默认的哲学，并按照"原初计划"，把对于包含在一个社会位置中的决定性的明确意识放在一切存在的本源上。

至于福楼拜生活中的一个关键时刻，1837—1840年，萨特把它作为一个预示着以后的整个发展或一种社会学的"我思"（"我像资产者一样思想，所以我是资产者"）的开端，予以详细分析，他写道："自1837年起，在40年代，居斯塔夫对他的生活方向和作品的意义有了一种基本体验：他在自己身上和身外将资产阶级视为他出身的阶级……我们现在应重新描绘这个后果重大的**发现**的运动。"[23] 处于双重运动中的研究方法本身，表达了这种传记哲学思想，这种思想把生活变成一种最终明显的事件演变，因为这种演变完全潜藏在作为它的起点的危机之中："为了使我们看得更清楚一些，还要再次回顾从少年时代到死亡的生活。我们接下去回顾危机年代——从 1838 年到 1844 年——它们蕴藏着这种命运的所有框架"[24]。

在萨特看来，莱布尼茨的单子论实现了本质主义哲学的典范形式。他分析了本质主义哲学，在《存在与虚无》中指出，这种哲学消灭了年代范畴，把它约简为逻辑范畴；自相矛盾的是，他的传记哲学产生了同样的结果，但从一个绝对的开端开始，这个开端在这种情况下建立在由一个最初的意识行为完成的"发现"上："在这些不同的概念之中，没有年代顺序：资产阶级的观念一出现在他身上，就进入了永久的分裂，并且福楼拜的所有资产阶级变形都一起出现了。形势突出了他们当中的这一个或那一个，但这只是一时的，而且是在这种矛盾的无区别的晦暗背景下的。他十七岁和五十岁时一样，都反对全人类……他二十四岁和四十五岁一样，都责怪资产者没有变成享有特权的等级。"[25]

应该重读萨特《存在与虚无》中论述"福楼拜的心理"的篇章。他站在与弗洛伊德和马克思相反的立场上，竭力把"创造者"的"人格"从所有一般、种类、等级的还原形式中分离出来，并证明自我超越了发生论思想的侵犯，这种思想依据时代的不同由心理学或社会学所体现，自我还超越了"奥古斯特·孔德称作的物质主义、也就是用低级解释高级的"[26] 思想。在这段长长的"论证"中，萨特尤其表现出为了其终极信念可以利用各种手段，就是经过这段论证，萨特引入了观念的怪物即自我毁灭的"原初计划"观念，这是自由的和有意识的自我创造行为，创造者通过这个行为规定自己的生活计划。萨特利用这个对非创造的"创造者"（非创造的"创造者"相对于习性这个概念如同创世纪相对于进化论）的信仰的初创神话，将一种自由的和有意识的自我决定行为，一个无根源的原初计划，纳入每个人存在的根源中，这个计划把后来的一切行为都限制在一种纯粹自由的最初选择中，最终通过一种超验的否认使得这些行为脱离科学的掌握。

这个力求通过根源来拒绝一切解释的起源神话，其功绩在于把明确的形式和系统辩护的外表赋予一种信仰，即，意识不能还原为外部的决定因素，这是社会科学及其"还原"的"客观化"意愿引起的抗拒的基础：只有当这些决定因素使唯科学主义的傲慢发展到把知识分子本身都当成对象的时候，它们一直施加的"决定论"危险才这么严重。

如果说断定意识是不可还原的、是哲学教授的哲学最常见的维度之一，这无疑是由于这种断定构成了确定和维护哲学固有的东西与哲学能够留给自然科学和社会科学的东西之间的界线的方式。因此，卡罗于1864年在索邦大学开的第一堂课上，同意将**外部**现象让给实证科学，只要别人反过来同意意识现象属于"事实、实在和原因的高级范畴，而这些事实、实在和原因不仅不受现实的制约，还不受科学决定论的任何可能的制约。"[27]这篇明晰的文章指出，在哲学的阳光下，没什么是那么新的，我们现代这些自由、个体和"主体"的捍卫者们在与唯物主义或决定论作斗争的同时，总是不知不觉地力求维护一种等级制度以及把哲学家与所有常常被看作"唯科学主义者"或"实证主义者"的思想家分开的本性或本质的差别，这些思想家不满足于宣告"将高级还原为低级"并由此从高级学科获取他们的对象，还厚颜无耻到借助哲学社会学，通过对法定知识秩序的一种无法容忍的颠覆，把至高无上的学科当成他们的对象。

上帝死了，是非创造的创造者取代了他的位置。宣称上帝死了的那个人将上帝的所有属性据为己有。[28]如果的确如萨特本人看到的那样，现代小说家，如乔伊斯、福克纳或弗吉尼亚·伍尔夫放弃了全知全能的视角，可思想家并不甘心轻易退下至高无上的地位。他在另一个音域重弹胡塞尔拒绝承认一切绝对的、必然的主体生成于在偶然的、历史的主体的老调，从而将福楼拜代表的"创造者"提交给一个虚假的激进提问，这个提问可以一劳永逸地显示出所有客观化的所有局限。他不是将通过福楼拜所表现的和福楼拜本人勾勒出其客观化（特别是在《情感教育》中）的社会空间客观化，从而将福楼拜客观化，而是满足于不加分析地将与作家地位相关联的普遍焦虑的"理解"表象投射到福楼拜身上，这样就间接地让自己接受这种形式的自恋主义，人们通常把这种自恋主义当作"理解"的最高形式。

他怎么能忽略，他把其描绘成小时候是家庭白痴的福楼拜，作为作家，则是资产阶级家庭的白痴呢？妨害他理解的，悖论性地是他由以从属于他声称理解的东西的东西，即存在于作家身份中的未被考虑的东西。某种程度上，他在一种自我分析中避开了这种未被考虑的东西，而这种自我分析作为否认的最高形式起作用。换句话说，阻止他看见和知道其分析真正涉及的东西的障碍——即作家在社会世界中，更确切地说，在权力场中、知识场中的矛盾位置，这种知识场是信仰的世界，而对"创造者"的偶像崇拜就逐渐在知识场中产生——恰恰就是一切将他与作家位置相联系的东西，这是他与福楼拜以及过去和现在的所有大大小小作家共有的，也是他与他的大部分读者共有的，他们事先就准备接受他给予自己的而且他同时也赋予他们的东西，至少在表面上。

幻想一种全能的思想，这种思想自身就能成为其唯一的基础，这无疑与在知识场占据绝对统治地位的抱负属于相同的性质。实现定义了全能知识分子的无所不能和无所不在的欲望，只能助长**绝对思想家的骄横**，因为知识分子能够在所有体裁中特别是在对其他体裁的哲学批评这个高级体裁中获胜，绝对思想家除了他的自由无限制地给自己规定的界线之外，没有别的界线，这样他预先倾向于给出纯粹观念神话的典型表达。[29]绝对思想家变成了他自己胜利的受害者，他不甘心在普遍命运的相对性中，更不甘心在能够解释他对这种共同命运之体验的独特性的特定因素中，寻找他的真正实践原则，尤其是非常强大的原则。他特别强烈地受到他的霸权主义梦想的驱使，体验和说出了共同的幻想。

萨特属于那种照路德的说法，"勇敢犯罪"的人。我们应该感谢他通过明确地表达关于文学**信念**，给出了文学**信念**的（心照不宣的）前提，这个前提支持各种各样的方法论，包括朗松式的大学专著（"人与作品"），或者用于一部个人作品的唯一片断（雅各布森和列维－施特劳斯对波德莱尔的《猫》的分析）或唯一一个作家的作品的文本分析，甚或艺术或文学的社会史研究，这些研究力求从与个别作家密切相关的心理和社会变量出发解释一部作品，不得不放弃了主要的东西。传记被看作是在一个纯粹美学的计划内回顾性地整合"创造者"个人的整个历史，传记的例子清楚地表明，摧毁充分构建对象所遇到的障碍而必须进行的工作，也就是重构无意识的认识范畴的生成，与重构这种表象在其中产生的生产场的生成必不可少的工作不过是同一种工作，因为"创造者"通过无意识的认识范畴投入到最初经验中。实际上很清楚，对作家和艺术家本人的关注随着生产场的自主化和生产者地位的相应提高同时增长。

作为"创造者"的作家的超凡魅力的表象，导致将存在于生产场中作者的位置中和存在于将他引到这个位置的社会轨迹中的一切东西搁置起来：一方面，是完全特定的社会空间的生成和结构，"创造者"被纳入这个空间而且是被这样构造的，他的"创造计划"本身也是在这个空间中形成的；另一方面，是他带到这个位置中的既普遍又特殊、既一般又独特的配置的生成。只有让作者和所研究的作品（与此同时还有客观化的实行者）服从这样一种不曲意逢迎的客观化，并抛弃将分析者与被分析者相连因而限制分析范围的所有自恋主义痕迹，我们才能建立起文化作品及其作者的一种科学。

忒耳西忒斯的观点与虚假的决裂

但是知识世界也生产关于自身及其使命不那么神奇的形象。全能知识分子将最高权力的幻想和实在投射到至高无上的形象中，仿佛为了抵销至高无上的形象可能有的非实在的东西，我们准备让文人共和国的所有普通公民，让默默无闻的和地位低下的人讲话，他们以莎士比亚将其搬上舞台的《伊利亚特》中的坏脾气士兵忒耳西忒斯的方式，揭露了大人物身上隐藏的恶。于是，一个无疑关心"客观性"的记者，从事了关于知识分子的这些调查之一，这些调查用于论证"知识分子的末日"，如同现在非常盛行的那样：他以自己的职业荣誉用不偏不倚的方式向前者和后者发问，向"应该绝对拥有"的人和意欲绝对存在的人发问，因此他必然地，甚至无需有意为之，造成完全与他的位置

利益相符的差别的平均化，平均化使他倾向于相对主义。

对于小知识分子，尤其对于下面这类人而言，不存在大知识分子，这类人在空间中占据被统治地位的同时，竟然在这个空间中行使另一个等级的权力：他们能够部分地决定被认可的生产者，这种权力来自他们维持或促使这些生产者互相对立的竞争的艺术，而且他们还不断接近他们并观察他们，有时有权利和义务评判他们（特别是在以此为目的设立的委员会和学会中），因此他们非常适于发现远不为人知的矛盾、弱点或粗俗。

这就是说，文化生产场的被统治区域长久以来被一种粗俗的反理智主义占据着：这种被克制的暴力在场出现大危机的时候暴露在光天化日之下（比如福楼拜准确地提到的1848年革命），或者自从那些决意控制自由思想的制度（纳粹主义和斯大林主义构成了这些制度的极限）建立时就产生了；但有时它也出现在大获成功的小册子中，在这些小册子中，野心失败和梦想破灭带来的怨恨或暴发户迫不及待的野心，经常以最露骨的还原论社会学主义武装自己，以破坏或削减自由思想的最不可能有的成果。

但这些理智激情唤起的理智活动的客观化，仍旧不可避免地对自身是片面的和盲目的：失恋的怨恨颠倒了占统治地位的观念，把统治地位观念神圣化的东西变成了魔鬼。鉴于产生客观化的人无法这样理解活动以及他们在活动中占据的位置，揭露的"新发现"就有一个盲点，这个盲点正是"新发现"由以获得的（视）点；这些客观化丝毫无法揭示所涉及行为的理由和存在理由，因为这些理由只呈现给关于活动的总体观念，因此这些客观化只暴露了其自身存在的理由。

实际上，我们能够指出，在这个小宇宙内部产生的知识界的各种不同"批评"，很容易与这个世界内的位置和轨迹的重要等级联系起来：上流社会反智主义高傲的和幻灭的批评（雷蒙·阿隆的《知识分子的鸦片》无疑是这种批评的一个范例）与各种各样的民众主义的反智主义气急败坏的论战互相对立，就像出身大资产阶级并被它承认且具备内部认可形式的保守主义知识分子的贵族距离，与出身小资产阶级的"无产阶级知识分子"的边缘地位互相对立一样。[30]

论战或抨击文章的片面客观化是与投射式批评的自恋主义逢迎一样可怕的障碍。那些生产这些伪装成分析工具的战斗工具的人，忘记了他们应该首先把它们用在他们当中属于被客观化的一类人身上。这就意味着他们能够将自身和他们的对手置于他们的赌注产生于其中的活动空间中并由此发现作为他们的见解和错误、他们的清醒和盲目之根源的视点。"错误就是缺乏",为了掌握真正与所有片面的客观化**决裂的工具**,或更确切地说,掌握对**所有**自发的客观化以及它们包含的盲点和它们投入的利益甚至包括"第一种认识"实行客观化的工具,鉴于只要研究者本人作为经验主体投入到场中,他就受到"第一种认识"的支配,应该照此建立所有论点共存的区域,这就是场(艺术的、文学的、哲学的等),如此不同的和竞争的观点从所有论点出发确定自身。

观点的空间

这就是说,我们只有运用反思性的原则,并且系统地建立关于文学(或艺术)事实的可能观点的空间,才有可能走出无限地反映自身的反映那样的彼此相对化的相对的循环。我们试图提出的分析方法是相对于文学(或艺术)事实建立的。[31]我在这里首先要描述其初步轮廓的批评史,其目的只是试图让作者及其读者意识到观念和区分原则,这些原则是他们向自己提出问题和他们为这些问题提供的解决方法的根源。批评史一下子就发现,关于文学和艺术的占位,如同这些占位在其中产生的位置一样,是按照成对的对立形成的,这些对立往往是从过去的论战中继承而来的,并被视为无法超越的二律背反,绝对的取舍,非此即彼,它们构成思想,但同时把思想束缚在一系列虚假的困境中。第一个划分使内部阅读(在索绪尔谈到的"内部语言学"意义上),也就是说形式的或形式主义的阅读,与外部阅读对立,外部阅读借助外在于作品本身的解释和阐释原则,比如经济和社会因素。

我请求容许我这样展现文学方面的占位空间:考虑到我仅限于在我看来的主要方面,也就是限于明确的和暗含的创立原则,我没有展示原本可以让我的论据发挥全部力量的一整套的参照和引用,尤其,我把一些"理论"还原为在我看来是它们的真相的东西，这些"理论"如同法国符号学家的理论一样，没有犯严密性和逻辑性过度的错误，因此，人们仔细寻找，总会从中发现某种可以用来反对我的东西。此外，我提出的作品分析方法同时针对文学场和艺术场（还有法律场和科学场）而建构起来，因此，为了真正达到完备，我的可能的方法论"概貌"本来也应该包括绘画研究中的现行传统，也就是包括欧文·帕诺夫斯基、弗雷德里克·安塔尔或恩斯特·贡布里希，还有罗曼·雅各布森、吕西安·戈尔德曼和莱奥·施皮策。

第一种传统，从它最广泛的形式上来看，只不过是已经提到过的**文学**信念；它植根于（文学的或哲学的和其他时代的宗教的）文本的职业评论家的职位和习性形态。某种中世纪的分类学使这些评论家以**读者**名义与文本的生产者即**作者**对立。阅读的"哲学"受到它完全与之相符的学校教育制度的权威和陈规的鼓励，它是**读者**的实践固有的，不需要变成理论汇编。除了几个少见的例外（比如美国传统中的**新批评**和德国传统中的"诠释学"），它常常处于不言明的状态并暗中流传，超越（和通过）学院礼拜仪式的表面革新，如把文本视为完全自足的"结构的"或"解构主义的"阅读；[32]但它同样能依赖对"纯粹"阅读的规范的评论，这些规范在文学场的内部表现在，比如（将文学作品描述为"自我终结的"）《圣林集》（The Sacred Wood）的作者 T. S. 艾略特或《新法兰西杂志》的作家，特别是保尔·瓦雷里身上，或者它还能依赖来自康德、罗曼·英伽登、俄国形式主义和布拉格学派的结构主义者关于艺术话语的一种折中的虚弱组合，如同在勒内·韦勒克和奥斯汀·沃伦的《文学理论》中那样，两个人宣称从（内涵的，表现的，等等）文学语言中抽出了本质并确定了美学经验的必要条件。

研究文学事实的这些方法表面的普遍性，只来自这个事实，即它们几乎到处都得到文学教育的学校教育制度的支持，也就是说根植于书本或**教科书**中（诸如科林斯·布鲁克斯和罗伯特·佩恩·沃伦的题为《理解诗歌》的选集，这本书在美国大学中的盛行远远超出它的出版年代 1938 年），同样根植于大师们的思想习惯当中，他们在这些方法中找到对脱离上下文的阅读实践的证明。

我们可以在实践和"理论"之间被观察到的相似性中看到这种因果关系的证据,这些"理论"如同同时出现的创造一样,突现在不同国家的学校教育制度中。我想到了约翰·克罗·兰色姆主张的诗歌的"详细解释"或"细读",诗歌被当成"逻辑结构"或"局部结构",[33]以及,更广泛地,想到了既不计其数又难以辨认的文学声明,它们断言诗的唯一目的就是作为意义的自足结构的诗本身。这里还需要举出新批评的拥护者,已经提到的约翰·克罗·兰塞姆、科林斯·布鲁克斯和艾伦·泰特等,以及"芝加哥批评家",他们把诗看作一个拥有一种"权力"的"艺术整体",诗歌批评家应在诗的相互关系和结构中寻找原因,不考虑对外部因素——作者传记、涉及的公众,等等——的任何参照,或者还有英国批评家 F. R. 利维斯,他的实践和前提以及他对**大学**的巨大影响都相当接近他的美国同代人,不过这次是在英国大学。还要举出德国传统中对"诠释方法"的冗长单调的陈述(读读彼得·森宗蒂[34]对此的说明就能对它做出评判)。最后还应提及法国传统中的所有形式主义(或内在主义)信仰的假装博学的(和其他的)主张,不要忘记结构主义**现代化**带来的著名"文本解释"的现代化版本。但没有什么比对冗长单调的礼拜仪式的重复、多余和刻板的异常容忍,更适合证实所有这些实践以及用来控制和证明它们的所有话语的仪式特点,所有这些解释者都表现了这种特点,不过他们全心全意地献身于对独创性的崇拜。

如果人们想使这个传统在理论上合法,在我看来,人们可以转到两个方向上:一方面,是象征形式的新康德主义,而且,更普遍地,是所有断定存在普遍的人类学结构的传统,如米尔恰·埃利亚德式的比较神话学或荣格的心理分析(或法国巴什拉的心理分析);另一方面,是结构主义传统。在第一个情形中,人们将文学看作一种不同于科学形式的"认识形式"(W. K. 威姆萨特),要求内部的和形式的阅读重新抓住以不同形式特别是诗的形式呈现的文学理性、"文学性"的普遍形式,就是说决定构成的反历史的建构的结构,这些结构是文学的或诗的世界构造的根源,或者更通俗地说,是某种作为"文学性"、"诗性"或者类似隐喻的修辞格之"本质"的东西。

结构主义的解决方法在智力方面和社会方面都有力得多。在社会方面，它往往接过内在主义的**信念**并将一种科学性的光晕罩在貌似博学的评论即对脱离背景和时间的文本进行的形式解析上。索绪尔的理论与普遍主义决裂，将文化作品（语言、神话、无建构主体的建构的结构，还有广义上的艺术作品）看作是历史产物，分析应该揭示这些历史产物的特定结构，但不参照作品的产生及其作者的经济或社会条件。不过，尽管结构符号学依仗结构语言学，却只抓住了第二个前提：它倾向于搁置文化作品的历史性，而且，从雅各布森到热奈特，它把文学对象当成一个自主的实体看待，这个实体服从它自身的法则而且它的"文学性"或"诗性"得益于它的语言材料得到的特殊待遇，就是说得益于构成语言美学功能的主导地位之原因的技术和手法——比如诗的语音、词法、句法，甚至语义层面之间的平行、对立和相等。

通过相同的视角，俄国形式主义创立了文学（或诗学）语言与日常语言之间的一种基本对立：普通语言是"实用的"、"指示的"，通过指示与外部世界联系；文学语言利用各种手段，突出陈述本身，远离日常话语，并将对外部指示对象的关注转向"形式的"结构。同样，法国形式主义者将艺术作品看作一种写作方式，这种方式就像它所使用的语言系统，是由一个特定的文学惯例和"代码"游戏构成的一个自我参照的相互关系结构。当热内特提出构成一种话语的一切东西都体现在文本的语言特征之中，而且作品本身就以它应该被阅读的方式提供信息时，他指出了包含在这些**本质**分析中的公设，这些分析来源于受到索绪尔和胡塞尔共同影响的雅各布森，而且**从根本上是反发生学的**。人们无法将文本的绝对化推得更远了。

通过对事物的一种奇怪逆转，"创造的"批评如今试图通过回到最传统的文学历史编纂学的实证主义中，寻找摆脱结构主义符号学极度反发生的形式主义危机的出路，这是借助于被误称为"文学发生学"的批评，即"自身拥有技术（手稿分析）和解释计划（作品的生成）的科学步骤"来实现的。[35] 这种"方法论"不经任何从**前因**到**后果**的推导就做出结论，并在热拉尔·热内特所谓的"前文本"中寻找文本的生成。草稿、草图、计划，简言之，备忘录和笔记本包含的一切东西，都变成了科学解释寻找的唯一的和最终的对象。[36] 很难看出迪里（Durry）、布吕诺（Bruneau）、戈托-默施（Gothot-Mersch）、谢林顿（Sherrington）这些福楼拜的草稿、提纲或情节的仔细分析者和新"发生学批评家"之间有什么差别，后者做同样的事情（他们非常严肃地思考福楼拜是在1862年还是在1863年开始准备《情感教育》的），但却感觉掀起了"文学研究中的一种革命"。[37] 这里所说（以及在这本书中部分地使用）的关于作者和作品的真正发生学分析，与以对作品、作品生产方式的连续状况和阶段的比较为依据的分析之间的差距，在我看来，应该比所有批评话语更好地说出了**文本发生学的局限性**，这种文本发生学本身虽能自圆其说，但它有可能为精确的文学科学树立一种新的障碍。（我也可以冒着似乎不公正的危险，指出考据研究工作之巨与所获成果甚微之间的比例失衡。）事实上，如果我们揭示发生学分析的真相，我们就可以在预备文本的严格而有条理的编订中看到对分析**写作劳动**很宝贵的材料（把这份材料称作"编辑发生学"会一无所获）。皮埃尔-马克·德·比亚齐正是如此处理《情感教育》的笔记的，当他看到比如福楼拜作了一条对1848年6月前不久巴黎街道上的白刃战完全无动于衷的注释时，就借助写作的暗示效果，把它变成一个全面化阴谋的神秘标志，这个标志适于增强唐布罗斯和马尔蒂侬的焦虑。[38]

但只有对一部作品的连续版本的分析力求（无疑有点人为地）**重建**写作劳动的逻辑时，才会体现它的全部解释力量，写作劳动被理解为在场和它呈现的可能性空间的结构限制之下实现的探索。我们可以更好地理解犹豫、悔恨和反复，倘若我们知道写作，即在一个充满威胁和危险的空间中的冒险航行，在其否定的维度上，也受对在场中处于潜在状态的可能接受之预先认识所指引；倘若我们知道，福楼拜设想的作家像**海盗**、**强盗**、发起人、尝试者一样，是在常用的有路标的道路之外进行冒险的人，是寻找穿越风险艺术的专家，这些风险就是陈词滥调，"习见"，陈规陋习。

事实上，我们无疑在米歇尔·福柯那里找到了文化作品结构分析之基础的最准确表达。他意识到任何文化作品都不能通过自身存在，也就是说在将它与其他作品联系起来的相互依赖关系之外存在，从而

提出将"战略可能性的场"叫做"差别和分散的有规律系统",每部作品都在这个系统中确定自身。[39] 但是,他与符号学家们以及他们(尤其是特里耶)对"语义场"的看法极其相近,明确拒绝到"话语场"之外的地方寻找被纳入场的每种话语的"解释"原则:"如果说重农主义者的分析形成了与功利主义者的分析相同的话语,这丝毫不是由于他们生活在相同的时代,这丝毫不是由于他们在同一个社会内部互相冲突,这丝毫不是由于他们的利益混杂在同一种经济中,而是由于他们的两种选择属于同一种并且是唯一一种选择点之分布,属于同一个并且是唯一一个战略场。"

因此,他在这点上忠于索绪尔传统以及这种传统在内部语言学与外部语言学之间实行的决裂,他承认"战略可能性的场"的绝对自主性,他否定"常识幻想",这种幻想企图在他所说的"论战场"中和在"个体的利益或心理习惯的分歧"(我几乎在同一时刻置于场和习性概念中的一切)中寻找发生在"战略可能性的场"中的事情的解释原则,这个原则在他看来是仅由"观念游戏的战略可能性"即他觉得一种作品的科学应该认识的唯一现实决定的。由此,他将根深蒂固存在于(但不局限于)生产者之间的对立和对抗送入观念的天国,由此拒绝作品与其生产的社会条件之间的任何联系(如同他接下来继续在关于知识和权力的批评话语中所做的那样,这种话语由于没有考虑行动者和他们的利益,特别是象征维度上的暴力,因而停留在抽象和空想的阶段)。

显然,问题不在于否认可能性空间所起的决定作用和连续性的特定逻辑,(艺术的、文学的或科学的)创新就在这些连续性之中并通过这些连续性实现,因为解释这一点是拥有自身历史的相对自主的场的概念的功能之一;但即使在科学场的状况中,也不可能认为文化范畴(**认识型**)完全独立于使它现实化并促使它存在的行动者和制度,也不能忽略伴随或支持逻辑连续性的社会-逻辑联系;这不就是由于人们这样禁止自己阐明在这个随意被分隔并由此被非历史化和非现实化的空间内发生的变化——除非同意这个空间具有通过一种神秘的**自我运行**形式实现一种自我转变的内在倾向,而这种形式仅在它的内部冲突本身找到根源,比如在黑格尔哲学中(他也提出了关于认识型这个概念的另一个前提,即对一个时代和一个社会的文化统一性的信念)。

应该心甘情愿地承认,存在着一种不把理性作为(唯一)原则的理性历史。为了阐明这样一个事实,即艺术——科学——似乎在自身找到其变化的根源和形式,一切的发生就好像历史是内在于系统的,好像表现或表达形式的变化只表现了系统本身的逻辑,这并不需要像人们通常所做的那样,将进化原则实体化。布昌内蒂埃所说的"作品对作品的作用",从来只是通过作者发挥作用,作者策略的倾向也得益于与他们在场的结构中的位置相关的利益。

把文化生产的每个空间都当成场来思考,就是禁止任何形式的还原论,禁止一个空间在另一个空间中的**扁平投射**,这个扁平投射导致按照陌生的范畴(比如,按照那些把哲学变成了对科学的"反映"从而从物理学推导出形而上学的人的方式)思考不同的场及其产物。[40]而且还要科学地检验一个时代和一个社会的"文化统一性",艺术史和文学史通过一种弱化的黑格尔主义[41](这难道不是一回事吗?)或以文化主义的或多或少被革新的形式的名义,把"文化统一性"当作一个默认的公设加以接受,这涉及的可能就是福柯在**认识型**概念中找到其理论根据的东西,是一种**科学意愿**,非常接近古老的**艺术意愿的概念**[42]。就每一种被考察的历史情形而言,需要加以检验的,一方面是不同场之间的结构同源性,结构同源性是不需经由中介的相遇或相符原则,另一方面是直接的交流,直接的交流从其形式和存在本身来看,依赖相关的行动者或制度在各自的场中占据的位置,因而依赖这些场的结构,也依赖在被考察时刻这些场在其等级之中的相对位置,从而决定象征统治的各种作用。[43]

将一个地理单位(巴塞尔、柏林、巴黎或维也纳)或政治单位当作对象划分和建构的基础,就有回到以**时代精神**表达的一个统一定义的危险。其实,我们默认,同一个"知识共同体"的成员共同具有与一个共同状况——比如对表象与现实之间关系的诘问——相关的问题——而且他们互相"影响"。如果我们知道每个场——音乐、绘画、诗歌,或在另一个范围内,经济、语言、生物学,等等——都有其自主的历史,这种历史决定其特定的规则和赌注,我们就会看到参照场

（或学科）本身历史的阐释是参照当代背景进行阐释的前提，无论涉及其他文化生产场还是政治和经济场。于是基本问题变成了知道：**年代的同时代性乃至空间统一性的社会作用**，如分享相同的特定聚会地点，文学咖啡馆、杂志社、文化团体、沙龙等这个事实，或者面对同样的文化使命、共同参照的作品、必不可少的问题、重大事件等这个事实，是否足够强大，能在不同场的自主性之外，决定一个共同的问题体系，这个问题体系不被理解成是一种时代精神、一种精神共同体或一种生活风格共同体，而是被理解成一个可能性的空间，不同占位的系统，每个人相对于这个系统来确定自己。这就导致以清晰的措辞提出国家传统问题，国家传统与国家（尤其是学校教育）结构密切相关，国家结构多多少少有利于一个文化中心区域，一个文化首都的存在，并且多多少少鼓励（体裁、学科，等等的）专门化，或相反，鼓励不同场的成员之间的相互作用，或者有利于认可艺术（长期地并根据形势赋予一种艺术，如音乐、绘画或文学以主导地位）或科学学科的等级结构的特定特征。

  这些等级之间的差距可能是经常被认为是"国家特点"的不和谐的根源，而且它们有助于解释思想、观念的国际传播的方式和模式。因此，比如在法国至少一直到二十世纪中叶，文学和作家本人（与批评家和常常被当成学究的博学者对立）都具有至上的地位，这种地位一直深入到学校教育系统中，表现为文学（文字的集合）与语文学（语法的集合）、话语与考据、"杰出"与"严肃"、资产阶级与小资产阶级的对立，并且支配着独特的行动者在整个十九世纪可能与德国模式保持的全部关系：学科之间（文学/语文学）的等级被如此强烈地等同于国家之间的等级（法国/德国），以致那些想颠倒这种政治上被多元决定的关系的人有一种叛变的嫌疑（让我们想想阿加东反对新索邦的民族主义论战）。

  同样的批评对俄国形式主义也适用。[44]恰恰由于只考虑作品系统，也就是说"文本之间的关系网络"（其次是相当抽象地被确定的关系，这些关系是这个系统与其他"系统"间保持的，而其他系统在组成社会的"系统之系统"中发挥作用——他们距塔尔科特·帕森斯不远了),这些理论家被迫在"文学系统"内部发现它的动力根源。因此,尽管他们没有忘记这个"文学系统"远远不是索绪尔的语言那样一个平衡和谐的结构,相反每时每刻都是无论是否被确立为经典的对立文学流派之间的各种张力之处所,而且这个系统表现为对立倾向之间的一种不稳定平衡,他们(尤其是蒂尼亚诺夫)还是继续相信这个系统内在的发展,并且像米歇尔·福柯一样,非常接近索绪尔的历史哲学,尤其当他们断定任何文学的东西(或对福柯而言科学的东西)只能由"文学(或科学)系统"的先前条件决定。[45]

由于无法像韦伯那样在"墨守陈规"的正统观念与"超凡脱俗"的异端之间的斗争中寻找变化的原则,他们被迫将"自主化"与"非自主化"(或"超凡脱俗化"——陌生化)的过程变成一种诗学变化的自然法则,以及更普遍地,一切文化变化的自然法则,仿佛"非自主化"应该自动来源于"自主化",而自主化本身产生于与(注定要像语言的语法形式一样难以辨认的)文学表达手段的一种重复使用相关的消耗之中:"发展,"泰尼亚诺夫写道,"是由一种不断的动力需要引起的,任何动力系统都变得不可避免地自主化了,同时一个对立的构建原则辩证地出现了。"[46]这些以潜在形式表达的命题的几乎同语反复的特点,不可避免地来自于两个方面的混淆,一个方面是作品的混淆,通过将滑稽模仿理论普遍化,人们把作品描述为彼此**互相参照**的(这实际上是一个场中产生的作品的属性之一);另一个方面是生产场中的客观位置与这些位置产生的对抗利益的混淆(这种混淆,与福柯将作品场说成"战略场"的混淆完全一致,它在**配置**这个概念的模糊性中被象征和浓缩,这个可以同时传达位置和占位的概念,被理解为"参照已知条件确定自己的位置"的行为[47])。

如果变化的方向和形式依赖"系统的状况",也就是依赖文化占位(作品、流派、典型形象、可利用的体裁和形式等等)空间在一个既定时刻提供的现实的和潜在的可能性资源,那么它们同样而且特别依赖行动者与制度之间的象征力量关系,行动者和制度在作为斗争的工具和赌注被提供的可能性中完全有利可图,它们利用它们所有的力量,把在它们看来最符合它们特定的意愿和利益的可能性付诸实施。

至于外部分析,它把文化作品视为社会世界的简单反映或"象征表现"（根据恩格斯关于法律的说法），它把作品与被认为作品要表现的作者或集团的社会特征直接联系起来，而作者或集团是作品的公开的或假设的接受者。重新引进作为自主的社会空间的文化生产场，就是避开所有或多或少精细化的"反映"论所进行的"还原"，"反映"论意味着对文化作品的马克思主义分析，尤其是卢卡契和戈尔德曼的分析，这种理论从未完整地被陈述，这也许是因为这个理论经不起明确的检验。

实际上，人们预先假设，理解艺术作品，就是理解一个社会集团特有的世界观，艺术家可能从这个集团出发或按照这个集团的意图创作他的作品，这个集团无论是隐名的还是明确的，是原因还是结果，或两者皆是，都在某种程度上通过艺术家表现出来，艺术家能够不知不觉地说明被表现的集团不一定意识到的真理和价值。但这里涉及的是什么集团？是艺术家本人出身的集团——这个集团可能不是他的读者的集团——或者是作品主要的或享有特权的接受者的集团——这意味着总有一个且仅有一个集团？没什么理由假设，明确的接受者（如果他存在），隐名出资人，受献辞者，是作品的真正接受者，也没什么理由假设这最终涉及作品生产的动力因或目的因。最多可能是一种作用的偶然原因，这种作用在生产场的整个结构和历史中找到了它的根源，并**通过生产场**，在被考察的社会世界的整个结构和历史中找到了它的根源。

为了把作品与它客观上指向的集团直接联系起来而搁置场的特定逻辑和历史，并把艺术家当成一个社会集团不自觉的代言人，而艺术作品向这个集团显示了它不自知地思考和感受的东西，就是被迫得出形而上学并不拒绝的断言："这样的艺术和这样的社会环境之间，难道只是偶然的巧合吗？当然，福雷不愿意这样，但他的《牧歌》显然让人暂时忘记了工会运动获得许可权的那年，那年昂赞的42000名工人投入到46天的罢工中。他提议以个人的爱消除阶级斗争。总之，这就像大资产阶级求助于音乐家，让音乐家的梦幻工厂为他们提供他们在政治上和社会上需要的梦想似的。"[48]理解福雷的某部作品或马拉美的某首诗的象征意义，不把它们还原为它们与许多其他表现形式共有的功能，即补偿性消遣、

否认社会现实和逃到失去的乐园中,这首先是确定所有存在于它们由以产生的位置中的东西,也就是存在于一种诗歌中的东西,这种诗歌经过了一个持续的净化和升华运动,在1880年左右确定自身,它是从1830年代以泰奥菲尔·戈蒂耶和《〈莫班小姐〉的序言》开始的,被波德莱尔、帕纳斯诗派延续下去,直到马拉美才逐渐接近尾声;这也是确定这个位置受益于否定关系的东西,否定关系把它同自然主义小说对立起来,以及使它同所有反对自然主义、唯科学主义和实证主义的东西接近:心理小说显然处于斗争的最前线,富耶、拉舍利耶和布特鲁指责哲学上的实证主义,梅尔基奥尔·德·沃居哀倡导俄国小说的启示及其神秘主义,皈依天主教,等等。最后,这还是确定在马拉美或福雷的家庭和个人轨迹中,是什么预先决定了他们达到这个逐渐被连续的占据者打造的社会职位从而占据它,尤其是什么预先决定了雷米·庞顿考察的关系,[49]这种关系发生在一种迫使诗人从事"可恶的教师工作"的下降的社会轨迹与悲观主义或语言的晦涩运用,也就是反教学法的运用之间,这种运用也是与一种被拒绝的社会现实决裂的方式。无论如何,还要解释这一系列特定因素的产物与一个没落的贵族阶级和一个受到威胁的资产阶级的模糊期待之间的"巧合",特别是与他们对于往昔奢华的眷恋的"巧合",这种眷恋也表现在十八世纪的趣味中,表现在向神秘主义和非理性主义的逃避中。一系列互相独立的原因之间的巧合,以及这种巧合从作品的属性与享有特权的消费者的社会经验之间的先设和谐中得出的表象,无论怎么说,都像是一个为一些人设置的陷阱,这些人想要脱离作品的内部阅读或艺术家生活的内在历史,着手在时代与作品之间建立直接关系,两者分别被简化为几个概括的、出于原因的需要被选择的属性。

对(内部主义传统,特别是结构主义,无疑错误地忽略的)功能之极端关注倾向于忽略文化对象的内部逻辑问题,忽略文化对象的作为语言的结构,结构主义传统唯一关注的就是这种结构。更进一步,它导致忘记行动者和产生这些对象如神甫、法学家、作家或艺术家等的制度,这些制度为了这些对象还实现了一些功能,这些功能主要是在生产者空间之内确定自身。马克斯·韦伯的功绩在于，他在宗教这个特例上，阐明了专家的角色及他们自身的利益；但他还是囿于马克思主义的功能研究的逻辑，这些功能虽然得到了明确的表述，但对阐明宗教启示的结构并没有多大帮助。特别是他没看出专家的空间是作为相对自主的小宇宙、作为位置——比如预言家的位置与神甫的位置或被认可的艺术家的位置与先锋派艺术家的位置——之间的客观关系的被建构空间（因此从属于结构主义分析，但属于另一种类型）起作用的：这些关系是不同生产者的占位、使他们互相对立的竞争、他们的结盟、他们生产的或他们维护的作品的真正根源。

这些外部因素，如经济危机、科技变革、政治革命，或简而言之，一类特定合作者的社会需要的有效性，只能通过这些因素能够决定的场的结构的变化发挥作用，传统的社会史却是在作品中寻找这种有效性的直接表现。

> 作为明确的比较，我们可以提出"文人共和国"的概念并在贝尔给出的描述中辨认出文学场的许多基本属性（一切人反对一切人的战争，场自身的封闭等等）："支配文人共和国的是自由。这个共和国是一个极端自由之邦。这里人们只承认真理和理性的支配；在它们的庇护下，人们无论对谁都无恶意地发动战争。这里朋友提防朋友，父亲提防孩子，岳父提防女婿：这就像铁的时代……每个人既至高无上又隶属于自身。"[50]但是正如这种对文学环境的文学展示的半肯定、半规范的语气清楚地表明的，这个自发的社会学概念根本不是一个被构造的观念，而且从未被用作精确分析文学世界的功能的基础，更不用说，被用作系统阐释作品的生产和流通的基础（如同今天重新发现这个概念的人愿意让人相信的那样）。此外，这种形象之所以有价值，就是因为它发现了一种真正的结构同源性，如同普通的直觉通常所做的一样，但倘若它使人忽视除了差别中等值的东西之外将文学场与政治场分开的一切东西（同样的模糊影响了先锋派概念），就会变得很危险。实际上，如果我们在文学场中发现政治场的和经济场的，以及更普遍地，所有场的运行特点——力量、资本、战略、利益关系——，就会得出，这些概念指涉的现象没有一个不体现了文学场

中一种非常独特的形式,这种形式完全不能还原为构成政治场的相应特点的东西。

更进一步,在美国的社会学场和哲学场中使用的**艺术世界**这个概念,受到了一种社会哲学的启示,这种社会哲学与寄居在培尔描述的文人共和国观念中的社会哲学完全相反,这个概念显示了相对于我提出的场理论的一种倒退。霍华德·S.贝克尔提出"艺术作品可被理解为所有行动者协调一致的活动的结果,所有行动者的配合对于艺术作品的完成是必不可少",他最后下结论说,研究应扩展到所有对这个结果作出贡献的人身上,也就是说,"构思作品的人(比如作曲家或剧作家),演出的人(比如音乐家或演员),提供必要的物质装备的人(比如乐器制造商)和构成作品公众的人(看演出的人,批评家,等等)。"[51] 我们不进入对将"艺术世界"的观念与文学或艺术场的理论分开的一切东西的方法论阐释,只是指出,文学或艺术场不可简化为一个**群体**,也就是说通过简单的互动关系,更确切地说,它们是通过合作关系被连在一起的个体行动者的一个总和:在这种纯粹描写的和列举的展示中,特别缺乏的是客观关系,客观关系构成场的结构并左右力求保留或改变这种结构的斗争。

对取舍的超越

场的概念有助于超越内部阅读与外部分析之间的对立,而丝毫不会丧失传统上被视为不可调和的两种方法的成果和要求。我们保留了存在于互文概念中的东西,也就是保留这样一个事实,即作品的空间每时每刻都作为一个占位的场出现,这些占位只能从相互关系上被理解为区别的差距系统,这样我们就可提出作品的空间与生产场的位置空间之间存在一种同源性的(已被经验分析证实的)假设,作品是由它们自身的象征内容,特别是由它们的**形式**确定的:比如,自由诗通过与亚历山大体以及它在美学、但也在社会和政治方面包含的一切东西对立来确定自身;实际上,由于文学场与权力场或总体上的社会场的同源性,大部分文学策略是由多元决定的,而且很多"选择"都是

双重的举动，既是美学的又是政治的，既是内部的又是外部的。

因此对立就被超越了，尽管对立通常被描述为从共时性上被理解的结构与历史之间的一种不可克服的矛盾。变化的动力，更确切地说，俄国形式主义者描述的文学特有的自主化与非自主化过程的动力，并不存在于作品中，而是存在于对立中，对立是所有文化生产场中的构成成分，尽管对立在宗教场中体现了正统与异端的范式：很能说明问题的是，韦伯也谈到了僧侣与预言家，**日常化与非常化**，也就是一般化与非一般化，常规化与非常规化。作品处于其中的过程是两派之间斗争的结果，前者由于（根据他们的特定资本）在场中（暂时）占据统治位置，趋向于保守，也就是维护常规和常规化、一般和一般化，一句话，维护法定的象征秩序；后者倾向于实行异端式的决裂，批判法定的形式，颠覆现行的模式，回到纯粹的本原。实际上，只有对结构的认识才能提供认识一些过程的真正工具，这些过程导向一种新的结构状况，并由此也包含了对这种新结构的理解的条件。

可以肯定，正如（类似米歇尔·福柯关于科学所说的）象征结构主义所强调的，变化的方向取决于从历史继承的（观念的、风格的等等）可能性系统的状况：这些可能性决定了在一个确定的场中的一个固定时刻可能和不可能想或做什么；但同样可以肯定，变化的方向也取决于（按照日常生活的标准通常是完全无关利害的）利益，这些利益使行动者按照他们在生产场的社会结构中的位置，趋向呈现出来的这种或那种可能性，或更确切地说，趋向可能性空间的一个区域，这个区域与他们在艺术位置的空间中占据的区域是同源的。

总之，参加文学或艺术斗争的行动者和制度的策略不是通过与纯粹可能性的纯粹对抗而确定自身的；这些策略依赖于这些行动者在场的结构中，也就是在特定资本的分配结构中、在无论是否被制度化的认可结构中占据的位置，这个位置是他们的竞争对手和大众赋予他们的，并左右着他们对场提供的可能性的认识和他们对他们努力实现或产生的可能性的"选择"。但是，相反地，统治者与觊觎者之间斗争的赌注，他们碰到的问题，甚至使他们互相对立的命题和反命题，都依赖合法的问题体系的状况，也就是从前的斗争遗留下来的可能性空间，这个空间倾向于左右方法的寻求并因此左右生产的现在和未来。

将客观化的主体客观化

我们试图运用反思性原则，尽力（以追溯以往的方式）将可能性空间客观化，因为对文化作品进行分析的一种方法就是相对于可能性空间而建立的，这种分析方法明确地揭示了可能性空间在一切文化作品的构成中的决定作用，这样一来，我们可以让人相信，与所有片面的观念——**决裂的工具**就是场的观点相比：事实上，正是这种观点，或更确切地说，正是这种观点确定其纲要的对象建构活动，提供了对如此构造的一系列观点采取一种观点的真正可能性。这种客观化活动，当它如在这里一样用于对主体所处的场进行客观化时，容许对研究者的经验观点采取一种科学观点，因此，像其他观点一样，被如此客观化的观点，以及其所有限定和局限，都要交付系统的批评。

科学主体通过取得科学手段，把他关于对象的天真观点当作对象才真正实现了与经验主体的决裂，同时真正实现了与其他行动者的决裂，这些职业的或外行的行动者局限在他们这样忽略了的一个观点中。如果说有时很难传达一种真正的反思性研究的结果，这是因为我们应该要求每个读者在意欲成为分析的东西中不再看到一般意义上的"攻击"或"批判"，要求他同意对他自己的观点采取作为分析原则的客观化观点，并且要求他特别通过使这种客观化观点服从于一种以接受其前提为依据的批评，加入到对所有客观化实行客观化的解放力量中，而不是从根本上否认这种观点，将它简化为赋予个人观点以科学的普遍性之外表的企图。

采用反思性的观点，并不是放弃客观性，而是对认识主体的特权提出质疑，反发生学的观念把认识主体当成纯粹的活动意识，随意地让它摆脱了客观化活动；采用反思性的观点，是致力于说明在由科学主体构建的客观性的话语中的经验"主体"（特别是通过把他放在社会空间-时间的一个确定地点），并由此获得对局限性的意识和（可能的）控制，这些局限性能通过所有联系作用于科学主体，这些联系把科学主体与经验"主体"及其利益、冲动、前提、信仰、**信念**连在一起，而科学主体为了自身的构成必须中断这些联系。如同传统的认识论通常所教导的那样，在主体中寻找主体建立的客观知识的可能性条件以及局限性是不够的。还要在科学构造的对象中寻找认知**主体的可能性的社会条件**（比如**闲暇**和使得其活动成为可能的问题、观念、方法等等的整个遗产）和他的客观化行为的可能的局限性。

这种非常奇特的思考形式导致拒斥传统的客观性的绝对主义意图，但并不因此而沦为相对主义：事实上，科学主体及其对象的可能性条件不过是一个，而且关于科学主体生产的社会条件的认识的任何进步，都和科学对象的进步一致，反之亦然。当研究以科学场本身也就是科学认识的真正**主体**为对象时，这一点再清楚不过了。

注释

[1] P. Bourdieu, 《Le couturier et sa griffe: contribution à une théorie de la magie》, *Actes de la recherche en sciences sociales*, n° 1, 1975, p. 7 – 36.

[2] E. Auerbach, *Mimesis. La représentation de la réalité dans la littérature occidentale*, Paris, Gallimard, 1968, p. 543.

[3] Cf. E. Panofsky, *Architecture gothique et Pensée scolastique*, précédé de *L'Abbé Suger de Saint-Denis*, trad. et postface de P. Bourdieu, Paris, Minuit, 1970, p. 133 – 167.

[4] 人们在这里可以看出，我毫不含糊地反对行动者和行动的"结构主义"哲学。对于那些有疑虑的人，我请他们看一篇文章，这篇文章在我看来，直至今日还是对六十年代的哲学和社会科学场的状况的一种相当准确的客观化，而且，由于它写在**同样的年代**（cf. P. Bourdieu et J. -C. Passeron, 《Sociology et Philosophy in France since 1945. Death and Resurrection of a Philosophy without subject》, *Social research*, n° 34, 1967, p. 162 – 212），由此证明了一些人由于其社会学主义，不给予我相对于场的限制的更大自由，他们只有付出大量曲解、断章取义或弄虚作假和制造堪称最坏的政治论战攻击的大杂烩之代价，才能谈论"六八年思想"。

[5] 显然，至少追根溯源用于当代人身上，也就是竞争对手身上，是最好不过的阐释手段了，与其说它想要理解一份贡献的含义，倒不如说它想要减小或破坏其独创性（在信息理论的意义上），同时允许未知其来源的"发现者"，如同乐于做迫不得已之事的人一样，与朴素的众人区分开来，众人由于没有文化或盲目，沉溺于习见的幻觉。论战的论证计策不可胜数，比如有个人像所有其他的"谱系学家"一样，从不曾丝毫留意过习性的概念或胡塞尔对这个概念的用法，如果我不使用习性概念的话，然而他却来挖掘胡塞尔的用法，为了好像顺便责备我背叛了权威思想，而他不过想在权威思想种中发现一种颠覆性的东西。

[6] 这足以把用在这里的概念与软弱无力和含糊不清的用法（"写作场"，"理论场"等等）区分开来，这些用法把这个概念变成了诸如领域或范围这些完全平常的概念的一个高贵的同源对偶词。

[7] Cf. J. Proust, *Questions de forme, logique et proposition analytique de Kant à Carnap*, Paris, Fayard, 1986.

[8] E. Cassirer, *Substance et Fonction*, Paris, Minuit, 1977. 我们也可以援引巴什拉（尤其是 *Le Rationalisme appliqué*, Paris, PUF, 1949, p. 132 – 133, 以及 *La philosophie du non*, Paris, PUF, 1940, p. 133 – 134），他主张一种"结构"认识论（G. Canguilhem, *Études d'histoire et de philosophie des sciences*, Paris, Vrin, 1968, p. 202），特别坚持现代数学的形式的、实用的和结构的特点。在一篇写于结构主义鼎盛时期的文章中，我曾试图指出自然科学所必须的关系思想方式应用到社会科学上的条件（cf. P. Bourdieu《Structuralism and Theory of Sociological Knowledge》, *Social Research*, Vol. XXV, n° 4, 1968, p. 681 – 706）。

[9] 关于俄国形式主义与卡西尔之间的关系，参见 P. Steiner, *Russian Formalism. A Metapoetics*, Ithaca, Cornell University Press, 1984, p. 101 – 104。

[10] P. Bourdieu, 《Champ intellectuel et projet créateur》, *Les Temps modernes*, n° 246, 1966, p. 865 – 906.

[11] Cf. P. Bourdieu, 《Une interprétation de la sociologie religieuse de Max Weber》, *Archives européennes de sociologie*, vol. XII, n° 1, 1971, p. 3 – 21.

[12] 我试图在1983—1986年法兰西学院的讲座中指出场的基本特征，并把完成了的各种不同分析提到一个更高的形式化水平，这些讲座以后将会出版。

[13] 因此，既然涉及分析语言的社会功用，这就意味着与"境况"的抽象概念决裂——这个概念本身导致与索绪尔的或乔姆斯基的模式的一种决裂——并迫使我把语言交流的关系看成在每种情形下由对话者与他们所属群体的语言或文化资本之间的关系结构确定的市场。

[14] 我尝试在这方面迈出第一步，对个人房屋的市场进行了分析（cf. P. Bourdieu et al. , 《L'Economie de la maison》, *Actes de la recherche en sciences sociales*, n° 81 – 82, 1990）。

[15] 我可以在这里举大学场研究的例子，在这项研究中，将这个场置于权力场中的绝对必要性迫使我必须求助于粗浅的和明显不充分的若干指数；或者举主教团研究的例子，在这项研究中，主教与神学家（以及更广泛地说，与教徒）之间的结构关系只能以一种极为粗略的和定性的方式加以把握；或者举高等教育机构场的范例研究的例子，在这项研究中，从总体上对场进行把握的考虑，反对仅就一个机构进行研究的专著在理论上和经验上的既无可指责又荒诞的琐细，这种考虑导致有时在实践上无法克服的巨大困难。

[16] 我因此而可能会伤害到的人,应该读读我在《区分》一书的末尾(以马塞尔·普鲁斯特的名义:"我愿意以我最珍视的审美印象在这里斗争,努力将理性的真诚推到它最后的和最残酷的界限")关于"明晰的观念"的反常愉悦所写的东西(参见 P. Bourdieu, *La Distinction. Critique sociale du jugement*, Paris, Minuit, 1979, p. 565 – 566)。

[17] 我曾在三篇补充文章中对研究文学场、艺术场和哲学场的方法论原则进行了初步介绍,这些研究始于六十和八十年代之间在巴黎高等师范学校开的研究班课程:《Champ intellectuel et projet créateur》, *Les Temps modernes*, n° 246, 1966, p. 865 – 906;《Champ du pouvoir, champ intellectuel et habitus de classe》, *Scolies*, n° 1, 1971, p. 7 – 26, et《Le marché des biens symboliques》, *Année sociologique*, n° 22, 1971, p. 49 – 126。我应该对有可能使用这些成果的人说,这些文章中的第一篇在我看来虽然重要但是已经过时:它提出了有关场的生成和结构的中心命题,我的研究工作的某些最新成果,比如一切涉及成为陈词滥调和论述方法之源起的成对对立的东西,也出现在这篇文章中;但它包含了第二篇文章力图改正的两个错误:它倾向于将位置之间的客观关系约简为行动者之间的互动,并忘记把文化生产场置于权力场中,因而漏掉了文化生产场的某些属性的真正原则。第三,它以一种有时有点艰涩的形式,提出了充当这里展示的成果和别人从事一系列研究的基础的原则。

[18] 我以后还要进一步分析信仰,它是经院观点固有的,是被赋予文化作品的,而且它本身就构成了对这些作品的内容的非常特殊的信仰,即柯尔律治所说的"对构成诗学信念的无信仰之有意识的和预先的悬置"的基础,并且导致接受最异乎寻常的经验 (cf. Coleridge, *Biographia literaria*, n° 2, p. 6, cité par M. H. Abrams, *Doing Things with Texts, Essays in Criticism and critical Theory*, New York, New York, Londres, W. W. Norton/Co., 1989, p. 108)。

[19] Cf. D. Gamboni,《Méprise et mépris. Eléments pour une étude de l'iconoclasme contemporain》, *Actes de la recherche en sciences sociales*, n° 49, 1983, p. 2 – 28.

[20] R. Wellek et A. Warren, *Theory of Literature*, New York, Brace, 2ᵉ éd., 1956, p. 75.

[21] 对于普通语言来说,生活不可分离地是一种个体存在的全部事件,这种个体存在被视为一个故事和对这个故事的叙述:它把生活描绘成有十字路口和陷阱的一条道路,一种前程,或者描绘为一种缓慢的行进,一条正在走的道路,或一条需要开辟的道路,一段行程,一门课程,一段旅途,一条路线,一种线性的和单向的移动,这种移动包括一个开始("生活的一个开始")、各个阶段与在终结和目标的双重意义上的一个终点("他前途远大"意味着:他将在生活中取得成功),一种历史的终结。

[22] 举一个最近遇到的这种传记哲学的例子:"我试图……把他的生活(从一部分开始)表现为**一个明白易懂的整体**,一个能从中辨认出**一种一致性**的总体,或一个**精灵的发展**,如歌德在维特根斯坦最喜欢的一首诗中所描绘的那个精灵……"(B. McGuiness, *Wittgenstein. Les Années de jeunesse*, 1889–1921, t. I, Y. Tenenbaum, Paris, Ed. du Seuil, 1991, p. 11. 黑体系笔者加。)

[23] J.-P. Sartre, 《La conscience de classe chez Flaubert》, *Les Temps modernes*, n° 240, 1966, p. 1921. 黑体由笔者加。

[24] *Ibid*, p. 1935.

[25] J.-P. Sartre, 《La conscience de classe chez Flaubert》, *Les Temps modernes*, n° 240, 1966, p. 1945–1950.

[26] J.-P. Sartre, *L'Etre et le Néant*, Paris, 1943, p. 643–652 et spécialement p. 648.

[27] Cf. C. Becker, 《L'offensive naturaliste》, in C. Duchet (éd.), *Histoire littéraire de la France*, t. V, 1848–1917, Paris, Editions Sociales, 1977, p. 252.

[28] 人们无疑没有仔细阅读萨特年轻时代的那本小书,萨特在书中提出了对笛卡尔的自由理论的一种再阐释甚或一种激进化:这就是将笛卡尔赋予上帝的创造永恒真理和价值的彻底的自由归还给人类(J.-P. Sartre, *Descartes*, Genève, Traits, Paris, Trois collines, 1946, p. 9–52)。

[29] 人们在附录中(参见第188页)可以发现对让-保尔·萨特的位置和轨迹的一种分析,这种分析提供了若干材料,以理解他如何且为何预先倾向于为捍卫非创造的创造者(他在整个哲学史中接受了许多其他公式)的神话提供一个典型的表达方式。

[30] 人们在第二章的附录中可以找到对两大类保守主义论述的伦理和政治配置的一种分析,这些配置是与产生它们的人的位置和轨迹相关的。

[31] 为了把一种方法进行到底,而这种方法要求场中的占位与位置之间的一种清晰可辨的关系的存在,应该集中必要的社会学信息,以理解在一个确定的场中的确定状态下,不同的分析者在不同的方法之间是如何分布的以及他们为何在可能的不同方法中把这种方法而不是那种方法归于自己。人们将在我对罗兰·巴特和雷蒙·皮卡尔之间的争论进行的分析中发现关于这样一种关联的几个因素(cf. P. Bourdieu, *Homo academicus*, Paris, 1984, et spécialement la postface à la seconde édition, 1992)。

[32] 人们会发现为新批评(特别是它深奥的唯美主义,它的贵族主义,它的无视历史,它的科学要求)遭到的批评所做的一种辩护,in R. Wellek, 《The new Criticism: Pro and Contra》, *Critical Inquiry*, vol. IV, n° 4, 1978, p. 611–624。还要读一读老文学理论学家绝望而有力的辩护词,他反对在他看来宣布"艺术终结"和"文学或文化死亡"的人,也就是说,大致包括马克思主义者,

符号学家（罗兰·巴特说"文学从构成上来看是反动的……"），解构主义者，等等，等等（cf. R. Wellek, *The attack on Literature*, The American Scholar, vol. XLII, n° 1, 1972 – 1973, p. 27 – 42）；他让人对七十年代**保守主义革命**的言语暴力主义（"语言是法西斯"）在**美国学者**的受保护和享有特权的空间内可能引起的"大恐慌"有了一种准确的认识，这种言语暴力主义必然引起了我们今天经历的文化**复兴**的结果（尤其在阿兰·布卢姆的推动下）。

[33] J. C. Ransom, *The World's body*, New York, 1938.

[34] P. Szondi, *Introduction à l'herméneutique littéraire*, Paris, Le Cerf, 1989.

[35] P. -M., de Biasi, Avant – propos, in G. Flaubert, *Carnets de travail*, éd. critique et génétique établie par P. -M. de Biasi, Paris, Balland, 1988, p. 7.

[36] R. Debray-Genette, *Flaubert à l'Œuvre*, Paris, Flammarion, 1980.

[37] P. -M., de Biasi, 《La critique génétique》, in *Introduction aux méthodes pour l'analyse littéraire*, Paris, Bordas, 1990, p. 5 – 40; R. Debray-Genette, in *Essai de critique génétique*, Paris, Flammarion, 1979, p. 23 – 67; C. Duchet, 《La différence génétique dans l'édition du texte flaubertien》, in *Gustave Flaubert*, t. II, Paris, 1986, p. 193 – 206; T. Williams, *Flaubert, L'Education sentimentale, Les Scénarios*, Paris, José Corti, 1992; et surtout les deux recueils：L. Hay (éd.), *Essai de critique génétique*, Paris, Flammarion, 1979, et A. Grésillon (éd.), *De la genèse du texte littéraire*, Tusson, Du Lérot, 1988.

[38] P. -M., de Biasi, in G. Flaubert, *Carnets de travail*, op. cit., p. 83 – 84.

[39] M. Foucault, 《Réponse au cercle d'épistémologie》, *Cahiers pour l'analyse*, n° 9, 1968, p. 9 – 40（pages citées：40, 29, 37）.

[40] 唯有历史的考察才能决定在每种情况下，场之间互相转换的一种特别方向是否存在以及为何如此；但是一切都令人推测，这并不是纯粹的历史影响关系，也不是纯粹的逻辑决定关系，布克哈特曾在《论世界历史》中宣称勾勒出这种历史影响关系的图画（伊斯兰教与受到宗教影响的文化，雅典、法国革命等与受到文化影响的国家的关系等等）。在所有情况下，逻辑理由与社会原因混合在一起，构成这个具有不同范畴的必要性的复杂整体，这个整体是不同场之间象征性交换的根源。

[41] 关于在艺术史中弥漫的黑格尔主义，参见 E. H. Gombrich, *In search of Cultural History*, Oxford, Clarendon Press, 1969, 还有，关于要克服的黑格尔主义与实证主义之间的对立，参见《From the Revival of Letters to the Reform of the Arts》, in *The Heritage of Apelles, Studies in the Arts of the Renaissance*, I, Oxford, Phaidon Press, 1976, p. 93 – 110.

[42] 一个民族和一个时代的全部作品特有的"艺术意愿"，正如帕诺夫斯基指出

的，相对于一个可历史地定义的主体的个人意识，是超验的，并且与一种神秘的艺术史产生的自主力量相距不太远，甚至对阿洛伊斯·里格尔来说也是如此（cf. E. Panofksy, 《Le concept du *Kunstwollen*》, in *La perspective comme forme symbolique*, trad. fr. de G. Ballangé, Paris, Minuit, 1975, p. 197 – 221, et P. Bourdieu, Postface, in E. Panofsky, *Architecture gothique et Pensée scolastique*, *op. cit.*）。事实上，这从来不过是学者的追溯目光实现的数不清的艺术家–意愿（或遵照尼采的说法，艺术家–意志）的总和，个别艺术家的兴趣和配置都表现在这种意愿中。

[43] 我们可以看到人物研究从这个角度出发所能显示出来的一切价值，这些人物多多少少以"创造性"方式介入了许多场（比如帕诺夫斯基从这个视角研究伽利略），并且按照莱布尼茨的可能世界的典型模式，导致相同习性的许多实现方式（比如，在消费领域里，不同的艺术为客观上系统的表达即刘易斯意义上的相同趣味的"对等物"提供了机会）。

[44] 特别参照 C. J. Tynianov et R. Jakobson, 《Le problème des études littéraires et linguistiques》, in *Théorie de la littérature. Textes des formalistes russes*, présentés et traduits par T. Todorov, Paris, Ed. du Seuil, 1965, p. 138 – 139; F. L. Erlich, *Russian Formalism*, La Haye, Mouton, 1965; P. Steiner, *Russian Formalism . A Metapoetics*, *op. cit.*; F. W. Galan, *Historic Structures*, *The Prague School Project*, 1928 – 1946, Austin, University of Texas Press, 1984; P. Steiner（éd.）, *The Prague School*, *Selected Writings*, 1929 – 1946, Austin, University of Texas Press, 1982; 最后, I. Even-Zohar, 《Polysystem Theory》, *Poetics Today*, vol. I, n° 1 – 2, 1979, p. 287 – 310。

[45] Cf. P. Steiner, *Russian Formalism . A Metapoetics*, *op. cit.*, 尤见 p. 108 – 110, 另外, F. 雅各布森指出"泰尼亚诺夫保留索绪尔的变化模式，在这个模式中，基本的机制是最大限度的抽象、一致和差别"（F. Jameson, *The Prison-House of Language*: *A Critical Account of Structuralism and Russian Formalism*, Princeton, Princeton University Press, 1982, p. 96）。

[46] J. Tynianov, cité par P. Steiner, *Russian Formalism. A Metapoetics*, *op. cit.*, p. 107.

[47] 关于配置这个概念的模棱两可，参照 P. Steiner, *op. cit.*, 尤见 p. 124。

[48] M. Faure 《L'époque 1900 et la résurgence du mythe de Cythère》, *Le Mouvement social*, n° 109, 1979, p. 15 – 34（page citée : 25）.

[49] R. Ponton, *Le champ littéraire en France de 1865 à 1905*, *op. cit.*, p. 223 – 228.

[50] P. Bayle, Article 《Catius》, *Dictionnaire historique et critique*, Rotterdam, 3ᵉ éd., 1720, p. 812a, b, cité par R. Koselleck, *Le Règne de la critique*, Paris, Minuit,

1979, p. 92.

[51] Cf. H. S. Becker, 《Art as Collective Action》, *American Sociological Review*, vol. XXXIX, n° 6, 1974, p. 767 – 776; 《Art Worlds and Social Types》, *American Behavioral Scientist*, vol. XIX, n° 6, 1976, p. 703 – 719.

附录　全能知识分子与思想万能的幻想

　　无限思想的幻想在萨特对福楼拜作品的分析中表现得极其清楚，他在分析中揭示了他对另一个知识分子也就是说作为知识分子的他本人可能有的理解的局限性。这种万能的梦想植根于一种前所未有的社会地位之中，萨特建立这种地位，他把到那时为止一直分裂的知识权力和社会权力的整体集中到他一个人身上。[1]萨特超越了看不见的但大致上不可超越的界线，这条界线将教授、哲学家或批评家与作家分开，将小资产阶级"奖学金享受者"与资产阶级"继承人"分开，将学院的谨慎与艺术的大胆分开，将博学与灵感分开，将概念的沉重与写作的优雅分开，但同样将反思性与天真分开，因此他真正创造和代表了**全能知识分子**的形象，作家思想家、形而上学家、小说家和哲学家、艺术家，这种形象将集中在他身上的所有这些权威和这些才华，并投入到当时的政治斗争中。这样的结果尤其准许他无论与现在或过去的哲学家还是作家都建立了一种不对称的关系，他想要思考他们胜过他们思考自己，将知识分子的经验和他的社会地位变成他以为非常明晰的一种分析的优先对象。

　　反对（以莱昂·布仑施维克为代表的）认识哲学的哲学"革命"与哲学写作的"革命"相伴而来。胡塞尔的意象性理论的运用导致用意识的开放世界来代替自我认识的意识的封闭世界，意识的开放世界"显露给"事物、世界、他人，导致新的对象（如著名的咖啡馆侍者）闯入哲学话语中，这些新对象脱离了"学院"哲学的有点禁锢的气氛，它们到那时一直是作家的专利。这种理论的运用也要求一种谈论这些奇特对象的开放的文学新手法。还有一种新的生活风格：哲学家遵循作家传统，在咖啡馆写作。萨特为了出版献给大学出版社的创始人阿尔康的哲学著作，选择了纯文学的堡垒伽俐玛出版社，正如这种选择所表明的，萨特摧毁了文学哲学与哲学文学之间的界线，摧毁了现象学分析许可的"文学性"效果与形而上学小说《恶心》或《墙》的存在主义分析保证的深度效果之间的界线。通过将哲学主题戏剧化和通俗化，主题剧《禁闭》和《魔鬼与上帝》使得这些哲学主题具有同时进入资产阶级谈话和哲学教程的性质。

　　传统上被归于大学教授的批评，是智力劳动分工结构的这种深刻转变的必不可少的附属物。在初学写作的年代，萨特在他精选的所有与学校教育圣殿无缘的作者的分析中，找到了一个有点学院性的机会，清点和吸收构成先锋派作家的"职业"的技能，这些技能将塞利纳、乔伊斯、卡夫卡和福克纳的贡献统一到一上来就被承认为极其"古典"的文学形式中，原因就不必说了；他在戏剧领域非常接近吉罗杜，这是另一个高等师范学校的作家，或从严格意义上来讲，接近布莱希特——就《阿尔托纳的监禁者》而言——而不是尤奈斯库或贝克特，与在戏剧方面一样，他在小说中进行了他的批评文集《境况》要求的形式革命。总之，批评话语使人觉得分析者给出了作家和小说形式的新定义。在写到福克纳的时候，他说一种小说技能要求一种形而上学，他把自己变成了小说方面的合法性的垄断者，反对纪德、莫里亚克及马尔罗，因为他是唯一拥有形而上学家文凭的人。批评的自我合法化功能在这些情形中表现得极其清楚，即当涉及笔战的时候，这个功能用于最直接的竞争者如加缪、布朗肖或巴塔耶这些觊觎只供一人占据的统治位置的人，还用于相应的标志和象征，比如要求得到杰出的形而上学小说家卡夫卡的遗产的权利。

　　批评所许可的区分策略的特殊有效性，得益于这个事实，即这些策略依赖一部"全能的"作品，"全能的"作品允许它的作者将从其他领域获得的全部技术和象征资本引入每个领域中，将形而上学引入小说或将哲学引入戏剧，与此同时把他的竞争者视为片面的甚至是残缺的知识分子：梅洛-庞蒂，尽管涉足批评，不过是个哲学家；加缪，虽写了《西绪弗斯神话》和《反抗的人》，却天真地表现出他算不上什么专业哲学家，不过是一个小说家罢了；布朗肖不过是一个批评家，而巴塔耶是一个随笔作家；更不用说阿隆了，不管怎么说都没有重新抓住全能知识分子的形象必不可少的这另一个组成部分，即（在左派一边）干预政治，因此是不合格的。经过战前的批评随笔和哲学宣言，也经过立刻被当作文学的和哲学的"权威"概括的《恶心》的巨大成功之准备，各种知识资本的集中奠定了全能知识分子的形象，它在战后不久就因为《现代》杂志的创立而完成：这是一本"知识分子"杂志，正如编委会的成员表明的，它在萨特麾下聚集了把创立者的作品与人格互相调和的所有知识分子传统的活跃代表,它使得有可能将萨特的思考存在的所有特点("我们不该错过我们时代的一切",正如《说明》所说的)并由此指导无论形式上还是主题上的知识生产的计划,变成集体的规划。

但萨特实现的所有生产种类的调和不过是哲学野心的一种特殊形式,这种哲学野心来自两种现象学即科热夫解读的黑格尔的现象学和海德格尔修正的胡塞尔的现象学的交叉。哲学,通过哲学家-作家,特别由于康德,明确反对"世俗的"和解,它在整个知识场中得到了它总是要求得到的霸权地位——尽管只是在大学场中才真正得到了这种地位。我们可以理解,综合的愿望,即绝对权力的野心在知识场中体现的形式,在哲学著作中表现得如此清楚,而且首先是在《存在与虚无》中,这本书是对觊觎不可超越的思想的第一次确认(它在《辩证理性批判》的无所不在的辩证法即为维护一种受到威胁的知识权力的终极努力中,找到了它的绝对武器):由概述或论文构成的作品的篇幅;观念场和所涉及对象的空间的规模,这个空间表面上与生活本身的外延相同,实际上却是非常古典的,而且非常接近一种扩大了的学院传统;作者面对比他地位更高的作者如黑格尔、胡塞尔或海德格尔时表现出的至高无上的高傲(特别体现在无参考书目这个标志上),尤其是作品中超越一切和保留一切的企图,从竞争对手的思想体系的对象如心理分析或社会科学开始,这一切都表明了将哲学确立为创立依据的愿望,这种依据有充分的理由在存在和思想的所有领域取得绝对统治地位,把自身确立为超验的依据,而且,这种依据能够将一种关于自身的真理提供给这个依据适用的人、制度或思想,虽然它自己被剥夺了这种真理。

萨特变成了所有知识分子的象征,他不能不遇到自左拉以来被纳入知识分子人格中的政治介入要求和道德使命感,道德使命感如此全面地构成了占统治地位的知识分子形象,甚至曾一度约束过纪德。他在遇到政治的时候,也就是说在继第二次世界大战结束之后的差不多属于革命的时期,遇到了共产党,他又一次借助对基础进行批判的典型的哲学的激进超越策略(他后来把这种策略用到马克思主义和人文科学上),找到了一种方法,将一种理论上可以接受的形式赋予他努力与党共同建立的互相合法化的关系上(如同战前的超现实主义者,但在相当不同的知识氛围和共产党的状况中)。但对上层的"同路人"的大胆赞同却丝毫不包含人们有时愿意在当中看到的(按照这个说法:"**党,就是**无产阶级"……对无产阶级有利的)自我的无条件消除:这种赞同使得知识分子有可能变成党的创立意识,在从"自为"到"自在"的关系中相对于党和"人民"确定自己的位置,并由此获得一项革命道德的专利,同时维护一种有选择赞同的充分自由,有选择的赞同是唯一能够建立在理性基础上的赞同。这种与一切法定位置和占据这些位置的人——无论是《新批评》杂志的共产党员,还是《精神》杂志的天主教徒之间的距离,决定了"自由知识分子"和他的本体论变形,即自为。

其实,我们可以说明,萨特本体论的基本范畴:自为和自在是一个反命题的升华了的形式,这个反命题经常出现在萨特的整个作品中,体现在"知识分子"与"资产者"或民众之间的对立上:作为不正当的"私生子",资产者之间的虚无和自由的表皮,《恶心》中的"无赖"和民众,他们的共同点就是完全成为他们自己,别无其他,而知识分子总是与自己保持距离,与他的存在分离,从而由一条微不足道的和不可逾越的差距与所有不过是他们之所是的人分开,这种差距造就了他的不幸和伟大。[2]他不幸,所以他伟大:这种逆转处在观念转变的中心,它从福楼拜到萨特(以降),使得知识分子有可能将他的精神荣誉问题建立在他把脱离世俗权力和特权变成自由选择这种形象转变的基础上。而萨特将"想当上帝的欲望"即自在与自为的想象中的融合,纳入人类状况的普遍性中,这个欲望最终不过是将资产者的心满意足与知识分子的批判焦虑进行调和的野心的一种变形,即更天真地表现在福楼拜身上的特权知识阶级的梦想:"像资产者那样生活并像半神半人一样思想"。

萨特把知识分子的社会经验变成了本体论结构,这个结构构成了处于普遍性中的人类存在,知识分子是贱民,注定遭到意识与自由组成的(受赞美的)恶运,意识禁止他同自身达成快乐的和谐,自由使他同自身的条件和状况保持距离。他表现出来的不安是做知识分子的痛苦,而不是在知识分子世界中的不满,在这个世界中,他终究是如鱼得水。[3]

注释

[1] 在这里，我重拾很多年前写的一篇文章的主题，或有时是术语（cf. P. Bourdieu, 《Sartre》, *London Review of Books*, vol. II, n° 22, 20 novembre-2 décembre 1980, p. 11 – 12），但不提供我影射的文章的所有参照，请参照安娜·博舍蒂（Anna Boschetti）的著作, *Sartre et 《Les Temps modernes》*, Paris, Minuit, 1985, 这部著作通过关于场和作品的一种系统研究，明确并加深了我仅仅做了概述的分析。

[2] 这个把资产者与民众混在同一逻辑等级的倾向，是作家和艺术家，更普遍地说，是知识分子的社会世界观的一种常见现象。这一点在福楼拜身上尤其明显。

[3] 对"萨特作用"的一种更全面的理解意味着我们要分析知识分子预言的社会需求出现的社会条件：其一是形势条件，比如与来自战争、占领、抵抗、解放的集体和个体危机相关的决裂、悲惨和焦虑的体验；其二是结构条件，比如一个自主的知识场的存在，这个场拥有自身的再生产机制（高等师范学校）和合法化的机制（杂志、小团体、出版商、学院等等），因而能够支持一种"知识贵族"的独立的、脱离权力的甚至与权力对抗的存在，并能够推行和认可知识分子成就的一种特殊定义。

2. 作者的观点·文化生产场的几个普遍特征

> 真正批评的目标应该是发现作者（不知不觉地或有意地）对自己提出了什么问题并弄明白他是否解决了。
>
> ——保尔·瓦雷里

文化作品的科学以与作品所领会的社会现实的三个层次同样必要且互相联结的三个活动为前提：第一，分析文学（等）场在权力场内部的位置及其时间进展；第二，分析文学（等）场的内部结构，文学场就是一个遵循自身的运行和变化法则的空间，也就是各种位置间的客观关系结构，为合法性而竞争的个体或集团占据着这些位置；最后，分析这些位置的占据者的习性的生成，习性即配置系统，这些系统作为文学（等）场内部的一种社会轨迹和一个位置的产物，在这个位置上找到了一个多多少少有利的现实化机会（场的构造是社会轨迹构造的逻辑先决条件，社会轨迹是在这个场中被连续占据的一系列位置）。[1]

读者在这整部著作中，可以用**画家、哲学家、科学家**等来代替**作家**，用**艺术的、哲学的、科学的**等等来代替**文学的**，等等。（提醒读者，每当有必要，也就是每当我们不能求助于**文化生产者**这个无特殊乐趣的总称，以表明与"创造者"的超凡魅力决裂观念时，我们就在**作家**这个词后面加上**等等**。）这并不意味着我们忽视了场之间的差别。比如，斗争的激烈程度无疑按照体裁，以及按照体裁在每个时代要求的特定能力的稀缺，也就是按照"非法竞争"或"非法操作"的可能性而变化（这无疑解释了不断处于他律和他律的生产者威胁之下的知识场，是理解出现在所有场中的斗争逻辑的一个特别场所）。

因此，解释因素的真正等级使得分析家通常采用的步骤颠倒过来：应该考虑的不是某个作家如何成了他之曾经是——这有可能落入对一种被重构的一致性的追溯式幻想——而是，鉴于他的社会出身和他从社会出身得来的被社会构造的属性，他如何能够占据，或在某种情况下，他如何能够生产文学（等）场的一种确定状态所提供的已形成或将要形成的位置，并由此能够提供对在这些位置中处于潜在状态的占位的一种或多或少完整的和一致的表达（比如，在福楼拜的情形中，是为艺术而艺术固有的冲突，以及更普遍地，是艺术家状况固有的冲突）。

权力场中的文学场

艺术家和作家的许多实践和表现（比如他们对"民众"和"资产者"的模棱两可）只有参照权力场才能得到解释，文学（等）场本身在权力场内部占据了一个被统治位置。权力场是行动者或机构之间的力量关系空间，这些行动者或机构的共同点是拥有必要的资本，以在不同场（经济场或尤其是文化场）中占据统治位置。权力场是不同权力（或各种资本）的持有者之间的斗争场所，这些斗争如同十九世纪的艺术家与"资产者"之间的象征斗争，以各种不同资本的相对价值的转变或保留为赌注，而这种价值本身每时每刻都决定有可能加入这些斗争的力量。[2]

作为对一切形式的经济主义的真正挑战，文学（等）领域在一个漫长而缓慢的自主化过程中逐渐形成，它表现为一个颠倒的经济世界：进入这个领域的人做到非功利是有益的；与通行的艺术传统的异端式决裂如同预言，特别是不幸的**预言**，按照韦伯的观点，这个预言通过它不能提供任何报酬证明了它的真实性，[3]这种决裂在无关利害中找到了它的真实性标准。这并不意味着不存在这种具有超凡魅力的经济的经济逻辑，这种具有超凡魅力的经济建立在这样一种社会奇迹的基础上，这种社会奇迹是一切不同于特有审美意图的决定的纯粹行为：我们将会看到存在着经济挑战的经济条件，经济挑战导致趋向先锋派知识分子和艺术家这类风险最大的位置，存在着能在无任何财政补偿的情况下稳固地保留在这些位置上的经济条件；还存在着获得象征利益的经济条件，这些象征利益本身有可能在或长或短的时期内，转化为经济效益。

  应该在这种逻辑中分析作家或艺术家与出版商或画廊经理之间的关系。对于这些双重人物而言（福楼拜通过阿尔努这个人物描绘了他们的典范形象），"经济"逻辑一直深入到为生产者生产的空间的中心；他们也应该集中了完全矛盾的配置：经济配置在场的某些区域，与生产者完全无关，而智力配置接近生产者的配置，他们只有懂得欣赏和利用生产者的劳动，才能剥削这种劳动。事实上，出版商的或画廊的场与相应的艺术家或作家的场之间的结构同源性逻辑，使得每个艺术"圣殿商人"表现出与"他的"艺术家或"他的"作家相似的特征，这就促成了相信和信任的关系，剥削就是建立在这种关系的基础上（商人可能满足于让作家或艺术家进行自己的游戏，法定的无关利害的游戏，以便让作家或艺术家同意放弃，以成全他们的利益）。

鉴于在各种不同的资本及其把持者之间的关系中建立的等级制度，文化生产场暂时在权力场内部占据一个被统治的位置。无论它们多么不受外部限制和要求的束缚，它们还是要受总体的场如利益场、经济场或政治场的限制。因此，文化生产场每时每刻都是两条等级化原则即他律原则与自主原则之间的斗争的场所，他律原则（比如"资产阶级艺术"）有利于那些在经济和政治方面对场实施统治的人，自主原则（比如"为艺术而艺术"）驱使它的最激进的捍卫者把暂时的失败变成上帝挑选的一个标志，把成功变成与时代妥协的一个标志。[4] 这场斗争中的力量关系状况取决于**场**总体上拥有的自主，也就是场自身的规则和认可在多大程度上加诸全体文化财富的生产者和这样一些人，这些人在世俗中（目临时地）在文化生产场中占据统治位置（成功的剧作家或小说家）或渴望占据统治位置（唯利是图的被统治的生产者），他们最接近权力场中相似位置的占据者，因而对外部需要最敏感，同时是最不自主的。

文化生产场的自主程度，体现在场中外部等级化原则多大程度上服从内部等级化原则：自主越大，象征力量的关系越有利于最不依赖需求的生产者，场的两极之间的分隔倾向也就越明显，也就是**有限生产的次场与大生产的次场**之间的分隔倾向越明显，在有限生产的次场中生产者的主顾只有其他生产者，后者也是他们的直接竞争者，而大生产的次场在**象征**上受到排斥，失去信用。在第一个场中，场的基本法则独立于外部需求，实践经济如同败者获胜的游戏那样，是建立在对权力场和经济场的基本原则的一种倒置基础上的。它排斥对利益的追求，它不保证在投资与金钱收入之间任何形式的一致；它谴责对世俗的荣誉和声名的追逐。[5]

按照在权力场（但也在经济场）的世俗统治区域通行的**外部等级化原则**，也就是按照根据商业成功（比如书的发行量，戏剧表演的场次，等等）指数衡量的**世俗成功**或社会名望（比如勋章，职位等等）的标准，"**大众**"熟知或认可的艺术家（等）最有优势。**内部等级化原则**，也就是特定认可的程度，有利于被他们的同行或他们自己认可（至少在他们事业的最初阶段）的艺术家（等），至少应该在否定方面将自己的声誉归功于他们丝毫不向"大众"的要求让步这个事实。

由于公众的规模（进而公众的社会质量）为独立于"大众"需要和市场限制（"纯粹艺术"、"纯粹研究"等）的程度或从属于"大众"需要和市场限制（"商业艺术"、"实用研究"等）的程度、进而为对无关利害价值的赞同提供了一种良好的尺度，它无疑构成了在场中占据位置的最可靠和最明确的指数。实际上他律通过需求出现了，需求可能采取一个"保护人"、资助人或主顾提出的个人化定购形式或一个市场的无名期待和认可形式。于是，没有什么比文化生产者与**商业成功**或世俗成功（和获得成功的手段，比如，今天对报纸和现代传媒手段的服从）保持的关系更能明确地对他们进行划分了：一些人承认和接受、甚至有意追求这种成功，但维护自主等级化原则的人拒绝这种成功，把它看作追求政治和经济利益的一种金钱价值的体现。最坚决的自主维护者把为公众生产的作品与应该造就自己的公众的作品之间的对立变成基本的评价标准。

除了权力场之外，几乎没有什么场中两极位置的占据者之间关于世俗成功和经济认可的对立观念的对抗如此彻底（在与场相关的利益范围内）：对立两边的作家或艺术家万不得已的共同之处只能是他们都参加了为规定文学或艺术生产的相反定义而进行的斗争。作为构成一个场的互动关系与结构关系之间差别的典型体现，他们也许永远也不会相遇，甚至有意无视彼此，但在实践中却完全被将他们联系起来的对立关系所决定。

在十九世纪下半叶，文学场达到了从未被超越的自主程度，因而有了第一个依其对公众、成功、经济的真实的或假定的依赖程度而划分的等级。这个主要的等级被另一个印证了，后者按照所触及公众的**社会和文化质量**（根据公众与特定价值中心的假定距离来衡量）与公众通过承认生产者赋予他们的象征资本（在第二维空间）建立起来。因此，有限生产的次场注定要专门从事为生产者而进行的生产，只承认特定的合法性原则，在这个次场中，得到他们同行的认可，即得到一种持久认可标志的人（被认可的先锋派），与从特定标准来看没有达到同样认可程度的人对立。这个低级位置集中了不同年龄和艺术代的艺术家或作家，他们可能要么以新合法性原则的名义，按照异端的模式，或以回到一种旧合法性原则的名义，拒绝承认被认可的先锋派。

不成功本身是模棱两可的，因为它可以被看成要么是有意的，要么是不得已的，因为同行认可的标志把"受诅咒的艺术家"与"碌碌无为的艺术家"区分开来，而且这些标志总是不确定和模棱两可的，无论对于观察家还是艺术家本人都是如此。最**不幸**的艺术家能够在这种客观不定性中找到保持他们关于自身命运的不确定性的手段，在这方面集体的自欺为他们提供的所有制度上的支持帮助了他们。此外，永久革命的制度化，作为文化生产场的合法转变方式，使得先锋派文学和艺术从十九世纪末以来，享有一种有利的偏见，这种偏见建立在对过去的批评家与公众的认识和评价的"错误"的回忆基础上：失败总是能够在来自整个历史成果的制度中找到证明，比如"受诅咒的艺术家"的定义承认世俗成功与艺术价值之间真实或假定的差距；而且，更广泛地，被指定的或指定自己进行判断或认可的行动者或机构本身也在为获得认可而斗争，因而总是相对的和受到怀疑的，这个事实为自欺的作用提供了一种客观支持，多亏了这种作用，没有主顾的画家、没有角色的演员、没法出版和没有读者的作家才能利用成功标准的模棱两可掩盖他们的失败，这种模棱两可导致混淆"受诅咒的艺术家"有选择性的暂时失败与"庸人"直截了当的失败。这种作用变得越来越复杂，随着时间的流逝和衰老的到来，否定性制裁的重复宣告了可能性的减少，这种减少使得少年的不定性的唯意志论的拖延越来越靠不住了。

即使是为重新发现、复兴或承认过去的作品而进行竞争的逻辑，终究为许多作家保证一种"文学存在"形式，但这些作家很可能被他们的同时代人毫不犹豫地归入"庸人"行列，遇到类似阿尔丰斯·拉博（Alphonse Rabbe）这样一个如此不同寻常的状况仍是非常罕见的，他是《一个悲观主义者的画像》（Album d'un pessimiste）的作者，这本书最近再版，帕斯卡尔·卡萨诺瓦这样描绘了他的画像："平庸的作家，被他的所有同代人遗忘、抛弃，蹩脚的诗人，1788年生于普罗旺斯，一切尝试都遭到失败。落空的画家，无大才的批评家，业余音乐家，其南方口音注定他只能演喜剧，二流历史学家，外省政客，匿名的小册子作者，社会边缘的记者，死于1829年，留下一部感人的遗作，自杀的启示录，合乎逻辑地命名为《一个悲观主义者的画像》。一个世纪之后他被安德烈·布勒东推举为'死亡中的超现实主义者'。"[6]

同样，在场的另一极，在投入和致力于市场和利益的大生产次场一边，出现了一种对立，这种对立与把被认可的先锋派同先锋派分开的对立是同源的，它通过（部分地成为利益大小原因的）公众的规模和社会素质，进而通过公众以其好评带来的认可价值，在拥有所有资产阶级权利的资产阶级艺术与处于纯粹状态的"商业"艺术之间建立起来，"商业"艺术由于有利可图和"大受欢迎"遭到了双重贬值：最终获得世俗成功和资产阶级认可（特别是法兰西学士院）的作者，既通过他们的社会出身和轨迹，又通过他们的生活风格和他们的文学相似性，与被迫取得所谓大众化成功的作者，比如乡村小说作者、通俗喜剧作者或歌谣作者区分开来。

场的自主程度可以由它的特定逻辑施加给外部影响或控制的转达或**折射**作用之重要性来衡量，由它让宗教或政治表象和世俗权力的限制发生的**变革**甚至是变形来衡量（显然非常不完善的折射的机械比喻，在这里只有否定价值，以便从思想中驱除更不恰当的反映模式）。场的自主程度也由否定性制裁的严重性（丧失威信，开除，等等）来衡量，这些否定性制裁被施于他律的实践，诸如对政治指示甚或美学或伦理需要的直接服从，尤其由对抵抗甚至反对权力的公开斗争的肯定性激励的有效性来衡量（同样的自主愿望可能按照它反对的权力的性质而导致相反的占位）。

场的自主程度（及由此，在场中建立的力量关系状况）随着时代和国家传统而发生很大变化。[7]它与象征资本相称，象征资本是在时间的过程中通过世世代代的活动积累的（作家或哲学家被赋予的称号的价值，对权力持异议的法定的和几乎制度化的许可，等等）。就是以这种集体资本的名义，文化生产者自感有权利和义务无视世俗权力的需要和要求，甚至援引他们自身的原则和标准与之作斗争。在场的一种状态中或另一个场中不合理或简直不可思议的自由和勇敢，若以客观潜能的甚至是要求的状态存在于场的**特定理性**中，就会变得正常，甚至平常。[8]

在对场的运行规则的服从中获得的象征权力反对所有形式的非自主权力，而某些艺术家或作家，更进一步说，所有文化资本的持有者——专家、干部、工程师、记者，可能被授予了这些非自主权力，作为他们向统治者（特别是在法定象征秩序的再生产中）提供的技术或象征服务的补偿。这种非自主权力可能出现在场的内部，而最忠于内部真理和价值的生产者，由于愿意屈从外部要求的作家和艺术家代表的这种"特洛伊木马"而大大削弱了。

如此说来，当论战观念把所有保守作家都当作简单的**代言人**时，服从从未像论战观念让人以为的那么彻底。没什么比最明显地服从外部必要性的作家的状况更能清楚地说明——因为它使我们更有理由思考——场发挥的折射作用，外部必然性包括保守主义的或进步主义的政治权力施加的外部必然性，还有经济权力的外部必然性，这些必然性能直接或通过公众或报纸等的好评产生影响：政治论战的逻辑仍旧困扰着许多自诩科学的分析，因而导致无视这些作家呈现的表象与统治者包括银行家、工业家、商人或他们在政界的代表产生的表象之间的差别，特别是当这些人作为文化财富的偶然生产者行动时。

因此,在出现于德国十九世纪上半叶的保守主义"哲学"典型状况中,也就是在贵族阶级及其自身合法性信念的传统基础受到动摇时(特别是由于倾向于摧毁特权和奴隶制的改革),职业空想理论家写的著作立刻出现了,因为这些著作打上了它们的作者从属于知识场的许多标志。因此,尽管像亚当·米勒这样的作家求助于与场无关的贵族,但他仍显示出与场的从属关系,这位文风浮夸充满哲学意味的论文或随笔作者,在提出一种建立在"自然财富""观念"(他将之与"概念"区别开来)基础上的真正"理论"之前,感到有责任痛斥费希特和占统治地位的知识分子传统(康德和自然法则,重农主义者和合理的农业,亚当·斯密和市场观念);他在这点上与政客或大贵族这些纯粹的业余爱好者分开,这些"理论"关怀与他们无关:比如一个叫弗里德里希·奥古斯特·冯·戴尔马尔维茨的人,无知又天真自信,在写给同伴的书信和随笔中赞扬了大地、出生、自然和传统,揭露改革、行政的中央集权、市场经济的普遍化,并直接针对贵族,而贵族通过参军或从事经济现代化活动实现他们的转行。[9]

同样的对立出现在受技术贵族启发的文学中,这种文学在1950和1970年间繁荣一时,将一些作者区分开来,这些作者们对其主题上大致可以互换的思想加以发挥,但他们由于论述策略,特别是由于参照方向而差别很大:[10]专家们越参照知识场、场的争论和问题、场的惯例和前提——至少在否定上来看——,在场中越得到承认,也越承认场的规则(这些规则按照一种等级分布,若只是抓住几个标志,那么这个等级是从让·富拉斯蒂耶到贝尔当·德·茹福内尔和雷蒙·阿隆);业余爱好者、政客(米歇尔·波尼亚托夫斯基,瓦雷里·吉斯卡尔·德斯坦)、工业巨头(弗朗索瓦·达尔)或高级官员(弗朗索瓦·布罗什-莱内或皮埃尔·马塞),经常满足于再生产多少直接来自专家的著作或教程的学校话语,不触及知识分子关注的问题,他们经常不知道这些问题的存在。

通过与绘画场的类比,我们可以称之为**稚拙派**的生产者,在客观和主观上都与文化生产无关，他们可能把表达他们的信念放在第一位，而丝毫不关心别的生产者（甚至，在政治家的情形中，他们丝毫不关心像他们一样处于政治场中的人），正如他们风格的简单、论据的合理自信，特别是他们理由的天真所证明的。

相反，被本地分类学划为"右派知识分子"的人没有这种强大的天真的权利，否则有可能被驱逐出场，而且他们想表现知识分子的法定自主权，从而与狭隘保守主义的初级真理保持距离，但他们经过反对"左派知识分子"的论战更好地找到了这些真理：他们装出简单或明确，想有意识地拒绝他们**从外部**所指定的"知识分子"，也就是"左派知识分子"虚妄的复杂性。他们话语的发生公式完全包含在雷蒙·阿隆《知识分子的鸦片》这个著名标题中，这一文字游戏将把宗教是"人民的鸦片"的马克思主义口号倒转过来，反对知识分子献身于马克思主义的"人民"宗教及知识分子对精神启发者地位的觊觎。[11]

规则与界线问题

内部斗争，特别是使"纯粹艺术"的维护者与"资产阶级艺术"或"商业艺术"的维护者互相对立并导致前者甚至拒绝承认后者是作家的内部斗争，不可避免地采取了本义上的"**定义**"所蕴含的冲突形式：每个人都力求规定场中最有利于他的利益的**限制**，或者，规定真正从属于场的条件（或使作家、艺术家或学者名副其实）的定义，这个定义最适于说明他有理由如他存在的那样存在。因此，当最"纯粹"、最严格和最狭隘的从属定义的维护者认定某些艺术家（等）并不真正是艺术家，或不是**真正的**艺术家时，就拒绝他们**作为艺术家的存在**，也就是说从这个观点出发，拒绝他们作为艺术家的存在，这些维护者作为"真正的"艺术家，意欲在场中将这个观点规定为关于场的合法观点、场的基本法则、观念和分类的原则（**规则**），这个原则决定了艺术（等）场之**如是**，也就是成为艺术之为艺术的场所。

至少在这种状况下，"纯粹的"艺术家为反对普通观念而努力推行的这个"看成"（按照维特根斯坦的用语）不是别的东西，恰恰是创

始观点，场通过这个观点如是形成，这个观点以这种名义，决定了进入场的权利："谁也别进来"，如果他不具备与场的基本观点协调或相符的观点；把艺术当成艺术的游戏通过反对普通观念和那些为这个观念服务的人的唯利是图或贪财重利的目的来确定自身，如果谁拒绝玩这个游戏，他就是想把艺术事业贬为金钱交易（根据经济场的基本原则，"买卖就是买卖"）。我们今天自然而然地接受的最严格和最狭隘的作家（等）的定义，是一长串排除和驱逐活动的产物，这种活动力求拒绝将各种各样的生产者看作是名副其实的作家，因为这些生产者可能以一种更广泛、更宽松的职业定义的名义把自己当成作家。

文学（等）竞争的中心赌注之一是对文学合法性的垄断，也就是说，对话语权的垄断，即以权威的名义说出谁被允许自称"作家"（等），甚或说谁是作家和谁有权力说谁是作家；或者如果愿意这样说的话，就是对生产者或产品的**认可权力**的垄断。更确切地说，文化生产场的对立两极的占据者之间的斗争是以垄断作家的合法定义的规定为赌注的，斗争围绕着自主与非自主之间的对立而形成是可以理解的。由此，如果文学（等）场是为作家（等）的定义进行斗争的场所这一点普遍属实，那么无论如何，不存在作家的普遍定义，分析只会遇到与为规定作家的合法定义而进行的斗争的一种状况相一致的定义。

这就是说摆在所有专家面前的抽样问题只能通过一种无知的任意决定解决，人们把这些决定（它们极有可能不过是一种历史定义的无意识应用，因此，当涉及到遥远的历史年代时，则变成了过时的定义）取名为可操作的定义：作家和艺术家概念的语义学含混既是为作家或艺术家的定义进行的斗争的产物又是这种斗争的条件。照此理由，语义含混构成了需要阐释的现实本身。在理论上并以或多或少随意的方式断然解决在现实中并不存在的争论，比如了解这个或那个觊觎作家（等）称号的人是否是作家群体的一个成员这个问题，就是忘记文化生产场是斗争的场所，这些斗争通过确定占统治地位的作家定义，力求确定有权参加为作家定义而斗争的人的范围。

关于集团范围和从属条件的斗争一点也不抽象：一切文化生产的现实和关于作家的观点本身，可能仅仅由于对文学事务有发言权的整个群体的扩大而发生根本的变化。由此，任何力求比如在一个特定时刻确立作家或艺术家属性的调查，都在开始的决定中预先决定了它的结果，它通过这个决定确定了接受统计分析的人群范围。[12]

我们只有直面这种恶性循环才能摆脱它。调查本身要做的就是清查现有定义，连同它们的社会用法固有的含混，提供描述它们的社会基础的手段：比如，通过在统计学上分析不同的认可机构（学士院，教育系统，名单的制定者，等等）颁布的各种作家认可指数（如出现在名单或排行榜上）在（具有社会特征的）书的生产者之间是如何分布的，通过考察这些名单的或排行榜的以及作家定义的制定者本身在如此建构的空间中是如何分布的，我们最终可以确定，哪些因素影响着获得不同形式的作家地位，进而影响现有定义暗含的和明确的内容。

但是我们也可通过构建一种**导致作家确立的封圣过程**的模式，借助对文学圣殿在不同时期在不同**名单**中体现出来的不同形式的分析，打破这种恶性循环，这些名单既在文献中——课本，文选，等等——，又在纪念物——伟大人物的肖像，雕像，半身像或纪念章中被提出（我们想到了弗朗西斯·哈斯克尔从德拉罗什的绘画中发现的一切，这幅画是1837年在美术学院的半圆形会场绘制的，表现了当时被承认的艺术家的神圣群体）。[13] 我们可以兼用不同的方法，努力关注认可过程多种多样的形式和表现（纪念像或纪念牌的落成，街道名称的授予，纪念团体的创立，在教学大纲中的出现，等等），观察不同作者评价的波动（通过针对他们写的著作或文章的曲线），得出恢复声誉的斗争的逻辑，等等。这样一项工作的成果非同小可，因为它让人意识到有意识的或无意识的反复灌输的过程，这个过程使我们把被建立的等级看作是自然而然的。[14]

定义（或分类）斗争中重要的东西是**界线**（体裁或学科之间的，或同一体裁内部的生产模式之间的），及由此而来的等级。确定界线、维护界线、控制进入，就是维护场中的法定秩序。事实上，生产者人群规模的扩大是主要中介之一，外部变化通过这些中介影响场内部的力量关系：大动荡产生于新来者的突现，他们仅借助他们的数量和社会质量的作用，带来产品和生产技术方面的革新，倾向于或企图在一个生产场中规定一种新的产品评价模式,这个生产场就是它本身的市场。

在一个场中产生作用就是已经存在于这个场中了,哪怕是反抗或排斥的简单反应。于是,统治者很难抵御关于进入权的一切明确或潜在的重新定义所包含的威胁,如不通过打击他们想驱逐的人这个做法来承认后者的存在。自由剧院真正存在于戏剧的次场中,自从它成为资产阶级戏剧的惯常维护者——他们事实上促使它的认可加快了——攻击的目标。这些状况的例子真是不胜枚举,在这些状况中,场的名符其实的成员,如同在关乎荣誉的事情和所有象征斗争中一样,被迫在佯装蔑视和谴责或揭露之间摇摆,佯装蔑视倘若不被理解,就有可能表现为可鄙的无能或懦弱,谴责或揭露尽管在所难免,却包含着一种认可的形式。

最能表现一个场的特征的就是它的动力范围转化为合法界线的程度,动态范围延伸得与它的作用力量一样远,合法界线则受到一种明文规定的进入权的保护,比如学历的具备,一次竞赛的成功,等等,或受到排斥和歧视措施的保护,比如力求保证一种**人数限制**的法则。加入高度规范化的游戏一定有明确的游戏规则和在这个规则上达成的最小共识的存在;相反,某些场的状态与低级的规范化程度相符,在这些场中,游戏规则在游戏中起作用。文学场或艺术场的特征与大学场的不同之处尤其表现在前者的规范化程度非常低。文学场或艺术场最能说明问题的属性之一,就是它们界线的极端可渗透性和它们提供的**职位**的定义以及与此同时关于这些职位的合法性原则的定义的极端多样性:对行动者特征的分析证实了这些场既不要求与经济场同等程度的继承的经济资本,也不要求与大学场甚或权力场比如高级公务员职位同等程度的继承的学校教育资本。[15]

但是,由于社会空间的这些**不确定地点**给出的是定义不确切的职位和极不确定且非常分散的未来(比如与公职或大学对立),在这种标准下,这些职位与其说已经产生,不如说有待产生,极其灵活,要求不怎么高,而文学和艺术场作为不确定地点之一,吸引和接纳了彼此之间属性和配置乃至抱负迥然不同的行动者,这些行动者通常拥有足够的保证和保障,乃至拒绝大学教师或官员的前程并直面属于这个职业的风险。

作家或艺术家的"职业"其实是最不规范化的职业之一；是最不能完全确定（和养活）仰仗作家或艺术家名声的人的职业之一，他们经常只有在拥有一个他们从中获得主要收入的副业的条件下，才能保证他们从事主业。但是我们看到了这双重身份带来的主观利益，公开的身份有助于满足所有所谓维持生活的小行当，这些小行当是由职业本身提供的，比如在出版社当校对员或校阅者，或者由相关的机构如报纸、电视、电台等提供的。艺术职业也有同等的行业，更不用说电影了，这些行业的功用在于把它们的占据者放在"环境"的中心，构成作家和艺术家的特定竞争的信息在这种"环境"中传播，关系在这种"环境"中建立，而且对出版有用的支持在这种"环境"中获得，有时特权的位置——出版商、杂志、丛书或集体著作主编的身份——在这种"环境"中赢得，这些身份能够以出版、赞助和建议等作为交换获得新来者的认可和尊敬，借此服务于特定资本的增加。

出于相同的原因，文学场对所有**几乎**拥有统治者属性的人来说是迷人和友善的，这些人包括大资产阶级家族的穷亲戚，[16]破产或没落的贵族，受到谴责或从其他统治地位特别是政府高位下来的少数派成员，他们的得不到可靠保证的和矛盾的社会身份，在某种程度上使他们预先倾向于占据统治者中的被统治者的矛盾位置。因此，假若把意欲在作者与他的公众之间建立一种直接关系的"资产阶级"戏剧排除在外，那么知识场和艺术场中的种族歧视普遍地没其他场那么大；无论如何，鉴于作家或艺术家本人的风格和生活风格的影响，这种种族歧视无疑不如纯粹的社会歧视（特别是反对外省人）那么大，论战中数不清的阶级蔑视的表现证明了这种社会歧视。

幻象与作为偶像的艺术作品

为垄断合法的文化产品的定义而进行的斗争有利于持续地再生产对游戏的信仰，持续地再生产对游戏和赌注即幻象的兴趣，斗争也是幻象的产物。每个场从投入游戏的意义上，都生产其幻象的特定形式，游戏使行动者摆脱了不相关的状况，使他们倾向于或准备从场的逻辑的观点进行恰当的区分，区分出从场的基本法则的观点来看**重要的**东西（"对我重要"，**利益攸关**，与"对我来说无所谓"，**不感兴趣**相对立）。同样确切的是，使游戏值得玩的是以某种形式赞同了游戏，并对游戏和赌注价值持某种信仰，这是游戏进行的根源，行动者在**幻象**中的**共谋**，是使得他们互相对立和创造游戏的竞争的基础。总之，**幻象**是一个游戏进行的条件，而且它至少也部分地是游戏的产物。

这种出于个人利益对游戏的参与，建立在一个习性与一个场之间的形势关系之中，习性和场这两个历史建制都被相同的基本法则占据（不调和除外）；这种参与就是这种关系本身。它与人们通常置于利益概念中的**人性**的流露没有任何关系。

正如历史和比较社会学，尤其是对前资本主义社会——或我们社会的文化生产场——的分析所阐明的，经济场设想的**幻象**的特殊形式，也就是经济的功利主义意义上的经济利益，实际上不过是真正被看到的利益形式的空间中的一个特例；这种形式同时是经济场出现的条件和产物，经济场把对金钱利益的最大化的追求当作基本法则确立自身。尽管经济**幻象**与艺术**幻象**一样是一种历史建制，但它作为对建立在狭义的经济利益基础上的游戏的兴趣，与逻辑普遍性的所有表象共同出现。应该感谢帕累托清清楚楚地表达了这种奠定了一切经济理论基础的普遍性幻象，他把"惯例所决定"的行为，比如在进沙龙的时候脱帽这种行为，与建立在经验基础上的"逻辑论证"所导致的行为，比如买许多麦子这种行为对立起来的时候表达了这种幻象。[17]

每个（宗教、艺术、科学、经济，等等）场通过它所规定的实践和表象的特殊调节形式，为行动者提供了实现他们愿望的一种合法形式，这种形式建立在一种特定的**幻象**基础上。在全部或部分地由场的结构和运行产生的配置系统与场提供的客观潜在性系统之间的关系中，（真正）合乎要求的满足系统在每种状况中得到确定，游戏的内在逻辑（无论是不是会伴随一种关于游戏的明确表象）要求的合理策略得以产生。[18]

艺术作品价值的生产者不是艺术家，而是作为信仰空间的生产场，信仰空间通过生产艺术家创造力的信仰，来生产**作为偶像**的艺术作品的价值。鉴于艺术作品只有被认识和被认可，也就是从社会角度被具有审美禀赋和能力的鉴赏者当成艺术品，才能作为有价值的象征物存在，而审美禀赋和能力对于像这样认识和认可艺术作品是必不可少的，因此，作品科学不仅把作品的物质生产而且把作品的价值生产也就是对作品价值信仰的生产当成对象。

作品科学不仅应考虑作品在物质上的直接生产者（艺术家，作家，等等），还要考虑全体行动者和制度，后者通过生产关于一般艺术作品价值和这部或那部艺术作品特有价值的信仰，参加艺术品的生产，这包括批评家、艺术史学家、出版商、画廊经理、商人、博物馆馆长、赞助人、收藏家、认可机构的成员、学士院、沙龙、评审委员会等等，还要考虑一系列主管艺术的政治和行政机构（各种部门——随时代不同——国家博物馆管理局，美术管理局等等），它们能够影响艺术市场，这或者通过不管有无经济益处（收购，补助金，奖金，奖学金等等）的认可意见，或者通过调节措施（给赞助人或收藏家的纳税好处），还不能忘记一些机构的成员，他们促进生产者（美术学校等等）的生产和消费者的生产，从负责艺术配置的最初灌输的教师和父母开始，消费者擅长如是辨认艺术作品也就是认可它的价值。[19]

这就是说，我们只有不仅与传统的艺术史而且与社会艺术史决裂，才能赋予艺术科学以其自身的对象，传统的艺术史不经战斗便屈从于本雅明谈到的"大师名字的偶像崇拜"，而社会艺术史只是从表面上与最传统的对象建构的前提决裂；实际上，社会艺术史局限于对（尤其是通过艺术家的社会出身和他的教育被把握的）单个艺术家的社会生产条件进行分析，听任艺术"创造"的传统模式的原则强加给自己，这种原则把艺术家当成艺术作品及其价值的绝对生产者——即便当它关注接受者和参与者时，也从未提出他们对作品和创造者的价值创造的贡献问题。

关于游戏（幻象）及其重要的东西的神圣价值的集体信仰同时是游戏进行的条件和产物；集体信仰是认可权力的根源，这种权力使得被认可的艺术家有可能通过签名（或签名章）的奇迹把某些产品变成

圣物。为了对集体信仰成为其产物的集体活动有一个大致了解,应该重建数不胜数的信用行为的循环,信用行为的交换发生在所有加入艺术场的行动者之间,显然地,发生在艺术家之间,被认可的作者通过团体展览或序言,承认更年轻的人,而后者反过来也承认前者为大师或流派的领袖,也发生在艺术家与赞助人或收藏家之间,艺术家与批评家之间,特别是发生在先锋派批评家之间,他们通过使他们捍卫的艺术家获得认可或对二流艺术家进行重新发现或重新评价互相认可,他们在重新发现或重新评价中动用和证明了他们的认可权,并如此继续下去。

可以肯定,在交换关系网之外寻求这种信用货币即认可权力的最终保证人或担保是徒劳的,信用货币就是通过交换关系网络,也就是在一个成为所有信用行为的最终保证的中心银行,同时产生并循环的。这个中心银行的角色,直到十九世纪中叶,都由法兰西学士院把持,它是艺术和艺术家、规则的合法定义的垄断权的把持者,规则乃合法的观念和区分原则,它准许在艺术和非艺术、与公开而正式的"真正"艺术家相称的人和因评委会的拒绝而显得微不足道的其他人之间进行区分。失范的制度化来自于一种制度场的建立,这种制度处在为艺术的合法性进行竞争的状况中,它甚至消除了一种终审判决的可能性,使得艺术家注定要为认可权进行没完没了的斗争,而认可权只能在斗争中并通过斗争获得和被认可。

由此,我们只有摆脱**幻象**、中止共谋和串通关系——因为共谋和串通关系将一切有教养的人与文化游戏连在一起——从而把这个游戏变成对象,才能建立一种真正的艺术作品科学,但我们同样不能忘记这种幻象构成了需要理解的现实本身,我们应该让幻象进入用于阐明它的模式中,还要让一切有助于生产和维护它的东西比如批评话语进入这种模式,批评话语促进了它似乎仅仅记录的艺术作品的价值的生产。如果有必要与自以为重复原始"创造"就是"再-创造"行为的颂扬话语决裂,[20]那么应该不要忘记这种话语和它帮助传播的文化生产的表象,作为偶像的"创造者"的社会创造条件,构成了这个特殊生产过程的完整定义。

位置，配置与占位

场是位置——比如，符合一种体裁如小说或一种次体裁如上流社会小说的位置，或从另一个观点来看，一个生产者集团的联络地点的杂志、一个沙龙或小团体所处的位置——之间的一个客观关系网。每个位置客观上都被它与其他位置的客观关系决定，或换个说法，都被直接相关的也就是有效的属性系统所决定，这些属性准许这个位置处在属性的总体分布结构中并与其他一切位置相关联。所有的位置，从其存在本身和它们加在其占据者身上的决定性看，依赖于它们在场的结构中也就是在资本（或权力）种类的分布结构中目前的和潜在的状况，资本（或权力）的拥有支配着场中所牵涉的特殊利益的获取（比如文学权威）。与不同的**位置**（这些位置在制度化几乎不存在的文学或艺术场，[21]只能通过其占据者的属性来把握）相符的是同源的占位，这个占位显然是各种文学或艺术作品，但也是政治行为和话语、宣言或论战，等等——这就迫使人们做出拒绝作品的内部阅读与通过作品的生产和消费的社会条件的解释之间的取舍。

在平衡阶段，**位置的空间**倾向于控制**占位的空间**。应该在与文学场中的不同位置相联系的特定"利益"中寻找文学（等）占位的原则，甚至寻找场外的政治占位的原则。历史学家习惯上采取相反的途径，他们最终都像罗伯特·达恩顿一样，发现一场政治革命可能从"文人共和国"的矛盾和冲突中获得的益处。[22]艺术家只有通过他们与"资产阶级艺术"的关系，或更普遍地讲，只有通过他们与在场中表达或体现的"资产阶级"必然性的行动者或制度的关系，比如与"资产阶级艺术家"的关系，才能真正**体会到**他们与"资产阶级"的关系。总之，外部决定从来只能通过场的特定力量和形式，也就是经过一种**变革**发挥作用，场越自主，越能推行它自身的特定逻辑，这种变革越重要，场的特定逻辑不过是场的整个历史在制度和机制中的客观化。[23]

因而只有考虑作为现实的和潜在的位置和占位空间（可能性空间或问题体系）的场的特定逻辑，我们才能确切地理解外部力量按照这个逻辑经过转达之后可能体现的形式，无论涉及通过生产者的习性发

挥作用的社会决定性，这种社会决定性对生产者的习性产生了持久的影响，还是涉及在作品产生的时刻对场发挥作用的社会决定性，比如一场经济危机或一次扩张运动，一次革命或一场瘟疫。[24] 换句话说，经济的或形态学的决定性只能通过场的特定结构发挥作用，并可能采取完全出人意料的途径，比如经济扩张可能通过诸如生产者或读者或观众的总量增加这类媒介发挥其最重要的作用。

文学（等）场是一个力量场，这个场对所有进入其中的人发挥作用，而且依据他们在场中占据的位置（不妨看看相距甚远的状况，成功剧作家的位置或先锋派诗人的位置）以不同的方式发挥作用，这个场同时也是一个充满竞争的斗争场，这些斗争倾向于保存或改变这个力量的场。我们出于分析的需要能够而且应该把占位（作品、政治宣言或示威等等）看作一个对立"系统"，占位不是某种客观一致的形式的结果，而是永久冲突的产物和赌注。换句话说，这个"系统"的发生和统一原则是斗争本身。

这个或那个位置与这个或那个占位之间的联系并不是直接建立的，而是通过两个差别的、差距的、相关对立的系统建立起来的，位置和占位被纳入这个系统中（因此我们将看到，不同的体裁、风格、形式、方式之间的关系就是相应的作者之间的关系）。每个（主题的、风格的等等）占位都（在客观上且有时有意地）相对于占位空间和作为**可能性空间**的**问题体系**确定自身，可能性在这个空间中被指明或被暗示；每个占位从否定关系中获得其区分价值，否定关系将这个占位与共存的占位联系起来，它在客观上参照共存的占位，共存的占位通过限制它的范围决定它。由此可见，一个占位（艺术体裁，特殊作品，等等）的意义和价值自动变化，即使当这个占位保持一致，当同时供生产者和消费者选择的可替代取舍的空间发生变化时。

这种作用首先施加于所谓经典作品，经典作品随着共存作品空间的变化而不断发生变化。当一部过去的作品在一个发生深刻变化的场中的简单**重复**产生一种完全自动的滑稽模仿效果时（比如在戏剧方面，这个效果可能迫使其与一个从此不可能原样维护的剧本保持一段微小的距离），我们可以很清楚地看到这一点。我们可以理解，作家为控制自己作品的被接受程度所付出的努力注定要部分地归于失败；这有可能是因为他们作品的效果本身能够改变作品的接受条件，他们本来不会写出他们已经写出的那么多东西，而且像他们已经写出的那样写——比如求助于力求"把棍子朝另一个方向歪"的修辞策略——如果我们一上来就授予他们我们现在以追溯的方式给予他们的东西。

我们因此避开了文学理论把一个**体裁**的所有属性变成超越历史的本质时实施的永恒化和绝对化，因为这个体裁是从它在一个差别的（等级化的）结构中所处的历史位置那里获得了这些属性。但我们还不至于因此被迫陷入强调特殊状况的独特性的历史主义泥潭：其实只有对分配给不同场中的不同体裁的关系属性的变量进行比较分析，才能导向真正的不变量，比如体裁（或，在另一个空间中的学科）的等级似乎随时随地是作品的生产和接受的主要决定因素之一这个事实。

艺术作品科学自身的对象是两个结构之间的关系，这两个结构即生产场的位置之间（和占据位置的生产者之间）的客观关系结构和作品空间中的占位之间的客观关系结构。假设了两个结构之间的同源性，研究就可以通过在两个空间之间与在这两个空间中呈现的表面上不同的相同信息之间建立一种往复运动，把按照相互关系阅读的作品和行动者或他们位置的属性同时提供的信息合并起来，这些属性也在它们的客观关系中被把握：这种风格策略因此能够提供对作者轨迹的研究的起点，而且这种传记信息能够激励以其他方式阅读作品的这种形式特性或它的这种结构属性。

作品的变化原则存在于文化生产场中，更确切地说，存在于行动者与制度之间的斗争之中，行动者和制度的策略依赖他（它）们根据自身在（制度化或非制度化的）特殊资本的分布中占据的位置，从而保留或改变这种分布的结构、进而永远保存现行惯例或颠覆它们而拥有的利益；但是统治者与觊觎者、正统派与异端之间的斗争赌注以及他们为促进自己的利益而运用的策略的内容本身，依赖于已经实现的占位的空间，这个空间作为问题体系运行，倾向于确定可能占位的空间并左右解决方法的寻求，由此左右生产的发展。另一方面，场的自主性无论有多大，保持和颠覆策略的成功机会总是在某种程度上依赖这个或那个阵营能够在外部力量中找到的支援（比如新主顾）。

占位空间的根本变化（文学或艺术革命）只能来自于组成位置空间的力量关系的变化，力量关系的变化之所以可能，取决于一部分生产者的颠覆意图与一部分（内部和外部的）公众的期待之间的契合，因而取决于知识场与权力场之间关系的一种变化。当一个新的文学或艺术集团在场中立足后，整个位置空间和相应的可能性空间，乃至整个问题体系，都发生了变化：鉴于新集团开始存在，也就带来了差别，可能选择的空间就发生了变化，至此占统治地位的产品则被打发到降级或经典的产品的地位。

可能性空间

位置与占位之间的关系丝毫没有机械决定关系的特点。在某种程度上介于两者之间的是可能的空间，也就是真正实现的占位的空间，当这个空间通过构成某种习性的观念范畴被认知也就是被认作一个有倾向性的和充满占位的空间时，它就如是出现。这些占位在这个空间里表现为客观潜能，"要做"的事情，要发起的"运动"，要创办的杂志，要打击的对手，要"超越"的法定占位等等。

为了理解可能性空间的作用，这种空间是各种配置的揭示者，只需采用逻辑学家的方式，逻辑学家承认每个人在其他可能的世界中都有自身的"对等物"，表现为他可能成为的所有人的形式，倘若这个世界曾经是不同的，那么，只需想像如果巴尔科斯、福楼拜或左拉在另一状况中找到一个实现他们配置的不同机会，他们会如何。[25]这正是我们遇到一部古代音乐作品时自发的行为，我们考虑到底是使用羽管键琴，还是以钢琴代替它更合逻辑呢，羽管键琴是作品创作依据的乐器，而原本在一个具备这类乐器的世界里创作的作者的"对等物"则本该用钢琴；要知道，这个可能的作曲家为这种乐器写了作品，无疑他不可能以同样的方式实现他的本来是别样的意图。

通过集体活动积累的遗产就这样作为一个可能性空间，也就是作为一系列的可能**限制**，呈现给每个行动者，这些限制是一系列有限的**可能用途**的条件和对等物。对那些通过简单的取舍进行思考的人，应该强调，在这些方面，创造自发性的维护者称颂的绝对自由，只是天真的人和无知的人的想法。通过获得进入权进入一个文化生产场，并发现**受限制的自由和客观潜能**的有限空间，这是唯一的而且是相同的一件事，进入权主要体现在获得一种行为和表现的**特殊代码**，而有限空间提出了客观潜能，包括要解决的问题，要开发的风格或主题的可能性，要超越的冲突，乃至要实施的革命性决裂。[26]

为了让创新的或革命的研究的大胆想法有一些实现的可能，应让它在已经实现的可能系统中以潜在的状态存在，作为似乎等待和请求填补的**结构空白**存在，作为发展的潜在方向、研究的可能途径存在。此外，还要让这大胆想法有被接受的机会，[27]也就是至少被一小部分人当作"合理的"来接受和认可，这些人无疑很可能就是产生这想法的人。[28]如同消费者（被实现的）的趣味部分地由供给的状态决定（以致于，正如哈斯克尔所指出的，所提供作品的性质和数量的任何重要变化都有助于决定一种明显偏好的变化），同样地，任何生产行为都部分地依赖于可能的生产空间的状况，这种状况实际上服从于以互相竞争的和多少不相容的计划（专有名词或带"主义"的概念）之间的实践取舍的形式出现的认识，这些计划中的每一个由此构成了对所有其他计划的维护者的一种质疑。

这个可能的空间强加给所有进行内在化的人，他们把场的逻辑和必然性内在化为一种**超历史性**的东西，内在化为一个认识和评价的、可能性和合法性的社会条件的（社会）范畴系统，这些范畴，像体裁、学派、手法和形式概念那样，确定和限定了可设想的和不可设想的世界，也就是说在特定时刻可能被设想和被实现的潜能的有限世界的必然性——自由，又是要做的和要想的在其内部被决定的局限性系统。这个可能性空间作为经院哲学所说的真正**必要艺术**，以语法的方式确定了在某个场的范围之内可能的和可设想的空间，它把每个实现的"选择"（比如在导演方面）变成了一个符合语法规则的取舍（它与这样一些选择相对立，做出这些选择的人被说成"他什么都干"）；但它也是**一种创造的艺术**，这种艺术准许在符合语法规则的范围内创造一种可接受的解决方法的多样性（我们还没有穷尽存在于安托万所确立的导演语法中的可能性）。由此，无疑这就是一切文化生产者为何被无可挽回地确定了地点和时间，只要他与（社会学意义上的）

同时代人属于同一个**问题体系**。对狄德罗而言，不存在新小说，即使罗伯-格里耶能够通过对其可能的空间进行年代错误的投射，在《宿命论者雅克》中找到新小说的先兆。

鉴于思想模式系统在某种程度上是构成场的结构的对立内在化的产物，它对于全部参加者和人数或多或少的公众是共同的（特别是通过作为观念对区分、标志、分割、调节的原则起作用的对立的形式），它提供了一种客观性的形式，这种客观性具有被一致赞同的、也就是说（在场的范围内）被自然而然地普遍接受的明证性的先验必然性。[29]

可以肯定，至少在为生产者生产的领域内，而且无疑要超出这个范围，对这种或那种选择的风格或主题特有的兴趣，以及美学（或，在别处，科学）研究特有的所有纯粹的、也就是纯粹内部的赌注，甚至在做出这些选择的人的眼中，都掩盖了（至少最终）与他们相关的物质或象征利益，这些利益不过特别如实地表现在厚颜无耻算计的逻辑中。特定的认识和评价模式构成了对游戏和游戏中重要的东西的认识，并按它们自身的逻辑，再生产位置空间的基本划分（比如"纯粹"艺术/"商业"艺术，"放荡不羁文人"/资产者，"左岸"/"右岸"，等等），或者还有体裁的划分，[30]决定了表现为可接受的或有吸引力的（按照天职的逻辑）或相反不可能的、达不到的或无法接受的位置（大学"学科"或理科"专业"大致如此）。

我们要全面阐释一个特定时刻位置空间与其占据者的配置空间之间的令人惊异的紧密联系，既要考虑此刻以及在每个艺术（等）前途的不同的关键转折点上，被呈现的可能性空间是什么——也就是不同的体裁、学派、风格、形式、手法、主题等等——，这些可能性既要从它们的内部逻辑上又要从社会价值上被考虑，社会价值由于它在相应空间中的位置，与每个可能性相连；又要考虑社会构成的认识和评价范畴，各个行动者或行动者阶级把这些范畴用于这个可能性空间。

因此，诗歌在1880年代的一个年轻觊觎者面前的表现，与它在1830年甚至1848年的表现是不同的，更不用说1980年了：这首先是文学行业等级中的一个高位，它通过一种**社会特权的作用**，为它的占据者提供了相对于所有其他作家的一种本质优越性的至少主观的保证，最末流的诗人（尤其是象征派）自视高于最卓越的（自然主义）小说家；[31]这也是一系列典型形象——拉马丁、雨果、戈蒂耶、等等——他们帮助构成和规定人物和角色，他们的作品和他们的前提（比如浪漫主义诗歌对抒情的认同）决定了所有人得以确定自身的标志；这是规范的表象——"对成功和市场的裁决不感兴趣"的纯粹艺术家的表象——和机制的表象，这些机制借助它们的认可，支持他们并为他们提供一种真正的有效性；最终这是风格可能性的状况，亚历山大体的衰退，浪漫派一代已经司空见惯的格律上的大胆，等等，它们左右着新形式的探索。

试图否定这种重建的要求，以这个要求在实践中很难实现这个几乎不争的事实的名义，是完全不公正和徒劳的。科学的进步，在某种情况下，可能在于确定未经思考因而无可指摘的"普通科学"的研究工作暗中使用的前提和理由，还在于提出计划，以解决普通研究仅仅由于没有提出便认为已经解决的问题。事实上，只要留意一下，我们就会发现可能性空间的表象的许多证据：比如，我们据以思考自身和确定自身的伟大先驱者的形象，对小说家和研究者这样一代人而言是泰纳和勒南这样的互补形象，对整个一代诗人而言是马拉美和魏尔兰这样的对抗人物；更简单地说，这是作家或艺术家职业受到赞美的表象，这种表象可能左右整个时代的渴望："浸透了1830年代精神的文学新一代成长起来了。雨果和缪塞的诗、大仲马和阿尔弗雷德·德·维尼的戏剧，不顾教师团的反对在学校里流传；无数的中世纪小说、抒情忏悔录、绝望的诗篇在课桌的阴影里完成。"[32]应该再举出《玛奈特·萨洛蒙》的这一段，龚古尔兄弟暗示，艺术家职业吸引人和令人着迷之处，与其说是艺术，不如说是艺术家的生活（按照今天在知识分子形象的有差别普及中可看到的一种逻辑）："最终，安纳托尔与其说是被艺术召唤，不如说是被艺术家的生活吸引。他幻想着画室。他怀着学院的想像和天生的欲望向往着。他从中看到的，是从远处蛊惑他的放荡不羁文人的这些前景：苦难的传奇，摆脱联系和规则，自由，无拘无束，生活放荡，偶然，冒险，天天出乎意料，逃离规规矩矩的生活，逃开家庭和家庭礼拜天的愁闷，资产者的恶作剧，全然陌生的女模特的肉感，不费力的工作，一年到头乔装改扮的权利，一种永远的狂欢；这就是出现在他面前的严格而严肃的艺术生涯的形象和诱惑。"[33]如果文本中充满的这些信息和许多其他类似信息，不被这样解读，那是因为**文学配置**倾向于将社会现实提出的一切非现实化和非历史化：这种抵消的处理把关于一种环境和一个时代的经验或历史制度——沙龙，小团体，放荡不羁的文人，等等——的真实证明，归到文学儿童时代和青春时代的必不可少的轶事的地位上，并且抑制了这些证明应该引起的惊异。

因此，可能占位的场以某种可能性、可能的收益或损失的形式呈现给投资意识（或投资方向），无论是在物质方面还是象征方面。但这种结构总包含着一部分不确定性，这种不确定性尤其是与下面这个事实相关，即在一个制度化程度很低的场中，无论行动者位置中的必然性是多么严格，行动者总有一种自由的客观余地（无论他们是否能够依据"主观"配置把握住这种余地），而且这些自由加入被建构的互动的弹子游戏中，因此，尤其在危机时刻，为某些策略开创一种条件，这些策略能够借助可利用的操作余地，颠覆一切机会和收益的法定分配。

这就是说，毫无疑问那种从未在行动者的主观经验（与**事后**的重构让人相信的相反）中被如是给出的可能性系统的结构空白，无法被系统的自足倾向的魔法效果填补：这些空白包含的诱惑只能被某些人理解，这些人由于他们在场中的位置、他们的习性及两者之间（通常是不和谐的）的关系，相对于存在于结构中的限制保持足够的自由，以便能够把握作为他们的分内之事的一种潜在性，这种潜在性在某种意义上，只为他们存在。这就在事后为他们的举动提供了一种命定的表象。

结构与变化：内部斗争与持久革命

有限生产场的内部持续出现的变化来自场的结构本身，也就是说来自于对抗位置的共时对立（统治者/被统治者、被认可的/新手、正统/异端、衰老/年轻，等等），这些变化从根本上独立于外部变化，而外部变化可能看起来决定了内部变化，因为在时间上与内部变化同时产生（即便内部变化最终的成功在某种程度上归功于——完全——独立的因果关系系列之间这种"奇迹般的"巧合）。

在一个位置空间中发生的变化决定着普遍的变化，这些位置是由将它们分开的差距客观地确定的。这就意味着不必去寻找变化的特殊地点。的确，变化的开端从本质上说几乎是属于新来者的，也就是属于最年轻的人，他们最缺少特定资本，他们在一个生存就是区分、就是占据一个不同的和有区别的位置的空间中，只需存在着，这样，他们无需有意为之，就能确定他们的身份，也就是他们的差别，让别人认识和认可他们的身份（"让自己出名"），规定新的思考和表达方式，与现行的思维方式决裂，这些新方式注定通过它们的"晦涩"和"无动机"让人困惑。

鉴于占位在很大程度上是在与他者的关系中否定地确定自身，它们几乎常常是未被占用的，被归约为一种挑战的、拒绝的和决裂的立场：结构上最"年轻"的作家（他们可能在生理上同他们企图超越的"老作家"年龄相当），也就是在合法化过程中最落后的作家，拒绝被认可程度更高的他们的先驱者的所是和所为，即一切在他们眼里代表诗歌的或别的"陈词滥调"的东西（他们有时会对这些陈词滥调进行**滑稽模仿**），而且也假装拒斥**社会衰老**的所有标志，从拒斥内部认可（学士院等）或外部认可（成功）的标志开始；获得承认的作家一方，也在某些超越意愿的唯意志论的和不自然的特征中，看到了左拉所说的"巨大而空虚的妄想"的明白无疑迹象。实际上，历史越向前发展，也就是场的自主化进程越向前发展，宣言（只要想想《超现实主义宣言》就够了）就越倾向于简化为纯粹表现差别（但我们无法就此得出他们受到对区分的厚颜无耻的追求之支配的结论）。[34]

怎么能够在下面这个事实中认不出为了存在而保持距离的必然性的作用呢？这个事实是布勒东——我们可以举很多例子——更愿意与纪德和瓦雷里的《新法兰西杂志》决裂，而不是归附他们，归附是支持和保护的交换，或者是他毫不留情地在他与竞争集团如查拉的竞争集团或戈尔和德尔梅的竞争集团的关系中表现出他的差别，而后者也

为他们的运动要求超现实主义的名称[35]。由于被认识和认可的作品在由历史构建的并存且由此互相竞争的作品空间中，占据一个不同的、可辨认的位置，而并存的作品通过它们的相互关系，描绘了可能占位如延伸、超越、中断的空间，那么，被认识和认可的作品就通过一种现实的评价，确定其他作品的位置，这种评价决定它们的**区分价值**的演变。

应该从这个角度，重构诗歌运动的历史，诗歌运动依次反抗诗人形象连续不断的代表，拉马丁、雨果、波德莱尔、马拉美等等，并且依靠合法建立的和有立法权的重要文本，包括序言、计划或宣言，努力重新发现可能或不可能的形式和形象空间的客观概貌，这种客观概貌如是出现在每个伟大的革新者面前，并且重现发现每个革新者关于他的革命任务的表象，这些革命任务包括，要摧毁的形式：十四行诗、亚历山大体、散文诗和"诗的喧嚣"，要破坏的修辞格：比较、比喻，以及要驱逐的内容和感情：抒情、流露、心理。一切的发生，仿佛是每一次这种革命都把衰退作用下显示其传统特点的方法，驱除到合法诗歌的空间之外，从而都促进了对诗歌语言的历史分析，这种分析倾向于孤立看待最特殊的方法和效果，比如语音语义平行论的中断。[36]

小说的历史，至少从福楼拜以来，也可被描述为一种长期努力，为了照埃德蒙·龚古尔所说的"杀死传奇"[37]，也就是说清除似乎决定小说的一切东西，包括情节、行动、主角：从福楼拜和他的"关于乌有之书"的梦想或龚古尔兄弟和一部"无波折、无情节、无低级娱乐的小说"[38]的抱负到"新小说"和线性叙述的解体，一直如此，对克洛德·西蒙而言，则是对图画般的（或音乐般的）创作的追求，这种追求建立在周期性的再现和一定数量的叙述要素的内部呼应的基础上，这些要素包括情境、人物、地点、行动，通过修改或变化被多次重述。

这种"纯小说"显然需要一种在此之前专属诗歌的新阅读，这种新阅读的"理想"界线是辨认或再创造的经院式的练习，这种练习建立在反复阅读之上。实际上，只是因为阅读产生于场中，写作才能包含对如此苛刻的一种阅读的期待，而这种要求的满足条件就是在这个场中实现的："纯"小说是一个场的产物，在这个场中，批评家与作家的界线有取消的趋势，作家之所以如此擅长他的小说理论，只是因为对小说及其故事的一种反思的和批判的思想在他的小说中业已形成，它不断地强调小说的虚构地位。[39] 无须尽数这种反思的两重性的例子，我们通过追溯往昔，可在《达达主义宣言》的核心觉察到这种反思的两重性，这种自相矛盾的话语既要成为它之所是，也就是一个宣言，又要成为对它之所是的一种批判的反思，一个反宣言，一个自我摧毁的宣言。[40]

同样，勒内·莱博维茨把勋伯格、贝尔格和韦伯恩的革命作品描述为对某些原则的有意识的和系统的，按照他的话讲是"极端－彻底"的运用的产物，这些原则处于整个音乐传统的潜在状态，这种传统仍旧完全表现在以另一种方式完成它从而超越它的作品中：因此他指出，勋伯格运用了浪漫主义音乐家极少使用的九度音程，在基本和音位置上，他"决心有意识地从中得出一切结果来"，并将九度音程用在一切可能的转位上。他还说明："对基本作曲原则的充分认识，在复调音乐先前的整个发展过程中是暗含的，现在它第一次在勋伯格的作品中变得明确：这是**永久发展**的原则。"[41] 最终，他总结了勋伯格的主要成果，得出结论："这一切，总的来说不过是以更直接更系统的方式承认事物的一种状况，这种状况以不那么直接和系统的方式已经在勋伯格本人最后的调性作品中存在了，甚至某种程度上，在瓦格纳的作品中也存在了。"[42] 从这里怎么会认不出在数学的状况中已找到其最典型表达方式的逻辑呢？这种逻辑，正如达瓦尔和吉博谈及通过数学归纳法的推理所指出的，是"一种关于推理的推理或二度推理"，[43] 它驱使数学家不停地研究从前数学家的研究成果，将已经出现在他们的成果中但处于不言明状态的运算客观化。

反思性与"天真"

文化生产场朝向一种更大的自主性的发展因此伴随着朝向一种更大的**反思性**的运动，这种反思性导致每个"体裁"反过来对自身，对自身的原则、自身的前提进行批判：艺术作品、自我揭露的**虚构**，越来越包括一种对自身的嘲弄。实际上，随着场自身的封闭，对体裁的整个历史中所获特定成果的实际支配，构成了进入有限生产场的条件，这些特定成果在过去的作品中被客观化，并被负责保存和颂扬的整个专家机构，即艺术和文学史学家、注释者、分析者记录、规范化和经典化。场的历史实际上是不可逆转的；这种相对自主的历史的产物表现为一种**累积性**的形式。

悖论性的是，特定的过去却在先锋派生产者身上表现得最为明显，他们由过去决定，甚至他们想超越过去的意图都由过去决定，这种意图本身与场的一个历史状况相关：如果场有一段定向的和累积的历史，这是因为定义先锋派的**超越**意图本身就是整个历史的结果，这种意图不可避免地要相对于它试图超越的东西、也就是相对于所有超越行为来确定位置，这些行为被纳入场的结构中和场强加给新来者的可能性空间中。这就是说，场中发生的事越来越与场的特定历史相关，因而越来越难以从被考察时刻的社会世界的状况中直接**推导**出来。场的逻辑本身倾向于选择和认可所有与在场的结构中被客观化的历史的合法决裂，合法决裂是一种配置的产物，这种配置由场的历史形成并熟悉这段历史，因而处于场的连续性之中。

因此，场的整个历史是场的每种状态固有的，而且为了与场的客观要求相符，无论作为生产者还是消费者，都需要**拥有**对这段历史和对它继续存在于其中的可能性空间的一种实践的或理论的掌握。任何新来者都应该获得的进入权恰恰是对创立了**现行问题体系**的全部成果的掌握。一切质疑都来自于一种传统，来自于对**遗产**的一种实践的或理论的掌握，遗产作为一种事物的状态，存在于场的结构中，这种状态被它的明证性掩盖了，遗产确定了可思考的和不可思考的范围，并打开了可能的问题和答案的空间。这一点在最先进的科学的状况中表现得从未如此明显，在这种状况中，理论、方法和技术的掌握是进入专家们一致认为有价值的或重要的问题的空间的条件。

反常的是，专家与外行之间的交流，无疑从未像在社会科学的状况中这么困难，尽管进入障碍在社会表现方面不那么明显：特定的问题体系是在场中历史地形成的，专家提出的解决办法相对于这个问题体系确定自己的方向，对这个问题体系的无知导致把科学分析当作对常识问题的回答，对实践讯问的回答，无论是美学讯问还是政治讯问，也就是当作**观点**，而且往往是"攻击"

（鉴于这些分析产生的揭露作用）。这种结构的**误认**受到下面这个事实的支持，即我们在场的内部总会发现"天真者"（不见得是无辜者），由于他们不具备掌握通行的问题体系的理论和技术手段，他们把只具雏形的社会问题引入场中，不对它们实行必要的转化从而把它们变成社会问题，因此他们赋予外行投射到科学生产上的信念的——常常是政治的——问题体系——一种表面的认可。

在已经达到先进的发展阶段的艺术场中，一些人在场中是没有位置的，因为他们无视场的历史和它从某种与历史遗产的悖论关系开始所引起的一切。仍旧是场如是构造和认可了这类人，他们对游戏逻辑的无知使他们被看成"天真的人"。为了具有说服力，只要有系统地比较收税员卢梭这类"客体画家"与可能"发现"他的马塞尔·杜尚（他是布里塞的创造者，他把布里塞叫做"文献学的收税员卢梭"）就可以了，收税员卢梭完全是场"制造"的，他是场的玩物，马塞尔·杜尚是一种"绘画"艺术的创造者，这种艺术不仅意味着生产一部作品的艺术，而且意味着画家自我生产的艺术。不要忘记，这两个人物具有如此鲜明的对照特征，乃至任何传记作者都想不到把他们联系起来，但他们的共同点至少在于，他们对后世之所以作为画家存在，仅仅由于一个场的完全特殊的逻辑的作用，这个场达到了高度自主，并被与美学传统的一种永久决裂的传统主宰着。

在值得讲述和记录的生活历史的意义上，收税员卢梭没有"传记"：[44]他是规规矩矩的小职员，爱上了欧仁妮·莱奥妮·V.，一个"家庭经济"销售员，他的顾客只有"对他的画不大看重的下等人"；他身上带有显得滑稽的特征，这些特征把库特利纳或拉比什这个人物变成滑稽可笑的认可的残酷场景的牺牲品，他的"朋友们"，画家——如毕加索——或诗人——如阿波利奈尔——导演了这些场景，而这些场景的滑稽模仿特征无疑没有彻底被他忽略。[45]他没有历史，同样缺乏文化和职业：他四十二岁时才崭露头角，事实上他的基本美学训练应该受益于1889年的世界博览会；他所做的选择，无论是在主题还是在手法上，看起来都像是一种民众的或小资产阶级的"美学"——表现在一般摄影作品中的美学——的成果，但这种美学却深深地受到一个崇拜克莱芒、博纳、热罗姆这些学院派画家的人的强烈误认意图的指引，他认为自己模仿了他们的神话的和寓意的场景，《母狮遇到了美洲豹》、《兽笼里的爱》、《睡在狮子上的圣热罗姆》。（这类对学院派的崇拜无疑与收税员本人刚刚开始、也就是提早**中断**的中学学业不无关联。[46]）

有人经常说，卢梭"复制"他的作品，或者他用缩放仪作画，然后按照儿童书的画面着色技术为这些图画"着色"。他们也找到了他在大众出版物、插图杂志、连载小说的插图（特别是《战争》）、儿童影集、照片（特别是古根海姆博物馆的《炮手》、《一次乡村婚礼》、《朱尼耶老爹的推车》[47]）中的"原型"。人们至少看到，他的作品的主题和风格的最典型特征是一种美学的特征，这种美学表现在大众阶级和小资产阶级的摄影实践中：人物通常按照一种僵硬的有时粗暴的正面性法则被放在图画的中心（《玫瑰色的少女》，费城），具备他们的状态的所有标志和象征，这些标志和象征连同大致总是存在的题词，理应提供图画存在的理由。因此，如同在认可一个有标志的地点与一个人物之间契合的大众摄影中，在一幅"天真地"题名为"我自己"的画中，画家拥有他的职位的所有标志：调色板，画笔，贝雷帽，而巴黎则被所有能够使它的身份被识别的标志指明：塞纳河上的桥，埃菲尔铁塔。他描绘的时刻是小资产阶级生活的礼拜天，而他的人物具有所有节日必不可少的道具，毫无瑕疵的活硬领，涂了油的亮胡子，黑礼服，他们在摄影师前摆姿势，摄影师负责让社会关系在其中得以表现和创造的庄严时刻变得庄严。还有需要通过象征来表现的关系：在《一次乡村婚礼》中，（很难处理的）手被藏了起来，除了新娘紧握新郎的手。即便收税员自学院传统借鉴来的一种模式，他也再次引入了"功能主义"观念。因此，在《幸福的四重奏》中，卢梭对他在《热罗姆的清白》中抽取的男人、女人、小天使、动物这些不同因素的职能身份进行了一种改变，如多拉·瓦里埃指出的：小天使加入了画面，而母鹿变成了一条狗，即这种爱情的寓意中必不可少的忠诚象征。[48]这些暗中的借鉴来自一个修修补补的抄袭者，但抄袭者对他的最讲究的同代人有意实施的谨慎的滑稽模仿和微妙的疏离式据为己有一无所知。

如此说来，民众"美学"特有的艺术意图的这些产物，正是由于它们的"天真"，引进了一种能够吸引最激进的艺术家的距离，兰波说："我喜欢笨拙的绘画，门头饰板，装饰，街头卖艺者的画，招牌，民间小彩画，天真的调子，天真的节奏。"[49]实际上，碰到以原始艺术名义而收集的作品，有一种逻辑就会发现自己的局限性，原始艺术是一种**自然艺术**，只有通过高雅人士的一种**随意**的决定，才如是存在下去，按照这种逻辑，收税员卢梭，如同所有"天真的艺术家"，因退休和休假而生的业余画家，完全是由艺术场创造的。应该生产造物的创造者，这是合法的创造者，他以收税员卢梭这个人物的形式出现，并且为了使他的产品合法化，[50]不知不觉地为场提供了一个实现某些可能性的机会，这些可能性客观上存在于场中："如果他早生二十五年，也就是说如果他不是死于1910年，而是死于1884年，在独立者沙龙成立之前，我们对他就会一无所知。"[51]批评家和艺术家要想将这个丝毫没有得益于绘画史，并且如多拉·瓦利耶所说的，"从一种他甚至看不到的美学暴动中受益"的"画家"进入绘画的存在，就只能以一种将他置于艺术可能性的空间中的历史目光对待他，展现一些他确实不知的、总之与他的意图不相干的作品或作者，比如埃皮纳尔版画，贝叶壁毯，保罗·乌切洛或荷兰画派。同样，原始艺术的"理论家"之所以能够通过绝对的反常规，把儿童或精神分裂症患者的艺术作品看作是纯粹艺术的一种极限形式，只是因为他们不知道这一点，即这些产品只能在一种目光面前如是呈现，这种目光像他们的目光一样，是由艺术场生产的，因而被这个场的历史占据的：[52]艺术场的整个历史决定（或促成）这种本质上矛盾的并必然遭到失败的方法，他们力图通过这种方法造就艺术家，以反对艺术家的历史定义。这种原始艺术，也就是自然的、无修养的艺术，只有在使得这种艺术如是存在的有高度修养的"发现者"的创造活动达到忘我和让人忘掉自己的境地时（同时作为"自由创造"的一种极端形式表现出来），才施展出这样一种魅力：因此这种艺术变为没有艺术家的艺术，自然的艺术，来源于自然的馈赠，它提供一种神奇的必然的感觉，如同一个打字员写了《伊利

亚特》一样,由此为非造的创造者的超凡魅力观念提供了至高无上的辩护。很能说明问题的是,这些自然文化理论家中最彻底的、因而也是最不彻底的人(比如罗歇·卡迪纳尔),消除了与艺术场的任何关系,特别是消除了所有学习关系,他们把这变成了从属于原始艺术的最有决定性的标准[只有精神分裂派画家以及几个异乎寻常的人,才完全符合这个标准,如索蒂·维尔森(Sottie Wilson)——生于1890年——,流动商贩,很晚才投入到绘画中,他的作品被悬挂在纽约、伦敦、巴黎的画廊和现代艺术博物馆里,他被专家们紧追不舍,但他却想留在边缘并到街上卖画,而画廊卖这些画要贵两百倍]。

艺术场的历史几乎同时提供了"天真"画家的范式和同样为范式的他的绝对对立面,即"不择手段"的画家马塞尔·杜尚,这不是偶然的。马塞尔·杜尚来自一个艺术家家庭,他的外祖父埃米尔-弗雷德里克·尼科勒是画家和雕刻家,他的一个哥哥是画家雅克·维庸,另一个哥哥雷蒙·杜尚-维庸,是一个立体派雕塑家,他的一个姐姐是画家,他在艺术场中如鱼得水。1904年,他获得业士学位——在当时的画家中罕见的学历——之后,来到巴黎他哥哥雅克家里,常去朱利安学院,不时参加在雷蒙家里举行的画家和先锋派作家的聚会,二十岁的时候,他已经尝试了所有的风格。他不断与惯例决裂,哪怕是先锋派的惯例,比如立体派对裸体的拒绝(他创作了《走下楼梯的裸体者》),他不断在一种永远的革命中显示出"走得更远"的愿望,超越所有过去和现在的企图的愿望。

但在他的状况中,重要的是一种有意识的和有准备的意图,因为这个意图建立在对过去和现在的所有企图的直接认识基础上,即通过摆脱"纯粹视网膜的""生理特征"以"重建观念"(标题的重要性就体现在这里)来复兴绘画的意图。他说,"我厌烦了'像画家那么愚蠢'这种表达方式",他为了逃避"咖啡馆和画室的单调乏味",经常援引四维空间和非欧几里得几何。他熟谙这种游戏,制造了一些物品,这些物品作为艺术作品的生产意味着作为艺术家的生产者的生产:他创造了**成品**,这个被加工的物品,它被艺术家的一种象征举动提升到艺术品的高度,这种举动通常由一种同音异字的文字游戏表示。对于这个熟悉布里塞和鲁塞尔的人来说，同音异字的文字游戏是一种文字的**成品**，揭示了普通词语之间意想不到的意义关系，如同**成品**通过把物品从熟悉的背景抽离，揭示物品的隐秘特征，物品就是从熟悉的背景中获得其寻常的意义和功能的。

很能说明问题的是，当杜尚把同音异字的文字游戏变成一种艺术方法的时候，这种文字游戏是放荡不羁的文化的最典型特征之一（在《放荡不羁的生活场景》中哲学家科利纳不断使用这种文字游戏），它成了**小酒馆**艺术的基础之一，这种艺术在蒙马特尔的"狡兔"（从曾画过招牌的安德烈·吉尔的名字而来的文字游戏）和"黑猫"这些小酒馆里发展起来，并且在威利、莫里斯·多奈或阿尔丰斯·阿莱的推动下，利用艺术环境有点危险的威信，专为大众普及艺术家精神中最典型的画室玩笑与滑稽模仿的和漫画的传统（有点像在另一时代，于勒·罗曼的戏剧将为资产阶级大众提供"巴黎高等师范学校精神"在当时享有盛誉的传统）。（在最近一个时期，由于1968年学生运动而产生的《解放报》，普及了智力文字游戏，专供有智力抱负或渴求的大众之用，这种文字游戏在当时最高贵的作家——比如雅克·拉康——身上找到了它的合法形式，同时，它提供了一种不带标签的知识分子生活风格的形式。）

成品以些许挑衅般的自由，表明了创造者的决定权力。通过这种自由，与此同时，通过生产者在这种自由中表现的相对于自己产品的距离，**成品**与隐藏其来源的收税员卢梭"受助的"然而可耻的"**成品**"正相反。但是尤其，作为出色的游戏玩家，杜尚掌握了游戏的内在必然性，能够把他将要发起的连续进攻的预判纳入每次进攻中，他预见到揭穿或挫败这些进攻的阐释；他在《被单身汉剥光衣服的新娘》中使用神话的和性的象征，有意参照了一种深奥的、炼金术的、神话学的和心理分析的文化。作为操纵游戏所提供的所有可能性的艺术上的高手，他装作回到简单的良知，以揭露最热情的批评家对他的作品过分繁琐的阐释；要么他通过讽刺或幽默，让怀疑罩在一部**有意多义**的作品的意义上：因此通过加强使作品超乎所有阐释包括作者本人的阐释的模棱两

可，他系统地利用一种有意的多义性的可能性，随着一种专业阐释者团体的出现，这种多义性出现在场中，并由此出现在生产者的创造意图中，这些专业阐释者决心在专业上通过一种阐释的或过度阐释的劳动，找到意义和必然性。我们可以理解，为何说杜尚是"既以他没做的又以他做的，在艺术世界为自己争得一席之地的唯一画家"：[53]对绘画的拒绝（以1923年未完成《大玻璃杯》便隐退为标志），由此，以实现达达主义对艺术与生活的分离之拒绝的名义，变成了一种艺术行为，甚至是至高无上的艺术行动，在它的等级上类似于海德格尔至高无上的守护者的静观。

因此，场的相对自主越来越体现在某些作品之中，这些作品的形式特征和价值只得益于场的结构，进而场的历史，这种自主总是更加禁止"短路"，也就是说从社会世界产生的东西直接过渡到场中产生的东西的可能性。按场的逻辑而产生的作品要求的认识是一种**差别的**认识、差异的认识，它将共存的作品的空间纳入对每部独特作品的认识中，因而它对与其他的当代的还有过去的作品的差距非常关注和敏感。不具备这种历史才能的旁观者注定对没有办法制造差别的人漠不关心。由此可见，自相矛盾的是，艺术原本是与历史永久决裂的产物，但对它的认识和评价却倾向于变得彻底地成为历史的：愉快越来越多地将对于历史的游戏和赌注的意识和认识当作"成果"的条件，作品是游戏和赌注的产物，而"成果"显然只能通过历史对比和参照才能被把握。[54]

独立于历史条件的基础处在导致社会游戏**突现**的历史过程中，这种社会游戏（相对）不受历史形势的决定和限制的束缚：由于从中产生的一切，主要从游戏本身的特定逻辑和历史中得到其存在和意义，这种游戏通过自身的**可靠性**，也就是通过确定游戏的特殊规律性和某些机制持续存在，这些机制，如位置、配置和占位的辩证法一样为游戏提供它自己的**意图**。

这对社会科学也适用，社会科学无法如是确立，也就是（在被考察的时刻尽可能地）不受社会决定性的束缚，除非相对于社会需求的自主的社会条件被建立。社会科学无法摆脱它通过自己的存在本身产生的相对主义禁锢，除非揭示出一种不受社会影响束缚的思想的可能性的社会条件，并为建立这样的条件而斗争，与此同时，要具备若干手段，尤其是理论手段，在自己身上克服总是包含着社会决裂的认识论决裂的认识论作用。

只有自主化过程的社会历史才有可能解释相对于"社会背景"的自由与当时社会条件的直接联系，并努力消除了"社会背景"。相对于历史的自由的原则就寓于历史之中。这并不意味着最"纯粹的"作品，"纯粹的"艺术或"纯粹的"科学，无法完成完全"不纯粹的"的社会功能——如区分和社会歧视的功能，或更微妙地，对社会世界的否定功能，这个功能，就像巧妙地被压抑的一种弃绝一样，处于被严格局限于纯粹的形式范畴内的自由和决裂中。

供给与需求

生产者空间与消费者空间之间的同源性，也就是文学（等）场与权力场之间的同源性，建立了供给与需求之间并非有意的调节（临时居为统治地位或象征上居统治地位的场的一极，是他们的同行也就是场自身甚或这个场的最自主部分生产的作家们；在另一极，是为权力场的统治地区进行生产的人，比如"资产阶级戏剧"）。与马克斯·韦伯关于宗教的特殊情形所指出的相反，对需求的配合从来不完全是生产者与消费者之间的一种**有意识交易**的结果，更不是一种对配合的有意寻求，也许在自主度最低的文化生产企业的状况中例外（正是由于这个原因，人们把这些企业叫做"商业企业"）。

不同的文化生产企业，就是按照它们在生产场中的位置的必然性，来提供客观上有差别的产品，生产场是客观上区分的位置空间（不同的剧院、出版商、报纸、高档女时装店、画廊，等等），不同的利益与它相连，而这些产品从一个与它们有区别的差距系统中的位置获得它们的不同意义和价值，这些差距与权力场中的同源位置的占据者（大部分消费者都来自他们当中）的期待配合，尽管这种配合没有真正地被寻求过。当一部作品像人们所说的"找到了"理解它和赞同它的公众,这几乎总是一种**巧合**的作用,是局部互相独立的因果关系系列之间的一种相遇,而且从来不是——无论如何,从来不完全是——有意识地寻求与顾客的期待或定购或需求相配合的产物。

今天生产空间与消费空间之间的同源性是一种永恒辩证法的根源,这种辩证法使差别最大的趣味在一些作品中找到其满足条件,这些作品是各种趣味的客观化,而生产场则在各种趣味中,找到其构成和运行的条件,这些趣味确保不同的产品都有一个即刻的或长期的市场。

如果说供给与需求之间的关系体现了一种先定和谐的所有表象,这是因为文化生产场与权力场之间的关系体现了交错配列的两种结构之间几乎完全同源的关系:事实上,在权力场中,当从世俗的被统治地位转向世俗的统治地位时,经济资本增加,文化资本在相反的方向上变化,同样,在文化生产场中,当从"自主"的一极转向"非自主"的一极时,或如果愿意这样说的话,从"纯粹的"艺术转向"资产阶级"艺术或"商业"艺术时,经济利益就会增加,而特定的利益则在相反的方向上变化。

  人们可以称为自主的同源作用也支持了所有机构的行动,这些机构力图促进不同等级的作家或艺术家与他们的不同等级的资产阶级主顾之间的接触、互动甚至妥协,它们尤其包括学院、俱乐部,特别是沙龙,沙龙无疑是权力场与知识场之间最重要的制度调解。事实上,沙龙本身构成了为积累社会资本和象征资本而竞争的一个场:沙龙的常客——政治家,艺术家,作家,记者,等等——的数量和质量,是不同阶层的成员聚会地点中的每一个地点所具吸引力的一个良好尺度,与此同时,还是可能通过这个地点借助同源性对文化生产场和认可机构如学院发挥作用的权力的一个尺度(这一点在克利斯朵夫·夏尔关于德·卢瓦尼夫人和卡亚韦夫人在于勒·勒梅特尔和安纳托尔·法朗士之间的竞争中所扮的角色的分析中看得一清二楚)。[55]贵族妇女和资产阶级妇女在家庭的权力结构中处于被统治地位,按照劳动与闲暇、金钱与艺术、有用与无用之间的对立,她们被指派给艺术和趣味的事物、对道德的和审美的高雅的家庭崇拜(此外,这种崇拜是在婚姻市场上成功的主要条件),与此同时被指派维护家庭集团的社会关系

(作为"家庭主妇"),她们在家庭权力场中占据了与统治者中的被统治者作家和艺术家在权力场中所处的地位同源的地位:这一点无疑有助于事先决定她们在艺术世界与金钱世界、艺术家与"资产者"之间扮演中介的角色(因此暧昧关系、特别是巴黎贵族妇女或大资产阶级妇女和出身于被统治阶级的作家或艺术家之间的暧昧关系的存在和作用便可以得到解释)。

看来,从历史方面来说,一个相对自主的艺术生产场提供**风格各异**的产品,它的构成与两个或多个具有不同艺术期待的艺术赞助人团体的出现相伴而生。[56]我们可以承认,总体来说,最初的多样性是场这样的生产空间运行的根源,这种多样性多亏了公众的多样性才成为可能,最初的多样性显然促进了公众如是形成:如同若没有一群学生和知识分子或想当艺术家的人当观众,我们今天就无法想像探索电影,同样,若没有集中在巴黎的放荡不羁的文人和艺术家为先锋派提供的公众,我们也无法设想十九世纪的一种文学和艺术的先锋派的出现和发展,尽管这些人穷得买不起什么,但他们证实了特定的传播和认可机构的发展,这些机构无论借助论战还是丑闻,都能为革新者提供一种象征资助的形式。

文学(等)场中的位置与整个社会场的位置之间的同源性从未像文学场与权力场之间的同源性那么彻底,在大部分时候,文学场的主要主顾都来自权力场。无疑,作家和艺术家处于文学场中经济上被统治(和象征统治)的一极,而文学场本身也在世俗中处于被统治地位,他们感到自己(至少在他们的拒绝和反抗上)与社会空间中经济与文化上被统治地位的占据者利害一致。无论如何,由于这些行为上或思想上的联系所依赖的位置的同源性与条件的深层差别相连,同源性不免让人误会,甚至不免有一种结构上的欺骗:先锋派文学与先锋派政治之间的结构一致性是知识分子无政府主义与象征主义运动之间接近的根源,还是那些有着谨慎距离的公开一致(马拉美把书说成"谋杀")的根源。[57]

权力场中的统治者与其文化生产场的同行之间的差距和误会更加明显:尽管统治者相对于文化生产者——特别是"纯粹的"

艺术家——思考自身时，可以感到自己是处于自然、本性、生活、行动、男子气概，还有良知、秩序和理性（与文化、智慧、思想和女性特征等对立）一边的，但他们不再能以这类对立为装备来思考他们与被统治阶级的关系，他们与被统治阶级之间的对立就像理论与实践、思想与行动、文化与自然、理性与天性、智慧与生活的对立一样。他们同样需要作家尤其是艺术家为他们提供的某些属性，以思考自身和证明他们自己有理由像他们存在那样存在，而且首先在他们自己眼中：因此对艺术的崇拜越来越趋向于构成资产阶级生活艺术的必要组成部分，"纯粹"消费的"无关利害"由于它带来的"灵魂的补养"，对于显示与"本性"的第一需要和服从它的人之间的距离，是必不可少的。

无论如何，文化生产者尤其能够利用他们在危机时期的生产能力赋予他们的权力，因为他们能够生产对社会世界的系统的和批判的表象，以动员被统治者的潜在力量并颠覆权力场中的法定秩序。"无产阶级知识分子"在许多宗教或政治的颠覆运动中扮演的特定角色，无疑来自于这样一个事实，即促使这些被统治的知识分子感到与被统治者息息相关的位置同源性，经常（特别在罗伯特·达恩顿研究的法国大革命领导人的状况中）也是一种同一性或至少是一种状况的相似性；即一切都使得他们倾向于把他们的阐述和系统化能力用来为民众的愤怒和反抗服务。

内部斗争与外部承认

可以说，内部斗争在某种程度上由外部承认来仲裁。实际上，尽管在文学（等）场内部进行的斗争**在它们的原则上**（也就是在决定斗争的原因和理由上）是极其独立的，但在它们的起源上，无论是幸福的还是不幸的起源上，总是依靠它们可能与外部斗争（即发生在整个权力场或社会场内部的斗争）保持的联系和这类人或那类人可能从中找到的支持。因此，不同体裁的内部等级的颠覆或体裁本身的等级变化或决定性变化，影响了场的整体结构，这些决定性变化之所以可能，是（本身直接由进入文学场的机会的变化决定的）**内部变化和外部变化之间的对应**导致的，**外部变化**为新型的生产者（依次为浪漫派，自然主义者，象征派，等等）及其产品提供了消费者，这些消费者在社会空间中占据了与他们在场中的位置同源的位置，因此拥有与生产者为他们提供的产品相符的配置和趣味。

文学或绘画方面一次成功的革命（我们谈到马奈时将说明这一点），是两个出现在场内和场外的相对独立的过程契合的产物。新来的异端，拒绝进入建立在"老人"与"新人"的互相承认基础上的简单生产循环，他们与现行的生产规则决裂，辜负了场的期望，常常只能通过外部变化来获得其产品的认可：这些变化中最具决定性的是政治决裂，政治决裂如同革命危机，改变了场内部的力量关系（因此，1848年革命加强了被统治的一极，决定了作家向"社会艺术"的一种临时转移）；或还有新型消费者的出现，他们与新生产者有相似性，确保了新生产者产品的成功。

先锋派的颠覆行动，使得现行的惯例、也就是美学正统观念的生产和评价规则丧失了威信，使得依据这些规则生产的产品过时，落伍，并在被认可作品的**效果磨损**中找到了一种客观支持。这种磨损丝毫没有机械的特点。它首先产生于模仿者和学院主义行动作用下的生产的墨守陈规，先锋派运动本身也逃不开这种墨守陈规，这种墨守陈规来自于对经过检验的手段的反复和重复使用，对一种已经被创造的创造艺术的毫无创造的利用。此外，**随着时间的推移**，最有革新精神的作品，趋向于产生它们自己的公众，通过适应作用，把它们自身的结构规定为一切可能的作品的合法认识范畴（这样，人们最终通过从变得自然而然的过去艺术中借鉴的范畴，看待过去的艺术作品，并如普鲁斯特指出的，看待自然世界本身）；它们想使之获得承认的感知和评价法则的传播，与这些作品的一种**平庸化**，或更确切地说，与它们可能已经起到的非平庸化作用之平庸化相伴而生。这种**决裂的效果磨损**，无疑根据接受者，特别是他们接受创新作品的时间长短，同时，根据他们接近先锋派的价值中心的程度而变化，最内行的消费者（首先是竞争者和往往是他们当中最直接的门徒）自然最倾向于产生一种厌烦的感觉并识破构成运动的最初创新性的手段、技巧、甚至怪僻。顺理成章地，平庸化只能被冒充高雅加强或加速，冒充高雅是对大众趣味的差别的有意识寻求，它把一种类似于先锋派的标新立异的逻辑引入消费中（提供了生产与消费之间的同源性的另一个例子）。[58]

我们可以看到，文化产品的相对稀缺，也就是价值，倾向于随着认可过程的发展而降低，这种认可过程几乎不可避免地伴随着能够帮助传播的平庸化，这种传播反过来决定了由消费者人数的增加、财产的特殊稀缺和消费它们的行为的相应减弱引起的贬值。新来者越是援引根源的纯粹性以及艺术与金钱（或成功）之间充满魅力的决裂，以揭露与世俗的妥协，正在获得认可的先锋派提供的产品贬值就越快，正在一群范围越来越广的主顾那里受到赞赏的作品的传播证明了这种妥协，这些主顾的范围被扩大到超出了生产场的神圣界线，甚至到了一般的外行那里，外行总被怀疑会因他们的仰慕本身亵渎神圣的作品。

我们在安德烈·纪德身上可以看到，先锋派（这里指"年轻的文学"）对正在被认可的先锋派产生的表象的典型例子，以及对其进行的道德谴责的典型例子，先锋派认为正在被认可的先锋派的成功是一种妥协，应受道德的谴责："让纪德不安的，**不是他蔑视的自命不凡者的成功，也不是功成名就的作家**，如安纳托尔·法朗士，或保尔·布尔热，或皮埃尔·洛蒂，因为他们在与他迥异的领域内发展，而是与他那一类或他那个'层次'的作家的对比，尽管这些人比他年长，他们已经跨越了保留地的围墙，付出了他认为**不可原谅的让步**的代价：梅特林克，变成了大众消费的先知；巴雷斯，政治助了他一臂之力；亨利·德·雷尼埃，《两面派情妇》给他打上了作家的痕迹，他在报纸上做起了应景文章；随后，弗朗西斯·雅姆，良知为他赢得了一群拒绝他好诗的公众；更不用说皮埃尔·路易关于前他我（ex-alter ego）的《阿弗洛狄特》取得的几十万册的发行量。"[59]

因此，艺术作品的社会衰老，即把作品推向降级或经典的难以觉察的变化，是一种内部运动与一种外部运动契合的产物，内部运动与场中的斗争相关，斗争刺激了不同作品的生产，外部运动与公众的社会变化相关，社会变化承认和加剧了稀缺的丧失，因为它让这稀缺被所有人看到。如同名牌香水让它们的顾客过度扩张，随着它们逐渐赢得新顾客，它们失去了一部分老顾客（廉价产品的大量上市伴随着销售额的一种下降），卡尔文牌香水在六十年代，逐渐吸引了不同层次的顾客，包括优雅而年长的女性，她们对年轻时代的香水情有独钟，还有更年轻但不那么富有的女性，当这些已降级的产品过时的时候，被她们发现了，[60]同样，由于经济和文化资本方面的差别表现在占有稀缺物品的时间差距上，一个到此为止与众不同的产品被传播，因而地位被降低，与此同时失去了最想标新立异的新顾客，原先的顾客衰老了而且产品的公众社会质量下降了：我们通过最近的一次调查获悉，由于传播而贬值的作曲家，如阿尔比诺尼、维瓦尔蒂或肖邦，随着被调查者年龄跨度越来越大和教育水平越来越低，越来越受到喜爱。

在文学场或艺术场中，先锋派中的后来者能够利用人们自发地在作品的质量与它的公众的社会质量之间建立的关系，从而试图贬低正在被认可的先锋派文学，将其公众的社会质量的降低归因于颠覆意图的放弃或减退。与变成典律的形式的新异端式的决裂，可以依赖**潜在的公众**，他们从新产品中期待得到最初的公众从被认可的作品中得到的东西：新先锋派为了证明无视传统观念的决裂，应该借助于回到实践的最初的和理想的定义，也就是回到开始的纯粹、晦暗和贫乏，越是这样，他们占据被认可的先锋派放弃的位置（或用销售学的术语来说，叫雉堞）就越不费力气；文学或艺术异端是通过反对正统观念形成的，但也是借助它，以它曾经之所是的名义。

这里似乎涉及**一种极为普遍的模式**，这个模式对所有建立在对世俗利益的放弃和对经济的否定基础上的事业都适用。这些事业，如同宗教事业或艺术事业，拒绝物质利益，与此同时，**在或长或短的时期内**，为那些最断然地拒绝物质利益的人，提供所有等级的利益，这些事业固有的矛盾是体现他们特征的**生活周期**的根源：在初始阶段，全部是苦行和放弃，这也是象征资本的积累阶段，随之而来的是这种资本的一个开发阶段，这个阶段保证世俗利益，并通过这些利益保证生活方式的一种变化，这种变化能够引起象征资本的丧失并促使竞争的异端成功。在文学场或艺术场中，只有鉴于这个事实，即往往过迟的成功到来之际，创立者哪怕出于习性的惰性作用，无法与最初的行动完全决裂，而且他的事业无论如何与他共同消失，这个周期才能运行；但这个周期在某些宗教事业方面会发展到顶点，其中继承者和后来者能够得到苦行的利益，而从不需要表现出保证这些收益的道德。

两种历史的相遇

在消费的范畴内，能够在一个特定时刻观察到的文化实践和文化消费是两种历史即文化生产场的历史与整个社会空间的历史之相遇的产物，文化生产场有其自身的变化法则，社会空间通过存在于一个位置中的属性，尤其通过社会限制决定趣味，社会限制与特殊的物质存在条件和在社会结构中的一个特殊地位相关。同样，在生产的范畴内，作家和艺术家的实践，从他们的作品开始，就是两种历史即被占据位置的生产历史与位置的占据者的配置的生产历史之相遇的产物。尽管位置在某种程度上有利于产生配置，但在配置部分地是独立的、与狭义的场无关的条件之产物的情况下，配置具有一种自主的存在和效用，并且能够帮助**产生**位置。

没什么场比文学场和艺术场中的位置与配置之间的对抗更经常和更不确定的了：如果说被呈现位置的空间有助于决定可能的候选人的意料中的甚至必不可少的属性，进而决定这些属性可能引起尤其是**吸引**的行动者种类，如果确实如此，那么，对可能的位置和轨迹空间的认识与对每个位置和轨迹从它在这个空间中的位置中获得的价值的评价，则依赖行动者的配置；另一方面，鉴于空间提供的位置几乎未被制度化，从未在法律上得到保障，因而很容易受到象征质疑，而且又不能被继承——尽管存在着传承的特定形式——，所以，文化生产场构成了为"职位"的再定义而斗争的特定场所。

无论场的作用多么大，它从不机械地发挥作用，位置与占位（尤其是作品）之间的关系总是由行动者的配置和可能性空间来调节，行动者的配置通过对它们建构的占位空间的认识，如是建立了可能性空间。社会出身并非如人们有时以为的那样，是一系列机械的线性决定因素的根源，是确定所占位置的父亲职业，而这个所占位置反过来决定占位；我们不能忽视通过场的结构，特别是通过呈现的可能性的空间发挥的作用，这些作用主要依靠竞争的激烈程度，而竞争的激烈程度则与新来者涌入的数量和质量的特征相关。

"纯粹"作家或艺术家职业（用这个词要冒风险），如同"知识分子"职业一样，是自由的体制，是通过反对"资产阶级"（从艺术家的意义上来说），更具体地，通过反对市场和国家官僚机构（学院，沙龙，等等），借助一系列部分地累积的决裂建立起来的，这些决裂通常只能通过市场——进而是"资产阶级"——甚至是国家官僚机构的资源的一种转向才成为可能。[61]作家或艺术家职业是**集体活动**的结果，集体活动导致了文化生产场成为独立于经济和政治的一个空间；但是，反过来，只有当这个职位遇到一个这样的行为者，他具有所要求的配置，如无关利害和投资风险的倾向以及某些财产，这种解放活动才能完成并延续，这些财产如年金，构成了这些配置的（外部）条件。在这个意义上，作家和艺术家职业成为其产物的集体创造总是要重新开始。

总之，过去的各种创造制度化以及以自身为目的的文化生产活动和这种活动包含的解放意志越来越被认可，倾向于更加降低这种永久的再创造的成本。自主化进程越是前进，占据"纯粹"生产者的位置的可能性越大，而不必具备——或至少不必全部或在同样的程度上——具备**产生**位置所必须拥有的属性；再有，换句话说，趋向最自主的位置的新来者，能够省去过去的或多或少具有英雄色彩的牺牲或决裂（同时通过他们对这些牺牲或决裂的崇拜获得象征利益）。

试图在生产者与他们从中得到经济支持的社会集团（收藏家、观众、赞助者等等）之间建立一种直接的关系，就是忘记了场的逻辑使人们能够利用一个集团或一种制度提供的资源，以生产或多或少独立于这个集团或这种制度的利益或价值。达到高度自主的文学（等）场所提供的完全不同寻常的职位，由于它们客观上互相冲突的客观意愿，能以最低的制度化程度存在：首先是以词语的形式存在，比如"先锋派"这个词语，或以典型形象的形式，比如受诅咒的艺术家及其英雄般的传奇形象，这些词语或形象构成了一种自由和批判的传统；接下来尤其是以**反制度化的制度**形式存在，这种形式的范式可能是"被拒者的沙龙"或先锋派的小杂志，或以竞争机制的形式存在，竞争机制能够为解放和颠覆的努力提供使它们能被接受的鼓励和报酬。因此，比如以"我控诉"为范式的预言式揭露行为，在左拉之后，尤其可能在萨特之后，如此彻底地构成了知识分子的人格，以致强加给所有觊觎知识场的某个位置——尤其是统治位置的人。这是个互相矛盾的世界，在这个世界中，相对于制度的自由存在于制度中。

被构造的轨迹

我们知道为什么完成的传记只能是科学步骤的最后时刻：实际上，传记力求重建的**社会轨迹**，被看作是连续性空间中的同一个行动者或同一个行动者集团连续占据的**一系列位置**（对一种制度来说也是如此，只存在制度的结构历史：幻想名称是恒定的是忽视了名义上不变的地位的社会价值可能由于处在场本身的历史的不同时刻而有区别）。传记事件的**意义**和社会价值相对于场的结构的相应状况，每时每刻得到确定，传记事件被理解为这个空间中，或更确切地说，在不同种类的资本的分布结构的连续状况中的投入和转移，不同种类的资本在场中发挥作用，包括经济资本和象征资本即被认可的特定资本。如果试图把一个前程或一种生活理解为除了与一个"主体"相关之外没有任何其他联系的连续事件的独特的和自足的系列，而这个主体的恒定可能不过是被社会认可的一个专有名词的恒定，那么这大约与试图说明地铁里的路线而又不考虑网状系统的结构，也就是不考虑不同车站之间的客观关系模式一样荒谬。

任何社会轨迹都应理解为穿越社会空间的特定方式，习性的配置在社会空间中得到了表现；向新位置的每次转移，因为意味着排除或多或少的一系列可替代位置，并进而不可逆转地缩小最初相容的可能性的范围，所以标志着**社会衰老**过程的一个阶段，这个阶段可以按照这些决定性选择的数量加以衡量，这些决定性选择是体现一段生活史的无数枯枝丛生的树木的分枝。

我们因此可以用文化生产场内部的**世代之内的系列轨迹**（或者，如果人们愿意，也可以用特定的衰老的典型形式）来代替个体历史的尘埃。一方面，是文化生产场的同一领域的转移，这些转移与或多或少重要的资本积累相应：对处于象征性统治区域的艺术家来说是被认可的资本，对处于非自主的区域的人来说是经济资本；另一方面，是包含着区域变化和从一种特定资本向另一种特定资本转化——比如象征派诗人转向心理小说——甚或象征资本向经济资本转化——在诗歌向风俗小说或戏剧，或更确切地说，向小酒馆或连载小说转化的状况中——的转移。

我们可以用同样的方式，区分**世代之间**的轨迹的重大等级：一方面，是**上升**轨迹，上升轨迹可以是**直接的**（来自民众阶层或中产阶级工薪阶层的作家的轨迹），或**交叉的**（来自商业或手工业甚至是农业的小资产阶级作家的轨迹，他们通常经历了家族的集体轨迹中的关键决裂，如父亲的破产或死亡）；另一方面，是权力场中的横向轨迹——在某种意义上，是下降轨迹——，这些轨迹从世俗上的统治地位和文化上的被统治地位（大商业资产阶级）或经济资本和文化资本都富有的中间地位（"有特殊能力的人"：医生，律师等等）引向文化生产场；此外，还要加上**无价值的**转移。（为了做到准确无误，还要按照这些轨迹在文化生产场的到达地点，也就是在世俗上的被统治位置和文化上的统治位置上区分这些轨迹，反之亦然，或者在中立的位置上区分这些轨迹：表面上无价值的第二代知识分子的运动可能包含从文化生产场的一极向另一极的一种转移。）

于是，我们只需在全景之中离析出世代间的轨迹与世代内的生成轨迹之间的可能连贯性，离析出最有可能的连贯性，比如那种使世代间上升的尤其是交叉的轨迹延伸到世代内的轨迹中的连贯性，这些世代内的轨迹从象征上统治的一极导致象征上被统治的一极，也就是导致低等体裁或主要体裁的低等形式（地方小说，大众小说，等等）。

如此理解的传记分析可能引向作品在时间中变化的原则：事实上，每个作家占据的位置及其可能未来的客观事实，都通过肯定的或否定的认可，成功或失败，鼓励或防备，认可或排斥，显示给每个作家（等）——及其全体竞争对手。这些肯定的或否定的认可，无疑都是"创作计划"的不断再定义借以推行的中介之一，失败促使转行或退出场，而认可则增强和释放了最初的抱负。

社会身份包含着决定各种可能性的确定权利。每个作家（等）按照其位置被承认的象征资本，被赋予了一系列确定的合法可能性，也就是，在一个确定的场中被给予了在一个固定时刻客观地呈现的一系列确定的可能性。某人被准许做什么、他允许自己合理地做什么而不被当成自大或疯狂的社会定义，通过各种各样的许可和要求，以及对遵守秩序的消极的或积极的要求得到体现（是贵族就要行为高尚），这些要求可能是公共的、官方的，比如国家保障的一切形式的指定或者裁决，或者相反，这些要求是公认的、心照不宣的和几乎无法察觉的。我们知道，通过认可或谴责固有的神奇作用，权威机构的裁决趋向于生产它们自身的证明。

要求各种可能性的这种权利是各种愿望的来源，这种愿望由于立刻被承认是合法的所以被当成自然而然的。这种权利为准有形的**重要**感觉提供了依据，这种感觉决定了比如一个人可能在一个团体中所处的**地位**——也就是地点，无论是中心的还是边缘的，高的还是低的，显要的还是卑微的等等，他有权占据这样的地位，这种权利为一个人可能体面地把持的空间的规模和一个人占用（别人的）时间的长短提供了依据。一个作家（等）每时每刻与可能性空间保持的主观关系，特别依赖此刻法定地为他提供的可能性，还依靠他最初在一个位置上形成的习性，这个位置本身包含要求各种可能性的权利。社会认可和法定分派的所有形式，如高贵的社会出身、巨大的学业成功或对作家来说同行的承认，其作用是增加要求最稀罕的可能性的权利，并通过**这种保证**，增加实现这些可能性的主观能力。

习性与可能性

事实上，我们可以看出，趋向最有风险的位置的倾向，尤其是在没有任何短期经济利益的情况下永保这些位置的能力，似乎在很大程度上依靠一种重要的经济和象征资本的拥有。首先因为经济资本保证独立于经济必然性的自由条件，年金无疑是出售的最好代替物之一。实际上，在最具风险的位置上得以维持足够长时间，以得到这些位置为他们提供的象征利益的人，基本上是最富有的人，他们的优势在于不必被迫从事二流活计来维持生计。这与许多出身小资产阶级的诗人相反，他们被迫或早或晚放弃诗歌，转向报酬更高的文学活动，比如风俗小说，或被迫一上来就把一部分时间用来从事戏剧或小说创作（比如弗朗索瓦·科佩，卡蒂勒·孟戴斯或让·艾卡尔[62]）。同样，当衰老消除了含混不清，使少年放荡不羁生活的所做有选择的和暂时的拒绝，变为无可挽回的失败时，出身低微的作家更愿意屈从"工业文学"，这种文学使得写作成为一种司空见惯的活动；除非反唯智主义运动促使其中最心酸的人彻底转变和放弃，干起最低级的政治论战活计。

但是尤其，与高贵出身相关的生存条件有利于这些配置，诸如大胆和无视物质利益，或社会方向意识和预感到新等级的本领，这些配置趋向于汇集到最激进的先锋派职位和最有风险的投资，因为这些投资先于需求而存在，所以是最有风险的，但是，它们常常是在象征上和长期来看最有利可图的，至少对最初的投资者来说如此。**投资意识**看来是与社会出身和地理出身关系最密切的配置之一，因此，通过与之相应的社会资本，成为这些中介之一，社会出身之间的对立，特别是巴黎出身和外省出身之间的对立，通过这些中介，表现在场的逻辑中。[63]

普遍来看，在经济资本、文化资本和社会资本方面最富有的人是最先转向新位置的人（这种看法似乎在所有场中都得到了证明，无论在科学场还是经济场中）：这是保尔·布尔热周围的作家的状况，他们放弃了象征主义诗歌而转向一种新形式的小说，这种小说与自然主义小说的传统决裂，更符合有修养的公众的期待。相反，与社会或地理的偏远相关的错误的投资意识，促使出身民众阶级或小资产阶级的作家和外省人或外国人趋向于统治位置，但这时统治位置提供的利益由于这些位置产生的吸引力（在自然主义小说的状况中，这类小说提供的经济利益，或在象征主义诗歌的状况中，这类诗歌保证的象征利益）和激烈的竞争而有减少的趋势，统治位置是竞争的场所。仍旧是这种错误投资意识鼓励他们固守下降的或受到威胁的位置，而在这种时刻最警觉的人放弃了这些位置；或者他们听任自己受到统治地点的吸引，带着别人引进这些位置的配置，转向矛盾的位置，结果很晚才发现自己的"自然领地"，也就是说在场的力量的作用下，在浪费了许多时间之后，才以流放的方式发现自己的"自然领地"。

> 最典型的例子是莱昂·克拉代尔（Léon Cladel, 1835 – 1892）。他的父亲原是蒙托邦的一个皮匠师傅，"转为资产者的手艺人"，行会成员和土地主，他一心想"让他的唯一继承人成为一个体面人"，在克拉代尔九岁的时候就把他送到了蒙托邦的神学

院。克拉代尔在图卢兹学了法律之后，成了蒙托邦的诉讼代理人，他厌恶地发现农民和他们的唯利是图；随后他去了巴黎，在那儿过着放荡不羁的生活，后来回到了凯尔西（Quercy），"厌倦了斗争，默默无闻而又孤独无助，厌倦了挣扎"；但是他不能"放弃巴黎"，他又在巴黎安下身来；他加入了帕纳斯诗歌运动，写了一部小说，在他母亲的帮助下，用她给他的300法郎，找到一个出版商，让波德莱尔写了一篇序言，后来，过了七年相当穷困的放荡不羁生活，回到家乡凯尔西，从事地区小说创作。[64]这个永久的**漂泊者**的作品全都带有配置与位置之间的矛盾的标志，配置与起点有关，但起点也将是终点，位置则是被追求的和暂时占据的："目标在于以古代的和野蛮的'武功歌'的手法，表现他的凯尔西，拉丁文化的地域和乡野的海格利斯的故国。克拉代尔在村野鄙夫狂热的混战中突出乡村勇士的狂放姿态，他指望被算入雨果和勒孔特·德·李勒的卑微的对手。于是便诞生了《翁法德拉耶》（*Ompdrailles*）和《佩剑的巴塞洛内的还愿节》（*La Fête votive de Bartholoné-Porte-Glaive*），这些怪异的描述是用夸张的或拉伯雷式的语言写出的《伊利亚特》或《奥德赛》的仿作。"[65]

那些到达这样位置的人（他们完全不可能出现在这个位置上）**受一种双重的结构束缚**，这双重的结构束缚，在如同克拉代尔的状况中，可能在他们或快或慢地被逐出不可能的职位之后继续存在。这种双重的互相矛盾的限制经常迫使一时"被圣迹治愈的人"产生一种悲怆的不连贯性的设想，即向否定他们的任何价值的一个空间的价值致以自我毁灭的敬意，比如这个用勒孔特·德·李勒的语言讲述凯尔西乡民的设想，在滑稽模仿和无法克制的依附之间摇摆。莱昂·克拉代尔在他的小说《脸上刻有X印的人》（1871）的序言中，以一种绝望的明晰——但无实际作用——，亲口说出了折磨他的冲突，这种冲突是所有类似冲突的受害者的特权："他本能地走向研究平民的类型和环境，另一方面，他对风格的美怀有炽烈的爱，因而注定要在粗俗与精致之间挣扎。"[66]克拉代尔总是处于一种不稳定的状态，他在帕纳斯派中是农民（他们把他打发到民众那边，他的朋友库尔贝那边），在他的外省家乡的农民中是小资产者。乡村小说的形式和内容表达了一种不连贯轨迹的矛盾事实，这没什么奇怪的，他甘愿写这种小说，恢复名誉的愿望在其中让位给了亲切地描绘乡村的野蛮和丑恶。"这个穷困的幻想者，穷人的孩子，对民众的举止以及乡村的行为有一种天生的爱。但是，要是从一开始，他就毫不犹豫地试图以完全激烈的笔触把它们明确地传达出来，这种笔触显示了绘画大师的最初风范，他很可能一下子就在他构成的年轻一代的最杰出者当中占一席之地。"[67]这说得太确切不过了……

与巴黎的和资产阶级的艺术家和作家的冲突，将出身民众阶级或外省小资产阶级的作家和艺术家推向民众一边，他们就是在这种冲突中，最终发现了使他们从否定方面与众不同的东西，或者甚至例外地以库尔贝的方式承受或要求它，库尔贝把他的外省口音、他的方言及"民众"风格变成了一个流派。"按照尚弗勒里（现实主义小说家，库尔贝和克拉代尔的朋友）的描述，巴黎的德国啤酒店里产生了现实主义运动，德国啤酒店曾是一个新教村，在这里盛行质朴的风度和率真的快乐。头目库尔贝是一个'伙伴'，他跟人握手，聊天，吃得很多，像农民一样强壮和固执，与三四十年代的纨绔子弟完全相反。他在巴黎的表现是**自愿民众化的；他不加掩饰地讲方言土语**，他像平民一样吸烟、唱歌和开玩笑。他的包含平民和乡村自由的技巧给观察者留下了深刻印象……杜冈写道，他画画'就像擦靴子'。"[68]

这些不可同化的新来者投身到这种异举的努力中，他们最初的同化尝试的成功机会越少，他们就越有信心。因此出身于外省小资产阶级的尚弗勒里，很久以来就"被两种倾向，莫尼耶式的现实主义和德国式的、浪漫的和感伤的诗撕扯着"，[69]由于最初尝试的失败，或许特别是由于他的差异被人发现，他发觉自己被推向了战斗的现实主义。这种发现将他抛至"民众"一边，也就是将他抛至被排除在当时合法艺术的对象一边，以及当时被视作对待这些对象的"现实主义"手法一边。被迫回到"民众"与地方作家回到"土地"一样的含混和疑惑：对于资产阶级知识分子的绝对自由主义和民众主义的敌意，会激励一种或多或少保守的反智主义的民众主义，这种民众主义不过是知识场内部关系的一种虚幻反映。

我们可以从尚弗勒里本人的轨迹中看到场的这种作用的典型例子：

他曾是1850年的年轻现实主义作家的领袖与现实主义运动在文学和绘画方面的"理论家",却逐渐被福楼拜、然后是龚古尔兄弟和左拉超过了:他成了塞夫尔的国家工场官员,研究民间画片和文学的历史学家,在第二帝国经过一系列的转变和突变,完成了保守主义官方理论家的使命(他1867年获得了荣誉勋章),这种保守主义建立在对民间智慧的颂扬——尤其是对服从等级制度的颂扬——基础上,这种颂扬表现在对民间艺术和传统的崇拜上。[70]

位置与配置的辩证法

因此,与某种社会根源相联系的配置若要实现,只能一方面按照通过不同的位置及其占据者的占位显示出来的可能性的结构,另一方面按照在场中占据的位置(通过与这个位置的关系即成功或失败之感,成功或失败本身与配置进而与轨迹相连)使自己特定化,这个位置左右着对这些可能性的认识和评价:因此同样的配置会导向美学或政治的占位,这些占位依场的状况不同而不同,并且是相对于场的状况决定自身的。[71]由此产生了力求把文学或绘画方面的现实主义直接与社会集团的特征——尤其是农民——直接联系起来的无用企图,现实主义的创造者或维护者,尚弗勒里或库尔贝就出身于农民。只有在艺术场的一种确定状态中,且在与其他艺术位置及其占据者的关系中——这些占据者本身也被赋予了社会特征——,现实主义画家和作家的配置才能得到确定;这些配置在别处和在另一个场,或许会表现出别的样子,但在这里表现在一种艺术形式中,这种艺术形式在这个结构中,表现为一种美学与政治密不可分的反抗的最完美手法,这种反抗针对"资产阶级"艺术和艺术家(或支持两者的"唯灵论"批评)并通过这两者针对"资产阶级"。[72]

位置与配置之间的关系显然是在双重意义上的。习性作为配置系统,实际上只能通过与受到社会影响的位置(这些位置尤其被占据者的社会属性规定,它们通过社会属性显现)的一种确定结构发生关系,才能实现;反过来说,正是通过这些自身或多或少与位置相一致的配置,存在于位置中的这类或那类潜能才能实现。因此,比如,作品剧院的创立者吕涅-珀,出身于巴黎资产阶级,受过一定教育,自由剧院的创立者安托万,出身外省的小资产阶级,自学成才,如果我们不能仅从这些创立者的习性差别来理解将两个剧院分开的差别,似乎就更不能仅从两种机构的结构位置来阐明它们的差别:虽然至少从根源上,这些位置似乎再生产了创立者配置之间的对立,但这是因为它们是场的一种状态中的配置的产物,这个场是以更有资产阶级特点的象征主义——首先由于它的维护者的特征——与更有小资产阶级特点的自然主义之间的对立为标志的。安托万像自然主义者一样,并在他们的理论支持下,通过反对资产阶级戏剧来确定自身,他提出对导演进行系统改革,这是建立在一致立场之上的**特定**革命:看重环境胜过人物,看重能决定的背景胜过被决定的文本,他把舞台变成一个"本身一致和完备的空间,只有导演能统治它"。[73] 相反,吕涅-珀的"混乱而丰富的"方针既要相对于资产阶级戏剧又要相对于安托万的革新才能确定自身,它导向被描述为"精致的创造和随心所欲的混合物"的表演,这种表演,来自一个"时而蛊惑人心、时而卓越"的计划,聚集了一批无政府主义者和神秘主义者融为一体的公众。[74]

简而言之,配置之间的对立是在一个特定的空间里得到它的完整定义,即它的全部历史特性:这种对立在这个空间里体现为对立系统,对立随处可见,比如支持一方或另一方的报纸或批评家之间的对立,作品被上演的作者之间的对立和作品的内容之间的对立,结果,一方面是"生活片断",它的某些特征接近通俗喜剧,另一方面是马拉美宣称的作品之多层次观念所启发的敏锐探索。一切都有可能让人设想,正如这种情况表明的,配置的影响——进而"社会出身"的解释力量——非常之大,尤其当人们与一个**处于新生状态的位置**打交道时,这个位置与其说是完成的和法定的,不如说是有待建立的,因而可能把自己的法则强加给它的占据者;而且,更普遍地,留给配置的自由随着场的状态(特别是场的自主的状态),随着在场中占据的位置和相应职位的制度化程度而变化。

如果我们不能从配置中推导出占位,我们同样不能把占位直接与位置联系起来。因此,位置的一致性,特别是否定的一致性,不足以建立起一个文学集团或艺术集团,尽管它倾向于促进接近和交流。在为艺术而艺术的维护者身上可以清楚地看到这一点,正如卡萨涅指出的,[75]他们被尊重和同情的关系连在一起：戈蒂耶在星期四晚餐会上接待福楼拜、泰奥多尔·德·邦维尔、龚古尔兄弟和波德莱尔；福楼拜和波德莱尔之间的相似性得自他们几乎同时开始创作，同时吃官司；龚古尔兄弟和福楼拜彼此非常欣赏，两兄弟就是在福楼拜家里认识了布耶；泰奥菲尔·德·邦维尔和波德莱尔是老朋友；路易·梅纳尔，是波德莱尔、邦维尔和德·李勒的密友，他成了勒南家的常客之一；巴尔贝·多尔维利是波德莱尔最狂热的辩护者。场的作用倾向于创造有利于客观空间里相似或相邻位置的占据者互相接近的条件；但这并不足以决定团体的形成，即**团体影响**出现的条件，而最著名的文学和艺术团体在终结这些团体的或多或少轰动的决裂中并通过这种决裂，从团体影响中获取了巨大的象征利益。

集团的形成与解散

当统治位置的占据者尤其是经济上的统治位置的占据者，像资产阶级戏剧那样，内部非常一致的时候，先锋派位置——它尤其通过与统治地位的对立而否定性地确定自身——在象征**资本的原始积累**阶段曾一度接纳出身和配置迥然不同的艺术家和画家，他们的利益一度接近，但接下来就发生了分歧。[76]这些被统治的集团是孤立的小派别，它们的否定的凝聚力也是一种感情的团结一致，这种团结一致通常体现在对一个领袖的拥戴上，当这些集团得到承认时，它们倾向于由于一种表面的悖论产生危机，因为认可的象征利益通常只属于一部分人，如果不是只属于一个人，因此，紧密联系的否定力量也削弱了：起初一起进行的反抗克服和超越了团体内部的地位差别，特别是社会和学校教育差别，但这些差别却重新体现在积累的象征资本利益的不平等分配中。对于第一批不被承认的创立者而言这种体验愈发痛苦，尤其因为承认和成功吸引了在配置上与第一代完全不同的第二代门徒，他们也参加了分红，有时甚至比第一批股东分得还多。

这些最终得到承认的先锋派团体的形成和解散过程的模式，在印象派的历史中[77]，也在象征派与颓废派的逐渐分裂中，得到了典型体现。尽管不太为人所知：颓废派与象征派在场中占据相同的位置，并都通过反对自然主义和帕纳斯诗派确定自身——他们的领袖魏尔兰和马拉美都被排除在帕纳斯诗派之外——，它们随着达到完全的社会存在，开始分道扬镳。象征派出身于更优越的环境（也就是中产阶级或大资产阶级和贵族阶级）并拥有重要的学校教育资本，他们与颓废派相对立，颓废派通常出身于手工业者家庭并且不具备学校教育资本，他们之间的对立就像沙龙（马拉美的星期二聚会）与咖啡馆，右岸与左岸及放荡不羁的文人之间的对立一样；在美学层面上，是建立在明确的理论之上及建立和所有陈旧形式断然决裂之上的晦涩难懂，与建立在"良知"和"天真"之上的"明晰"和"简洁"之间的对立；在政治上，象征派表现得冷漠和悲观，但不排除某些无政府主义的激进举动，而颓废派是渐进主义者，也可说是改良主义者。[78]

显然，两个流派之间的对立作用随着制度化过程的发展而加强，制度化对于建立一个真正的文学集团，也就是象征资本的一种集中和积累工具（包括一种名称的采用，宣言和计划的起草，集中惯例的设定，比如定期的聚会）是必要的，这种对立作用在承认最初差别的同时，倾向于扩大这种差别：魏尔兰赞美天真（正如尚弗勒里用"艺术中的真诚"反对为艺术而艺术），而魏尔兰式的真诚和简洁的趣味无疑有助于把马拉美推向"诗之谜"的晦涩。而且，仿佛为了给配置的作用提供一个有力的证明，与象征派结盟（阿尔贝·奥里埃）或亲近（埃内斯特·雷诺）的是社会上最富有的颓废派，而从社会出身方面最接近颓废派的象征派，勒内·吉尔和阿雅贝尔被逐出了象征派集团，前者由于其进步信仰，后者则由于最终成了现实主义小说家，因为他的作品让人觉得不够晦涩。[79]

马拉美与魏尔兰之间的对立是一种分裂的范式，这种分裂是逐渐形成的，而且在十九世纪表现得越来越明显。这种分裂出现在专业作家和业余作家或古怪而悲惨的放荡不羁文人之间，专业作家受事业所迫，过着一种规矩的、正派的、几乎像资产者一样的生活，而业余作家是爱好文艺的资产者，对他们来说写作是一种消遣或爱好，放荡不羁的文人靠报纸、出版或教书提供的一切卑微职业为生。作品的对立建立在生活风格的对立上，作品的对立在象征上表达和加剧了生活风格的对立。与资产阶级世界及其价值决裂的专业作家，他们当中坚持为艺术而艺术的人首当其冲，以数不清的方式，与放荡不羁文人及其自负、言行不一和混乱分开，这种混乱本身与有规律的生产是不协调的。应该引用龚古尔兄弟的话："人只有在寂静中，就像在活动的休眠中，才能充分想像他周围的事物和事实。感情与想像的孕育是不相容的。需要有正常的、平静的日子，一种全面存在的资产者状态，一种庸人的沉思冥想，这样才能创造出伟大、动荡、伤心，悲怆……在激情中、在神经质的冲动中消耗自己的人，永远写不出一本有激情的书。"[80] 两类作家之间的这种对立，无疑是其政治对立的根源（**而非相反**），这一点在巴黎公社出现时表现得尤其明显。[81]

位置与配置之间、创造"职位"的努力与必须适应"职位"之间的永恒冲突，以及一些连续调整说明了位置与其占据者的属性之间常见的对应，只要分析足够深入。这种调整倾向于按照恢复秩序的要求，将脱离其位置的作家带回到其"自然地点"。比如，通俗小说比其他任何类型的小说，都更经常地留给出身于被统治阶级的和女性作家，在这类小说中，多少有些距离地处理这个体裁的不同手法，简而言之，这个地位中的位置，本身是与社会的和学校教育的差别密切相关的。最疏离的处理、半滑稽模仿的处理（尤其是阿波利奈尔赞颂的《方图马斯》）是最权威作家的特权。[82] 按照同样的逻辑，雷米·庞顿注意到，直接服从于资产阶级金钱趣味的通俗喜剧作者中，出身大众阶级或小资产阶级的作家所占的比重很小，而他们却在滑稽歌舞剧中占很大比重，滑稽歌舞剧作为喜剧体裁，为滑稽或下流场景的浅薄效果和一种半批评的自由留有更大的余地，既创作通俗喜剧又创作滑稽歌舞剧的作者表现出介于这两类作者之间的特点。[83] 总之，在这个想要免除一切决定和限制的世界上，行动者的倾向与被纳入他们占据的位置中的要求之间的惊人一致是相当严密的。这种社会建立的和谐，非常有利于不存在社会限定的幻想。

对制度的超越

艺术史或文学史像哲学史一样，或从另一种意义上，像科学史一样，能够具有一种严格内部发展的外表，这些自主的表象系统的每一个似乎都按照自身的动力在发展，与艺术家、作家、哲学家或科学家的行为无关，这是因为每个新来者都应考虑场的法定秩序，游戏本身固有的游戏规则，因为对规则的认识和承认心照不宣地强加给所有参与游戏的人。表达的冲动为探索提供通常是否定的意图和方向，它应该考虑各种可能性空间，考虑既合法又可传达的一种**特定编码**，对特定编码的认识和承认构成了进入场的真正权利。这种编码以语言的方式，既构成了一种**审查**，这是通过它事实上或法律上排除的可能性实现的，又构成了一种**表达手段**，它将它提供的无限创造的可能性包含在确定范围内；这种编码作为一个被历史地定位和定时的认识、评价和表达模式系统发挥作用，这些模式决定了可能性的社会条件——与此同时，决定了——文化作品的生产和循环的界限，这些模式在场的组成结构中**以被客观化的状态**存在，同时在精神结构和构成习性的配置中**以被归并的状态**存在。

在配置和位置固有的利益在其中得到表现的表达冲动，与这种特定的编码，特别是与要说要做的事情和被规定的、仿佛权利均等的问题的空间的关系中，特定的（音乐、哲学、科学等特有的）利益得到确定。人们有时归于"风俗"的作用，即归于有意为之的意志的东西——**利益攸关**——，实际是竞争逻辑的产物，竞争逻辑驱使身在其中或希望身在其中的人，有意无意地朝相同的目的或为相同的目的而竞逐。

这种秩序既在事物（文件，工具，乐谱，绘画，等等）中又在身体（知识，技术，技巧，等等）中建立，它作为**超验的**实在呈现给追求这种秩序的所有个人的和环境的行为：因此它为某些人的公开或潜在的柏拉图主义提供了一种基础的各种显象，这些人如胡塞尔或迈农一样，想把哲学特有的行为，建立在意识内容（作为对象的意识）不可被还原为意识行为（作为活动的意识）上，数字不可被还原为计算的（心理）操作上，另外一些人如波普尔及其他许多人，承认理念世界、它的运行和它的未来相对于认识主体的自主性。[84]实际上，尽管文化遗产有自身的法则，这种法则超越个体的意识和意志，但以物化状态和被归并状态存在（表现为作为一种历史超验性起作用的习性）的文化遗产，只有在斗争中并通过斗争才能真正（也就是作为**资产**）存在和生存，文化生产场（艺术场等）是斗争的场所，也就是说文化遗产通过行动者且为了行动者存在和生存，行动者预备并有能力保证文化遗产的持续复活。

因此，这"第三世界"，既非肉体的，又非精神的，胡塞尔和他之后的一些人认为哲学的对象就在其中。由于为占有而进行的竞争，这个世界才在所有个人的占有之外存在和生存：**行动者**只有以（他们在他们的生产中和对其他行动者的生产的评价中运用的）一种特定习性的认识和评价配置的形式（或多或少完全地）归并集体资本，才能加入集体资本，而这种集体历史的产物，就是在这些行动者的竞争中并通过这种竞争，被确立为集体历史所参照的所有实践的准则，而集体历史是超越每个人的，因为它是所有人固有的。他们中的每个人将这**种运行功能**据为己有，让所有其他人承受严密的限制和控制。通过这些限制和控制，原本注定如一纸空文一样微不足道的运行功能，持续地表现为一种集体**生产方式**，表现为文化生产方式，这种文化生产方式的规则每时每刻都强加在所有生产者身上。

文化作品的超验世界本身并不包含它的超验原则；它也不含有它的生成原则，即使它有助于**建构**成为其变化根源的思想和行为。它的（逻辑的，美学的等等）结构可以强加给所有加入游戏的人，这个超验世界是游戏的产物、工具和赌注，并且无法逃脱变化作用，变化作用是由结构决定的行为和思想不可避免地产生的，哪怕就是通过**实行**作用，但这种实行永远无法简化为一种纯粹的执行。

这就是说，当理解一个文化生产场的运行和在这个场中产生的东西时，我们不能将（在场本身的运行和使它成为可能的基本**幻想**中找到其根源的）表达冲动与场的特定逻辑分开，不能将其与场的各种客观可能性，以及既要限制又准许表达的冲动转化为**特定解决方法**的一切东西分开。在波普尔所说的"提出问题的境况"（**问题－境况**）与预备**承认**这个"客观"问题并善于利用它的（这令人想到帕诺夫斯基分析的西方建筑物正面的圆花饰问题，叙热把这个问题留给了后来创造哥特艺术的建筑家）的行动者之间的这种契合中，特定的解决办法得以确定自身，这种解决方法从一种已经被创造的创造艺术出发，或借助一种新的创造艺术的创造才产生。场的可能的未来，每时每刻都存在于场的结构之中，但每个行动者都造就自己的未来——由此帮助造就场的未来——同时实现客观可能性，客观可能性在他的权力与客观地被纳入场中的可能性的关系中确定自身。

还剩下最后一个我们不免要提出的问题：在观察所揭示的客观策略中有意识计算的部分是什么？只要读读文学见证、通信、私人日记，也许特别是关于如是的文学世界的明确立场（比如于雷收集的立场），就可以确信，没有简单的答案，而且呈现总是片面的清晰的仍旧是场中的位置和轨迹的问题，这种清晰随着行动者和时刻而变化。然而倘若需要最终提到清晰确定，那就特别是为了消除清白无辜和厚颜无耻的取舍，通过这取舍，知识场内的日常斗争的对立观念，有可能进入分析中，尤其进入从分析得出的阅读中，这种对立观念，包括用在过去的伟大人物身上的狂热赞扬者的观念和忒耳西忒斯式人物的观念，后者以一种无远见的"社会学"的所有资源装备自己，以诋毁他们的对手，将他们的意图简化为被推想的利益。

我在这里所尽的一切努力力求从根源上消除这些对立的观念。"不要欢笑，不要哀伤，不要憎恨，"斯宾诺莎说，"但要理解"，或更进一步，使之成为必要，进行阐释。对**模式**的认识有助于理解行动者（进而这个文本的作者和读者）如何成为他们的所是，做他们所做的事。强调了这一点之后，我现在可以通过一个例子回答提出的问题，但我请求读者动用我努力在这里展示的分析方法的所有资源，从而能够将斯宾诺莎的格言付诸实践，并由此用必然观念常常有点忧伤的欢乐，代替那总是暧昧的和赞扬或否定经常交替出现的反常乐趣。

1910年《新法兰西杂志》创刊，我们知道这家杂志将在知识场中占据的统治地位，在这个时刻，安德烈·纪德，按照他的传记的说法，"像长了触角一样，识破了这些锁链，这些罗网，或更确切地说，这些区域，许多'小气候'在其中起支配作用"，他需要"运用他的全部外交手段"并实行巧妙的"定量"，"将《新法兰西杂志》变成围绕一个坚定的核心，围绕不同的、无可置疑的和大有希望的价值的引力中心"，"互不了解或互不赏识的接触区域的地点"。一本杂志的目录既是企业拥有的象征资本的展示又是一种政治-宗教占位：因此应有几个大股东如"保罗·克洛代尔，亨利·德·雷尼埃，弗朗西斯·卡尔科，甚至保罗·瓦雷里"，同时还要有一批尽最可能广泛地分布在"政治-文学棋盘"（还是传记卜说的）卜的参加者，以免表现出过于明显的这种或那种倾向，并由此使名誉受到影响：他们"欣喜"地接受了克洛代尔的三首颂歌，但又觉得"太受欢迎了"，因为杂志"有转向批判主义、标准主义和唯智主义一边的危险"；米歇尔·阿尔诺描绘了佩吉的"有点'左倾'的形象"，所以需要弗朗西斯·雅姆提供一种平衡力量，就这样继续下去。[85]

作者的集合以及次之的文章的集合创立了一本文学杂志，我们可以看到，这种集合的真正原则是社会策略，这些社会策略接近支配一个沙龙或一场运动的社会策略——甚至这些策略，除去其他标准，也考虑被聚集的作家特有的文学资本。这些策略本身的统一原则和发生原则，并非类似一个银行家通过象征资本进行的厚颜无耻计算的某种东西（即使安德烈·纪德在客观上也是这样……），而是一个共同的习性，或更确切地，是成为共同习性的一个维度的习性形态，它把人们称为"核心"的成员联系起来。已经形成的这个集团或这个网络自行遴选多少有些固定的合作者，这尤其决定了最初几期的目录，而这个目录本身则注定要通过"它所表现出来的"，也就是文学固有的某种威望，也是某种政治-宗教路线，作为依附或陪衬的场所，或无论如何，作为以任何场为地点的分类斗争中的**标志**，发挥作用。在《新法兰西杂志》的状况中，这个统一的原则恰恰是配置，这些配置预先倾向于在"沙龙"与大学之间，也就是"正直"与资产阶级的区分意识之间，占据一个中间和中心的位置，这种正直既与"沙龙的精神"又与"成功的作家"分开，资产阶级的区分意识既远离唯智主义又远离人文主义，因为这种人文主义让人想起了学校标志过于明显的作家（高师学生）"学校"。[86]

我放弃在这段历史中提取道德，因为它根本没有道德，我只是再一次强调，企图从文本并仅从文本中提取被如此构成的全部作品和作者的统一原则，或更糟，提取存在于社会标签中的各种意图的理论一致性，即一种显然由历史赋予这些意图的带"主义"的概念，是非常造作、贫乏，甚至是骗人的。

"对虚构的大逆不道的解析"

我一直认为，对如是的游戏逻辑的觉悟，以及对成为游戏基础的**幻象**的觉悟，从根本上在某种程度上被排除了，鉴于这种清醒意识将文学或艺术事业变成一种犬儒主义的神秘，或一种有意识的欺骗。这一点直到我真正读了马拉美的一篇文章才理解，他确切地，尽管以相当隐晦的方式，表达了文学是建立在集体信仰上的虚构这一客观事实，以及我们面对和反对一切客观化来挽救文学乐趣的权利：

> 我们被一个绝对的公式束缚住了，但我们还是知道，这只是一个公式。立刻找一个借口摆脱圈套，我们言行不一地指责说，它否认我们想要享有的快乐：因为这个**彼岸**是这个圈套的动因，我想说是动力，要是我不讨厌对虚构并由此对文学机制公开地予以大逆不道的解析，以展示主要部件或乌有的话。但是，我崇敬人们如何通过一种欺骗，达到被禁止的高度和闪电般速度！我们没意识到高处暴发的是什么。这是用来做什么的——做游戏的。[87]

因此美不过是一种虚构，并被迫如此接受自身，从而反对把美当成永恒的本质和纯粹偶像崇拜的柏拉图主义信念，通过这种偶像崇拜，创作者将文学生活和人生中缺乏的东西投射到虚幻的超验性中并对这种超验性俯首帖耳。在达到自我意识的诗中，这种虚构不满足于以（瓦格纳的）音乐方式再现自然和季节的循环，瓦格纳的音乐通过光明与黑暗的交替出现，在交错的显示中模仿自然的死亡及其复苏的原始悲剧的神秘。[88]诗与非常接近神话或仪式的音乐**模仿**决裂，离开了属于自然范畴的东西，以便有意识地处于人类特有传统的范畴内，处在索绪尔所说的"符号的随意性"、马拉美所说的"人类的诡计"的范畴内。[89]

放弃音乐的魔术是这种终极企图的关键时刻，诗人"在暮年之际"，通过这数次推迟的企图，但以一种笛卡尔式的勇敢，开始"完全彻底地分析（认清）理想的危机，以及另一种"折磨"他的危机，社会危机"，[90]并且，开始对其关于文学存在的信仰提出了根本质疑："像文学这样的东西存在吗？"[91]经过"这种可能由于危险而被悄悄免除的调查"和对所有文学信仰的根本"摆脱"，还剩下什么？"对从一段特定历史无限重复的'掷色子'继承而来的二十四个字母的虔诚"，和一份"职业"，一种**文字游戏的意识**，一种文字对称的意识，不应把这种意识与**文学游戏的意识**混淆（"人物也不大喜欢文字被指定的和特有的荣誉"[92]）。至于诗人本身，思考他是主动还是被动（"行动，反映"），思考"超自然词语"、诗的**终极**、超乎自然[93]或反抗自然的结果（与音乐不同）即诗歌，是不是"他的尝试或神圣字母的潜在力量的产物"（"手段，还要什么呢！根源"）是徒劳的。

真正的否定神学，即诗人借以规定自己的理论和区域的反思批评，摧毁了诗的神圣性以及通过仿效自然创造一个超验的和"非现实的"[94]对象的自我神秘化的神话。但是被消除的**彼岸**，借助一种终极性的偶像崇拜（倘若允许这么组词的话），依旧是"我们**想要**享有的快乐"的"动因和动力"。以文学快乐这种"理想的享乐"即理想化的理想产物的名义，我们有权拯救文字游戏，甚至，我们会看到，拯救文学游戏本身："由于一种类似虚空（继续作为缺失和'虚无'起作用的彼岸的虚空）的崇高引力，我们有权把虚空从我们身上排出。通过厌倦事物，如果事物强大且优势地确立的话[96]——狂热地把事物分开，直到充满它们[97]，也让它们闪闪发光，通过闲置的空间，在自愿的和孤独的快乐中。"马拉美本人在一条补充注释中评论到："这种观点在花炮制造术上与在形而上学上不相上下；但是处在思想的高度、以思想为榜样的烟火，放射出理想的享乐之光。"[98]

作为马克斯·穆勒的读者，马拉美知道诸神常常诞生于一个被遗忘的言语错误；他不想恢复诗人的神授权利地位以及他在人类言语外表下的预言权威，这种权威被确立为一种新的超验性的原则。尽管他把这个事实即"色子永远消除不了偶然"作为新诗学理论的公设（他使用了这个词）提出来，尽管他通过"否认公认的功能的资格"，[99]不同意把诗学崇拜的"祭坛用花环装饰起来"，并让伟大的美学传统的形而上学梦想永存，但他无法不投身于言语的花炮制造术的怀疑论者的游戏；这没有别的目的，只是为了他的快乐，生产词语的烟火的光芒，这种光芒能够以其灿烂掩盖烟火爆发于其中的天空的空虚。因此，他只有用这种"我思"的美学对等物的直接明证性反对"异乎寻常的责令"，才能摆脱这"崇高的感染，如同摆脱一种难以形容的怀疑"，这种怀疑促使他对文学和作家的存在及其"事业"的意义提出了疑问，这种明证性即：是的，文学存在，因为**我享受**了它。但是我们能完全满足于通过快乐、**享乐**得到的证明吗？即便我们认为诗在赋予世界以意义甚至是想像的意义时也赋予自身意义，[100]"孤独的快乐"的唯意志论的虚构所激发的快乐，难道不注定要作为虚构出现，只要它与依赖文字游戏、"让自己拥有梦想的伪币"的意愿有关系？

援引马塞尔·莫斯的名言不像表面看来的那样不合时宜。事实上，与其他评论家不同，马拉美没有忘记，正如他在开始时说的，危机也是"社会性的"：他知道他想竭力拯救的孤独的和模糊的自恋主义快乐注定要表现为一种幻想，如果这种快乐不植根于**幻象**，即对游戏和它的赌注的价值的集体信仰的话，这种信仰既是"文学机制"运行的条件也是它的产物。他由此得出结论，为了拯救这个因为我们"愿意享受"才享受的快乐和作为其**动因**的柏拉图式的幻象，他只有借助另一种决定性的虚构，决心采取"崇拜"无作者的欺骗的立场，这种欺骗使得脆弱的偶像不受批判的明晰的控制。他拒绝"对虚构进而对文学机制公开予以大逆不道的解析，为了展示主要部件或乌有"，他决心宣告这种基本的虚无，但只以否认的方式，也就是用他不揭示它的形式，因为他几乎没有任何机会得到真正理解。[101]

马拉美为一个问题带来了解决的办法，这个问题在于知道是否应该宣告——在这种情况下，就是揭露——最具威信和神秘感的社会游戏的组成机制，这些社会游戏包括艺术、文学、科学、法律或哲学的社会游戏，它们拥有公认的最神圣、最普遍的价值，但这种解决办法不像他提出问题的方式那么令人满意。采取对"文学机制"保密或只以最严格的隐秘形式揭示它的立场，就是预判只有几个伟大的创始人才有大胆的清晰和最终的高贵，而对于正视奥斯汀所说的"合法欺骗"的真相，反对一种超验的保证的虚幻期待，永远保存对一些价值的信仰，这种清晰和高贵是必不可少的，人文主义的许多欺骗至少对这些价值表达了它们的虚伪敬意。

注释

[1] 这篇文章力求从以上进行的对文学场的历史分析中得出对一系列文化生产场有价值的主张，并倾向于搁置每个特定的（宗教、政治、司法、哲学、科学）场的特定逻辑，我曾在别处分析过这种特定逻辑，它还将成为我下一部著作的内容。

[2] 权力场的概念之所以被引入（cf. P. Bourdieu,《Champ du pouvoir, champ intellectuel et habitus de classe》, *Scolies*, n° 1, 1971, p. 7 - 26），为的是阐明在文学

或艺术场内部可以观察到的**作用**，这种作用以不同形式施加给所有作家和艺术家。这个概念的含义逐渐得到明确，特别是由于对名牌大学和它们导向的全部统治地位所做的研究（cf. P. Bourdieu, *La Noblesse d'Etat. Grandes écoles et esprit de corps*, *op. cit.*, p. 375 *sq.*）。

[3] Cf. M. Weber, *Le Judaïsme antique*, 1971, p. 499.

[4] "社会艺术"的地位在这种关系之下完全是模棱两可的：尽管它把艺术或文学生产归于外部功能（坚持"为艺术而艺术"的人必然责备它这一点），它与"为艺术而艺术"的共同之处在于彻底否定世俗的成功和"资产阶级艺术"，资产阶级艺术无视"无关利害"的价值，承认世俗的成功。

[5] 通过这个逻辑我们可以理解，至少某些时候在绘画场的某些领域，缺乏任何学校教育的训练和认可可能表现为一种荣誉身份。

[6] P. Casanova, *Liber*, n° 9, mars 1992, p. 15.

[7] 文化生产场对经济和政治权力的依赖采取的形式无疑大大取决于各个空间之间的真正距离（它可以按照客观指数，比如从一个空间到另一个空间的世代之间尤其是世代内部的转换频率得到衡量，或者按照从社会出身、教育地点、联姻或其他等等的观点来看的两类人之间的社会差距得到衡量），也取决于双方表象中的差距（它可能从盎格鲁－萨克逊国家的反智主义变为在某种意义上同样危险的法国资产阶级的智力抱负）。

[8] 我们看到，自主无法约简为权力出让的独立：一个留给艺术世界的高自由度并不自动通过自主的表现显示出来（这令人想到十九世纪的英国画家，可以说他们没有实行同时代法国画家所实行的决裂，这是由于这样一个事实，即他们与后者不同，没有遭受一个至高无上的学士院的专制压迫）；相反，高度的限制和控制——比如通过严格的审查——不一定导致所有自主的表现全部消失，当包括特定传统、原始制度（俱乐部、报纸等）、自身模式的集体资本足够重要时。

[9] 关于这个被充分研究的问题，可参阅 H. Rosenberg, *Bureaucracy and Aristocracy, The Prussian Experience*, 1660–1815, Cambridge, 1958, 尤见 p. 24; J. R. Gillis, *The Prussian Bureaucracy in crisis*, 1840–1860: *Origins of an Administration Ethos*, Stanford, Stanford University Press, 1971; 尤见 R. Berdahl, *The Politics of the Prussian Nobility: The development of a Conservative Ideology*, 1770–1848, Princeton, Princeton University Press, 1989。

[10] Cf. P. Bourdieu et L. Boltanski, 《La production de l'idéologie dominante》, *Actes de la recherche en sciences sociales*, n° 2–3, 1975, p. 4–31.

[11] 参见附录。

[12] 当然，力求确立作家或艺术家**名单**的调查也是如此，这些调查通过确定有资

格加入名单的人数，预先决定了分类（cf. P. Bourdieu, *Homo academicus*, Paris, Minuit, 1984, Annexe 3, 《Le hit-parade des intellectuels français ou qui sera juge de la légitimité des juges》）。

[13] F. Haskell, *Rediscoveries in Art. Some Aspects of Taste, Fashion and Collection in England and France*, Londre, Phaeton Press, 1976.

[14] 关于美国哲学名人，我们可以在库克利克的研究中看到这种分析的例子，B. Kuklick, 《Seven Thinkers and how they Grew: Descartes, Spinoza, Leibniz; Locke, Berkeley, Hume; Kant》, in R. Rorty, J. B. Schweewind et Q. Skinner (éd.), *Philosophy in History. Essays on the Historiography of Philosophy*, Cambridge, Cambridge University Press, 1984, p. 125 – 139.

[15] 因此，雷米·庞顿所研究的大约三分之一以上的样本作家都在从事完成的或未完成的高等研究（cf. R. Ponton, *Le Champ littéraire en France de 1865 à 1905*, op. cit., p. 43）。关于在这种关系中对文学场和其他场的比较，参见 C. Charle, 《Situation du champ littéraire》, *Littérature*, n° 44, 1981, p. 8 – 20。

[16] Cf. S. Miceli, 《Division du travail entre les sexes et division du travail de domination: une étude clinique des Anatoliens au Brésil》, *Actes de la recherche en sciences sociales*, n° 5 – 6, 1975, p. 162 – 182.

[17] V. Pareto, *Manuel d'économie politique*, Genève, Droz, 1964, p. 41.

[18] 只是在例外的情况下，特别是在危机的时刻，在某些行动者身上能够形成一种把游戏当游戏的有意识的和明确的表象，这种表象破坏了在游戏中的投入，即**幻象**，让它总是以客观的面目出现（在一个不关心游戏的冷漠的观察者面前），也就是作为一种历史虚构，或按照涂尔干的说法，作为"一种理由充分的幻象"出现。

[19] 为了解释绘画奖自十九世纪末以来的泛滥，罗伯特·修斯指出，除了特有的经济因素比如财富的最大流动性之外，还有所有加入艺术场的职业的数量增加，以及倾向于把艺术品变成神圣财富的操作的相应分化（cf. R. Hughes, 《On Art and Money》, *The New York Review of Books*, vol. XXI, n° 19, 6 décembre 1984, p. 20 – 27）。

[20] 我们会看到，审美目光，作为能够从作品本身和为作品本身看待作品的"纯粹"目光，也就是作为"无目的合目的性"，它的构成，与作为沉思对象的艺术作品的确立有关，这是由于私人画廊、然后是公共画廊的创立，还有博物馆的创立，以及负责在物质上和象征上保管艺术作品的专家机构的平行发展；也与"艺术家"以及艺术生产的表象的逐渐形成有关，这种艺术生产被视作没有任何确定性和社会功能的"创造"。

[21] 我们用"制度"的概念来代替文学场的概念一无所获：这个概念除了有可能

通过它的涂尔干内涵，让人联想到一个冲突剧烈的空间的一致形象之外，它还消灭了文学场的一个最有意义的属性，即**它的微弱的制度化**。除了其他迹象，这一点尤其在优先权或权威的冲突中，更普遍地讲，在为维护或夺取统治地位的斗争中，从仲裁和法律的或制度的保证的全面缺乏上显示出来：因此，在布勒东和查拉的冲突中，前者在他组织的"决定指示和保卫现代精神大会"发生混乱时没别的办法，只有考虑警察的干预；最后一次在巴尔伯的中心晚会上攻击查拉时，他靠的是辱骂和动手打人（他一拐杖打断了皮埃尔·德·马索的胳膊），查拉则叫来了警察（cf. J. -P. Bertrand, J. Dubois et P. Durand, 《Approche institutionnelle du premier surréalisme, 1919‑1924》, *Pratiques*, n° 38, 1983, p. 27‑53）。

[22] 特别参见 R. Darnton, 《Policing Writers in Paris circa 1750》, *Representations*, n° 5, 1984, p. 1‑32。

[23] 众所周知，把作品的特征直接与作者的社会出身（比如 R. Escarpit, *Sociologie de la littérature*, Paris, PUF, 1958）和作为作品的真正接受者（无名参与者）或假定接受者的集团相联系（比如 F. Antal, *Florentine Painting and its Social Background*, Cambridge, Harvard University Press, 1986，或 L. Goldmann, *Le Dieu caché*, Paris, Gallimard, 1956）的社会学，通过**反映**逻辑思考社会世界与文化作品之间的关系，忽视了文化生产场产生的**折射**作用。

[24] 如果像1348年夏天的黑死病这样的事件决定了绘画主题（基督的形象，人物之间的关系，对教会的赞美，等等）上的总体变化的普遍方向，那么这些普遍方向则按照与正在形成的场的区域特征相关的特定传统，被重新传达和转译出来，正如它们在佛罗伦萨和锡耶纳具有不同的形式这个事实所证明的（cf. M. Meiss, *Painting in Florence and Sienna after The Black Death*, Princeton, Princeton University Press, 1951）。

[25] Cf. D. Lewis, 《Counterpart Theory and Quantified Modal Logic》, *Journal of Philosophy*, n° 5, 1968, p. 114‑115, et J. C. Pariente, 《Le nom propre et la prédication dans les langues naturelles》, *Langages*, n° 66, 1982, p. 37‑65.

[26] 这一点对一切文化生产场都适用，特别是对科学场适用，正如拉卡托斯所说，"科学研究计划"之间的冲突对科学的表达和实践施加一种很强的结构影响。

[27] "支离破碎派"的例子把这个机制解释得一清二楚：他们创造了观念派画家在他们之后重新创造的一大堆东西，但是他们没有被严肃对待，于是他们自己也不严肃对待自己，与此同时，他们的创造也被忽略了，包括在他们自己眼中。Cf. D. Grojnowski, 《Une avant-garde sans avancée：les "Arts incohérents", 1882‑1889》, *Actes de la recherche en sciences sociales*, n° 40, 1981, p. 73‑86.

[28] 为了"感受"这些变得司空见惯的历史创造——比如，"被拒者沙龙"、"预

展"、"请愿书",等等——表现了什么,应该通过与一种经验进行比较来思考这些历史创造,如**慢跑**这个词和相应实践之引进这样的经验,这种引进使得身着颜色鲜艳的短裤、T恤衫和鸭舌帽在熙来攘往的人行道上跑步的人,在十年前可能被看作怪癖的、甚至疯狂的,现在几乎**不被人注意**。

[29] 为了让人理解,我谈到**调节**,这很有可能让读者想到我试图摆脱的戈夫曼的构架(frame)概念,一个反历史的概念:在戈夫曼看到基本的建构取舍之处,还应看到来自一个定位定时的社会世界的历史结构。

[30] 发出者与接受者之间的阅读契约是建立在他们共有的前提基础上的。重大文化革命的负责人通过揭露这个契约,在**精神一致性**上,在自然和社会观的重要原则上与普通读者站在了一起。

[31] 这正是于雷询问的一个象征主义诗人清清楚楚说出的:"无论如何,我都认为最糟糕的象征主义诗人胜过自然主义网罗的任何作家"(J. Huret, *Enquête sur l'évolution littéraire*, *op. cit.*, p. 329)。另一个象征主义诗人,莫雷亚斯说:"龙沙或雨果的一首诗,属于纯粹的艺术;一部小说,无论是斯丹达尔的还是巴尔扎克的,都属于次等艺术。我很喜欢我们的心理学家(安纳托尔·法朗士,保尔·布尔热或莫里斯·巴雷斯这些作家,他们附属于所谓'心理小说'潮流),但他们应该在自己的地盘上,也就是居于诗人之下。"(J. Huret, *Enquête sur l'évolution littéraire*, *op. cit.*, p. 92)另一个例子,不那么明显,但更接近真正左右选择的经验:"十五岁时,天性告诉一个年轻人他是诗人还是应该满足于写**普通的**散文……"(J. Huret, *ibid.*, p. 299;黑体由笔者所加。)我们可以看出,对于某个努力把这些等级内在化的人,从诗歌到小说意味着什么。(绝对界线不知道连续性和真正的重合,它所区分开的等级划分,到处——比如在学科之间,哲学与社会科学、纯科学与实用科学之间的关系中,等等——都产生相同的结果:肯定自身与拒绝降低身份,自动升级与降格,等等。)

[32] A. Cassagne, *La Théorie de l'art pour l'art...*, *op. cit.*, p. 75 sq. 应该把卡萨涅提到的马克西姆·杜冈、勒南、福楼拜、波德莱尔、弗罗芒丹青的春热情的篇章全部照录。

[33] E. et J. de Goncourt, *Manette Salomon*, Paris, UGE, Coll. 《10/18》, 1979, p. 32.

[34] 这里应该强调艺术运动据以获得时间性的整个逻辑分析(参见第一部,第二章),这种逻辑分析提供了在其他场中也可看到的**变化模式**。

[35] Cf. J. -P. Bertrand, J. Dubois, P. Durand, 《Approche institutionnelle du premier surréalisme, 1919 – 1924》, art. cit.

[36] Cf. J. Cohen, *Structure du langage poétique*, Paris, Flmmarion, 1966. 我们还附

带看到，这里描述的逻辑谴责所有虚假的本质分析，这些分析力求得出关于体裁的超历史定义，体裁名称的不变掩盖了这一点，即它们是通过与其自身的先前定义决裂而不断构造自身的。

[37] "尽管小说的销量从未如此之大，我还是认为小说是一种过时的、陈旧的体裁，它已说完了它要说的，我要竭尽全力杀死它的荒诞，并把它变成无虚构故事的人的种种自传"（E. de Goncourt, in J. Huret, *Enquête sur l'évolution littéraire*, op. cit., p. 155）。

[38] 这段摘自《谢丽》序言的文字表明，拒绝脱离现实是与促使这种体裁高贵的努力分不开的，这种体裁是参照小说和小说家在场中的位置（诗歌尤其如此）以及这种低级体裁与一群更加低级的公众之间的联系来理解的，至少在作家的思想中，这群公众由于是"妇女"和"民众"和/或"外省人"，所以更加低级。显然我们无法在这一段中看到这高贵想法的一种简单后果，不过这种想法可能会把小说家引到另一个方向，比如布尔热和心理小说，也就是引到高贵的表现中，特别是由于在社会意义上高贵的地点、环境、人物或情感的组合的努力（cf. P. Bourget,《Note sur le roman franç ais en 1921》, in *Nouvelles Pages de critique et de doctrine*, t. I., Paris, Plon, 1922, p. 126 sq.）。

[39] 当文学史和文学理论在这一点上成为文学生产组成部分，就可以理解批评家和作家、文学理论家（或文学史家）和文人（以及至少在法国，电影家和电影批评家）之间的角色互换为何如此频繁了。

[40] Cf R. Lourau,《Le Manifeste Dada du 22 mars 1918: essai d'analyse institutionnelle》, *Le Siècle éclaté*, t. I, 1974, p. 9 – 30. 这种自我封闭的另一种更普遍的后果是这种尤其在许多作品中常常被描述为集体性的自恋主义，他们在这些作品中表现他们自身的存在，这种自恋主义导致知识分子集团，无论在圣日耳曼草地还是在格林威治村，都对自身投以一种自以为是的目光，乃至在自我批评的清醒意识的表象中，而这种表象是科学客观化的主要障碍之一。

[41] R. Leibowitz, *Schoenberg et son Ecole*, Paris, J.-B. Janin, 1947, p. 78.

[42] *Ibid.*, p. 87 – 88.

[43] R. Daval et G. T. Guilbaud, *Le Raisonnement mathématique*, Paris, PUF, 1945, p. 18.

[44] 对"天真的"哲学家布里塞来说，事情也是一样，他的发现者安德烈·布勒东和马塞尔·杜尚徒劳地试图为他写一部传记："他的一切生活对我们都是陌生的，除了一个会议日期（1891 年，在昂热），还有另一个在学社的日期（1906 年 6 月 3 日）和其他七个线索：七本署名让-皮埃尔·布里塞的书。没有熟知的直系亲属或继承人，尽管超现实主义者进行了积极的寻找（尤其是马塞尔·杜尚）；生卒日期不定；他的出版商那里没他的任何踪迹……"（请

参照原书 La Grammaire logique, suivi de La Science de Dieu, Paris, Tchou, 1970)。

[45] 关于收税员卢梭遭受公认的艺术家和作家尤其是阿波利奈尔和毕加索常常残忍的对待，参见 R. Shattuck, *Les Primitifs de l'avant-garde*, Paris, Flammarion, 1974, p. 66-93, 特别是写"卢梭宴会"的篇章（p. 80-85），我们从中可以看到作为对象的画家，变成了神秘化的玩物，完全屈从于游戏（甚至在很长一段时间内忍受从放在他头上的一盏灯笼里滴出的蜡油）；但他没对他的"朋友们"的玩笑和取笑抱以他们以为的那种"天真的"赞同，费尔南德·奥利维耶的某些观察证明了这一点："他的脸很容易涨得通红，只要他感到**气恼或局促。他一般同意别人对他说的，但我们感到他有所保留而且不敢说出他想的**"（第74页）。关于"宴会"的其他说明，参 J. Siegel, *Bohemian Paris, Culture, Policitics and the Boundaries of Bourgeois life, 1830-1930*, New York, 1986, p. 354。

[46] 对最学院化的规范和惯例的服从是民众阶级成员作品的一种倾向，无论作品是否出版，是公共的还是个人的（我想到了爱情上的相应情况）。因此，尽管自十九世纪末以来，在诗歌中与大众之间的分隔几乎是彻底的——这是许多出版物由作者自费出版的一个领域——今天诗歌仍体现了文化教养最差的消费者关于文学的观念（无疑是受了把初试文笔等同于初学写诗的小学教育的影响）。我们可以通过对一本作家词典（比如《全国文学家年鉴》）的分析证明这一点，企图写作的民众阶级和小资产阶级成员（个别除外）对文学抱有一种过高的观念，无法写"现实主义小说"；而且，实际上，他们的产品主要在诗歌方面——其形式极其传统——其次在历史研究方面。

[47] 关于所有这些方面，参见 D. Vallier, *Tout l'Œuvre peint du Douanier Rousseau*, Paris, Flammarion, 1970.

[48] 我们从这里认出了与表现在摄影中一样的"大众美学"的所有特征（cf. P. Bourdieu, *Un art moyen. Essai sur les usages sociaux de la photographie*, Paris, Minuit, 1964, p. 116-121）。

[49] A. Rimbaud, *Œuvres complètes*, Paris, Gallimard, coll. 《Bibliothèque de la Pléiade》, 1963, p. 218.

[50] 原始艺术的经典化的局限性在这个事实中找到了它的局限性，即与稚拙艺术不同，人们不能把生产者当成艺术家。

[51] D. Vallier, *Tout l'Œuvre peint du Douanier Rousseau*, op. cit., p. 5.

[52] Cf. M. Thevoz, *L'Art brut*, Paris, Skira, 1980; R. Cardinal, *Outsider Art*, New York, Praeger Publishers, 1972.

[53] W. S. Rubin, *Art Dada et surréaliste*, trad. fr. de R. Revault d'Allones, Paris, Seg-

hers, s. d. , p. 22.

[54] 我们已经看到审美判断越来越明显的历史化（cf. R. Klein, *La Forme et l'Intelligible*, Paris, Gallimard, 1970, p. 378 – 379 et 408 – 409），但没有把这种历史化与一个达到高度自主化的场的运行逻辑，以及它的特定历史性相联系。

[55] Cf. C. Charle, *La Crise littéraire à l'époque du naturalisme*, op. cit. , p. 181 – 182.

[56] Cf. E. B. Henning,《Patronage and Style in the Arts: a Suggestion concerning Their Relations》, *The Journal of Aesthetics and Art Criticism*, vol. XVIII, n° 4, p. 464 – 471.

[57] 不必说，我没有把一个**基本上是关系上的**概念（以与保守主义或进步主义相同的理由）以及仅在一个固定时刻在场的等级范围内可确定的概念当作超历史的本质（如同许多作家把普鲁斯特、马里内蒂、乔伊斯、查拉、伍尔夫、布勒东和贝克特混为一谈）。因此，在社会、性和艺术的革命中将政治先锋主义与艺术和生活艺术方面的先锋主义调和在一起的梦想，无疑是文学和艺术先锋派的一个永恒的东西。这种总是不断再生的乌托邦，无疑在第一次世界大战之前达到了黄金时代，但它不断遇到需要克服的实践困难，即它要在与**激进时尚**的卖弄式欺骗中，克服政治场与艺术场的"先锋"位置之间的结构差距，尽管两者之间有同源性，同时，还要克服美学的文雅与政治进步主义之间的距离甚至冲突［参见比如詹姆斯·布克哈特·吉尔伯特（James Burkhart Gilbert）的书中涉及《党派杂志》时描绘的纽约先锋派的历史，参见 *Writers and Partisans. A History of Literary Radicalism in America*, New York, John Wiley and Sons, 1968, 或汤姆·沃尔弗的书中鼓吹的**激进时尚**，参见 *Radical Chic and Mau-Mauing the Falk Catchers*, New York, Farrar, Straus and Giroux, 1970］。

[58] 在决定需求变化的因素中，还应该考虑到教育水平的全面提高（或受学校教育时间的增加），这种提高尤其通过法定指定的作用，单独影响了前面的因素：某种学历的持有者有责任——"是贵族就要行为高尚"——完成被纳入这种学历指派给他的社会定义（身份）中的实践。

[59] A. Anglès, *André Gide et le Premier Groupe de la《Nouvelle Revue française》. La formation d'un groupe et les années d'apprentissage*, 1890 – 1910, Paris, Gallimard, 1978, p. 18. 黑体由笔者加。

[60] F. Bourdon, *La Haute Parfumerie française*, ronéotypé, 1970, p. 95.

[61] 如果我们承认，使不同的文化生产场**出现**和相应的社会人物，如画家、作家、学者等得到社会的完全承认成为可能的漫长过程，只有到了十九世纪末才完成，那么无疑，我们可以将这个过程的初始阶段上溯到随便什么时候，只要

我们愿意,也就是文化生产者第一次出现的时刻,他们为使自己的独立和特殊尊严获得承认而斗争(几乎在这个词的本义上)。在致力于描写和分析脱离贵族尤其是教会的漫长自主化运动的无数研究工作中,值得一提的是文集 *Storia dell'arte italiana*, Turin, Einaudi, 1979, 以及 Francis Haskell 一本极为出色的书, *Mécènes et Peintres. L'art et la société au temps du baroque italien*, Paris, Gallimard, 1991。弗朗西斯·哈斯克尔并没有明确地制定这样一个计划,而是以一种最严格的方式展现服从自身法则的艺术场的逐步构建和一个有社会差别的职业艺术家范畴的出现,职业艺术家越来越倾向于只认可他们从其先辈那里继承的特定传统的法则,越来越能使他们的生产摆脱一切外部的奴役,无论是一心传布信仰的教会的道德约束和伦理规划,还是学院控制和政权的指令,而且尤其能证明并让别人承认他们的产品评价的特定标准。

[62] R. Ponton, *Le Champ littéraire en France de 1865 – 1905*, *op. cit.*, p. 69 – 70.

[63] 我们在安纳托尔·法朗士的状况中可以看到这样一个例子,他从他的巴黎旧书商父亲的特定位置中,获得了一种社会资本和对文学世界的一种熟习,这种熟习补偿了他的微薄的经济资本和文化资本。

[64] R. Ponton, *Le Champ littéraire en France de 1865 – 1905*, *op. cit.*, p. 57, et J. Cladel, *La Vie de Léon Cladel*, suivi de *Léon Cladel en Belgique*, éd. de E. Picard, Paris, Lemerre, 1905.

[65] P. Vernois, 《La fin de pastorale》, in *Histoire littéraire de la France*, *op. cit.*, p. 272.

[66] L. Cladel, cité par P. Vernois, *ibid.*

[67] L. Cladel, cité par R. Ponton, *Le Champ littéraire en France de 1865 – 1905*, *op. cit.*, p. 98。地域小说是民众主义意图的一种范式表达,为了衡量它从其与流放或幻灭相关的否定职业的产物这个事实得到的全部益处,应该把经过这样一个轨迹到达民众主义小说的人与那些例外的人进行对比,后者包括欧仁·勒鲁瓦(Eugène Le Roy),一个来到巴黎的佩里格小职员,《弗罗的磨坊》(*Moulin du Frau*, 1895) 和《乡巴佬雅库》(*Jacquou le croquant*, 1899)等的作者,尤其是埃米尔·吉约曼(Emile Guillaumin),波旁内的佃农,《一个傻瓜的生活》(*La vie d'un simple*, 1804) 的作者。

[68] M. Schapiro, 《Courbet et l'imagerie populaire》, in *Style, Artiste et Société*, Paris, Gallimard, 1982, p. 293. 强调部分由笔者加。

[69] *Ibid*, p. 299。"只要想像一下,"1850 年尚弗勒里在给母亲的信中写道,"天性会使我成为一个滑稽歌舞剧作者,但我想达到更高的目标"(cité par P. Martino, *Le Roman réaliste sous le second Empire*, *op. cit.*, p. 129)。我们知道,被迫走了弯路之后,尚弗勒里最终写出类似保尔·德·科克风格的喜剧〔参

见比如《蒂尔克教授的孩子们》(*Les Enfants du professeur Turck*) 或《拉迪罗先生的秘密》(*Le secret de M. Ladureau*)]。

[70] Cf. M. Schapiro, 《*Courbet et l'imagerie populaire*》, art. cité, p. 315 sq. 《情感教育》中的于索内经历了一个完全相似的过程。

[71] 在配置的决定因素中,除了在共时性和历时性方面得到确定的家庭位置(倾向)之外,还应该考虑在作为场的家庭中的——长/幼——位置。

[72] 现实主义的定义基本上是由库尔贝确定的,他喜欢描绘"通俗的和现代的"东西。尚弗勒里为艺术家要求真实地表现当代世界的权利(cf. P. Martino, *Le Roman réaliste sous le second Empire*, op. cit., p. 72 – 78)。

[73] B. Dort, in *Histoire littéraire de la France*, op. cit., p. 617.

[74] B. Dort, op. cit., p. 621 页。我们可以看到吕涅-珀被赋予的这些特性如何体现了享有特权的人的一种习性的相对"不变"倾向的特征。

[75] A. Cassagne, *La Théorie de l'art pour l'art...*, op. cit., p. 103 – 134.

[76] 艺术团体内部最富有的人与最贫困的人之间达成的团结一致,是使某些贫困的艺术家有可能在缺乏市场提供的资源的情况下勉强生存的一种手段。

[77] 尤见 M. 罗杰斯的个案研究,《The Batignolles Group: Creators of Impressionism》, *Autonomous Groups*, vol. XIV, n° 3 – 4, 1959, in M. C. Albrecht, J. H. Barnett et M. Griff (éd.), *The Sociology of Art and Literature*, New York, Praeger Publishers, 1970, p. 194 – 220.

[78] **颓废派不想彻底推翻**旧世界。他们主张**有条不紊地和小心谨慎地**进行必不可少的改革。相反,象征主义者**丝毫不愿保留**我们的陈规,试图彻底建立一种新的表达方式(E. Reynaud, *La Mêlée symboliste I*, Paris, La Renaissance du livre, 1918, p. 118, cité par J. Jurt, *Symbolistes et Décadents, deux groupes littéraires parallèles*, ronéotypé, 1982, p. 12;黑体由笔者所加)。我们知道将年轻诗歌的代表颓废派而非象征派与无政府主义者连在一起的相似性,颓废派受到无政府主义者的鼓舞,与法则和大师、市场及商业文学做斗争。魏尔兰在《颓废派》上发表了一首"向路易丝·米歇尔致敬的抒情诗",洛朗·塔亚德以"穷人的大姐"为题对她写了一篇专论(cf. J. Jurt, 《Décadence et poésie. A propos d'un poème de Laurent Tailhade》, *Französisch heute*, n° 4, p. 371 – 382)。

[79] Cf. R. Ponton, *Le Champ littéraire en France de 1865 – 1905*, op. cit., p. 248 – 249. (通过消除或远离极端)朝着一种更大的社会统一性发展的超现实主义团体遵循同样的逻辑(cf. J.-P. Bertrand, J. Dubois, P. Durand, 《Approche institutionnelle du premier Surréalisme, 1919 – 1924》)。其他恒量:当团体获得承认时社会新成员增加。

[80] E. et J. de Goncourt, *Journal*, cité par Cassagne, *La Théorie de l'art pour l'art...*,

op. cit., p. 308.

[81] Cf. P. Lidsky, *Les Ecrivains contre la Commune*, Paris, Maspero, 1870, p. 26–27.

[82] Cf. A. M. Thiesse, 《Les infortunes littéraires. Carrières des romanciers populaires à la Belle Epoque》, *Actes de la recherche en sciences sociales*, n° 60, 1985, p. 31–46.

[83] Cf. R. Ponton, *Le Champ littéraire en France de 1865–1905*, op. cit., p. 80–82.

[84] 尤见 K. Popper, *Objective Knowledge: an Evolutionary Approach*, Oxford, Oxford University Press, 1972, 特别参看第3章。

[85] Cf. A. Anglès, *André Gide et le Premier groupe de la 《Nouvelle Revue française》*, op. cit., p. 163–165.

[86] Cf. A. Anglès, *ibid.*, p. 334–339.

[87] S. Mallarmé, 《La musique et les lettres》, *Œuvres complètes*, H. Mondor et G. Jean-Aubry, Paris, Gallimard, coll. 《Bibliothèque de la Pléiade》, 1970, p. 647.

[88] "……乐队的模糊回忆；接着重新进入黑暗，经过令人焦虑的动荡不安，忽然光明不断喷涌，仿佛日出的直射……"（S. Mallarmé, *Œuvres complètes*, op. cit., p. 648；et aussi 《Grand faits divers》, *ibid.*, p. 402）。

[89] S. Mallarmé, *ibid.*, p. 400.

[90] S. Mallarmé, *ibid.*, p. 645.

[91] S. Mallarmé, *Œuvres complètes*, op. cit., p. 648; et aussi 《Grand faits divers》, *ibid.*, p. 646.

[92] S. Mallarmé, *ibid.*, p. 405.

[93] S. Mallarmé, *ibid.*, p. 573–574.

[94] S. Mallarmé, *ibid.*, p. 647.

[96] 比如"最微弱的落日"（S. Mallarmé, *ibid.*, p. 574）。

[97] 通过一种抽象，甚或，它们的本质的一种提取——cf. 《Le Ten O'Clock de M. Whister》（S. Mallarmé, p. 574–575）。

[98] S. Mallarmé, *Œuvres complètes*, op. cit., p. 648; et aussi 《Grand faits divers》, *ibid.*, p. 655.

[99] S. Mallarmé, *ibid.*, p. 646.

[100] "老实说，文学是什么，是作为话语的这种精神追求，它为了确定或向自身证明场景回应一种想象的理解，的确，希望从中反映出来"（S. S. Mallarmé, *ibid.*, p. 648）。

[101] 仅仅说他未被理解过是不够的，因为没人像他那样被用来赞颂"创造"、"创造者"和诗作为"启示"的海德格尔式神秘。

附录　场的作用与保守主义的形式

保守主义知识分子的整个产生都打上了客观关系的印迹，这种客观关系把他们同场的其他位置联系起来，并通过存在于场的结构本身之中的**特定问题体系**强加给他们，他们代表了场的被动（或用物理上的术语，抵抗）的时刻：他们从未在一个他们对之不持看法也不指责的世界里取得问题的主动权而不被他们不断进行批判的批判思想所质疑。实际上，他们最典型的推论策略是对一个双重排斥的冲突位置的直接转达，双重的排斥本身在大部分情况下，与一种**交叉的轨迹**相联系："右翼知识分子"通常来自权力场中的统治地位，只有通过双重的颠覆，才能像约瑟夫·熊彼特和雷蒙·阿隆一样被"左翼知识分子"承认为知识分子，并到达文化生产场，更确切地说，达到这个场世俗上的统治位置。我们知道文化生产场在权力场中占据一个被统治位置。保守主义知识分子总是面临被统治者和"知识分子"抛弃的危险，统治者觉得他们太"知识分子了"，而"知识分子"又觉得他们太顺从于"资产阶级"秩序了，他们被迫不断地在两个阵地上战斗，通过加入两个阵营中的一个反对另一个。在统治者面前，他们表现为知识分子，想要与第一级的保守主义的所有形式区分开来，他们必须辩论而不是肯定或反驳——因此有可能引入相对于对法定秩序的直接而无可争议的赞同的一种可疑距离；他们甚至利用与知识分子批判的亲密关系，批判自发的保守主义的前批评观念，并以政治科学的名义为政治家上政治课。[1]

但从另一方面，为了说服预先转变意见的资产阶级公众，他们毫不羡慕文化合法性的把持者，他们能够不费力气地战胜这些一知半解的人，至少在（权力场中的）统治者和知识场中的同行一致拒绝他们进入的领域如经济和政治中，此外，他们还必须求助于一些策略，这些策略旨在以"知识分子"自己的武器——比如社会批评和逻辑的武器——掉转过来反对他们；旨在说出他们应该说的，如果他们知道说话意味着什么；旨在通过对最终结果的硬要合乎逻辑的推理的阐释，把被打垮的主题化为荒诞不经；他们因此趋向于证明自己通过一种最终的转变,找到了——在智力上和风格上——单纯的真理的发源地——并提供了政治现实主义和良知的忠告。[2]

他们由双重的拒绝决定,从而必须同时或相继求助于两种互相矛盾的策略:他们应该把"知识分子"批判归于最简单的表达方式,从而战胜"知识分子"批判,这使他们不断处于世俗民众的简单化的威胁之中;但是,由于害怕失去全部特定的力量,他们也必须表现出他们作为"知识分子"能够反驳"知识分子"的批判,他们明晰和简洁的趣味虽然受到了一种反智主义形式的启发,依旧是一种智力自由选择的结果。他们自身通过他们的位置和轨迹,即对立的、冲突的政治意愿的场所,能够从另一个位置出发,对每种政治占位表态,责备左派没有右派的严谨,责备右派缺乏左派的高贵智慧。

鉴于他们的天性和禀赋在于根据被观察对象而变化观察视角,并且**连续而独立**地采用所有观点,从这些观点出发,真正被表达的每种观点都能被客观化,因而被这样理解(除了属于他们的分裂观点之外),因此,他们极为擅长表面上是客观的论战,这种客观性被等同于一种折中主义,这种折中主义对右派和左派都予以驳斥,将一方拥有或应有的形象归于另一方。[3]因此他们竭尽全力地试图把知识分子和行动的人、学者和政治家集于一身,哪怕非此非彼,哪怕他们彼此都感到陌生和可疑。

尽管政治随笔作家的位置包含着同样矛盾的要求,却比文学家或艺术批评家的位置更难保持:事实上,经济或政治方面的统治者奢求他们在艺术和文学方面不具备的鉴定;他们今天之所以更加强烈地显露出这份奢望,主要由于教育和选择方式的变化,他们怀着学校教育保证的信心,坚信他们能成为自己的代言人,包括在"理论"地盘上。

国家大官僚机构的新官员经常坚信,他们的位置得益于他们的学校教育价值和技术能力,因此他们能够高居权力场的分歧和冲突之上,自感拥有合法权利,能通过他们容易发生错觉的眼睛,以关于经济机制的整体知识提供的一切的观念为依据,对个人利益之间的冲突进行裁决。国家贵族,即由学校教育选拔和保证的官僚"精英",反对"右翼知识分子"徒然复杂而且过于偏向知识分子的分析,反对私有企业主既幼稚又过时的信仰表白,却把自己视为一种**仲裁人**,既能与知识分子和雇主对话,又能与被统治阶级或他们的代表磋商,因而能够与权力场中的统治一极与被统治一极保持同等距离，于是他们越来越努力地推行一种无特点的话语，这种话语的极度平淡与政治场和新闻场的要求一致。

一种小圈子的保守主义的高雅维护者与以反唯智主义为基础的一种民众主义的保守主义的支持者，大致没有什么共同点，除了他们都属于同一个政治场之外，而反智主义，经常困扰知识分子的最低层，包括前纳粹和纳粹德国的"保守主义革命者"，俄国和中国及所有时代和所有国家的所有共产党的以工运为中心主义的日丹诺夫主义者，五十年代美国的迈卡锡主义者，更不用说所有通过揭露知识分子获得轰动的成功的小册子。这种内部的反智主义经常是那些处于被统治地位的知识分子和第一代知识分子的行为，他们的道德倾向和**生活风格**（口音，举止，态度，等等）使得他们感到不自在和不得体，特别是在与知识分子出身的资产阶级的优雅和自由发生冲突时。当有限的失败挫败了他们对于他们期待从中得到一切的文化的最初渴望时，他们很自然地陷入怨恨和道德愤怒［尤其是通过对帕累托所说的"娼妓政体"（pornocratie）的揭露］，奋起反对他们看到的高层知识分子的世界主义的、放任的、唯美主义的，甚至幻灭的和厚颜无耻的生活方式与他们的先锋占位、特别是政治占位之间的矛盾。

统治者总是能在这些绝望的知识分子中找到他们最好的看门狗，他们无论如何是非常不好惹的，常常被竟然放弃遗产的继承人的放肆所激怒。保守主义的或革命的资产阶级知识分子的游戏让小资产者感到厌恶，把他抛到一种具有失恋的暴力的反智主义之中，他好不容易才达到大大被理想化的一种知识分子的低级边缘。[4] 小资产者在变节者的激情的鼓舞下，把一个世界的秘密出卖给了资产阶级——他的社会空间观念使他预先倾向于这样——他比别人更清楚地认识到这个世界的内幕和短处；因此他经常填补统治者的期望并满足他们感到安心的需要，以对抗令人不安的大胆，即使这种大胆是象征性的，某些占统治地位的知识分子在权力场中的被统治地位激励了他们身上的这种大胆。

这些"无产阶级知识分子"为法西斯政权或斯大林政权这样迥然不同的政治组织，提供了他们的方向和立场，我们只有在与他们的轨迹相关的配置作用之外，考虑知识场中的一个屈辱位置的不那么明显的作用，才能彻底地阐释他们的**占位**。其实，我们可以提出一个普遍法则，即文化生产者在场的内部等级中占据的位置越低级，越缺乏特定资本，就越倾向于服从外部权力的要求（无论是国家、党派、经济权力或如今天的新闻权力），利用外来的资源，来解决内部冲突。非自主性就是通过这些（按照特定标准的）被统治者表现出来的。

被统治的知识分子用非特定的权力武装自己（以法国大革命期间放荡不羁的文人的方式）来颠倒力量关系的这种企图的范式，毫无疑问是**日丹诺夫主义**，日丹诺夫主义在苏联和中国以及内部利益转化为外部"使命"盛行的所有历史境况下，导致二流作家和艺术家倚仗"人民"的名义并援引"社会艺术"或"大众艺术"的指令，把他们的统治强加到场中具有一种特定权威的人身上（特别是当后者对革命理想与现实之间的鸿沟，也就是对忠于党的官员的统治提出抗议时，中国曾是这样[5]）。

在这些特定境况中找到彻底实现的机会的恐怖主义暴力，不过是野心受挫后的普通暴力的极限，普通的暴力在轻率的批评或揭露丑闻或阴谋的无可指责的外表下，或更阴险地，通过科学或艺术的委员会或学会、以及行政机关或行政官员的不可捉摸的集体决定，每天都在起作用。

为了确保对于在文人共和国中实行的温和专制形式的批判发挥其全部有效性，事实上我们应该超越对日丹诺夫的极端形式的过于简单的批评，并清查维护象征秩序的所有行动者实施的镇压暴力的无数表现，福楼拜在于索内这个人物身上描绘了这些行动者，文学咖啡馆的老革命者于索内，变成了文学事物的官方负责人；科学上和政治上的任务更加紧急，尤其因为或多或少出乎意料的形势逆转，在政治世界中随处可见，这些逆转经常为失意的知识分子提供两次机会，使得他们以**表面**放弃的代价，表达源于怨恨的相同压制冲动，第一次在"革命的"揭露或镇压的公开暴力中，第二次在泛滥的、无可指责的官僚权力或新闻权力的暴力中，由于这些权力，他们才能试图规定外来的观念和区分的原则。[6]

注释

[1] 正如我们看到的(参见第一部分,第三章),一个悬而未决的位置的相同作用体现在"资产阶级"报纸的戏剧批评家身上。

[2] 作为不变量的典型例子,资产阶级戏剧在十九世纪中叶以来被当成"良知"派(cf. A. Cassagne, *La Théorie de l'art pour l'art... op. cit.*, p. 33-34)。

[3] 尽管出于论战的实际需要而采取所有视角的能力,允许模仿"价值哲学的折中性"和客观性,但这种能力与对这样的视角的认识没有任何共同之处,而这种认识意味着从其根源上也就是从其必然性上把握每个视角(尤其是自己的视角)的能力。

[4] 我们可以在于贝尔·布尔然身上看到这种态度的一个典型例子:Hubert Bourgin, *De Jaurès à Léon Blum, l'Ecole normale et la politique*, presenté par Daniel Lindenberg, Paris, Londre, New York, 1970.

[5] Cf. M. Godman, *Literary Dissent in Commnunist China*, Cambridge, Harvard University Press, 1967.

[6] 这里还需提到这些真正的特定**国家行动**,即通过使用政治权力(包括国家及其委员会和行政部门对文化生产场内部事物的干预),经济权力(所有形式的资助),报纸权力(比如,"排行榜",特别是建立在被——无意识地——控制的"调查"基础上的排行榜)等等,以规定外部等级化原则的所有企图。

第三部分　对理解的理解

艺术家为他们的同类或至少为理解他们的人写作。

——巴尔贝·多勒维利

1. 纯粹美学的历史生成

> 我怀着最珍贵的美学印象才愿意在这里斗争，努力把智力的真诚推向最终的也是最残酷的限度。
>
> ——马塞尔·普鲁斯特

哲学家、语言学家、符号学家、艺术史家对文学的特性（"文学性"）、诗歌的特性（"诗性"）或一般意义上的艺术作品的特性以及它们要求的特有的美学认识这个问题提供的多种答案，一致强调诸如无动机、无功能或形式高于功能、无关利害等属性。我不想在这里举出无非是康德分析变种的所有定义，比如斯特劳森的定义，他认为艺术品的功能就在于没有功能，或 T. E. 休姆的定义，对他来说，艺术静观是一种"超然的趣味"；[1] 我仅满足于举出一些尝试的典范例子，这些尝试为了把艺术品的经验变成普遍的本质，付出了**双重的非历史化**，即作品和作品观照的非历史化的代价，作品观照即对非常特殊的并非常明显地处于社会空间和历史时间之中的艺术作品的一种体验：按照哈罗德·奥斯本的观点，审美态度通过注意力的集中（把被认识的客体与它环境分开），通过推论和分析活动的搁置（无视社会学的和历史的背景），通过无关利害和超脱（摆脱了过去和未来的忧虑），并最后通过对客体的存在漠不关心，显示自己的特征。[2]

本质分析与绝对幻想

如果说这些本质分析基本上相同，这是因为它们的共同点在于要么暗中、要么明确地（正如自称现象学的分析）把对艺术作品的主观体验即作者的体验，也就是某个社会的一个有教养的人的体验当作对象，却不考虑这种体验和它适用的对象的**历史性**。这就是说，这些分析不知不觉地**将个别情况普遍化**，并由此将关于艺术作品的定位和定时的个别经验转换为一切艺术认识的超历史规则。与此同时，这些分析却回避这种经验的可能性的历史条件和社会条件问题：其实它们禁止自己分析被视为应受审美观照的作品在其中如此产生和形成的条件；它们同样无视它们要求的审美禀赋在其中产生（系统发生）并在时间进程中持续再生产（个体发生）的条件问题。但只有双重分析才能说明什么是审美经验和普遍性的幻想，这种幻想与审美经验同时产生，是由本质分析天真地记录的。

为了完全令人信服，应该在这里对提取精华的现代炼金术士为抽出艺术作品的纯粹本质而做的徒劳之举的几个例子进行一种仔细检验，比如，像雅各布森一样，确定什么使一种文字信息成为一部文学作品。以及说明他们怎样陷入到了主观主义或现实主义的两难选择（或恶性循环）之中（恋爱中的人给出了它的公式："因为我爱她她才漂亮，还是因为她漂亮我才爱她？"）：是不是应该说，是美学观点创造了艺术对象，或者，是艺术作品特定的和内在的属性，在一个读者身上引起了审美体验，比如文学体验，而这个读者能够恰当地，也就是从美学方面解读这些属性，或者更确切地说，能够从信息本身并为信息本身而考虑信息？[3]这个循环在韦勒克和沃伦那里非常明显，他们通过信息的内在属性为文学下定义，此外，同时规定"有能力的读者"通过审美领会作品时，为满足作品的要求应该具备的属性。[4]至于帕诺夫斯基，他表面上更好地避开了这个循环，因为他为他的本质分析配备了历史理由。用他的话说，如果艺术作品正是"要求通过审美被认识的东西"，如果任何客体，无论是自然的还是人造的，能够按照一种审美意图被领会，也就是，与其说是在形式上，不如说是在功能上被把握，怎么能不下结论说，是审美意图产生了审美客体呢？那么如何让这样一个定义可行？难道我们没看到几乎无法确定一个被加工物在哪个时刻成为艺术作品，比如，一封信从什么时候变成了"文学的",也就是说,在哪个时刻形式战胜了功能?这是否意味着差异来自作者的意图?但这种意图,就像读者或观众的意图一样,本身就是社会惯例的产物,社会惯例帮助确定了一直不确定的并在简单的用品与艺术作品之间变动的界限:"古典趣味要求私人信件、公开讲演和英雄的盾牌都是艺术的……而现代趣味要求建筑和烟灰缸都是功能的。"[5]

最迫切地消除文学性或诗性的传统定义中的**本质主义谬误**的维特根斯坦式的哲学家,仿佛是由于不留神,在这里或那里援引"艺术作品的无动机"和无功能或"对事物的无关利害的认识",它们明显构成了有教养的世界中最普遍的形式主义的陈词滥调。无疑没有什么比这个事实更好地证明了——至少在大学教授头衔的持有者当中——构成了美学信念之基础的前提几乎被普遍接受。[6]

但是,为了走出这个困境,是否需要像阿瑟·当托[7]那样承认艺术作品与一般物品之间的差别原则恰恰是一种制度,即赋予它们美学评价的候选身份的"艺术世界"?如果一个社会学家允许自己接受这样一个有点"社会学主义"的判断,这种证明稍嫌不够:它又一次产生于一种过于匆忙地被普遍化的个人经验,它仅仅指艺术作品的**制度**(从主动的意义来看)的行为。他省去了对制度(艺术场)生成和结构的历史的和社会学的分析,这种制度能够完成这样一种确立行为,也就是把艺术作品的**认可像这样强加给这样一些人(而且仅仅是这些人**),他们(像参观博物馆的哲学家一样)被(应该分析其社会条件和逻辑的社会化作用)构造,这样他们(正如他们进博物馆所证明的)准备像这样认可和领会在社会上被指定为艺术的作品(尤其通过作品在博物馆的展览)。(我出于娱乐,将几件这样的事情搁置在一边,而哲学家却是不知不觉地搁置它们的……)

这一切意味着我们不能把作品的科学分为两部分,一部分致力于生产,一部分致力于接受。反思性原则在这里强加于自身:艺术作品生产的科学,也就是作为自身市场的一个相对自主的生产场和一种以自身为目的并承认形式绝对高于功能的生产之逐步出现的科学,由此是纯粹审美禀赋的出现的科学,这种禀赋能够在如此被生产的作品中(以及潜在地,在世界的一切事物中)赋予形式相对于功能的特权。

本质分析忘记的是生产（或创造）的社会条件与艺术认识中所运用的配置和分类模式的再生产（或反复灌输）的社会条件，即**历史超验性**的社会条件，这种历史超验性是本质分析天真地加以描绘的审美经验的条件。对与艺术作品关系的这种特殊形式的理解，即对熟习的直接理解，意味着一种分析者自身的理解，但当这种体验依靠对它在成为其产物的历史的主动遗忘时，这种理解无法通过对作品的实际体验的简单现象学分析获得。只有动用社会科学的所有资源，我们才能把这种超验计划的历史主义形式进行到底，这种历史主义形式旨在通过历史回想，重新占有艺术体验的历史形式和范畴。

尽管二十世纪艺术爱好者的眼光似乎以天赋的形象出现，但它仍旧是历史的产物：从系统发生来看，纯粹的目光能够像艺术品所要求的那样领会它，只为了艺术本身而且仅为了艺术本身，将其作为形式而非功能来领会，这种目光与怀着纯粹的艺术意图的生产者的出现分不开，而这种艺术意图本身与一个自主的艺术场的出现密不可分，这个场能够提出和规定自身的目的，与外部要求对抗，而且，这种目光也与一群"爱好者"或"鉴赏者"的相应出现分不开，他们能够把这样产生的作品所要求的"纯粹"目光用在作品上。从个体发生来看，纯粹的目光与相当特殊的训练条件相关，比如很早接触博物馆，有可能延长学校教育，特别是获得作为娱乐的**闲暇**，与必需条件的限制和急迫保持距离，纯粹目光是以这些限制和急迫为前提的。这就意味着，也就是附带地说，回避这些条件的本质分析把成为特权产物的一种经验的特殊属性，暗中变成了一切意欲审美的实践的普遍规则。

对艺术作品和美学经验的反历史分析所描述的，实际上是一种**制度**，这种制度在某种程度上在事物和头脑中如此存在了两次。在事物中，以艺术场的形式，艺术场是一个相对自主的社会空间，是一个漫长的出现过程的产物；在头脑中，以配置的形式，配置是在场借以创立生的运动中创立的，它与场相配合。当事物和配置立刻具备，也就是当眼光成为它适用的场的产物，场中的一切似乎立刻具备了意义和价值。因此，艺术作品的意义和价值一般被在文化世界中如鱼得水的人视为顺理成章的，于是，为了最终提出意义和价值的基础这个完全不同寻常的问题，应该让一种经验出现，这种经验对一个有教养的人来说，是完全特殊的，尽管它对所有不曾有机会或运气获得艺术作品客观上要求的配置的人来说，恰恰相反，是极其普通的，正如经验观察的结果表明的：[8]比如阿瑟·当托的经验揭示出，在参观了马厩画廊的沃霍尔的布里洛盒子展览之后，他发现借助于在一个被认可和能够认可别人的场所的展览，场实施的价值具有随意性的特点，莱布尼茨可能会说这种特点是**约定俗成**的。[9]

对直接具备意义和价值的艺术作品的体验，是同一种历史制度的两个方面即有教养的**习性**与艺术场协调的结果，两者互为基础：鉴于艺术作品只有被它暗中要求的具备审美禀赋和才能的公众所领会，才能照此存在，也就是作为具备意义和价值的象征物存在，我们可以说，是审美家的眼光构成了如是的艺术作品，但条件是切记，只有当它本身是漫长的集体历史的产物，也就是"鉴赏家"的逐步创立的产物时，与此同时，只有当它是一种漫长的个人历史的产物，也就是与艺术品的一种延长接触的产物时，它才能如此。这种循环的因果关系，这种信仰与神圣之间的循环关系，显示了只有既建立在社会游戏的客观性中又倾向于进入游戏并对游戏感兴趣的配置中才能起作用的制度的特点。博物馆可以在它们的三角楣上这样写——但不用写，因为这实在是顺理成章的：不爱好艺术者免进。游戏产生**幻象**，即在内行游戏者的游戏中的投资，这个游戏者具有游戏意识，因为他是游戏造就的，他玩游戏并由此令游戏存在。

显然，我们无需在"审美意识"理论的主观主义与艺术作品的本体论之间进行选择，前者把一个自然物或一件人工作品的美学性质，约简为意识的一种既非理论又非实践的纯粹静观态度的简单相关项，后者如《真理与方法》的作者伽达默尔提出的本体论。艺术作品的意义和价值问题，如同审美判断的特定性问题，只能在场的社会历史中找到它们的解决办法，这种历史是与关于特定的审美禀赋的构成条件的一种社会学相联系的，场在它的每种状况下都要求这些构成条件。

历史回想与被压制之再现

什么使艺术作品成为一件艺术作品而非一个日常物品或一件简单用具？什么使一个艺术家成为一个艺术家，并与一个工匠或一个业余

画家相区别？什么使在博物馆展出的一个小便池或一个瓶架成为艺术品？难道因为它们由被承认的（并首先作为艺术家被承认的）艺术家杜尚签名，而非一个酒商或一个管子工签名？但这难道不过是把作为偶像的艺术作品归于本雅明所说的"大师名字的偶像"？换句话说，谁创造了作为被认可的偶像生产者的"创造者"？谁把魔法效力赋予他的名字，这个名字的名气是他企图作为艺术家存在的标准？什么使这名字的使用权，与时装店的商标一样，增加物品的价值（这有助于他们把赌注下在权限的争执上并为专家的权力提供依据）？命名或理论——理论这个词非常恰当，因为涉及到看、**做**和让人看——的作用的最终本原在哪里？这种作用在引进差别、划分、区分的同时，产生了神圣。这些问题在其范畴上与莫斯提出的问题完全相似，莫斯在他的《论魔法》中，提出了这些问题，对魔法效力的本原进行了思考，他将魔法师使用的工具反过来用于魔法师本人，并由魔法师用于他的主顾的信仰，以及逐渐用于整个社会空间，魔法在这个空间中建立和施行。因此，在向艺术作品价值的第一原因和终极基础无限回溯的过程中，应该适可而止。而且，为了阐释这种神奇的质变，应该用空间产生的历史问题代替本体论问题。这种质变是艺术作品存在的根源，它通常被忘记，却通过杜尚的强硬措施猛然让人想起。在这个空间里，通过一种真正的持续的创造，艺术作品的价值也就是艺术场不断地得到生产和再生产。

本质分析只能记录历史本身以客观性方式所做的分析的结果，这种分析通过场的自主化过程和这个空间特有的行动者（艺术家，批评家，传记作者，博物馆馆长，鉴赏家等等）、技巧和概念（体裁，手法，时代，风格等等）的逐渐出现而进行。关于作品的科学只有对艺术游戏的这些中心人物即艺术家和鉴赏家的产生，以及他们在艺术作品的生产和接受中运用的配置的产生成功地进行一种历史分析，才能彻底摆脱"本质主义"观念。变得像"艺术家"或"创造者"的概念那样明显而平常的概念，如同所有指涉和构造它们的词语一样，是一种漫长的历史活动的产物。

这是艺术史家经常忘记的，尤其当他们对现代意义上的艺术家的出现进行思考的时候，他们没有完全避开"本质思想"的陷阱，这个陷阱存在于年代错误地使用历史所创造的、因而是有确定时限的词语的危险中。由于没有对一切心照不宣地介入艺术家的现代概念的东西，尤其是在整个十九世纪中确立的非创造的"创造者"的职业观念提出疑问，他们停留在表面的对象上，也就是艺术家（或作家、哲学家、科学家）身上，而不是建立和分析生产场，因为被社会规定为"创造者"的艺术家，就是生产场的产物。他们看不到对艺术家（与工匠对立）角色出现的地点和时刻的习惯性提问，实际上归结为一个艺术场的逐步形成的社会和经济条件问题，这个艺术场能够建立人们对艺术家被认可得近乎魔法般的权力的信仰。

这不仅仅是通过一种简单的亵渎神圣的和有点幼稚的倒置为"大师名字的偶像"除魔——无论我们承认与否，大师的名字的确是一种偶像。这需要描述一整套社会机制的逐步出现，这套社会机制使艺术家个人作为这个偶像即艺术品的生产者成为可能；也就是说，需要描述艺术场（分析家、艺术史家都被包括在当中）的构成，艺术场是对艺术价值和属于艺术家的价值创造权力的信仰不断得到生产和再生产的场所。这就导致不仅要清点艺术家自主的标志（就像对契约的分析表明的，如出现了签名，艺术家特殊才能的确认，或在冲突的状况下求助于同行的仲裁等等），还要清点场自主的标志，比如一整套特定制度的出现，这些制度是文化财产经济运行的条件：展览场所（画廊，博物馆，等等），认可机构（学院，沙龙，等等），生产者的再生产机构（美术学院，等等），专业化的行动者（商人，批评家，艺术史家，收藏家，等等），这些行动者具备了场客观上要求的配置与特定的认识和评价范畴并能够规定艺术家及其产品的价值的一种特定标准，而这些范畴无法约简化为日常生活中通用的范畴。

只要绘画以面积单位或工作时间，或以所用材料如金粉或云青的质量和价钱来衡量，画家与房屋油漆工就没什么根本不同。这就是为什么在伴随着生产场出现的所有创造中，最重要的一项创造无疑是艺术特有的语言的确立：首先，是称呼画家的方式，谈论他、他的劳动报酬的性质和形式的方式，艺术特有价值的自主定义通过这种方式建立起来，而艺术特有价值无法照此约简为严格意义上的经济价值；还有，按照同样的逻辑，是以恰当的词语谈论绘画本身的方式，这些词语常常是成对的形容词，允许说明绘画技术的特性，一个画家的手工制作乃至特定风格，这种方式通过为这种风格命名让它获得社会存在。

按照这种逻辑，称颂话语尤其是传记扮演了一个决定性的角色，无疑，它与其说通过它对画家及其作品所说的话，不如说通过它把画家变成像政治家或诗人那样值得纪念的、无愧于历史叙事的人这个事实（我们知道，抬高的类比——**诗如画**——至少在一段时间内促进了对绘画艺术的不可还原性的证明，甚至变成了一种障碍）。

一种发生社会学还应当让生产者的行动——他们想成为绘画生产的仅有评判人、想自己制定他们产品的认识和评价标准的权利要求——进入到它的模式之中；它应当考虑加入场的其他行动者、其他艺术家，以及批评家、主顾、接受者、收藏家等所反衬出的生产者自身及其生产的形象，可能对他们及他们关于自身及其生产的形象，进而对他们的生产的作用（我们因此可以设想，从意大利十五世纪的文艺复兴运动以来，某些收藏家开始对草图和素描产生的兴趣只会有助于增强艺术家的尊严感）。

对艺术生产必不可少的特定制度的历史，应该同时也是对消费必不可少的、进而对消费者的生产尤其是作为禀赋和能力的**趣味**的生产必不可少的制度的历史。把一部分时间用于对艺术作品的静观、除了这种静观提供的享乐之外别无目的的"鉴赏家"的倾向，只有以生产艺术作品的崇拜工具所必需的整个集体活动的代价，才能变成**绅士**或贵族的生活风格的一个主要方面，绅士和贵族越来越被当作有趣味的人，至少在英国和法国如此：我们想到了诸如不断受到推敲的"良好趣味"这类概念，或者诸如从意大利语借鉴的**精湛的技艺**或来自法语的"鉴赏家"这类名称，"鉴赏家"在英国十七和十八世纪时显示了能够标榜一种生活艺术的人物的特点并造就了他们，这种生活艺术摆脱了"庸人"迎合的实用目的和物质低俗。但是还应该考虑像"遍游欧洲的教育旅行"这种高度制度化的行为，这是持续多年的文化朝圣，以访问意大利或罗马结束，它对于英国和别处的大贵族子弟来说，成了有点必不可少的学习镀金，或还要考虑一些机构，它们常常为越来越广泛的公众，免费提供专业化的周期出版物、杂志、批评著作、文学艺术报纸、周刊，以及考虑逐渐变成博物馆的私人画廊、每年的展览、面向贵族官邸或博物馆的绘画和雕塑收藏的参观者的指南、大众音乐会等等。

公共机构促进了文化作品的**公众**增加，因而使得（并敦促）公众获得文化禀赋，但**公共**机构就像博物馆一样，除了为观赏提供一些经常由于其他用途而生产的作品（比如宗教画，舞蹈音乐或仪式音乐，等等）之外，没有别的目的，这些机构的作用是建立社会隔绝，这种社会隔绝通过把作品与其原始背景剥离，除去它们的各种宗教或政治功能，因而通过一种**实行的悬搁作用**，把它们归约为它们特有的艺术功能。实行孤立和分割的博物馆，由于事物的持久恒定，无疑是不断重复**构建**行为的理想地点，通过这个地点，给予艺术作品的神圣地位和艺术品要求的神圣化禀赋，[10] 得到确认并持续地被再生产。这个专门致力于纯粹静观的地点所强制规定的关于绘画作品的经验，趋向于变成关于所有这些物品的经验的标准，这些物品属于它们被展览这个行为建立的范畴。

　　一切都倾向于让人想到这样一点，即美学理论和艺术哲学的历史，与能够有利于达到纯粹的愉快和无关利害的静观的制度之历史密切相关，但又不是这种历史的直接反映，因为它也是在一个场中发展的，这些制度包括博物馆或视觉锻炼的实践手册即旅游指南或论艺术的著作（无数的游记应该列入其中）。其实，很明显的是，传统哲学史把理论著作当成对客体知识的论证，这些理论著作同样而且尤其是对这个**客体的现实本身的社会构建**的论证，并进而是对它存在的理论和实践条件的论证（这同样适用于政治理论论著，马基雅维里，博丹或孟德斯鸠）。

　　应该**从这个观点出发**，重构纯粹美学的历史，比如说明职业哲学家如何将原本建立在**神学**传统中的观念，特别是把艺术家当成"创造者"的观念，引入艺术领域，这个创造者具有几近神圣的能力即"想象力"并能够创造一个"第二自然"，一个"第二世界"，一个**自生的**和自主的世界；说明亚历山大·鲍姆伽登如何在他1735年的著作《关于诗歌的哲学思考》中，把莱布尼茨的宇宙起源论移植到美学范畴内的，按照莱布尼茨的观点，上帝在创造最好的可能世界时，在无数的世界中进行选择，这些世界全都由可能共存的因素组成并由特定的内部法则支配，上帝把诗人变成创造者，把诗歌变成一个服从自身法则的世界，这个世界的真理不在于与真实的联系，而在于自身的协调；说明卡尔·菲利普·莫里茨如何写出，艺术品是一个小宇宙，它的美"不需有用"，因为这种美"存在的目的就在它本身"；说明至高无上的善在于对美的静观这种观点以及它的不同理论基础,柏拉图的、普罗提诺的、还有莱布尼茨的基础,如何按照另一个理论谱系(也应该考虑这个谱系的社会维度,把每个思想家都放在他的场中),在不同的理论家尤其是采取艺术作品的接受者而不是生产者的观点也就是静观的观点的沙夫茨伯里、卡尔·菲利普·莫里茨或康德,还有席勒、施莱格尔、叔本华和许多别的人身上建立起来;说明这种哲学传统、尤其是德国哲学传统,如何通过维克多·库赞与为艺术而艺术的作家,特别是波德莱尔或福楼拜联系起来,他们以自己的方式,重新创造了"创造者"、"另一个世界"和纯粹美学静观的理论。[11]

在每种情形中,都应该像我试图对康德所做的一样,恢复(比如通过成对的形容词,纯粹的与不纯粹的、心智的与感觉的、高雅的与通俗的等等)一直包含在与艺术作品的关系中的社会关系的标志,并让这种隐蔽的但开创性的关系与作者在(哲学、艺术等)场和社会空间中的位置和轨迹发生关系。通常以一种难以觉察的方式与有意或无意的仿效或再创造连在一起的再现与重复,无疑把这个谱系弄得有点枯燥乏味,但这个谱系构成了对这种无意识的最有效和最根本的探索,一切有教养的人都准备把这种无意识当成认识的一种(**先验的**)普遍形式,因为他们共同拥有这种无意识。

艺术认识的历史范畴

因此,随着场如是形成,艺术作品及其价值还有其意义的生产,越来越不可归于一个艺术家的单独活动,不过,悖论性的是,这个艺术家却越来越引人注目。艺术作品的生产调动了被归为艺术作品的所有生产者,无论大小,无论有名即被称颂还是无名,还调动了本身构成为场的批评家、收藏家、经纪人、博物馆馆长,总之所有与艺术相关的人以及所有为艺术而生存和靠艺术为生的人,他们以艺术作品的意义和价值的定义,进而以艺术世界和(真正)艺术家的界定为赌注,在竞争的斗争中互相对立,但他们又通过这些斗争本身,为艺术和艺术家的价值的生产而合作。

如果说关于艺术作品的科学的今天仍处在初级阶段,这无疑是因为对此负责的人，特别是艺术史家和美学理论家，在不知不觉中，或无论如何，在没有从中得出所有结论的情况下，加入到艺术作品的意义和价值得以产生的斗争中：他们困在被他们当成对象的东西中。为了有说服力，只要看到这样一点就够了，即思考艺术作品，特别是判断和划分艺术作品的概念，正如维特根斯坦指出的，以极端的不确定性为特征，无论涉及的是体裁（诗歌，悲剧，喜剧，正剧或小说）、形式（抒情诗，回旋诗，十四行诗或奏鸣曲，亚历山大体诗或自由体诗）、时期或风格（哥特，巴罗克或古典），还是运动（印象派，象征派，现实主义，自然主义）。在用来描述艺术作品本身的特征，以及认识和评价艺术作品的概念中，混乱也不少，比如构成艺术经验的成对形容词。

如果鉴于这些趣味判断的范畴存在于普通语言中，并在大部分情况下在美学特有的范围之外使用，它们对所有说同一种语言的人来说是共同的并因此有助于形成一种交流的表面形式，那么这些范畴总是明显地表现出一种极端的不确定性和灵活性，即使在专业人士使用它们时也是如此，仍旧如维特根斯坦看到的，这种极端的不确定性和灵活性使得这些范畴对基本定义是完全抗拒的。[12] 这无疑是因为这些范畴的用法和它们被赋予的意义，取决于其使用者的个人观点，这些观点被社会和历史定位，并且经常是完全不可调和的。

分析者既然意识到了这个事实即分析者对游戏的分析总是有使分析本身陷入游戏的危险，那么他应该在对他的结果的阐述中，考虑大致不可克服的困难。特别是因为，一旦天真的阅读使他回到社会游戏中，最有条理地被控制的语言，注定要表现为在他不过努力加以客观化的讨论中的一种占位。因此，当我们以一个更中性的概念，即边缘这个概念来代替一个本土词比如过分带有贬义的"外省"时，无论如何，中心与边缘的对立是被分析的场中的一种斗争赌注，我们可能会借助于这种对立来分析象征统治在国家或国际范围内的文学世界或艺术世界发挥的某些作用，而且，为命名这种对立所使用的每个术语，都可能依据接受者的观点而得到截然相反的内涵；于是出现了，比如一方面，是"中央集权者"也就是统治者想把"边缘人"的占位描写成一种落后的或

"外省主义"的作用的意愿,另一方面,是"外省人"对这种分类包含的降级的反抗,以及他们为了将边缘位置变成中心位置或至少变成有选择的差距所付出的努力。

总之,如果我们总能对趣味争论不休——谁都知道,偏好的冲突确实在日常对话中占有很大位置——,那么可以肯定,关于趣味的交流只是通过很深的误会才实现的:事实上,使交流可能实现的分类模式也使交流在实践中无效。因此我们知道,在社会空间中占据不同位置的个体,可能为通常用来描述艺术作品或日常生活用品的特点的形容词提供完全不同甚或相反的意义和价值。[13] 于是我们无休止地清点一些概念,这些概念,从美学的观念开始,在不同时代获得了不同的甚至截然相反的意义,尤其在经历了艺术革命之后,比如"完美"这个概念,它在凝聚了学院派画家的不可分割的伦理学与美学理念之后,被马奈和印象派逐出了艺术领地。

因此,介入艺术作品的认识和评价的范畴与历史背景有双重联系:这些范畴与一个定位定时的社会空间相关,使用者的社会位置为它们的用途打上了社会标志。艺术家和批评家为了确定自身或他们的对手而使用的大部分概念是斗争的武器和赌注,艺术史家为了思考他们的客体而运用的许多范畴,不过是来自这些斗争且或多或少巧妙地被掩盖或被改变的分类模式。这些最初在大部分时候被看作侮辱或谴责(难道我们的"范畴"不是来自希腊词 katègorein,即公开谴责?)的斗争概念,逐渐变成了技术范畴,由于对生成的遗忘,批评剖析和学术论述或论文才能让这些范畴给人一种永恒的印象。

如果说有一种真理,这是因为真理是斗争的一种赌注;尽管介入到艺术场中的行动者不同的或对立的分类或判断,毫无争议地由特定的配置和利益决定或引导,而这些配置和利益与场中的位置,与各种观点相关,无论如何,这些分类或判断仍以对普遍性、绝对判断的企图的名义提出的,这种企图就是对观点的相对性的否定。[14] "本质思想"存在于所有社会空间中,特别是文化生产场,如宗教场、科学场、文学场、艺术场、法律场等中,在这些场中玩的是以普遍性为赌注的游戏。但在这种情况下,很清楚的是,"本质"是规则。这是奥斯汀分析形容词"真正的"(或"真实的")在一个"真正的"人,一种

"真正的"勇气，或在这里，一个"真正的"艺术家或一部"真正的"杰作这类表达方式中的含义时所强调的：在所有这些例子中，"真正的"这个词不言自明地以所考虑的状况反对所有同类状况，其他谈话者也将这个象征意义非常强大的宾词，作为对普遍性的全部要求分派给所有同类状况，但以一种并没有得到"真正"证明的方式。

科学能够做的无非是试图确立这些为真理而斗争之真理，并抓住客观逻辑，而各种赌注和阵营、策略和胜利都按照这种逻辑决定自身；以及将自以为无条件的思想的表象和工具，与它们的生产和使用的社会条件，也就是与场的历史结构相联系，它们是在场中产生和发挥作用的。根据尤其被经验分析证明有效的方法论公设，占位（文学或艺术形式，概念和分析工具等等）空间与场中被占据位置的空间之间存在着一种同源关系，这就导致我们将这些全都自称有普遍性的文化产品历史化。但把文化产品历史化，并非如人们所想，仅仅把它们相对化，强调它们只相对于斗争的场的一种确定状况才有意义；这也是恢复它们的必然性，使它们摆脱来自一种虚假的永久化的不确定性，把它们与它们生成的社会条件即真正的发生学定义联系起来。

这对"接受"来说同样适用：一般的表象意欲社会学分析把趣味的每种形式与它产生的社会条件相联系，将相关的实践和表象简化和相对化，与这种表象相反，我们会认为这种分析让这些实践和表象摆脱了任意性并把它们绝对化了，使它们变得既必然又不可比较，因而有理由如它们存在的那样存在下去。实际上，我们可以提出，两个不处在相同的境况和相同的激励制度下，从而具有不同**习性**的人，鉴于他们以不同方式构造他们的习性，所以他们不听同样的音乐，不看同样的绘画，进而有充分的理由采取不同的价值判断。

建构美学判断的对立并不是**先天**赋予的，而是被历史地生产和再生产的，因此它们与使用的历史条件密不可分；同样，美学禀赋，把被社会指定运用这种禀赋的物品变成艺术作品，同时把它的力量，连同它的范畴、概念、分类分配给审美能力，因此它是场的整个历史的一种产物，这种产物应该在每个潜在的艺术作品消费者身上，通过一种特定的训练被再生产出来。只要观察历史上（让我们想想一些批评家，他们直到十九世纪末都在维护一种服从于道德价值和说教功能的艺术）或今天在同一社会内部，面对艺术作品乃至面对随便什么物品而采取本质分析所描述的美学态度的才能之分配,就足以说服自己,没什么比这种才能更不自然的了。

纯粹目光的创造是在场朝自主化的运动中完成的。实际上,正如我们所看到的,对艺术作品的生产和评价原则的自主的肯定与对生产者自主的肯定,也就是与对生产场自主的肯定密不可分。纯粹的目光——像纯粹绘画一样(纯粹目光是纯粹绘画的必然关联项),而纯粹绘画之被创造,是为了在它自身并为它自身,是为了作为绘画,作为形式、价值和颜色的游戏,也就是独立于对超验意义的任何参照被观赏的——是一种净化过程的结果。它是在连续的革命过程中,由历史实行的一种真正本质分析的产物,这些革命,如同在宗教场中,每次都导致新的先锋派以回到开始阶段的严格性的名义,以一种更纯粹的体裁定义反对正统观念。

从更普遍的方式来看,不同文化生产场朝着更自主方向的发展,正如人们所看到的,伴随着生产者对自身生产的反思的和批判的转向,这种转向驱使他们从中得出特有的原则和特定的前提。对形式高于功能、表现方式高于表现对象的承认,显示了与外部需求的决裂和驱逐有服从外部需求嫌疑的艺术家的意愿,这种承认是场的自主要求与它企图无论是在艺术作品的生产范围内还是在接受范围内生产和推行一种特定合法性的原则的最特定表达。让人承认对有定论的事的言说方式,让从前直接服从于需求的"主题",为了处理它的方式,为了颜色、价值和形式的纯粹游戏做出牺牲,限制语言,以强迫关注语言,这一切归根结底等于通过强调生产行为的最特定的和最无法取代的特点,肯定产品和生产者的特性和不可替代性。艺术家否定一切外部的限制和要求并肯定他对确定他的和属于他的东西的支配,也就是对手法、形式、风格,一句话,就是对被确立为艺术的唯一目的的**艺术**的支配。应该以德拉克洛瓦为例:"由于作者的功劳,所有的主题都变成好的了。哦!年轻的艺术家,你等待着主题?一切都是主题,主题就是你自己,是你在自然面前的印象,感情。应该看的是你自己,而不是你的周围。"[15]艺术作品的真正主题无非是特有的理解世界的艺术手法,也就是艺术家本人、他的手法和风格,即他支配他的艺术的不可消除的印迹。波德莱尔和福楼拜在写作领域,马奈在绘画领域,以主观和客观的异乎寻常的困难的代价,将对艺术观照的无限权力的有意

识肯定，推向极端的结果：通过表明自己不仅能把这种无限权力用于尚弗勒里和库尔贝的现实主义所希望的低级和普通对象，而且还能用于微不足道的对象，"创造者"能够肯定他的几乎神圣的变化能力并提出形式相对于主题的自主，同时把他的基本规则分配给有教养的认识。

这种对艺术的反思的和批判的回归的第二个原因是文化生产场的封闭创造了生产与消费关系的一种循环性和一种几乎彻底可逆性的条件这个事实。风格原则变成了占位以及生产者之间对立的主要原由，这些原则以越来越严格和越来越完备的方式在作品中实现，与此同时，它们总是以更加明确和更加系统的方式，显示在生产者与关于其作品的批判论断或与其他生产者的作品之间的冲突中，以及显示在由于冲突并为了冲突而产生的理论话语中。此外，对存在于过去作品中的特定成果的实践支配构成了进入生产场的条件，这些成果被负责保存和颂扬的整个专家团体、艺术史家、文学史家、注释者、分析家、批评家记录、规范化和确立为经典。由此可见，艺术史的时间与一种天真的相对主义宣扬的相反，它实际上是不可逆转的，并且表现出一种**累积性**的形式。没人比先锋派艺术家与场自身的传统联系得更紧密了，甚至表现在颠覆这种传统的意愿中，他们害怕以天真无知者的面目出现，只得不可避免地相对于从前的所有超越企图确定自己的位置，这些超越企图被纳入场的历史中和场强加给新来者的可能性的空间中。

场中出现的东西越来越与场的特定历史相关，且只与它相关，因此越来越难以从被考察时刻的社会世界状况出发推导出来（如同某种无视场的特定逻辑的"社会学"声称做到的）。像沃霍尔的布里洛盒子或克莱因的单色画这样的作品，其存在、价值和形式特点显然来自场的结构，进而来自场的历史，因而对这些作品的充分认识，只能是有差别的，有区分的，也就是关注与当代的但还有过去的其他作品的差距。因此，来自与传统决裂的一种悠久传统的作品的消费，如同它的生产一样，趋向于逐渐成为历史的，但也越来越彻底地非历史化：实际上，辨认和评价在实践中动用的历史，越来越被归于纯粹的形式历史，完全掩盖了为形式而斗争的社会史，社会史构成了艺术场的生命和运动。

于是形式主义美学与社会学分析的对抗突现了，形式主义美学只想认识形式，无论在接受和生产中都是如此。实际上，出自一种纯粹形式探索的作品，似乎是为了承认仅仅关注形式特征的内部阅读的绝对有效性，并为了挫败或贬低所有力求将作品归约为作品得以构造的一种社会背景的努力而创作的。[16] 但为了颠覆这种局面，只要看到，形式主义的抱负用拒绝对抗一切形式的历史化，这种拒绝依靠它对自身可能性的社会条件的无知，就像记录和认可这种抱负的哲学美学……在这两种情况下，历史进程被遗忘了，相对于外部决定性的自由的社会条件，也就是相对自主的生产场和它使之成为可能的纯粹美学就是在历史进程中形成的。

纯粹阅读的条件

"纯粹"阅读，如同对绘画或音乐作品的"纯粹"认识一样，是先锋派的最先锋作品强制要求的，而且是批评家和其他专业读者趋向于用在一切合法作品上的，它是一种**社会制度**，是文化生产场的整个历史即纯粹的作家和纯粹的消费者的生产历史的结果，这个场帮助生产了这种历史，而且是为自己生产的。作为一种特定的社会条件的产物，文本要求一个能够采取与这些条件符合的姿态的读者的存在：当文本是一个达到高度自主的场的表达时，它包含着一个指令，一种督促，这是大部分接受和阅读理论不知不觉地记录和认可的。实际上，这些理论以对有教养的读者的一种切身经验的现象学分析为依据，被迫从这种人格化的规则中得出天真的规范性论断。

尽管接受理论（和沃尔夫冈·伊瑟尔的说法）把分析真正谈到的读者命名为"隐含的读者"，按米歇尔·里法戴尔的观点命名为"大读者"[17]，或按斯坦利·菲什的观点命名为"全知全能的读者"[18]，但他就只是——比如按沃尔夫冈·伊瑟尔对作为滞留与前摄的阅读的经验的描述[19]——理论家本人，他在此遵循一种在**读者**身上极为普遍的倾向，把他自己作为有教养的读者的未经社会学分析的经验当成了对象。无需把经验观察推得太远，就可发现纯粹作品要求的读者是特殊社会条件的产物，这些条件（**该变的已变**）再生产了读者生产的社会条件（在这个意义上，合法的作者与读者是可以互换的）。[20]

这就是说，还是在这里，与阐释传统的直觉主义和自恋的自命不凡决裂，只能在对文化生产场的整个历史的重新占有中并通过这种占有实现，也就是在历史的和社会学的研究中并通过这种研究实现，而文化生产场生产了生产者、消费者和产品，进而生产了分析家本人，历史的和社会学的研究则构成了自我认识的唯一有效形式。在与"诠释"传统赋予"理解"这个词的意义截然相反的这个意义上，我们才能肯定，"终究，一切理解都是对自身的一种理解"[21]。

理解，就是重新抓住一种必然性，一种存在理由，与此同时在一个特殊作者的特殊状况中，重构一个发生公式，对这个公式的认识，有助于以另一种方式，再生产作品本身的生产，体会作品的必然性，这种必然性是在一切情感同化的经验之外实现的：当解释者在自身活动的指引下，意识到行动者的实践的必然性，必然的重构与参与的理解之间的差距如此明显，行动者在知识场或社会空间中占据的位置与解释者的位置相距甚远，因此这些位置终究能够作为完全"反情感同化"的东西出现在他面前。[22]重构成为一部作品的根源的发生公式所必须的活动，跟这种读者的独一无二的"我"与创造者的独一无二的"我"的直接和无媒介的认同没有任何关系，这种认同是浪漫主义的"生动阅读"观念提出的，它尤其在赫尔德身上被当作作者灵魂的一种神圣直觉；我们能够在乔治·布莱本人身上看到的阅读实践（我想到了他分析的《包法利夫人》的某一页）与他在《阅读现象学》中所说的没有任何关系，也就是与这样一种努力毫无关系，这种努力为的是栖身于作者，在某种程度上重新体验作品固有的一种经验，达到这种情感同化的状态，读者的"意识"在这种状态中"表现得仿佛是"作者的"意识"。

如果阅读的浪漫主义形象在无论文学还是哲学的学校教育传统中都表现得那么活跃，那是因为它无疑为**读者**相等同于**作者**并因此间接地参与创作的倾向提供了最好的辩护，某些有灵感的注释者在理论上为这种认同提供了依据，他们把解释确定为一种"创造"活动。[23]巴什拉在论及关于自然的一种美学经验时谈到"宇宙的自恋主义"，这种经验建立在"我美是因为自然美，自然美是因为我美"[24]这样一种关系上，我们可以按照巴什拉的方式，把与作品和作者相遇的这种形式叫做**诠释的自恋主义**，在这种形式中，诠释者通过与伟大作家的情感同化的智慧显示自己的智慧和伟大。阐释的社会史本应与一切新阐释同时产生或在新阐释之前产生，它不得不没完没了地清点那么多阐释者所犯的错误，犯错误的唯一原因是他们感觉自己有权依照他们自己的形象看待"他们的"作者，因此把具有确定地点和时间的思想和感情归于他们。我们全都记得入选教科书的作品的学究般的和可笑的注解；但是许多通俗的阅读，除了投射的认同和或多或少有意识的移情之外没别的基础，却得到更多的宽容，只是因为表现在其中的伦理配置不那么可憎。简而言之，我们不能重新体验别人的经历或让它复活，不是同情导致真正的理解，而是真正的理解导致同情，甚或，导致这种**对智慧的爱**，这份爱建立在放弃自恋主义的基础上，与必然性的发现同时产生。[25]

只有对纯粹阅读的社会学批评——这种批评被当成对这种特殊活动的可能性的社会条件的分析——，才能促使与这种阅读默许的前提决裂，也许，促使逃避局限和限制，而对这些条件和这些前提的无知使这种阅读接受了这些局限和限制。[26] 自相矛盾的是，形式主义批评虽然想摆脱对制度的一切参照，却暗中接受了被纳入制度中的所有"论题"，并从制度的存在中获得了权威：它趋向于排斥一切对阅读制度的真正质疑，也就是既对制度所承认的文本汇编的限定又对合法阅读方式的定义的真正质疑，合法的阅读方式按照或多或少系统化的格式，领会被当成自足的现实，并且本身包含着它们的存在理由的文本。

我们只有把**传奇**的怪圈当作两个研究整体的对象，才能脱离这个怪圈，因为它生产了**传奇方式**，而传奇方式照此再生产传奇，也就是把它们作为值得阅读的对象、并值得作为一种纯粹美学愉快的永恒对象来阅读的对象再生产出来：一方面，是一种逐步创立的纯粹阅读的历史，即作品的领会方式，它与文学生产场的自主化和要求自在自为的阅读（与再读）的相应作品的出现相关；另一方面，是一种神圣化过程的历史，它导致形成了经典作品的一种汇编，学校教育系统趋向于通过生产内行的消费者，也就是信服的消费者和神圣的评论，持续地再生产这种汇编的价值。对关于作品的批评话语的分析其实既是作品科学的一个批评前提，又是对作为信仰对象的作品之生产科学的一种论证。

在这里我不想概括这个（已经部分地由历史学家的研究工作完成的）计划，[27]只想强调**读者**的位置与对被剥夺了历史性的一种经典作品汇编的阅读之间的一致性，而且这种阅读既被剥夺了历史性又能剥夺历史性。我们知道，直到十九世纪初，一种永恒人类的思想是人们所说的"拉丁语希腊语古典课程"选择的基础，人们无需明确这种思想，因为它看起来是天经地义的：[28]这种"修养"就本质而言是从古希腊罗马的重要作品得来的，这些作品成为评论和语法及修辞练习的对象，借此它们被认定要提供一部分永恒的主题，这些主题对于思考政治、道德和形而上学的基本问题是必不可少的。[29]正如涂尔干指出的，"一切都必然让年轻人保持这种信心，即别人一向且到处与自己相似；他们在历史中表现出的仅有变化可归于外部的和肤浅的变化……我们在离开学校的时候，只能把人类的本性当作一种永恒的、不动的、不变的、独立于时间与空间的现实，因为地点和条件的不同并不能影响它。"[30]在整个十九世纪，古代语言和文学继续支配教学大纲，尽管有一股微弱潮流的努力，但无济于事，这股潮流希望本着百科全书的精神，推行观察与实验，但教育还是转向修辞学习（通过拉丁语或法语作文）和道德教育，或更确切地说，转向"思想培养"[31]。一种普遍主义的人文主义和一种形式主义的作品阅读的结合，在第三共和国的世俗化唯灵论中达到极盛，这种唯灵论就是（因为有了"作品解释"课程）大学对被当作纯粹形式的作品的崇拜，这种作品能够进入经典作者的圣殿，从而为其中的一种共和的和国家的共识奠定基础，这种共识的依据是通过非现实化和折中主义遏制所有能把统治者分成不同部分的冲突（信仰与理性，保守主义与进步主义，等等）。正如莱昂内尔·戈斯曼指出的，我们可以看到，1870年之后，在英国或美国，如同在法国，曾一度变成写作和演讲训练（盎格鲁－撒克逊国家尤为重视**雄辩**）的文学教育，越来越变成一种"适于培养情感和想像力"的"**欣赏活动**"，修辞教育总是更多地让位于一种趣味的培养和一种接受的准备。[32]

在供阅读的文本的性质与从文本获得的阅读形式之间有一种互相依赖的关系。**读者**的阅读意味着**闲暇**，即由社会建立的学习娱乐的状况，人们在这种状况中可以"严肃地游戏"（如柏拉图所说的，**做崇高的事情**）并认真对待游戏的事情；由此，读者的阅读预备使它的要求既与大学传统的消除了历史性的作品严格一致，又与来自形式主义意图的文学作品严格一致。

纯粹生产产生纯粹阅读并以纯粹阅读为前提，而**成品**在某种程度上不过是所有为了评论和通过评论而生产的作品的极限。随着场获得自主，作家总是更深刻地感受到自己有权写供人**辨读**进而能**重复阅读**的作品，**重复阅读对于发掘而又不穷尽作品的内在多义性是必要的**。在纯粹阅读这方面，它排除了对生产和生产者的社会历史的任何简单化参考，排除了能够复活文学作品的论战功能或政治功能的任何历史意图，因此自然而然地贴合所有这些作品的"意图"（如帕诺夫斯基所说），这些作品除了没有意图之外没别的意图，除非这种意图在于作品的形式本身。由此，只有当所有国家的**学者**都被封闭在他们的美学理论不知不觉加以描绘的完美循环中，像马拉美的赫罗迪亚德那样，将一种非历史化阅读的纯粹目光，投向一部纯粹的和完全被非历史化的作品的镜子中，奥斯汀谈到的**经院观点**[33]才如此隐蔽。

反历史主义的不幸

经院世界观和由于它暗中介入而被确立的不可置疑的一整套前提，在哲学的状况中从未如此公开地呈现出来：悖论性的是，进入一个受到**闲暇**、无动机的活动和无目的之合目的性影响的空间，并不必然倾向于将审美经验的所有可能性条件客观化，而康德把审美经验的特点描述为"感觉能力的纯粹练习"或"无关利害的感觉游戏"。更确切地说，完全信奉理论的哲学教授[34]在哲学文本的阅读中**实际**使用的哲学史哲学——伽达默尔创造了这种哲学的明确理论——丝毫没有使他们倾向于在他们关于文化作品的认识理论中（阅读理论是一个特定情形），脱离清除了一切历史依附的文本的纯粹阅读的怪圈。

应该揭示构成**哲学信念**的一系列前提，哲学信念是完全不受针对

信念的各种惯常批评实施的最"彻底的"质疑之侵袭的一种悖论性存在；特别应该揭示**实践中**一些文本的"哲学"阅读中被使用的所有前提，学校教育传统指定这些文本是"哲学的"、也就是要求这种阅读的文本。我们因此可以看到，哲学史家的被消除了历史性和能消除历史性的阅读趋向于（或多或少彻底地）搁置一切将文本与一段历史和一个社会尤其是一个可能性空间联系起来的东西，而哲学作品最初是相对于可能性空间确定自身的；这种阅读忽视了**一整套**共存系统，这些系统至少像哲学场一样长地未被这样构造（而且无疑还远远超出这点，正如我们清楚看到的，比如在海德格尔的状况中），它们从内部定义的严格意义上理解，并不都是"哲学的"。

我们忘记了在当代或连续不断的时代的哲学家之间循环的，不仅仅是标准的文本，而且还有作品的标题，学派的标签，断章取义的引文，带"主义"的概念，这些概念往往被有时像口号一样起作用的论战的揭发或毁灭的咒骂所限制。也有通过课程和课本传播的陈旧知识，即一代知识分子的"共识"看不见的和不言明的基础，这些陈旧知识趋向于把某些作品简化为几个关键词和几个必不可少的引语。还有大量信息，这些信息与对一个场的从属有关，并直接投入到当代人之间的交流中：这是关于制度——学院、杂志、出版家，等等——和关于人，关于他们的身体形象和制度从属，关于他们的相互关系，交往或不和，以及一切把他们与时代大事联系起来的东西的信息；还是关于在日常空间中常见的由日报传达的问题和观点的信息——一个哲学史家，甚至是黑格尔式的哲学史家，难道有从未分析过哲学家的晨报吗？——还是关于教育领域的争论和冲突的信息，这些争论和冲突被普遍化了，它们常常是大学空间观念的根源。

阅读，**更不必说**书和哲学书的阅读，不过是获取被集中在写作和阅读中的知识的诸种手段之一，甚至对于专业读者中的书呆子也是一样。伟大思想的大部分不可见的巨大基石，尤其是所有对当代人来说天经地义的东西，因此有不可达至的危险：由于不被觉察，这种**信念**几乎没有机会由见证、编年史或回忆录记录，无论其作者的回想能力如何，照萨蒂的话来说，这些回忆录总是"一个回想者的回忆录"。普通阅读把在某种程度上是特殊情形的普遍化产物的思想、判断、分析，带到认识特有的领地上，哪怕是通过取消对专名或所谓个人影射所指定的现实的参照，这样，普通阅读就把一些占位变成了对永恒的和普遍的问题的永恒和非个人的回答，但这些占位在政治和道德的领地上，但也在认识或逻辑的范畴内，尽管程度较低，仍旧植根于按照一种信念认识的方式构成和获得的问题、知识和经验。

对历史背景的主动或被动的无知决定了或多或少有意识的非历史化，总是或多或少不符合时代的现实化与这种非历史化相关，除非付出特定的努力，一切阅读都通过把文本与时代的可能性空间和处于这个空间中的哲学问题体系相联系这个事实，无意识地执行这种现实化：这种"现实化"参照使得有可能通过时代错误产生一种既过时又错误地不符合时代的评论，尽管这种评论自以为忠实于它只想简单地复制的思想的表面和本质，却改变了这些思想，因为它使这些思想在其中发挥作用的空间改变了。

伽达默尔提出的诠释学理论，将海德格尔的哲学观念用于哲学文本的阅读，证明的正是哲学评论的这种普通实践并将它系统化。按照《真理与方法》，对一个哲学文本的充分理解是一种"应用"（我们也可以说是一种**执行**或演奏，如同涉及一部音乐作品或一个命令），总之是实施作品中的行动计划。这个计划，我们假设它有一种超历史的有效性，实施不过是一种**现实化**而已，这种现实化建立在存在者的基本时间性上，在促使存在者行动和产生结果的行为中，使他成为现在的和历史的。人们在从历史角度理解一个哲学或法律文本，与从哲学或法律角度理解也就是实施文本固有的计划、演奏它所包含的乐谱和执行它所包含的命令之间建立了一种根本对立。"按照历史术语理解的文本从形式上被剥夺了说出真事的企图。当人们用历史的眼光考察传统，当人们重新置身于历史境况之中，当人们努力重建历史视野的时候，就有了理解的印象。实际上，人们基本上放弃了在传统中找到人们本身能够理解和自觉接受的真理的抱负。"[35] 总之，在历史的理解实行历史化、相对化的地方，"本真"理解在理解的非时间化行为中并通过这种行为，领会了一种从时间中夺取的真理。

实际上，像哲学、神学或法律文本这样的信息，尤其是伽达默尔所定义的"传统"中奇怪地缺失的科学命题，尽管是历史的产物，用康德的话说，"却似乎要求普遍的有效性"，原因之一就是它们从它们无限地重新开始的历史实现中获得一种实践的永恒形式。的确，历史理解在实践中完全不同于一些人所实行的现实化，若不是完全排斥这种现实化，因为历史理解分析这些规范信息的**出现**条件，企图规定它们的现实化的充分条件，这些人则"应用"一种自然法则或运用概率计算，并且只制造导致现实化"出现"的历史过程。若一种哲学理论、一条法律或一种神学信条都是这样得来的，在这种情况下，而相对于历史条件的独立，难道不该得到检验，否则不就把真理等同于**权威**了吗（正如传统这个词的用法本身所暗示的）？是不是应该接受伽达默尔提议的颠覆康德的能力等级的所有政治含义，当他提出"从法律诠释或神学诠释出发重新定义人文科学的诠释学"时？[36]

出于一种明显既是政治的又是智力的保守考虑，他实施的恰恰是这样一种颠覆，当他依据"权威和传统的一种重建"[37]以及对拒绝成见的成见的一种揭露，试图作为一种"规范"价值的把持者，以法律或神学文本的方式处理哲学文本时。对这个由海德格尔确立其形象的文献哲学家来说，充分的阐释是一种真理的揭示，这种揭示就是说出一个具有真理的文本的真理。

但是怎么会看不到，由于可能涉及的所有范畴的赌注和利益，为哲学、法学或神学建构提供了具有普遍规范性外表的逻辑理由，只能是用来将特殊利益普遍化的合理化？怎么会不担心关于规范性的主观经验不过是一种幻想，这种幻想来自于生产原始信息的人和把"应用"它当作自己使命的人之间的习性与利益之间的相似性（它本身建立在条件的相似性上，或至少建立在位置的同源性上）？而且，为了不陷于迷信中，我们难道不应该让对过去资源的一切利用服从和接受对来龙去脉、对生产条件和接受条件的历史批判？

双重历史化

其实应该对传统和传统的"应用"进行双重的历史化，否则，一种传统的文化专断中总是包含的最难理解的信仰遗存，就有可能借助

直接理解的流露和幻想而暗中被引进来；只有对继承的思想模式和这些模式产生的幻想的明证性进行分析，才能实现对交往过程的理论支配（一种真正的实践支配的条件本身）。这就涉及到同时重建（通过与某个位置相关的配置被领会的）可能位置的空间和可能性空间。需要解释的历史事实（文本，文献，图片，等等）相对于可能位置的空间而建立，相对于可能性空间而得到解释。无视这双重的决定性，就被迫进行一种年代错误的和人种中心主义的"理解"，这种理解很有可能是虚构的，而且在最好的情况下，也意识不到自身的原则（这种理解提供的规范明证性和永恒必然性的外表，可能是两种历史境况之间的同一性作用或一种无意识的重新阐释活动的结果，这种活动建立在阐释者的思想范畴的不恰当应用的基础上）。这种异化的、无视其自身可能性的社会条件的"理解"，决定了与传统的传统关系，即无距离的融合与融入关系，而作为对生产时间与"应用"时间之间差距意识的历史意识的出现标志着这种关系的中止。传统主义联系之于传统联系，就是正统观念之于信念，海德格尔和伽达默尔把自己变成了传统主义联系的理论家，传统主义联系力求通过对传统的前历史经验的一种虚假回归，模仿这种天真的联系。

对理解进行理解，就是理解与在时间中和空间中或远或近的一个社会空间相联系的传统——康德的美学，或者次之，他的"机能冲突"理论——为什么自发地向我们讲起了普遍性的言语："视域的融合"可能纯粹是幻想并且只能依赖视域的混乱，这种混乱决定了年代错误和人种中心主义，而且视域的融合无论如何也有待解释。我们面对一个陈述感受到必然性的主观印象，而这个陈述在我们面前表现为对能够强加给随便某个提出相关问题的人的回答，那么这种主观印象应该受到对问题的社会生成、进而对它的存在理由和意义、对它作为问题永存的社会条件及询问和询问者的社会生成之重构的检验。总之，在与文本（或事件）的一种直接认同的天真性中体验超历史性是不够的，应该证明它。为了尽量不逃避历史，理解应该把自身认识为历史性的，并提供历史地理解自身的手段；它应该在同样的运动中，历史地理解历史境况，它致力于理解的东西就是在历史境况中形成的。

如果我们确信存在就是历史，历史没别的更多东西，而且我们因此应该向生物历史（通过进化论）和社会历史（通过对思想形式的集体和个体的社会生成的分析）要求贯穿历史而又不可还原为历史的一种理性的真理，也应该承认，通过历史化（而不是通过一种理论**逃避主义**的内在的非历史化），我们才能尽力让理性更彻底地脱离历史性：将被认识的对象、曾被投入到这个对象的生产中的思想和认识范畴（比如"意大利十五世纪文艺复兴运动的观点"）历史化，这些范畴与我们自发用在这个对象上的思想和认识范畴不同；将认识主体、他的阅读或认识、他的思想、认识和评价范畴历史化，这种历史化在理解和直接（表面）评价的状况中从未如此必要，而我们（确信）能够超越历史距离，从皮耶罗·德拉·弗兰切斯卡的一幅画或恩培多克勒或巴门尼德的一篇文章中能够得到这种理解和评价，更不用说一个黑人面具了。

海德格尔给出了**理解**本体论的语词的和同语反复的解决方法的模式，除非满足于这种解决方法，否则我们应该从历史科学的活动，一种集体的和累积的活动中，而不是从随便一种超验的思考形式中，期待历史活动的产物即文献、纪念碑、工具的充分占有问题的解决办法，历史活动的产物多多少少与历史境况的决定性相关，而且其中某些产物，尤其是思想工具（方法，概念，等等）左右并组成了我们目前对过去历史的认识（因而有助于从表面上消除与过去的**差距**）。[38] 其实，只有这样一种活动才能达到对作品生产的社会条件的一种充分认识，同时提供**解释**这些条件的手段，也就是重建它的特定理性和它的必然性，总之让人感觉这些条件的存在是必须的（这并不等于如伽达默尔相信的那样，重现这些条件的历史环境）；也只有这样的活动才能让人认识到并由此意识到参与作品认识的一系列前提，从或多或少有意运用的诠释技术的原则和涉及功能的前提开始，这种功能被赋予对作品的"阅读"或认识，它是为理解而理解的纯粹认识功能或有教益"应用"的规范性功能。只有经历了这双重的考验，才能产生对作品持续发挥的作用的一种正确理解，无论涉及到马克思（有点轻率地……）提到的有关希腊艺术的"永恒魅力"甚或真实效果，这种真实效果可能伴随或不伴随着对真实的一种真正揭示。

其实只有社会历史才能提供重新发现被客观化或被归并的历史踪迹的历史真实的手段，这些踪迹在普遍本质的表象之下呈现给意识。对理性的历史决定性的强调能够构成相对于这些决定性的一种真正自

由的原则。自由思想应该通过一种历史回想获得，这种历史回想能够揭示思想中成为历史活动的被遗忘了的产物的东西。对历史决定性的坚决的觉悟，即对自身的真正重新获得，与往"本质思想"中的神奇逃避截然相反，它为真正控制这些决定性提供了一种可能性。只有动用社会科学的所有资源，我们才能将超验计划的一种历史主义实现进行到底：我们的思想就像冥国神话中的鬼魂一样，选择了命定之数后，喝了忘川的水，忘记了它的结构的个体发生和系统发生，鉴于个体发生和系统发生在由历史建立的社会场的结构中找到了它们的根源，它们能够通过对这些场的历史和结构的认识得到重建。我在这里尝试推进这种认识的努力，在我看来，会得到证实，倘若我成功地揭示（并证实），对思想的社会条件的一种思考是可能的，这种思考为思想提供了相对于这些条件的一种自由的可能性。

注释

[1] 见 P. F. Strawson,《Aesthetic Appraisal and Works of Art》, in *Freedom and Resentment*, Londres, 1974, p. 178 – 188, et T. E. Hulme, *Speculations*, Londres, Routledge and Kegan, 1960, p. 136。

[2] 见 H. Osborne, *The Art of Appreciation*, Londres, Oxford University Press, 1970。这个定义的特性来自于这个事实，即它兼有被其他定义标示的一系列特征：比如，休姆认为美学静观的对象**是由它自己单独构成的**（T. E. Hulme, ibid.）。

[3] R. Jakobson, *Questions de poétique*, Paris, Éd. du Seuil, 1973；et《Closing Statement: Linguistics and poetics》, in T. A. Sebeok (ed.), *Style in Language*, Cambridge, MIT Press, 1960. 在最近的一个变种中，我们看到了一个把文本看作（主观投射）的借口或把文本看作完全的限制的取舍，第一类更多对应于**作者**的观念，第二类更多对应于更具唯科学主义意味的**读者**观念。

[4] R. Wellek et A. Warren, *Theory of Literature*, Harmondsworth, Penguin, 1949.

[5] E. Panofsky, *Meaning in the Visual Arts*, New York, 1955, p. 13.

[6] 我们可以在艾布拉姆斯的著作中发现关于维特根斯坦对本质主义的批判和对这种批判的批判的一种阐述，参见 M. H. Abrams, *Doing Things with Texts*, p. 31 – 72。

[7] A. Danto,《The Artworld》, *Journal of Philosophy*, vol. LXI, 1964, p. 571 – 584.

[8] 文化上最匮乏的博物馆参观者，由于无法最低限度地支配认识和评价的工具，特别是体裁、学派、时代、艺术家的名称等标记，注定要陷入慌乱，关于这种慌乱，参见 P. Bourdieu et A. Darbel, avec D. Schnapper, *L'Amour de l'art . Les*

musées d'art européens et leur public, Paris, Minuit, 1966; P. Bourdieu, 《Eléments d'une théorie sociologique de la perception artistique》, *Revue internationale des sciences sociales*, vol. XX, n°4, 1968, p. 640 – 664。

[9] 如果我们想穷尽对这种异乎-寻常的经验的可能性的社会条件的分析，还要加上艺术家的先知般的作用，在这种情况下，马塞尔·杜尚第一个靠展出一个小便池或一个瓶架，揭露了博物馆和艺术家的审美创立的作用。

[10] 对绘画方面的审美禀赋的一种社会史可能是什么的这种匆促的和程序化的描述，在一定程度上依靠艾布拉姆斯的评述，参见 M. H. Abrams, *Doing Things with Texts*, op. cit., 尤见 p. 135 – 138，还有 W. E. Houghton, Jr.,《The English Virtuoso in the Seventeenth Century》, *Journal of the History of Ideas*, n°3, 1942, p. 51 – 73 et 190 – 219。

[11] 我们会发现关于美学理论的这种历史的一种更深入的观念，参见 M. H. Abrams, *Doing Things with Texts*, op. cit., 尤见题为"从艾迪生到康德：现代美学与典型艺术"的这一章，p. 159 – 187。

[12] 参见 R. Shusterman,《Wittgenstein and Critical Reasoning》, *Philosophy and Phenomenological Research*, n°47, 1986, p. 91 – 110。

[13] Cf. P. Bourdieu, *La Distinction*, op. cit., p. 216.

[14] 这就是说，当哲学家提出趣味判断的一个本质定义或当他将他要求的普遍性赋予一个定义，而这个定义如同康德的定义一样，与其自身的配置一致时，他不像自己想像的那样远离普通思维方式和将相对性绝对化的倾向，这种绝对化体现了他的特点。

[15] E. Delacroix, *Œuvres littéraires*, Paris, Grès, 1923, t. I, p. 76.

[16] 1880 年代前后，音乐变成了参照的艺术，至少对于纯粹艺术的维护者而言，这个事实与美学的**形式主义**的发展产生了关系，美学的形式主义，至少在诗歌上，伴随着由于特定的革命逻辑而产生的场的自主化。

[17] M. Riffaterre, *Essais de stylistique structurale*, Paris, Flammarion, 1971.

[18] S. Fish,《Literature in the Reader》, *New Literary History*, n°2, 1970, p. 123 *sq.*

[19] W. Iser, *L'Acte de lecture. Théorie de l'effet esthétique*, Bruxelles, Pierre Mardaga, 1984, p. 209 *sq.*

[20] 一切文化财产、文学文本、绘画作品亦或音乐作品，都是领会的对象，这些领会在它们的形式和内容上，像接受者的禀赋和文化能力一样，发生变化，也就是，今天随着所受的教育和他学习的年限而变化 (cf. P. Bourdieu et A. Darbel, avec D. Schnapper, *L'Amour de l'art. Les Musées d'art européens et leur public*, op. cit., 书中提出了绘画作品接受的一种变化模式，这种模式对于全部文化作品都适用)。

[21] H. G. Gadamer, *Warheit und Methode*, Tübingen, Mohr, 2ᵉ éd., 1965, p. 246 ; trad. fr. *Vérité et Méthode. Les grandes lignes d'une herméneutique philosophique*, Paris, Éd. du Seuil, 1976 (1ʳᵉ éd. allemande, 1960).

[22] 我在这里要引述一段谈话，为了强调揭露的逻辑与理解的逻辑之间的差别，我在这段话中说，"我会是他最好的律师"，以反对谴责海德格尔的所有检察长和检察官 (cf. P. Bourdieu, 《Ich glaube ich wäre sein bester Verteidiger》, *Das Argument*, n°171, octobre 1988, p. 723-726)。

[23] 在所有试图从理论上建立创造性阅读的人当中，我们可以举出，在文学方面，是热拉尔·热内特 (G. Genette, 《Raisons de la critique pure》, *Figures*, t. II, Paris, Seuil, 1969, p. 6-22)；在哲学方面，是 H. G. 伽达默尔 (H. G. Gadamer, *Vérité et méthode*, op. cit., et *L'art de comprendre. Herméneutique et tradition philosophique*, *Ecrits 1 et 2*, Paris, Aubier, 1991)，他反对历史主义的还原，拒绝在作者的意图中看到解释的极限，他认为"理解是一个不仅能再生产的而且能生产的事业"。但只有在海德格尔关于诗歌的著作（尤其其随笔《论语言的本质》和《艺术作品的起源》）中，阅读作为神秘祭献的这种理论才得到完善：沉醉于词语中，就是重新抓住已在诗中实现并继续在诗中实现的存在的真谛；按诗人的方式"让词语存在"，就是再生产创造行为，创造行为通过将语言赋予存在来产生存在，诗人对存在的呼唤是一种赠礼和一种给予。

[24] G. Bachelard, *L'Eau et les Rêves*, Paris, J. Corti, 1942, p. 37.

[25] 这既适于对与一个纯粹外行谈话的文本的阐释，又适于对一个著名作者的作品的理解（这并不意味着后者不提出特殊的问题，尤其因为它的作者属于一个场）。

[26] 对文化财富的社会用途的分析，与从前对圣书的历史批评非常相似（在这里还应引用斯宾诺莎），这种分析的目的——在我看来，甚至它的作用，不是法定文化秩序的捍卫者们假装相信的那样，是通过相对化对文化进行破坏；它包含着一种对文化**迷信**和**拜物教**的批判，迷信和拜物教使得由生产工具、进而由创造和可能的自由而来的作品，变成一种墨守陈规的和物化的遗产。

[27] 参见 R. Chartier (éd.), *Pratiques de la lecture*, Marseille, Rivage, 1985（尤见"从书到读"，p. 61-82）。

[28] 比如，涂尔干指出，人文主义传统将希腊-罗马世界约简为"一种不真实的、理想的环境，遍布曾在历史上生活过的人物，但他们虽被如此表现，却没有任何历史性"，而且他把这种非历史化归于以某种程度遏制异教文学从而将这种文学变成一种教育事业的基础的需要，这种教育事业力求灌输一种基督教的习性 (E. Durkheim, *L'Evolution pédagogique en France*, Paris, PUF, 1938, t. II, p. 99)。

[29] 我们知道在法国，一直到大革命，教育的基础都是古典语言和文学，现代学科，比如物理学，只是到中学的最后一年才会有（cf. F. de Dainville,《L'enseignement scientifique dans les collèges de jésuites》, in René Taton (éd.), *Enseignement et Diffusion des sciences en France au XVIIIe siècle*, Paris, Hermann, 1964, p. 27 – 65；P. Costabel,《L'oratoire de France et ses collèges》, *ibid.*, p. 67 – 100）。关于美国和英国，参见 L. Gossman,《Literature and Education》, *New Literary History* [The University of Virginia], n°13, 1982, p. 364 – 365, n. 8。

[30] E. Durkheim, *L'Evolution pédagogique en France*, *op. cit.*, t. II, p. 128.

[31] Cf. M. Arnold, *A French Eton, or Middle Class Education and the State*, Londres et Cambridge, 1864（1859 年在图卢兹中学所做的一次调查的报告），et A. Vuillemain,《Rapport au roi sur l'instruction secondaire》, *Le Moniteur universel*, 8 mars 1843, p. 385 – 391, 转引自 L. Gossman,《Literature and Education》, 前文引述, p. 365。也见 A. Prost, *L'Enseignement en France*, *1800 – 1867*, Paris, A. Colin, 1968, p. 52 – 68。

[32] L. Gossman,《Literature and Education》, 前文引述, p. 341 – 371, 尤见 p. 355。

[33] 我在别处曾指出，几乎无限扩展**读者**态度的倾向和把"阅读"交给并非（仅仅）用来阅读（即胡乱包括：仪式，亲缘关系策略，艺术作品甚或某些演说形式）的"事物"是系统性错误的一个根源，读者的态度体现出人种学和符号学结构主义的某些形式的特点。这些错误的范式是巴赫金称之为文献学主义的东西，即对无价值的东西的博学引用，这种引用导致把语言当成有可能辨认一个信息的代码，这个信息被默认除了对学者而言的功能即被辨认的功能之外，没别的功能。我们只有付出一种反思的代价，才能脱离**认识中心主义**，这种反思处在认识论的最高级，因为它把自身的认识姿态，即理论的视角，以及一切把这个视角与实践视角分开的东西当成了对象。

[34] 这种职业禀赋的普遍性的最佳证明，无疑是那些自称为"马克思主义者"的人没有进行任何努力（也是基于害怕因陷入"历史主义"而丧失权威地位）将"马克思主义"概念乃至那些最明显地与历史境况相关的概念"历史化"。

[35] H. G. Gadamer, *Vérité et Méthode*, *op. cit.*, p. 144.

[36] H. G. Gadamer, *ibid.*, p. 152, et aussi p. 170 – 171.

[37] 比如，"无论在何处，只要时间距离未给我们提供一定之规，每个人都会认识到我们判断的极端无力。因此，针对现代艺术的判断对于特定的科学意识而言也是非常不确定的。我们显然带着无法遏制的偏见接近这些作品，听凭过度诱惑我们的假设，以致于我们不能通过知识支配它们，它们最终赋予现代生产一种过度的反响，这种反响与这种生产的真正内容、与它的真正意义不成比例"（H. G. Gadamer, *ibid.*, p. 138）。

[38] 一场象征革命（比如马奈实施的象征革命）对我们而言可能是无法照此理解的，这是因为这场革命产生和规定的认识范畴对我们变得自然而然，而它所推翻的认识范畴，却对我们变得陌生。

2. 观点的社会生成

> 我不解释,因为我在目前的印象中适得其所。
> ——路德维希·维特根斯坦

迈克尔·巴克森德尔的《意大利十五世纪文艺复兴时期的观点》[1],在我看来,一上来就表现为艺术认识的社会学应该成为的一种典型成果,也表现为消除唯智主义痕迹的一次机会,这些唯智主义的痕迹残留在我几年前所做的关于艺术认识的科学的基本原则的陈述中。[2]我把对艺术作品的理解描述为一种辨认的行为,提出艺术作品的科学以重建艺术**代码**为目的,这种艺术代码被理解为历史所构成的分类(或区分原则)系统,[3]这个系统凝聚在一系列词语中,这些词语使得有可能命名和观察差别;[4]也就是,更确切地说,使得有可能构造这些代码的历史,这些代码即认识工具,它们尤其随物质的和象征的生产工具的变化,在时间和空间中变化。[5]我以对欧洲博物馆参观者的偏好按照不同的社会变量(如教育水平、年龄、住所、职业等等)发生变化的统计学分析为依据,指出我们社会的艺术爱好者用于艺术作品的认识范畴,虽被天真地视为普遍的和永恒的,却是历史范畴,因此应该通过"纯粹的"艺术禀赋和才能的创造的社会历史,重建系统生成,通过对这种禀赋和这种才能之获得的区别分析,重建个体生成。换句话说,我强调这一点,即康德所说的感觉的无关利害的游戏和感觉能力的纯粹训练,以完全特殊的可能性的历史和社会条件为前提,而审美愉快,这种"本应能被所有人体验"的纯粹愉快,是一些人的特权,这些人达到了"纯粹"的和"无关利害的"禀赋能够持续地在其中形成的经济和社会条件。

由此可见，尽管我的意图从一开始就是尽力阐明感性认识的特定逻辑，几乎同时，我通过非常不同的经验对象（如卡比利亚的仪式）分析了这种特定逻辑，我还是很难与唯智主义观念决裂，这种观念即便在帕诺夫斯基建立的寓意画像解释传统中，尤其是当时达到顶点的符号学传统中，也倾向于通过一种典型的**读者**幻象，把艺术作品的认识看作一种辨认的行为，或像人们喜欢说的那样，一种"阅读"，这个读者自发地倾向于奥斯汀所谓的"经院观点"。这种观点是"文献学主义"的基础，在巴赫金看来，文献学主义导致把言语当成供辨认（而不是在实践中说或理解）之用的死文字，而且，更普遍地，这种观点是诠释主义的基础，诠释主义导致按照**翻译**的模式看待一切理解行为，并且把对无论什么文化作品的认识都变成一种解码的理性行为，这个行为意味着对生产和解释的规则的揭示和有意识运用。

这实际上就是历史地理解一部作品或一种过去的实践——比如皮耶罗·德拉·弗兰切斯卡的实践——或来自外来传统的实践或作品——卡比利亚的仪式——时的矛盾：为了弥补对当代土著直接的（真正）理解的缺失，应该对这种理解中的代码进行一种**重构**工作；但不要忘记原始理解的本义**丝毫**不意味着一种构建的和翻译的理性努力；而且当代土著与阐释者不同，他将实践模式投入到他的理解中，这些模式从不照此呈现给意识（比如以语法规则的形式）。总之，分析者应该将原初的理解理论应用到其艺术作品理解理论中，这种原初的理论是一种没有理论也无概念的实践，而分析者则通过力求建立一种解释格式、一个能够阐明各种实践和各种作品之模式的工作，提供一个理论或概念的替代物。这**丝毫**不意味着，他要在实践中（按照对米什莱和其他许多人至关重要的"复活过去"的逻辑）努力**模仿**或再现理解的实践经验，——即使对在实践中参与生产和理解的各种模式的明确掌握，可能导致**以差不多的方式**体验当代土著的实践经验的可能性。

迈克尔·巴克森德尔的分析鼓励了我，使我能够不顾所有的社会障碍——这种障碍反对违反各种实践和对象的社会等级——，将我对卡比利亚农民的仪式行为的分析或对教授或批评家的评价活动的分析告诉我的关于实践意识的特定逻辑的一切，转移到艺术理解的领域并进行到底，审美意识是实践意识的一个特殊状况。审美认识方式的科学在一种实践理论之中找到了自己的基础，这种理论是一种实践，也就是说是建立在认识活动基础上的活动，这些认识活动运用一种认识方式，这种认识方式不是理论和概念的方式，同样也不是如感受到其特性的人常常希望的那样，是不可言说地参与到了熟知的对象中。

如同今天在文化上最贫困的人看起来倾向于人们所说的"现实主义"趣味，因为他们不像艺术爱好者那样拥有**处于实践状态的特定范畴**，这些范畴源自生产场的自主化，使得有可能以直接的方式观察手法和风格的差异，[6]因此他们不能将他们在日常生活中运用的实践模式应用于艺术作品，[7]同样，皮耶罗·德拉·弗兰切斯卡的同代人在对他的绘画认识中运用了他们关于布道、舞蹈或市场的日常体验的模式。如此呈现给他们的直接理解与"康德"的观点为我们时代的有教养的爱好者提供的直接理解，无疑没有多少共同之处，康德的观点是在画家为确立他们的自主的努力中并通过这种努力形成的，他们尤其通过确立他们对属于象征生产的劳动分工中特有的东西即手法、形式、风格的掌握，确立他们的自主。

意大利十五世纪文艺复兴时期的观点[8]

我们与文艺复兴时期意大利的表达技法和表达内容、尤其是与基督教象征体系虚假的亲近关系，妨碍我们看到我们用于这些作品的认识和评价模式，与它们客观上要求的和它们的直接接受者用于作品的模式之间的差别，因为基督教象征体系名义上的恒定，掩盖了时间进程中的真正深刻的变化。无疑，我们对这些作品所能有的理解，无论多么虚幻，仍是一种非常真实的愉快的源泉，因为这些作品离得太近了，无法不打乱它们并强行对它们进行一种有准备的辨认；又太远了，无法以直接的方式供合适的习性进行几乎有形的前反思的把握。无论如何，只有一种真正的历史人种学工作才能有助于纠正适应的错误，这些错误被忽略的可能性比在所谓原始艺术——尤其是黑人艺术——的情形中更大，在原始艺术的情形中，人种学分析与审美话语之间的不和谐无法逃过最严格的审美家。其实，下面这种情况是很少见的：对象的科学建构也明确地设定了这种极其罕见的理智的勇敢，这种勇敢对于与成见决裂和冒犯规矩是必须的，对于思考像皮耶罗·德拉·

弗兰切斯卡或波提切利的作品那样神圣的作品是必须的，以揭示这些绘画面向"小市民"这一历史真实（十九世纪创造了我们的美学，傲慢地说出了今天不可想像的东西）。

为了与建立在否认历史基础上的虚幻的一知半解决裂，历史学家应该重建意大利十五世纪文艺复兴时期的"道德和精神观点"，也就是首先要重建这种**制度**的社会条件——没有这种制度，就没有对绘画的需求，进而没有绘画市场；还有对绘画，更确切地说，对这种或那种体裁，这种或那种手法，这种或那种主题的**兴趣**："占有的快乐，一种积极的虔诚，某种国民意识，一种自我纪念和也许是自我推销的倾向，富人通过功德和消遣找到一种弥补方式的必要性，对形像的喜爱：实际上，定购艺术品的主顾根本不需要分析其内心动机，因为，一般来讲，涉及的是制度化的艺术形式——祭坛后部的装饰屏，家庭小教堂的壁画，房间里的圣母像，工作室里的靠墙家具——这些形式以有点儿美化的方式，暗中替他将他的动机合理化，而且在很大程度上，决定了画家要做什么。"[9]

主顾的要求，特别是他们钱花得值的考虑，通过野蛮或无知体现在合同中，这种野蛮或无知本身构成了重要的第一信息，显示了十五世纪意大利文艺复兴时期的购买者对作品的态度，并通过对比，显示了——首先是完全参照经济价值的——"纯粹"目光，今天有教养的观赏者，即更自主的场的产物，却一心以这种"纯粹"目光看待当今的"纯粹"作品，如同看待过去的"非纯粹"作品一样。只要雇主与画家之间的关系表现为一种简单商业的关系，在这种关系中，定购者强制规定艺术家应该画什么、在多长期限内、用什么颜色，作品固有的美学价值就不能真正得到照这样的也就是独立于经济价值的思考：美学价值有时还要毫无诗意地按照绘画面积或花费的时间来计算，它越来越经常地被使用的物质材料的费用和画家的高超技艺决定，[10] 这种技艺显然应该体现在作品中。[11] 如果，像巴克森德尔指出的一样，对技艺的兴趣不断增加，损害了对材料的兴趣，这无疑是由于金子变得越来越稀有了，而且要与暴发户区别开来的愿望导致了拒绝炫耀财富，无论在绘画上还是在穿衣上都是如此，何况人道主义潮流又加强了基督徒的苦行主义。这也是因为，随着生产场日益得到自主，画家越来越善于显示和发挥技艺、手法、**工艺**、进而是**形式**，一切不同于常常被强加的主题的、属于他们自身的东西。

但是分析"画家或多或少有意识地对市场条件做出的回应",分析画家为肯定其**职业**的自主性而利用主顾日益增强的看重作品的技艺特征和"大师手法"的可见表现的倾向,导致了分析顾客的视觉能力和一般的外行能从中获得实践知识的条件,这些实践知识保证他们直接接近绘画作品并使他们有可能欣赏他们的作者的高超技艺。

重建一种"世界观"这个表面上平平常常的计划,表现得完全不同寻常,甚至不可能,一旦人们竭力赋予**世界观**这个古老概念以意义,这个概念无疑是科学传统中最常见的概念。这首先是因为,正如迈克尔·巴克森德尔指出的,"一个社会的大部分的视觉习惯不会被自然而然地记录在书面文献中";[12] 其次是因为诸如绘画或图画这些"视觉活动的表现"的运用,是以人们要求这些表现帮助解决的问题得到解决为前提的,而这种运用看起来是必须的。实际上,这位历史学家就是依靠这个循环,假定社会因素"有利于视觉配置的形成,视觉配置自身表现为画家风格的清晰可辨的因素"[13]。他依靠涉及算术运用、宗教实践和现象或十五世纪意大利舞蹈技艺的书面材料,获得在认识上和评价上是密不可分的关于配置的知识,这种知识使他有可能从历史逻辑上理解绘画,把绘画当成关于一种历史世界观的文献,并在绘画表象的可见属性中发现涉及认识和评价模式的迹象,画家和观赏者在他们的世界观和他们对世界的绘画表象的观念中,使用了这些认识和评价模式。

"宗教、教育、商业"培育的"道德和精神观念",[14] 即"意大利十五世纪文艺复兴时期的观点",不过是认识和评价、判断和享乐的模式系统,这些模式是在日常生活实践中,在学校、教堂、市场通过听课、听演讲或听布道、量麦垛或布匹,或解决复利或海上保险问题获得的,因而在整个日常生活中也在对生产和艺术作品的认识中得到运用。巴克森德尔反对分析者总是面临的唯智主义错误,他力图重建一种关于世界的"社会经验",这种经验被理解为通过接触一个特定的社会空间获得的实践经验,也就是说,在被考察的情形中,是一个商人的习性,或如他本人在一份有意做得过于简单的分析的摘要中所说的,"一个经常去教堂和喜欢舞蹈的商人"的习性[15]。

这些在商业实践中获得并投入到艺术品交易中的实践模式,并非

来自哲学喜欢描绘的逻辑范畴。甚至在趣味判断专家比如批评家克里斯托福罗·兰迪诺的状况中，用来描述绘画特征的术语，可以被理解为"它们对绘画的反应的表达，但也可理解为它们的判断模式的潜在原则"，[16]这些术语按照一种结构组织起来，但这个结构不具有逻辑特有构造的形式严格性："纯粹、流畅、优雅、修饰、变化、敏捷、灵巧、虔诚、鲜明、视角、色调、构思、观念、画面缩短、模仿自然、喜欢困难，这就是兰迪诺为理解意大利十五世纪的绘画品质而提出的观念工具。这些术语有一个结构：它们互相对立或互相联合，互相涵盖或互相包括。很容易画一个曲线图，这些关系会在图中得到展现，但这是引入这些术语不具有而且在实践中也不会具有的一种系统的严格性。"[17]

分析出于理解和解释的需要不可避免地使之孤立的不同方面在**一个习性的统一体**中密切相连，一个经常去教堂和听布道的人的宗教配置，与一个习惯于直接计算数量和价格的商人的唯利是图的配置完全混同，正如对颜色的评价标准的分析所显示的："在金银之后，天青蓝最昂贵且最难用。有昂贵的色调和其他便宜的色调，甚至还有一种人们称普兰是更经济的替代品……为了避免失望，顾客明确指出，使用的蓝色必须是天青蓝；更谨慎的顾客规定一种特殊的色调——每盎司一或二或四弗罗林天青。画家及其公众对这一切十分关注，与天青蓝相关的异国情调的和危险的内涵是一种强调某种东西的手段，这有可能被我们忽略，因为深蓝对我们而言怎么也不比鲜红或朱红更醒目。我们最终理解了天青蓝仅仅用来指示一个圣经场景中的耶稣或玛丽这个主要人物，而真正相关的用途更加微妙。在萨塞塔的祭坛画《放弃财产的圣方济各》中，圣方济各拒绝接受的衣服就是天青蓝的。在马萨乔的色彩非常丰富的《耶稣受难像》中，对叙述必不可少的动作即圣约翰右臂的动作，是一个天青蓝的动作。"[18]

超凡魅力幻想的基础

在意大利十五世纪文艺复兴时期商人的状况中，喜欢一幅绘画，就是以最"富贵"、最显昂贵的颜色和最重炫耀的绘画技艺的形式，让钱花得值，**把花的钱都捞回来**，收回垫款；但这也是——而且也可能是美学愉快的前现代形式的一个定义——从中找到额外的满足，这种满足旨在把花费的全都捞回来，得到承认，心满意足，适得其所，重新发现他的世界以及他与世界的关系：艺术静观提供的**惬意**可能源于艺术品提供了一次完成成功的理解行为的机会，这些通过无动机所强化的形式来完成理解行为，使幸福成为与世界的直接的、前意识的和前反思的一致的体验，成为实践意识与被客观化的意义之间的神奇相遇。这就是说，用一见钟情的语言描述对艺术的热爱的超凡魅力观念，是一种"理由充分的幻想"：这种观念恰当地描述了审美意识与艺术意义之间的相互吸引关系，爱情关系乃至性关系的词汇是这种关系的一种相似的而且无疑算不上最不恰当的表达方式，但这种观念却对这种经验的可能性的社会条件闭口不谈。

习性吸引、质询客体，并让客体说话，客体似乎也吸引、呼唤、招惹习性；而知识、回忆或形象，正如巴克森德尔指出的，与直接被认识的特征融为一体，它们之所以能够明显地出现，只是因为它们对于一个先定的习性来说，似乎被这些特征神奇地召来（诗歌常常归于自身的神奇效用，在这种几乎有形的一致中找到了根源，这种一致赋予词语及其内涵一种发掘埋藏在个人习惯中的经验的权力）。总之，假如像唯美主义者不断鼓吹的，艺术经验是感觉和感情的问题，而不是辨认和推理的问题，这是因为互相吸引的构建行为与被构建对象之间的辩证法，是在习性与世界之间基本上隐蔽的关系中实现的。

吉兰达约与佛罗伦萨的圣婴济贫院院长签订的《三王朝圣》的契约表明，经济意识从中受益的绘画同样也是充满宗教意识的绘画，只要把各种颜色的经济价值与它们的肖像绘画板的宗教价值按比例搭配，把金色给基督或圣母或用天青蓝**突出**圣约翰的一个动作。但我们通过雅克·勒高夫的研究成果得知，商人的算计精神总有机会应用在宗教特有的领域中，将会计学引入精神范畴内的炼狱的出现，与银行的诞生同时出现。[19] 只要加上对可见世界的一种和谐而协调、平衡而令人安心的表象的认识所提供的道德（和政治）满足，或简单而言，加上无动机地耗费一种诠释能力的愉快，就可以看到，在意大利十五世纪文艺复兴时期的人的状况中，美的经验，在它具有的神奇性上，产生于建立在社会化的个人与社会客体之间的互相进入关系，这个社会客体似乎是为了满足所有被社会建立的意义而制造的，这些意义不仅包括视觉意义和触觉意义，还包括经济意义和宗教意义。

历史分析拒斥本质分析的空泛，以深入到一个地点和一个时刻的历史特性之中。对关于**不变量**的一切科学寻求而言，它表现了一条必经的途径，一个不可避免的（反对空虚的理论主义对立）和注定被超越（反对盲目的超经验主义）的时刻。对"意大利十五世纪文艺复兴时期观点"的愉快的特有的历史条件和影响的认识就这样形成了，这种认识无疑会导向构成艺术特有的满足的不变的和超历史的原则的东西，即一个**历史**习性与一个**历史**世界之间普遍幸运的相遇的这种想像中的实现，历史世界困扰着历史习性，历史习性居于历史世界之中。

注释

[1] M. Baxandall, *Painting and Experience in Fifteenth Century Italy. A Primer in the Social History of Pictorial Style*, Oxford, Oxford University Press, 1972 ; trad. fr. de Y. Delsaut, *L'Œil du quattrocento. L'usage de la peinture dans l'Italie de la Renaissance*, Paris, Gallimard, 1985.

[2] Cf. P. Bourdieu, 《Eléments d'une théorie sociologique de la perception artistique》, *Revue internationale des sciences sociales*, vol. XX, n°4, 1968, p. 610 – 664.

[3] *Ibid.* , p. 648.

[4] *Ibid.* , p. 656.

[5] *Ibid.* , p. 649.

[6] Cf. P. Bourdieu, 《Eléments d'une théorie sociologique de la perception artistique》, *Revue internationale des sciences sociales*, vol. XX, n°4, 1968, p. 646.

[7] *Ibid.* , p. 642.

[8] 接下去几段是与伊维特·德尔索合写的一篇文章的一个修订版（cf. P. Bourdieu et Y. Delsaut, 《Pour une sociologie de la perception》, *Actes de la recherche en sciences sociales*, n°40, 1981, p. 3 – 9）。

[9] M. Baxandall, *Painting and Experience in Fifteenth Century Italy. A Primer in the Social History of Pictorial Style*, *op. cit.* , p. 3.

[10] Cf. Baxandall, *op. cit.* , p. 16.

[11] *Ibid.* , p. 23.

[12] M. Baxandall, *op. cit.* , p. 109.

[13] *Ibid.* , Préface.

[14] *Ibid.* , p. 109.

[15] M. Baxandall, *Painting and Experience in Fifteenth Century Italy. A Primer in the Social History of Pictorial Style*, op. cit., p. 3.

[16] *Ibid.*, p. 110.

[17] *Ibid.*, p. 150. 避免为了事物的逻辑而给出逻辑的事物，这种考虑在巴克森德尔的谨慎态度中表现得很清楚，他以这种谨慎态度对待一切关于历史的特别是哲学的来源、关于画家或他们的朋友借以表达他们对绘画或艺术的"观点"的词语的研究。(Cf. Baxandall,《On Michelangelo's Mind》, *The New York Review of Books*, vol. XXVII, n°15, 8 octobre 1981, p. 42 – 43)。

[18] M. Baxandall, *Painting and Experience in Fifteenth Century Italy*, op. cit., p. 11.

[19] J. Le Goff《The user and Purgatory》, in *The Dawn of Modern Banking*, Los Angeles, Yale University, 1979, p. 25 – 52; 以及 *La Naissance du purgatoire*, Paris, Gallimard, 1981。

3. 一种实行的阅读理论

> 务必要谨慎，倘若您不想在雅克和他的主人的谈话中以真当假，以假当真。好好给您提个醒，我可就撒手不管了。
>
> ——德尼·狄德罗

> 我在小说中老是看到自己付出并赋予陈述以信用和"生命"的力量，虽然其中大部分陈述对作者来说**无足轻重**（我说的是最好的小说；75%的句子是可以随意变化的，如同——**流行的**——认识在"生活"中一样）。
>
> ——保尔·瓦雷里

"埃米莉·格里尔森小姐死的时候，我们全镇人都去参加了葬礼：男人们，出于对一座消失的丰碑的尊敬之情，女人们，尤其是被好奇心驱使，想看看她房子里面是什么样子，十年来，除了一个身兼园丁和厨师的老仆人，谁也没见过。"[1] 小说像一个随随便便的故事一样开了头，符合体裁的规则：一个主角，埃米莉·格里尔森小姐，她暗地里被指定为一个出色的人物，那些无关紧要的人物，他们按照性别分开，他们的特征按照典型描述（男人们的保守，女人们的好奇），一个接受体裁惯例的叙述者，他暗中与集团认同（"**我们发现**"，"**我们说**"，"**我们的镇子**"），还有全部的线索，尤其是时间线索（"**十年来**"），它们导致一种无法言喻的奇特。

为了表现埃米莉，一个毁灭的过去残存的荣耀（**倒塌的丰碑**），福克纳积累了表面上微不足道的记号，但这些记号非常适合引发作为许多动力的常识前提，一般小说家为制造真实效果通常不太自觉地动用的这些前提；比如他依靠贵族观念——和它包含的一切，如著名的"是贵族就得行为高尚"在小说中被明确提出——以表现一个非常骄傲的老妇人，一个破产的大家族的最后幸存者和往昔传统的象征，以激发被纳入这种社会本质中的所有预想。

贵族观念是在社会形成的并且具备整个社会力量的有利偏见，它既作为社会现实的构造原则又作为社会现实的预想原则发挥作用，这种社会现实既被叙述者和他的人物又被读者默许，这些预想通常通过事实得到确认，条件是贵族具有一种本质的地位，因为本质先于存在和产生存在，从根本上要求或排除某些可能性。前提的力量如此强大，而且实践归纳的习性假设如此坚定，以致这些假设抗拒明证性："我要砒霜。"药铺老板看着她。她凝视着他，笔直地站着，脸像一面展开的旗。"当然可以，"药铺老板说，"如果您想要。"词语和行动的意义由产生它们的人的社会形象预先决定，而且涉及一个"不让人起丝毫疑心"的人，谋杀的想法被排除了。

常识的预测比显而易见的事实更加强大；公认的事实（"就像她买了灭鼠药砒霜的那天"；"盒子上写着……：'老鼠用'"）比炫耀式的招认更意味深长，无论是疯狂的招认还是厚颜无耻的招认（"我要**毒药**，"她对药铺老板说）。作者积累的所有可疑符号都是如此——"气味"，说"她父亲没死"的埃米莉的疯狂，等等——这些可疑符号既被埃米莉的同乡又被读者忽略或视而不见。（"**没人**说她疯了。**我们**以为她别无选择。**我们**想起她父亲赶走的所有年轻人，**我们**知道，她既然一无所有，就得牢牢抱住让她破产的东西不放，人们通常都是这么做的。"）同样，只有在埃米莉死后，也就是在"事情过去"四十年之后，杰弗逊的居民才发现埃米莉毒死了她的情人，所有这些年里在她的房间里保存着他的尸体，读者到了故事的最后一页才发现自己错了。

一部反思的小说

但这也许没有超出一部现实主义小说精心编织的情节，若不是反过来看福克纳通过对年代的一种巧妙操纵，构建了作为一个陷阱的叙述，在这个陷阱中，日常生活的前提和小说体裁的惯例在整个故事中都被用来促进对一种**合乎情理的意义**的预想,这个预想在结尾处被揭穿了。实际上福克纳安排了一种双重的过度信任:首先是埃米莉实现的过度信任,她依据的是贵族的或多或少具有幻想成分的表象("**我们常常把自己想像成画中的人物**")和对世界意义的共识,习性的默许建立了这种共识,以欺骗药铺老板和她的所有同乡,尤其是男人,他们比女人和她们的闲言碎语更倾向于接受有利于公认的和表面的真实的一种偏见;接下来是他对读者施加的过度信任,他利用读者在"阅读的契约"中默许的一切,把读者的注意力引向虚假的征象和虚假的线索,使他偏离某些迹象,尤其是时间迹象,他以一个优秀的侦探小说家的方式,在叙述的过程中散布了这些迹象,却不露蛛丝马迹,只有像梅纳克汉·佩里[2]这样的一种系统阅读才能标明和整理这些迹象。[3]

实际上,福克纳不声不响地打破了"阅读契约"(我们有充分理由用契约来说明读者置入阅读中的轻信和消除自我的运动,读者带着常识的所有前提,通过消除自我全身心地投入到阅读中)。为了实行这种决裂,他以一些手段装备自己,这些手段就像注定要被首先忽略的迹象分散一样,与侦探小说的手段非常相似;但是,他远远不是要求这些普通前提准许读者通过回想将一个表面异常的结局重新纳入这个普通世界的逻辑中,而是在这里利用它们,以鼓励最平常的期待,并通过一个真正异常的出路,变本加厉地辜负和揭露这些期待;无论如何,这个出路出人意料,但它激发一种重读或至少一种心理的回想,这种回想迫使读者至少隐隐约约地发现这个骗局,而他既是骗局的受害者又是同谋。《埃米莉的玫瑰》暗中要求的读者就是这个异乎寻常的读者,人们有时说的这个"第一读者"(却从不提出这个奇特人物的可能性的社会条件问题),甚或这个**超读者**,他不单单懂得解读故事,还懂得解读对故事的普通阅读,懂得解读由读者使用的前提,这些前提处于他对时间和行动的普通体验中,以及他对一种"现实主义的"或模仿的虚构的阅读经验中,而这种虚构被认为表现了普通世界的现实和关于这个世界的普通经验的现实。

《埃米莉的玫瑰》实际上是一部反思的小说,一部令人回味的小说,它把思考小说和天真阅读的计划(在信息论的意义上)纳入到了它的结构中。它以一种测试或一种实验装置的方式,要求重复的但也是双重的阅读,这种阅读对于概括天真的第一阅读印象和在第二阅读中突然出现的回溯说明的新发现是必要的，第一阅读结束时获得的对结局的认识，把这些新发现抛给文本尤其是抛给天真阅读"小说"的前提。因此，读者陷入了圈套，这是对真正矛盾的观念的误认的真正挑战，因为这种观念的误认来自对**信念**的前提的自然应用，于是读者不得不把他通常不知不觉地给予作者的一切暴露出来，而作者同样不知道他们对读者提出了这个要求。

福克纳依靠所有暗中在关于世界的普通经验和关于阅读的普通经验中被使用的前提，着重强调了这样一些特征，它们将注意力转向相反的方向并掩盖真正的结构，尤其是时间维度上的结构。他打乱了年代顺序，将读者推向了一种期待，而这种期待最终变成了幻灭；这就通过一种巧妙组织的常常不合时宜的混乱，向读者提供时间线索，这些时间线索使他有可能摆脱叙述的不连贯性，进而通过真正的连续顺序，重新把握因果关系和目的性的意义与联系，这些意义和联系只有从结局的新发现出发才会以回想的形式出现。

为了产生这种作用，福克纳首先依靠小说写作和阅读的前提及手段。福克纳以一个假装相信他所讲述的事情的小说家的方式，请求读者读他的故事时假装忘记它是虚构的，他使人相信表面上的叙述，一直采用"我们"或无人称的、一致的和匿名的表达方式如"所有人都认为……"，"所有的女人都说……"；因此他表现为集团的代言人，这个集团的每个成员都不知不觉地赋予其他所有人自己的东西，即构成共同世界观的非正题的正题；因此，如果他没有忘记强调埃米莉行为的怪异，他也是为了依靠贵族的共同表象来暗示这些行为不能归咎于疯狂，而是归咎于对贵族的高尚和骄傲所持的一种成见。他请求读者按照被认可的常规将他的叙述读作一个真正的虚构故事，他准许并鼓励读者在阅读中引入他在生活中和日常观念中使用的前提，比如相比之给予女性的观念，给予男性的、公认的、尊重惯例的和体面的观念更多信任的前提，女人在社会学上更倾向于对公认的真理，也就是男性的真理提出质疑，而最终的结果也往往说明她们有道理。[4]

但他也在故事的写作中使用了普通写作和阅读的前提，这些前提就像人们从头到尾读一本书一样、注定被忽略，他还使用了他对天真阅读与专业读者的"学院"阅读之间差距的实践认识，天真阅读被动、匆忙而漫不经心，不试图重建时间和地点的总体结构，而学院阅读能够追溯过去，重建真正的事件年表，粉碎了潜在地被暗示给天真的读者的一切构建。这种双重使用的明证是由所有这些"她似乎……"、"她的眼睛似乎"提供的，小说家的视角由此得到强调，这些词句以追溯的方式表现为埃米莉的同乡对这个人物及其行为的真相的无知。这种反思的写作因此要求一种反思的重新阅读，这种重新阅读与对人们知道其解决办法的侦探小说情节的重新阅读不同，它不仅揭开了一系列骗人的迹象，而且发现了轻信的读者陷入的**自欺**，以及特别与叙述和阅读的时间结构相关的手段和效果，小说家通过这些手段和效果的重建唤醒了一些社会前提，这些前提建立了关于世界和时间的天真经验。

阅读的时间与时间的阅读

如果我们仅限于这篇小说，并不能肯定地说"福克纳的时间性"就是萨特在一篇著名的文章中所说的那种。[5]无疑，这是因为福克纳的小说家活动促使（或强迫）他致力于实际时间与叙述时间之间的关系，他决定与小说的传统观念和关于时间经验的天真的年代表象公开决裂："当人们读《喧哗与骚动》的时候，"萨特说，"首先被技法的奇特打动。福克纳为什么打破了他的故事的时间而且把时间片断都搞乱了？为什么朝这个小说世界打开的第一扇窗是一个白痴的意识？读者试图寻找标记并为自己重排年代表。"但或许这恰恰是作者想从读者那里得到的东西：让读者从事必不可少的定位和重建工作以摸清头绪，让他发现由于过分容易理解头绪而丧失的一切，如同按照通用的惯例（特别是在涉及叙述的时间结构上），也就是说按照普通的时间经验之真理及关于这种经验的叙述的普通阅读经验之真理写成的小说中那样。

与电影艺术作品的完成需要观众的积极合作类似，福克纳的小说也是探索时间的真正机器，它们远非提出一种只需说明的完备的时间性理论，而是迫使读者依据叙述中提供的有关人物的时间经验的因素，并进一步，依据他对自己作为行动者和读者的时间经验的提问和思考，**自己建立**这种理论，他的提问和思考出于迫不得已，因为他的**阅读常规**受到了质疑。实际上，如同常人方法论者有时实施的打断信念惰性的实验那样——比如一个大学生的母亲让他到厨房里拿牛奶,这些方法论者就让这大学生回答:"可是厨房在哪儿?"——福克纳的叙述揭露了常识赖以存在的默契——比如将传统小说家与其读者联系起来的默契——,对公认的**信念**提出质疑,这种信念建立了关于世界的和这个世界的小说表象的信念经验。

福克纳有意识地对抗一种举动,这种举动虽表面上平庸,却是完全不同寻常的,这种举动旨在讲述一个故事,也就是置身于有距离的和中立的关系之中,这是相对于叙述的社会行为所包含的实践及其特定逻辑而保持距离和中立,于是福克纳在他的故事结构中纳入了对经验的非常深刻的提问,而这种经验是我们从时间中得来的,这种时间既处在生活中又处在对我们或别人生活的叙述中。这个提问和他对提问的初步解答,以及他自身的作家手段,促使**产生**一种时间经验的理论,这种理论从严格意义上来讲,并不是福克纳的理论,也不是萨特归于福克纳的理论。

这种理论,人们只能通过抛弃和克服关于时间性的自发哲学来建立它,小说的表象,尤其在自传这个变种方面,是这种自发哲学的最典型表现。这种行动的和行动叙述的自发哲学,被"前-福克纳"小说家而且也常常被历史学家用于历史写作,它在(胡塞尔或萨特的)时间意识哲学中找到了其自然的延续,禁止获得对实践结构的真正认识:在实践中并通过实践完成的时间与对时间的体验(在**经历**的意义上)毫无关系,即使时间以一种经验(在**阅历**的意义上)为前提,或者,如塞尔[6]所说,以一整套背景假定为前提(福克纳为我们提供了这些"背景假定"的许多例子,无论这些假定是支持埃米莉的同乡关于她与霍默·巴伦关系的假设,还是支持他们对这种私情的前途的预测,抑或建立了他们统一的和不容置辩的判断:"同样,第二天,所有人都说:她要自杀;**我们**以为她只能这样。她与霍默·巴顿的关系开始时,**我们**说:她要嫁给他。后来**我们**说……")。

行动者在行为中获得了时间性,他通过行为超越即时的现在,趋向包含在过去的未来,他的习性就是过去的产物;他在对一种将-来的实践预想中产生了时间,这种将-来同时也是对过去的实践的现实化。我们因而可以抛弃把时间看作一个自在的、外在于和先在于实践的实在的形而上学的形象,也不接受意识哲学,意识哲学在胡塞尔那里，与**时间化**的（创立）观念联系在一起：时间化既不是一种脱离世界的超验意识的构成活动，如同在胡塞尔那里，也不是介入世界的一种**此在**的活动，如同在海德格尔那里，而是与其他习性协调的一种习性的时间化（这与胡塞尔的超验的主体间性对立）。与世界和时间的实践关系，对于在构建世界的意义中使用相同前提的所有行动者来说是共同的，这些行动者处在这个世界中，实践关系建立了关于这个常识世界的世界的经验。作为实践意义的习性是社会世界的结构归并的产物——而且，尤其是它的内在倾向和时间节奏的产物——，习性引起了前提（**假定**）和预想，前提和预想通常被事物的进程证实，且与熟悉的世界建立起一种直接的亲近关系或本体论的同谋关系，这种关系完全无法归约为一个主体与一个客体的关系。

总之，习性是时间存在、所有预想和前提的社会建构原则，我们通过这些原则在实践中构建世界的意义，也就是世界的含义，但同时，密不可分地，构建世界朝向**将－来**的方向。这就是福克纳迫使我们通过系统地打乱社会游戏的意义发现的，我们既在我们对世界的体验中，又在对这种体验的天真叙述的天真阅读中使用了社会游戏的意义：游戏的这种意义也是游戏历史的意义，也就是将－来的意义，习性在游戏的现在中直接读出了这个将－来，而且习性通过指向这个将－来，但不在一个有意识的计划中将它明确提出，促使这将－来出现，进而把它作为偶然的**未来**进行构建。

注释

[1] W. Faulkner，《Une rose pour Emily》, in *Treize Histoires*, Paris, Gallimard, 1939, p. 135.

[2] M. Perry, *Literary Dynamcics, How the order of a Text Creates Its Meanings* (*Poetics and Comparative Literature*), Tel-Aviv, Tel-Aviv University, 1976.

[3] 即故事的前三页："从这一天，1894 年，萨托里斯上校……"，"从他父亲死的时候"，"接下来的一代"，"一月一日"——没有指出年代——，"八或十年前"，"萨托里斯上校大约死了十年了"，"三十年前"，"她父亲死后两年并且她的恋人抛弃她后不久"。

[4] 自然，我们不认为作者明确意识到了所使用的**各种机制**，而且他如同一切社会行动者，对他的机制进行实践的把握。因此，他可能没有（对自己）提出**假定的读者的性别**问题。他为什么要这样做呢？既然按照一切可能性，即使读者是

女性，设置也照常发挥作用。

[5] J.-P. Sartre 《A propos de *Le Bruit et la Fureur*. La temporalité chez Faulkner》, *Situations I*, Paris, Gallimard, 1947, p. 65–75.

[6] Cf. J. R. Searle, *Intentionality : An Essay in the Philosophy of Mind*, Cambridge University Press, 1983.

从头开始　幻想与幻象

> 制造真实意味着按照事实的一般逻辑,提供关于真实的全部幻想,而不是按照乱七八糟的顺序把它们照录下来。由此我得出结论,有才能的现实主义者应该叫幻想家……我们当中的每个人仅仅得到**一个关于世界的幻想**,依其性质,诗的幻想,感情的幻想,欢乐的幻想,忧伤的幻想,卑鄙的或凄惨的幻想。作家的使命就是用他学到和能够拥有的所有艺术手法忠实地再现这个幻想。
>
> ——居依·德·莫泊桑

应当承认,是历史分析使得有可能理解"理解"的条件,"理解"是对一个象征对象进行真实的或虚幻的象征占有,这种占有可能与我们称之为审美的特定享乐形式相伴而生。这没有将对历史真理的认识当作审美愉快的条件和标准(这等于谴责文学或艺术享乐,这些享乐就像安菲特律翁的传说中那样,是误会的产物)。

"大逆不道地解析虚构"——让虚构把自身当成虚假的和虚构的,如文学虚构(至少当它达到自我意识时),或者正如塞尔所指出的那样,让它认真对待自己所说的并同意对此负责,因此,需要时,同意被证实是错误的,如科学虚构——导致通过马拉美发现,**信仰的基础**(以及信仰在文学虚构的状况中提供的愉悦的基础)寓于**幻象**中,寓于对如是的游戏的赞同中,寓于对根本前提的接受中,这个根本前提即无论文学还是科学游戏,都值得一玩,都值得认真对待。文学**幻象**,这种对文学游戏的原始赞同是(几乎总未被觉察的)审美愉快的条件,文学游戏建立了对文学虚构的**重要性**或**兴趣**的信仰,而审美愉快,在某种程度上，总是玩游戏、参与虚构和与游戏的前提达成完全一致的愉快；文学幻象也是文本能够产生的文学**幻想**和信仰作用（而不是"真实作用"）的条件。

为了理解信仰的这种作用，把它与科学文本所产生的作用区分开，在这里应该遵循福克纳实行的分析，看到这个作用建立在前提之间的一致性上，或更确切地说构建模式之间的一致性上，叙述者与读者（或照巴克森德尔的分析，画家与公众）在作品的生产和接受中运用了这些前提或模式，由于它们是被共同拥有的，所以用来构造常识的世界（就这些结构、尤其是空间的和时间的结构达成的几乎普遍的一致，是基本**幻象**的基础，是关于世界的实在性的信仰）。

福楼拜延续了马拉美对人们可称为经院的信仰的基础的提问和福克纳对文本表达的东西的信仰的基础的提问，并把它们推向深入，经院信仰与各种场的存在密切相关，这些场的共同点在于以闲暇所为前提。这一点存在于虚构中，虚构利用信仰的作用，提出信仰作用的基础问题。福楼拜并不满足于把人物搬上舞台，这些人物，如弗雷德里克或阿尔努夫人，以文学的形式经历一种文学冒险，一种不可能的伟大激情的神话，他们推进了对文学也就是对虚构、对非现实的信仰，甚至真正经历虚构的最常见的陈词滥调，比如爱情纯洁的神话（"我觉得，当我读书中的爱情段落时，你就在那里了"）。他把这种重视艺术和爱情的幻想、只能通过注定要幻灭的一种文学期望才可直面真实的倾向，与对社会游戏的实在的首要信仰的一种病理学，与缺乏进入**幻象**即集体共有的和赞同的幻想的一种能力相联系。他与弗雷德里克都有这种逃到虚构中的无法克制的倾向，他通过写一部作品主动地实现了这种倾向并在作品中将它客观化，他将这种倾向与无力认真对待最真实的社会游戏、对待共识世界和关于共同世界的信念经验的世界相联系，一种成功的社会化提供了这种信念经验，成功的社会化能够确保对被共享结构的归并，这些结构建立了涂尔干称作"逻辑的保守主义"的东西，并由此建立了关于世界的意义的一致性。

总之，福楼拜不知疲倦地从《包法利夫人》到《布瓦尔与佩居榭》，经过《情感教育》，回到那些把生活当成小说的人物，因为他们由于无法重视真实而过分重视虚构，而且犯了一个"范畴错误"，如同现实主义小说家及其读者所犯的错误一样，因此，福楼拜强调，把现实与虚构联系起来的倾向（甚至想让生活的现实符合虚构，像堂吉诃德、爱玛或弗雷德里克那样），或许会在一种超脱或冷淡，一种斯多葛派的不动心的消极变种中找到自己的基础，这个变种让人把现实看作幻想，把**幻象**看成事实上的幻想，用涂尔干论宗教时所用的术语来说，"理由充分的幻想"。

重视文学幻想，实际上就是使一个**幻象**反对另一个幻想，以一个留给**幸福的少数人**的幻象，文学幻象，教士的信仰，那些以文学为生而且能够通过写作把生活当成一种文学冒险的人的特权，反对最常见的和得到最普遍公认的**幻象**，常识的**幻象**。桑丘之于堂吉诃德乃色雷斯女仆之于泰勒斯，是对常识世界和几乎被普遍公认的普通世界的真实的一种永久呼唤，这个世界不同于特定世界，即建立在与常识和对普通世界的信念赞同决裂基础上的小宇宙，比如文学空间或科学空间。

但这种分析幻想和**幻象**的形式及它们的关系的工作，福楼拜通过文学固有的一种**表达方式**实现了，他由此提供了把握文学表达与科学表达之间的差别的机会。即使他提出了现实的虚构与虚构的现实的问题，这也是在一种虚构中，这种虚构无疑能够比其他任何虚构都更能产生对现实的幻想。这是因为他像福克纳一样，运用了社会世界的最深刻的结构，这些结构同时也是读者在阅读中使用的精神结构，这些精神结构是归并真实世界的结构的产物，它们被赋予这个世界并能够建立表达它们的虚构的绝对信仰，如同它们建立了关于世界的普通经验的信仰一样。但这些结构并不像在科学分析中那样被如是得出，而是寓于历史中，在历史中同时被实现和隐藏。文学表达像科学表达一样，依靠传统的规则、社会所建立的前提和历史所构建的分类模式，如艺术与金钱的对立，这个对立构成了《情感教育》的整个创作和阅读。但文学表达只有在具体的历史和特殊的例证中，才显示这些结构和文学表达对它们提出的问题，如同我刚刚研究的问题，照尼尔森·古德曼的说法，这些历史和例证类似于真实世界的标本：这些代表性的和表现性的标本，非常具体地说明了被表现的现实，就像一块料子说明了整匹布一样，并由此与常识世界的所有表面现象一起出现，这些现象也被一些结构占据着，但这些结构被隐藏在偶然事件、轶闻趣事和特殊事件的外表之下。这种暗示的、影射的、隐晦的形式像真实一样，使得文学文本揭露结构，但要让眼睛看不到它，让它从眼前消失。相反，科学试图原封不动地说出事物的真相，并且要求被认真对待，哪怕当它分析这种完全奇特的**幻象**形式即科学**幻象**的基础时。

后记 为了一种普遍性的法团主义

> 从前，诡辩家们对少数人讲话，今天，定期刊物使他们有可能把整个国家引入歧途。
>
> ——奥诺雷·德·巴尔扎克

与前面几章不同，这一章是并且希望是一个规范的立场，这个立场建立在一种信心上，即从关于文化生产场的运行逻辑的知识中得出一种关于知识分子集体行动的现实主义纲领是可能的。这样一种纲领的推行在复兴的时代具有特别的紧迫性：由于一系列因素的共同作用，知识分子最珍贵的集体成果，从既是自主的产物又是自主的保证的批评配置开始，受到了威胁。吵吵闹闹地到处宣称知识分子死了，宣称能够反对经济和政治秩序的暴力的最后一批反权力批评家走到了尽头，变成了很时髦的事。灾难的预言家们显然来自那些会从这种消失中赢得一切的人：正如福楼拜所说，这些拙劣的作家们"想让自己的作品出版、上演、尽人皆知和被吹捧的迫不及待"，促使他们与当下权力，新闻的、经济的或政治的权力全面妥协，他们意欲摆脱那些顽强维护或代表那些受到威胁的道德和价值的人，这些道德和价值的不存在则预示着危险的。很能说明问题的是，维特根斯坦所说的"记者哲学家"中最有代表性的一个，明确指责波德莱尔，却随后为电视台制作了一部知识分子的历史，其中一个叫瓦尔特·德·拉马尔的人只看到世界的低级部分，柱脚、脚、鞋，他从这漫长的历险中只获得了他能抓住的东西，怯懦、背叛、卑鄙、低下。

我在这里写给所有这样的人，他们不把文化当作一份遗产，即人们以一种习惯的虔诚进行必不可少的崇拜的死文化，也不把文化当作一种统治的和区分的工具，即<u>堡垒</u>的和<u>监狱</u>的文化，以此反对内心的和外表的野蛮人——对于今天西方的新维护者而言，内心的野蛮人和外表的野蛮人是一样的——而是把文化当成以自由为前提的自由工具，当成能够永久超越**运行功能**、超越物化的和封闭的文化的**生产方式**。我希望，这些人会给我这个权利，让我在这里能够求助于知识分子批判权力的这种现代体现，因为让人听到自由话语的知识分子集体能成为这种体现，这种自由话语不知道其他界线。每个艺术家、每个作家和每个科学家用以前人类的所有知识武装自己，从而让自己和其他所有人处于承受的限制和控制之外。

知识分子是一种矛盾的存在，如果我们通过自主与介入、纯文化与政治之间的不可避免的取舍来理解他们，我们就不能如此地看待他们。这是因为知识分子是在对这种对立的超越中并通过这种超越历史地形成的：作家、艺术家和科学家第一次确立为知识分子，是在德雷福斯案件发生的时候，他们**据此**介入政治生活，也就是以一种特定的权威干预政治，这种特定的权威是建立在隶属于相对自主的艺术、科学和文学世界，尤其是隶属于所有与这种自主——无关利害、竞争等等——相关的价值的基础上。

知识分子是一种二维的人，他们只有（而且只有）被赋予一种特定的权威，只有（而且只有）将这种特定权威用于政治斗争，才能照此存在和继续存在，这种权威是由一个自主的（也就是独立于宗教、政治、经济权力的）知识世界赋予的，他们尊重这个世界的特定法则。远非如人们通常以为的那样，在寻求（表现了所谓"纯粹的"科学或文学的特点的）自主与寻求政治效用之间存在着一种矛盾，相反，他们只有增加他们的自主性（并由此特别增加他们对权力的批判自由），才能增加一种政治活动的有效性，这种政治活动的目的和手段在文化生产场的特定逻辑中找到了它们的本原。

应该而且需要摒弃我们思想中全都有的纯粹艺术与介入艺术之间陈旧的取舍，才能确定知识分子的一种集体行动的大方向，而这种取舍定期重新出现在文学争论之中。但当我们把自己当成思想对象时，要驱除我们用在自己身上的思想形式是相当困难的。这就是为什么在宣告这些方向之前并为了能够付诸实施，应该努力把历史置于每个知识分子身上的无意识尽可能彻底地明确化，知识分子就是这种历史的产物。对生成的遗忘是所有形式的超验幻想的基础，为了反对遗忘，没有比重建被遗忘的或被压抑的历史更有效的解毒剂了，这种历史在这些表面上非历史的思想形式中永存，而这些思想形式构成了我们对世界和我们自身的认识。

历史在出奇地重复着，因为稳定的变化在历史中体现了在对政治的两种可能态度即介入与超脱之间的一种摆动形式（这至少到左拉和德雷福斯派超越这种对立的时候）。1765年伏尔泰在《百科全书》中题为"文人"的一篇文章中，用"哲学家"的"介入"反对腐朽的大学和学院的经院蒙昧主义，在当时的大学和学院中，"人们说事情总是暧昧不清"，哲学家的介入一直延续到文人参加法国大革命——尽管如罗伯特·达恩顿指出的，"放荡不羁的文人"在革命的"混乱"中抓住了对最被认可的"哲学家"的继承者进行报复的机会。

在革命后的复辟时期，"文人"因为被认定不仅要对革命思想运动负责——通过革命第一阶段中报纸的增加赋予他们的**观点制造者**的角色——而且要对极端恐怖负责，因而被1820年代的青年一代——尤其是浪漫派——怀疑乃至鄙视，浪漫派在运动的第一阶段，否认和拒绝哲学家干预政治生活和提出关于历史变化的理性观念的企图。但是，知识场的自主受到了复辟的反革命政治的威胁，浪漫派诗人虽然曾经趋向于在一种感性和宗教感情的复苏中表现他们的自主愿望，以反对理性和教条批评，却迫不及待地像米什莱和圣西门那样，为作家和学者要求自由并在事实上承担十八世纪哲学家的预言功能。

但是新的钟摆运动又出现了，民众主义的浪漫主义虽然表面上在1848年革命前的时期争取了几乎全部作家，却没有逃过运动的失败和第二帝国的建立：我有意称为四八革命者的幻想的破灭（为了与六八革命者的幻想对比，它的破灭对我们现在还发生着影响），导致了福楼拜在《情感教育》中鲜明地展示的异常的幻灭情绪；这种幻灭提供了一个有利于一种自主的新证明的基础，这种自主这次完全是精英知识分子的。为艺术而艺术的维护者，如福楼拜或泰奥菲尔·戈蒂耶，确立了知识分子的自主性，既反对"社会艺术"，"放荡不羁的文学"，又反对资产阶级艺术，因为资产阶级艺术无论在艺术方面还是生活艺术方面，都服从资产阶级主顾的标准。他们反对新生的权力即文化产业,拒绝"工业文学"的奴役(除非在维持生计的替代物名义下的年金,比如戈蒂耶或奈瓦尔得到的)。他们只承认同行的评判,确立了文学场自身的封闭性和作家对走出象牙塔的拒绝,以行使某种形式的权力(在这方面与雨果式的诗人**预言家**或米什莱式的学者预言家决裂)。

通过一种表面的悖论,只有到了世纪末,文学场、艺术场和科学场达到自主化的时候,这些自主的场中最自主的行动者才能作为知识分子——而不是转变为政客的文化生产者,像基佐或拉马丁那样——通过建立在场的自主以及与这种自主相联系的所有价值即伦理的纯洁、特殊的才能等等基础上的权威而干预政治场。具体地,艺术或科学特有的权威体现在左拉的"我控诉"或用来支持他的请愿书这些政治行为上。这些新形式的干预趋向于使构成知识分子身份的两个维度即"纯粹"与"行动"最大化,从而产生一种"纯粹的政治",这种政治与以国家利益为名的理由截然相反。知识分子的身份是通过干预产生的。其实这些干预蕴含着以超国家价值的价值的名义,或者,如果人们愿意,以某种伦理的或科学的普遍主义的名义,肯定违反最神圣的集体性价值比如爱国主义价值的权力,如支持左拉反军队的攻击文章,或者,很久以后,在阿尔及利亚战争中,发出支持敌人的号召,这种普遍主义不仅能为一种道德权威提供基础,而且能为一种集体动员提供基础,以开展一种用来推动这些价值的斗争。

在这样粗略地展示知识分子形象生成的重要阶段之后,还要补充关于1848年共和国或巴黎公社的文化政治的几个信息,以便拥有关于文化生产者与权力之间的可能关系的大致全面的描绘,我们要么能在单独一个国家的历史中,要么能在欧洲国家当前的政治空间中观察到这些关系。历史上重要的一课:我们处于一个游戏中,今天这儿或那儿的所有玩法,都已经被玩过了——从拒绝政治和回到宗教,到反抗敌视知识分子事物的某个政权的行动,中间经过了反抗今天某些人称作的媒体操纵或大彻大悟地放弃革命的乌托邦。

但是这样发现"游戏结束"这个事实并不必然导致幻灭。其实,显然知识分子(或更进一步,使知识分子成为可能的自主的场)并不是一劳永逸地形成的,并不只靠左拉一个人,而且文化资本的把持者在经历了定义知识分子的这种稳固组合的解体之后,总是能够"退回"表面上这个或那个排他的位置,也就是"纯粹的"作家、艺术家或科学家的角色或政治活动家、记者、政客、专家的角色。此外，与理性历史包含的天真的黑格尔观念可能教人相信相反，要求文化生产场中的自主，就要考虑到不断变化的障碍和权力，无论是外部权力，比如教会、国家或大经济机构的权力，还是内部权力，特别是对特定的生产和传播工具的控制带来的权力（报纸，出版社，电台，电视）。

这是下面的各种理由之一，这些理由随国家历史的不同而不同，它们按照知识场与政治权力之间现在和过去的关系状况而发生的各种**变化**，掩盖了更为重要的**不变**的东西，这种不变的东西是所有国家的知识分子可能的一致的真实基础。其实，同样的自主愿望可能依照权力的结构和历史的不同，表现在相反的占位中（在一种状况中是世俗占位，在另一种状况中是宗教占位），自主的愿望通过反对这些权力确立自身。不同国家的知识分子，如果想要避免因形势和现象的对立而分裂，应该充分意识到这个机制，因为这些对立是以相同的解放意愿碰到了不同障碍这个事实为原则的。我可以在这里举最常见的法国哲学家和德国哲学家的例子，因为他们都以自主的愿望反对互相对立的历史传统，但他们表面上却在与真理和理性的表面颠倒的关系中互相对立。但我还要举一个类似民意测验问题的例子，西方的某些人把民意测验视为一种特别微妙的统治工具，而对另一些人来说，比如在东欧，民意测验是自由的一种获得。

为了理解和把握有可能使他们分裂的对立，欧洲各个国家的知识分子时刻应该牢记权力的结构和历史，他们靠反对这些权力确立自己作为知识分子的存在；比如他们应该学会在他们陌生同行的这种或那种言论中（尤其是在这些言论可能会有的令人不快或震惊的内容），认出历史和地理距离对政治专制主义，如纳粹主义，或对模棱两可的政治运动，如1968年学生运动的作用，或在内部权力的范围内，辨认出知识分子世界过去和现在的经验作用，因为知识分子世界程度不等地服从于政治或经济、大学或学院等公开的或潜在的审查。

当我们作为知识分子也就是怀着普遍性的抱负说话时，就是被纳入一个独特的知识分子场的经验中的历史无意识每时每刻通过我们的嘴说话。我认为，我们只有客观化并把握住将我们分开的历史无意识，也即知识分子世界的特定历史，才能获得一种真正交流的机会，我们的认识和思想范畴是这种特定历史的产物。

我现在想陈述一些特殊的理由，这些理由今天特别急迫地要求知识分子的总动员和**真正知识分子国际**的建立，这个知识分子国际致力于维护文化生产场空间的自主，或者戏仿今日不大受欢迎的一种用语，就是**维护文化生产者对他们的生产和循环（进而评价和承认）工具的所有权**。我认为自己没有迎合欧洲不同国家的文化生产场状况的末日观念，虽然我说这种自主受到了严重威胁，或更确切地说，一种全新形式的威胁今天对它的功能产生了影响；而且艺术家、作家和学者越来越被排除在公共讨论之外，既是由于他们不太倾向于参加这种讨论，又是因为呈现给他们的有效参与这种讨论的可能性越来越小了。

对自主的威胁来自艺术世界与金钱世界越来越强的互相渗透。我想到了赞助的新形式和某些常常最有现代思想的经济机构——比如德国的戴姆勒-奔驰或银行——与文化生产者之间的新联盟；我也想到了越来越经常求助于资助者的大学研究，或直接从属于企业的教育机构（比如德国的技术中心或法国的商业学校）的建立。但是经济对艺术或科学研究的支配和统治也通过对文化的生产和传播手段乃至对认可机构的控制，在场的内部得到实施。依附大文化官僚（报纸、电台、电视台）的生产者越来越被迫接受或采用与市场的要求、特别是与或多或少强大或直接的广告客户的压力有关的规范和限制；他们无意识地倾向于把知识分子活动的形式变成学术成就的普遍标准，知识分子的工作条件决定了他们的活动方式（比如我想到了**快速写作**和**快速阅读**，它们通常是新闻生产和批评的法则）。十九世纪中叶以来的文化生产场的特点是分为两个市场，一方面是为了生产者的有限的生产者市场，另一方面是大生产场和"工业文学"，我们可以想想，两个市场的区分是不是有消失的危险，因为商业生产的逻辑越来越倾向于强加给先锋派的生产（在文学的状况中，尤其通过施加给图书市场的限制）。

应该分析控制和从属的新形式，比如资助建立的控制和从属，"受益人"尚未建立对抗这些新形式的适当防御系统，因为他们还没有意识到它们的所有后果；还应分析国家资助实行的限制，尽管这种资助使得有可能表面上逃避市场的直接压力，但它要么通过自发地对承认它的人予以承认从而实行限制，因为他们想从它那里获得一种他们无法通过其作品取得的承认形式，要么更微妙地通过委员会或学会的机制实行限制，委员会或学会是一种否定的自行遴选的场所，这种遴选往往导致一种真正的研究标准化，无论是在科学上还是在艺术上。

艺术家、作家或学者**被排除在公共讨论之外**是多种因素共同作用的结果：有些因素属于文化生产的内部发展——比如越来越加强的专门化使得研究者不允许自己怀有从前知识分子的远大抱负——，而其他因素是一种**技术统治**越来越强大的控制的结果，这种技术统治与被卷入竞争游戏的记者常常不自觉地串通，通过促进乌尔里希·贝克所说的"有组织的不负责任"，让公民们缺席，这种技术统治与通过传媒越来越多地出现在文化生产空间中的信息的**技术统治**一拍即合。还要开展比如对技术统治的权力甚或认识论的权力的分析，以理解以学校教育制度的社会权威为依据的几乎无条件的授权，大部分公民在最重要的问题上将这种授权赋予了国家贵族（最恰当的例子是人们称为"核权威"的人尤其在法国享有的几乎无限的信任）。

那些控制信息工具之获得的人的成功（其成功是依其所面对的公众的数量来衡量的）越大，他们（事实上和法律上）可交流的东西就越少，因此他们倾向于把媒体的虚张声势建立在信息机器的中心，并总是更多地将唯独产生于竞争的肤浅而人为的问题强加给广大的受众，乃至强加给政治场和文化生产场。社会世界最强大的惯性力量，经济权力就不必说了，能够实行一种看不见的统治，特别是因为这种统治只通过互相依赖的复杂网络以**审查**的方式实现，这种审查通过竞争的严密控制和自我审查的内在化控制得以实施，而经济权力尤其通过广告，对文字的和口头的新闻实行一种直接控制。

这些没有思想的新思想大师们垄断了公共讨论，不利于职业政治家（议员，工会活动家，等等）；同样不利于知识分子，他们甚至在自己的空间中，都要服从各种各样**特定的强硬措施**，比如目的在于制造被操纵分类的调查，或报纸在周年纪念日的时候发布的排名榜，等等，或还有真正的报业集团，它们为了流通量大和周期短的产品的利益，而降低新生产者投放到市场上的面向有限市场（和周期长）的生产的信用。

我们可以指出，成功的政治表现是那种得以在报纸、尤其是在电视上引人注目、进而使（能够促进政治表现成功的）记者认为它获得了成功的政治表现——而最复杂的表现形式有时在交流、指导顾问的帮助下，按照应解释这些形式的记者的意图被设想和被构造。[1] 同样，文化产品中越来越重要的一部分——即使它不来自那些在媒体工作也必定有媒体支持的人——由它的出版日期、题目、格式、篇幅、内容和风格决定,以满足通过谈论它而使它存在的记者的期待。

商业文学存在而且商业的必然性强加于文化场内,这并非今天才有的事。但权力把持者对流通——和认可——手段的控制,无疑从未如此广泛和如此深入;而探索性作品与**畅销书**之间的界线从未如此模糊。所谓的"间接的"生产者自发地倾向于这种界线的模糊(正如报纸排行榜总是将最自主的生产者与最不自主的生产者并列所证明的),这种模糊无疑对文化生产的自主构成了最致命的威胁。意大利人绝妙地称为**全才**的非自主生产者无疑是特洛伊木马,社会控制的所有方式,市场方式,时尚方式,国家方式,政治方式,报纸方式,都通过特洛伊木马最终在文化生产场中发挥作用。人们可以对柏拉图所说的持常识意见的人进行的指责,包含在下面这种思想中,即知识分子的特定力量,乃至政治上的力量,只能依靠符合场的内部要求的能力所提供的自主。总是在平庸或过时的作家中盛行的日丹诺夫主义,不过又一次证明了非自主总是通过最无法按照场规定的规则获得成功的生产者,出现在一个场中。

在一个达到高度自主的场中居支配地位的无政府秩序总是脆弱的和受到威胁的,只要它对普通的经济世界和常识的规则构成一种挑战。它不能放心地依靠几个人的英雄主义。不是德性建立了自由的知识分子秩序;而是一种自由知识秩序建立了知识分子的德性。

知识分子表面上矛盾的性质使得,任何其目的在于加强其事业的政治有效性的政治行动,都注定要给自己提出表面上矛盾的口号:一方面,加强自主,尤其通过扩大与不自主的知识分子的间隔,通过斗争为文化生产者确保相对于一切权力、包括国家官僚机构的权力(而且首先是在知识分子活动的产品的出版和评价方面)的自主的经济和社会条件;另一方面,为文化生产者消除象牙塔的诱惑,鼓励他们至少为掌握生产和认可工具的权力而斗争并鼓励他们进入现实世界,在这个世界中证明与他们的自主相关的价值。

这场斗争应该是**集体的**,因为施加在他们身上的权力的有效性在很大程度上取决于这样一个事实,即知识分子分散地并在竞争中与权力对抗。同样还因为动员的企图总会令人怀疑,而且注定要失败,只

要这类企图被怀疑用在为一个知识分子或一群知识分子的领导地位而进行的斗争之中。文化生产者只有一劳永逸地放弃"与生俱来的知识分子"神话，而又不落入另一个补充的神话，即彻底引退的名人神话，同意为维护他们自身的利益而共同奋斗，才能重新找到他们在社会世界中应得的地位：这就会使他们表现为一种面对技术统治的批判的和监督的乃至建议的国际权力，或以一种更远大的和更现实的、进而限定在其自身范围内的抱负，介入到维护这些特别的社会空间的自主的社会和经济条件的理性行动中，我们称作理性的物质和知识工具，在这些特别的社会空间中被生产和再生产。这种**理性的真正政治**毫无疑问地受到行会主义的怀疑。但它有义务指出，从它用艰难获得的自主手段为之服务的目的来看，这涉及一种普遍性的法团主义。

注释

[1] P. Champagne, *Faire l'opinion: le nouveau jeu politique*, Paris, Minuit, 1990.

人名索引

About, E., 阿布, 104, 133, 134, 144。

Abrams, M. H., 艾布拉姆斯, 396n., 406n.。

Agathon, 阿加顿, 182, 282。

Aicard, J., 艾卡尔, 363。

Albalat, A., 阿尔巴拉, 131n., 144n., 146n.。

Albinoni, T., 阿尔比诺尼, 355。

Albrecht, M. C., 阿尔布莱希特, 372n.。

Alexis, P., 亚历克西, 131, 177。

Anderson, R., 安德森, 70n。

Anglès, A., 安格莱斯, 354n., 379n。

Antal, F., 安塔尔, 273, 322n.。

Antoine, A., 安托万, 173–174, 180, 328, 369。

Apollinaire, G., 阿波利奈尔, 340, 374。

Aristote, 亚里士多德, 191。

Arnold, M., 阿诺德, 420n.。

Aron, R., 阿隆, 271, 295, 309, 310, 385。

Artaud, A., 阿尔托, 198。

Asholt, W., 阿舒尔, 136。

Auerbach, E., 奥尔巴赫, 250, 251n.。

Augier, E., 奥吉埃, 9, 82, 98, 105, 108, 117, 131n., 133, 139。

Austin, J.-L., 奥斯汀, 384, 410, 421, 432。

Bachelard, G., 巴什拉, 255n., 417n.。

Badesco, L., 巴代斯科, 105, 105n., 145, 146n, 160n.。

Bakhtine, M., 巴赫金, 432, 421n.。

Balzac, H. de, 巴尔扎克, 8n., 68, 87, 132, 133, 138, 144, 148, 149, 150, 167。

Banville, T. de, 邦维尔, 79, 94, 96, 104, 110, 117, 122n., 127, 370。

Barbara, 巴尔巴拉, 133, 134。

Barbès, A., 巴尔贝斯, 164。

Barbey d'Aurevilly, J., 巴尔贝·多尔维利, 94, 117, 127, 133, 172, 370。

Barbier, A., 巴尔比耶, 96。

Barnett, J. H., 巴尼特, 372n.。

Barrès, M., 巴雷斯, 172, 354。

Barthélemy, A., 巴泰勒米, 133。

Barthes, R., 巴特, 59, 272。

Bataille, G., 巴塔耶, 294, 295。

Baudelaire, C., 波德莱尔, 75, 76, 79, 89 – 95, 97, 99 – 103, 104, 105, 108, 109, 110, 112, 115, 116, 119, 120, 122, 127, 131n., 132, 136, 137, 141, 144, 145, 146, 149, 156 – 158, 160, 162, 163, 167, 171, 188, 191, 193, 285, 331n., 334, 365, 370, 406, 412, 461。

Baumgarten, A., 鲍姆伽登, 405。

Baxandall, M., 巴克森德尔, 431 – 444, 456。

Bayle, P., 贝尔, 287n.。

Bazire, E., 巴齐尔, 91, 91n.。

Beauvoir, S. de, 波伏瓦, 220n.。

Beck, U., 贝克, 469。

Becker, C., 贝克尔, 266n.。

Becker, H. S., 贝克尔, 288。

Beckett, S., 贝克特, 204, 294。

Beethoven, L. van, 贝多芬, 212。

Ben, 本, 241。

Benjamin, W., 本雅明, 319, 400。

Béranger, P. J. de，贝朗瑞，98，109n.。

Berdahl, R.，伯达尔，309n.。

Berg, A.，贝尔格，336。

Bergerat, E.，贝热拉，102n.，139n.。

Bergeron, L.，贝热龙，77n.。

Bergson, H.，柏格森，10，171。

Berlioz, H.，柏辽兹，146。

Bernard, C.，贝尔纳，170。

Berthelot，贝特洛，82，134，169。

Bertrand, J.-P.，贝特朗，321n.，334n.，373n.。

Biasi, P.-M. de，比亚齐，276n.，277n.。

Blanc, L.，布朗，109。

Blanchot, M.，布朗肖，294，295。

Bloom, A.，布卢姆，273n.。

Boileau, N.，布瓦洛，137，146。

Bonnetain, P.，博纳坦，171。

Bonvin, F.，邦万，111，134。

Borel, P.，博雷尔，138。

Boschetti, A.，博斯凯蒂，293n.。

Bouilhet, L.，布耶，91，122n.，125，127，128n.，138，146，370。

Bourdon, F.，布尔东，355n.。

Bourget, P.，布尔热，172，177，181，335n.，354，364。

Bourgin, H.，布尔然，388n.。

Boutroux, E.，布特鲁，285。

Bouvier, E.，布维耶，109，112n.。

Brecht, B.，布莱希特，294。

Breton, A.，布勒东，75，305，321n.，334。

Brisset, J.-P.，布里塞，339，339n.，344。

Brombert, V.，布龙贝尔，44n.。

Brooks, C.，布鲁克斯，274。

Bruneau, J.，布吕诺，43n.，133，148。

Brunetière, F.，布吕内蒂埃，181，279。

Brunot, F. 布吕诺, 182。

Brunschwicg, L., 布伦瑞克, 293。

Büchon, M., 比肖恩, 109。

Buffon, G. L., 布封, 137。

Burckhardt, J. 布克哈特, 280n.。

Burnouf, E. L. 比尔努夫, 146。

Camus, M., 加缪, 294, 295。

Canguilhem, G., 康吉扬, 28n., 255n.。

Caramaschi, E., 卡拉马齐, 92n.。

Carco, F., 卡尔科, 379。

Cardinal, R., 卡迪纳尔, 342n.。

Caro, 卡罗, 266。

Casanova, P., 卡扎诺瓦, 305n.。

Cassagne, A., 卡萨涅, 80n., 83, 92, 126n., 331n., 386n.。

Cassirer, E., 卡西尔, 255, 275。

Castagnary, J. A., 卡斯塔尼亚里, 134。

Castex, P. G., 卡斯泰, 150n.。

Céard, H., 塞亚尔, 164, 177。

Céline, L. F., 塞利纳, 170, 294。

Cellier, L., 塞利耶, 152。

Cervantès, M. de, 塞万提斯, 133。

Chaillou, M., 沙尤, 12。

Chamboredon, J. -C, 尚博勒东, 68n.。

Champagne, P., 尚帕涅, 470n.。

Champfleury, J., 尚弗勒里, 9, 87, 88, 94, 100, 107, 110, 111, 112, 114, 117, 123, 131, 133, 134, 135, 137, 138, 139, 140, 143, 144, 145, 148, 161, 193, 200, 366 - 368, 368n., 372, 413。

Charle, C., 夏尔, 171n., 186n., 315n., 348n.。

Chartier, R., 沙尔捷, 97n., 419n.。

Chateaubriand, A. de, 夏多布里昂, 137, 192。

Chenevard, A., 舍纳瓦尔, 134。

Chomsky, N., 乔姆斯基, 252。

Chopin, F., 肖邦, 355。

Cladel, J., 克拉代尔, 365n.。

Cladel, L., 克拉代尔, 365-366。

Claudel, P., 克洛代尔, 379。

Cohen, J., 科昂, 335n.。

Colet, L., 科莱, 110。

Comte, A., 孔德, 265。

Copernic, N., 哥白尼, 11。

Coppée, F., 科佩, 368。

Corbière, T., 科比埃尔, 176。

Corneille, P., 高乃依, 187n.。

Costabel, P., 科斯塔贝尔, 419n.。

Courbet, G., 库尔贝, 110, 112, 134, 135, 137, 148, 195, 227, 366, 368, 368n., 413。

Cousin, V., 库赞, 154, 406。

Cravan, A., 克拉旺, 165。

Custine, A. P. de, 屈斯蒂纳, 133。

Cuvier, G., 居维叶, 146。

Dainville, F. de, 丹维尔, 419n.。

Dangelzer, J. Y., 当热尔泽, 61n.。

Danto, A., 当托, 396n., 398。

Darnton, R., 达恩顿, 86, 322, 351, 463。

Darwin, C., 达尔文, 11, 146。

Daval, R., 达瓦尔, 337n.。

Debray-Genette, R., 德布雷—热内特, 277n.。

Delacroix, E., 德拉克鲁瓦, 79, 193, 200, 412。

Delavigne, C., 德拉维涅, 133。

Delille, J., 德利耶, 138。

Delsaut, Y., 德尔索, 434n.。

Delvau, A., 德尔沃, 111。

Descartes, R., 笛卡尔, 266n.。

Descaves, L., 德卡夫, 172。

Descharmes, R., 德沙尔姆, 97n., 137n., 164n.。

Descotes, M., 德科特, 230n.。

Desnoyers, L., 德努瓦耶, 108, 134。

Diderot, D., 狄德罗, 328, 442。

Dort, B., 多尔特, 369n.。

Douchin, J.-L., 杜尚, 66。

Du Camp, M., 杜冈, 91, 93, 102, 115, 124, 125n, 150, 151n., 152, 331n., 367。

Dubois, J., 杜布瓦, 321n., 334n., 373n.。

Duchamp, M., 杜尚, 197, 227, 241, 339, 343–346, 399n., 400。

Dumas fils, A., 小仲马, 108, 109, 134, 139, 144。

Dumas, A. 大仲马, 82, 131n., 133, 331。

Dumesnil, R., 迪梅尼, 65, 137n., 164n.。

Dupont, P., 杜邦, 109, 110, 134。

Durand, P., 杜朗, 321n., 334n., 373n.。

Duranty, E., 杜朗蒂, 81, 88, 94, 134, 135, 137, 137n., 139, 144。

Durkheim, E., 涂尔干, 182, 318n., 419, 456, 457。

Durry, M. J., 杜里, 25n., 47n.。

Eliade, M., 埃利亚德, 275。

Elias, N., 埃利亚斯, 86n.。

Eliot, T. S., 艾略特, 273。

Engels, F., 恩格斯, 284。

Erckmann-Chatrian, 埃克曼–沙特里安, 162。

Erlich, F. V., 埃里希, 282n.。

Escarpit, R., 埃斯卡皮, 322n.。

Estaunié, E., 埃斯托尼耶, 172。

Even-Zohar, I., 埃文–佐哈, 282n.。

Faulkner, W., 福克纳, 198, 267, 294, 442–451, 456。

Fauré, G., 福雷, 285。

Faure, M., 富尔, 285n.。

Feuillet, O., 弗耶, 77, 79, 108, 119, 132, 133。

Féval, P., 费瓦尔, 77, 131n., 133。

Feydeau, E., 费多, 82, 104, 124, 134, 161, 162。

Fichte, J. G., 费希特, 308。

Fish, S., 菲什, 415n.。

Florian-Parmentier, 弗洛里安-帕尔芒捷, 171, 180n., 181n.。

Fort, P., 福尔, 173, 174。

Foucault, M., 福柯, 278–280, 283, 289。

Fouillée, A., 富耶, 285。

Fourastié, J., 富拉斯蒂耶, 309。

Fourier, C., 傅立叶, 120。

France, A., 法朗士, 172, 354, 364n.。

Freud, S., 弗洛伊德, 11, 49, 265。

Froger, B., 弗罗热, 138n.。

Fromentin, E., 弗罗芒丹, 127, 150, 331n.。

Gadamer, H. G., 伽达默尔, 10, 11n, 399, 416n., 417n, 422, 424–426, 427, 429。

Gamboni, D., 冈伯尼, 197。

Gautier, A. 戈蒂耶, 110。

Gautier, T., 戈蒂耶, 79, 82, 94, 96, 104, 115, 117, 122n., 124, 131n., 140, 141, 145, 146, 156, 157, 158, 166, 193, 194, 198, 285, 330, 464。

Genette, G., 热奈特, 59, 275, 276, 417n.。

Gide, A., 纪德, 172, 198, 294, 296, 334, 354, 378, 379。

Gilbert, J. B., 吉尔贝, 350n.。

Gillis, J. R., 吉利斯, 308n.。

Giraudoux, J., 吉罗杜, 294。

Godmann, M., 戈德曼, 389n.。

Goethe, J. W. von, 歌德, 12。

Goffman, E., 戈夫曼, 329n。

Goldmann, L., 戈尔德曼, 19n., 273, 284, 322n。

Gombrich, E. H., 贡布里希, 273, 280n。

Goncourt, E. et J. de, 龚古尔兄弟, 79, 80, 82, 92, 101, 108, 118, 119, 122n., 127, 152, 173, 331, 335, 367, 370, 373, 374n。

Goodman, N., 古德曼, 458。

Gossman, L., 戈斯曼, 419n, 420。

Gothot-Mersch, C., 戈托－默施, 44n。

Gregh, F., 格雷格, 182。

Griff, M., 格里夫, 372n。

Grojnowski, D., 格罗依诺夫斯基, 327n。

Guetta, P., 格塔, 229n。

Guiches, G., 吉什, 172。

Guilbaud, G. -T., 吉博, 337, 337n。

Guillaumin, E., 吉约曼, 366n。

Guizot, F., 基佐, 465。

Hacking, I., 哈金, 191。

Hans, S., 汉斯, 138n。

Haskell, F., 哈斯克尔, 313, 328, 358n。

Hay, L., 海, 277。

Hegel, F., 黑格尔, 279, 295, 296。

Heidegger, M., 海德格尔, 10, 295, 296, 416n., 417n., 422, 426, 427, 428, 450。

Henning, E. B., 亨宁, 348n。

Hennique, L., 埃尼克, 177。

Herder, J. G. von, 赫尔德, 416。

Heredia, J. M. de, 埃雷迪亚, 146。

Houghton, W. E., 霍顿, 404n。

Houssaye, A., 乌塞, 81, 110。

Hughes, R., 修斯, 319n。

Hugo, V., 雨果, 120, 131n., 192, 330, 331, 334, 365, 464。

Hulme, T. E., 休姆, 393, 394n.。

Huret, J., 于雷, 177n., 181, 183, 183n., 330n., 335n., 378。

Husserl, E., 胡塞尔, 253n., 276, 295, 296, 376, 450。

Huysmans, G. C., 于斯曼, 94, 163, 171, 177, 180, 181, 196, 197。

Imgarden, R., 英伽登, 273。

Ionesco, E., 尤奈斯库, 294。

Iser, W., 伊瑟尔, 415n.。

Jakobson, R., 雅各布森, 199, 268, 273, 275, 276, 282n., 395n.。

James, Henry, 詹姆斯, 亨利, 43n.。

Jammes, F., 雅姆, 354, 379。

Janin, J., 雅南, 131n., 133。

Jarry, A., 雅里, 174。

Jouvenel, B. de, 茹福内尔, 309。

Joyce, J., 乔伊斯, 198, 267, 294。

Jurt, J., 朱尔, 177n., 372n.。

Kafka, F., 卡夫卡, 294, 295。

Kajman, M., 卡吉曼, 68n.。

Kant, E., 康德, 12, 273, 295, 308, 393, 406, 409n., 422, 425, 427, 432。

Klein, Y., 克莱因, 414。

Klein, R., 克莱因, 345n.。

Kock, P. de, 科克, 108, 133, 138, 367n.。

Kojève, A., 科热夫, 295。

Kuklick, B., 库克利克, 313n.。

La Fontaine, J. de, 拉封丹, 137。

Lacan, J., 拉康, 344。

Lachelier, J., 拉舍利耶, 285。

Lamarck, J. -B. de, 拉马克, 146。

Lamartine, A. de, 拉马丁, 107, 109, 330, 334, 465。

Lamennais, F. R. de, 拉梅内, 109, 120, 131n., 164, 194。

Lanson, G., 朗松, 182, 268。

Lavisse, E., 拉维斯, 182。

Le Roy, E., 勒鲁瓦, 366n.。

Leavis, F. R., 利维斯, 274。

Leconte de Lisle, C. M., 勒孔特·德·李勒, 78, 79, 92, 94, 96, 117, 123, 125, 127, 146, 179, 188, 188n., 365。

Le Goff, J., 勒高夫, 441n.。

Leibniz, G. W., 莱布尼茨, 399。

Leibowitz, R., 莱博维茨, 336。

Leroux, P., 勒鲁, 109。

Lethève, J., 勒泰夫, 141n.。

Lévi-Strauss, C., 列维-斯特劳斯, 250, 268。

Lewin, K., 莱文, 249, 255。

Lewis, D., 刘易斯, 326n.。

Lidsky, P., 利德斯基, 188n., 374n.。

Loti, P., 洛蒂, 354。

Lourau, R., 卢罗, 336n.。

Louÿs, P., 路易, 354。

Lugné-Poe, 吕涅-珀, 173, 174, 175, 180, 369。

Lukács, G., 卢卡契, 19n., 284。

Maeterlinck, M., 梅特林克, 180, 354。

Mallarmé, S., 马拉美, 176, 177, 198, 285, 331, 334, 350, 370, 372, 373, 380-383, 381n., 421, 428n.。

Malraux, A., 马尔罗, 294。

Manet, E., 马奈, 96, 97, 137, 141, 149, 154, 155, 163, 189, 191, 195, 196, 200, 352, 409, 412, 428n.。

Manzoni, 曼佐尼, 240。

Mare, W. de la, 马尔, 461。

Margueritte, P., 马格利特, 172。

Martin, H. J., 马丁, 97n。

Martino, P., 马蒂诺, 111n., 132n., 155n., 367n., 368n.。

Marx, K., 马克思, 241, 244, 250, 252, 265, 429。

Mathieu, G., 马蒂厄, 109, 134。

Mauclair, C., 莫克莱尔, 294。

Maupassant, G. de, 莫泊桑, 177, 183。

Mauriac, F., 莫里亚克, 294。

Mauss, M., 莫斯, 240, 383, 400。

McGuiness, B., 麦吉尼斯, 264n.。

Meinong, A., 梅侬, 376。

Meiss, M., 迈斯, 323n.。

Mendès, C., 孟戴斯, 363。

Mérimée, P., 梅里美, 134。

Merleau-Ponty, M., 梅洛-庞蒂, 295。

Miceli, S., 米塞利, 316n.。

Michaut, G., 米肖, 137n.。

Michelet, J., 米什莱, 109, 146, 433, 464。

Mirbeau, O., 米尔博, 177。

Monnier, H., 莫尼耶, 367。

Monselet, C., 蒙瑟莱, 135, 144。

Montaigne, M. de, 蒙田, 128。

Moréas, J., 莫雷亚斯, 182, 330n.。

Morice, C., 莫里斯, 182。

Moritz, K. P., 莫里茨, 405。

Mornet, D., 莫尔内, 169n.。

Moulin, R., 穆兰, 238n.。

Müller, A., 穆勒, 308。

Muller, M., 马勒, 383。

Murger, H., 米尔热, 87, 88, 100, 110, 111, 133, 135, 136, 148, 155。

Musset, A. de, 缪塞, 69, 88, 100, 132n., 133, 146, 192, 331。

Nadeau, M., 纳多, 162n., 207n.。
Nerval, G. de, 奈瓦尔, 110, 464。
Noriac, J., 诺里亚克, 144。

O'Boile, L., 奥布瓦勒, 84n.。
Osborne, H., 奥斯本, 393。

Panofsky, E., 帕诺夫斯基, 163, 251, 273, 280n., 377, 395n., 421, 432。
Pareto, V., 帕累托, 317n., 388。
Pariente, J. C., 帕里安特, 326n.。
Parsons, T., 帕森斯, 282。
Pascal, B., 帕斯卡尔, 104。
Péguy, C., 佩吉, 379。
Perry, M., 佩里, 445n.。
Picasso, P., 毕加索, 340。
Pichois, C., 皮舒瓦, 85n., 97n., 110n., 113n., 129n.。
Pissaro, C., 毕沙罗, 196n.。
Planche, G., 普朗什, 131n., 133, 133n.。
Platon, 柏拉图, 13, 420。
Ponge, F., 蓬热, 198。
Ponsard, F., 蓬萨尔, 77, 79, 82, 105, 117, 131n., 139。
Ponson du Terrail, P. A., 蓬松·杜泰拉伊, 83。
Ponton, R., 庞顿, 172n., 177n., 286n., 314n., 363n., 365n., 373n., m374n.。
Popper, K., 波普尔, 376, 376n., 377。
Poulet, G., 布莱, 416。
Poulet-Malassis, P. A., 普莱-马拉西斯, 79, 102, 110。
Préault, A., 普雷奥, 134。
Prost, A., 普罗斯特, 85n., 420n.。

Proudhon, P. J., 普鲁东, 109, 120, 160, 189。
Proust, J., 普鲁斯特, 255。
Proust, M., 普鲁斯特, 10, 59, 153, 154, 260n., 393。

Queneau, R., 格诺, 9。
Quine, W. V. O., 基纳, 256。
Quinet, E., 基内, 109, 145。

Rabbe, A., 拉布, 305。
Racine, J., 拉辛, 187n.。
Ransom, J. C., 兰塞姆, 274。
Redon, O., 雷东, 197。
Régnier, H. de, 雷尼埃, 354, 379。
Renan, E., 勒南, 82, 92, 118, 134, 169, 182, 188, 331, 331n., 370。
René, D., 勒内, 222, 222n.。
Reynaud, E., 雷诺, 372.。
Richard, J.-P., 里夏尔, 50n.。
Riegl, A., 里格尔, 280n.。
Riffaterre, M., 里法戴尔, 415n.。
Rimbaud, A., 兰波, 176, 341, 342n.。
Robbe-Grillet, A., 罗伯-格里耶, 204, 328。
Rogers, M., 罗歇, 372n.。
Romains, J., 罗曼, 344。
Rorty, R., 罗蒂, 313n.。
Rosenberg, H., 罗森伯格, 308n.。
Rosny, J.-H., 罗斯尼, 172。
Roubine, J.-J., 卢比纳, 174n.。
Rousseau, Douanier, 卢梭, 收税员, 339–344。
Roussel, R., 鲁塞尔, 344。
Rubin, W. S., 吕班, 345n.。
Russell, B., 罗素, 114n.。

Saint-Amant, M. A. G. de, 圣塔芒, 13。

Saint-Hilaire, G., 圣伊莱尔, 146, 147。

Saint-Simon, L. de, 圣西门, 120, 264。

Saint-Victor, P., 圣维克多, 82。

Sainte-Beuve, C. A., 圣伯夫, 78, 79, 80, 82, 97, 112, 130, 131n., 134, 143, 150。

Sallenave, D., 萨勒纳夫, 9n., 10n,。

Sand, G., 桑, 82, 91, 109, 110, 120, 149, 150。

Sandeau, J., 桑多, 77, 95, 108, 133。

Sarcey, F., 萨尔塞, 137。

Sardou, V., 萨尔杜, 139。

Sartre, J.-P., 萨特, 54, 67, 116, 128, 187n., 220n., 262, 263 – 269, 293 – 297, 359, 448。

Saussure, F. de, 索绪尔, 272, 276, 381。

Schapira, M. C., 沙皮拉, 125n.。

Schapiro, M., 夏皮罗, 367n., 368n.。

Schneewind, J. B., 施内温德, 313n.。

Schoenberg, A., 勋伯格, 336。

Schopenhauer, A., 叔本华, 13。

Schumpeter, J., 熊彼特, 385。

Scott, W., 司各特, 132, 149。

Scribe, E., 斯克里布, 138n.。

Searle, J. R., 塞尔, 61, 449n.。

Seignobos, C., 塞尼奥博斯, 182。

Shakespeare, W., 莎士比亚, 49。

Shattuck, R., 沙特克, 340n.。

Shusterman, R., 舒斯特曼, 408n.。

Siegel, J., 西格尔, 340n.。

Simon, C., 西蒙, 68n., 218n., 335。

Skinner, Q., 斯金纳, 313n.。

Slama, B., 斯拉马, 61。

Sloane, J., 斯隆, 195。

Smith, A., 史密斯, 308。

Spinoza, B., 斯宾诺莎, 378, 418。

Spitzer, L., 斯皮策, 273。

Steiner, P., 斯坦纳, 255n., 282n., 283n.。

Stendhal, 斯丹达尔, 134, 167。

Strawson, P. F., 斯特劳森, 393。

Strowski, F., 斯特罗夫斯基, 106n.。

Sue, E., 苏, 122, 123, 131n.。

Szondi, P., 松蒂, 274。

Tailhade, L., 塔亚德, 372n.。

Taine, H., 泰纳, 28n., 79, 82, 130, 134, 169, 172, 182, 188, 331。

Tate, A., 泰特, 274。

Thersite, 忒尔西忒斯, 269, 299n., 378。

Theuriet, A., 特里耶, 172。

Thevoz, M., 泰沃兹, 342n.。

Thibaudet, A., 蒂博代, 22, 46, 66, 152n.。

Thiesse, A. M., 蒂埃斯, 374n.。

Thuau, E., 蒂奥, 187n.。

Trier, 特里尔, 255, 278。

Tynianov, C. J., 泰尼亚诺夫, 282, 283, 283n.。

Tzara, T., 查拉, 321n., 334。

Vacquerie, A., 瓦凯里, 79。

Valéry, P., 瓦雷里, 273, 298, 334, 379, 442。

Vallès, J., 瓦莱斯, 134, 136。

Vallier, D., 瓦利耶, 341n., 342n.。

Vapereau, G., 瓦珀罗, 105, 105n.。

Venturi, L., 旺图里, 161n.。

Verlaine, P., 魏尔兰, 176, 331, 372, 373。

Vermorel, A., 韦莫雷尔, 145。

Vernois, P., 维尔努瓦, 365n.。

Veuillot, T., 弗约, 121。

Viala, A., 维亚拉, 166n.。

Vigny, A. de, 维尼, 136, 192, 331。

Villiers de L'Isle-Adam, A., 维利耶·德·李勒－亚当, 94, 104, 127, 146。

Vivaldi, A., 维瓦尔蒂, 355。

Voltaire, 伏尔泰, 463。

Vuillemain, A., 维耶曼, 420n.。

Wagner, R., 瓦格纳, 337。

Warhol, A., 沃霍尔, 398, 414。

Warren, A., 沃伦, 262, 274, 395n.。

Weber, M., 韦伯, 86, 194, 209, 256, 257, 283, 286, 289, 300, 300n., 347。

Webern, A., von, 韦伯恩, 336。

Weinberg, B., 温伯格, 142n., 159n., 161n., 163n.。

Wellek, R., 韦勒克, 261, 273n., 274, 395n.。

Willams, R., 威廉斯, 277。

Willams, T, 威廉斯, 86。

Wilson, S., 威尔逊, 343。

Wimsatt, W. K., 威姆萨特, 275。

Wittgenstein, L., 维特根斯坦, 15, 264n., 310, 407, 431, 461。

Wohl, R., 沃尔, 182n.。

Wolfe, T., 沃尔夫, 350n.。

Woolf, V., 伍尔夫, 198, 250, 267。

Ziegler, J., 齐格勒, 85n., 97n., 110n., 129n.。

Zola, E., 左拉, 81, 94, 136, 139, 139n., 167, 169, 173, 174, 177, 183－189, 195, 199, 296, 334, 359, 367, 463, 465, 466。

概念索引

adolescence，青少年时期，青春，32，39，62。

âge (artistique)，（艺术）年龄，213，224；- (social)，（社会）年龄，177。

allodoxia，误认，39，339，446。

amour (formes d')，爱情（的形式），44-49，88。

analyse interne vs externe，内部分析与外部分析，254，272-288。

anomie (institutionalisation de l')，失范（的制度化），191，320。

anti-intellectualisme，反智主义，270，367，388。

art (et argent)，艺术（与金钱），25-28，136，175-181，211-212，230，300；-brut，原始艺术，342；-social，社会艺术，89，107，109，120，127，135，147，188，352。

autonomie (degré d')，自主的（程度），306-307，358。

banalisation (débanalisation)，平庸化（非平庸化），283，353。

biographie，传记，268，339，359。

bohème，放荡不羁的文人，26，27，40，45，79，82，84-88，97，99，100，101，110，119，127，148，344，349，363，373，464。

cabaret，小酒馆，49，344。

calembour，文字游戏，344。

canonisation (processus de)，承认（过程），312。

capital symbolique，象征资本，202，211，238，307，356，360，362，371，379。

catégories（schèmes classificatoires），范畴（分类模式），402，406 – 408，409，434，438。

champ，场，28，32，123，191，201，254 – 258，278；-du pouvoir，权力场，28，33，41，58，80，93，97，153，175，299，323；-littéraire，文学场，49，81，90，93，130，140，141，153，175，299，323；-politique，政治场，81，135；-scientifique，科学场，279；-rapports entre-artistique et-littéraire 文学场与艺术场之间的关系，189 – 197。

changement，变化，226，289，333；-interne et-externe，内部与外部变化，351。

collusion，勾结，串通，316。

compréhension（comprendre），理解，61，130，131，397，416，418，427，434，455。

conservatisme，保守主义，39，303，309，385 – 390，425。

contraires（conciliation des），对立面（的调和），117，140 – 143，156 – 158，288 – 290。

couples（d'oppositions），（对立）组合，140 – 143，260n.，272，402，408 – 410。

《court-circuit》（paralogisme du），"短路"（的谬误推理），284 – 286，345。

croyance，信仰，236，237，240，244，260，318，380，381，384，400，402，455 – 457；-（effet de），信仰（的作用），60；-（pathologie de la），信仰（的病理学），32 – 33，61 – 62，456 – 458。

cynisme，厚颜无耻，231，234，329，334，378，379。

date（faire），（划）时代，221，223，227。

définition（luttes de），（关于定义的）斗争，310 – 313。

dénégation（Verneinung），否认，20，60，151，185，212，220，236，237，267，346；-de l'économie，对经济的否认，355；也参见 économie，经济。

désintéressement，无关利害，45，55，104，187，239，301，303，351，462。

désir, 欲望, 317。

diacritique (perception), 区分的（认识）, 345, 413 – 414。

distinction (dialectique de la), 区分（的辩证法）, 221。

divulgation (logique de la), 传播（的逻辑）, 354。

doxa, 信念, 意见, 259, 261, 273, 275, 396, 423, 427, 446, 449。

économie (des biens symboliques), （象征财产）经济, 121 – 126, 193 – 195, 201 – 228, 300 – 303。

écriture, 写作, 50, 53, 58, 61, 138, 141, 143, 151, 152, 156, 158 – 160, 191, 277, 335, 446, 447。

Education sentimentale, L', 《情感教育》, 19 – 71, 147, 148 – 154, 159, 163, 164, 458。

émergence, 出现, 75, 191, 357, 397, 401, 402, 425。

espace (des possibles), （可能性）空间, 131, 148 – 150, 153, 173, 185, 290, 322, 324 – 328, 330, 332, 338, 362, 424。

essence (comme quintescence historique), （作为历史精华的）本质, 197 – 199。

essentialist fallacy, 本质主义谬论, 396 – 401, 409 – 411, 429; 也参见《purification》, "净化"。

éthique (et esthétique), 伦理学（与美学）, 112 – 113, 160 – 163。

exemplification, 举例说明, 60, 458。

externe (analyse), 外部分析, 参见 analyse, 分析。

fétichisme, 拜物教, 偶像崇拜, 318, 319, 321, 381, 382, 384, 400, 401, 402, 418。

feuilleton, 连载小说, 49, 79。

formalisme, 形式主义, 414, 418; - (réaliste), （现实主义的）形式主义, 20, 157 – 158。

formalistes russes, 俄国形式主义者, 276 – 282。

forme, 形式, 20, 151, 156, 158, 159, 163, 197, 414。

formule (génératrice), （发生）公式, 33, 34, 55, 76, 117, 136, 416。

frontières, 界线, 313-314。

génération, 代, 180-182; -(artistique), （艺术）代, 91, 177, 226, 304。

genres, 体裁, 324, 329, 337, 351; -(hiérarchie des), 体裁（等级）, 132, 165-183。

groupes (formation et dissolution des), 集团（的形成与解散）, 371-374。

habitus, 习性, 102, 123, 245, 251-254, 278, 298, 317, 323, 326, 332, 356, 360, 362, 263, 369, 375, 376, 399, 411, 435, 438-441, 443, 450。

héritage, 遗产, 20, 29, 30, 35, 41。

herméneutique, 诠释学, 11, 274, 424-426。

hiérarchie, 等级, 13, 154, 163, 166, 168, 195, 351。

historicisation (double), （双重）历史化, 426-430, 434-441; 也见 réflexivité, 反思性。

homologie, 同源性, 301, 325, 347, 348, 349, 350, 351, 353; -entre champs de production culturelle et champ du pouvoir, 文化生产场与权力场之间的同源性, 228-237, 347-351; -entre espace des positions et espace des prises de position, 位置空间和占位空间之间的同源性, 321-325, 410-411; -entre formes de l'art et formes de l'amour, 艺术的形式与爱情的形式之间的同源性, 44-49。

illusio, 幻象, 32, 33, 62, 237, 245, 316, 317, 319, 320, 375, 380, 384, 399, 457; -et illusion romanesque, 幻象和浪漫幻想, 60-62, 453-458。

importance, 重要性, 362, 455。

indignation morale, 道德愤怒, 38, 93。

intellectuel, 知识分子, 185-189, 462。

《intelligentsia prolétaroïde》, "无产阶级知识分子", 40, 86, 110, 351, 388。

intensification (de l'expérience), （经验的）强化, 14, 159, 160, 159。

intérêt, 兴趣, 利益, 参见 illusio, 幻象, désintéressement, 无关利害。

interne (analyse), 内部（分析），参见 analyse, 分析。
investissement, 投资，也见 illusio, 幻象。

lector, 读者，254, 273, 415, 417, 419, 420, 421；也见 skholè, 闲暇。
lecture, 阅读，9, 335, 414, 417, 418, 421, 429, 445, 446。
liberté (marge de), （边缘的）自由，332。
libido, 力比多，245。

marchand d'art (de tableaux, éditeur), 艺术商人（画商，出版商），26, 44, 212, 239, 301, 318。
mécénat (mécène), 资助（资助人），78, 101; -d'Etat, 国家资助，199。
milieu, 环境，28；也见 champ, 场。
morphologiques (facteurs), 形态学（因素），85, 323。
musée, 博物馆，320n., 396, 400, 404。

《naïf》(écrivain, peintre), "天真的"、"稚拙的"（作家，画家），150, 309, 327, 337, 339, 413。
narcisisme, 自恋主义，11, 416, 417。
neutralisme, 折中主义，52-54, 56, 59, 118, 147, 161。
nihilisme, 虚无主义，139, 161。
noblesse, 贵族，443-447。
nomos, 规则，93, 94, 96, 191, 310, 320。

《œil》，眼光，观点，参见 habitus, 习性。
offre (et demande), 供给（与需求），参见 homologie, 同源性。
origine sociale, 社会出身，357。

parent pauvre, 穷亲戚，88, 116, 129, 316。
parodie, 滑稽模仿，324, 333。
perspective, 观点，角度，163-164。

pharisaïsme, 伪善, 162, 164, 261。

photographie, 摄影, 341。

placement (sens du), 投资（意识）, 332, 359-360, 364-366。

plaisir, 愉快, 10, 12, 380, 382-384, 432, 435, 455。

poésie, 诗歌, 79。

point de vue, 观点, 76, 129-130, 191, 271, 298, 310, 409。

pompiers (peintres), 笔法矫饰的（画家）, 159-160。

possibles, 可能性, 参见 espace, 空间。

présent (champ du), 当前（场）, 224; 也见 temps, 时间。

presse, 报纸, 83, 84, 90。

prise de position, 占位, 130, 272, 322, 323, 325; 也见 homologie, 同源性。

problématique, 或然判断; 也见 espace des possibles, 可能性空间。

《purification》(processus de), "净化"（过程）。

raison d'Etat, 以国家为名义的借口, 187, 200。

《réalité》, "现实", 33-34; 也见 croyance, 信仰, illusio, 幻象。

réalisme, 现实主义, 19, 88, 133, 134-138, 143, 148, 151, 154, 155, 367, 368n., 434。réflexivité, 反思性, 272, 291, 336, 337, 397, 412, 413。

résistance (à l'analyse), （对分析的）抵制, 11, 60, 259, 260。

ressentiment, 怨恨, 38, 39, 97, 388。

révolution (symbolique), （象征）革命, 143, 149, 154, 155, 160, 163, 179, 180, 191, 325, 333, 352, 369, 428n.。

roman, 小说, 79, 132, 133, 158, 179, 180, 191, 325, 333, 352, 369, 428n.。

salons, 沙龙, 78-82, 133, 348。

sérieux, 严肃的, 31, 33, 35, 41, 61, 62, 220, 420, 457。

signature (griffe), 签名（商标）, 319, 402。

skholè (et paralogisme scolastique), 闲暇（和经院的谬误推理）, 292, 398, 420, 421, 431-434, 456; 也见 lector, 读者。

socioanalyse, 社会分析, 20, 50。

statistique（littéraire），（文学）统计，106，262，312。
structuralisme，结构主义，275-276。
style，风格，58，142-144，146，156，325。
style indirect libre，间接自由的风格，58，163。

temps，时间，225-227。
Thersite（point de vue de），忒尔西忒斯（的观点），269。
théâtre，戏剧，172。
théâtre（bourgeois），（资产阶级）戏剧，45，49，106，108，228，316，347；-（de Flaubert），（福楼拜的）戏剧，139。
trajectoire，轨迹，28，34，71，127，153，298，359-363，385。
transcendance，超验性，11，376，377，381，382，-（illlusion de la），超验（幻想），375-384。
transgression，违背，115，162。
ubiquité sociale，社会的普遍存在，54；也见 neutralisme，折中主义。
universel，普遍的，186，187，427，472。
vaudeville，轻喜剧，49，133，139，370，374。
vieillissement social，社会衰老，28，41，43，61，208，214，221，223，333，354，360；也见 âge，年龄。

图书在版编目(CIP)数据

艺术的法则/(法)布尔迪厄著;刘晖译.
—北京:中央编译出版社,2011.12（2022.10 重印）
（后现代书系）
ISBN 978-7-5117-1209-7

Ⅰ.①艺⋯
Ⅱ.①布⋯ ②刘⋯
Ⅲ.①文艺社会学-研究
Ⅳ.①I0-02

中国版本图书馆 CIP 数据核字（2011）第 266007 号

艺术的法则

责任编辑	霍星辰
责任印制	刘 慧
出版发行	中央编译出版社
地 址	北京市海淀区北四环西路69号（100080）
电 话	（010）55627391（总编室） （010）55627319（编辑室）
	（010）55627320（发行部） （010）55627377（新技术部）
经 销	全国新华书店
印 刷	北京印刷集团有限责任公司印刷一厂
开 本	787毫米×1092毫米 1/16
字 数	470千字
印 张	26
版 次	2011年12月第1次
印 次	2022年10月第6次印刷
定 价	68.00元

新浪微博：@中央编译出版社　　　微　信：中央编译出版社（ID：cctphome）
淘宝店铺：中央编译出版社直销店（http://shop108367160.taobao.com）（010）55627331

本社常年法律顾问：北京市吴栾赵阎律师事务所律师　　闫军　梁勤
凡有印装质量问题，本社负责调换，电话：（010）55626985